当代金融文学
精选

中篇小说卷

主编 —— 阎雪君

湖南大学出版社

图书在版编目（CIP）数据

当代金融文学精选.中篇小说卷/阎雪君主编.—长沙：
湖南大学出版社，2019.11

ISBN 978-7-5667-1815-0

Ⅰ.①当…　Ⅱ.①阎…　Ⅲ.①中国文学－当代文学－
作品综合集　②中篇小说－小说集－中国－当代　Ⅳ.① I217.1

中国版本图书馆 CIP 数据核字（2019）第 264015 号

当代金融文学精选·中篇小说卷

DANGDAI JINRONG WENXUE JINGXUAN·ZHONGPIAN XIAOSHUO JUAN

主　　编：阎雪君
责任编辑：全　健　饶红霞　郭　蔚　李　婷
责任校对：尚楠欣　周文娟
装帧设计：秦　丽
出版发行：湖南大学出版社　　　　　　　　责任印制：陈　燕
社　　址：湖南·长沙·岳麓山　　　　　　邮　　编：410082
电　　话：0731-88822559（发行部）88820008（编辑室）88821006（出版部）
传　　真：0731-88649312（发行部）88822264（总编室）
电子邮箱：presszb@hnu.cn
网　　址：http://www.hnupress.com
印　　装：长沙鸿发印务实业有限公司
开　　本：710mm×1000mm　16 开　　印张：301.75　　　字数：4481 千字
版　　次：2019 年 11 月第 1 版　　　印次：2019 年 11 月第 1 次印刷
书　　号：ISBN　978-7-5667-1815-0
定　　价：1980.00 元（全 12 册）

序言

Preface

故事感动历史 文学照亮人生

——记载和讴歌壮丽的中国金融事业

中国金融文学艺术界联合会主席 梅志翔

古人云："盖文章，经国之大业，不朽之盛事。""文章千古事，得失寸心知。""江山留后世，文章著千秋。"由此可见，文章是经国济民的大事，是记录时代的大事，是讴歌时代的大事。

文脉与国脉相同，文运与国运相连。2019 年是中华人民共和国成立七十周年，七十年风雨沧桑，七十载山河巨变。七十个春秋，发生了多少震撼人心的故事，承载了多少金融人的热血情感。在过去的七十年中，中国金融事业伴随着新中国的成长不断地发展和壮大，取得了举世瞩目的成就。这些成就的取得不仅得益于新中国的好国情、好形势，更得益于数以千万计的金融职工筚路蓝缕、开拓创新，继往开来、一往无前的无私奉献。

新中国的金融事业无论在理论领域，还是实践领域，取得的成就都是翻天覆地、亘古未有的，中国金融人在专业领域创造了一个又一个奇迹，我们用几十年的时间追赶上西方人上百年甚至几百年金融发展的步伐。金融发展过程中涌现出了很多可歌可泣的故事，这些故事都是由千千万万顶天立地、敢作敢为的中国金融人用行动书写出来的锦绣篇章。中国金融已经成为支撑和推动经济发展的核心动力和促进时代繁荣的重要表征，为金融文学的创作提供了源源不绝的营养，金融文学像中国金融事业一样，是一片值得深耕的沃土，是一个内含价值极高的宝藏。

文章合为时而著。文学就应该为时代鼓与呼，金融文学就应记录和讴歌壮丽的中国金融事业。可长期以来，由于种种原因，中国金融文学创作未能与中国的金融事业取得同步的发展，金融文学作品创作落后于金融事业发展，在全国林林总总的文学橱窗和文艺殿堂里，金融文学常常缺席，在文学领域难闻金融之声，在文章海洋难觅金融浪花，在文化磁场里难以感知到金融文化的力量。2011 年 11 月，在中国金融工会的大力支持下，中国金融作家协会正式成立；2013 年 5 月，中国金融作家协会光荣地成为中国作家协会的团体会员。这是中国金融文学史上的一件大事和盛事，因为它不仅实现了金融作家组织的"零"的突破，而且让全体金融作家找到了心灵慰藉的"家"，它让所有金融作家找到了归属感和荣誉感。此后，金融文学创作不再是"不务正业"的闲事，而是可以为之终生奋斗的正事。过去许多金融作家在涉足文学创作上，"温温恭人，如集于木。惴惴小心，如临于谷。战战兢兢，如履薄冰"。如今在文学的康庄大道上，金融作家不用再羞羞答答地迈着碎步，而是可以昂首阔步地勇往直前。在中国金融工会、中国金融文联、中国作家协会的关怀指导下，七年间，中国金融作家协会延伸机构已经达到 23 家，其中先后成立省（自治区、直辖市、计划单列市）金融作家协会 13 家、总行（会司）作家协会 10 家。截至 2018 年底，中国金融作家协会已发展会员 942 人（其中，中国作家协会会员 76 人）。中国金融作家协会从无到有、从小到大、由弱到强，让写作变成了与金融工作一样充满阳光的事业。

执一支笔，写万千事。是啊，文学就这样不经意嵌入了金融人的生活，像春雨滋润着金融人，让金融人感恩生命的厚爱，让金融人的每一天、每一刻都充满激情、蓬勃向上；像疾风提示着金融人，生活和工作是坚守，也是搏击。文学之美让金融人心生愉悦，让日子有奔头，生活有笑声，奔跑有动力；文学之美让金融人涨满风帆，努力创造和实现自我价值、社会价值。值得肯定的是，一大批以金融人物为塑造对象的文学作品，都具有鲜明的时代特色，催人奋进。金融生活中无数可歌可泣的故事，不仅反映了金融系统广大员工投身改革、勇于奉献的精神，而且传播金融理念、倡导金融精神，展现了金融现实生活与人文关怀，成为千万金融员工启发心灵的精神力量。

在互联网金融时代，中国金融作家协会充分认识到平台对于会员发展的巨大推动和促进作用。金融作家协会是全体金融作家的"创作之家"，长期致力于为金融作家搭台子，为全体金融作家提供广阔的施展空间，为全体会员搭建了三大平台：《中国金融文学》杂志、《金融作家》公众号和中国金融作家网（内部）。《中国金融文学》杂志为季刊，设置了中篇小说、短篇小说、散文、诗歌、诗词、金融报告文学、金融作家随笔、金融作家艺术家、金融作家作品评析、金融文坛风景线、史海沉钩、学习与借鉴、金融文学剧本等18个栏目，每期发行3.2万册，年刊登作品数量近300篇（首）近100万字。目前，《中国金融文学》杂志不仅成为中国作家协会直属的行业作协重要会刊，为作家们提供施展才华的舞台，也是弘扬时代精神、传播金融文化和连接全国金融员工的重要文学桥梁，成为金融系统内外大众喜爱的读物。《金融作家》公众号，年发表300多位金融作家400多篇优秀作品。为了搭建多形式、多渠道的平台，中国金融作家协会还协同《中国金融》《金融时报》《金融博览》《中国金融文化》《银行家》《金融文坛》《金融文化》等报刊，为金融系统作家文学爱好者提供了更加广阔的文学舞台。

自中国金融作家协会成立以来，以"中国金融文学奖"为支撑点，着力创建金融文学品牌。自2011年至今已经成功举办了三届中国金融文学奖的评选，累计有200余部（首）作品获奖。中国作家协会领导及著名作家、评论家李敬泽、阎晶明、李一鸣、彭学明、梁鸿鹰、邱华栋、孙德全、何振邦、冯德华等人担任终审评委，体现了获奖质量和评奖的权威性。中国金融文学奖评奖活动范围广、层次高、影响大，评奖后正式发文通报全国金融系统，新华社、《人民日报》《光明日报》《文艺报》《金融时报》等多家媒体都进行了宣传报道，在全国引起了较大反响。

"千淘万漉虽辛苦，吹尽狂沙始到金。"这些文学成就充分证明广大金融作家具备了胸怀国家、胸怀金融的视野，金融扶贫、绿色金融的理念已经扎根于他们的作品中。如反映农村金融扶贫的《天是爹来地是娘》，带领乡亲脱贫致富的电影《毛丰美》，讴歌金融体制改革的长篇小说《新银行行长》《贷款》《高溪镇》《催收》，反映金融服务实体经济的《银圈子》《希望银行》

《海天佛国的中行人》《驼背银行》，反映促进多层次资本市场健康发展的《资本的血》《中国金融风云》，健全金融监管体系的《一眼看穿金钱骗术》，记录金融历史的《大汉钱潮》，等等。创作题材涉及金融改革发展的方方面面，创作类别也涵盖了长篇小说、中篇小说、短篇小说、散文、诗歌、评论、影视剧本、报告文学等。一部部作品记录的是金融事业的一个个生动场面，一串串诗行呈现的是金融人的一幅幅鲜活画卷。这是中国金融事业的春天，更是中国金融文学的春天。

成绩的取得主要归功于三个方面：一是经过新中国七十年的大发展，中国金融事业取得了令世界瞩目的成绩，它为文学创作积蓄了肥沃的土壤；二是中国金融作家协会励精图治、奋发有为，以快马加鞭的节奏为会员创作提供了绝佳的环境，为金融作家创作提供了一流的服务；三是中国金融战线上涌现了一批有思想、有情怀、有理想、有能力的作家，他们快乐地奋战在金融第一线，幸福地记录着身边优秀的人、精彩的事。这三个方面因素凝聚了"天时地利人和"的精华，而精华的基石还是中国金融事业的波澜壮阔和发展壮大。

如何让金融文学为中国文学大家庭发光发热，并成为指引全体金融文学人前行的光亮，这是中国金融作家协会重点研究的课题。经中国金融文联批准，中国金融作家协会与湖南大学出版社通力合作，决定由中国金融作家协会征集、选编，湖南大学出版社出版《当代金融文学精选》一套，系统地展现新中国成立七十周年以来，中国金融题材小说、散文、诗歌、报告文学、剧本、文学评论等创作成果，弥补当代中国文学丛林金融文学丛书的空白和缺憾，以推举和激励优秀金融文学艺术工作者，繁荣中国金融文学事业，为新中国成立七十周年献上一份金融人的文学厚礼。

《当代金融文学精选》堪称鸿篇巨制。本套丛书以讴歌金融人的精神为己任，根据文学自身的规律和金融文学的特征，秉承"金融人写金融事"为主要特征的文学理念，确定基本框架，精心策划，精心遴选，精心编排。为了确保作品的质量，中国金融作家协会成立了以中国金融文联领导、专家和杂志编辑为编委的作品编辑委员会。按专业特长分工，从金融机构和作家申报的作品中，经过长达数月的辛勤工作，最终组稿成12卷本的中国当代金融文学精选丛书一套：长篇小说4卷、中篇小说1卷、短篇小说2卷、散文

1卷、诗歌1卷、报告文学1卷、影视戏剧文学1卷、文学理论与评论1卷。选取了长篇小说23篇，中篇小说15篇，短篇小说45篇，散文45篇，诗歌近400首，报告文学31篇，影视戏剧文学10篇，文学理论与评论37篇。硕果累累，气势恢宏。

这些入选作品是新中国成立以来，尤其是改革开放四十年来壮丽的金融事业发展记录，更是中国金融事业取得巨大成就的见证。中国金融作家协会在中国金融文联和中国作家协会的正确领导和大力支持下，以记录和讴歌壮丽的中国金融事业为使命，带领全体作家深入学习贯彻习近平总书记有关文艺和金融工作重要讲话精神，以深化金融作家组织建设为基础，以宣传介绍金融行业先进的人物和事迹为重心，以鼓励和扶持金融作家创作优秀作品为己任，以推广金融作协和金融作家的影响力为追求，以文学的名义用精品力作为中国的金融事业鼓与呼。

从"养在深闺无人识"到"万人瞩目任端详"，《当代金融文学精选》能在这么一个值得纪念的年份出版，这是全体金融作家的幸事，更是金融文学的幸事！广大金融作家适应行业需要，兼顾写作的实用性、文体的多样性、参与的广泛性，初步形成中国金融文学的特色，那就是"写人叙事，不拘文体。信札公文，亦可荟萃。百花竞放，满园春色。开锦绣文章之先，为中国金融存史"。作为一名金融作家，最荣耀的不过是将自己最精彩的作品奉献给国家、社会和人民，让自己的作品与祖国同寿，与天地齐辉。这是一名金融作家对新时代最好的表达，也是一名金融工作者最无上的光荣。祝贺所有入选丛书的金融作家，也衷心感谢那些为金融文学默默奉献的金融作家和广大的金融工作者！

寄语金融文坛好，明年春色倍还人！

是为序。

2019 年 9 月 7 日

北京金融街

目 录
Contents

中篇小说

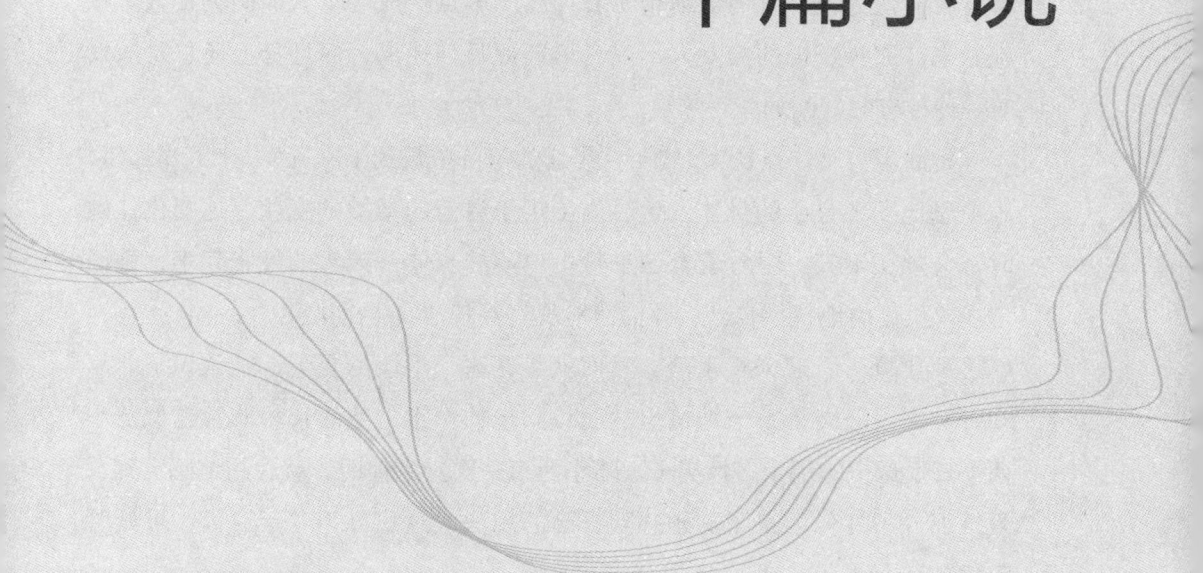

ZHONGPIAN XIAOSHUO

不能说的秘密

■ 赵 宇

一

　　这个故事讲述的是女孩陆小西和男青年陈岗的缠绵往事。

　　陆小西承认自己是一个多情的女孩，她从小就对神秘的朦胧的男女之事有着向往，她一直悄悄地企盼着自己能早点变成一个妖媚的大女人。在她看来，那些妖媚的大女人不仅身形婀娜眼神迷离，而且身上还总是散发着一种神奇的好闻的脂粉味道。

　　她盼着自己快点长大，终于在焦灼的等待中长到了十五岁。十五岁那年，她惊恐地发现自己的身体发生了许多难于启齿的微妙的变化，这变化让她时常会烦躁不安。眼看着自己平日里单薄的身体一天天的鼓胀起来，她经常在夜里偷偷地抚摸自己，并悄悄地观察着其他女生的变化。

　　那年夏天看起来很平淡，然而就是在这个平淡的夏天，她认识了北京知青陈岗。陈岗是一个神情坦然面貌阳光的青年，他的长相非常酷似陆小西平日里遐想的那个多情男子。陆小西第一次看到他时，就隐约地感觉到，爱情那件事好像要来了。她感到自己的想法太过疯狂，难于启齿，可她管不住自己。

　　她依稀记得和陈岗的初次相遇是在父亲的办公室里。那天她推开那扇斑驳的木板房门，探进头去，寻找父亲，她是来拿钥匙的。父亲从办公桌前转过他的大干巴脸来看她，然后在身上所有的旮旮旯旯处寻找钥匙。她走到父亲的身边怯怯地看着他对面的那个人，那是一个面孔高傲、穿着时尚的男子，即便他什么都不讲，也无法掩盖他身上散发出来的那种高贵的气质。此时他正盯着房顶上的某一块旧糊棚纸发呆。他就是北京知青陈岗。

陆小西想，他那么帅，帅得有点毫无道理，她极其喜欢他的神情，他的目光深处似乎有一种不轻易流露的往事阴影。她看见一只苍蝇正在那家伙的头顶上孜孜不倦地唱歌，她想连苍蝇都如此钟情于这个阳光的男子。

她把手搭在父亲的肩上，并没有体会到他的焦急。她嘻嘻地笑着说：老爸你慢慢找，总会找到的。父亲忽然一下站了起来，说：对了，我把钥匙丢在厕所里了。说完跑出了房门，那种杂乱的啪啪声在走廊里回响了很久。陆小西看了看陈岗，她非常希望能引起他的注意，她看他的眼神里有着满满的崇拜。她开始唱那首在学校里新学的歌，五音不全总跑调，却情绪激昂。

陆小西是一个北方女孩，古怪精灵的样子，身体有点早熟，喜欢穿肥而大的棉布裤子；她皮肤白皙、眼波流转，整齐的头发拥护着她娇好的调皮的面孔。

她正唱得起劲，对面的陈岗却忽然"啪"的一声把他的手掌击在了桌子上，模糊的面孔上看不清明确的内容，他吼道：住嘴，讨厌！

简捷，利落，清晰。陆小西的薄嘴唇一下子被锁住了，她胆怯地看他，见他点了一支烟，猛劲地吸着。他并不看她，在窗边来回踱步，阴暗潮湿的房间里一会儿就充满了烟雾。

陆小西悄悄地把一瓶钢笔水倒在了他茶锈斑斑的水杯里，然后走到房门口朝陈岗的方向响亮地吐了一口：呸……

陈岗停在地当央，回过头来看她，她怪模怪样地冲他尖叫了两声后跑走了。陈岗目送着那女孩的背影，心下似有些怅然，他微微地笑了一下。

在通往厕所的路上陆小西碰见了父亲，他气喘吁吁地把家里的房门钥匙给了她，说：快回家做饭去，你妈也快下班了。

夏天的阳光明晃晃地照耀着，陆小西站在院子里浇花，窄肩膀在肥大的衫子里晃荡着。邻家的男孩子小志从院墙上露出一张脸来看她，她摘下一些花瓣来嘻笑着向他的脸上撒去，小志说你今天早退了老师明天要找你。

陆小西说我就说我没早退，我上厕所了，我在拉肚子。小志不屑地撇了撇嘴，谁会相信，你就知道撒谎。说完他从墙上把脸缩了回去。

全家人围坐在饭桌边吃饭时，只有父亲默不作声，还时不时地整出点叹息之类的动静，母亲反感地一眼接一眼地瞪父亲，直到把那种叹息瞪没为止。

陆小西知道父亲叹息的是升官发财之类的事情，父亲没什么才能她知道，母亲说小志他爸厉害，不到四十岁就当了局长。以前有一次小志他妈说将来把陆小西嫁给小志，陆小西母亲马上谦虚地说那太高攀了。当时小志看了看陆小西一翻白眼说：我才不要娶她。

我更不要嫁你。陆小西反击他，两个人像鸡一样你叨我一口我叨你一口，把房顶都快吵翻了。

小志说你知道吗，你将来肯定不会是个好女人，因为你的手又细又白，你不会做家务。

陆小西将细长的手指在小志的面前晃了晃，你放心吧，我宁可终身不嫁，也不会嫁给你的。

那天陆小西又去找父亲，父亲不在，陈岗正撅着屁股洗衣服，他光着上身，搓洗时显得那么认真。陆小西坐在那张铺着床单的吱吱作响的木头床上，饶有兴趣地看着他，问，我爸呢？

他"扑哧、扑哧"地洗着，半天才说，你爸？他把衣服拧干搭在床沿上，站在她的身旁，阴阳怪气地说，给领导拍马屁去了。

说完坐回到他的椅子上。

你怎么敢骂我爸。陆小西假装怒视着他。

他吸着烟，高傲地翘起着下巴颔，脸上现出了一丝可疑的笑意，他不动声色地说，我说的是真话，我没骂你爸，他真的是拍马屁去了。

陆小西叫道：我绝不允许你污辱我爸的人格。

人格？陈岗冷笑了一下，又点燃了一支烟。陆小西想，他是一个大男人，大男人怎么能随便骂人呢？

陈岗一边抽烟一边看着陆小西。他是从大城市北京来的，他一直很高傲，从不把北方小镇上的人们放在眼里，他嫌他们的牙齿黄嫌他们有口臭。这时他发现面前这个女孩的牙齿竟然是晶莹的白色，白亮白亮的，在暗黑的房间里显得那么洁净。他忍不住多看了她几眼，他虽然曾经和多个北京女知青谈过正式或非正式的恋爱，但在陆小西这样的女孩子面前，他仍然显得有点腼腆。此时他很想知道她几岁了，通过几次接触，他感觉这个小女孩很可爱，古怪精灵的样子，讲话时总爱歪着头，一副天真的样子。当然了，让他喜欢的最主要的原因是这个北方女孩的牙齿竟然是莹白莹白的。

他说，能告诉我吗，你几岁了？

陆小西没想到他会问自己的年龄，她还以为他对她的事一点都不关心呢。她调皮地歪了一下头，你怎么连这点礼貌都不懂呀，不要随便问女人的年龄。

陈岗一听，笑了出来，女人？你是女人吗？他越发对这个女孩产生了兴趣。他说，那好，就算我不懂礼貌，不过我可以告诉你我的年龄，我二十四岁了。

二十四岁？你不像。

那你看我像多大？

说了怕你伤心，其实在我眼里你起码有三十四岁了。真的，你看上去很成熟。听了我的话你是不是很失望呀，我跟你不一样，我就愿意快点长大，我恨不得现在就二十四岁，和你一样。

陈岗呵呵地笑着，他站到镜子前照了照。他说，我想起来了，我都好几天没刮胡子了，否则我没你说得那么老。他说着拿了剃须刀刮起胡子来。

陆小西站在他的身后，她说，我有一个同学叫小志，他也是男人，可他就没有胡子。没有胡子算什么男人呀，我心里一直很瞧不起他。就他，还总打击我，说我不是个好女人。

陈岗刮好了胡子后转过脸来，你看，这下我像二十四岁了吧。

陆小西伸过手去摸了摸他的下巴，她尖叫道：噫，太扎了，和我爸爸的一样。

陈岗的目光停在了陆小西的手上，他说，你的手真美，又细又白的，我真不敢相信每天坐在我对面的那个长相难看的人就是你爸爸，他怎么能生出你这么漂亮的女儿呢？

陆小西承认爸爸长得不太好看，但她不喜欢别人说他，她嘟起嘴来生气地说，我爸爸长得再难看，在我眼里他都是美男子。

还挺维护他，行，就算他是美男子，以后谁如果再敢拿他的长相开玩笑，我就告诉他们你爸是美男子。

这还差不多，陆小西坐在床上，跷着二郎腿，回想当天的考试题，大题都做对了，只错了两三个填空，她的成绩肯定相当不错了。她的成绩一直在全年级组名列前茅，人们经常指指点点地在背后议论她得天独厚的聪明，她经常心花怒放，她想将来她准能考到一所名牌大学去，也许会考到北京，也就是考到陈岗的家乡去。她知道陈岗很快就要回北京了。其他北京知青早都回去了，据说陈岗是因为一些历史遗留问题没有走成，现在他很孤单，以前爱慕过他的那些北京女知青都随着时间的推移而慢慢地疏远了他，她们不再写信不再用温柔的话语抚慰他心灵的伤口。总之，情随事迁，那些牙齿莹白的北京女孩都一个一个地把他忘记了。

陆小西看着陈岗的后背，她说：喂，陈岗，你把我爸的水杯给我端过来，听见没，陈岗？

陈岗正在镜子前梳头，他很潇洒地甩着头发，回过头来看她，他说你看我帅不帅？

他回过头来看她的样子真的很帅，这个造型在陆小西以后漫长的回忆里具有了永久不衰的帅气，但当时她并没有预料到。陈岗真的把水端了过来，放在了她的手边，他说：公主，请用茶。

陆小西喝水时陈岗认真地不错眼珠地盯着她看，陈岗发现，陆小西的睫毛很长，黑茸茸地覆盖在她白嫩的小脸上。陆小西也盯着他看，她用超乎自己年龄的目光大胆地打量着面前的这个男人。看来看去的，陆小西忽然咯咯地笑了起来，陈岗却不笑，依旧看她。再后来陆小西的脸红灼起来，她垂下头，隐隐约约地感到了难为情。

她看见自己的衣服很破很旧，指甲里有泥垢，胳膊腕上还画着一块又大又蠢的手表。她用手揉着那块大手表，越揉越糟糕，等她再次抬起头来时，发现陈岗已经不在了。

她走到陈岗的桌子前看玻璃板底下的照片，都是一些北京知青的合影，她抬起玻璃板抽出一张陈岗的一寸免冠头像，慌张地握在手心里，逃出了房间。

黄昏很好，陆小西看见陈岗站在篮球架子下眺望着远方，她低头像鼠一样从他眼前走过，手心里的相片快要被握碎了，走到拐角处回头偷看他时，发现他也正在看她，她跑了两步，逃出了他的视线，但一切似乎已了然于心。

她呼吸着黄昏里的潮湿气息，郁郁寡欢地回家去了。小志正在自家门口拍着一个皮球，见陆小西走过来他就迅速收了皮球回去了。他妈说让他疏远陆小西，因为陆小西父亲贪污过公款，一辈子也别指望提升，小志将来要娶媳妇绝不能娶陆小西，两家门户不相当。小志也烦陆小西，烦她细长的手指和她整天若有所思的怪样子。

陈岗和父亲是死对头，父亲总担心陈岗跟他抢办公室主任的位置，其实陈岗才看不起那个主任的位置。有一次父亲挪用公款被陈岗告发了，父亲从此对陈岗怀恨在心，恨不得把他攥在手心里捏碎。

整个夏天，陆小西都有点闷闷不乐，她爱上了搓洗，整天在井台边洗脸搓脖子，或者刷牙。她从小就喜欢刷牙，她喜欢牙膏落在舌头上时那种甜丝丝的味道，她一点都不知道，陈岗喜欢她是从她的牙齿开始的。那天妈妈说：你就没完没了地洗吧，也不怕洗掉了皮。

妹妹说：死热死热的太阳，也不怕中暑。

陆小西并不像以前那样总去找父亲了，她只是偶尔去一两次，躲在父亲的身后偷看对面那个北京知青。北京知青也看她，他们悄悄地用目光进行交流，眼里似乎藏着许多只有他俩才懂的秘密。是的，不知从什么时候起，陆小西认为她和陈岗之间有了一种无法言说的秘密，这秘密让她猜测让她伤感让她忧烦让她无所适从。

父亲除了喜欢在吃饭时叹气外，还愿意津津乐道地说陈岗的坏话。他说：陈岗太目中无人，总跟领导吵架，还想打我，整天就像吃了枪药，说什么看不惯我的市侩，他把自己看成什么了，还指望他那成了反革命的父亲平反，尽想好事，北京知青这几年全回城了，就他回不去，我看他得在这扎根一辈子了。

每次谈到陈岗，陆小西都不作声，一字一句地听，记在心里，然后一个人琢磨那些话。她知道陈岗不愿意在北大荒待一辈子，他每天都梦想着能早点回北京。

有一次陆小西在办公室里等父亲，陈岗忽然问她几年级了，然后他给陆小西出了一道题，一道很难的题。陆小西动用了大脑里所有的细胞也没做出来，后来陈岗做出来了，把答案给她看，她惊得什么似的，认为陈岗是她见过的最聪明的男生。

她心里对他的仰慕一下子又多了一层，她问他，为什么不去教书？

他哈哈地笑了一下，傻子才去教书。陆小西发现自己太愿意和陈岗在一起了，虽然他们之间有着年龄的差距，但陆小西感觉自己和陈岗的交流并无年龄的障碍。是的，他们很谈得来，他们在一起时，时间总仿佛过得飞快。每次陆小西离开陈岗时内心都藏着依依不舍的情绪，她不知道陈岗是不是也有着这样的感觉。

最近，陆小西学会了散步，她总是慢慢地走在清爽深沉的黄昏里，穿过一条一条的小巷，凉鞋敲击着寂寞的路面，她感到有一种她不太懂得的忧思正折磨着她。有时她能在散步的时候碰见陈岗，那个帅得没有道理的家伙总是一个人走着。他总是走得很快，丝毫都不像散步，他每次碰见陆小西时并不跟她打招呼，就仿佛没看见她似的，他总是在陆小西的殷切注视中走远。是呀，只有在父亲的办公室里他才认识她，而一旦走出那个房间，陈岗就和她变成了陌生人。陆小西不喜欢他硬装出的那种陌生的姿态，他无视自己的存在，这让陆小西非常伤心。

有一次，陆小西看见他和一个刚毕业的工农兵女大学生走在一起，这次他们走得很慢，边走边谈着什么，时而发出刺耳的笑声。那个女大学生名叫李萌，刚刚分配在镇中学教化学，据说以前就和陈岗认识。也许他们正在恋爱吧，想到这，陆小西心中蓦地产生了一种撕撕扯扯的痛触。

有一天，那个女大学生用做化学试验的烧杯装了两条金鱼给陈岗端了去，放在了陈岗的办公桌上。

陈岗吸着烟，眯起眼睛来看那两条鱼，他说，它们就像我，眼巴巴地看着外面的世界，却走不出去，别人都走了，唯独我走不了。

陈岗说着嘴角挂起阴沉的笑，李萌说，你应该记住一句话：谁笑到最后，谁笑得最好看。

这时陆小西走了进来，她大大方方地坐到了父亲的椅子上，双手撑着下巴看着陈岗和李萌，那样子仿佛是在向那对情侣示威。李萌说，这不是陆小西吗，你过来，我给你梳头，我最愿意给女孩子梳头了。

陆小西没想到她会记得自己的名字，李萌说，我当然记得你，你是学习最好的学生，人也长得漂亮。陈岗你看，陆小西是不是很漂亮？你不是总说这个小镇上没有漂亮女孩吗，你得承认陆小西是一个漂亮的女孩。

陈岗似乎并没有看陆小西一眼，他的目光一直粘在李萌的脸上，他说，在我眼里你是最漂亮的。

陈岗的话一下子刺痛了陆小西的心，他在夸李萌漂亮，自从李萌出现后，陈岗不再对她感兴趣了。她用嗔怪的目光看了陈岗一眼，而陈岗并没有接到她怨恨的注视，他正在不失时机地和李萌眉目传情，根本就意识不到一个十五岁女孩正在为他的言行伤心。陆小西注意到，陈岗看李萌的眼神是宠溺的、呵护的。

陆小西看见李萌从衣袋里拿出了一把很漂亮的小梳子，她走过去让李萌给自己梳头。陈岗心不在焉地看着她们，嘴角依旧挂着浅浅的冷笑。他跟李萌说陆小西的确是一个很聪明的女孩，她将来会比她父亲有出息。

我爸怎么了，你别总诅咒我爸的未来。

陆小西摆弄着手里的发卡，她永远都不许别人诋毁自己的父亲，陈岗也不例外。陈岗知道她生气了，他对李萌说，你看她，总认为她父亲是世界上最好的男人。

陆小西打断了陈岗的话，尖叫道，我爸再不好，我也不许你说他。

陈岗说，好，好，以后我再也不说了。

他说着从抽屉里拿出一本书给陆小西，他说你好好读一读。陆小西一看是一本《代数入门》。她不好意思地对陈岗笑了笑，谢谢啦，我一定好好学，将来考到北京去，到那时你可别不理我呀。

李萌说，这可不好说，人家一回北京，哪还能记得我们。

陈岗哈哈地笑了，谁说我要回北京了，我不回去了，因为我在这里喜欢上了一个可爱的女孩。

他说完很暧昧地看了李萌一眼，李萌立刻妩媚地回以羞涩的一笑。陆小西将这残酷的一切全看在了眼里，她真切地感到自己脆弱的心正在流泪。她迅速地让自己的脸上写满了忧伤，她希望移情的陈岗能读懂她脸上的那些无言伤痛。

　　梳完头，陆小西又回到了父亲的椅子上，她看父亲写的文章：改革春风吹满地，全国人民要致富。她偷看李萌，她觉得她的衣服很好看。前两天她曾跟母亲申请要求买新衣服，母亲不耐烦地说又没过年，哪有钱买新衣服。陆小西便学着蹬缝纫机，改制她的旧衣服，把肥裤子改成瘦裤子，把旧衣服加一圈花格子边，她每次把改制的衣服穿出去时，同学们都说漂亮。

　　她发现李萌在看陈岗时，总仿佛在欣赏一件世界上最优秀的珍品，两人一边给鱼喂食一边调情，全无顾及陆小西的存在。李萌说，今晚我们去看电影吧。

　　那个移情别恋的家伙立刻回应道：好啊，你这个主意太好了。

　　他们往电影院走时，陆小西一直远远地跟着他们，绝望地目送着他们亲密地走进了电影院。望着他们渐渐消失的背影，陆小西的目光缓缓地暗了下来，心一寸一寸地痛着，她发现李萌的身材很美，浑身上下洋溢着一种青春的韵味。陆小西又看了看自己，她知道自己不及李萌。

　　陆小西是学习委员，她经常在化学教研室里见到李萌，她发现李萌的周围有着各式各样的男友。他们经常和李萌在教研室和走廊里调笑、厮打，仿佛李萌好听的声音能使那些人的骨头发酥一样，陆小西看到李萌总是那个样子，像个大众情人似的。陆小西很气愤，她觉得陈岗应该知道这些，可是陈岗不知道，她为陈岗忧伤。

　　七月是雨季，雨季使陆小西心情很烦躁，以前她不这样，当天气稍稍有点放晴后，她便去找父亲。她知道父亲出差去了，不在办公室里，但她假装忘了，推开那扇门时，见陈岗正专注地看烧杯里的两条金鱼。她坐在床上，假装问父亲去哪里了，再假装问，出差了？什么时候回来？

　　陈岗的眼睛里闪闪烁烁地游荡着傲气和冷漠，听说前几天他和父亲吵架了，父亲为此气得一天没吃饭。看见父亲又气又饿的样子，陆小西恨死了陈岗，她不知道该怎样给父亲报仇。现在陆小西看着眼前这位高傲的仇人，心里罗列着纷杂的诡计。

前几天她如饥似渴地读着陈岗送给她的那本《代数入门》，她总感觉那书上有陈岗的气息，面对那书时就仿佛正面对着亲切的陈岗。母亲说陈岗还能送书给你？说不定是糖衣炮弹。父亲一听说陈岗送书给陆小西了，立刻把书夺过去，看也没看就扔到了窗外，叫道，你以后少跟那个臭小子说话，他是我最恨的人。

陆小西不顾一切地去窗外捡那本书，父亲抓住了她的胳膊，没记性呀？刚告诉完你。

陆小西站在门槛上哭了。父亲走后她把书捡了回来，压在了书包的最底层，以后再不敢公开读它。

今天她穿了一条改制的裤子，改得不太合适，裤缝歪了，她总要低头去摆正它。这时天空中滚过一串闷雷，房间里忽然暗了下来，接着哗哗的雨水从房檐上倾洒下来。那个家伙站在窗前看外面，闪电映亮了他的脸，陆小西坐在床上，她后悔没在下雨之前离开。

他在窗前站了一会儿，也坐到床边来，他的目光落在了她的手上，他说，你的手真美，你应该去弹钢琴。

很多人都这么说，可是我妈妈不许我弹钢琴，她说我应该把精力全放在学习功课上。

陆小西摆弄着自己细长的手指抬头看他，你妈妈在北京吗，她一定很想你吧？

噢，我妈妈她目前不在北京，她被下放到农村去了。说到这时陈岗表情有些沉重，陆小西明白他的感受，她听说陈岗的父母都曾经是高干，现在全都被下放了。陆小西知道她不该在他的面前提到他的父母，这会让他伤心。

的确，这个话题让他们的谈话陷入了沉默，两人不再说什么，同时望着窗外的雨。陆小西说，那，你能和李萌结婚吗？

李萌？陈岗坏笑了一下，你怎么会这么想，我从没想过要和她结婚。

那你，你们看上去像是在恋爱，人们都这么说。

恋爱？没有那回事，我们只是好朋友。

陆小西听他这么说，脸上立刻现出了灿烂的笑，你知道吗，李萌有好几个男朋友呢，她经常和他们约会，她宿舍的窗帘总是挡得那么严，也不知道她在里面干什么。

好几个男朋友，都谁呀？你说说看。

陈岗似乎对这个问题很警惕，转过整个脸来对着陆小西。陆小西隐隐地感觉到他还是那么重视李萌，这让她很失落。她说，她的确有好几个男朋友，那个教体育的，还有镇长的儿子，反正好几个呢，他们总在一起拉拉扯扯的，看上去很轻浮，你知道吗，李萌根本就配不上你。

教体育的、镇长的儿子？陈岗双手托腮重复着陆小西的话，他的脸上似有些醋意。他说，那你认为李萌喜欢我多还是喜欢他们多？

陆小西知道李萌真正喜欢的人是陈岗，但她不想那么说。她说，我看李萌喜欢的人是镇长的儿子，因为我听说镇长的儿子总是待在李萌的宿舍里，很晚很晚都不出来。

其实，陆小西很清楚，经常待在李萌宿舍里的人是陈岗，而不是镇长的儿子，她这样说，是想让陈岗离开李萌。这个消息的确让陈岗有些吃惊，他还以为李萌只和他一个人睡了觉，原来还有别人。如果不是正在下雨，陈岗肯定会马上去找李萌，向她问问清楚。他转向陆小西，感觉这个女孩的确有些早熟，她懂得的东西比他预想的要多得多。面对陆小西这样一个花蕾般的北方女孩，陈岗的内心确实隐藏着无法告人的喜欢。在爱情这片土地上他已经潇洒地走了好几个来回，他品尝过无数的女孩，而陆小西，就像一个刚煮熟的剥了壳的鸡蛋，透明白嫩，令人浮想。

陈岗从抽屉里拿出一本《红楼梦》来递给了陆小西，他说，你应该看看这本书。陆小西高兴地说，我看过了，我最喜欢里面的林黛玉，她多愁善感、郁郁寡欢，看到她死的那段时我都哭了。

陈岗想她连林黛玉都知道，那她一定懂得爱情了。他说我和你不一样，我像你这么大时连《红楼梦》写的是什么都不知道。你知道吗，你很早熟。

早熟什么呀，都没有男生喜欢我，我这辈子还从来没有和哪个男生约会过。

你才几岁呀，等你长得再大一些，和你约会的男生恐怕要排队等候呢。

那你第一次约会是在什么时候？她一定是个北京女孩吧。

其实陆小西早就想问他这个问题了，在她看来，第一次跟陈岗约会的那个女孩太幸运了。陈岗把目光投向了窗外，雨似乎越下越大了，他望着迷蒙的雨雾，心也变得潮湿起来。他想起了自己的第一次约会，那的确是一个北京女孩，他用尽了全部感情追来的女孩，最后还是跟别的男人走了。那是他的初恋，他不愿意回忆，因为每次回忆都能使他那看似已经愈合的伤口再次疼痛。其实他心里一直有一个梦想，那就是，回到北京后，要把那个初恋女孩找回来，他发现，自从那个女孩离开他后，他好像再没有真正爱上过哪个女孩。

陆小西见陈岗陷入了沉默之中，她知道他肯定是在回忆，或者快乐或者痛苦，从他的表情上看，他是痛苦的。她说，我猜出来了，第一次和你约会的那个女孩肯定离开了你，这让你一直都在痛苦。

陈岗抱着头没有作声，她翻看着《红楼梦》，她感觉到陈岗坐得离她很近，她都能听见他的呼吸了。他说林黛玉是个悲剧人物，我不希望你受她的影响，他说着把手搭在了她的肩上。她并没觉得突然，只是害怕，她垂下没有一丝纤尘的眼睛，看那只从肩上落下来的大手和胳膊，那条胳膊后来完全地把她拥住了。天呐天呐，他要干什么？她在心里惊恐地喊着。后来她无数次地回忆这段时，已想不起当时她都想了些什么，她想她只是全部身心地恐惧，记忆也被锁住了。

后来他放开了她，迅速地站起来，走到椅子边坐下了。她看见他的眼睛在昏暗的房间里闪着光。他们对视着、沉默着，什么都没有说。

外面的雨小了，滚滚的黑云匆匆地向北移去。过了很久，一道阳光射进房内，照亮了他们的沉默。陆小西站起身来抻了抻衣服，走到房门那里，她什么也不想说，她想马上回家去，她看见自己的裤缝歪了也没敢去摆正它。

陈岗把《红楼梦》塞在了她的手里，"送给你了，还有这把伞。"

那是一把红伞，红得有点张扬，陆小西走在回家的路上时心里又幸福又惊慌。她是怎么了，和一个自命清高的男子有了拥抱，这也许就是恋爱吧。恋爱原来就是这样，有着那么多的不确定和猜测，但是他们拥抱了，这好像就是一场轰轰烈烈的爱情的开始。

陆小西回到家后迅速将书和伞藏了起来，她感到自己浑身上下有一股陌生的气味，这气味是陈岗的，她的身上有了陈岗的气味，一想到这些她便紧张得有点发抖。

妹妹一直在旁边暗暗地观察着她，她说，你身上有一种味道，你怎么不去洗洗呢？还有你那凉鞋，那上面全是泥，刚才你到底去哪里疯了？我和妈都很担心你呢，下那么大的雨，却找不到你。

陆小西呆呆地站在黑暗的屋子里，心中回旋着一种没有道理的伤心。她凄凄惨惨地难过了一阵，觉得自己再不是原来的自己了，她把头伏在桌角上，努力压抑着内心的彷徨和无助。夜里她躺在黑暗中独自笑着，无声地、幸福地、忧伤地。

从那以后，陆小西变得沉默了，清澈的眼底里蓄满思索，不爱笑，功课成绩也起起伏伏地涨落着。她的心里生长出蓬蓬勃勃的杂草，她拔不尽它们，她认为她拥有着世界上最繁杂的思绪，她不知道该怎么让自己平静下来。

她和那个家伙互相地回避着，那个雨天之后，她再也没到父亲的办公室去过。时间依旧像水一样静静地向前流淌，陆小西从课本上抬起头，心头仿佛有一团乱麻，她知道自己承受的正是思念，沸沸腾腾的爱意挤满了心房。

陆小西想，思念是绝望的，昏天黑地，刻骨铭心。

然后是秋天，陆小西坐在教室里，听着窗外落叶"哗哗"坠落的声音，看着落叶随了风在校园里翻滚、挣扎。她想起陈岗走在落叶中的情景，落叶砸在他的肩上，他并不躲开，仿佛想让落叶埋葬了他。"他早就把我忘记了。"陆小西想。

父亲单位分水果时，陆小西拿了口袋跟在父亲的身后，水果堆了一地。她看见陈岗站在远处，看他们装水果，她能够感觉到陈岗在看她，她的心紧张得狂跳着。他的目光看起来是那么的多情，那目光仿佛在说，陆小西，我爱你，我只爱你一个人。

有很多时候她想鼓起勇气去他的宿舍找他，可总是走到一半时又折了回来。她去找他干什么，接着拥抱吗？这想法太可耻了，她劝自己千万不能主动去找他。她知道陈岗一直在和李萌交往，她无法去阻止他们的交往。用陈岗的话说，是李萌在主动追求他，他怎么能拒绝一个女孩子的主动追求呢？

这时李萌来了，她无比婀娜地站在了陈岗的身边。陆小西看见，李萌一出现，陈岗的目光立刻从她的身上移到了李萌的身上。李萌打扮得像一只花蝴蝶似的，耀眼地站在人堆里，许多人的目光都转向了她。当李萌的长发散落到脸前时，陈岗殷勤地替那美人将头发掖在了她的耳后。他们有说有笑地聊着，有时身体上会有一些不远不近的碰撞，他们说了一会儿话，然后进屋去了。陆小西记住的，是那两个挨得很近的后脑勺。就这样，她眼看着自己的爱情烟花般绚丽了一下后，瞬间又碎掉了。

陆小西"啪啪"地把水果往口袋里摔。轻点，看摔破了皮。父亲说她，她嘴一撅，我还不干了呢。她抬起眼睛看那两个后脑勺消失的方向，蹶蹶地走了。

自从那次拥抱后，她一直希望陈岗能来找她，他们不是正在恋爱吗，那为什么他好像全都忘记了，他仍然和李萌在一起，那她算他的什么？他知道她正在承受煎熬吗？他知道她每天都在思念他吗？

晚上她想试着给陈岗写一封信，向他诉说一下自己不快乐的心情。陈岗，她这样写道，她感觉直呼其名有点太过冷淡了，那么岗，天呐，这未免有点太暧昧了，一个字的爱称，她还从来没有这样叫过，那么陈，好吧，就叫他陈，尽管他说过她可以叫他哥，他说你不是没有哥哥吗，她好像叫不出来，也许是没叫过的缘故吧。

陈：我无数次想过，也许我们正在恋爱吧，你知道吗，我每天都很忧伤，我想你。今天看到你和李萌在一起，你们那么亲密，我感到自己都快要崩溃了，我们应该谈谈，你说呢？

她一口气写了很多，那语气像极了一个怨妇，从头到尾都在控诉着一个薄情的男人。她把信装在了书包里，准备找机会交给陈岗。

陆小西给陈岗送信时陈岗正在他的宿舍里睡觉。陆小西第一次到他的宿舍来，里面很乱，有一股男人的味道。陆小西站在门口，向里面探了一下头，陈岗看见她后并没有从床上坐起来。他面无表情地看着她，他的冷淡让她想哭。她和他对视，指望着能从他的目光里找到一点温暖和关爱，可是没有。陆小西就那样傻傻地站了一会儿，之后把手里的信狠狠地扔在了地上，之后她跑走了。

她多么希望他能叫住她，可是他没有，陈岗对她的过分疏离，让她无法承受。

信送出去之后便石沉大海了，陈岗没有找她也没有给她回信。她经常绕到他的宿舍那里去，指望着能看到他，可他似乎在故意躲避着她。有一次她看见李萌进了他的宿舍，那是一个冬天的晚上，李萌进去后就再没出来，直到熄灯。陆小西一直站在寒冷的冬天里望着陈岗的窗口，陈岗和李萌住在了一起，这是陆小西不愿意看到的事情。可是他们能在漫长的冬天的不开灯的夜晚里干什么，陆小西感到自己在浑身发抖，她一个人站在那里哭得稀里哗啦，黑暗中只有她自己能听到那绝望的哭声。

二

过年时，陆小西有了一双漂亮的棉手套，手背上还有绣花，是妈妈给她买的。每天放学后，陆小西都把手放在温暖的手套里，低头往家走。每次从陈岗的宿舍路过时她都希望能看到他，可是总也看不到。她最不幸的事情是失眠，在黑暗中辗转反侧，张大眼睛寻求解救，却永远无助。

后来，冬至那天的傍晚，陆小西正走在放学的路上时，一个人忽然在一棵大树后探出了一个头，晶亮晶亮的眼睛看着她，然后从容地走了过来，在她面前站住了。是陈岗，披了一件大衣，魁梧的身姿遮住了傍晚凄冷的落日，她仰脸看他，瘦小的双肩在棉服里抖动着，他指一指前面，说，走，去我那里。

他大踏步地走得很快，陆小西慢腾腾地跟着，天上有烟雾和风，傍晚正快速地向黑暗滑行。行至他的宿舍门口时，他们什么也没说，悄悄地进了屋。

房间里较前次整洁了许多，肯定是李萌在为他打扫。陆小西胆怯地站在书桌边，陈岗拿了水果给她吃，他看上去很高兴的样子，他说，我父母给我来信了，他们都平反了，我可能马上就能回北京了。

陆小西对这个消息并不感到意外，因为陈岗回北京是迟早的事情。她喜欢陈岗并没有想过天长地久，她只需要陈岗在没离开小镇的这段日子里能给她带来快乐。

那恭喜你了，只是你回北京后一定会忘记我吧？

陆小西笑着看他，目光里装着满满的羞涩。

怎么会，你的牙齿好白，你是这个小镇上最漂亮的女孩，我永远都不会忘记你的。我这里有从北京带来的一管牙膏，一般都买不到的，还没用过，送给你吧。

陆小西欣喜地接过那牙膏，包装很精美，她从来都没见过这么漂亮的牙膏。

陈岗说，藏好了，别让你爸看见，其实你爸那人也不坏，他只是有点市侩。

陆小西一直在等陈岗跟她谈那封信的事，可是陈岗只字不提，不提也好，免得大家都难为情。在陈岗的书桌上陆小西看见了一张照片，那照片是陈岗和一个女孩的合影，那女孩很清纯的样子，他们看起来很亲密。

见陆小西的目光停留在了那张照片上，陈岗在一边笑了。他说，都过去了，是以前的一张照片，这女孩早回北京了，回去后就再也没和我联系过。

都分手了还摆着照片，肯定还时常想念。看得出来，陈岗是爱过那女孩的，说不定回北京后他们还会重修旧好。陆小西把目光从照片上移开，心里有隐隐的痛，她和陈岗的感情脆弱得就像那薄冰，一触即碎。

陈岗炫耀地说，我十八岁时就开始调戏女孩，从那时开始我就知道，高傲的女孩都是装出来的，我是一个高干子弟，她们都巴不得成为我的女友。

你调戏她们，怎么调戏？陆小西好奇地问他。

陈岗走近陆小西，仿佛很轻浮地将手放在了她的肩上，他说，就像这样，我吻她们的唇，抚摸她们的身体。

陈岗说着将嘴唇靠近了陆小西，陆小西立刻推开了他，她从心里不喜欢他那么轻浮，他到底吻过多少女孩？

陈岗并没有在意陆小西的拒绝，他说有很多女孩都追过我，她们求我爱她们，可是自从初恋后，我好像不再能轻易地爱上谁了。

陈岗炫耀他的爱情时，陆小西想尽快离开这里，她早就知道她永远都成不了陈岗的唯一。女孩子们就像陈岗身边的蝴蝶，这个飞走那个飞来，陈岗也许哪个都不想留下。

陆小西闷闷不乐的样子陈岗看在了眼里，他是了解女孩子们的，此时他并没有什么心思去哄这个女孩。他满脑子都是回北京的事，看见陆小西不快乐，他只能草草地安慰她两句。

　　陆小西离开时，陈岗从抽屉里拿出了一个淡绿色封皮的日记本，他说，有什么想法都写在这里面，写好了给我看。对了，里面有一封我写给你的信。

　　陆小西捧着那本子，心里激动得想哭，他写了信给她，她猜不出他能写什么，她想马上看到。她仰脸对他笑了一下，他把她揽进了他温暖的大衣里，她想这是她有生以来得到的最深刻的一次温暖，她想她正在被巨大的幸福覆盖。当她从那种覆盖中惊醒过来时，她立刻挣脱了他，她羞涩地看了他一眼，捧着那个本子，默立了一会儿，之后飞快地跑走了。

　　陈岗的信夹在了日记本里，他写道：小西，看了你写的那封信，没想到你是如此多情的女孩，其实我是不值得你爱的。一直以来，对待女人，我都是很随性的，我得承认，我有过很多女人，似乎和哪一个我都没有认真过。我寻求的是短暂的快乐，而不是永远。我听李萌说你最近学习有了退步，这里也许有我的原因，你现在还不到十八岁，属于未成年人，爱情还不是你涉足的事情。你现在的首要问题是学习，我希望你学习棒棒的，将来考到北京去，到那时如果我们有缘，也许还会相爱。陈岗。

　　陈岗的信看起来有些残酷，他的信陆小西读懂了，他是在告诉她，他可以和很多女人在一起，但那不一定是爱情。

　　尽管这样，陆小西还是忘不了陈岗，她真想永远依偎在他温暖的怀抱里，尽管不是爱，她也幸福。

　　那天，她发现李萌特别漂亮，时髦的裙子，漂亮的高跟皮鞋，耀眼的披肩发，飘飘荡荡地把小镇的春天渲染得多姿多彩。陆小西知道，她这身打扮是给陈岗看的，果然，那飘飘荡荡的长发穿街走巷地奔陈岗去了。陆小西跟着她，几乎和她同时走进了陈岗的办公室。父亲不在，陆小西怯怯地站在门口，她是来和陈岗告别的。她听说他明天就要走了，她看着那个家伙嘴巴上前呼后拥的茂盛胡须，以及他手里握着的透明的酒杯，她知道他很兴奋。

　　陈岗看了看李萌，又看了看陆小西，然后有滋有味地呷了一口酒："哈哈哈……哈哈哈，我终于要走了，我父母终于平反了，妈的，我要报仇，我要杀人。"

李萌倒了一杯水端给陈岗，让他解解酒。她又转向陆小西，你是来找你爸爸的吧，他不在，你回去吧。

陆小西知道李萌在赶她走，她想单独和陈岗待在一起，陆小西固执地没有动。她坚定地说，我不是来找我爸爸的，我是来和陈岗告别的。李萌愣了一下，去看陈岗，陈岗点了点头，对，告别，我们为什么不告别呢？

李萌拉过陆小西，来，我给你梳头，然后把这个漂亮的梳子送给你，你还不知道吧，这梳子是陈岗以前送给我的，现在他要走了，我不想留下他的东西，我怕睹物思人，让我害了相思病。

陆小西低头看了一会儿脚尖，终于走向她，任她摆布自己的头发，梳完头，她接过了那个漂亮的梳子。

陈岗一口接一口地喝酒，目光混浊狰狞，陆小西心里很怕他。李萌夺陈岗的酒杯时，陈岗倒在了李萌的怀里，他调戏着李萌，李萌也不失时机地回应着他，陆小西憎恶地看着他们，当陈岗逼她喝酒时，她一口就干了一杯。陈岗没想到这女孩还挺有酒量，他喂陆小西吃花生米，然后两个人一起干杯。

一会儿陈岗便瘫软在了床上，李萌让陆小西帮她把陈岗搀回了宿舍，安顿好陈岗后，李萌看了一下表，她说她得走了，因为她妈妈从外地来看她了，她得回去陪妈妈。

陆小西听说她要走，心里非常高兴，她终于可以单独和陈岗待在一起了。李萌走后，房间里立刻安静下来，夜晚已经降临，房间里没有开灯，陆小西坐在黑暗中看着酣睡的陈岗。她拿起他的手，握在自己的手里，他马上就要走了，从此她也许再也见不到他了，她会想念他的，因为这是她的初恋。想到这陆小西伤心地哭了，她的眼泪洒在了陈岗的手上，陈岗慢慢地醒了过来。

陈岗吻住了她的手，她说，我知道，你很快就会忘记我的。

他什么也不说，微闭了眼睛寻找着她的嘴唇，她伏下身，迎合着他的需要，就这样，她和他，有了初吻。她任由自己年轻的身体被他粗暴地抚摸，然而当他撕扯她的衣服时，她忽然醒了，她拼命反抗，阻止着他的粗暴侵犯。

可是他不肯停止，弱小的她根本不是他的对手。

　　寂静的春天的夜晚，醉酒的陈岗霸道地占有了她。之后陈岗沉沉地睡去了，陆小西悄悄地离开了，她坐在篮球架子下，看天空中的星星，和星星下寂寞的小镇，深黑的夜里看不到鸟，没有飞翔的迹象，而陈岗却要飞走了，带着那刻骨铭心的相思。刚才陈岗说她是他一生都无法忘记的女孩。

　　第二天中午，父亲在家里的饭桌上说，陈岗那小子走了，今天一大早就走了，太好了，我少了一个敌人。

　　陆小西把筷子抵在洁白的牙齿上，她多想再见他一面呀，她想告诉他她要永远和他在一起。她放下筷子，去隔壁的房间，把头埋在枕头上，整个下午也没动一动。

　　妈妈说：你这是怎么了，要死呀？

　　妹妹说，已经死了，你看，直挺挺的一具僵尸。

　　然后两个人哈哈地笑，嗑瓜子，把收音机的音量调到最大。陆小西爬起来，往陈岗宿舍的方向走去，她看到那宿舍的门上挂着一个大锁头，也许过几天那间宿舍就会有新的人住进去了，她竟然忘记了跟陈岗要他的地址，他说过要给她写信，他真的会写吗？

　　陆小西在那个淡绿色日记本里找到了一张字条：等你长大了，陆小西，我来接你，等我的信，陆小西。

　　陆小西在心里一遍遍地背诵着这段话，她知道这个允诺会影响着她的一生一世，会使她浮起或者沉落。

　　她想着陈岗已经回到了北京，等他安顿好了一切后就会写信给她。每次她久久地发呆时妈妈都会训斥她，她想这一切不如意都算不了什么了。她心中一半是喜悦一半是压抑，这种混合物全都源于对信的渴望，她不知道那个家伙会不会写信给她，那时她又将以怎样超凡脱俗的激动心情拆开那封信呢？

　　她有时偷来父亲的钥匙在傍晚的时候去那个办公室，悄悄地坐在曾被陈岗拥有过的那把椅子上，在黑暗中追忆、思念、痛苦，满心浮荡着初恋的情绪。

　　陈岗走了之后李萌很快有了新的男朋友，她不知道陈岗会不会给李萌写信。夜深人静时，她喜欢在那个淡绿色的本子上记录自己繁繁杂杂的心境。妹妹说，妈，你看陆小西，她可认真学，只是咱家的电表在大踏步地前进呢。

妹妹细小的身体在被子里蠕动着，陆小西知道她小气的不是电，而是对她的偏见。

妈妈立刻用鹰一样的眼光审视陆小西，因为陆小西的班主任老师早就跟她反映过了。他说，你的那个女儿，学习成绩大滑坡了，你这个当老师的母亲该给她指导指导了。

想到这，妈妈说，是该抓紧了，你马上要考高中了，多耗几度电妈不心疼。

然而，信没有来，整个夏天，她的心都被深深的焦灼挤满了，她像一只受伤的鸟，在心里蓄积羽毛，却虚弱得没有了飞翔的力量。她的目光也一塌糊涂地迷茫着，她知道自己的意念苍老了，她早早地丢失了少女的天真，老诚持重地走在同龄人轻灵的笑语中，她不笑，她从来都不笑，在她脸上飘来荡去的是十足的忧郁或者莫名其妙的古板。

有一次下课后，陆小西在收发室里看到了一封寄给李萌的信，她一眼就看出了那信封上的字体，是陈岗写的，陈岗给李萌写了信，而没给她写。陆小西眼里噙着泪看着那封信，她真想把信拆开，看看陈岗都给李萌写了什么。陈岗在寄信人处没有写地址，只有内详两字。正当陆小西准备将这封信偷走时，李萌却忽然进了收发室，她很快发现了自己的信，并高兴地拿走了。李萌没有跟陆小西说话，自从陈岗走后，李萌再没有跟陆小西说过话。她似乎早已忘记了她曾经送过一把漂亮的梳子给陆小西，也许她每次给陆小西梳头只是为了讨好陈岗罢了，在她眼里陆小西也许一直是个不足挂齿的小屁孩。她根本无从知道陆小西和她一样，已经和陈岗上过床了。也就是说，她们拥有过同一个男人。

陆小西离开收发室后一直在哭，陈岗给李萌写了信，而没给她写，她恨陈岗，陈岗真的是一个薄情的男子，她把这份感情当成了生命的全部，而陈岗仿佛全然没有在意。陈岗越是这样，她却好像越是无法忘记。她陷入痛苦之中，仿佛整个世界都蓦然间暗淡下来。

第二天陆小西去找李萌，她站在李萌宿舍的门口，她说你把陈岗的地址给我，我想给他写信。

　　李萌轻蔑地上下打量着陆小西，不屑地笑了一下，陈岗跟我说了，未经他的同意，是不能把他的地址随便给人的，你知道吗，他说过，这个小镇上除了我，他不想和任何人通信，他恨这个小镇恨这个小镇上所有的人。

　　李萌说完眼神犀利地看了她一眼，然后高傲地回宿舍去了。李萌的话让她痛彻心扉，她双手抱膝地蹲在宿舍门口，眼巴巴地看着李萌的房门，直到天黑也没看见李萌出来，她敲她的门，喊她老师，可是她再没有理睬她。夜里一个男人敲开了李萌的门，之后她房间里的灯灭了。陆小西知道李萌关了灯后要和那个男人干什么，她认为李萌是轻浮的，很多男人都进入过她的身体。她蹲在李萌的门口，能隐约听见李萌叫床的声音，陆小西想象着那情景，她再一次想到了陈岗，她多么想念他呀，她多么想永远都和他在一起呀，可现实是这样的残酷。

　　她感到自己开始发胖，她吃得并不多，但却在发胖，她不明白这是为什么。

　　六月份，陆小西进入了考高中的紧张复习之中，她的紧张却是徒劳的，起早贪黑地紧张，在那些摊开的书本面前，却久久地不能进入角色。八月份，考高中的成绩贴出来了，陆小西的成绩并不是妈妈和妹妹想象的前几名，而是倒数第十。妈妈站在榜前，捏碎了手里的一小节粉笔，她在心里叫道，天啊！她到底是怎么了？

　　陆小西没有去看榜，她站在八月的阳光下，脸上漠然地没有表情，听妈妈和妹妹在屋里大声地抱怨着她寒酸的考分。她关上了房门，怒气冲冲地走到晾衣绳边，扯下了那些晾干的衣裤。

　　父亲听说她没考好，怪声怪气地说她还能考好，心思那么重。他又说陈岗竟然还给小西来过一封信，让我转给小西，说是让小西将来考大学报北京的学校，我把那封信撕了，他总想分小西的心，他心里的想法我最清楚。

　　妈妈说，你应该让小西看到那封信，说不定还会让她高兴起来，还能形成一种学习的动力。

　　父亲说，什么动力，只能后退。

　　这时陆小西进屋来了，他们马上停止了对话。

　　某一天陆小西惊恐地发现，她好像怀孕了。其实她早就觉察到了自己的异样，只是她不敢确定，当她的肚子越来越大时，她肯定了自己的推测，怎么办，她有了陈岗的孩子。她想告诉妈妈，又实在不敢，她想去找陈岗，可怎么去找，她连他的地址都没有。她在夜里不停地哭着，这时她想起了外婆，外婆住在离这不远的一个城市里。小时候她就是和外婆一起长大的，外婆最疼她了，小时候外婆就告诉过她，她说女孩长大后都要生孩子的。正好是暑假，陆小西跟妈妈说她要去看外婆，妈妈很爽快地同意了。

她看到外婆的第一眼时发现外婆还是那么的硬朗，外婆对她的突然到访感到很吃惊，但她非常高兴，她早就想自己的外孙女了。陆小西一看到外婆立刻泪水盈满了眼眶，她扑上去失声痛哭起来。外婆是了解她的，她跑这么远来看她又号啕大哭，肯定是出什么事了。当小西扑在她的身上时，她感到了小西身体上的变化，她把手放在了小西的肚子上，问，是这吗？

陆小西点了点头，又失声痛哭起来。

晚上陆小西和外婆躺在了一张床上，她握着外婆的手，告诉了她一切。听完小西的故事，外婆痛恨着陈岗，但恨是没有用的，先得把孩子弄掉。

第二天外婆瞒着外公将小西领到了一家医院，经过一番检查，医生说已经怀孕六个月了，时间太长了，只好生下来了。

这个消息对于陆小西来说，就像晴天霹雳，她伏倒在外婆的肩上不停地哭，外婆到底是经历过风雨的人，她说，别怕，不就是生孩子吗，我帮你。

陆小西在外婆家住了下来，外婆给妈妈打电话，说小西在她这里上学了，以后再回去。妈妈倒是没多想就同意了。

四个月后，在外婆的帮助下，陆小西生下了一个女孩。

外婆说她要领小西去北京找陈岗，她要把孩子送给陈岗抚养，她还要告陈岗，因为陈岗奸污了未成年的小西。小西立刻大哭着制止外婆，外婆说是你告诉的我，陈岗强奸了你，我们要让他接受法律的制裁。

陆小西摇了摇头，她求外婆不要那样做，她不想让这件丑闻被世人知道，她求外婆为她保密，外婆只好依了她。为了掩人耳目，外婆把孩子送了人。

陆小西回到父母身边时，已是第二年的春天了，母亲给她联系了学校，她开始上学。由于外婆保密工作做得好，父母一点都不知道她曾经生过孩子。她记住了外婆的话，以后不要再轻易相信男人。

小志正念高中，他已经长成了一个面貌英俊的高个子男生，开始穿奇装异服，留长发，还交一些不三不四的朋友，其中不乏女朋友。陆小西从外婆那儿回来后，他发现陆小西有了很大的变化，用他的话说，就是有了一种成熟的美。他对陆小西比较巴结，对她挤眉弄眼，有时还动手动脚的。陆小西就说你不要脸呀？你还有脸没有？小志就指着自己的脸说，这是什么你说这是什么，这难道不是脸吗？你真是白活了，脸也不认识。

　　小志交过几个不咸不淡的女朋友之后，就有点瞧不起陆小西了，他还以为陆小西在感情上一直是空白，他哪里知道陆小西早已是一个曾经沧海的人了。

三

　　后来，陆小西长大了，十八岁，老成持重地在高考复习班的房门里进进出出，齐耳的短发拥护着她白皙美丽的脸庞。有很多男生都认为她是班级里长得最漂亮的，同时也是性情最高傲的，是的，她很高傲，很少主动和哪个男生说话。头一年她没有考上大学，现在她在复习班里复习。她很认真学，仿佛一个总妄想发家致富的农民，没日没夜地在课本上耕耘，而到头来成绩总不咋样，妈妈请了许多高水平的老师辅导她，都不见效。

　　父亲的脸已经开始苍老了，她经常愣愣地看着父亲的脸，她想一切都会苍老的，包括记忆，可她知道她自己的记忆总是清晰耀眼，她能真真切切地看清自己心底里的那块疤，疤口上每次浸血多少她也记忆犹新。三年了，北京知青陈岗，仍然活生生地被这个少女记挂着，虽然她没有收到过他的信，但她仍然忘不了他，如果她知道信是被父亲扣下了，她会发疯的。

　　高考复习班的男生女生们惯常总是低头走路，鞋底摩擦地面的声音很拖沓，他们偶尔抬起脸时，也使人为那脸色担忧。陆小西就夹杂在这群人里，抄袭别人的姿态，也沿袭自己的陋习。唯独刘胜利不同，他总是昂首挺胸朝气蓬勃地走路，正如同他的名字，总保持着胜利本色。

　　陆小西就坐在他的邻座，她能听见他的呼吸，能看见他白净的脸和脖子上淡蓝色的血管，他戴着一副白边眼镜，看上去是一个十足的白面书生。

"你给我讲讲这道题。"

　　他拿了一道题问前排的一个女生，那女生可能很钟情他镜片后的细眼睛。那女生很使劲地看那双细眼睛，那双细眼睛立即笑成了两弯柔软的月牙，然后女生开始磕磕巴巴地讲，嘴角还涌出点白沫之类的东西。刘胜利听着，头点得像鸡啄米，一下接一下，一下接一下，陆小西用眼睛的余光都看得眩晕了。讲完后，刘胜利就感谢她，说让她有时间来家里玩，还让她别忘了把那本参考书给他带来。那女生立刻站起来说，我这就去宿舍给你取，说完兴冲冲地走出教室。

　　刘胜利扭过脸来呵呵地笑，对陆小西说，其实这道题我会，那本参考书我也有，呵呵，我只是想逗逗她。

　　陆小西的下颌支在桌子上，轻浅地笑了一下，没理他。她不喜欢这个细眼睛的男生，每次这个细眼睛的男生跟她说话时，她都把脸扭到一边去，假装没听见。有时刘胜利非要和她说话，她就生气地合上书到教室外面去了，她站在积存着雨水的房檐底下看脚尖，叹气。她同时也看了看自己的体型，很丰满，胸部和腰部都鼓胀起来，她心里不愿意要这样的体型，但毕竟是生过孩子的人了，体形无法和别的女生相比。

　　叶红卫是陆小西的好朋友，这时叶红卫也从教室里走了出来，站在了陆小西的身边。她矮胖，圆脸，像一个大龄老太婆，背后拖着一根粗大的辫子。这时她把辫子摆在胸前，见陆小西叹气，她便舔一舔干涩的嘴唇，见陆小西眺望远方，她就眯起眼睛。她们之间很少说话，但所有的人都知道她俩是好朋友，她们经常形影不离地沉默不语。本来叶红卫在女生当中是很能叫叫喳喳的活跃人物，可是一走到陆小西旁边，她就封住了嘴巴，后来她结婚有了孩子以后，仍然怀念着和陆小西在一起时的沉默。

　　"你为什么总是那么忧郁？"叶红卫问陆小西。

　　陆小西并没有收回眺望远方的目光，她看见一大片一大片的黑云正滚滚地涌来。她立刻想起了十五岁时的那个雨天，她被那个家伙拥抱时她在心里的呐喊，天呐天呐，他要干什么？

　　"下雨了，"叶红卫告诉她，"你的衣服都湿了。"她继续告诉她。她仰起苍白的脸，有一些雨落在了上面，她还想继续回忆下去，可是叶红卫已经把她推进了教室。刘胜利正趴在桌子上呼呼地睡觉，他脖子上的淡蓝色血管一跳一跳地起伏着。前排那个女生总回头看他，手里捧着那本精心保管的参考书。在淅淅沥沥的秋雨声中，刘胜利睡得很好，陆小西的回忆也继续水似的流淌。只有叶红卫在担心着她家的被子，她想她家的被子一定正在晾衣绳上尽情地被雨水冲刷，晚上，她注定要挨妈妈的骂了。

刘胜利的优点是脑瓜绝顶聪明，平时总看他耍贫嘴开玩笑，考试成绩却总是第一。每次老师让他回答问题，他都站起来，先把全班同学前后左右地看一遍，才清清嗓子，发表他的高见，他的高见确实高，每个同学都叹服他。

陆小西的妹妹很钟情刘胜利，她正在念高三，也面临着考大学。她经常跟妈妈说"复习班的刘胜利太棒了，物理竞赛他考99分，他领奖时表情可严肃了，我太崇拜他了。"

那个身材瘦小皮肤黑亮的女孩说完后去看陆小西，她说，"姐，听说他和你同桌，他喜欢跟你讲话吗？"

陆小西骄傲地咬着钢笔，把脸前的书翻得"哗哗"地响。小鹿转脸去看妈妈，小鹿是妹妹的名字，小鹿说，妈，你看陆小西不理我，她怎么可以这样对我。妈妈也很讨厌陆小西的高傲，她已打定主意，如果陆小西今年再考不上，就不让她考了，她得出去工作了。

四

高考结束后，陆小西坐在书桌前，往那个淡绿色的本子里写字，她几乎快把那个本子写满了，那张字条被她端端正正地贴在扉页上，"等你长大了，陆小西，我来接你，等我的信，陆小西"。

她重读那些话，心中依旧荡漾着几年前的那种激动，那几个字有些已不太清晰了，那是被她的泪水浸泡过的。她打算去北京找他，她觉得她今年能考到北京去，分数已经下来了，她的分数很高，她报的学校全是北京的，北京，她只是在电影里见过那座城市。她只是想去北京见见陈岗，她并不想向陈岗索要什么感情之类的东西，她心里很明白她和陈岗之间的层次，她不需要陈岗向她兑现纸条上的允诺，她只是想见见他，来抚平心中焦灼的渴念。还有，她得告诉他，他们有了孩子，她一个人孤独地在痛苦中生下了他们的孩子。现在她越来越想离开小镇，张大眼睛，领略一下外面的世界。对陈岗，她满心都是情义无价的感触。她把脸埋在那个本子里，想象着在京城的阳光下，他们的重逢，他依旧那么帅吧，她会把她的日记给他看，让他看到她是多么的想念他和爱他。

这时陆小西的想象被妹妹的叫声打断了，她听见小鹿正用少有的响亮的嗓音和妈妈在院子里说话，"妈！妈！"小鹿响亮地颤抖地叫着，"我的通知书来了，我考上了。"

陆小西一下子抬起头来，夺到门口，见小鹿举过头顶的信封正在夕阳的映照下红彤彤地闪着光。她镇定了一会儿，重新把头埋下去，心咚咚地跳着，她仿佛预感到会有什么不幸要来袭击她了。

她的通知来得很晚，是离家很近的一个城市里的师范学院。她知道自己报高了，最后漏在了一个不起眼的大学里，她拿着那个牛皮纸信封，走在白花花的月光下，淌着泪。最后她撕了那个信封，决定不去了，重新复习。

"一门心思地要去北京，北京有什么好的。"妈妈经常和左邻右舍们这样复述，然后换回一些虚虚假假的同情。陆小西看见妈妈开始发胖了，粗厚的腰重叠的下巴，走路时喘着粗气，她穿衣服时，陆小西帮她抻了一下，她感激地看女儿一眼，她想，陆小西有时也并不很坏。

陆小西在复习班里复习时，身边已经没有了叶红卫，叶红卫没有考上，她找了一个工作，在一个服装店里当店员。"我要是你，那所师院我也去。"

叶红卫在时装店里跟陆小西说，陆小西没吱声，试了几件衣服后走了。陆小西收到了刘胜利的信，他的信是从南方寄来的。也许是受南方酷暑的影响，他的信纸总是热辣辣地烤人，他说："明年你一定要报考我所在的这所大学，我喜欢你。"他还寄来了他站在校门口的相片，笑得龇牙咧嘴的，一双柔软的月牙眼在镜片后大胆地注视着她。陆小西把那封信夹在课本里，两个星期后才写了简短的回信给他说，我不可能考你所在的那所大学。冷冰冰地，囊括了北方所有的寒冷。

小鹿的照片也寄来了，神采奕奕地坐在用冰灯筑起的楼阁中，黑发上点缀着雪花，洁白的牙齿使黑脸更具特色。她在信上理直气壮地说：给我寄钱来。

妈妈总是很快地把工资的一部分给她寄去,还软声软气地在信上问:"够不够?够吗?"

每当这时,陆小西都把饭碗和饭盆的碰撞声弄得惊天动地。父亲也对给小鹿寄钱抱有成见,父亲现在经常学者般地坐在床上看书,因为他要考职称。他对妈妈说,听说陈岗那小子在北京发了财,在一个公司里当经理,听说还没有结婚。

他说这话时陆小西正把碗盆撞得叮当响,她没有听见。

元旦时,刘胜利又寄来了一张贺年卡,写了一首怎么看也看不懂的小诗,陆小西把那首诗给叶红卫看,叶红卫说人家这叫作"朦胧诗"。"朦胧诗?"陆小西嘀咕着把贺年卡重新放回到书包里,说:"帮我选一个胸罩吧。"

寒假时,小鹿回来了,她变得不像她了,时髦得有点认不出来了。她送了一管口红给陆小西,她说,给你,陆小西。

陆小西接过口红,把它放进抽屉里。她想,目前她还用不着这个,等以后她考上了,她就要用,甚至超过小鹿,她观察着小鹿的穿着打扮,她知道她自己离那些并不遥远。有一天刘胜利来了,站在她家窄小的房门口,遮去了所有的光亮,陆小西看见他,心中掠过一丝不快,却听那个男生大声大气地问:"小鹿在家吗?"

"在,我在。"小鹿披头散发地从里间蹿出来,把那个男生推到了院子里,然后陆小西看见那两个人站在院子里谈了很久。爸爸妈妈和弟弟都把脸贴在污浊的玻璃窗上向外偷看,妈妈说,看来小鹿有对象了。

小鹿送走刘胜利后,就站在镜子前涂涂抹抹,涂抹完毕就往外走,说,我去看电影了。陆小西知道那两个人正在寒假里抓紧交流,以便在短时间内达到某种令人陶醉的境界。陆小西躺在床上沉思着,嘴角挂起一丝冷笑。

她弟弟小文正在看一本武侠小说,看着看着一个人哈哈地笑,见陆小西瞪着他,立刻不笑了,放下小说继续做题。他上高一了,其实他学习成绩的好与坏,才是父母最为关注的问题。尤其是爸爸,整天往存折上累加数字,为他将来上大学做着准备。

又是一个八月,那天,陆小西正往家走,看见妈妈站在家门口喊她,大声地叫道:"小西!小西!你考上了,是北京,是工学院。"

她愣在那里，脸色红润了一下，她知道这是真的，她垂下头仔细地擦那些溅在裤子上的泥点。擦着擦着，她终于用双手捧住了脸，她慢慢地蹲下身去，任泪水撞击脚下的泥地。妈妈走过来，用力地扳起她的脸，把信封递给她，然后把她搀回家去。她虚弱地躺在床上，看那个从北京寄来的信封，北京终于来信了。

　　以后的几天，叶红卫天天陪着陆小西买东西。陆小西买了很多化妆品，她一个人躲在房间里化妆，化完后，她看见镜子里的自己相当漂亮，她把叶红卫送她的时装穿上，她站在镜子前，她想，陈岗会喜欢镜子里的这个人吗。正当她肆无忌惮地幻想时，弟弟小文匆忙跑进房来。他抽着鼻子说："姐，妈出事了，上班时忽然昏倒了。"

　　她惊愕地回头看小文，心里隐隐地知道一个早被她预料的不幸终于来了。

　　妈妈住进了医院，脑出血，整个人瘫痪了，父亲很痛苦，弟弟只知道站在医院的走廊里哭。陆小西抚摸着妈妈的手，她心里明白，她正面临着一个痛苦的抉择。

　　把妈妈从医院里接回来时，已是冬天了。陆小西没有去北京上学，没有走出小镇，她每天面无表情地忙碌在妈妈的身边，妈妈经常对她说一些类似对不起她的话。每当这时，她都立刻站起身走出去，她不愿意那样的话语总是徒劳地摩擦她的耳膜，现在谁也挽救不了这局面，只能承受。她哭过，她甚至想过死，她还想过无情无义地离开，不管妈妈的处境，可是她没有那样做。

　　小鹿没有回来看妈妈，她只是写了信，说她哭了，哭了很久很久，她还说真想和陆小西调换一下，让她一个人替她们承受不幸。有时叶红卫来看陆小西，她们在静寂的房间里沉默不语，陆小西揉着手指，叶红卫注视着挂钟。等到钟声敲响在某一个位置时，她便说，好了，我该走了。陆小西抬起眼皮望一望门，她便悄悄地走了。

　　那天，叶红卫依旧是这样注视着钟，钟声敲响在某一个惯常熟悉的位置上时，叶红卫却没有走，她又待了一会儿，慢声慢语地说："我，要结婚了。"

　　陆小西替妈妈按摩着腿，没有抬头，"结婚？"她说。

　　"下个星期日。"她说，然后站起身平整了一下裤子，走了。

陆小西看她的背影，看见她穿了一身新衣服，很别扭的一身新衣服。叶红卫结婚那天，陆小西没有去，她找出一个盒子来，里面装着所有陈岗送给她的东西：《红楼梦》《代数入门》、一把红伞、淡绿色日记本、还有一张陈岗的一寸免冠照片，她坐在那里仔细地把那些东西看了一遍，然后，她果断地把它们点燃了。想了想，又把那份来自北京的录取通知书也扔进了火里，看着愈来愈亮的火苗，她泪流满面，她决定，从此收回自己的目光，再也不去眺望远方了。

冬天，雪下得很大，陆小西呆呆地站在雪地上，她惨白的脸和雪融为了一体，她闭上眼睛，任由泪水尽情地流淌。

后来她揉尽了眼里的泪水，回家去了。她帮妈妈翻了身，收拾了大小便，然后去厨房做饭。等饭的香气弥漫整个房子时，她就坐在床上拆一件旧毛衣，她打算给父亲织一件毛衣。

她每天都重复着这样的工作，阳光每天都把窗格子印在床上，她和妈妈每天都不约而同地注视着那窗格子在床单上慢慢地移动，最后等来黑暗，在漫长的白天里，陆小西还能听到钟声，她经常踩着凳子给挂钟上劲，鼓励它敲出更有力的响动。后来，每一次钟响都能使她想起叶红卫，她有好几个月没来了，她想她应该去看看她了，为什么她不再来了呢？当然是因为有了伴，她不知道她找的那个伴是怎样的形象，她想她应该去看看。

她好不容易才找到了叶红卫的新家，听她婆婆说她上班去了，她婆婆说，红卫是个好媳妇。陆小西又去时装店找她，见她正软塌塌地趴在柜台上，胖脸上有些雀斑样的东西。陆小西也把身体伏向柜台，看玻璃橱里零零碎碎的商品，叶红卫握住了她放在柜台上的手，说，你看我这样子，不好意思去看你了。

陆小西想抽回自己的手，因为她发现自己的手很粗糙，而叶红卫的手却白嫩嫩的，叶红卫握得很紧，她试了几次没有抽出来。"什么样子？"她问。

"脸上这个样子，"她指指自己的脸，"我怀孕了。"

怀孕？陆小西在心里琢磨着这两个字，想起了自己怀孕的那段时间，叶红卫多幸福呀，怀孕时有丈夫疼，而她，她想起了外婆，外婆已经不在了，她的孩子不知现在可好。

回到家，陆小西继续织毛衣，打开电视看着，在心里计划着，织完这件再给小文织一件，再给小鹿织一件。又想，叶红卫什么时候才能来看她呢？

小志也没有考上大学，他爸在政府部门给他找了一份工作，这下身价提高了，女朋友的更换率也不断提高。那天陆小西在院子里晾衣服，小志从他家的墙头上跳过来站在了陆小西的身后，他说你看我是不是越长越帅了？陆小西说帅有什么用。小志蹲在地上眯起眼睛，"那你就嫁给我。"

陆小西说，我还不至于那么惨吧，我怎么能嫁给你？

小志说我那七八个女朋友都不抵你，你还挑啥，你连工作都没有，还好意思挑来挑去。陆小西使劲甩着衣服上的水珠，"反正我不会挑到你头上来，你安心娶别人吧。"小志说我要是娶了别人你可别偷着哭呀。说着从墙头上跳了回去。

一个月后小志真的结婚了，那女孩是政府的一个白领。陆小西站在墙根底下偷听他家的动静，一抬头让小志给看见了。小志说偷听啥，眼睛怎么红了，是红眼病吧？陆小西狠狠地瞪他一眼回屋去了。

五

叶红卫来看她的时候是领着她的女儿来的，她女儿已经四岁了，胖腿胖脸，活脱脱是她母亲的复制品。

"五年了，我都没抽出时间来看你。"

叶红卫搓着她瘦脸上的松肉皮子，她现在是瘦腿瘦脸了，她说那点肉全耗到这个小丫头片子身上去了。那个小丫头片子立刻扬起头来尖声尖气地反驳她："你才是小丫头片子呢。"

她们说这些话时正站在陆小西家的院子里，陆小西她妈正坐在轮椅里看书。那轮椅是在外地工作的小鹿出钱给她妈买的，有了轮椅后省事多了。陆小西目前正在一家宾馆的服务台工作，她出落得越发漂亮了，时髦的衣服包裹着她丰满的身体，引来了很多男人的注目。

有一天父亲问母亲，"她二十五岁了吧？"

"是呀，二十五了还没有男朋友。"她妈把轮椅向前推进了一步。

“该找对象了。”父亲肯定地说。

“是呀，该找了。”

陆小西正在厨房做饭，她看了看手表，两点半了，不对，哪能才两点半，又看了一下，原来表停了。这时她想起了孟安生，孟安生是一个做手表生意的北京男人，他还会修表，常年住在她工作的宾馆里。他经常用语言挑逗陆小西，陆小西也似乎对他有着一些不愿意承认的好感，也许因为他是一个北京男人吧，北京男人总能让她想起陈岗来，想起陈岗来，心就会有隐隐的痛。

第二天陆小西在宾馆服务台那里看到了孟安生，她说表坏了，让孟安生给她修一修。她感觉面容清秀的男子孟安生嫩绿得有点像青草，他看上去要比她年轻，他说着柔软的北京话，听上去那么亲切。陆小西坐在他的对面，那时她还没有预感到他会成为她的男朋友，她把手表捧给他，他熟练地打开盖，敲敲这碰碰那，便合上了盖，递给她，“好了。”他说。然后意味深长地看了她一眼。

她谢了他，站起身戴上表离开了，从大厅里经过时往回看了一眼，一下触到了他那情意绵绵的眼神。她赶紧收回目光，垂头往前走，心里却预感到了什么。

他那眼神似她当年深深迷恋的陈岗，在她心里深藏了十年的旧情就这样被一个眼神唤醒。她匆匆地回到服务台那里，想让匆忙把那种复活的东西埋葬，可是她失败了。第二天，表又停了，她敲它打它，它都不动，她只好再去找孟安生。她走进609房间，那男子正听音乐，见她来了，冲她笑，“又停了？”他问。

“嗯，又停了。”

她没敢看他，怕碰上他那足以杀人的眼神，她把表递过去，他重复昨天的动作，嘴里还打着口哨。“你曾经考上过北京的大学，却没有去，对不对？”他得意地冲她笑，“我听别人讲起过你。”

他停下来，打了几声口哨接着聊，眼睛忽闪忽闪地看她，“听说你两次考上大学都没有去，也许这是命中注定的事情。”

他不厌其烦地絮叨着，也不管她愿意不愿意听。

"你几岁？"

陆小西问他，忽然想起十五岁时那个家伙也这样问过她。

"二十二岁，比你小三岁，其实我并不小，我可成熟了，我爸和我妈都夸我成熟。"

"你怎么知道你比我小三岁？"

"我问了别人，你不会生气吧？"

他说完把表合上盖还给她，他说晚上一起吃个饭好吗？

她摇了摇头，委婉地拒绝了他。她不想和比自己小三岁的男人吃饭。

第二天表又停了，她把表放进抽屉里没有去找孟安生。

小鹿给她写了信，小鹿说她又谈了新的男朋友，这个男朋友比刘胜利强，她接着摆了几条新男朋友的优点，她说刘胜利妄想和她恢复关系，那是不可能的。陆小西觉得小鹿爱得太随意了。她想起以前小鹿和刘胜利勾肩搭背在街上走着的情景，叶红卫说许多人都议论过小鹿和刘胜利，说他们很般配。

陆小西又去修表时，是一个月以后。孟安生说："坏了这么久你为什么没来修？"

"你怎么知道坏了这么久？"

"我当然知道。"

"你怎么当然知道？"

"因为我故意让它在第二天停。"

那位二十二岁的男子说着话并没有停止手里的活，"要是它不停，你不是就不来找我了吗？我总是盼着你来。"

他说着，老练地抬起脸来看她，她没再吱声，转脸看窗外的情景，她戴好表出来时，那男子不动声色地对她的背影问："喂，明天来吗？"

她站在那里犹豫了一会儿，"我考虑考虑吧，"又说，"回头我给你打电话。"

这几天陆小西每天晚上都坐在不开灯的屋子里考虑着一个人。"孟安生"，她思考着这个名字，想象他松树般年轻耀眼的身姿，和活泼的性格，还有他的眼睛。想到那双眼睛，她立刻被多年前那些黑沉沉的回忆淹没了，想起陈岗给她的那个允诺已不可抗拒地成了谎言，她没有恨那个家伙，心中涌动的仍然是隐隐的思念。

有一天，孟安生往服务台给她打电话，说，你来一趟，你的表又坏了一个月了你为什么不来找我。

她放下电话，去卫生间的镜子前呆呆地站了一会儿，她换了衣服，准备去赴孟安生的约会。

他把她的那块手表扔进了纸篓，她惊愕地看他，见他从抽屉里拿出一块崭新的手表来，"送给你的，喜欢吗？"

"不喜欢。"她说，目光在纸篓那里浮游，那块被父亲命名为传家宝的手表暗淡无光地睡在那里。她回家后可能要挨骂了。

他硬把那块新表塞进她的手里，她没戴，只是用手握着。

"知道吗？我第一次遇见你时就对你产生了浓厚的兴趣。你是这个宾馆里最漂亮的女孩，知道吗？第一次遇见你时我就开始喜欢你了。"

陆小西使劲地回忆了一会儿，没有想起他们是什么时候第一次见的面，"我都不记得了。"

"这样吧，晚上我们去看电影。"

陆小西没有拒绝他，她把表戴在手腕上，知道生活重新开始了。她想他也许会领她去北京，她也许会见到陈岗。

陆小西没有记住电影的内容，她头一次跟男生看电影，她心中有愧疚，她觉得她不应该和一个二十二岁的小男生看电影。愧疚使她难受，难受使她反省，后来她终于站起身往外走，那个男子追上来，抓住她的胳膊，抓得那么紧，走在黑暗的大街上时，他说，我不在乎，我不在乎我们年龄的差距。

"可我在乎。"

她想挣脱他逃走，而他死死地抓住她不放，他们在黑暗中无声地撕扯着。最后陆小西屈服了，把头靠在他的肩上，他们慢慢地向前走去，夜无限得黑，没有月光，也没有星星，陆小西的手攥着孟安生的胳膊，陆小西觉得孟安生有一股绿味，清新的春天般的绿味。

以后，陆小西经常到孟安生的房间去，孟安生很小资也很细心，给陆小西买了许多在陆小西看来她一生一世都无法企及的东西。陆小西坐在宾馆的大床上，目不转睛地看着孟安生，孟安生也经常抬起头来看她，冲她笑，说一些无关紧要的笑话。陆小西在北京男人孟安生的影响下越来越会打扮自己了，很美丽的样子，似乎许多人都爱着她。

有一天，孟安生反锁了房门，拉严了窗帘，屋子里立刻暗了下来，陆小西观察着孟安生的一举一动，心里很明白他要干什么。孟安生拥抱她吻她时，她都没有拒绝，她紧闭着眼睛，她知道她把孟安生当成陈岗了，她所有的想象都没有离开过陈岗。孟安生并不知道这些，他单纯、热烈，他将来也许会是个很不错的丈夫和父亲。陆小西开始考虑嫁给他，也许这个男人会帮助她将她那些陈年积攒起来的琐碎心事全都削减掉吧。

当孟安生想和她上床时，她拒绝了他。她虽然是一个生过孩子的女人，但和男人上床这种事她只经历过那一次，从那以后，她对上床一直充满了恐惧。她想在上床之前她得问问他是否能娶她。此时，她是那么地想嫁给他，她要和他去北京，快乐地生活在陈岗的城市里，每天和陈岗呼吸着同一种味道的空气。她希望她走在街上时能与陈岗不期而遇，她希望陈岗能认出她来，并真诚地告诉她，这么多年来，他有多么想念她。

他强行解她的内衣时，她忽然问，孟，我们能结婚吗？

结婚？那男子一下子停止了动作，目光里似有疑问，陆小西看出来了，他好像从没考虑过要和她结婚。

你知道吗，我和你在一起是以结婚为目的的，我想和你去北京。

陆小西的内衣已被孟安生扯下了一半，她雪白的乳房露在了外面，孟安生执拗地将脸埋在了她的胸前，久久不肯离去。他说，你得给我时间，让我考虑。

第二天孟安生告诉陆小西，他考虑好了，他可以娶她，可以带她去北京。陆小西尽量掩饰着自己的欣喜，她主动脱下衣服，把自己雪白的乳房覆盖在他的脸上，然后把自己交给了他。以后，她经常在休息时到孟安生的房间去，她和他疯狂地做爱，仿佛要把这几年来耽误的时间全都弥补回来。孟安生惊讶地发现，原来这个看起来那么内敛的女孩竟然有着这样强大的爆发力，为了满足她，他多次偷偷地吃着性药，他喜欢听她的叫声，他总是在她的叫声中达到了意想不到的高潮。

陆小西急于嫁给孟安生，而孟安生好像不急的样子，他说，我们还小，不该急着结婚。陆小西知道孟安生特别喜欢孩子，她想也许她如果怀了他的孩子的话，他可能就会急着娶她了吧。于是她故意不吃避孕药，希望早点怀上。

不久孟安生回了北京一趟，他不在时陆小西很想他，孟安生从北京给她打来电话，说他妈给他介绍了一个女朋友，他说那女孩是北京的，年龄比他小，亭亭玉立的样子，他说他妈给他介绍女朋友是不想让他娶外地的女孩。

陆小西闻听此言立刻在电话里和孟安生发了火，孟安生感觉和那个北京女孩相比，他似乎还是爱陆小西更多一些，于是他从北京回来了。

陆小西在宾馆的大堂里看见风尘仆仆赶回来的孟安生时，她没有理他。他喊她，她故意把脸扭向了别处，这几天她过得很痛苦，她不想失去孟安生，她恨孟安生的母亲，她实在不该给他介绍什么女朋友。

孟安生从宾馆的房间里给她打来了电话，让她去，她尖叫着说，你还是去找那个北京女孩吧，说完她很无情地把电话挂了。她希望她挂断电话后孟安生能再打给她，可是他只打了一次就不打了，这让陆小西非常伤心。有时孟安生从大堂里经过，也只是冷淡地看她两眼，并不说什么。这让陆小西陷入了绝望之中，但她并不想主动去找他。她认为孟安生是男人，应该让着她，应该主动来找她，向她道歉。

两个月后，她心中忽然升起一股不可抗拒的恐惧，这恐惧越来越大，她确认自己怀孕了。她愣愣地坐在那里，想起孟安生，想起孟安生新谈上的女朋友，她想她得去找他商量商量，想个办法。她知道孟安生喜欢孩子，说不定他会很高兴。

"我怀孕了。"她平静地告诉他，手放在腹部那里。孟安生却很惊慌，"怀孕，是真的吗？那还不快打掉，去外地。"

他的态度让陆小西伤心到了极点，她还以为他会很高兴，没想到他会这么冷淡。她看见孟安生的床头柜上摆着一张女孩的相片，她马上移开了目光。孟安生领她去了附近的另一个小镇。挂完号，陆小西被关进了一个封闭的房子里，不一会儿又出来了，他问："怎么了？"

陆小西低了一会儿头，哭了，"大夫说我有心脏病，不同意我做。"

孟安生立刻蹲在地上，抱着头叹气，又站起身扳住陆小西的肩，"这样吧，我们结婚，我回家跟我妈说，不管她同意还是不同意。"

他们去车站买了汽车票又回来了，鬼鬼祟祟的，仿佛两个小偷。孟安生买了一大包补品给陆小西拎回家，让她等着，他要回去给他妈打个电话。

第二天，陆小西一个人悄悄地出去了，她去了镇子边的一个私人诊所，她听说过那里能做这种手术。果然，给她做了，只是价格贵一些，心脏也没出毛病。

孟安生来找她时，她正虚弱地躺在自家的床上，孟安生兴奋地说，我妈同意了，我妈同意我娶你了，当她听说你怀孕了时，就同意了。

"不用了，"陆小西淡淡地说，"我已经做了。"

说完惨白的脸上渗出一层细汗。孟安生愣在那里，"做了你就不嫁我了？"

陆小西点点头，目光凛冽地看他，让他害怕。他又愣了一会儿，从兜里掏出一把钱扔在床上，说："好吧，随你便。"说完大踏步地走了。

看着孟安生那绝情的背影，陆小西的心也跟着退了一步又一步。

第二年春天，孟安生回北京和那女孩结婚了，结完婚，孟安生把那女孩领了回来，他们经常亲密地在大厅里进进出出，陆小西站在远处偷偷地看着他们，他们看起来是那么的般配，是的，他们很般配，陆小西把嫉妒的泪水全都咽进了肚子里。

她很想念他，她经常徘徊在他的房间外，心中充满了对过去的回忆，她渴望他能珍惜他们的过去，继续和他相爱。可是孟安生仿佛把她忘了，再也没来找过她。不久孟安生回北京了，从此消失得干干净净，再无踪迹。

有一天陆小西在街上遇到了李萌，十几年过去了，李萌并没有太多的变化，还是那么漂亮，听说她已离了两次婚，现在又嫁给了一个外地的大款。她看到陆小西时并没有跟她打招呼，是陆小西主动上前拦住了她，陆小西说，李萌老师，你还记得我吗？李萌很做作地看了陆小西一会儿，仿佛很艰难地从记忆深处将她打捞了出来，她说，是陆小西吧。

其实陆小西将她拦住只是想打听一下陈岗的消息，李萌说她也早就不和陈岗联系了，不过她听说陈岗在北京混得不错，已经是一家公司的老板了，还听说他一直都没有结婚。李萌说，对了，陈岗曾经给你寄过高考复习资料，让我转交给你，我去找你时，听说你去你外婆家了，那些书我早已不知弄到哪去了。

和李萌告别后，陆小西无端地激动了一阵，陈岗一直没结婚，是在等她吗？她为自己有这样的想法而感到无地自容。陈岗还寄过高考复习资料给她，说明陈岗并没有忘记她。她想象着陈岗走在北京的街头去书店里给她买书，然后去邮局寄走，他会在给李萌的信里写上她的名字，让李萌把书转给她，他之所以给她寄复习资料，是希望她能早点考到北京去，早点和她相聚。

陆小西反复地想着这一切，一连几天都没有平静下来。如果那年她真的去北京上了大学，那么，也许她现在已经幸福地和陈岗在一起了。

陆小西的弟弟小文大学毕业后也分在了外地工作，家里只剩下了陆小西和父母，父亲也老了，正准备退休。邻家的小志正在发胖，他儿子都快上学了，他经常跳过墙头来跟陆小西说话，说他媳妇不讲理，哪如当初娶了你，你温柔，我打你你肯定不敢还手。

陆小西马上笑着打了他一下，她说你怎么知道我不会还手。小志他媳妇一看见陆小西和小志在一起就扯开嗓子喊他，小志小声说你听听，她多烦人，有时她还动手打我呢。他说着慌忙从墙头上跳了回去，又回头说，我怕媳妇的事你可别给我传出去呀！

她家的挂钟早已不响了，上面落满了灰尘，陆小西没有心思给它上劲，因为叶红卫也不来看她了，她觉得很孤独，心想叶红卫要是再来看她，她肯定会热情地待她。过几天叶红卫果然来了，说，你也不能总这样下去，我给你介绍个对象吧。

对，你给她介绍一个。陆小西的妈妈在一旁帮腔说。

于是，陆小西开始相对象，一个接一个地相下去，相到第五个时，陆小西不干了，诚恳地跟叶红卫说，我看算了，成功的概率太小了，高不成低不就，我觉得我都要得相亲恐惧症了。叶红卫也累了，牵线，说和，很难对付的一个工作。那天陆小西把她和陈岗的事给叶红卫讲了，叶红卫听完后一点都没有吃惊，她说她早就觉察到了陆小西的怪异，小镇上的人们也一直在私下里议论着她，多数人认为她是一个不太正常的女孩。

后来，陆小西认识了王志刚，王志刚经常住在宾馆里，他是北京一家公司的老板，经常出差路过这里。王志刚高高的个子，很有派头的样子，一看就是个有钱人，他每次来都喜欢和宾馆里的女孩们开玩笑，女孩们也爱逗他，唯独陆小西，总是冷傲地看他。王志刚想，这个女孩很清高，为此他对她发生了浓厚的兴趣，他有一个嗜好，那就是喜欢向冷傲的女孩挑战，直到她屈服。

那天他喝酒喝得高了一些，坐在大厅的沙发上，一眼接一眼地看陆小西，斗胆问，你，成家了吗？

没。她说，目光空洞地看着别处。

有了这个基础，第二次他又问了她另外一些问题，后来他们熟了，陆小西发现这个北京来的男人和陈岗和孟安生他们不太一样。

"我和妻子离婚了。"

"是么？"

"我想再娶一个。"

"是该娶一个。"

"你行吗？"

王志刚用目光逼视着她，直截了当地问她。

"不行。"

"为什么？"

"因为我不相信北京男人。"

"我和他们不一样。"

两个人和和气气地说着那件事，仿佛都很从容。陆小西喜欢他的爽直，他说他就喜欢特别的女孩，他认为她很特别。

那天她去了王志刚的房间，他们聊得很开心，王志刚虽然比陆小西大二十岁，但陆小西并不觉得他比自己大，他总是变着花样地逗她笑。她感觉自己很愿意和他在一起，她把他当成了一个无所不能的大哥，她真想放下自己那假装的坚强，扑在他的怀里无所顾忌地大哭一场。

那天王志刚从口袋里拿出一打钱给她，说，给你的，买点喜欢的东西。陆小西看着钱，想到她家的旧电视机也该换一个了，她妈的轮椅也该换了。她把钱装进自己的衣袋里，沉甸甸的，她心里很高兴。

和他默默地坐着，陆小西想应该说点什么，想了半天没想起该说什么，又想了一会儿还是没想起来。那样坐着，天终于黑了，王志刚掐灭烟，问，你，可以不走吗？

她站在窗前，用眼睛抵住他的目光，唯恐失去的样子，她的心雀跃了一下，然后她不易觉察地点了点头。

躺在他的怀里时，他说，和我去北京吧，你这么漂亮的女孩，怎么能一辈子待在这个寂寞的小镇，我领你去北京，见识一下大城市的风光。她欣喜地想，她终于可以去北京了。

他说，为什么你看上去总是心事重重的，有什么不开心的事就跟我讲好了。陆小西忧伤地把脸埋在了他的怀里，她尽量压抑着自己的哭泣，但她还是哭了出来。她感到自己必须要诉说，否则她会郁闷而死，她已经压抑了数年。

她跟他讲了自己那不堪的过去，包括陈岗，包括孟安生，包括她的女儿。

王志刚听完她的故事后，脸上似乎多了一层沉重的东西，他说："真没想到，你有着这样的故事。以前，我还以为你是一张白纸，原来，你不是。"

王志刚离开小镇时选择了不辞而别，他给陆小西留了张字条：对不起，我不能带你去北京了，因为，我不能接受你的过去。

陆小西忧郁地看着他的字条，愣了好久，她去卫生间，她把水龙头开到最大，让那种"哗哗"的声音淹没深深的绝望。她靠在宾馆的玻璃门上，张大着眼睛看着漠然的天空，她的目光空洞得就像一口挖干了的井。她用洁白的牙齿咬住嘴唇，一串泪水从眼眶中流了出来，她迅速地闭上了眼睛。他走后，她总是一边喝酒一边想念，每次都喝到满脸是泪。

酒醒后，她让自己淡定，坦然地面对忧伤。

就这样，她一直没有结婚，她之所以不肯离开小镇，也许潜意识里是怕陈岗回来时找不到她。就这样，她每天都傻傻地守望着，小镇的时光在她冷漠的注视中悄悄地向前流淌着。爸爸妈妈被妹妹小鹿接走了，弟弟也到外地工作去了，家里只剩下了陆小西一个人，她感到了前所未有的孤独。她曾试图去寻找自己的女儿，算起来女儿都该有十八岁了。她去外婆所在的那座城市，当然外婆早已不在了，她去一所大学寻找当年领养她女儿的那对教授夫妇，大学里的人告诉她，教授夫妇早就出国了，他们带走了他们唯一的女儿。她在心里给女儿起了一个名字，叫小叶子，小叶子没有根，像一片树叶，四处漂泊，因为她的妈妈不要她了，小叶子一定很漂亮吧，一定很像陈岗吧，她一直都没有见过她，她把想念深深地埋在了破碎的心里。

她一直没有去过北京，当有人提到北京这两个字时，她总能感觉到一种隐隐的疼痛。是的，那个她当年深深迷恋的男子，依然像一条蛇，固执地盘踞在她孤独的心里。

后来陆小西被一个台湾商人领走了，那台湾商人说陆小西忧伤的眼睛里盛满了往事的沧桑，他说他极其喜欢目光里有故事的女人。当台湾商人牵着陆小西的手离开小镇时，有人看见陆小西的眼里藏满了泪水。陆小西离开小镇后就再没有回来过，有人说她跟台湾商人去了台湾，也有人说去了北京，到底去了哪里，小镇上的人们一直没有得到确切的消息。

（原载《长江文艺》2010年4期）

作者简介

赵宇，女，中国作家协会会员，中国金融作家协会副主席。现供职于中国工商银行辽宁省分行。出版有长篇小说《春暖花未开》《马可的憧憬》、诗集《情缘》，多篇作品被《中篇小说选刊》等选载并获奖。现供职于中国工商银行辽宁省支行。

不够漂亮的女人

■ 冯敏飞

一

今天是叶素芬的生日，可她忘得一干二净。下午，那该死的考评会上，手机突然响起短信的声音，她慌乱关了。这么要命的会，手机话音早关了，尿也得尽量憋！

散会时天已黑。叶素芬怕女儿找，回办公室过道上便开了机，顺便看那条短信：今天是你的生日，请到食堂来庆贺。这是郑兴哲发的。

今天哪是我生日？我生日一个月前就过了，工会早安排了，让邮政局的礼仪小姐专程送上生日贺卡和礼品。这老色鬼，真是昏了头！叶素芬这么想，不禁一笑，没理会，三步并两步跑市场买菜，风风火火回家。

女儿方妮已经回家，一见面就抱怨叶素芬怎么一直关机，说夏雪今天过生日，要请她们几个要好同学去吃麦当劳。怕女儿学坏，叶素芬一般不让方妮跟同学来往。可夏雪不一样，是本行纪检监察室主任夏雨的女儿，就住隔壁楼，叶素芬放心。她将女儿的抱怨转嫁给郑兴哲和那该死的考评会，追问有没有男同学参加。方妮说全是女同学。叶素芬想了一下，找不出什么理由拒绝，便同意了，只要求她早点回家。

叶素芬将菜拎进厨房，正要开始忙，突然感到一个人吃饭没味，想到郑兴哲的邀请，想起下午看他短信之前还有过找他的念头，便给他回电话：你信息发错了吧！

没错啊！

还没错？哪个小姐生日？你们"小姨子"那么多，别乱套了。

哎呀——，除了你，我还有谁呢！

我又不是你的，你别胡说！

好了好了，我不胡说。今天11月15，没错吧！

什么啊，今天是12月……叶素芬终于明白，你是说农历啊！

农历今天确实是叶素芬的生日。自己忘了，丈夫、女儿跟她跟工会一样心目中没有农历。母亲早过世，父亲也不在世了，这人海茫茫大千世界惟有他一个人还按老历记着自己的生日，难得这份心意。这么一想，尽管郑兴哲催促让她马上出发15分钟赶到，她还是好好洗了把脸，又往脸上涂抹点脂粉，换去工作服，好像要给他点什么报答似的。

所谓食堂是一个河田鸡店。河田鸡是闽西的一种鸡，风味独特，许多地方有专以这种鸡开的饮食店，规模不大，物美价廉。郑兴哲有个很要好的老乡，叫戴常旭，在做生意，日进千金，三五天就要请郑兴哲到这儿来聚聚，所以戏称食堂。戴常旭是个很活跃的人，四面八方玩得转。他找了一个情人是税务的，这情人又有工商、交警等单位一群姐妹朋友，一个个戏称小肥皂、小香波、洗发水、沐浴露什么的。这个"洗涤公司"一个个年轻时尚，能喝会说，每次都热热闹闹，开开心心。在这美人丛中，郑兴哲也很陶醉，但他有自知之明，对她们没有非分之想。他要带一个自己的，这就选择了叶素芬。

叶素芬并不漂亮。虽然眉清目秀，年纪不老，肤色不差，好像找不出明显缺陷，但除了郑兴哲恐怕没人会用"漂亮"这个词来恭维她。她跟郑兴哲也不是暧昧。她进教行（中国教育银行）时，教行处于草创时期，全行总共只有百余人；他当行长时，对她家庭情况了如指掌，说年轻时跟她父亲同事过。他小儿子郑细春现在是教行行政部主任，可以关照她。戴常旭则可以无偿帮她拉存款，完成那些该死的指标任务。当然，有时她也为他的热情所感动。因此，对于郑兴哲的邀请，她常常会答应。喝了点酒，他有时会进而单独请她去喝茶，她偶尔也会答应，甚至让他吃点老豆腐，说不清谁中了谁的圈套。他要求发生关系，她则坚决不干，直截了当说我实在没那个心情！这是实话。不知怎么，叶素芬跟丈夫方浩铭都好久没来那事，何况这么个老家伙。今天晚上从食堂出来，他们又要去茶馆，叶素芬执意要回家。

干嘛，小方回来啦？

没啊，明天要开会。

明天的事今天急什么！

你当然不用急！整天打牌、打球、跳舞，工资福利还拿好好的。我们呢？整天累得要命，还有七考核八考核的会，你不知道那多要命啊！

什么重要会我没开过？省长没当过，行长还是当过吧？

你那时候跟现在比什么啊！现在，改革，改革——整天改革，改他妈个……越改越不是人过的日子！

那是哟！现在当行长，是没我们以前潇洒。

那你错了！改革受益总是当官的，吃亏总是当兵的。听说，明年工资改革力度更大，那差距不是几百几千元，是几倍十几倍！

唔……想开点，算了！说实话，银行再差，也不会比下岗工人差……

问题是我现在也快成下岗工人了！

不至于吧？

唉——，给你说不清楚。

蛮说说喽！杨行长做人还是可以的，说不定我能说上一两句。

给他说没用，县官不如现管。

你现在是谁管？

钱主任，钱正康。

哦——，我知道，在清明县当过行长，后来提拔的。还有谁？

文明办就我们两个……对了，还有一个，不仅是你提拔的，还是你生的……

你是说郑细春？他怎么管你？

他是第一支部的书记。年终考评，我们文明办和行长办公室、工会、监察室、行政部划在一个组，郑主任当组长。

哦——，那好说，我明天给他说说。

明天来不及！今天下午开始，明天上午就要结束打分。如果分数排在后面，就要被"末位淘汰"。真的，行长说了，年初行长会上就说了，今年在机关也要实行"末位淘汰"……实际情况比这还危急，她想慢慢展开。

那我马上说！郑兴哲打断她的话，立即掏出手机给他儿子挂电话。郑主任手机关机。郑兴哲紧接着挂儿子家里，说是到外面吃饭还没回来。没等多久又挂几次，仍找不到鬼影子。

二

叶素芬没有直接回家，忽发奇想独自到江滨散步。

沙溪是一座新兴的工业城市，规模小，人口少。一条大河总称沙溪，上游叫燕江，下游叫虹江，独独这一段只叫沙溪，由此可见这座城市的文化底蕴。两岸高山对峙，城区沿河分布，像一条排骨稍微带点肉而已。不过近年来市政建设发展很快，沿河建筑都拆了，植树种草，建亭筑台，成为没有围墙的公园。虽说早已入冬，可这两天气候反常，突然变热。本来，文明办两个月前就发了通知，要开始统一着冬季行服，即西装革履，违者扣分。可今天下午那该死的考评会，好些男同事都脱了西装松了领带，只差没开空调放冷气。现在天黑，也只是让人感到凉爽，而不是寒冷，江滨还有不少人散步。叶素芬找一块棕榈树边的草地坐下，心烦意乱。

一轮圆月当空高悬，叶素芬视而不见。像以往多少夜晚一样，她没去注意月亮的存在。草坪是安静的，河堤上有人散步，还有人钓鱼。如今钓者姜太公多，多半不在乎鱼。谁都知道，这河污染严重，上游就开始浑浊，经过这城市又变黑。河里的鱼煤油味，如果不养几天根本不能吃，有些人钓到随手就放了。对岸林立着广告牌，不论商业炒作还是政治宣传都装有霓虹灯，赤橙黄绿青蓝紫，闪烁着，变幻着，令人眼花缭乱。城市的生命是电，月亮是多余的。今天要大修电力设施，只能安排在下半夜三五点，并且提前几天公告。广告牌后面是铁路，不时有火车经过。在那些匆匆而过的旅客心目中，这座城市跟叶素芬此时此刻头上的月亮一样。

对于今天这场该死的考评，叶素芬心里已经做了三百多个日日夜夜的准备。该怎么述职，怎么填表，给谁打优打不称职，她早已拿定主意，只差填上去。当然，一想到要给一些同事打低分，特别是要给情同手足的郭三妹打不称职，她心里仍然觉得不是滋味，感到卑劣，感到……然而，不这样行吗？

落井下石不道德，可是有人把你逼到了井边上，如果让井下那个人爬上来你就得下去，在这种情况下，不让井下那人上来就成了必要。除非，你不要到井边。

父亲当年很帅，可他被打为"右派"，只能到一个寡妇家招亲，生了三个儿子和叶素芬。大哥和小哥随母姓，二哥和她随父姓。"三年困难时期"，大哥给活活饿死。二哥初中毕业，至今在耕田。小哥读中学时，父亲平反，招工进厂，前些年下岗，现在县城里踩三轮车。惟有叶素芬享福——在银行捧"金饭碗"，那是母亲用生命换来的。父亲平反恢复工作，不愿回原单位，就地安排在小学任教。当时，郑兴哲是地区教育局副局长，到县里检查工作时特地跑到镇上看望父亲，特批母亲招工到学校食堂。她读高一那个夏天，母亲到食堂柴火房抱柴做饭，不料被毒蛇咬了，不治身亡。又是郑兴哲出面帮忙，认定母亲因公殉职，照顾安排了她补员。那年，她才15岁，高中还没毕业，教书不合适，就让她当学校出纳。没两年，地区成立教育银行，要从各地抽调一些年轻的财务人员当储蓄员，郑兴哲力主调她来。

父亲年纪大了，阔别城市也久。在那个小镇他并不是没受过伤害，可是他已经在那里重新找到了生活的意义。退休后，他学了法律，帮人们伸冤；学了风俗礼仪，帮人们写对联主持红白喜事；还头一回当了官——镇老年协会的常务副理事长，整天忙得团团转。政治劫难过去，家庭烦恼接踵而来。先是二哥，怨父亲没让他多读书，不然也到城里工作了。父亲解释不是不让儿子读，是当时社会那样搞政治，实在没办法。二哥又怨，那么母亲死了补员，该让儿子补而不应该让女儿补啊！父亲理不直气不壮了。为此，几乎所有家产都给他，退休工资还按月给他一半。要是没有父亲的资助，二哥根本盖不起新房。可是女人家心眼小，二嫂还要三天两天冷嘲热讽：女儿好哩，咋不跟女儿住大城市？咋不叫外甥女姓叶？父亲有气没地方出，十个指头塞一嘴。他要了一间房，自己一个人起炉灶，每天吃完饭就跑老年协会……

小哥招工在县合成氨厂，找个本厂工作的妻子，生个儿子，日子本来不错。不想小型化肥厂每况愈下，小哥小嫂双双下岗，困难补助金没领多久分文没了。小嫂没事干，整天泡彩票站麻将馆。她财运欠佳中不了大奖，但麻技不错，常能赢点小钱带点米菜回家。小哥在街上踩三轮车，没什么生意，也常去赌，但是常输，欠下一屁股债。他找父亲要钱，父亲不给，还叫叶素芬不要给——不要鼓励赌徒。这样，父子关系自然好不成。

叶素芬经济上是宽裕的。尽管父亲不需要，她还是每月象征性地邮寄钱。近年来，他有些气喘，心脏也不太好，她从报纸电视上到处寻找特效新药。在他逝世前一个月，她还给了二哥整整3万元，委托他用最好的药医治父亲，并代她尽一切努力照顾好。

父亲的病时好时坏，叶素芬不可能请太多假去陪伴。在那些日子里，她非常怕电话铃响，怕传来他病重的消息。年关，病情稍有好转，她想等春节放假再回去。没想除夕下午二哥挂来电话，说父亲住院了。她说，明天一早就回去。刚吃完年夜饭，二哥又来电，哭着说父亲怕是不行了。她顿时落泪如雨，马上赶火车。父亲见到她病好三分，可仍然给病痛折磨得不断地呻吟。她细心地陪护他，让他一天天好转起来。春节七天假期结束，她又请一星期公休假，直到他差不多可以出院。然而，才过个把月，二哥又来电，说父亲送医院抢救。等她赶回去，他连亲人都不会认了。医生说没救，准备后事吧。但父亲迟迟没断气，还会咬牙忍痛，会说胡话，会傻笑，会乱比划，一天拖一天。她日夜守候在他身边，等他回光返照。第六天夜里，她禁不住多睡了一会儿，醒来却发现他已经断气……

事后统计，叶素芬超公休假3天，算旷工，受到通报批评。年底考评，她被评为"不称职"。如果今年继续"不称职"，那么她将被"末位淘汰"。对此，她并不后悔。比起父亲受的苦难，这点委屈算得了什么？如今，父亲已经作古，她想尽孝也没机会了。至于工作，还可以补救。一年来，她千方百计努力。眼下年终到，今天考评，只要过了这关，否极泰来。她相信，父亲在天之灵会保佑她。

三

刚离开草地，还没步上街道，叶素芬就接到方浩铭的电话。

你在哪？方浩铭劈头就问。

叶素芬如实说在溜街。

孩子说，你在外面吃饭。

是啊。

你怎么也会有饭局？

什么？街上很吵，听不清楚。

什么时候回家？

你今天会想回家？

什么今天，我哪天没想你？

你会想我？

当然。

想了多少？

一点点。

哼！

只能一点点啊！你想，我那么多老婆，分摊一下……

好了好了，别浪费我的电话费。他们开玩笑开习惯了，她不生气他说那些胡话。失望的是，他到现在还不知道今天是她老历生日，不知道她正面临生死攸关的考评。街上很吵，什么事快说！

后天是周末，你明天早点下班下来玩好吗？

你是大忙人，日理万机，还有心思玩？

陪老婆嘛，天塌下来也不管！

哄鬼！一个多月没回来，你心里还有我？如果真想我，明天你回来！

好——，我明天回来，你高兴了吧！

别高兴太早了！

嘿嘿，还是老婆知音！明天真的又走不开，只好请你下来。

我不去！

请你喽！

不要你请！

求你喽！

你肯定有什么事。你不说清楚，我偏不去！

好吧——，我说实话：你记得阙榕生吗？

阙榕生？她想了想才想起来。记得，我们初中同过学。

还是你的暗恋吧！

你胡说什么呀！

哎——，别生气，别生气，开开玩笑！

他好像回省城去了。

对，没错！他现在是省烟草公司一个处长，昨天到我们县来检查工作。今天晚上县长请他吃饭，叫我去陪，谈起来，才知道。

你是叫我去看他？

对，没错！

你不吃醋？

嗨——，吃什么陈年老醋啊！我巴不得……

神经病！叶素芬果断关了机。她想他准是喝醉了。

很快，方浩铭又挂来，叶素芬不接。他挂个不停，她只好再接。

老婆同志，我给你说正事呢，真的！县长叫我去陪他，也是有目的的。我想叫他发个话，让县烟草公司的户头集中开到我们教行来。没有上头的话，县烟草不好得罪人，各家银行分一点，撒胡椒面样的。县长跟我很铁，但我怕他的面子不够，所以想请你来补一枪。

我不管你的事！

怎么能不管呢？我的事就是你的事嘛！计划生育，丈夫有责。当好行长，老婆有责。

越来越油腔滑调！

没办法啊，还不是工作逼的？要吃饭啊，要养老婆孩子啊！

谁要你养？我是不要你养哦！

你不要，但是你我的宝贝孩子要啊！所以你要支持我啊，怎么样？

明天要开会，那狗屁考评会谁知道开什么时候……

哎呀——，还考虑什么！我已经跟阙处长说了，刚好你明天会来探望本丈夫，多留他一天，约好明天晚上一块吃饭……

叶素芬突然有个强烈的感觉：方浩铭确实变了，变太多！

原来，方浩铭大学毕业分配在市分行会计部，整天埋头审单做账，本大楼里的人都认不全。下了班就迷金庸，顶多到活动室走几盘象棋。他和叶素芬一样，没当官野心。她还抱怨过，男人跟女人不一样，在社会上总得有点脸面。他说像我们这样的起点，就是让你当，能当到哪去？在大官眼里，还不是兵？我现在有文凭有职称，差不到哪去。比上不足比下有余，除了皇帝，谁也一样。他连电视都不喜欢看，一副清心寡欲、古道心肠的样子。

清宁是个贫困小县，存款一直上不去，前年被降为分理处。降级后情况仍没好转，大量贷款收不回来，成了全市教行一大包袱。市分行决定公开招聘清宁县分理处主任，只要是本行正式职工，不论在哪里，不论什么岗位，都可以报名。消息传出，很多年轻人热血沸腾。照原来那种选拔方式，不知何时才能谋得一官半职。如此一来，主任的位置唾手可得，一步登天。方浩铭也经不住诱惑，叶素芬全力支持。

刚好这时，方浩铭有个远房表叔从外地提拔到清宁当县委书记。面试中，他直言不讳地道出这层关系，具体分析说有些不良贷款是可能收回的，比如该县宝盖山水泥厂先后几次贷款共116万元，只还本金8万。其实该厂一直能正常生产经营，有资产和能力偿还银行债务，只是赖账。为躲避催收，制造借口，他们先是将宝盖山水泥厂变更为上清溪水泥厂，调整法人代表。法人代表以新官不理旧事为由与教行周旋，对贷款拖着不还。后来，又连续更换法人代表，并将上清溪水泥厂变更为炉峰山水泥厂。由于多次调整企业主要负责人，使一笔原本明晰的银行债权久久无人承诺偿还。主管该企业的新桥乡政府，又背着教行将该企业整体拍卖给金湖水泥厂。208万元拍卖款被乡政府当作财政补充挪用一空，而教行100多万元贷款债务被搁置一边。

像这笔不良贷款，如果通过上级党政部门施压，完全可能收回。听这么一说，市分行考核组领导个个动心。就这样，方浩铭登上清宁县分理处主任的宝座。

方浩铭不负重托，到任当晚拜访那位已是县委书记的远房表叔。一个月后，那笔100多万元不良贷款起死回生，如数归还。然而，才两个来月，那位表叔就被"双规"，方浩铭像一个不会水的乘客，船到河中就没人管了。不过也没什么，只要不想被淹死，不难找到生路。收回的贷款，不可能再吐出去。查县委书记，不等于查教行。没有当官的表叔，可以有很多当官的朋友。方浩铭简直变成"交际花"了，有天半夜回家，叶素芬居然发现他身上有香水味。面对她歇斯底里，他倒是异常冷静：到了这地步，什么都得干。你不知道基层多难啊，要是早知道打死我也不干。

那你现在就别干啊，又没人压你干，是你自己抢着干的！

开弓没有回头箭！你要是嫌我，你过你的清静日子去！

你要离婚啊——，我知道你早找好了婊子，离就离，谁稀罕你啊！叶素芬边哭边骂边扔被子、枕头，还有床头柜上的东西，抓到什么扔什么……

深更半夜了，你不要发疯！说着，方浩铭走开，到女儿房间睡地板，让她一个人吵闹。

方浩铭确实变了！叶素芬实实在在地感觉到。当年，他追她也追得好疯。怀孕那些日子，他变着花样都得亲热一番。可现在，三个来月没做一次爱。当然，这也有她的原因，可能真患有"性冷淡"。他现在特别忙，这也是真的。在外面寻花问柳应该不会，应酬应酬就难免了。他对她对孩子对这个家还是在乎的，至少是目前还不至于。真要闹成离婚，吃亏的还是孩子和自己。如今的女人不吃香了，在本行机关就有四五个少妇离婚几年还闲置在那，有的还颇有姿色。她虽然不算丑，但绝对谈不上漂亮。对于这点，她早有自知之明。只要他不离，不过分，不犯法，不带脏病回家……

四

叶素芬回到家，方妮还在做作业。

10点11分啦，作业还没完啊，快睡觉！

快了。方妮头也没抬。

叶素芬轻轻地吻了方妮一下，说我说过不能超过 10 点！

嗯。

你几点回来？

7 点多一点。

有没有男同学？

没有。

真的没有？

方妮生气了，不信你去问嘛！

没有就好。女同学，跟女同学玩就是了，跟男同学……

我要做作业，别吵我——！方妮嚷叫起来。

叶素芬自觉理亏，悄然退出，洗脸，洗脚。洗漱时，心情仍不能平静。她常常觉得方妮很可怜，早上 6 点多起床，自己热了牛奶边吃边赶车，中午一回家就要做作业，晚上又是，常常还超过 10 点，比好些大人上班还累。什么素质教育，什么减轻学生负担，说说而已。方妮现在读初一了，初三就要硬考，考不上要读高中就得多花钱，差一分一万两万，——孩子读书就是挣钱啊！当然，她不愁方妮读书的钱。虽然谈不上富，一个孩子上学还是供得起。只要她争气，要出国留学也支持。自己命苦，没有多读书，整天提心吊胆要不要下岗，女儿可不能再受这种苦。现在丈夫也有职有位了，收入会更好。再积蓄几年，出国读书经济上不会成问题。问题是方妮她自己要想读，会读。目前，方妮还算可以，成绩在年级排名 150 名左右。按往年招生情况，他们学校 200 名前的都可以考上重点高中，方妮应该没问题。问题是人会变，女大十八变，她现在正是开始大变的时候，大意不得啊！这么想着，不知不觉，叶素芬又到方妮房间，问：我煮点点心给你吃好不好？

别吵我好不好！

这臭孩子，脾气越来越不好！

叶素芬边念叨边退出，到书房，开电脑，想上网看点什么舒缓一下情绪。没想到，一开机发现没有正常关机，而且转椅坐垫是热的，这表明方妮动过电脑上过网。前两天，她不知怎么蹿到一个黄色网站，而那网站像跟屁虫样的甩都甩不掉，删完又会自动跑出来，还有裸体图片显示在桌面上，不堪入目，自己都不好意思看，决不能让方妮看到。她电脑水平有限，解决不了难题，得请人帮忙。这两天技术员没空，她只能要求方妮不要动电脑。方妮竟敢违令！叶素芬火冒三丈，冲到方妮房间，往她腮帮子上抓起一把肉就拧：叫你不要动电脑，你就是不听！

方妮哭了，委屈说老师要我们做课外作业，我查资料。

还看了什么乱七八糟的？

我没有。

没有……没有就好，看了我剥你的皮！叶素芬无法证明她看了，只能就此罢休。快睡觉！做什么事都慢吞吞的，这么迟钝，还想读好书！

叶素芬回自己房间，倒了杯水喝，愣愣地坐在床沿上。她不明白方妮怎么还这么不懂事。没有上进心，没有竞争力，将来怎么在社会上立足啊！

叶素芬很注重对方妮进行思想品德教育。她说她原来还有一个大哥，以前苦得饭都没得吃，活活饿死了，方妮根本不相信。真不知以前"忆苦思甜"是怎么搞的，漏洞百出也让他们那代人深信不疑。于是，她改变方式，注重从现实生活中取材，点点滴滴，潜移默化。

星期天，叶素芬带方妮上街放松放松。一下楼，碰上捡垃圾的妇女用手给一家一户的垃圾分类，苍蝇围了一大堆，方妮掩鼻而过。叶素芬及时教导说：这女人没有好好读书！如果多读书了，就会有好的工作。

才出巷道，有一堆民工坐在街边的地上，男男女女，带着锤子、钢钎、土箕之类，等着搞新房装修的人家前来雇佣。叶素芬适时注释说：他们也是没有好好读书！如果多读了书，就会有好的工作，高楼大厦，窗明几净，四季如春。

甚至碰到那些浓妆艳抹的女郎，叶素芬也要不失时机地引导说：这些是坏女人。没有正经工作，晚上搞三陪，跟男人鬼混，不要脸！她们也是没有多读书！要是多读了书，她们就会有好的工作，有钱有地位，活得有脸有面。

什么说多了都会让人反感。再碰上那类人，方妮抢先说这些人没有多读书。要是多读了书……

好了好了，知道就好，知道就要好好读书。叶素芬有点难堪，但不生气。

她们有些不是不肯读不会读，而是因为家里穷，没钱读书。

对此，方妮相信，因为他们班上也有穷人的孩子。在她上学的路上，经常可以碰到少男少女跪在街边，前面摆张纸说是家乡遭灾，请大家资助他（她）复学。叶素芬认为他们是骗人的，但不予揭穿，只是趁机赶紧告诉方妮说我们家虽然不是富翁，你读书的钱还是有。只要你肯读会读，将来出国留学爸妈也完全负担得起……

叶素芬嘴里说这话时，心里有点虚。自己才积蓄几个钱啊！万一下岗，够吃几天？现在又医改，万一生个大病，怎么救命？按眼下这种情况，她不能声称有钱。当然，对自己女儿说说没关系，鼓励鼓励她。当然，方浩铭如果干得好，如果能一步一步往上走，家庭经济应该会有更好的前景。

让叶素芬越来越担心的是，现在社会风气太糟！学生早恋，如今不是听说而已，而是面临的实际问题。经常有些男同学挂电话来找方妮，说是问作业之类的。叶素芬警惕起来，抢过话筒，明确要求去问别人，不要再挂电话到她家来。方浩铭有点过意不去，批评说：你这样——太过分了吧！

叶素芬不以为然：管它呢！只要孩子学习好，得罪同学怕什么？

有个星期天，趁方妮到学校上兴趣小组课，叶素芬突击抄查她的房间，居然翻出几张小纸条，有的写着明显出格的话。其中有张写道："江浩是个骗子。说好放学后在天桥边等我，一起回家，让我等到天黑也没有等着。我伤心极了，单词一个也背不下去，关了灯暗摸摸还在想这件事。他真的不爱我是吗？急死人了！请你帮我问问他，要快！"叶素芬看了，将方妮痛揍一顿。

不是我写的！不是我写的！方妮哭了。

叶素芬捏着方妮的脸蛋追问：不是你写的，那是谁写的？

姚菲妃。

星期一早上，叶素芬请了一小时假，像押战俘一样跟方妮到学校，找到那个叫姚菲妃的女生，恨不能将她像自己女儿一样痛揍一顿。她威胁说：从今以后，不许你再找我方妮玩！你如果再找我方妮一次，我就把你这些乱七八糟、不知羞耻的纸条贴到你们教室去！

姚菲妃吓得哭着求饶，保证不再找方妮玩。

现在网上很糟，正儿八经的网站也都是刺激的画面，刺激的话语，令人防不胜防。叶素芬突然想，该把电脑锁起来……

五

叶素芬正烦女儿的时候，小哥挂来电话。他说有个朋友看好了一批货，搞到肯定赚一大把，只是资金不够，特地请她投点资，只要2万就够。

我手头没钱。叶素芬根本不相信小哥，小心翼翼地说。有几个闲钱，买了股票，都套在那，气死了！上个月，浩铭要买个新手机，我还向人家借了一千块呢！

赚到了钱，我保证会分给你！小哥也不相信叶素芬。桥归桥路归路，该你多少，保证不少你分文。

不是怕你什么的，实在是手头没钱。

你不是有信用卡吗，周转一下，几天就还。

你上次透支一万块还没还呐，现在卡都给银行扣掉了。

那一万块，等我这次赚到了钱保证还。你能不能帮我想点办法，你在银行总比我路子多。

我有什么路子呢？我又不是行长……

方浩铭不是当行长了吗？

我们教行不是私人银行，方浩铭当行长也不能乱动银行的钱。

算了吧，你干脆说一句：没我这个当哥的。

小哥——，怎么这样说呢？你想想，这么多年来，我帮你还帮得少吗？

你是帮了我。可现在，我吃饭都成问题，欠一屁股债，你却把钱存在银行里头睡大觉……

我没存钱。

你没存心！当初，要是不让你进银行，我们换一下，你来当当下岗工人怎么样？我不是没本事，也不是懒……

你别说了！要多没有，我明天转1000给你先用。

"下岗"两个字，叶素芬平时就本能地反感。现在听到从已经下岗的小哥嘴里说出来，更觉得难受，头皮一阵麻，连忙甩 1000 元堵他的嘴。

小哥只知道叶素芬今天还待在天堂，不知道裁员的危机也到了她身边，如同已经感染上乙肝病毒，说不定什么时候就会转为肝硬化转肝癌。教育银行也必须改革，必须从专业银行转为商业银行。商业银行必须以经济利益为目标，必须"减员增效"。那么，减谁留谁？事关饭碗大计，哪个当官的都不能不谨慎，不会蛮干硬干。市分行专门下了文件，要求按分数高低张榜公布，让人口服心服。分数的构成是学历和年终考评，学历按大学本科、专科、中专几分，考评按优秀、称职、基本称职、不称职几分，再是被评为支行先进、市分行先进、省分行先进加多少分，受通报批评、处分扣多少分，这样一排，谁高谁低一目了然，然后"末位淘汰"，叫你有泪没地方哭。用这种方法，去年在各支行（分理处）已经裁减了 50 人，今年又裁了 60 人。据说明年改革的力度还要加大，也就是说在市分行机关真要裁一批人。叶素芬前几年混了一张大专文凭，还过得去。问题是她去年被评为不称职，如果今年再被评不称职，那么她跑都跑不了末位一二……

叶素芬的日子从来没这么艰难过。她像夜半临渊的盲人，猛然醒悟过来，发现了一步之遥的险境。她没有告诉方浩铭，怕他抱怨她担忧她分他的心，有泪往肚子里吞。她不后悔，不怨天尤人，不自暴自弃，不破罐破摔。她觉得应当坚强起来，接受现实，努力改变自己。不仅要扭转眼前的困境，还要根本地改变自己的命运。以往，她认为只要当好贤妻良母和一般职员就行了。如今她意识到，随着改革的深入，如果不改革自己，今天不被裁，明天后天还是有可能被裁。她现在是在市分行精神文明建设办公室，也就是党委宣传部，对应地方党委宣传部和文明办，主要负责一些优质服务和党务工作。她没有银行专业文凭，如果再搞不了党务，将来干什么？她彻底清醒了，连夜写入党申请书。因为去年考评不称职，连考察对象也没列上。如果今年考评过关，很快就可以列上，就可以开始根本地改变自己的命运。

叶素芬对未来考虑得很清楚，如何对付今天的考评盘算得更仔细。

六

填写考评表之前，叶素芬将述职报告拿出来再看一遍，仿佛要进入某种境界，需要把剧情酝酿一番。这份生死攸关的报告，她前两个月就开始写——严格说来，从得知上年考评失利之时就开始了，好些工作还是按这报告设想去做的，好比竞选演说。

述职报告早有公式：政治思想＋工作态度＋工作实绩。政治思想这一部分好说，几乎可以全国通用，即认真学习什么什么，只管闭着眼睛从网上直接下载，而且基本可以一年抄来几年用。当然只能说基本可以。如果要求高些，还得"与时俱进"（这也是一个时尚的政治术语）。比如说去年中国足球队冲出亚洲，就完全可以引用，说在足球走向世界——中华民族腾飞的鼓舞下，自己如何如何进一步提高了思想觉悟。今年，中国足球队在亚洲杯上败得一塌糊涂，当然不能再跟它联系，得把去年这一段删掉。如果能有点个人特色当然更好。叶素芬今年就写有这样一句："积极向党组织靠拢，以党员的高标准严格要求自己"云云。总体来说，这一部分不用花什么心思。

工作实绩这一部分就得费些心思了。叶素芬的工作岗位不理想，一不是业务部门，可以用数字表现，而数字像小女孩的脸可任人打扮，有时用绝对数，有时用百分比，有时纵比，有时横比，七比八比一下，巨大成绩就凸显出来。二不是当官的，可以把大家的成绩集中起来算做个人的，业绩也容易像堆砖堆柴样地堆出来。以家庭来比方，他们好比男人，一年赚了多少钱，账上一看就知。即使亏了，也可以找出十条八条理由，突出少亏了多少。而家庭妇女的总结就不好写，一年抱了多少趟孩子，洗了多少只碗，扫了多少次地，怎么说得清楚？一年到头，领导说东就东，领导说西就西，忙得晕头转向，到头来还很难总结几条像样的。当然，要找一些生动的事例也不是没有，问题是有些事可做不可说。比如党委中心组学习，按理说叶素芬不是中心组成员，党员都不是，不关她的事。可实际上，因为在这个部门，她的具体事比别人还多。今年碰上学习总行行长重要讲话活动，一级一级要求把学习落到实处，严格检查学习笔记。省分行还明确要求，处级领导要写学习笔记 3 万字以上，科级领导 2 万字以上，一般员工 1 万字以上，且必须用钢笔认真写，用电脑打印的一律不算——以防上网下载。商场如战场，行长们日理万机，哪有时间一笔一画地写 3 万字的学习笔记！有的行长认真，真地硬着头皮写。有的行长就变通，要人代劳，责无旁贷地落到宣传部（文明办）落到叶素芬的头上。这事说不累也不累，随便找张本行报纸或打开网页照抄就是，不用费脑子。可是找她的正副行长有 2 个，加上主任的和自己的，10 万字可以印成一本小书，一笔一画抄起来想想多不容易。为了避免省分行检查人员挑剔，还要努力写出四种稍微不同的字体。同时，对于市分行机关部室、各支行（分理处）的干部职工来说，市分行宣传部（文明办）包括叶素芬又是上级检查者。对于执行这一任务，她同样一丝不苟。碰上没按格子写的，她逐字逐句逐段逐页逐篇地数，以防冤枉人家。钱主任忍不住说：大概估一下就行！照你这么数下去，半年都查不完。全市教行 73 名副科级以上干部，926 名普通职工，她就检查了 1062 万字，大家可以设身处地地想想那有多辛苦。然而，冷静一想，她觉得这不能公开说。这么说，不等于暴露领导学习作弊？再说钱主任那话，不等于批评她工作太认真？想到这，她吓了一跳。于是，她在工作实绩这一部分只是含糊地写：今年文明办（宣传部）转发了 246 个文件，组织了 12 次党委中心组学习、2 场职业道德演讲、2 次优质服务知识竞赛和一次"我身边的共产党员"征文比赛，本行在全市服务行业文明竞赛活动评比中取得第四名，全市教行新增省级文明单位一个，这些成绩也有她的一份汗水。

工作态度这一部分弹性较大，叶素芬把全篇重点放在这，突出说自己遵纪守法和敬业精神，力求给人留下好的、深刻的印象。去年，因为父亲病重、去世，叶素芬超了假，甚至有旷工。今年，她连公休假都没用完，没有迟到早退，好多回利用晚上和双休日加班，完全可以说明她良好地遵守了本行的纪律。问题是她觉得这样太平淡，不足以洗刷去年给人留下的不良印象。她也确实有些具体的、生动的事例，只是涉及自己的隐私，一直犹豫该不该说出来。今年八九月那段时间，叶素芬一直觉得身体不适，头痛，目眩，心跳，喘息，频脉，搞不清楚什么毛病。怕被同事知道，造成身体不好——影响工作的错觉，她特地跑离市分行、支行以及教行储蓄所远的医院去检查。检查结果，没哪个部位有异常，一切都正常。换个医院，结论差不多。有个年轻的男医生建议，可以去看看心理医生。

你才神经呢！叶素芬本能地骂道。话出口了，才发觉失态，连声道歉。

其实没什么。那男医生挺有涵养，耐心解释。现代社会是压力社会。据调查，每十个薪水阶级人士中，就有一个需要精神科医生的忠告。在国外，找心理医生看看，就像我们找医生看看感冒一样……

谢谢！我不需要！叶素芬边说边退出。

出了医院大门，叶素芬的心还乱跳不已。让人怀疑自己精神有问题，岂不是更糟？她怎么也不相信自己心理上会有问题。这样跑来跑去，拖了个把月时间，到9月，她感到有怀孕的症状。直接到妇幼保健院检查，发现怀孕两个来月。真奇怪，每次都有采取措施，怎么还会"中标"？怎么这么久才知道？意外怀孕必须流掉，这是不用考虑的。流产是鼓励的，可以大大方方请假休息。问题是她现在非常忌讳"请假"这种事。她不能再请假，除非是不可抗拒的天灾人祸。

叶素芬拖到国庆长假才去流产。没想到，妇幼保健院也放假。还好，他们放假只3天，第四天她一早就去了。这些天，方浩铭比平时还忙。国庆长假没去外面旅游也不会天天待在家里，是公关的"黄金周"。方浩铭带了司机上来，早出晚归，安排满满的。每天回家都深更半夜，醉得颠三倒四，连脚都不会自己洗。他不会讲白天的具体活动，只反反复复嘟哝一句："早知道这么累，打死我也不去当这个X官！"说着倒床，摸着枕头就睡，碰也不会碰她一下。第二天一早，他吃几片解酒的提神的，又匆匆走了。她有时不相信他真会忙成这个样子，怀疑他是不是外面养了小妞，想偷偷跟踪一次。又想还不至于，还想如果知道是真的，她更受不了，不如像绝症一样迟些知道。因此，她没把怀孕要流产的事告诉他。以前去流产他都有陪，可现在不一样了，她也想换一种精神面貌。听说，以前艄排的女人，整年跟男人在河上，生孩子时，哪有人伺候？自己接生，自己剪脐带，自己到河水中洗东洗西，还不照样好好的？

叶素芬啊叶素芬，你的命够好了，不要太娇气！在去妇幼保健院的公交车上，叶素芬一路告诫自己。再这么养尊处优下去，下岗怎么活啊！下岗了，水费电费煤气费都缴不起了，捡垃圾当三陪还不都是人干的？

做完手术，就地休息一会儿，叶素芬忍着疼痛，叫辆出租车回家。艰难地爬上9楼，倒在床上，这才想起没有买点什么补一补，万一弄垮了身子那就得不偿失了。她想起床，下楼上街买点什么，可是浑身无力。方妮毕竟还小，帮不了这么复杂的忙。她只好给方浩铭打手机，如实告诉他。他埋怨几句，说一时走不开，派驾驶员从饭店买了一大盆鸡送到家里来。喝着鸡汤，她不住地流泪……

这次流产，叶素芬身心都很伤。一连几天，她浑身乏力，神情恍惚。在后三天假期里，方浩铭基本在家照顾她，很少出去，有时出去也不会太久。他不让她起床，要她像坐月子一样整天待在床上，洗脸、吃饭送到床边，上卫生间扶进扶出。她说：这些事，我自己来可以啦！

让我将功补过吧！方浩铭说着吻了她一下。

都是你不好！

是我不好！是我不好！要是别人不好，那还得了！

可惜假期太短，方浩铭不能因老婆流产请假——即使有这政策，他说不定也会像叶素芬一样主动放弃。节后上班第一天，方浩铭一早赶回清宁去。叶素芬也早早起床，准备上班。平时，每天都是方妮起床更早，她则要睡一下懒觉，等到7点才起床，7点40分出门，7点50分左右到达办公室。今天，她想自己脸色肯定更差了些，该上点淡妆，别让同事看出什么。这么一想，她觉得起床可能还是迟了点，不由加快步子。不想身子还挺虚，进卫生间一不小心就滑倒，右脚扭得很痛，爬都爬不起来，只好大叫方妮。

方妮背起沉甸甸的书包正在出门，听到呼救，赶忙跑过来扶起叶素芬。她痛得迈不开步，方妮竟然说妈——，你要勇敢点！你看解放军打仗，受伤了照样猛冲猛打。

你扶我多走几步，活动活动血脉，我也会好好的。

于是，叶素芬忍着剧痛，让方妮搀扶着走出卫生间，在客厅一圈一圈走。方妮要上学了，扶到床边。她想休息一下就起来，谁知一休息怎么也站不起来。脚板肿了，钻心一样疼，一站就要跌倒。直到7点50分，她还挣扎不起来，只好挂电话给钱正康，说明摔伤经过。

没关系，你就在家休息吧！

不是……我是说……小方下去了，我女儿又上学了，家里没一点药，我想……

我给你买一点，马上给你送去。

那……实在不好意思。

不久，门铃响。叶素芬知道是钱正康来了，连忙掀开被子下床，可是脚一动就疼得要死。她一面大喊等一下，一面忍痛起来，用小凳子撑着，一步一步拐到门边。看到果然是钱正康，她觉得受宠若惊，感动不已，但她疼得满头大汗，再也走不动。她接了药，坐到门口的地板上，马上涂擦起来。擦完，休息一会儿，钱正康扶她回床，告别离开。

钱主任，我这样子……

没关系，你尽管休息。我们不比业务部门，多一个少一个还不就那么回事！

我是说……不好意思，我是说我能坚持工作。当然，办公室没法去。没关系！我脚没法走，又不是脑子没法动手没法动。这一段我们主要是整理给市文明办的总结材料，你把材料用电子邮件发过来，我可以在家里做，做完发回去，不会影响工作……

唉——，有那必要吗？钱正康发笑。我们那些事，做也那么回事，不做也那么回事，还在乎你这几天？

不是这意思！钱主任，您听我说。叶素芬急了。您知道，去年，我父亲去世，我多请了假，结果考评成那样子。今年，要是再考评不好……

哦——，我明白了。既然是这样，那就随你便吧！

叶素芬知道，钱主任也是不得志，大凡落魄人心地都善良。只可惜身在单位，光有领导满意不够，还要取悦那么多被捆在一起的小单位。带病坚持工作这件事，实出无奈，并非作秀，可以与去年的超假、旷工形成鲜明对比。这种事，光有钱主任知道不够，还应当让一起考评那几个部室的负责人和员工都知道。

不仅如此，做人流不休息这件事也应当在考评中公开说说，进一步佐证自己的敬业精神。对此，叶素芬曾犹豫过，因为这毕竟是个人隐私，公开可能会有副作用。再说，当时之所以那么做，主要动机并不是为了工作。然而，她又想，为了生存，为了发展，多少人不择手段，多少女人出卖自己的肉体和灵魂，我这样兜点并不太难于启齿的隐私算得了什么？再说动机，顺手做做善事，古今中外大有人在，可是在不同的时代会被解释成不同的思想境界。你以为你叶素芬冰清玉洁是吗？你整天干的工作是什么？搞那么多"先进事迹"都实事求是吗？这么想想，叶素芬心安理得起来。

为了证明自己的工作态度是敬业的，叶素芬本来还想在述职报告中写一件事，这就是努力学喝酒。原来有的大客户很爱喝酒，为了拓展业务，行里很多人也变得爱喝。叶素芬也想学喝酒多拉存款，但又觉得喝酒比变漂亮更难。漂亮不漂亮主要靠天生，会不会喝酒可能也是天生，而叶素芬是天生免疫酒精。光喝酒还好说，只要有牺牲精神，人的器官总比酒强。问题是醉翁之意不在酒，男人个个是醉翁不在乎酒，都在乎你那些莫名其妙的东西。而这，好比是艺术，难以身传言授。郭三妹到教行来，很快有人给她起绰号叫"郭三杯""郭三点"。三杯有广义与狭义之分。她敬你酒，喜欢一口气来大组、中组或小组，大组12杯，中组6杯，小组3杯，不分啤酒、红酒、白酒，首先在气势上压倒人。而你敬她酒，她每杯都要少倒一点，摇掉一点，剩下一点。男人大都很贱，她又有那种说一不二的资本，每餐都可以放倒几个。叶素芬天然没郭三妹那种资本，还是很努力，好几次醉得出洋相……可是去年加大反腐力度，行长不让喝酒攻关了，所以叶素芬最后没有写这一点。

述职报告早就深思熟虑过。现在，叶素芬最后看一遍，除了个别文字，觉得没什么好改，挺满意，明天照念就是了。她相信，这份报告能够打动人，一定能为她赢得好评。

七

关于怎么填写今年的考评表，叶素芬也早深思熟虑好了。

去年考评，叶素芬认为最大失误是没有给自己评个优秀，打个99分。以往她总认为，一个女人家，反正不想当官，与世无争，与人为善，只要对得起工资、能平平安安过日子就行。她在后勤部门，优秀的彩球不可能会落到她头上，可人家也不会跟她抢位子，不会跟她过意不去。所以，她给自己总是评称职就行，打个80分。没想去年失算。当然，那另有原因。但不管怎么说，如果去年给自己评个优，打个99分，多个19分，平均一下，总分肯定要高一两分，也许就不至于落最后。评比当中，差一分半分甚至零点零几分就会出现截然不同的质的差别，那是常有的事。而那又是无记名，没人称道你为人谦逊之类。今后，再不能干那样的傻事了！

把自己评好，仅仅只是一方面。因为没人会说自己不好，就是叶素芬这样的人给自己只评称职，也绝不会给自己评不称职。称职是自己评出来的，不称职是别人评出来的。要保证自己称职，除了把自己尽量往好里评之外，恐怕还得做点其他努力。

郭三妹是漂亮的，但是苦命。她的家在一个偏远的乡下，父亲是独子，偏偏一连生3个女孩，所以叫她三妹。她奶奶一肚子气，整天冷言冷语骂她妈妈，硬是将她妈给气走，另娶媳妇。没想新媳妇也一个接一个生女孩。因为违反计划生育政策，家里给罚款罚得精光。可是在奶奶逼迫下，父亲仍然想生男孩，便带着新媳妇远逃他乡，丢下一堆女孩像野生的鸡鸭一样没人养育。幸运的是，她长得漂亮。村里出个大学生，在县里当教行支行行长。郭三妹读小学四年级那年，这行长生孩子，回家找保姆，找到她。孩子带大，行长觉得她挺不错，不忍心送回穷山沟，将她安排在本行内部招待所当服务员。她不仅越发漂亮，还挺聪明，把山村姑娘与城市女郎的角色结合得恰到好处，几乎人见人爱。今年年初，市分行在行长室门口设个接待员，找临时工，很自然把她要了来，不久又破格转为正式工。

这几年，教行人员压缩，只出不进，小姐们几乎都成阿姨了。郭三妹的到来，使整个教行大楼亮起来。大老男人像追星族似的争着看她一眼跟她说上一句话，行长们是那样宠爱她。她又会喝酒，行里凡是接待重要客人都要带上她。多么令人羡慕啊！人们感慨说：读书有什么用？身为女人，只要漂亮，比什么都值钱。

郭三妹也爱漂亮。她穿什么衣服都好看，但她不爱穿行服。说起来，教行的行服不是一般工作服，男男女女名牌西装，1000多元一套，没几个人穿得起。可是，好些人身在福中不知福，嫌大家穿一样不好看，并不爱穿，一下班就要换掉。郭三妹每天要穿自己花花绿绿的衣服来，到办公室才换行服，下班时换下。行长室在8楼，连女厕所都没，她换衣服只好跑9楼，叶素芬的办公室成了她的更衣室。

可以说，郭三妹跟叶素芬接触最多，对叶素芬来说也是。女人亲热起来跟男人不一样，什么话都要一起说，厕所也要拉个手一起上。拉上她的手，叶素芬好像年轻了20岁。她们一起谈吃的穿的，谈昨晚看的电视，也谈男人女人。郭三妹不会用WORD，叶素芬教她。叶素芬的工作有时忙不完，郭三妹会帮她。两人像是母女，甚至有人笑她们同性恋。

为了及时发现员工不良行为的苗头，市分行创造性地开展"员工行为排查活动"，每年一次将大家召集起来，像高考一样一个人坐一张桌子，先是领导动员，然后发给每人一张排查表，要求无记名揭发员工的任何不良行为。不要求确凿，能提供线索就行。不要求正确，仅供参考，而且保密。具体内容有30多条。印着这些内容的表一式两份，一份是自查表，另一份是互查表。实行了两年，自查表无不空白，连纪检监察室也过意不去，不愿再浪费纸张。现在，只要求把对同事的记忆全部调出来，一条条对照过去，填上互查表。一般来说，不是做太过分，没人跟你过意不去，多数人仍是交空白表。如果平时有得罪人，或遭人嫉妒，那就报应了。随便填你一项，纪检监察室就可能对你开展调查。虽然最终结论清白，但你受惊了，有些好事因此被耽误掉，比如入党、提拔之类，那真是"成事不足，败事有余"。最轻的，也如俗话说的："虱子不咬人，骚扰人。"

今年市分行的排查活动爆出个大冷门：有女员工出去坐台赚外快，而且是最漂亮的郭三妹！连纪检监察室的同志也不敢相信。银行职员收入高，要说有吃喝嫖赌不奇怪，要说女职员为娼简直是笑话！然而，冷静一分析，她家里很穷，在后台工资比前台低，不能说没有这种可能。如果是真的，虽然不会直接影响行里的资金安全，但是会对本行的社会形象带来损害。于是，纪检监察室夏主任亲自找她谈话。

夏主任跟郭三妹的妈妈差不多年纪，但风韵多了。夏主任笑得很亲切，问郭三妹家里最近怎么样。郭三妹说父亲还没回来，靠她和两个姐姐外出打工养奶奶和几个妹妹。又问下班后都怎么过。郭三妹说想学点文化，叶素芬是电大文秘班毕业，请她帮助辅导。又问跟同事合得来合不来。郭三妹说她只记得小时候在家里跟姐姐跟同伴吵过嘴，在这里大家都合得很好，脸都没红过。闲聊家常一样地谈了好久，夏主任这才一脸严肃地说：在这次排查活动中，有人检举你晚上到芳草地夜总会坐台，有这事吗？

坐台？郭三妹愣了一会才明白过来，脸涨得通红。我怎么会去做那种羞死了人的事！她说前些天有去过那个夜总会，是碰到几个老乡，硬要拉她一起去坐坐，喝了几杯酒，唱了几首歌，不到一个小时她就先回来了，没有半点越轨行为。

没坐台是好。但是，到这种高消费场合去娱乐也是违反本行规定的。

郭三妹不知深浅，竟然争辩说行领导带我去陪客人吃饭，有时吃完饭也会去夜总会啊！

那是工作需要，与你个人擅自去不一样。

最后还是要郭三妹写检查。她哭了，找叶素芬诉苦，想辞职不干。

叶素芬劝她说现在找个工作不容易，何况银行这样高工资，你要珍惜啊！检查嘛，忍一忍就过去了。你还年轻，来日方长。

然而，就在这不久后的一天，叶素芬在考虑自己怎么对付今年的年终考评时，却突然想该给郭三妹打个不称职。因为，除此她不知道还有谁在"井"边上。有了一个人在末位，她就不必到末位了。对于这个念头，她一时难以接受。然而，郭三妹不到末位，她就得到末位。在你死我活的竞争中，能讲情面吗？说不定，为了保全自己，她也会这样对我。再说，她还年轻，离开了教行还可以到别的银行，还可以重新学习——一切都可以重新开始，而且可能比待在这里更好。而我呢？年纪不小，没多少可选择，离开了这里就不可能找到像样的工作。原谅我吧，小妹！

八

11点整，叶素芬走出自己房间，看方妮房间关了灯，便上卫生间，之后洗净了手，只差沐浴焚香，正式开始填考评表。

叶素芬首先给自己打个优秀，毫不犹豫地给郭三妹打个不称职，接下来按顺序给其他人统一打称职。表格是一张八开大纸，分思想政治、工作态度和工作实绩三大块，每大块三至五个小项。不能简单打钩打叉，实行百分制，每小项三至五分，总分 90 至 99 分为优秀，70 至 89 分为称职，60 至 69 分为基本称职，59 分以下不称职，每个人的总分与定性要相符，否则作废。这样写写算算，也花了半个来小时。

叶素芬伸个懒腰，打个呵欠，觉得可以安心上床睡觉了……

两眼没闭几分钟，楼上响起夜尿声，像是要拉到你头上，恶心死了！那是男人在拉，还是女人在拉？是不是刚做完爱？有这种可能！楼上住的是小赵，还年轻，一夜做个两三回……正胡思乱想着，叶素芬觉得自己有点尿意，但不想起床，憋着不理它。小时候笑话过，尿会传染，看来是真的。长年累月住人家楼下，真是晦气。什么时候有钱，要自己盖幢房子，单家独户，不听人家的尿声，也不让自己的尿声骚扰楼下。她觉得尿意更强了，怕憋得睡不好，只好起床，出门上卫生间，却发现方妮房间灯又亮了。

都快 12 点了，你还不睡呀！我揍死你！叶素芬快步跑过，捏了一把方妮的屁股。

方妮疼得叫一声，丢了书，连忙用被子捂住头。

叶素芬没再打，也没再骂，替方妮关了灯便离开。她心疼起来：现在孩子吃穿是不苦，可是读书太苦了！每次单元考完，要全年级排名，班上公布，还要拿回来让家长过目签字。这压力已经够大了，她几乎不忍心再直说要好好读书之类的话，骂她多半是因为她吃不多睡不多。这年头，没几个人活得轻松啊！

叶素芬又上床了，不想方妮的事，又想起自己考评的事。她觉得这没什么好想了，丢开它，遥控开电视。

电视一开是药品广告，而且是妇科，什么专治宫颈糜烂和梅毒、淋病之类，恶心死了！整天让你想着这些，还有多少心思去享受性的欢乐？换个台是美容广告，说抹了什么就可以消除脸上的雀斑，哄鬼！那做广告的美女妖里妖气，狐狸精样的，讨厌死了！叶素芬没兴趣了，关电视睡觉。

懒洋洋中，叶素芬按电视遥控器的手指头按错，转到另一个台。这台正在播夜间新闻，说北京女子监狱第二分监区最近创设"发泄吧"，女犯们在那里可以唱、可以叫、可以狂舞、可以不喊报告，尽情地娱乐、交流、放松身心、发泄自己。画面上，一大群女犯，或老或少，或美或丑，都热情高涨。突然一阵安静，所有女犯在管教队长带领下齐声尖叫，划破夜空。漂亮的女播音员解说："女犯们因节日临近思亲心切或刑期太长而产生的郁闷情绪，在这短暂的尖叫过程中得以消散。"叶素芬突然觉得，自己也很想很想这样尖叫一声，但马上又意识到这是不可能的。那样一来，邻居肯定会惊醒而来，肯定会报110，肯定会送自己到精神病院……哪天，等这该死的考评一完，我要一个人跑深山老林去，仰天长长地尖叫一声，把我这一年来的郁闷全都发泄出去，让青山绿水倾听，让蓝天白云倾听，让天国的爸妈倾听，——妈妈肯定会搂起我，帮我揩去泪珠，劝我说睡吧——，孩子！乖乖地睡吧，爸妈保佑你……

睡吧——，快点睡！

睡吧——，早点睡！教女儿都知道要睡好觉，明天上课才有精神，听得好课，做起作业考起试来才轻松，自己怎么不知道？睡不好觉，考评会上打呵欠，好好的述职报告念得无精打采，岂不前功尽弃？真是该死！不要胡思乱想了，快睡吧……

不对头！一张表上十几个人，就我一个优秀，她一个不称职，不是存心跟她过意不去吗？踢了她谁受益，不是很明显吗？这样的表是谁填的，不是昭然若揭吗？想到这，叶素芬吓了一跳，马上爬起来，披上衣服，修改表格。

应该有两三个优秀，两三个不称职或基本称职，上面要求也这样。可是，该让谁优秀谁不称职呢？往年稀里糊涂填，现在冷静一想，叶素芬竟然觉得挺为难。虽然同在市分行机关大楼，办公室隔不了多少，但毕竟是不同岗位，隔行如隔山。像办公室、监察室工作好些还属于保密性质，我有什么资格认定他（她）称职还是不称职呢？

认真想想，一张张同事的脸像幻灯片一样地放映过去，叶素芬实在评不出优劣。实在要，只好顺其自然，听天由命。她突然有个绝妙的主意，两个手指头按住自己和郭三妹两栏，然后闭上两眼，心里说祝你好运！

叶素芬就这样凭着感觉改写。差不多该一个优秀了，差不多该一个不称职了，感觉着一个个格子，一点儿也不管是谁，一栏一栏填下去……

一口气填了6栏，睁开眼来看看效果，不觉倒抽一口凉气：根本没按格子写，一塌糊涂，几乎认不出字。如此填表，不啻恶意破坏！要是追查起来，不死得快才怪！怎么办？她急得直捶自己的脑袋……

有了，重制一张！家里有电脑，依样画葫芦，足以乱真。即使知道复制的，只要没恶意，应该不会追查！叶素芬立即行动，打开电脑，一会儿就画完……

叶素芬正欣欣然时，又冒出一个新问题：家里电脑没配打印机！

说实在的，等明天早上到办公室打印出来填，并不迟。然而，叶素芬现在的心理承受能力太差，生怕又冒出什么新的问题来。她现在大意不起了，觉得任何一点小差错都可能给她带来终生的遗憾！

叶素芬不多想了，拷了U盘，扔了披在肩上的外套，穿起毛衣就出门……

叶素芬匆匆赶到市教行办公大楼后门，急促地敲起来。她怕深更半夜引起什么误会，没敢敲太重。敲了很久，值班保卫小吴才出来，从小窗里往外窥望……

是我！文明办叶素芬。我有急事，快开门！

叶素芬进门登记完，小吴说我陪你上去。

不用了！不用……谢谢……叶素芬直奔电梯。小吴很热情，跟到电梯门口，她连忙关门。不用！不用！谢谢！

小吴为什么想陪她？难道说看这么深更半夜有什么非分之想？笑话，人家那么青春年少，你这么徐老半娘，又不漂亮，贴人家小费差不多！叶素芬依在电梯门边，胡思乱想。那么，他是出于保卫的职责，怕我行为不轨，要跟上来监督？

老半天了，怎么还没到9层？

叶素芬一看指示灯，发现忘了揿楼层。这么久了，呆呆的，电梯没动怎么也不知道？真是神经！她不禁骂了自己一声。

打开电脑，打印表格很快。怕再出什么差错，叶素芬连打5张。

出门时，叶素芬给小吴再三道谢。

回家已是0点50分。叶素芬毫无倦意，马上填写，但她仍然为填谁优秀谁不称职的问题犯愁。她冲一杯咖啡，边喝边思索。她在自己房间走走，又到厅上走走，偶然瞥见茶几底下的扑克牌，计上心来。

叶素芬回到书桌前，拿出一张考评表做草稿，给人员编号，除了自己和郭三妹，按顺序一二三四编下去。然后，拿过扑克，大洗起来……

先抽两个优秀。叶素芬轻轻地自语。抽出两张牌，一张是 Q，一张是 6，和是 18。表上没有 18 个人，便计为 8。对照表格，8 号是办公室的收发员邱如琼，听说她上班会跑去买彩票，让她合算了！再抽两张，一张是 A，一张是 K，计为 14，表上相应是行政部的司机马如龙，听说有小姐坐他边上车就开得特别快，让他走运了。

现在抽一个不称职的。叶素芬边自语边抽，一张是 9，另一张还是 9，与前面重复。重来一张是 2，一张是 A，和为 3，表上是陈小军，办公室的文秘，今年他写一篇千余字的报道发表在《金融时报》上，真让他委屈了。

其余均为称职。

叶素芬觉得这样是公平公正的。很多储蓄所在年终考评中，也是抽签决定谁优秀谁不称职。有的储蓄所实行轮流制，皇帝轮流做，明年到我家；牢也轮流坐，后天到你家。这样，谁也怨不得谁。

叶素芬将考评结果麻利地填上表格，填完收进包里，倒头就睡。

然而，叶素芬还是睡不着。优秀、称职评错了还好说，伸手不打送礼人，不要人道谢，也没什么对不起人家。基本称职、不称职评错了可不是小事。想想自己一年来，流了多少泪，伤了多少神！如果郭三妹、陈小军真因此给打成不称职，你过意得去吗？

管它呢！这点心都狠不下来，怎么对付这尔虞我诈的世道？生存第一，发展第一。这么转念一想，叶素芬又心安理得起来。

可是，叶素芬仍然睡不着，迟迟睡不着，转辗反侧睡不着。她觉得该吃点安眠药，不然明天真要误事。

本来叶素芬只怨自己贪睡，春眠不觉晓，夏眠、秋眠、冬眠都不觉晓。自从父亲病倒后，她失眠了，跟安眠药打上交道，一到 12 点还睡不着，就要服两三片安定。现在她起来服 3 片，可是躺下后仍然迟迟不能入睡。她突然想，看来我这人做不了亏心事。如果说有鬼神，那么鬼神就在自己心里，是会遭报应的。这么下去，日日月月年年岁岁这么失眠，怎么活啊？

算了，我不管人家称职不称职了，只管我自己！

叶素芬果断起床，拿出一张空白表，在自己栏目填上优秀，其余全都空着。收拾表格时，她想将其他表格撕掉，又想也许明天有更好的想法，还是先留着……

叶素芬的心安宁多了，可睡意还是久久不来，只好又起床，再吞了3片安定才想起已经服过一次。一夜6片，超量3倍，天亮起不来怎么办？

什么怎么办？直接末位！

不能起不来！

叶素芬取来手机，开好早上7时的闹钟，放在枕头边。她关上电灯，不急于强迫自己睡觉，想静静地坐一会儿……

一缕很强的月光从厚实的窗帘空隙间透射进来，刚好照在床上。不知道出于什么想法，叶素芬踢了踢脚，被子更乱了，但那束月光依然那么皎洁，那么笔直。她傻笑一下，下床，猛地拉开窗帘，顿时觉得眩目……

一轮圆月高悬在天空，一片银辉洒遍周遭。四邻楼院窗里黑乎乎，连对面日夜加班的工地也一片寂静。叶素芬明白：真的停电，现在已是凌晨三五点了，难怪以前从没有见过这么静的夜，这么亮的月。她的卧室坐东朝西，西面紧临一幢高楼，挡住了西下的月儿。前些天，那幢高楼拆了，月亮这才照进她的床。久违了，月儿！

多美的月啊，我怎么会这么多年没注意呢？叶素芬坐回被窝，任大片月光洒在被面上。她不时地动动脚，竟然觉得像是在清澈的小溪里面濯足，惬意极了。她闭上双眼，沿着小溪逆流而上，很快溯到那"叮叮咚咚"的泉源，很快回到那美妙的青少年时代。于是，她耳边又响起方浩铭吟诵的诗——

消失了你的倩影，我还在说"再见"，
消失了我的声音，你心在说什么？
你说，只要你在心底里轻轻地说；
你说，只要你让西下的月儿捎给我。
我在这等着，把月望着；

我在这等着，把月听着……

月亮渐渐走了，太阳渐渐高起来，世界渐渐喧闹起来，叶素芬枕边的手机闹钟骤然响起来。但叶素芬没听到。她还在睡梦中，在一片如雪的月光中……

叶素芬的手机话铃响起来，一次次地响，她都没有听到……

叶素芬床头柜上的座机话铃响起来，一次次地响，她仍然都没听到……

叶素芬仍然沉静在睡梦中，陶醉在一片如雪的月光中……

（原载《都市》2018 年第 2 期）

作者简介

冯敏飞，福建泰宁人，中国作家协会会员，中国金融作家协会理事。已出版长篇小说 5 部，中篇小说集《孔子浪漫史》，散文集《人性·自然·历史》，"历史四季"随笔系列 5 部，金融读物多部。长篇小说《京城之恋》获福建省优秀文学作品奖一等奖、省百花文艺奖二等奖，长篇纪实《一眼看穿金钱骗子》（合著）获第三届中国金融文学奖。曾供职于中国建设银行福建省三明市分行，现退休，居厦门。

单行的轨道

■ 邓洪卫

一

在售票处通过扩音器从厚玻璃里传出来的尖溜溜的嗓音中，胡明亮用左手将找的零钱和票撸到右手掌心里，然后揣进裤兜。手从裤兜腾出时，只捏着那张票。后面已经有人抢摊占领他的位置，但胡明亮仍没忘了扫一眼那张冷冰冰的脸。老实说，这个售票员长相不犯嫌，白白净净，而且声音清脆，语言到位。她说："请您往左走，进入候车室，到9号窗口，正好有一辆车出发，祝您旅途愉快。"这话肯定不是胡明亮专门享用的，属于批发。胡明亮总觉得她缺少什么，对了，微笑。她的表现过于刻板，如机器人。哪怕脸上绽开一点点微笑，效果会大不一样。胡明亮想，如果是我的员工，我会要求她微笑的。可是，她始终冷若冰霜，好像别人欠她钱。"您好，请问您去哪里？"她已经按例往下服务。胡明亮转身便走，刚抬腿又伸手拿起柜台上的皮包，直奔候车室而去。门口又有一个长相和声音都很粗壮的女保安对他示以警棍，说："对不起，请您接受安检！"胡明亮把包扔在向前滑动着的履带上，包缓缓被一张挂着帘子的大口吞了进去。

胡明亮从粗壮的女保安和她手里粗壮的警棍面前跑进，看到包从另一边挂着帘子的大口吐出来，一伏身，拎起包便直奔9号窗口。

透过窗子，胡明亮看到去浮水县的车就停在外面，可检票员却说检票完毕，要等下一班。胡明亮说："车还没走，为啥还要我等？"检票员长得介于售票员的单薄和保安的厚实之间，制服有点小，如同电影里的伪军。胡明亮眼睛盯着她，她眼睛并不看着胡明亮，头也不抬地翻着一沓票据："已经签了，只有等下一班。"又说："下一班很快，十分钟。"胡明亮知道徒说无益，只得转身在后面一张椅子上坐下。一个年轻女子恰好在对面坐下。她面容清瘦，看上去有点像孙俪，当然，比孙俪要单薄，暗淡，属山寨版。红色小棉袄，长过屁股的羊毛衫，黑色丝袜。她正埋头专心致志啃一包方便面。胡明亮想，这年头，这么好的条件，来等公共汽车的可能不多了。对面还有一个妇女，腿盘在座上，正在张大嘴巴旁若无人地啃一只大苹果，吃相十分彪悍。胡明亮觉得没什么大意思，拎起包在大厅里转了转。大厅里人并不多，东一堆，西一堆。闹哄哄的气息让胡明亮更觉无趣。想到两个小时的车程，还是去趟厕所比较合理。就在要往厕所去的时候，后面的叫嚣声又拉住了他："去浮水县的旅客检票开始了，去浮水县的旅客检票开始了。"胡明亮只得回头，检票进去，上了车。车上一共四个人。那个啃苹果的妇女上来了，啃方便面的姑娘却没上车，不知她还在等谁。

十分钟后，上来一个男性工作人员拿着个本子，用眼睛由近及远点了一下人头，然后从耳朵上取下笔来，在本子上画了两笔，好像跟售票员说了一句什么笑话，后者拿手拍了一下他。司机回过头来，冷冷地看了一眼，发动车子，工作人员就在轰鸣声中下车。车子启动了。

二

胡明亮是谁？从何方来？现在往何方去？这是一个哲学命题，也是一个现实问题。如果胡明亮是唐僧，会双手合十，高颂佛号："阿弥陀佛，贫僧唐三藏，从东土大唐而来，往西天取经而去！"如果胡明亮是林冲，会很羞愧地说："在下八十万禁军教头林冲是也，从东京汴梁而来，因吃了官司，今充军发配往沧州而去！"胡明亮当然不是身负重大使命的高僧，也不是驰名天下的落难英雄，胡明亮就是胡明亮，是一个不能把握自己命运的普通人物。从何方来？这个话题有点大。车厢里弥漫着油炸食品、汗腥屁臭的污浊气息，也充斥着聊天打电话放流行歌曲咳嗽擤鼻涕呱呱放屁的噪音。胡明亮已多年不坐这样的车了，本想上车睡一觉的，现在却无法安静，拿起手机翻了一会儿，又放下，闭上眼睛，像哲学家一样陷入沉思。

　　手机铃声把胡明亮从过去拉到现实。一看，是父亲打来的。父亲最近抛弃了胡明亮送他的老人机，换了个智能手机。是电信局的一个小丫头推送的，说是搞活动免费。父亲问："那你们都免费送手机不亏本啊？"小丫头乐了："哪能都免费呢，只有少量的，推广宣传用的，我们也不是谁都免费送的，是有选择性的，一是话费到一定数量，二是得有宣传效应，您的话费每月超过五十，又是退休老教师，在镇上有一定的影响力，我们当然选择您啦。"小丫头挺会说话，父亲矮小的身躯顿然高大起来，说话也不再细声慢语，而是底气十足，嗓门提高八度："啊，当然，我每个月要跟儿子通话，当然话费要高，我儿子在市里工作，银行行长，还是作家，文学金融跨界，名气大呢。"退休后，父亲在镇上买了房，住在乡政府旁边，天天去乡政府免费看报纸，学了不少新词，居然能说出"跨界"这样的话。他以为小姑娘会很敬佩地仰视他。但小姑娘还是忙着向他介绍手机功能，怎么用。一老一少忙了一下午，父亲第一个试用的电话，就是打给儿子，是新号码，通了，并不说话，然后就挂了，弄得胡明亮很纳闷，又打过去，他才说没有事，试试新手机的。从此，父亲便用上了新手机，而且是一机双卡，两个号码。胡明亮觉得他两个号码是浪费，肯定人家都是收服务费的，这也正是小姑娘免费的原因。但胡明亮不想扫他的兴，没有指出来。

　　闲言少叙，当时胡明亮在车上，接了父亲的电话，问胡明亮在哪？这让胡明亮很惭愧，顿觉自己是不孝之子。儿子应该多打电话回去才是，如何让老人总是牵挂不下，主动打电话？胡明亮说我很好，现在正往浮水县。他说你是回家吗？胡明亮更加惭愧，说今晚到县城有个事，然后回家。父亲说："你忙你的，晚上办完事打个电话来。"胡明亮听到那边母亲在喊："有空多打打电话，叫人不放心！"母亲两年前患了脑梗，所幸手脚很好，只是脑子不管用了。她一贯脾气大，现在脾气更大，想说句话，又想不起来说啥，就很着急，就会大声喊。好在父亲是好脾气，已经习惯，不与她计较。胡明亮也习惯了她的脾气，几乎每次电话，总能听到她在旁边大声谴责胡明亮，而胡明亮确实也罪有应得了，被暴打一顿也不为过。

<h1 style="text-align:center">三</h1>

六点钟，车子终于在一声沉重的喘息声中，抵达浮水县车站。因为天已经黑了，没必要进站，就停在旁边的加油站。车灯哗地一亮，人都从座位中鬼魅般冒出。原来就在胡明亮混混沌沌闭目回忆往事之时，车子陆续上了不少人。人此刻都移到过道上，争分夺秒地挤向车门，好像监狱里坐久了要出去放风的犯人。车门口堵着好多人，一声比一声高地扯着嗓子叫喊："要车吗？""住旅馆吗？"好不容易冲出重围，到了外面，长舒一口气。十几分钟后，胡明亮寻到了一处偏僻的农家乐。下了车，觉得一泡尿鼓着实在难受，与其到里面上卫生间（胡明亮的印象一般农家乐的卫生间也很农家乐），不如在黑夜的外面解决更加畅快。于是他转身往路边跑去。

当他一身轻松地再回到门口时，一个穿着红色衣服的女人招呼胡明亮："老同学当了行长架子真大，我出来迎接你，你却往外跑，啥意思呀。"胡明亮有点不好意思，心说，跑去尿尿的，你也不是没看见。到里面亮光下，胡明亮才看清，这个女人有点面熟，却一时想不出名字来，只好傻傻地笑，像便秘一样哼哼哈哈却一句话答不上来。这时，通道尽头有一扇门开了，出来一个人，正是请客的朋友，他向胡明亮招手。胡明亮赶紧向"女同学"笑了笑，奔那个朋友而去。

进了包间，几个朋友正在打牌，都说："行长来了，先来甩一局。"胡明亮摆手，说："你们打你们的，我先歇会儿，喝杯茶。"放下包，接过朋友递过来的一杯热茶，抿了一口，忽然想起什么，问："刚才门口那个女人是谁？"朋友说："李春花呀！"看胡明亮发愣，朋友说："别人不记得，李春花你怎么记不得了？"这让胡明亮十分困窘，觉得自己实在不合时宜，连最该记得的女同学却记不得了。朋友又补充说："不过也难怪，我们没有同过班，她是理科班，我们是文科班的。"其实那时胡明亮已经想起来了。实话说，胡明亮跟她是同过班的，在高一，文理科没分班的时候。当时胡明亮从乡下来，刚进城，大气都不敢喘，话也不敢说几句，对女同学不太认得清。她又是后转来的，只同了半学期，就文理分班上高二了，所以胡明亮当时并无太深印象。对李春花真正有记忆的，倒不是在一个班，而是文理分班后，她经常在晚自习时到胡明亮班找一个男同学，借一些书看。而胡明亮又坐在后窗户口。有时候，正聚精会神地看书写作业，忽然一股清香袭来，一扭头，发现窗口映着她雪白粉嫩圆润的一张脸，两只眼睛水汪汪、圆溜溜，再加上甜美得像蜂蜜水一样的笑容，让他这个乡下土人心跳加速。"喂，你好，请你叫一下周光辉好吗？"声音很低，清澈如泉水，叮咚一下子。周光辉就是她要找的男同学。此时，全班同学"唰"地把眼光都投向窗口，周光辉也不例外。他从抽屉里拿出一本书，晃晃悠悠，从教室后门出来，然后，就听到他们小声说话，还有李春花咯咯的笑声。胡明亮当时不太明白，李春花为什么一定要在晚自习时过来，而不在下晚自习时。那时，胡明亮觉得李春花应该是他们学校最清纯可人活泼开朗的女生。她爱好广泛，爱唱歌，爱运动，无论是校文艺晚会，还是运动会，都能见到她的身影。按老师的话来说："哪一样都提得上手。"这些业余爱好，并不影响她的学习，她的成绩很好，第一年就考上了。而胡明亮考了两年才考上，还是个中专生。再后来，也听到过她的一些传说，说她跟某某领导关系非同一般，领导一次喝醉了，对朋友说，她最好看的是屁股，比那些美女的脸都要香艳。再后来听说她结婚了，后来又离婚了，再后来听说出去发展了，再再后来，就不再听到她的消息。

胡明亮说："那她不进来的？"他说："不是一起的，这里的老板跟她是亲戚，她也在这吃饭的。"胡明亮明白了，觉得刚才不礼貌，出去想跟她打个招呼，却没找到她，估计人家进包厢了。

四

胡明亮是在周五晚上收到朋友微信的：本周回来吗？这年头很少有人

直接打电话，怕说话不方便，透露出什么秘密，一般都在微信上先试探一下。胡明亮看着这条信息犹豫了一下，回复：没打算回。朋友又回：回来吧，四兄弟好久没聚了。正是这句话让胡明亮决心回去一趟。是啊，四兄弟好久没聚了。所说的四兄弟，是高中时的四个同学，在学校时关系就很好，毕业后也经常一起玩。以前在浮水县时，他们几乎每周都要聚聚，打打牌，喝喝酒。几个人个头都不高，性格皆友善，在一起玩着放心。酒量也差，四个人，最多两瓶啤酒，喝得面红耳赤。后来，四个人能喝半瓶白酒。再后来是一瓶白酒，其中一个兄弟要喝少些，其他每位三两。胡明亮很怀念这样的生活，四个人，围着火锅吃起来，一瓶白酒喝起来。那是多么温暖的感觉呀！后来，胡明亮离开浮水县，到市里工作，相聚机会相对少了。也只有过年时，在一起聚聚。在胡明亮的感觉中，留在浮水县的这三位兄弟，都混得不错，一位混成了文化局局长，一位在胡明亮老家——也就是双月镇任党委书记，还有一位辞职下海，开发文化产业，也挣了不少钱。而胡明亮是混得相对比较差的，好在胡明亮在市里，也是个银行网点负责人，号称行长，又顶着作家的名号，面子上也混得过去。

当晚还有两人，一位双月镇的镇长，一位是文化局剧目创作室主任。这两人胡明亮原本也认识，只是没有交往。人已到齐，六人分宾主落座。由于是六人，就开了两瓶酒。席间谈起当年四人两瓶啤酒没喝完的事，都哈哈笑了。

原来，当晚的聚会，是有主题的。清朝时，双月镇出了一个武状元，叫徐开业，留下了一段传奇故事。这届的县委书记高度重视文化，要求文化部门打造文化品牌，推广本土文化，局长跟镇书记还有文化公司老总一商量，弄部电影得了。就弄个武状元的故事，当然，不仅仅是武状元的事，还要写他的后人，后人发扬武状元精神，在改革大潮中脱颖而出，叱咤商海，后来回报家乡，修路办学。文化局剧目创作室有两位剧作家，但水平只停留在小戏小品上，这个大戏，他们还承受不起。三兄弟想起这个在市里的作家兄弟来，就利用双休日的时间，决定相聚农家乐，共商文化产业大计。他们喝着酒，把宏伟计划一说，个个都跃跃欲试，志在必得。

"可是，我能干什么呢？我也没写过剧本，我又那么忙。"胡明亮很为难。

"老胡，是这样的，你以后每周回来采访，我们提供素材，你整理一下，写个长篇小说出来，然后由老高来改编成剧本，我们文化局、双月镇镇政府，还有文化公司，都投资入股，这是我们四兄弟联袂干的一件大事，不亦快哉！"文化局长咬文嚼字，拽起文来。

"老胡，就这么定了，为了我们的文化事业，干杯！"六只酒杯伸到中间，"咣"，声音清脆，"哗"，一饮而尽！

正热闹着呢，门一开，闪进一朵红云。原来是李春花端着酒杯进来了。

"哇，气氛不错啊！"她夸张地一声惊叹，还做了一个惊悚的动作，把众兄弟都逗乐了。

"来，来，来！"文化局长指了指空座位，"坐下慢慢喝！"

"哪坐得下，那边还有几个朋友呢。"红云飘动，飘向胡明亮，"先敬作家！"

胡明亮赶紧站起来，身子扭向李春花，看李春花脸色绯红，像一朵桃花，十分香艳（当时还没想到屁股）。

"我最近回来，到漂城办公司了，你把号码留给我，以后多联系！"李春花大大咧咧地拿出手机。

"扫下微信吧，微信联系更方便。"胡明亮也拿出手机。

当下加了微信，正要喝酒，局长拦住说："李春花，我看看你这酒颜色怎不一样。"

李春花说："这话说得，好像我这酒有假，那咱俩换。"

"好，换！"局长端过自己酒杯，伸过来。李春花也把酒杯递过来，看局长真要接她酒杯，笑着又收回了，说："嗨，我这口水啦啦的，还是不换了。"

局长说："就是想喝你的口水啦啦。"

大家都哈哈大笑。局长抢过李春花的酒杯，闻了闻，笑嘻嘻地泼了，倒上酒。

"局长眼毒，我这在那边喝多了，偷偷懒都不行！"李春花笑着，跟胡明亮碰了一个，一仰脖干了，亮着杯底看着胡明亮。胡明亮也一仰脖干了。

随后，李春花依次给大家敬酒，货真价实，一点没偷懒。

"好了，不耽误你们谈正事，你们拍电影，别忘了给我个群众演员当当。"说着，李春花拉开门，又回头瞄了一眼。

那一刻，胡明亮心中倍感失落。他也找到了为什么一开始认不出李春花的原因了。刚才敬酒的时候，胡明亮认真地看了她。她的脸不再是那种雪白粉嫩了，虽然还是白，但没有光泽，而且是涂了粉的。她的脸庞不再饱满，两腮也不再圆润，而是像树叶一样干瘪，下巴尖溜溜的。眼睛也没有往日的神采，笑容也没有往日的风韵，一切都显得那么假，少了自然之态。不过她底子好，整个人还没塌架，还存有天然之韵。

现在，她的屁股怎样呢？是不是还比别的女人的脸更香艳耐看呢？

五

胡明亮回到家时，是星期天上午十点钟，父亲正在门前摆弄着大白菜。大白菜一齐地靠在墙根，好像在接受检阅。这些大白菜的品相有点不好，有的叶子已经发黑，黑白相间，大概是冻烂了。

昨天晚上，四兄弟都喝多了，书记坚持要去唱歌。于是就去唱歌，唱歌的时候，又喝了不少啤酒。他记不清楚自己是不是唱了，但应该是唱了，好像跟李春花唱了一首《牵手》，好像还搂着李春花跳了舞。当然，他们都搂李春花跳了舞。但回忆是断断续续的，不完整的。也好像李春花坐在他旁边，他还摸了李春花的屁股。当然，这些都麻木了，他醉了，如果李春花跟他回宾馆，他会怎样呢？但局长安排住在浮水县大酒店，局长也没有回去，跟他一起住。他们一觉到天明。他看看局长还在睡，便拿起手机，点开微信，发现一路飘红。一些群自不必说。有小静的，小静问胡明亮是不是喝多了，让胡明亮回个话。还有一个李春花的，发了一个微笑的表情。还有一个局长的，说早上来陪他吃早饭。还有几个未接来电，一个是小静的，大概看胡明亮没回微信，就给胡明亮打了电话。还有是父亲的，胡明亮才想起答应晚上给父亲打电话的。

他给小静回了个电话。"是不是又喝多了，就不能少喝点啊。"那边，小静嗔怪道。这几年，胡明亮的酒品越来越好，酒量越来越差。每喝必醉，醉也分几等，有时微醉，有时中醉，有时大醉，有时死醉。前三者都还好，就怕最后一等死醉。醉得都失忆了，第二天早晨起来，想不起来喝酒后怎么回去的，怎么脱衣服上床的，"喝断片了"。睁眼看周围的一切，往往会后怕，"如果一觉就睡过去，那是什么样的后果啊！"好在没有睡过去，早上还能醒来，还能在这个世界上痛苦地活着。

"嗯，喝了不少。"胡明亮说。

"唉，你怎么老是不改呢，一定要控制，"小静仍然埋怨，"你真要喝傻了，我还能照顾你，要是直接喝死了，到那边谁照顾你。"

"这不好好的嘛。"胡明亮干笑着。

"今天怎么打算的？"

"先回家看看父母，下午回漂城，你先收拾好。"

"中午不要喝酒。"

"嗯，知道。"

"真的别喝！"

"好的。"

"喝就是小狗！"

"嗯，小狗。"

放下手机，胡明亮在心里笑了一下。

跟局长吃过早饭，到房间歇了一会儿，局长问胡明亮今天有啥安排，中午再喝一场如何？胡明亮赶紧推辞，说想回家一趟。局长就开车送他。走高速，不过十几分钟。

四个同学中，局长跟他关系最好，因为他们都喜欢文学。在学校时，他们曾经成立了个文学社，叫绿叶文学社，也办了个油印小报，就叫《绿叶》。多少个夜晚，他们在一起编报，抄写会员的文章，一起谈文学。那时谈得最多的是汪国真，还有路遥。他们语文成绩都很好，数学成绩都很差，因为数学课他们根本就不听，而是看小说，写诗。他们还合资买了个小型收音机，中午吃过饭，就到学校后边的河滩上收听《平凡的世界》，听得热血沸腾，立志也要写出《平凡的世界》一样的巨著。这样偏科，参加高考，结果可想而知。高考并不考诗，也不是只考语文，于是他们双双落榜。但在父母的逼迫下，他们又复习了一年。这一年，数学依然学不好。高考前，胡明亮通过教育局一个亲戚的关系，把一个数学成绩非常好的同学安排在自己前面，同时，把局长安排在自己后面。那一年他们这里的高考纪律比较松懈，这给他作弊提供了极大空间。前面的同学把写有数学答案的两张草稿纸偷偷传给了他。他抄好了，却只把一张草稿纸传给后面的局长。那一年，他考上了一个会计学校，而局长的数学"考砸了"，在录取分数线以下十分。可巧那一年，漂城的一家交通技校招生，要求是城镇户口的高考落榜生。局长是城镇户口，就上了。毕业后，他进了银行，而局长在车站开长途大客车。局长狠狠心，放弃了文学，在开大客车之余，参加了自学考试，几年后，考上了公务员，进入文化局。也可能是因为报考文化局的人比较少，也可能是他写作的底子，面试时拿出来上学时在小报上发表的东西，给他加了分，所以他才这么幸运。他给当时的局长当秘书。就在这时，有一家银行知道他能写，想挖他来当秘书，不仅工资高，还分给他一套住房。他去了，只半年时间，他就不干了，还是回到了文化局。"太他妈忙了，成天写材料，做报表，搞宣传，策划活动，不是人过的日子。"局长就回到文化局这个清水衙门，当他的文化秘书。银行分给他的三室一厅的住房，也退了。

"得亏我回到文化局，没两年，那家银行就不太好了，工资下降，搞双向选择，把人折腾得够呛，后来又大幅裁员，不少人拿了几万块钱回家了。"局长庆幸。

在文化局，局长确实轻闲，又可以写写诗歌，也策划一些文化活动，受到领导的赏识，从一个小办事员，慢慢往上爬，终于爬到了局长的宝座。

"人呀，别勉强自己，要认清自己，别总盯着升官发财，干自己喜欢的事情最好。"他说。

但局长除了写些小诗歌外，没再写出什么作品来，更别说什么《平凡的世界》这样的巨著了。

胡明亮能说什么呢？他自己就选择了一条错误的路，从一开始就是。

高考志愿，他有两个选择。一个是上省里的师范大学中文系，四年，但需要带五千块钱委培费。还有一个就是外市的一个财会学校，不要带一分钱，两年出来就进银行。他很想去师范大学读中文，但他不可能选择师范中文，谁选择师范中文，谁就是傻瓜。很显然，财会学校对他这个农村人来说要实用得多。于是，他就上了财会学校，后来进了银行。

当时他进这家银行的时候，这银行还没有乡镇办事处。他去了，这家银行就在一个乡镇设立了办事处。当然，这个乡镇办事处不是为他设立的，他正好赶上了。他于是成了该银行乡镇办事处的储蓄员，也就是该银行最底层的员工。这个办事处是短寿的，连头带尾只有三年光景，就眼一翻腿一蹬夭折了。当然，它的夭折跟他也没任何关系，这是大气候造成的。是应神经病一样增加网点的大气候而生，又应像神经病一样撤销网点的大气候而死。一切都是决策者的一句话而已，与他这样的小民无关。于是办事处的全体员工没费什么事天经地义地进了县城。又过几年，他因在报刊发了几首诗歌、几篇小说，并且自费出版过一部长篇小说（他现在都不知道这狗屁长篇是怎么弄出来的），被市银行的一位领导看中，要调动到市里工作，成了一名秘书。其实他也犹豫过，去还是不去。他问一些朋友。没有一个人劝他不去的。人往高处走，水往低处流。这是透亮的事，只有傻子才选择不去。就这样，他去了。人们常说，我的人生我做主。可他的人生他从来都没有做过主，所有的道路都不是自己选择的，都是别人选择的。在秘书的岗位上，虽然干出了一些成绩，可他干得很辛苦，领导对他的工作很认可，也对他有过一些承诺，眼看着升迁有望，将要修成正果。不料那个领导调到别的市工作了，又来了一位新领导。一朝天子一朝臣，新领导对他说，你应该去学学业务，锻炼锻炼嘛。一句话，把他贬到一个网点去锻炼锻炼。管着近十号人，而且称呼一下子上来了，以前叫胡秘书，现在叫胡行长。其实他是个狗屁行长，不过一个网点主任。以前当秘书忙，忙着伺候领导，写没完没了的讲话稿，现在当网点主任更忙，忙着伺候客户，好完成神经病一样的指标。这么多年来，他已经很少写诗了，也很少写小说了。写诗需要激情，写小说需要沉淀，不是像吐痰一样，咽下嗓子就能吐出来的，是不是？他的生活无诗可意，只有无穷无尽的任务，任务！他作家的名号只能是徒有虚名。

他知道这是新任领导故意整他，明知道他不适合干业务，只适合耍笔杆子。人家说用人之长，可新领导就是用其所短，让他难堪。

他活得很累。

他非常羡慕老同学文化局长。他后悔到市里来了。

多少年来，那个秘密一直像鱼刺一样，梗在他的心头。他不知道自己怎么想的，为什么不把那张草稿纸递给局长。出来以后，他就后悔了。

"我对不起你，高考时，有一张草稿纸，我没传给你，要不然，你就不会只上一个技校，学开车。"局长上技校时，他想说。

"我对不起你，高考时，有一张草稿纸，我没传给你，要不然，你就不会去那么辛苦地开大客车了。"局长开大客车时，他想说。

"我对不起你，高考时，有一张草稿纸，我没传给你，要不然，你就不会去文化局这个清水衙门拿那几个钱了。"局长在文化局时，他想说。

可是他一直没说。随着局长越混越好，他就更不想说了。

昨天晚上，在酒桌上，他几次想把这个事说出来，但他控制住了。在歌厅里，吵得很，当然没法说。回忆在继续。到宾馆，只有他们两个人的时候，他好像抓住局长的手，把那个秘密说出来了。他痛哭流涕，等待局长的反应。局长什么反应也没有，只是愣了一下。

好像，局长说："本来就不属于我的，有什么忏悔的，都是过往了。"

好像，局长还说："我现在不是很好嘛，都通过自己的努力得到了，多踏实呀。"

好像都是说给他听的。

再后来，他就什么也记不得了。

局长在很平静地开车。胡明亮自己都有点恍惚，不知道自己的回忆是否准确，还是做了一个梦。昨晚喝得太多了，许多事情都恍恍惚惚。

"到了。"局长很平静地说。他这才清醒过来，车子确实到了家门口。

六

父亲背着手，看着墙根的大白菜，好像对自己的摆放很满意。听到后面汽车的声音，父亲缓缓回头，看到儿子从车上下来，便笑着迎了过来。

局长是第一次来，但他却能准确地找到位置。房子位置好，往北走几步就是公路，往县城去也方便，靠街也近，医院、超市、银行、菜场，都不会超过十分钟的步程。父母以前住在离镇三里地的一个村子，那里也是胡明亮的出生地。胡明亮至今不知道那个村子到底叫什么名字。他曾问过父亲，父亲说不知道，奶奶在世的时候，他也曾问过，奶奶说："好像叫马庄。"后来，有人问他老家是哪的？他先说出所在的县名：浮水县。再问何乡？他说双月镇。再问何村？他就说不清楚了，只好说，周庄南面那个村子。他们村子后面有个村子，因为姓周的人多，叫周庄。当然不是那个大名鼎鼎的周庄。关于周庄，还有一个笑话，说有一年连下暴雨，响水河河水上涨，上面要开堤泄洪。往哪边开？领导研究半天，最后请示到总理那儿，周总理批示，不能往周庄方向泄，因为周庄姓周的多。这话经过周庄的妇女往外说，显得特别有幽默感。后来，别人再问他，他就说是南周庄。其实在他心里，已经给这个村子取了个名字，叫"无名村"，就像小时候看古书，有些书的作者叫"无名氏"。

十几年前，父母终于离开了那个"无名村"，来到镇上生活。他们也曾想往县城去住，但是最终放弃了这个想法，因为胡明亮已经离开了县城，他们到县城也没什么依靠，再加上房价上涨得厉害，他们那点退休工资也只能在镇上混混。"人往高处走，水往低处流"，这是父亲经常说的话。自从到镇上，他们很少回村里。村里也没什么人了，都是老人和儿童，没一些生气。谁不往外奔呀？在家里窝着的都是没用的人。

局长下了车，到屋里看了看。这是两上两下的楼房，后面还接上了卫生间和厨房，面积不小。十年前买的时候，才六万多，到现在估计要三十来万。当时，胡明亮对朋友吹："我给我爸买了一套房子，把他们接到镇上来住，靠近公路，来回走动方便。"其实，六万里面，只有他的两万，其余都是父亲多年的退休工资。

局长赞叹这房子不错，买得合算。父亲很开心，哈哈地笑着，说："中午就在这吃饭，咱乡下没什么好的吃。"局长笑笑，说："您老别客气，我上午回去还有个会。"父亲仍然笑："是啊，领导就是忙啊！"

送走局长，胡明亮才跟母亲说话。其实母亲一直坐在门口，面前摆着一个筐箩，里面摊着黄豆。黄豆里有黑的，有黄的。母亲正在把好的黄豆往外挑。自从两年前得了脑梗，母亲变得不爱说话，遇到人也不招呼，只顾低着头做自己手中的事。胡明亮说："怎么黄豆都坏了。"她也没看胡明亮："年景不好，天天下雨，在地里就坏了。"母亲思维很清晰，说话很利索，让他很高兴。据父亲说，母亲一般在晴天说话会好点，阴天头脑就不管用，丢三落四的。胡明亮问："家里哪来的黄豆？"父亲接过话说："你大姐家的，搬了两麻袋来拣，眼都看花了。"又对母亲说："拣拣起来走走，伸伸腰，老低着头拣，眼会疼，头会昏，腰也会酸。"母亲抬起头看看父亲，没有吱声，把挑出来的黄豆，往一只蛇皮袋里倒。胡明亮赶紧过来帮着她理口袋口。"哗啦"，黄豆倒进口袋里，母亲抬起头，看了他一眼，忽然对父亲喊："客人来了，还不去弄中饭！"母亲的声音很大，像吵架一样。她老人家多年来就是急脾气。父亲也喊："客人走了，就你儿子，不着急。"母亲没生病的时候，父亲从来没对母亲这么说话过，总是细声慢语的。当然，现在也不是着急，他怕母亲听不明白，再加自己的耳朵也不灵敏了，所以嗓门也大。母亲又喊，声音比之前更大："什么不着急，吃过人家不上班呀！"父亲也喊："今个儿星期天，上什么班！"母亲不吱声，又坐下来拣黄豆。

中饭是姐姐来做的。姐姐问胡明亮怎么没开车来。父亲立即接过话头说："是朋友送过来的，吃过饭还来接。"胡明亮说："车子年审，没开回来。"胡明亮不知道姐姐知不知道什么叫年审，她没再说话，到厨房去做饭了。母亲也不拣黄豆了，也跟着姐姐去了厨房。父亲跟胡明亮说了会儿话，也去了厨房。胡明亮在门口站了站，也到厨房。

小小的厨房里挤了四个人，各人在忙各人的事。胡明亮不知道做个中饭，为什么要这么多人上手。胡明亮以前在家的时候，从来不做饭，都是妻子在做，她一个人在厨房里忙，从不要他上手。有时他到厨房视察视察。她会很不耐烦地拿刀向他挥挥："快滚一边去，不嫌碍事啊！"他像老干部一样，背着手出了厨房，到客厅看报纸，或看电视，坐等饭菜上桌。

母亲洗了藕，放在砧板上，一刀一刀地切。胡明亮很担心她会切到手，但胡明亮的担心是多余的，藕片切得细致均匀。父亲已经换上做饭的衣服，头上戴着灰色的帽子，腰系围裙（银行发给客户的纪念品）。帽子是胡明亮原来戴的，夏天回来时，忘落家里了。父亲便自己戴。胡明亮这才感觉这帽子真不好看，有点像日本鬼子。胡明亮跟父亲说："这帽子值三百多块呢。"父亲很惊讶："这么贵，看不出来值这么多钱呀，这么薄。"胡明亮说："是个品牌。"父亲摘下来说："那你带回去吧。"胡明亮摇摇头："我现在不戴帽子了。"父亲说："你有空帮我买顶帽子，鸭舌帽，呢子的，深颜色的。"胡明亮说："好，回去帮你买。"父亲又叮嘱："56公分，不能大也不能小。"胡明亮说："好，没问题！"父亲又说："要到大商场啊，小门市上假的多，会掉色。"胡明亮说："嗯，回去就买。"

他们在谈论帽子的时候，母亲的藕已经切好，又去切干丝。她把干丝往砧板一扔，发火道："老是戴着帽子，系着围裙，天下人不晓得你在弄个饭啊！"这句话胡明亮经常听母亲说。胡明亮还在读书的时候，就经常看父亲这样全副武装的打扮，母亲很不满："你这样子，人家以为我不想弄饭，其实是你自己想弄饭。"胡明亮不知道是不是父亲想弄饭。一个男人爱做饭，对胡明亮来讲不好理解。但他知道，这是一个可贵品格。妻子也经常抱怨："你们领导还经常做饭！"胡明亮不知道她从何处听到领导爱做饭，但胡明亮真要做饭的时候，她又不让："你别糟蹋了菜！"真是两难。显然，父亲做饭，母亲是受益者，坐享其成，但母亲又怕别人说她不做饭，所以有点拧巴。

菜都上了桌，有荤有素。胡明亮喝了两杯酒。其实上个月体检，结果显示好多指标都不约而同得高。医生叮嘱他不要喝酒了，对身体不好。可是他像个酒鬼一样总是惦记着喝两杯，到了没有酒就吃不下饭的地步。他知道这很可怕，总有一天会因为喝酒酿成大祸。他有一个朋友就是因为喝酒，坏了半边肾，虽然快过十年了，仍活得好好的，但换肾也委实花了不少钱，据说换肾后人的存活期只在十年左右。所以，妻子总是恶狠狠地说："你以后会死在酒上的！"胡明亮笑笑不理她。这婆娘一天比一天狠毒，不是咒胡明亮死，就是咒胡明亮残，但胡明亮也有些担心，怕一语成谶，早早挂了。

吃饭时，父亲又问胡明亮的工作。他说得最多的是：别乱放贷款，别给人担保，现在骗子多，双月镇的信用社主任，放了几百万贷款收不回，停职查办，专门收贷款，工资基本扣光留着还贷款，还有那么多私人开的合作银行的老板，也跑了好几个，也有没跑的，钱也拿不出，在往后推。胡明亮问："你有没有钱存在这些小银行？"他很坚定地说："哪来的钱存！"

吃完饭，上楼休息了一会儿。短短的一个小时睡眠，胡明亮做了一个梦，梦到自己在一个高级宾馆的电梯里，电梯上上下下，却总是停不下来，他无法出去。更为可怕的是，电梯下面是水，好像一口井。他像一只青蛙一样趴在井沿上，随时都可能掉下去。就这样，折腾了不知多久，电梯门终于开了，他跳了出去，不料大厅里窜出一条肥大凶猛的狼狗来，一口咬住他的手不放，死命地撕咬，他怎么挣也挣不脱。周围的人走来走去，没有人理会他，他疼痛难忍，大叫一声，"我命休矣"！然后就醒了过来。

其时，已是下午三点钟。胡明亮走下楼，母亲仍然在门口拣豆子。阳光下，母亲面无表情，间或眯着眼睛往外瞄两眼。旁边的凳子上，还有两个妇女坐着聊天。胡明亮倒一杯白开水，坐在里边的桌子边，跟小静在微信上聊天。小静问胡明亮什么时候回。胡明亮说四点钟出发，六点左右到。她让他最好早点到，别让她多等。胡明亮说好。一边在微信上聊天，一边听两个妇女聊天。不是想听，而是两位确实嗓门高。听明白两个妇女是周庄西边的李庄的，在对面油坊等榨油，还没轮到她们，就到这边来等。她们在奉承胡明亮母亲，这个说："这老年人不是一般人，我们小时候，老年人就是大队干部，精明强干，威风着呢。"那个说："我听过这老年人讲话的，慢声细语的，跟断案一样，就把事情断得清爽明白了，没人不服气的。"胡明亮心中暗笑，这捧得有点过了，胡明亮很少听到母亲说话慢声细语，总是粗门大嗓的，生怕人听不到。胡明亮看到母亲听到这些话的时候，微微笑着，不讲话，自顾拣着豆子。胡明亮知道，她老人家在回忆过去。是的，母亲做过好多年的大队干部，前三庄后五村，享有一定威望。胡明亮的三舅说："我二姐这人，没念过书，但比念过书的人还有水平，如果念过书，县长都能当。"有时候，母亲还会跟外人嘟囔："谁说我不识字，我识字。"是的，她老人家年轻时跟着父亲认过几个字，不外乎"上中下，人口手"，也写过自己的名字。估计早就认不出，也写不上了。

谈了一会儿，两个妇女到对面油坊去了。一直没有说话的母亲，抬起头来，说了一句话："他妈 X 的，X 嘴到底多能说，比县长还能说！"一旁的父亲哈哈地笑起来。

七

　　在此时刻，有人在门前站着，往里看。父亲跟他打招呼，那人便坐到门口刚才两个妇女坐的长凳上。他的腿脚一颠一颠的，不太利索，好像中过风，但不是太严重。胡明亮聊天正投入，没有太介意。

　　"是胡明亮吧？"他忽然说。

　　胡明亮吓一跳，赶紧站起来。父亲说："是史老师，是史老师！"

　　史老师是胡明亮初中的语文老师，当时不到四十岁，很有才华，敢于跟校长顶撞。那时学生都不喜欢校长，觉得他很变态，总是神出鬼没，突然出现在教室后面或是宿舍门口，脸总是像一泡屎一样阴着，出语总是恶狠狠地教训人。有一次，他在家门口狂扇两个男生的耳光，就因为两个男生走路时拌了两句嘴。校长的老婆就在身旁。校长狂妄地说："我家属在旁边，我也要教训你，如果是我家孩子我打死他。"这些正好被吃过饭，拿着勺子敲着饭盆，唱着小曲的史老师看到了。史老师不由分说，跑过来把两位同学拉到一边，也就是把两位同学从校长的魔爪下解救了出来。他回过身拿着饭勺狠敲一下饭盆，对着校长厉声断喝："你这是体罚学生，是违反教育法的！"

　　校长撸袖子打得正上瘾，被斜刺里杀出的这位英雄吓一跳，待看明白是史老师，二话不说，转身进屋了。

　　"英雄啊，英雄！"事后，胡明亮等几个学生围着史老师竖指称赞，敬慕不已。

　　史老师把饭盆在空中挥了挥："我怕他什么？我能把书教好，我怕他什么！"这是史老师当时的口头禅。

　　史老师后来跟学校最漂亮的一个女老师结了婚。他是大伙最喜欢的一位老师。他不怕校长，校长也不怕他，但也拿他没办法。不久换了一任校长。新校长表面上很尊重史老师，暗地里使坏，将他贬到一个僻远的学校。"地球离了谁都能转，学校离了你姓史的，倒不了！"新校长恶狠狠地说。史老师一怒之下，带着老婆出去闯世界了。这一闯就是二十年。外面的世界很精彩，但外面的世界不是那么好闯的，也不是每个人都能闯的，尤其是他这样的一介书生。史老师最初挣了一些钱，后来被骗了一次。只好重新开始，又挣了一些钱，据说有三十来万，就回来了。在镇上买了套房子，还剩下十几万，存在三家小银行，他们把农村资金合作社称为"小银行"。在双月镇，有十几家小银行。这些小银行也红火那么几年，老百姓从起初的怀疑到信任，毕竟受不了高额利息的诱惑啊。可是就在不久前，双月镇的小银行陆续倒闭，老板死的死，跑的跑，到现在还有两三家。

"刘老师没陪您出来啊？"胡明亮问。

刘老师就是史老师的老婆，当时双月镇中学最漂亮的女老师，也是胡明亮的音乐老师。

"她没在家，去苏州带孙子了。"史老师说，"你兄弟，也就是我儿子志远，他在苏州开家公司，刚生了个小二子，才三个月。"

看得出来，史老师很得意。

说起刘老师，胡明亮想起一件事来。那是一个夏天的晚上，非常闷热。他去找史老师。他是语文课代表，经常到史老师的宿舍借书，还有拿新写的散文或诗找史老师请教。史老师也乐于跟他谈论文学。可那天史老师没在宿舍。史老师的宿舍跟刘老师的宿舍隔三个门。他想看看史老师在不在刘老师宿舍。刘老师的宿舍门关着，里面有隐隐的灯光，也有隐隐的声音。他不敢造次，就趴在门缝上看，看史老师在不在。如果史老师不在，他就走人，如果史老师在，他可能也不会敲门的。也就是说，他当时的想法，就是看看史老师在不在，仅此而已。那时的门不像现在的防盗门那么严实。房子是老房子，门也是旧门，天长日久，风晒雨淋，油漆脱落，门板与门板的间隙裂开了些细缝，只有靠近看，才能看清楚里面。他眯只眼睛，往里看，这一看不要紧，顿时心跳加快。因为他没看到史老师在里面，只看到刘老师。而刘老师披散着头发，光着身子，坐在一个木盆里洗澡。她洗得很轻，拿毛巾在自己白白的身上细细地搓着，灯光微弱，来自床头的台灯，再加上澡盆里的水汽，屋里愈发朦胧，刘老师的身体也愈发朦胧。胡明亮当时的本能是想走开的，可是，却挪不动脚步，也挪不开眼睛。就这样，看了几分钟，直到刘老师从澡盆里站起来，他看到了刘老师整个身体，水珠顺着刘老师的身体往下滴，刘老师拿着大毛巾擦拭着。宿舍尽头的路上传来脚步声，他才慌忙从另一个方向跑了。

整个晚上，他都恍恍惚惚，晕晕乎乎，好像喝了酒一样。

那以后，胡明亮看到史老师和刘老师，心跳就不由得加快，难为情。自己不应该偷看刘老师洗澡，而且偷看那么久。虽然是无意的，但也不可饶恕。

尽管心里后悔，可脑海里还是常常想起刘老师洗澡的画面，特别是音乐课，刘老师在上面弹琴，唱歌，胡明亮在下面总是心不在焉，穿着裙子的刘老师，在他的眼里，衣服一件件脱落了。他一直处于恍惚之中。所以，一见到他们，他都有一种犯罪感。此后，他去找史老师，经过刘老师的宿舍，总是加快脚步，生怕听到什么声音。

当然，这样的秘密，他是不可能说出来的。

"听你爸说，你有出息了，又当行长，又当作家的。"史老师掏出一支烟来，向胡明亮抬抬手。后者赶紧摆摆手。

"他不会抽烟。"父亲说。

"作家哪能不抽烟呢。最近有没有大作出版呀。"

"没空写，没出新书。"

"噢，有大作带本回来呀，我还在你父亲这儿看过你一本书，挺不错的。"

"写着玩的。"胡明亮不知说什么好，转身回到桌子旁坐下。他的眼前又晃动着刘老师年轻时的裸体。现在刘老师是什么样子呢？老了啊。

"对面没开门的？"史老师跟胡明亮父亲说话。

"哪家？"父亲探头向对面看了看。

"还有哪家，小银行啊。"他抄着手说。

父亲说："我上次问了，一般不开门，打上面电话就行了，有事就来看看，没事忙别的事。"

"不会倒了吧？"

"这哪个说得清。"

"存了三家，别的两家全倒了，就剩这家了。"

"是啊，一家接上一家。"

"你钱拿出来没有？"

"我能有多少，万把块钱，年后到期就拿出来。"

"实在拿不出来，就要个本就行。"

"嗯，嗯，到时候再看。"

说了几句话，史老师站起来就走了，仍然一跛一跛的。胡明亮问父亲："史老师腿怎么回事？"

"喝酒喝多了，中风，血压本来就高，差点死了。"

八

三点半钟，胡明亮拎起包，准备出发。父亲很奇怪："车子没来接呢。"胡明亮说："不需要了，局长今天忙，我自己回。"父亲显得很失望，起身把胡明亮送到路边。胡明亮上了一辆中巴车。中巴车把胡明亮带到另一个乡镇的十字路口，等待由浮水县去漂城的过路车。中巴车上挤满人，但还是不停地带客。每停下来，许多人都要往后挤。售票的妇女对上面人说："天这么冷，让人家等着不容易，请往里让一让。"又对下面的人说："先上来，先上来，下一站下车人多呢！"就这样，车上挤得结结实实，想转个身都不容易。有几个孩子穿着统一的服装，胡明亮仔细看，上面印着"浮水县中学"字样。校服是深黑色的，式样又老。胡明亮想不知道是哪个王八蛋设计的校服，让正值青春好年华的他们像这个冬天一样沉重。二十多年前，胡明亮也是这样的。每到星期天下午，都要带上衣服干粮赶往学校上晚自习。不过，那时候的车比现在更少，往往要等好长时间。胡明亮看到有一个女孩特别像自己女儿，她在跟一个同学说话时，脸上忽然呈现出羞涩，还吐了下舌头。女儿今年上大二了，学习好像比中学时更认真了，这让他隐隐担忧。他猜想她此刻正在图书馆看书或写作业。上午他给她发了个微信，她说在准备入党培训优秀学员代表发言。他说你好好写。她说写好了，老爸帮我修改一下吧。他说自己的事自己做。

果然，十字路口下了不少人。大家各奔各的，而胡明亮站在路口等过路车，奔往漂城。路口已经站了不少人，有的大包小包，有的空手，有的站在路边，有的站在后面一个超市门口。胡明亮看到一个女孩站在超市门口玩手机，正是昨天下午在漂城车站碰到的啃方便面的女孩。她仍然是一个人，仍然是原先的装束。一直看着手机，也会抬头往路上看看。足足等了半个小时，过去了三辆车，都没有停下来。售票员在窗口摆着手，好像是客满了。客满就不能再上了吗？胡明亮在心里嘀咕。"可能最近查得紧！"旁边有人说。胡明亮一看，是个瘦瘦的年轻人，大概三十出头，看上去很精神，手里拎着个黑皮包。他也在看胡明亮。胡明亮刚想看看超市门口的女孩，研究她是干什么的，为何独来独往，昨天下午为何没有上车。胡明亮想，要是一起上车，胡明亮要找机会跟她说两句。多年的写作，使胡明亮有一种好奇感，窥视欲，总想弄清楚别人是干什么的。这时，那年轻男子过来搭话了："大叔，您也等了不短时间了，这车都不停，不晓得出什么鬼。"胡明亮很奇怪他的前言不搭后语，刚才还说是查得紧，现在又说不知出了什么鬼。胡明亮懒于交流，不太喜欢跟陌生人搭话，只是点点头，"嗯"了一声。他又说："从没有过的事，以前都是随到随停。"胡明亮只好用他的话来回答他："可能最近查得紧。"他笑了，然后开始打起了电话。胡明亮一回头，看到超市门口的女孩不见了。是不是进超市了呢？胡明亮吃不准。

那个男子挂了电话，对胡明亮说："马上又有一辆车要来了。"胡明亮说："你认识车站的人？"他摇头说："不是，我老婆坐在那辆车上。"这又让胡明亮感到奇怪了："你为啥没跟你老婆一起等车？"男子说："我老婆在县城工作，我在双月镇小学上班，我们一起去漂城看房子。"胡明亮说："现在房价挺高的呀。"他说："可不是，看形势也降不下来，还是早点买踏实。"胡明亮说："为什么要在漂城买房呢，你们都不在那工作，在浮水县买房不是更好吗？"他说："我准备去漂城发展了。"胡明亮有点吃惊，一个乡村小学老师，怎么一下子就到漂城发展了，原来去漂城这么容易啊。"嗨，不瞒你说，今年我出了点名，当选为最美新漂城人，漂城有个公司要我去。"他好像有点犹豫，但还是说了出来。"噢，最美新漂城人，不容易啊。""是啊，浮水县就我一个人。""噢，那你是以什么方式当选的呢？"胡明亮的好奇心被这个"最美"的钩子钩起来了。"哎，也没啥，就是踏实肯干，扎根乡村。"他尽量显出不当回事，但他的眼神还是表现出那么当回事。

这时候，一辆车子由北边慢慢地驶过来，停在路北。他扔下胡明亮，穿过公路，奔车子去。司机跟他说了句话，他又往南边来，一直往南边走。

胡明亮灵机一动，也跟着他往南跑。车子却不停，一直往南慢慢地开。路边的几个人开始都蠢蠢欲动，想跟过去，大概觉得这车不会停了，又都停住脚步。胡明亮也想放弃，但还是跟过去。车果然停下来，门开了，他一步登了上去。胡明亮也跟上去。司机却拦住胡明亮说："客满了，客满了，你上就超载了。"胡明亮说："多上一个也没啥，我站着。"跟着那"最美新漂城人"往里跑。司机追过来，叫："兄弟，真对不起，真的不能带，罚款会罚死的。"胡明亮忽然心生豪气："罚款算我的！"走到最后，倒数第二排一个抱着小孩的女人站起，把"最美新漂城人"让进去。胡明亮四周看看，确实没有座位了。司机说："你看，我没骗你吧。"胡明亮说："我有急事，要参加一个重要活动，不能再等了，你放心，我加倍给你钱。"司机终于被打动了，对最后一排说："这位大哥大姐，帮帮忙，挤一挤吧。"

最后一排五个座位，坐着五个人，一对中年夫妇，中间坐着一个小孩，右边是两个女孩，像是中学生。司机是跟那对中年夫妇商量的。男的坐在对着过道的座位，女的坐在窗口，儿子坐在中间。男的留着平头，头顶上发多，两边几乎都剃光了，皮肤粗黑，冷冷地说："我们都是打了票的。"女的也不满地嚷嚷："凭什么多坐一个人。"胡明亮尴尬万分，求救地看看"最美新漂城人"，希望他能帮着说句话。"最美新漂城人"正把孩子从老婆怀里接过来，没有看他。司机又说："都是出门在外，挺不容易的，这位大哥也有急事。"胡明亮说："是呢是呢，有急事。"胡明亮看旁边两个女中学生，两个女中学生面无表情地看着他们，屁股粘了胶水一样，也不往里让让。就在胡明亮无望的时候，那个小孩把他的平头爸爸往里拉拉。平头很不满地把孩子抱坐在腿上，往里边挪了挪，胡明亮说了声谢谢，终于把屁股尖子靠在对着过道的那一半座位，那样子显得很滑稽。司机没走。胡明亮明白，是收票呢。很艰难地从口袋里掏出五十块钱票子，并不指望他找钱，但好心的他找了胡明亮十块，平常应该找二十的。

在如此艰难的情况下，胡明亮还没忘记看手机，胡明亮打开网，百度上输入"最美新漂城人"，一下子跳出好多条来。胡明亮点开其中一条：我市举办首届"最美新漂城人"颁奖活动。

本报讯（记者杨磊）3月24日下午，我市举办首届"最美新漂城人"

颁奖活动，进一步凸显我市对各类人才尤其是外来人才的关爱，持续释放"爱才漂城"的品牌效应。

……

来自连云港的沈小全是被表彰的"最美新漂城人"之一，他辞去原来的高薪工作，2012年来到浮水县一所偏远的农村小学任教，凭借扎实的专业知识、灵活的教学方法、高尚的师德修养和默默奉献的孺子牛精神，赢得了学生的喜爱、同行及学校领导的赞誉认可……

于是，胡明亮知道，今天他碰到的"最美新漂城人"不是漂城人，而是连云港人。他的名字叫沈小全。

车子行了有半小时，在一个县城的路边停了下来。胡明亮旁边的一个女学生下车了。胡明亮赶紧往里面挪了下，让自己坐舒服了。旁边的平头已经睡着了，平头的妻子让孩子平躺在他们的腿上，孩子也睡着了。胡明亮看到她拿着手机往这边拍。当然不是拍他，是拍她丈夫和儿子。大概拍完了，要往朋友圈发。胡明亮不知道把没把他带进去。

在女学生下车的时候，又上来几个人，一个身材较高的妇女坐在胡明亮旁边。大概嫌坐得不舒服，往那边挤了挤，把那个平头挤醒了。平头看看妇女，大概还没醒过神来，奇怪身边怎么换了人。但平头没有吱声，闭上双目，接着呼了。

"你到漂城吧？"那个妇女问胡明亮。

"是啊。"胡明亮说。

"噢，那还挺远，我到上冈就下了。"大概嫌那边挤，她又往胡明亮这边靠靠。

"那不远，一会儿就到。"

她没说话，过了一会儿，又说："人老了真没得数，说没得数就没得数。"

胡明亮不知道她什么意思，没有答话。

"你说我老父亲，好好的，就跌了一跤，把腿跌折了。"她接着说。

"噢，老年人要注意，要有人陪着。"胡明亮顺嘴搭腔。

"是啊，说没数就没数，上半年好好的，过了夏天突然就老年痴呆了，真没得数。"

"嗯，现在老年痴呆的真不少呢。"

"是啊是啊。一会儿清醒，一会儿明白。本来，明天要把他接到我这边住的，真没得数，又跌了一跤。跌过了还说，唉，人老了真没得数，还不如跌死算了，这下真受罪，子女跟着受罪。你看，他倒是挺明白的。"妇女哈哈笑起来。

胡明亮沉默不语。想起有一个同事，母亲得了老年痴呆，也是一会儿明白，一会儿糊涂。也想起母亲，在阳光下拣黄豆的母亲。也想起了在门口检阅大白菜的父亲。胡明亮在心里长叹一声。

"我开个棋牌室，也就烧烧茶，倒倒水，也不算忙，让他过来住，不过来，只好请人照看他，结果腿跌断了，没得数。"妇女摇着头，眼睛盯着外面，好像在判断是不是该下车了。

车厢里漆黑一片，只看到手机屏幕在闪亮。外面漆黑一片，无法判断是什么地方。

"到哪了？"小静问胡明亮。

"上冈。"

"噢，那还得半小时吧。"

"嗯，快了，你在哪等？"

"火车站。"

"都收拾好了吗？"

"嗯，也没啥收拾的。"

"嗯，关键是卡都带着了吧。"

"那当然，这哪能落下。"

"没得数，真没得数。前一秒钟还好好的，下一秒就跌了个大跟头。"那个妇女絮叨着下车了，女学生也下车了。胡明亮身边一下子空了起来，跟小静有一句没一句聊着天。

窗外零星的灯光像黑夜中的眼睛，让胡明亮生出些许寒意。

九

一个小时后，胡明亮和小静坐在南下的火车上。列车在黑夜中行进，车厢里灯火通明。胡明亮和小静在下铺面对面坐着。

小静是胡明亮的员工，大名叫姚静静。五年前，她从省里的财经学院毕业，参加 B 银行招聘，经过层层笔试、面试，最后成了 B 银行员工，并分到胡明亮网点。不知为什么，胡明亮一见到她，就被她迷住了。怎么说呢？她看上去很单纯，没有现在那些大学生争相表现的举动，总是默默地坐着，开会、吃饭、集体活动，都是坐在最角落的位置，或落在后面。但她工作认真，很少有业务差错，服务也到位，客户评价也非常好。三年后，胡明亮破格提拔她为会计主管。有时，胡明亮会带着她参加一些营销活动。一次宴请客户，客户一定要她喝酒，被胡明亮挡了回去，为此胡明亮多喝了两大杯，她把胡明亮送回宿舍。晚上，她没有走，睡在了一起。第二天醒来，胡明亮颇为懊悔。但小静跟她的名字一样，始终静静的。

"你喜欢我吗？"终于，小静打破沉默。

"嗯，你安静。"胡明亮扭过脸，看着她的眼睛。

"还有呢？"

"反正，你跟别人有不一样的东西，"胡明亮含含糊糊，又反问，"你喜欢我吗？"

"喜欢。"

"喜欢什么？"

"跟别人有不一样的东西。"

他们俩都沉默了。

上铺的一个长相并不耐看又有些胖胖的女子从一上车就开始打电话，先是在过道上打，打着打着还有了哭腔。胡明亮没听太明白，好像不是说自己的事，是跟她的母亲说她妹妹的事，好像她妹妹在城里的婆婆家受到婆婆歧视。

"哎呀，你怕什么呢？你吃你的，她说怕吃多了婆婆会说她，真是，你就吃嘛。"她不停地重复这句话。

"要不你也回家吧，回家来看看，我现在快要到家了，回家看看爸爸妈妈。"她几乎要抹眼泪了。

胡明亮的心像被什么刺了一下。我还能回来见爸爸妈妈吗？如果能，是在什么时候。胡明亮的心有些黯然。

终于她挂了电话，先将包塞进床下，然后把棉衣脱下，扔到上铺，脚踏在下铺，手撑着上铺，爬了上去。她往上爬的时候，露出了半截肥嘟嘟的腰，证明她不是穿得多，而确实有肉。胡明亮扭头看窗外，想看看窗外的夜色，却看到车窗上映着自己模糊的脸。这张脸略显肿胀，灰白无光，冷冰冰，没有表情，仿佛小时候在离得很远的乡村广场上看到的银幕上的特写，近在眼前，又十分遥远。小静也在看窗上的脸。她的脸仍然静静的，但眼睛有些空洞。十年前，胡明亮三十岁，从小县城满怀憧憬来到市里，风华正茂，意气风发，现如今他刚过四十，却面色灰暗，黯然离去。十年前，父亲刚刚从人民教师的岗位上光荣退休，如今年过七旬，一天比一天苍老。十年前，母亲说话粗门大嗓，风风火火，如今只能坐在门前安静地晒太阳，半天不发一语。十年前，小静刚刚上大学，离开家乡到一个陌生的城市，触目所见，无不稀奇，前途是一片光明美好，现如今却要与他远行，不知所向。如果他当初上的是省里的师范中文系，而不是上银行会校，毕业后就不会进银行，现在可能安安稳稳地做个老师，再如果十年前不来市里干秘书，仍然在县里安安稳稳地上班，哪里会有这么多事？再如果赏识自己的领导不走，或新的领导不把他贬到一个跟自己不相称的岗位上去，又会是怎样的结局。至少他不会遇到那个老总，不会因为吸存款抢业绩而陷入到民间借贷的黑暗深渊中去。而小静也遇不到，也就不会蹚他这浑水，与他合伙作案，拦下一个客户的几百万资金一起逃亡。他跟小静骨子里都是安分的人，只不过被裹挟着走上这趟列车。人生的道路，无论是直线还是曲线，走出来的只能一条线，不可能同时走出两条线。正如这前行的列车，只能沿着一条轨道前行，无可选择，更无法掉头往回开。明天早晨，漂城市B银行的分理处，员工们打开门，却等不来他们的主任和主管，该是怎样的景象！

他觉得对不起小静。这个活泼可爱，也非常能干的姑娘，大好的前程，几乎就毁在自己手里了。如果她遇不到自己，又会有怎样的人生呢？恋爱，结婚，如果感觉不喜欢在这家银行，完全可以跳槽，到另一家银行，拿更多的钱，也可以考公务员，总之生活十分美好。如今却为了爱，跟他远行，过颠沛流离的生活，甚至是不归路。

爱是毒药，爱是圈套，爱是毁灭。傻姑娘，你怎么能相信爱，相信男人呢？

"兄弟，你的事我也耳闻了，那个老板跑了，你肯定也受到牵连，我不知道是多少钱，但哥们劝你别往心里去，需要我们的地方，你说一声，别忘了我们是连在一起割头不换的四兄弟。这次请你回来聚聚，也就是想劝劝你的。但都喝多了，也没说出口。振作起来，处理好，留得青山在，不怕没柴烧，我们一起度过难关！"

这是局长兄弟下午发来的微信，胡明亮又看了一遍，回了四个字："谢谢，没事。"

"这些年花了多少不知去向的钱，交了多少不再联系的朋友，喝了多少不明不白的酒，说了多少言不由衷的话，为了多少不值得的人尽心尽力。到最后路上还剩几个可以交心的人？如今我的圈子很小，小到只可以容纳那么几个人，时间让我们看透什么是真什么是假，喜我者，我惜之，嫌我者，我弃之。"下午，李春花也发来个微信，胡明亮没有回。上午，局长送胡明亮回双月镇时，提到了李春花。

"她呀，在外面办了个公司，开始发展还不错，这几年受到金融危机冲击，产品销售不出去，大量积压，银行把贷款收回，不贷了，资金链断了，只好关了门，躲回家了，听说在外面欠了不少债。"

这时，李春花又发来一个信息："行长，什么时候聚一聚？"

胡明亮也回了四个字："有机会的！"

在微信朋友圈里，胡明亮看到一篇文章：乔冠华死后几无葬身之地。说前外交部长乔冠华病逝后，夫人章含之遵照他的遗愿，把他的骨灰捧回老家，想安葬在老家县里，却遭到盐城地委的拒绝。风雪中，章含之哭泣着将丈夫的骨灰又捧回北京。苏州吴县的县委书记获悉此事，大为不平：乔冠华即使有什么错也不能死无葬身之地！遂将乔冠华的骨灰接到吴县安葬。多年后，形势变化，乔冠华成为当地重要的人文资产，盐城又提出将乔冠华的骨灰迁到盐城安葬。此一时彼一时呀。

胡明亮读完，竟然有些唏嘘，回过头对小静说："给我爸买两顶帽子吧，呢子，鸭舌帽，56公分，我发个地址给你，直接寄到我爸爸家。"

　　"我们还是回去吧，想办法把单位的钱还上，再把欠的钱还上。"小静忽然抬头说。

　　"开弓没有回头箭。"

　　"可是……"

　　"可是，如果回去，我们什么都没有了，还得坐牢。"

　　小静没说啥，从包里掏出一张手机卡给他。然后，打开手机，在淘宝店上找出几顶帽子的图样来，让胡明亮选。

　　胡明亮闭上眼睛，沙哑着嗓音说："你自己看吧，我有点累，想眯一会儿，对了，要深颜色的，好点的！"

　　说着，他取出手机里的旧卡，扔出窗外，换上了新卡。

　　车厢里传来缠缠绵绵的歌曲声：

　　每一辆火车 前进必须沿着轨道

　　跟随着记号 往平淡或热闹

　　没一辆火车 是累了就随时能停靠

　　我迈向目标 却又想要逃

　　我从来不害怕 天崩或者地塌

　　OH 我其实活得很潇洒

　　我每天都重新出发

　　可是我不快乐 真的不快乐

　　每天走到同样的分岔

　　可是我并没有选择

　　这是一条 单行的轨道

　　我已经退不了后路

　　褪不掉最目无表情的微笑

　　走在一条 单行的轨道

　　让铁路决定了命运

　　决定我每一步都脱离不了

单行的轨道

单行的轨道

……

　　"这叫什么歌，谁唱的？"胡明亮问小静。

　　"是邓紫祺唱的，《单行的轨道》，大叔。"上铺的女子探出头来回答，头发立即垂下来，遮住了她胖胖的脸庞，眼睛从头发中挤出来，盯着胡明亮。胡明亮心中升起了对满世界的恐怖，只想逃离，却不知最终逃往何方。

　　"好了，估计两天后就到了。"小静说。

　　"到哪？"胡明亮一惊，抬起头来。

　　"帽子呀，到双月镇。"

（原载《飞天》2018年第4期）

作者简介

　　邓洪卫，江苏省响水人，中国作家协会会员，中国金融作家协会理事，江苏省盐城市作家协会副主席，鲁迅文学院第二十九届中青年作家高研班学员。先后在《北京文学》《天津文学》等刊物上发表中短小说100余万字，多篇作品被《小说选刊》等选载；出版作品集《大三国的小人物》《初恋》等10部。曾获江苏省紫金山文学奖、中国小小说金麻雀奖等。现供职于中国建设银行江苏省盐城市分行。

蝴蝶传说（节选）

■ 杨殿梁

前文概述：官二代文一阳，娶了年轻貌美的夏蝴蝶，随着文一阳父亲因贪腐案落马，文一阳整日酗酒打牌，与夏蝴蝶的婚姻状况也不断恶化。夏蝴蝶爱上了私募基金经理戈力，二人疯狂坠入爱河，这引起了文一阳的猜疑……

一

高处不胜寒！戈力的焦虑与躁动，或许正源于此。但是，这些辉煌的经历，又与夏蝴蝶有什么关系呢？这一整天，他都坐在工作室，耐心等着夏蝴蝶的电话。

他走出工作室，乘电梯从写字楼的顶层下到底层后，走进了他与夏蝴蝶常常约会吃饭的那个小酒馆。街道两旁高高挺立的霓虹灯牌都先后亮起来了。小酒馆有一个半封闭的小雅座，桌上已经摆了三四个空啤酒瓶子，两碟小菜几乎还一动未动。戈力不停地仰头喝酒，并没有心思去夹菜！

他拿起手机看了看，又放回原位，接着又开启一瓶啤酒，倒进一只杯子里，端起一饮而下后，侧目望了望窗外，又收回目光紧盯着手机。他的超强感知力让他觉得，手机铃声应该响起了。

是的，手机铃声响了，而眼前却跳出一串陌生的电话号码。他诧异地问：

"哪位？"

是夏蝴蝶的声音："我在用话吧的电话……"

戈力顿时紧张起来，说道："怎么一整天都不给我电话？"

"他全知道了。"

"你坦白了？"

传进戈力耳朵的声音很冷漠："拳打脚踢，简直疯了。"稍作沉默，夏蝴蝶又说，"我在老街口话吧，你过来吧。"

此刻，夜色中是匆忙的人流和喇叭的尖鸣声。话吧门前有一棵垂柳树，夏蝴蝶神情呆滞地靠在树下……戈力的车子缓缓驶过来，夏蝴蝶披散着乱发拉开车门，心力交瘁地坐进去后，车又缓缓启动了。

戈力摇着方向盘，关切地抱怨道："这种事，只要眼睛没有看到，就得咬紧嘴巴呀。"

但是，夏蝴蝶恐怖的表情让戈力不敢再抱怨了。车在街道缓缓穿行，夏蝴蝶陡地"蹦"出一句话："找一个僻静的地方吧。"

戈力匆忙"嗯"了一声，便旋着方向盘向城外直奔而去。驶入一片黑茫茫的郊野，戈力把车颠簸着停在一片荒草地上，然后按下车玻璃，一声不吭地抽着烟。

这时，一辆出租车突然从后面悄悄地靠了上来，两束车灯射出耀眼夺目的光芒。夏蝴蝶尖叫了一声："他追来了。快点，快点，怎么办啊。"戈力猛地回过头去。夏蝴蝶在他的胳膊肘儿上拍打着，"快开车，跑啊，你等什么！"

戈力冷冷地盯着那辆出租车，俨然一头站在山岗上回头盯着来犯之敌的雄狮，很傲慢，很凶顽，又很绅士。这时，一个年轻的"的哥"从车里面钻出来，急不可耐地站在路旁撒尿！夏蝴蝶这才长舒了一口气，旋即又回复了刚才那种木然沮丧的表情。戈力苦笑了一下："你怎么草木皆兵？"

"他，文一阳，把我拖到广场打。打完了，说要离婚。"

"广场？哪个广场？"

"这么个东阳市，就那么一个群众广场……我们在搞一个活动,刚散场,他就发疯一样冲过来，连拉带扯地把我推搡到一个花坛边，就开始施暴……"

戈力沉默了。他眼前浮现出一幕画面：文一阳像拳击手一般凶狠暴虐，他一边喝斥，一边翻着白眼珠子扬起拳头逼供……偶尔有行人经过，还不时驻足观望……夏蝴蝶则像一只任其宰割的绵羊……

戈力又点燃一支烟，狠狠地吸了一口。远方，晃着灯柱的车辆像流荧光一样在弯曲的公路上不停穿梭。戈力伸出手来，夏蝴蝶猛地扑进怀里，这才像决堤的洪水一般放声恸哭起来。戈力抚弄着她的肩膀，劝慰着。夏蝴蝶忽然抬起头，泪涟涟地说："我想嫁给你，给你生个孩子，一定生个男宝宝……呜呜……呜呜……"

戈力沉默着。夏蝴蝶接着问："行吗？"

"我们下去走走吧。"戈力说。

俩人在铺满月光的小路上走着。经过一阵交谈，夏蝴蝶的情绪稍有好转。戈力问道："你的手机卡，是文一阳用他自己的身份证办的吗？"

夏蝴蝶"嗯"了一声，说："当他一口气说出你的手机号、车牌号，还有你的姓名时，甚至连你几点几分来，几点几分走都分毫不差，我被惊得目瞪口呆，感到这简直太不可思议了！"

"当你知道他调阅了小区的电子监控系统以后，便坦白了？"

夏蝴蝶直愣愣地盯着戈力："你怎么会知道他调阅了小区监控呢？"

"只有电子监控系统，才可以提供这么准确的数据。但是，你不能坦白，仍然应该咬紧嘴巴。"

"我咬紧嘴巴，还有意义吗？"

"他只是在玩'逻辑推理'，并不能确定我们当时就在屋里。因为小区大门口那个电子眼，它只能拍到车，至于车里坐着谁，这个它拍不到，至少拍不清，何况你还坐在后排。"

"我也没有全坦白啊。他还追问发生过几次？我一次也没有承认。就说我们坐在家里聊天，聊股票。之所以没开门，是怕引起误会。"

"这不等于就认了吗？"戈力无奈地轻叹一声，"这种关系，一旦承认了，那就是既定事实。只要把嘴巴咬死，随着时间的推移，慢慢地他就淡忘了。"

"可，可是，他也不是傻瓜。"

"你只是被他的小聪明给唬住了。"俩人沿着郊外的小路又向前走了一会，戈力轻轻地把夏蝴蝶搂在怀里，坚定地说，"只要我爱着你，还有啥好怕的呢？"

迷茫中，是否还被爱着的人爱着？夏蝴蝶就是要求证这个！其实，受伤的女人，是懦弱的、自卑的、最容易被怜香惜玉的，却也是最坚强的。一旦注入爱的力量，她即刻就会破涕为笑，是勇敢的、温柔的、最让男人无可奈何的，却也是智商最低的。

这时，夏蝴蝶轻轻勾住戈力的手指，还把头靠在他的肩膀上，一边向前走，一边说道："哥，我真的好想当你的老婆。"

……

伫立在昨晚泊车的地方，仰起头来，望着自家窗户，里面亮着朦朦胧胧的灯光，夏蝴蝶便惴惴不安起来。此刻，她需要一个黑洞洞的窗口，这样就可以闻着夜的气息，静静地在黑暗中进入梦乡。但是，这薄薄的亮光，让她心里一阵阵发怵，于是文一阳气急败坏的影子又在眼前跃然闪现……

是的，文一阳正坐在沙发上，用牙齿狠狠地咬着烟屁股，并把一只满是灰土的鞋子蹬在沙发扶手上，以此宣泄心中的悲愤。离婚？他离得起吗？这个也要靠实力。面对这个现实，他必须选择接受，否则，他的未来可能更难堪。譬如做一辈子王老五会不会成为一个选项？那就只能痛恨自己的无能了。这样至少老婆还在，家还在！

该以哪种方式或者说哪种策略接受这个现实呢？他已经在酝酿中开始反复权衡，或者说是创作中，如同文艺复兴时期西班牙人塞万提斯创作了伟大的现实主义小说《唐吉坷德》一样，他的文一阳版唐吉坷德马上就要上演了。想到这里，他也想笑。如果能够笑出来，他还算是一个洒脱的人，偏偏就差这么一点，他笑不出来。

夏蝴蝶循着楼梯往上爬，步伐忽然变得坚定而有力。把钥匙塞进锁孔开始扭动时，她并未察觉，文一阳其实是在听到她回来的脚步声后，才开始在客厅鬼哭狼嚎般地啸叫。稍作迟疑，她猛地转动钥匙，昂起头颅一步跨进去后，看到文一阳挥着一把斧头，疯疯癫癫地在客厅左砍右杀……

夏蝴蝶被唬住了。她惊恐不安地站在门口，一动不动。文一阳满嘴喷着酒气，先怪笑了几声，然后把她拉扯到客厅中央，将斧头竖在她脸前，"认得吗？这是斧头。'哗'的一声下去，头颅就开了。"继而又将她推倒在沙发上，然后东倒西歪、痞里痞气地上蹿下跳。

除了文一阳手中那柄斧头外，茶几上还摆放着一把砍刀，一柄刺刀。夏蝴蝶惊恐地从沙发上直起身，继而又软绵绵地倒在沙发上，脸色苍白。舞动着斧头的文一阳斜眼看了一下，大声吼道："戈力，我要剁了你。"

一直折腾到深夜，看着夏蝴蝶仍然紧闭双眼蜷曲在沙发上，早已大汗淋漓的文一阳觉得没趣了，才走进卧室，疲惫地倒在床上，亦是恍恍惚惚地睡到天亮，便一骨碌爬起身，先摸起放在身边的斧头，才睡眼惺忪地走出来。

夏蝴蝶仍然长长地躺在沙发上，紧闭双眼似睡非睡。文一阳从茶几上收起砍刀与刺刀，推醒夏蝴蝶，阴邪地笑了笑："嘿嘿，你看，这仨玩意，都是给那小子备着呢。"

文一阳将刺刀与砍刀别在背后裤带里，手里只提着那把斧头，匆匆向门外走去。他还要抓紧时间赶去２０公里外的向阳市上早班……于是，房门"咣当"地响了一声。夏蝴蝶张开眼睛，等到一串脚步声渐渐地在外面沉下去后，又赶忙爬起来，偷偷隐匿在窗帘后面向下俯瞰——

文一阳从楼梯口钻出来，匆匆忙忙地向小区外走去。夏蝴蝶在卫生间草草洗漱了一下，也匆匆下楼去了。要拨打戈力手机，仍得去街头电话厅。低低讲了一会话后，她便回头沿着街道漫无目的地走着。恐惧让头脑变得一片空白，她觉得自己孱弱的身躯就像一片飘零的落叶，风吹到哪里，她就飘向哪里……

"滋滋"的油香从早餐店里飘出来，直往赶早班的行人鼻孔里钻。她连昨天的午餐都还未吃，走起路来，脚跟都发软。但是，她一点食欲都没有，一个人游弋着，悄悄躲在了一个景观树背后。她怕！一个行人经过时，回头看了一眼，她紧张得连头也不敢抬起。就这样一直挨到十一点多，戈力才匆匆赶来了。

坐进餐馆，戈力问她吃过了吗？她摇了摇头。又问她饿吗？她点了点头，像木偶一样。她真饿了，饿极了，饿得已经连狼吞虎咽的力气都没有了。

她忽然停下筷子，一本正经地说："他准备了斧头、砍刀，还有一柄明晃晃的刺刀，要杀你。"

"你不是都在电话里反复通知我了吗？但是，我告诉你，小脑袋格外发达的人，绝对做不出惊天动地的事情！"戈力笑了，笑得很轻蔑。

"真的，他都快疯了。"

"斧头、砍刀、刺刀，真想杀人，有一件就够了，哦，两件也行，他长着两只手嘛，刻意亮出三件，这就不用怕了，他不也给我备了一件嘛！"

夏蝴蝶若有所思地停下筷子，有点反应迟钝地看着戈力，并皱着眉头说："挺好玩的，是吗？"

戈力扮了个鬼脸，说道："他父亲曾经也算当过一场官，是吗？官二代，可爱的孩子，永远都长不大了。"

二

说麻将馆藏污纳垢，那纯属假惺惺的人士瞎扯蛋。暴发户、小老板、公务员当然不是污垢，光棍、弃妇、无业游民只能算失意之人，虽说里面也混迹了二奶、偷车贼和地痞流氓，毕竟不是构成牌友的主体，这就要一棍子都打死吗？

且听狐姐等一帮牌友调侃起谁来，也是妙语连珠。机智幽默的水平，堪比央视的百家讲坛——

"操。前些年还说要取缔麻将馆，又说啥禁赌，全一帮脑残官员吃饱了撑的没事干！后来，便有名牌大学的专家学者拿出百科词典质问，为何不取缔博彩公司？再说了，会有打麻将打到跳楼自杀、倾家荡产的吗？……我打，二蛋。"

"二蛋，碰！……真他妈要禁赌，先把证券公司和中国股市给取缔了。一样在下注玩钱，虽然玩麻将不用上交印花税，却也不像上市公司那样只圈钱不分红，不像公募基金有千疮百孔的老鼠仓，也不像证券市场到处是猖獗嚣张的黑庄恶庄，再说四个人一桌人家凭技术又玩的是零钱和游戏，干嘛要缴印花税？何况赢了有博彩赢的钱多吗？"

"早八年前，就劝你别炒股，输大了吧？好好打牌，说不定翻本还靠这个呢。谁刚打的小鸡……"

"大街小巷麻将馆，还有一个原因，搓牌可以释放荷尔蒙，这个搓过牌的人都清楚。不是吗？不嫖不娼就把性压抑问题给解决了，又不传播疾病，这一点它又优于隐匿于宾馆酒店的地下妓院。"

"是啊，谁敢说麻将馆不是构建和谐社会的重要手段之一？有哪一种道具，能够让一切不和谐的下九流人士奏出和谐的篇章？就说狐姐吧，前日还与文一阳因一点口舌之争互掐，才隔了一两日，便啥事没有了。嘿嘿。我打啥呢，打一只'乳罩'吧，狐姐要不？"

"没事找抽哇，拿老娘开涮。还别说，两日没见着'一阳指'，还挺想这孩子呢。"

"说曹操，曹操就到。你看，他来了。"

正对门口坐着的牌友小声说着，还伸指头指了指门外。狐姐回过头来，看到文一阳心事重重地站在麻将馆门口，便叫嚷："猛男，这两天跑哪去了，姐都想你呢。"

这看似大大咧咧的直性子，则凸显出她为人处世的深厚功力。文一阳这个永远孩子般的"官二代"，被狐姐这么一喊，也一点尴尬之意都没了。他强作笑颜地走过来，在狐姐身后站了一会，便用手捂住嘴巴凑在她耳前嘀咕了一阵，于是等其中一人喊"胡了"后，早已心不在焉的狐姐说了声"不玩了"，便抓起摆在桌头的筹码，小脚碎步地与文一阳一前一后地向外走去。

他们拦了一辆"的士"，一阵风便来到一个小饭馆。躲进小雅座里面，随便叫了两三个小菜，俩人把头埋在一起，认真地看着那一长条手机话单。

"不用研究了，肯定与这个号码上过床。"狐姐不容置疑地甩了一下手腕。

"她说没上过。……那男的是个股神，他们在一起主要交流股票。"

"这种事，她会给你坦诚相告？"狐姐忽儿想起什么事情的样子，紧盯住文一阳看了片刻，压低声音说，"你老实说，床上那事儿还行吗？"文一阳沉默着，一声未吭。狐姐已经明白了。"甭说了，那是你的隐私。男人一般都会认为，自己的老婆是全天下最放心最不可能出轨的女人。唉，每个男人都这样傻。"

"可是，我文一阳的老婆，竟然也会出轨？这怎么可能呢？"

"你以为你谁呀！再说女人嘛，哪个对这个不需要。"

"就这么一份通话清单，能百分百证明吗？"

狐姐把电话单伸过来，指着说："你傻呀。看这只有 8 秒的电话有多少？什么情况下，电话只打 8 秒？"文一阳迷惑地摇了摇头。狐姐拿出手机，一边按着，一边说，"我拨你电话。"文一阳不解地把手机放在耳边。狐姐说，"我到你楼下了。"接着白了文一阳一眼，再细着嗓子说，"嗯，你快上来吧。"

狐姐麻利地按断手机，调出通话时间，也刚好显示为"8 秒"。她说："你再看，与每个 8 秒钟电话间隔十几分钟，总还有一个电话，多规律啊，还不明白吗？他们每次先约好，那男的到了你家楼下，还要再打个电话确认一下，确保万无一失嘛。那男的一定是个很小心的人！"

"即便发生了关系，我估摸也就两三次吧。这 8 秒的电话，每周都有两三次，有这么多吗？"

"嘿，人家也一大活人，干嘛憋屈着自己！"

"那男的，有这么行吗？"

"行，肯定行。"狐姐白了一眼，点着筷子说，"好了好了，先吃吧，吃完再打牌去。这麻将啥玩意儿，一玩起来就废寝忘食。"

匆匆用完餐，俩人又折回到麻将馆。狐姐突然回身拦住文一阳，一本正经地说："你点儿太低，就别去玩了。"

文一阳可怜巴巴回身要走时，善于察言观色的狐姐又伸手招呼了一声，轻掂着脚尖凑上前去说："虽说咱不能这么轻易就算了，但是，处理问题要用脑子，别干傻事。噢！"

文一阳嗫嚅着说："狐姐，这种事，真是有辱门风，你可千万千万要保密！"

狐姐把食指竖在嘴巴前"嘘"了一声。这时，一辆描绘得花红柳绿的巴士正从麻将馆门前经过，那"江南风情歌舞团"几个大字煞是醒目，这辆巴士正在为晚上的演出宣传造势。在激越的 DJ 音乐中，有一句话被一个沙哑的声音不停重复着："……激情劲爆，货真价实，只演一天，不精彩全额退票！"这样极具诱惑性的宣传，很雷人，很给力。狐姐指了指巴士，

"跟着看看去吧，他们肯定跳艳舞。"

文一阳一本正经地摇了摇头。这时，"哗啦啦"的洗牌声再次传了出来，狐姐已经难以自制了，便三步并做两步地向麻将馆走去。刚才和狐姐在一起，痛苦似乎减轻了许多，现在孤零零一个人站在傍晚的街头，文一阳顿觉心里一股锥心的痛。他沿着街道漫无目的地向前走着，走着，一直走到夜深人静……

五颜六色的街灯弥散着一圈一圈的光雾，本是凉爽的夜风吹在肌肤上，仿佛刀割一般。文一阳盘腿靠在一个角落里，前面放着一瓶酒，一袋花生米，脸通红通红的，他已经喝了很多。

一辆车冷冷清清地驶过来，文一阳歇斯底里地大喊："戈力——，我割，我割，我割掉你……"

又一辆车驶过来了，文一阳又狼嚎一般地长啸："夏蝴蝶——"

片刻，又有一辆车驶过去了。文一阳从地上蹦起来，拿起酒瓶狠狠地向车屁股后面砸去，继而又腿仰头对着夜空哀嚎："我用剪刀剪，剪，剪剪剪剪剪……"

文一阳终于勇敢地站起身，叫了一辆"的士"，折向东阳市。在一个小区门口迷离的灯光下，文一阳醉醺醺的身影从门口一闪，消失在黑洞洞的小区里面了。

戈力的黑色轿车静静地停在楼下。片刻，文一阳鬼鬼祟祟的身影出现了，他蹑手蹑脚地摸到轿车旁，东张西望了一阵，然后拿起揣在怀里的半块砖，向车玻璃砸去。此刻，装在小区一角的监控探头闪着红色的光点，显然已经捕捉到了这一幕。

"你去调阅一下小区监控，确定一下！"

"那么小区一定会报警，接下来呢，你老公把你情人的车砸了这个故事，很快就会传出 N 个版本。"

"那，那修车要花多少钱？"

"车有保险，再说这不是修车花钱的问题。"戈力不苟言笑地坐在这个酒店房间的休息椅上，闷头抽着烟，"我比较担心的是，明天，后天，或者哪一天，他再来砸一次呢？"

平时除了偷情，他们不会在酒店约会。刚才进来时，她能够感到戈力并没有偷情的意思。夏蝴蝶就犯了嘀咕：他生气了，还是心疼爱车，或者要报复文一阳？其实戈力只是担心文一阳会再来砸车，这个可能性真的很大。

"那怎么办呢？"

"要打个电话，唬他一下。"

夏蝴蝶犹豫了一会，恍然大悟的样子："这个电话得打！我太了解他了。不唬住他，天是老大，他就是老二……"稍加思忖，夏蝴蝶从包里拿出手机，按了几下，装腔作势地说，"喂，一阳啊，你昨夜砸车了？人家通过小区监控锁定你了，好像已经报了警。哦，这会儿你在哪里？"

夏蝴蝶一边说着，一边耸着肩膀探了探舌头。文一阳在手机里恶狠狠地说道："我在外地出差。是戈力报的警吧，哼，他敢报警，我非把他老婆杀掉不可！"

"谁报的警啊，你干嘛要杀人家老婆？"

"那，那那你把他的手机号给我……"

"他的手机号，你不知道吗？你不都调过我话单吗？哦，你可别再干蠢事。"

"你甭管了。我给戈力那小子打电话，看他想咋的了。"

夏蝴蝶挂断手机，紧张兮兮地说道："他说要给你打电话，咋办呢？"

"没办法，只能等他打过来吧。"

"他还说要杀你老婆呢。"

"要杀应该杀我，干嘛杀人家老婆？再说他有那么傻吗？"

戈力不动声色地耸肩一笑，然后敛声憋气地静待，约摸半个多小时，夏蝴蝶抬头看了看房间挂钟，悄声说："估计他不会打过来了。"

戈力显然不像刚才那般紧张了。其实，在镇定自若的表情掩饰下，从未有人发现他有心情紧张的时候！此刻，他伸出两根指头捏住手机不停转来转去，心情已经放松多了。这样玩了一会，他漫不经心地说："他不来电话，我们是不是该做点什么？总不能这样等到花儿也谢了吧！"

经常在这个时候，夏蝴蝶的反应总是很迟钝，更有趣的是，她还一本正经地反问："那，我们该做点什么呢？"

"你就不想做点什么吗？"

"我？"夏蝴蝶终于恍然大悟了，骂道："不害臊，什么是'我想做点什么……'"

俩人说着就亲密地拥倒在床上。一阵温存，夏蝴蝶便开始说脏话了。戈力最爱她满嘴脏话的风韵！甭看夏蝴蝶平时谈吐优雅，得体大方，甚而还像个邻家女孩似的腼腆羞涩，偏偏此时此刻，居然能把脏话说得妩媚给力，一点都不粗俗。有时候戈力都想笑。如此会说脏话的青春少妇，却总能装出一副贤淑羞怯的面孔，这也太虚伪了。但是，夏蝴蝶却得意地自卖自夸，这怎么就不是水平和艺术呢？

不随便乱说脏话的夏蝴蝶常常能够令戈力在幻想与现实之间来去自如，不停穿梭，从而沉湎于这座小城流连忘返。一年前，如果不是结识夏蝴蝶，戈力毫无疑问早已经离开东阳市，回到自己位于上海某写字楼的工作室，平平淡淡地为客户做投资、经营自己的"力基金"。殊料，一个纯属万分之一的偶然概率，从而把东阳市变得不再是一座清静安谧只适于休假或小憩的小城，并由此他开始依恋这里的一草一木，认认真真地把这里的大街小巷拷贝到记忆中，留下一行永远无法删除的印痕——

那个初夏，他最多只准备在这个陌生得连名字都懒得记下来的小城逗留三天。就在第三天晚上，他随便吃了点晚餐，随着那些喜爱运动的人流在一个椭圆形塑胶体育场走圈。他觉得正是这个开放性的塑胶体育场，一下子让东阳市远离了喧嚣浮躁，变得健康质朴起来。当他走了一圈又一圈时，抑或一个人的缘故，也在跟随运动的人流走圈的夏蝴蝶让他眼前一亮。白里透红的肌肤，有节奏地扭动着的丰臀，飘洒的长发，单眼皮下黑白分明的眼眸……这般健康的熟女，大都市里还能找到吗？于是他悄悄地跟随着她的脚步，一边走着，一边偷听她与另一位女伴说话。

"……长得难看，又没钱，嫁给他真不知图了个什么！当初，我真是瞎眼了。"

戈力忍俊不禁地跟在后面，觉得这样很有趣。走出大都市，躲在一个陌生的小城里面偷听俩熟女的私房话，虽然很无聊，却也很轻松。他还发现，这是一个减压的好办法！

"结婚七年了，就没给我缴过一分钱工资。抽烟，喝酒，搓牌，有多少钱都不够，至于买套大房子，那更是妄想。……看到别人炒股赚了钱，便也拿出自己省吃俭用下来的钱去买股票、买基金，又碰上这百年不遇的金融危机……"

常常只要遇到女人谈论钱的时候，他会像喝醉酒似的亢奋和自信，也会像喝醉酒似的大胆和放纵，何况其中那个熟女居然还是一个悲惨的中国股民。于是，戈力加快脚步跟了上去，颇是神秘地说，"你也做股票？"

俩熟女警惕地望着他，没吭声。戈力先说了一只股票的代码，然后告诉她，"明天早盘，这只票会'瞬间跌停'，懂吗？这是庄家放老鼠仓进来的一个惯用的操盘手法。"俩熟女仍然眨着警惕的眼睛，他进一步解释，"老鼠仓在跌停价挂单，操盘手瞅准一个时间空档，先把股价打到跌停价，又在瞬间内拉起，那老鼠仓就上车了。嘿嘿，不想错过这个机会，就去试试吧。"

那个谈论股票的熟女就是夏蝴蝶，她虽然眨着警惕的眼睛，却认真地听着。戈力又补充了一句："什么是'老鼠仓'，股民们并不陌生！至于'瞬间跌停'嘛，认真想一想，都会恍然大悟的。OK，拜拜！"

戈力很抽象地做了个手势，然后加快脚步向前小跑着走了。另一个熟女侧目望了一眼夏蝴蝶，似乎有些不屑地骂了一句"神经病"。但是，夏蝴蝶没有吱声。她非常精明地知道，自己绝对算得上有模有样的熟女，常常遇到主动示好的男人，这一点都不足为奇。让她沉默不语的是，这个颇有气度、魅力十足的男人是谁？虽然他说的那些证券术语听起来似懂非懂，有一点却是明确的，就是明天开盘后，让她在跌停价埋单守候的奇迹出现了。这是真的吗？

奇迹真的出现了。次日开盘后，她咬了咬牙，把手上其他的股票全部抛出，继而把跌得仅剩的两万多块钱全仓跌停价挂单。当时，她就抱了这样一个心态：反正跌停板上挂单，能有多大风险呢？再之，她对自己的外在形象绝对自信，这当然还要建立在她对那个风度翩翩的神秘男人有点迷恋的基础上。于是，她就这样凭着自我良好的感觉近似疯狂地赌上了。是的，那所谓的"瞬间跌停"真的出现了，而且临近收盘时，这只股票竟然开始陡直上攻，又瞬间巨量封死涨停。从跌停到涨停，一天获得百分之二十的收益，疯了。她激动得近似癫狂地还给文一阳打了个电话，说你别再搓牌了，把你搓牌的钱全拿回来让我炒股！打完电话，她又想那个神秘男人。她想，那个男人一定还会在塑胶运动场出现，这次她一定要主动伸手打招呼。这不仅是向一个男人打招呼，这难道不也是向财神爷打招呼吗？谁与财神爷有仇啊！

她蜷缩在租住的房间的木椅上，脸都有些红了。她甚至在心里暗暗祈祷，让她能够有机会死死缠住那男人。她所有的期望后来都成为现实。因为那个男人再一次准时出现在塑胶运动场上，并微笑着向她走过来……更让她激动不已的是，他竟然会是传说中的私募大佬。他还说，他对中国股市的掌控力，甚至比证监会主席还强……

他们就这样开始了。很快，钱也有了，房子也有了。至于文一阳，他只知道，他老婆炒股赚了大钱，可是，他的老婆凭什么炒股就能赚了大钱？文一阳当初并不知道，但是，他现在知道了。

这是一家毫不起眼的小餐馆。文一阳心神不宁地坐在里面，他在等谁呢？片刻，还惺忪着睡眼的狐姐提着小手包，急急地走进来了。泡馆搓牌的人都是夜猫子，天亮了，才开始打呵欠。狐姐自然不会例外，只是除了打牌外，掺和别人的家事也是她的一大嗜好。刚才文一阳打电话时，狐姐一骨碌就从床上爬起来了。

她一坐下来，就教训文一阳："现在谁家的车不买保险？你砸的是保险公司的车，警察抓的可是你！真蠢啊，他们巴不得你这样呢。"

"大姐你老江湖，奇思妙策多，快帮我想个办法啊。"

"解铃还须系铃人，给你那狐狸精老婆打电话。她吱一声，那野汉子准息事宁人。"狐姐胸有成竹地说。

"照你这样说，我还须求着让她去找那个王八蛋吗？"

"韩信还有胯下之辱呢。先把这个电话打了，躲过眼前这一劫再说吧。"

文一阳拿起手机，恶狠狠地骂道："怎不让车撞死那王八羔子呢。"

此刻，酒店房间内的挂钟嘀嘀嗒嗒地走着，戈力与夏蝴蝶的喘息声颇为紧凑地一波一波响着。陡然，手机响了。两人匆忙坐起身，夏蝴蝶说："是我的铃声，"然后半裸着身子拿过手机，"是他，文一阳？"戈力示意让她接。夏蝴蝶按了一下接听键，直截了当地问道："喂，给他打电话了吗？"

"他是个小人，我从来都不与小人谈判！我比较担心，警察有没有找过你，怕你受惊。"

"我又没砸车，警察找我干嘛？"

"……"

夏蝴蝶仿佛明白了什么，试探着问道："要么我给他打个电话？他在公安局有一大学同学是副局长，先找他把这事压下来？"

文一阳扭扭捏捏地"嗯"了一声："最多就打个电话，别与他见面。不过这事情要搞大了，对谁都不好。"

"好了好了，我知道。你就别再干蠢事了。"

夏蝴蝶半靠在床上，快慰地笑着按手机，戈力的铃声便响了，两人依偎在一起接打手机玩。夏蝴蝶问道："戈哥吗？你是不是有一同学在公安局当副局长？"

戈力说："别说还真让你蒙对了，真有一当副局长的，但不是同学，是我的实战圈子里的 VIP 会员，算一个学生吧。哈哈，之所以会有这个'小城之恋'，还多亏他盛情邀请呢。"

放下电话后，夏蝴蝶狡黠地笑着说："他一定会调话单，去求证这个电话打了吗。"

此刻，文一阳也放下了电话，颇神气地骂了一句粗话："我操。"

"民不追官不究，你就放心吧。"狐姐说。

文一阳从腰后面拔出一把斧头，"哐"的一声砸在桌上，恶狠狠地骂道："如果没有警察，我非得把这对狗男女给砍了。"

"要没警察，谁先被砍还真不好说呢。"狐姐这么挖苦了一句，又劝说，"这几天先在外面躲躲风头，以后把老婆盯紧点。"

正说着，文一阳的手机又响了。他接听了一会，说："领导打电话，真要我去省城出个差。"

向阳市是一个地级建制市，对东阳市享有行政管辖权。当年，文副市长还在位时，利用自己的渠道特权，把文一阳安置进了向阳市某部门机关，按照当年的谋划，若能干上三五年，有了一定的工作资历，然后利用特权做一些人情交换，再让他下到类似于东阳这样的县级市，就有可能谋个一官半职了。但是，文副市长的提前倒台，让这个良好的愿望搁浅后，文一阳从此一蹶不振，俨然一个仕途的失意者，渐渐地也玩起了消沉。好在他所在的这种行政性质的单位，一般对待吊儿郎当的失意落寞之人，都能够包容并理解，加之文一阳也没有多少工作能力，不过去省城送个无关紧要的材料或者取份文件这样的差事，领导偶尔也会派他去。这一次，单位搞了一个活动，并将活动场景制作成一张 DVD 光碟，领导便让他将这张光碟送到省城的主管部门。

从小酒馆出来，文一阳有气无力地在人行道上走着，两旁车辆川流不息。文一阳抬头看了看天空，果真向一家移动营业厅走去。站在一台自助查询机前，娴熟地用手按着键盘，埋头看了一会，当确定夏蝴蝶给戈力打了一个很短的电话后，一颗悬着的心才放了下来。

砸了车，又怕报警，最后还得拐弯抹角让夏蝴蝶打电话从中说情，还有比这更糗的事情吗？想到这儿，他便恶狠狠地骂了一句粗话，正要转身离去时，不想站在身后的一个中年妇女问道："骂谁呢？"

文一阳回头看了一下，说道："骂你了吗？"

中年妇女回骂道："傻 B。"

文一阳问道："骂谁呢？"

中年妇女说道："咋的，还想抽你呢。"

文一阳就指着自个儿脖子说道："你抽一下？"

营业大厅的保安走过来，把文一阳连拉带劝地向门外推去。中年妇女又回骂一句："是不是偷调老婆话单啊，卑鄙。"

文一阳歪着脖颈颇是不服气的样子，却再一次被保安推远了。他百无聊赖地四处张望了一会，回到单位拿了那张光碟，便向火车站走去……

夜幕下，火车咣当咣当地向前行驶着。文一阳躺在卧铺上，发着呆。此时，手机响了，他看了看，是夏蝴蝶的，便傻傻地拿在手中，不知该不该接。犹豫片刻，还是接了。

"喂，有事吗？"

"我想你该回来查岗啊，这么晚了，等不到你，睡不着啊。哎，你在哪里啊，这'咣当咣当'啥声音？"

"我出差了，在火车上呢？"

"你跑什么啊，公安局那边的事情已经摆平了。"

"用得着跑吗，老子怕他警察？笑话。好了好了，过几天就回来了。还有事吗？"

"就告诉你这事呢。"

文一阳放下手机，一边直打自己嘴巴，一边自言自语："妈的，怎么能说出差呢，还告诉她过几天才回来，这他妈不引狼入室吗？"

三

QQ聊天框里，夏蝴蝶发来一串消息：他出差了，正在火车上"咣当咣当"呢。你来吧！

戈力在键盘上敲击着，对话框里弹出一行字：太晚了，我怕她会怀疑。

夏蝴蝶的消息：原来你那样怕她啊！

戈力的消息：哈哈，好吧。我去给她请个假，搪塞一下，你等着。

关掉QQ，戈力起身向外面走去。少倾，一个娇小的女人走进书房，她就是戈力的妻子安小平。站在还未关掉的电脑前，安小平满腹狐疑地看了一会，然后坐下来，在百度搜索栏输入一行字：QQ聊天记录偷窥器。

这是一个"流氓"小软件，稍有一点黑客常识的人都会使用，安小平对这类小软件一点都不陌生。早些时间，出于全心全意辅佐戈力经营"力基金"的需要，她收买了不少电脑黑客，经常让这些黑客入侵上市公司电脑，窃取有价值的信息，这样能让他们每次投资下单时有的放矢，而且总能更胜别人一筹。刚才，戈力站在客厅说，要马上去工作室为某客户发一个邮件，便甩门走了。

他的工作室在一个写字楼的顶层，其实就是一间大约一百平方米的大房子，里面摆放了几台电脑、一组不间断电源和一张大桌子，当然还有一张大板床。他说，有时晚上要研究上市公司的财务报表，不能回来时，就可以睡在这里了。

对于这个说辞，安小平起初并没有在意。在这个陌生的小城里，她相信戈力！是的，她也觉得上海太吵了。东阳市是一个风光秀丽的小城，很安静，很放松，在这里做股票投资，更能找到感觉。当初，戈力执意要留下来时，安小平觉得这样也挺好，便欣然同意了。于是，他们还租用了一套三室一厅的商用民宅，供日常生活起居之用。

　　安小平也是证券界一名响当当的人物。她更热衷于通过博客实时解盘，带领小散户低吸高抛。由于每次都能对大盘指数做出精准判断，因而深得众多散户粉丝的拥戴。一些财经频道或许正是看中了她在散户中的号召力，经常会请她天涯海角飞来飞去地做节目，还有一些民间组织也常会邀请她搞讲座、传授逃顶抄底秘诀……这些年，两人可谓聚少离多，常常处于高压状态下的戈力又岂能耐得了这个寂寞呢？

　　此刻，那个能够轻松读取 QQ 聊天记录的小软件下载完成了。安小平又点了几下鼠标，戈力与夏蝴蝶的聊天记录便一字不差完完整整地全跳了出来。更富戏剧性的是，在文一阳调阅了夏蝴蝶的电话清单后的这些日子里，俩人几乎都是通过 QQ 联系的，这等于是对很多细节上的东西都做了描述。一直看到深夜，安小平才起身站在阳台上，泪眼模糊地望着星星点点的夜空，她知道，戈力这会儿一定睡得很香……

　　她错了。此刻，戈力还未入睡，俩人半裸着躺在床上，夏蝴蝶缠绵着声音在问："老公，这些天，在做哪只票啊！"

　　戈力轻轻抚慰着她，答非所问："我们可有言在先，你翻本后，就要远离这个大赌场。"

　　"怎么，我赚钱你不舒服啊！"

　　"有我在你身边，还怕没钱花吗？再说啊，女人炒股最容易衰老了。"

　　"你都给我买了这么大的房子，再花你的钱，我自己都脸红。还是自己多赚点钱，心里才踏实。"

　　"知道吗？我最喜欢为你埋单了。"

　　"你这么一个私募大佬，泡我一小公务员，说白了也是找新鲜，保不准哪天被哪个大明星抢走了，我怎么办？"

　　"这可是老鼠仓啊，事情一旦败露，我就完蛋了。"

"我连身体都向你开放了，好啊，居然连我都不相信。"

戈力微微闭上眼睛，开始犹豫了。夏蝴蝶匍匐在他胸前，耐心地眨着眼睛。片刻，戈力睁开眼睛，说道："有一只票，我们联合了南方几家私募，已经做了埋伏……"

又聊了一会私房话，等戈力睡去后，夏蝴蝶迫不及待地披着睡袍，蹑手蹑脚地走进书房，悄悄打开了电脑。她捏着鼠标，点开看盘系统那一刻，呼吸都紧促起来了。仔细看了一会儿，忽然想起戈力早先送给她的一本书，戈力说这本书是安小平归纳整理的教材，平时以备授课之用，都是非常实用的看盘绝招。找出那本书，对着比照了一会，她窃喜着自言自语："嘿嘿，这个图形，涨起来会翻番的。"

夏蝴蝶又蹑手蹑脚地走回来，在散发着昏暗的壁灯光影下，小心翼翼地爬上床，先把丰满弯曲的美腿伸进被窝里，再伏下身来，对着已经熟睡的戈力狠狠吻了一下，噘起嘴巴小声说："猪猪，我爱死你了。"

次日，戈力的工作室内，当墙上的挂钟指向九点二十分时，戈力紧盯着 K 线图，一串红红绿绿的数字不停地闪现。开盘后，戈力拿起电话，拨了一串号，说道："瑞金路吗？直接大单向下砸 9 个点，只要不跌停就行，然后对涌出来的恐慌盘认真做好统计。"

南京瑞金路云集了多家证券营业部。在一座座绿荫环抱的写字楼内，每天进进出出的多是私募或超级游资的操盘手，闻名全国的涨停敢死队亦常在这里神出鬼没，这里的一举一动都必然成为证券分析师时刻关注的焦点。戈力要拉升一只股票前，都会让操盘手在这里公开操作，等把最后的恐慌盘砸出来后，接下来自然便会有众多跟风盘涌来为他抬轿。通过约摸半个小时的砸盘诱空，他的操盘软件显示，恐慌盘基本上已经洗干净了，他又命令瑞金路的操盘手采用火箭发射的手法，巨量封停……

这时，夏蝴蝶也十分专注地盯着电脑屏幕，她紧握鼠标的一只手微微地在颤抖……稍作犹豫，她便狠狠地挂单买进……收盘后，夏蝴蝶主动把戈力约进一家小酒吧，破例第一次自掏腰包请戈力喝了一瓶葡萄酒。

"你们真狠呀，就差零点几个点就跌停了。"

"好让你低位吃进啊。"

"要准备拉几个涨停板呢？"

"先拉五个涨板，哈哈，信吗？"

"真的呀。"

"知道葡萄酒为何常与美人扯在一起吗？嘿嘿，喝它可增强性欲。"

"很欣赏你说话的样子。今晚都别回家，去酒店吧。"

"每晚都想睡在你的身边！"

"那你离啊。"

"离？可以随便离吗？"

"你其实爱的还是她。"

戈力端起桌前酒杯，仰头一饮而尽，俩人便起身向宾馆走去。到了晚上，在外地出差的文一阳躺在床上，焦虑地打着手机：

"狐姐吗？怎么，你正好在东阳市打牌？那，那拜托你站在我家楼下看看去，有啥可疑的影子嘛，对，对对，看看楼下有没有一辆黑色轿车。好好，一定，一定，回来一定给你带礼物。"

很快，狐姐便站在夏蝴蝶楼下，她东张西望了一阵，便把电话回过去说："你家窗户，五楼嘛，黑洞洞的，估计家里没人……"

"这是一半酬金。"

安小平把一叠百元钞推给了一个剃着光头的小伙子。他坐在酒吧小圆桌的对面，把钱拿在手上一边扔着玩，一边说："要侦探一个人的隐私，简单啦，把刚才给你的那个芯片放在手机里，想把谁的手机变成一台窃听器，就拨他的号，再那么简单设置一下，还可以共享他的手机信息。不，这样表述不专业，应是截获他的信息。"

"另一半酬金，你随时可以问我要。"

"我是安姐的雇佣兵！哈，姐的事情，别钱啊钱了，听着多没人情味。"

黑客江湖上，"蚂蚁云"算得上一流的顶尖好手了。至于他的真实身份，或者说姓甚名谁，这个，安小平虽然与他合作交往两年多了，也都没问过。这个不能问，问了人家也不会说。黑客都忌讳你问这个。他们的身份怎能轻易让别人洞穿呢？这还是黑客吗？

"你很厉害，很神秘。这我知道。"

大凡黑客的自尊心都特别强，"蚂蚁云"自然不会例外。对于安小平的奉承之言，"蚂蚁云"没有理睬，一副很难与人亲近的样子。"蚂蚁云"其实很喜欢听别人奉承，通过搞恐怖式的破坏而获得某种成就感后，黑客更需要赞美和掌声。这样死心塌地的招之即来，挥之即去，还不多亏了安小平火候老到的溢美之词！

昨天才刚打了电话，"蚂蚁云"今天就从北京风尘仆仆地飞来了。说话间，他取出一个精致的 U 盘，伸出两根指头说道："这里面有两个木马程序。把其中一个给你感兴趣的人发个伊妹儿，他的硬盘就像放进你的主机一样。另一个程序更恐怖，你点点鼠标，就可以对任何一部手机实施精确定位……"

"真这样厉害吗？都给了我，就不怕炒了你？"

"哈，别迷恋哥，哥只是个传说！"

"蚂蚁云"把钱收在包里，起身走了。刚才给他叫的一杯咖啡还放在小圆桌上，他几乎连瞟一眼都没有，一副不食人间烟火的样子。黑客嘛，行为举止比较怪异，这个都能理解。

安小平无力地靠在白色的咖啡座上，斜睨着的眼神颇是无助。轻轻捏住那枚小小的芯片，端视了一会，才把它放进手机卡槽，合上后盖后，安小平试着输入戈力的手机号。只按到一半，她就丧失了继续输入的勇气，于是把手机丢在桌上，伸长手臂端过"蚂蚁云"的那杯咖啡，用小勺尝着喝了一少半，又在椅背上靠了一会，这才起身走了。

途经一个露天舞池时，安小平站在围网边看了一会，一丝笑意从冷寂的嘴角挤了出来。从戈力的 QQ 聊天记录中获悉，夏蝴蝶也是个舞迷。她在这个舞池吗？巴掌大的这么一座小城，能有几个露天舞池呢？于是，安小平也买了一张仅一元钱的门票，怯生生地走进去，安然地期待着能被一个其貌不扬的男人邀请，也好在这迷离的光影中摇晃着自己。但是，她超然物外的气质和冷艳的表情，早将别人拒之千里之外了，谁还敢向她伸出手掌呢？

安小平瞪着圆溜溜的眼睛，忽然觉得那一个个轻佻的舞女，就像一根根红红绿绿的 K 线图，她们的一举一动、一笑一颦，就像一个个上市公司正在发布的业绩财报，而且一样能够构成宏观经济的晴雨表。她以固有的犀利的目光，一遍又一遍地搜索，夏蝴蝶会是其中的谁呢？

那些踮着脚尖垫着步子随着节奏扭动的身影，在看似休闲的外衣掩饰下，焦灼的胴体如果不能再次被点燃，便会成为即将熄灭的灰烬。

她们不紧不慢地踩着节奏摇晃着，等待着，渴望着，在频闪灯的诱惑下，还能被谁发现或是发掘吗？安小平透过围网的丝孔看着……这样摇晃的时间长了，累了，不再抱怨什么了，反而一下子又轻松了，无忧无虑了，小城的女人便坐在休息椅上，一忽儿交头接耳，一忽儿嘻嘻哈哈，陶醉在这美丽的夜色中，也挺满足的。

于是在虎视眈眈的目光包围下，她此刻只能成为仇恨的对象和舞者的公敌！除了流氓外，没人敢向她伸出手掌的，而这种露天舞池会有流氓光顾吗？

安小平又笑了。这时，戈力来电话问她这么晚了在哪里？她说在露天舞池。戈力说那就尽情地跳几曲，好好放松一下自己。她说，这里除了流氓，没人敢邀她跳舞。戈力也笑了，便说那你快回家吧，别被流氓侵扰了。

偶尔被流氓侵扰一下，或许会有别样的快感呢。拖着无力的脚步，这样胡思乱想着，安小平颇感失望地向寓所漫溯而去。在她身后，兴犹未尽的夏蝴蝶和几个舞友也步出舞池，各自散场回家……

夏蝴蝶伫立在小区门口一盏暗淡的路灯下，登录手机QQ后，发送了一条信息："想你！"戈力的回复很快就来了。"她刚进家门，今晚出不去了。"她收起手机，将脸庞深埋在长发间，空着躯体在小区的大门口儿隐没了。

这个晚上，文一阳也出差回来了，像贼一样溜进家门，静静地潜伏在沙发上，抽着烟。房间内电视、灯都未开，黑洞洞的，只有烟头一明一灭地不停闪烁。

轻轻地，外面响起了钥匙扭动锁孔的声音，继而伴随着开门声，房间的厅灯陡地亮起来了。当看到文一阳像幽灵一样地坐在客厅沙发上时，夏蝴蝶毫无防备地打了一个冷颤，骂道："你出个声啊，像个鬼魂一样。"

"一个人回来啊！嘿嘿嘿，是不是吓了你一大跳！"夏蝴蝶厌恶地皱着眉头斜了一眼，没理睬，只管自己一边换鞋，一边脱掉外套挂在衣架上。文一阳仍然阴阳怪气地说道："假如是两个人进来，你说我该咋办呢？"

"你滚出去！"夏蝴蝶骂了一声，径直去另一个房间更衣。

文一阳把放在沙发上的一台迷你型的腰部按摩器摆放好，然后接上电源，自己先靠在上面试了一会，等夏蝴蝶出来后，颇是殷勤地起身做出恭恭敬敬的样子，一边把夏蝴蝶请到沙发边儿上，一边说："出差时，碰到人家厂方特价促销宣传，就顺便买了。你不是腰部经常不舒服吗？"

夏蝴蝶终于破颜为笑地坐下来。文一阳按动按纽，按摩器"嗡嗡嗡"地开始颤动起来。夏蝴蝶挺着腰享受着，一张刚刚还阴沉沉的面孔即而转晴了。这个晚上，两人躺在被窝里，说了很多话。

"老婆，问你件事。我出差第二天晚上，你去哪了？"

"是不是又去调了小区监控？你真无聊。"

夏蝴蝶把身子歪向另一侧，不再理睬他了。文一阳匆忙把她的肩膀扳过来："人家小区监控也不是随便想调就能调的。是有一朋友站在楼下望了一眼，给我打电话说，怎么你家窗户黑着啊。"

夏蝴蝶盯着他看了一阵，心里其实在紧张地思考着，文一阳是不是已经知道那晚她与戈力在外面开房没回来。但是，看文一阳的表情，他只是猜疑，或者在使诈，便装作没好气地说道："你刚才不也一个人在家坐着吗，外面窗户亮着吗？"

文一阳一时语塞了。片刻，又轻轻伏下身来问道："你与戈力那小子前后共发生过几次？他是不是很厉害？一次能有多长时间？"

夏蝴蝶半坐起来，用拳头隔着被子狠狠地擂了几拳，语气坚定地说道："我们一次也没有！变态你，先问问自己一次能有多长时间。"

"我，我，我今晚要一个小时。"

文一阳翻转身子把夏蝴蝶按倒，伏在她身上折腾起来，于是夏蝴蝶的脸庞上出现了那种痛苦而欣慰的表情。片刻，文一阳便哼哼唧唧地倒下来了。夏蝴蝶翻坐起身，伸腿狠狠地踹过去，骂道："三十秒，有吗？"然后向洗手间走去。

四

合欢大道其实是一条市郊公路，这还是文副市长在位时，利用自己的私交向省交通厅要钱修的。当时老百姓还调侃说这纯属市政府的形象工程，除了能够让东阳市看上去更美一些外，并没有多少实用价值。由于公路两旁栽满了合欢树，文副市长当初便建议将这条公路取名为合欢大道。

这些年，合欢树已经长高了，长壮了，也长美了，加之散发着淡淡树香的公路两边，间或还设有休憩小亭、弯弯曲曲的石子路以及各种景观造型，小城市民便创造性地将这条宽阔平展的市郊大道，发展成了一条安适的休闲马路。

如果不是合欢大道把整个市区以半圆状环抱在怀里，那就没人会说这是城市建在公园里了。每到黄昏，三三两两的人群说笑着结伴而行，其间亦有不少热恋中的帅哥靓妹或牵手溜达，或席地相坐，一切都是那么的自然和随意。

但是，有这么一条馥郁通畅的公路，又岂能少得了一些令人想入非非的隐晦的标志呢？那间或停放在公路一侧的各式轿车里面，总有影影绰绰的男女忽隐忽现，他们不出来享受合欢大道的美景嘛。毕竟东阳市也就这么大，像这类灰色幽会，一旦遇到了熟人，多尴尬呢？

戈力的轿车也经常会泊在这条公路上。这个午后，他刚来，"蚂蚁云"也"打的"尾随而来了。就在不远处的一个景观亭里，蚂蚁王认真地摆弄着一个颇似手机的设备，于是俩人的谈话声逐渐清晰起来——

"那只股票，拉十个停板了。哇，我整翻一倍了。"

"十个涨停是一倍？就这算术水平，你还玩股票。"

"哦，是补回我原来亏掉的，还翻了一倍。"

"你可以出掉这只票了。"

"怎么？不让我赚了？"

"我们明天就开始出货了。"

像往常一样，在这条无忧无虑的市郊公路上，俩人悄悄宅在车里又说又笑，仿佛一切不快都未曾发生过似的，犹如在气势如虹的牛市途中，那些不快只是偶尔的一次急跌，跌完以后，仍然牛气十足、涨升不断。但是，一次暴跌，如果再加上接踵而来的"利空"，熊市的帷幕也就正式拉起了。

毫无疑问，俩人感情"熊市"的帷幕，已经悄悄拉起了。在"蚂蚁云"间谍级的监控下，狐姐也赶来凑热闹了。娘家在东阳市嘛，狐姐隔三差五的总要从向阳市回来到合欢大道上走走。吃罢晚饭，她与娘家几个邻居相随出来散步，竟然与戈力的轿车在这条合欢大道上遇上了。她先小心地看了看车牌，然后撇开同伴，拿出手机按了按，压低声音说道："喂，一阳吗？让你把老婆看紧点，怎么搞的……"

蚂蚁王摆弄着手中那玩意儿，走走停停，终于找到了戈力的轿车。随之，他把纽扣摄像头挂在一只手指上，装作若无其事地从轿车边儿一掠而过。

夏蝴蝶坐在驾驶舱内说道："过去炒股，就没赚过钱。现在有了你，想亏钱都难。"

戈力说道："好了好了，别谈股票了。今晚，今晚约我出来，有安排吗？"

夏蝴蝶说道："这段时间，他把我看很紧。每个晚上都回来，这你知道的。"

戈力说道："那今晚呢？"

夏蝴蝶说道："他刚回来，领导就打电话又要他去单位加班。"

是的，文一阳刚到单位，便被狐姐在电话里数落了一顿，于是折身在单位大门口儿拦了一辆"的士"，心急火燎地往回赶，也没有打一声招呼。直至领导打电话问他来了没？他才说，家里出大事了，来不了了。领导便生气地说，出你个头，怕不是麻将馆出大事了吧，再说不来你小子吱一声，让我在办公室一直这样候下去啊！说完便狠狠地放了电话。

虽说领导经常这样训他，文一阳心里终究还是不舒服的。放下手机后，也自言自语地骂道，多大官儿，以为你是市长啊！"的哥"听了，回头问，这年头领导也敢训人吗，回头用拳头 KO 了他。文一阳扬着下巴示意，开快点，家里真有事！此刻，戈力与夏蝴蝶仍然兴致盎然地打着趣，甚至讨论起晚上的事情了。

"那他今晚回来吗？"

"不能确定。他刚走，我就给你打电话，要你出来陪陪我。戈哥，我想你啊。和他在一起，我简直压抑得透不过气来。"

"我还以为，今晚可以和你在一起共度呢。"

"我好想嫁给你，戈哥！"

"……"

俩人正说着话，文一阳鬼鬼祟祟地从后面走上来，突然把脖子伸长在车窗边，向里面张望。此时，夏蝴蝶被吓得用双手捂住脸，而戈力面对这一刻，显得不慌不忙十分镇定。他用手一扭钥匙，然后用力一踏油门，车向前一冲，走了。

看着轿车从身边一冲而过。文一阳站在车后面，拿手机气急败坏地用力向车屁股后面掷去，然后孤零零地站在原地，眼巴巴地望着轿车消失在夜幕下……

戈力摇动着方向盘，说道："他出现得太突然了。"

夏蝴蝶说道："现在怎么办啊，还用回家吗？"

戈力说道："不回去可以吗？"

夏蝴蝶稍作沉默，说道："不回去，他肯定会疯的。"

戈力也半会儿沉默无语。片刻，说道："他刚才已经疯了。"

夏蝴蝶说道："总之是回去了。你甭管，回去看他要怎么样吧。"

戈力说道："记住。至少在嘴巴上，永远都不能承认我们的事实。"

夏蝴蝶说道："刚才，我们只是偶尔遇上了。这样说可以吗？"

戈力说道："只能这样说了。对了，他要使用暴力，你就报警。"夏蝴蝶沉默无语。戈力又说，"甭怕，一切后果，我都会承担。"

夏蝴蝶说道："好吧。"

戈力刹住车，夏蝴蝶稍犹豫了一下，便推开车门，颇是英勇地下车走了。

戈力的轿车一会儿在东阳市内穿梭，一会儿又在合欢大道上狂奔。这时，已经夜深人静……安小平孑然一人在客厅踱着焦虑的步子。她狠狠地左右甩着自己的头颅，终于做出一个疯狂的决定。

但是，安小平并没有疯狂，她超乎寻常的冷静。一个疯狂的决定，再被一个冷静的头脑加以酝酿，其结果必定是毁灭性的。

她也考虑通过其他方式来拯救自己的爱情，似乎所有的方式都不如以将戈力毁灭的方式更直接、更有快感。把戈力变成一个像乞丐一样的男人，还会与其他女人碰撞出火花吗？就是这样一个简单的逻辑，她就要试图让中国股市继一轮雪崩式的下跌后，再经历一波毁灭性的灾难，而这仅仅只是一个拯救爱情的小小的策略而已。继此之后，或许中国股市需要三五年时间方能恢复元气。难道这就是惹恼安小平的后果吗？谁惹恼的？戈力、夏蝴蝶、狐姐、文一阳，还是……

她坐下来，面容极其冷酷。杀手在施杀的一瞬间，才会有这种表情。展开握在掌心的手机，按着数字键盘，像枪手扣动扳机一样……

"喂，艾比吗？我安小平！"

"真的是你吗，安，你要与我们合作吗？哦，这不是在做梦吧。"

"金融杀手，可以这样称呼你吗？"

"NO，NO，我只是一个小小的证券分析师。"

"高盛集团的证券分析师，哪个不是令人胆寒的'杀手'？把'俩房'这张骨牌推倒后，继之而来的次债危机和席卷全球的金融海啸，幕后的影子推手少得了你们这些臭名昭著的华尔街分析师吗？直至把美国总统都搞得下不了台，最近听说国会把你家老板找去狠狠训了一顿，有这回事吗？"

"你要通过我向美国政府抗议吗？噢，噢噢，我明白了。中国的上证指数也从 6000 点跌到了 3000 点，是不是我的情敌、我们共同的朋友——戈力管理的资产被套了？如果是这样的话，我可帮不上忙啊。"

"5000 点的时候，他已经嗅到了狼的气息，早已清盘了。"说到这里，安小平颇是神秘地突然压低了声音，"不过，在 3000 点这个位置，戈力又全仓抄底了。他抄底了，就等于他们的'力结构联盟'都一起抄底了。这意味着，几乎所有私募及很多大机构都抄底了。"

"这个点位的市场认同度很高，抄底的风险很小。"艾比没有听懂安小平话中的玄机，他说，"戈力很聪明。我们在哈佛读书的时候，他就是利用他的聪明，把你从波士顿抢走了。看着你们坐飞机离开美国时，我伤心了很久……哦，你们好吗？"

"中国华北有个东阳市，是一个很小的城市。次债危机发生后，我们一直在这里度假。这期间，他遇到了一位小辣妹，把身体都给她了。"

"他不爱你了吗？"

"我需要你帮个忙。"

"我想，我现在非常愿意帮你。"

"继续做空中国！"

"这太难了。3000 点是中国政府的底线，再向下'砸坑'可能要付出很高的成本，我们目前还一直在做这方面的研究。"

"那么就是说，华尔街的金融大鳄其实很想再向下砸一个又深又大的'黄金坑'？"

"这与戈力背叛你好像一点关系都没有，是吗？"

"是吗，是一点关系都没有吗？"安小平狡黠地略一思忖，便话锋一转，"其实真没多大关系……"

"那为何需要我们继续做空呢？"

"两个原因。一是现在正面临着一个难得的做空机会。二是我想通过你们购买新华富时指数期货基金，就是有两倍杠杆的那种。明白吗？"

艾比略一思忖，便明白安小平的弦外之意了。新华富时指数期货，是国际上最具实力的富时指数集团与新华财经合资创办的一家公司，主要通过提供中国证券市场的各项指数，满足境外投资者对中国市场的购买需求。那些国际投资大鳄，常会一边在国内打压或拉升证券指数，一边在境外买跌或买涨有两倍，甚至三倍、四倍杠杆的新华富时指数期货，并从中套取超额利润。

其实，这也是艾比他们通常惯用的伎俩。这时，艾比真的开始犯糊涂了。他问道："你是想与我们合作吗？"

"所谓合作，就是与人方便，与己方便嘛。我整理好了一份资料，是一份能够令你们欣喜若狂的资料！请把你的 Email 告诉我……"

安小平收起手机，颇是亢奋地打开笔记本电脑，坐在沙发上发邮件。在这个敏感的点位，主力机构、管理层、散户几乎都形成了共识，认为指数跌到这里已经不能再跌、不敢再跌、也不会再跌时，除了满仓买股票外，谁还会冒着踏空的风险轻仓呢？在人心思涨的氛围中，市场已经没有"空头"添乱了，这个时候想让大盘飞涨起来，应是一件轻而易举的事情。

但是，当大家手中都只有股票而缺少钞票时，把大盘砸到十八层地狱下面，也是一件轻而易举的事情。没钱接砸盘的筹码，谁来阻止或能够阻止大鳄们做空呢？

刚才与艾比电话聊天时，安小平已经隐约获悉，之所以没有贸然砸盘，是他们无法确定市场主力机构的持仓情况。如果这份涉及诸多内幕的邮件转呈到他们的高层决策部门，这帮可恶的家伙砸起盘来绝不会手软。安小平轻点食指，冷笑着把邮件发走了。

就在此时，夏蝴蝶家的客厅内"砰"地响了一声。文一阳抢起摆放在餐桌前的一把椅子，猛地向那张高档钢化玻璃餐桌砸去。一下，二下，三下，都没有砸烂。第四下，他从地上蹦起来，气急败坏地把椅子砸下去，终于将那张已经移动了位置的餐桌砸烂了。但是，他还觉得不解气，又瞪着喷火的眼睛寻找下一个目标……

夏蝴蝶呆立在客厅中央，木然地看着这一切。文一阳提着椅子向客厅的茶几冲来时，夏蝴蝶突然爆发了。她一把扭住文一阳，歇斯底里地大喊大叫："你砸我吧。你干吗砸家具啊，这哪样是你买的。"

把夏蝴蝶恶狠狠地推开来，文一阳将椅子抢了一个半圆，只一下就把茶几砸成了一堆玻璃渣子。回过身来，他又把椅子抢向那台大屏幕平板电视。砸完电视，那把椅子歪歪扭扭地快被搓成麻花了。

他气急败坏地再次冲向餐厅，又抢起第二把椅子向地上砸去……当抢起第三把椅子时，夏蝴蝶陡然大声叫喊："别以为这是你家地板，这还是下面邻居的天花板。"

"我原来在人家天花板上面摔椅子呢。"文一阳说着转身从卧室里面抱出一床被子，铺垫在阳台上，"哈，这样隔音，下面就听不到了。"然后一把一把地挨着把剩下的四把椅子在棉被上面砸烂的同时，把棉被也砸出了几个破洞。

夏蝴蝶终于挺不住了，便弯曲着身体软绵绵地像猫一样盘在地板上，一块玻璃渣子刚好被按在手掌上，鲜血随之便渗了出来……

五

"狐姐，你最近与一阳指有点绯闻了。大家都这么说呢。"

"放你娘的狗屁。我与文一阳，就没这个可能。"

"'一阳指'到底行不行啊！"

"这与你有啥关系？是不是你老婆正饿着啊？"

深夜时分，这样嘻骂几句，几个牌友都不觉得困了。狐姐指间夹着烟，摸了一张牌后，突然把眼睛定格在门口儿，"这正说曹操呢，你操他妈的就到了。"

大家下意识地都齐唰唰地把头扭了过来。文一阳刚探头探脑推门进来，一张失魂落魄的面孔上，那双小眼睛正环顾四望。于是，有牌友探了探舌头，有牌友回头说："一阳啊，天都快亮了，你才来？这搓牌比搂着老婆睡觉都重要？"

另一牌友也随声附和地逗着趣："咱要有一阳那天仙一般的老婆，今生都不打牌了。"

"去去去，老子正走背运呢。"文一阳憔悴地眨着眼皮，指了指门外，又冲狐姐示意了一下，便抽身出去了。

狐姐猜想一定出啥事了。便丢了牌，说道："好了好了，天都快亮了，歇手吧。"然后匆匆跟了出来，迫不及待地问道，"出啥事了？"

"逮了个正着。我，我把家里砸了个稀巴烂……"

"走，找个说话的地方去。"

"这天都还没大亮，去哪呢？"

"干脆去我家吧。哈，去看看狐姐的'猪窝'，也是一个人吃饱了全家不饿的地方。"

沿着街道走了一会，方才驶来一辆的士。俩人颇是亲呢地钻进后座，感觉就转了两个圈，又颠簸了几下后，这辆的士便将他俩扔在了一个小区门口。

这时，值夜班的门卫老头眨巴着好奇的眼睛，望着跟在狐姐屁股后面的文一阳，被狐姐斥责了一句："看啥呢？这天都大亮了，能干个啥！"

门卫老头自知心虚理亏，便匆遽地将眼睛移向那台彻夜都亮着的电视机上。狐姐引领着文一阳，扭着胖嘟嘟的腰身穿过小区马路，钻进自家单元门，然后用手扶着楼梯攀上位于四层的楼房后，早已气喘吁吁了。

狐姐让文一阳坐在沙发上，然后开了饮水机，又忙不迭地拿了一块放在茶几上的点心，塞进文一阳手里，接着自己也拿了一块一边嚼着，一边关切地说：

"咱摔烂的家具都是自家的，虽说这不怕他谁报警，可那都是花钱买的啊，有点心疼。啧啧啧！摔就摔了，老婆偷腥，男人总得耍点脾气嘛。"

"砸烂的那个茶几，就值八千多呢。我知道，这套房子、家具，估计都是那小子给买的。"

"那小子很有钱吗？"

"他炒股票的，应该有点钱。开的那部车，就他妈几十万呢。"

"啧啧！这样的男人，谁不喜欢啊！买房子、家具，少说也得几十万，为你家作的贡献也不小。要这样说，你也不算吃亏，甚至还赚了。不就那个事嘛，说穿了也没啥大不了的，再说人家也一大活人，你呢，哈哈，哈哈哈……"

文一阳突然站起身，猝不及防地把狐姐抱在怀里，大口大口地喘着气。狐姐大大咧咧地把他推开来时，还顺手在他的裆部捏了一把，毫不介意地说道："你不行！你要真行，姐也有这个需求呢。"

文一阳忽然抱头痛哭起来。他哭得很悲恸，连狐姐都跟着抹眼睛。哭了一会，他才抬头望着狐姐说道："我怕！她要与我离婚咋办啊？"

"先给那小子打电话，向他要赔偿，这样你就主动了。"

"我把家都砸成一堆玻璃渣子了。这，这再打电话合适吗？"

"拿出你摔椅子砸家具的勇气，打吧，现在就打，甭怕。咱就按程序走，这事也要讨个说法。"

"打就打。就一个电话嘛，老子豁出去了。"

文一阳的电话打来时，天已经大亮了。戈力正在清扫被砸得乱七八糟的房子，他用一个大塑料袋装满玻璃渣子，吃力地提着向门外走去。这时，夏蝴蝶听到手机在响，拿起看到是文一阳打来的，顿时惊吓得不知所措。

"他给你打电话？"

"把手机放进包里，先不接。"

"那你快离开吧。他会不会马上回来？"

"打扫完垃圾，我再走。"

手机一直响个不停。望着在认真清扫地板的戈力，夏蝴蝶焦急地说："咋办呀！"

"别紧张。只要他一直打个不停，现在就是安全的。"

再一次把玻璃渣子装进垃圾袋，望着戈力扛着出门时的背影，夏蝴蝶的那双眼睛，充满爱意与感动。片刻，戈力匆匆地从外面回来，半开玩笑地说道："此地不可久留啊！"

"是啊。你看他电话打个不停，真让人心慌。"

"我找个安静的地方，给他回个电话。"

"什么？你要给他回电话？"

"是啊。来而不往非礼也！"

戈力拿了手包，扭头便下楼了。他把车开到合欢大道，不慌不忙地从包里取出手机。这时，文一阳的表情比刚才好了很多，他颇是兴奋地对着狐姐骂骂咧咧："王八羔子，居然不敢接电话。"刚骂完，手机突然响了。他紧张兮兮地问狐姐："那小子把电话回过来了。"

"那你接啊。"

"让我再想想。"

这时，他的手都开始发抖了。狐姐斜了一眼，嘀咕着："瞧你那熊样。"

戈力坐在车里，再一次用手指按下了重拨键，这样两三次后，文一阳终于接了。他便以冷峭的口吻问道：

"喂。你文一阳吗？我谁，我戈力呀。刚才不敢接你电话，哈哈，我这不回过来了吗？刚打电话啥事呀，与我决斗？什么，不决斗就拿三万块精神损失费，我也没说不决斗啊！哦，哦哦。最少也不能低于一万，那就是说，我其实拿一万就成。好吧，那你说个地方，我给你送钱。啥？就一万块嘛，不会斗心眼，更不会报警……哈哈……"

某豪华气派的酒店一侧，竖着一块硕大的广告牌。文一阳与狐姐紧张兮兮地躲在后面的旮旯角，一直嘀咕着什么。此间，酒店门前每泊好一辆车，他俩都会伸直脖子探头探脑地东张西望一会儿，便又将两颗脑袋埋在一起……

"狐姐，这个酒店，够气派吧。交涉这种事情，就要选这种地方。"

"哼，待会儿，小心他不给你埋单。"

"这单子，一准儿是他埋。你信吗？"

　　狐姐白了他一眼，又伸长脖子向外张望。这时，在夕阳的余晖映射下，熙熙攘攘的街道渐渐地开始忙碌起来。酒店门前，不时有车辆在缓缓停泊，同时伴随着三三两两的食客从车上钻出来，说说笑笑地拾阶而上，然后被身披彩带彬彬有礼的门迎小姐"请"了进去。

　　戈力的车缓缓驶来了。贴在车屁股后面的蓝底白字牌照旋即成了一个焦点，文一阳的心一缩，顿时紧张起来。戈力泊好车，人还未钻出来，便有服务生殷勤地上前鞠躬，并伸手做出"请"的姿势。

　　戈力轻轻按了一下车钥匙，听到"嘀嘀"的提示音后，他优雅地抬起手臂看了看表，又左右扫视了一眼，然后向酒店走去。

　　对于戈力，狐姐似乎比文一阳还上心。她目不转睛地盯着看了一会儿，旁若无人地嘀咕了一句："这小子，够派呢。"

　　"派个屁！是这座豪华酒店气派，把他衬得神气个 B 样。"

　　"没带帮手，是一个人来，你不用怕了。"

　　"还真就一个人，胆子不小呢。"文一阳略一思忖，又说，"我俩都进去吧。"

　　狐姐颇是讶然地把食指勾回来比画着说："我去，合适吗？"

　　"万一有个争执什么的，你在场，也好斡旋一下嘛。"

　　"你还想得周全呢。好吧好吧，就陪你去闯一次龙潭虎穴。"

　　狐姐巴不得一块进去凑这个热闹呢。俩人直起身子，挺起腰板一本正经地向里面走去。经过大厅时，夹立两旁的迎候小姐扬着轻细柔嫩的声音，此起彼伏地喊着，"晚上好！"俩人都还是第一次遇上这场面，也是忙不迭地回应着，

　　"好，好好！"

　　"晚上好！好好。"

　　在一个散发着淡淡郁金香的雅间，三个人分开来坐在一张大圆桌上。这时，几个底菜早已摆好了，戈力仰靠在椅子上，举止大方地继续对服务生点菜：

　　"……再来一个红烧大闸蟹，三份鲍鱼汤。酒水嘛，就两瓶三十年陈酿的老白汾吧，我这位客人喜欢喝爆酒。"

文一阳紧绷着一张脸，端坐在一侧一言不发。直到服务生转身离去后，文一阳才歪斜着眼睛，故作痞里痞气的样子问道："钱带来了吗？"

戈力含蓄一笑，拿过放在桌头一个四四方方的黑皮包，取出一万块钱隔桌扔了过去，又谦恭地回过头来问狐姐："大姐，怎么称呼你呢？"

狐姐极不自在地笑着说道："我与一阳，嘿嘿，牌友。今天凑个热闹，算是蹭饭吧。"

戈力又以轻松风趣的口吻问道："大姐，你还没回答我呢？"

狐姐扫视了一眼放在桌边的那一万块钞票，说道："我一女光棍，就是一人吃饱，全家不饿。嘿嘿，嘿嘿嘿……"

看着狐姐那双贪婪的眼睛，戈力略加思索，又从包里拿出一万块，轻轻推给狐姐，说道："无论是谁，只要乐意给我捧场，都会有红包！哈哈，我这个人啊，与朋友交往时，要别的不一定有，要钱是一定有。"

这一回，轮到文一阳贪婪起来了。他极不痛快地望着狐姐，似乎在说，咋能也给你一万块呢？这不公平！此时，文一阳一定感到懊悔不已。此前与他在电话中交涉时，何不狮子大张口要他十万八万，这小子说不定都给呢。

文一阳的不快，被狐姐看在眼里后，便赶忙将钱抢在手中，讪讪地笑了片刻，才陡地回过神来，竟然脱口问道："这真是给我的？"

戈力笑着点了点头，然后轻描淡写地说道："我与夏蝴蝶女士，只是好朋友，绝不会有进一步的关系，一阳兄弟，你可能产生误会了。"

这一万块钱，对于狐姐来说，犹如天上掉下来的一块大馅饼！她将那一叠钱塞进手包里，忙不迭地说道："是，是是。哪会呢，你这么大的老板，咋会看上他的老婆？哈哈哈，不会，不会不会！"

这就是戈力的心机。狐姐刚进来时，他就断定了，文一阳背后肯定有人支招。这个支招的人，不是这个女人还有谁呢？常言说，有钱能使鬼推磨。这个女人如果能替自己开脱几句，或从中劝和，其实比任何人都管用。这时，文一阳生气地冲狐姐嚷了一句："一万块就把你给收买了。"

狐姐立刻回敬了一句："人家这么大的老板，真看上你老婆，是你上辈子造的福。"

文一阳说："你别侮辱人……"

狐姐把腿从桌子下面伸过去踹了一脚，竟把文一阳踹得丈二和尚摸不着头脑，两人的表情顿时显得尴尬又微妙起来。戈力装作啥也没看到的样子，只顾自己倒了一杯酒敬上来，温和地笑着说道："兄弟，咱们喝酒吧。"文一阳极不情愿地把酒端在手中。戈力又自斟了一杯，端起来一饮而尽，然后把杯底向下亮了亮，"干了。"

文一阳只好勉强把酒干了。戈力又拿起酒瓶一边斟酒，一边说道："我与夏女士的交往，的确容易让人产生疑虑。她嘛，一来炒股票赔了，急于翻本。二来就是心中有很多苦衷，想对别人倾诉。除了这些，我也不想再做别的解释。好了，喝酒。"

这一次，三个人都不约而同地端起了酒杯……席间，狐姐委婉地探问戈力是做啥生意的？同时推断他一定是个大老板。戈力从皮包里取出一个烟嘴，接上香烟后咬在嘴上，谦和地笑着说，自己是做私募的，所谓私募就是拿着别人的钱炒股票，赚了分成，赔了都亏。但是，两人对股票与私募感到既遥远又陌生。戈力只好轻描淡写地这样打着趣："买股票与打牌其实很相似，'好股能涨停与好牌能赢钱'才是硬道理，而所谓牌技啊，操盘决窍什么的都是其次的，如果一定要强调技术的作用，那就是坐庄的技术了。对于打牌来说，坐庄就是出老千；对于做股票来说，坐庄就是利用谣言制造恐慌坑蒙拐骗。总之一句话，股市如牌场，乐趣都在一个'赌'字上。"

俩人似懂非懂地听着，竟然还装模作样地频频点着头。觥筹交错间，仨人的话题竟然渐渐地多了起来。此间，戈力借着酒兴，不知是有感而发，还是谆谆教诲，他盯着文一阳直截了当地说道："所谓幸福其实就是男人宠爱女人，所谓不幸其实就是家庭暴力。我可知道，一阳兄弟的脾气就像这'三十年陈酿'一样火爆，在哄老婆方面，还缺少一点耐心。咱们男人这个'男'字啊，已经写成这样了，在土地上耕耘嘛！"

文一阳猛地抬起头来，打断戈力的话语，问道："在土地上'耕耘'，你这句话啥意思？"

戈力一怔，又耐心地进一步解释："咱男人啊，生来就是做牛做马的命。我的意思嘛，如果不能为女人提供优裕的物质享受，那么就要在'哄'

字上多做些功课，其实甜言蜜语一样能够俘获女人。再看这女人的'女'字，她盘着腿，端坐在那儿，等着供养嘛。所以说，这女人，你就得把她当观音菩萨一样地供着。"狐姐心下思忖，这小子说话真够损的，而脸上仍然挤着讪讪的笑容。更损的是，戈力最后又做了一个强调："今天斗胆借酒直言，是不是很冒昧呢？"

文一阳欲言又止，便一仰脖子端酒一饮而下……

喝完酒，已近深夜。大街上，文一阳的一张脸被酒精烧得通红通红的，他低着头与狐姐一边走路，一边醉醺醺地说道："他刚才说'在土地上耕耘'，是不是含沙射影，讽我无能啊？"

狐姐摇了摇头，说道："是你自己心虚吧，草木皆兵。反正我没听出有那个意思。再瞧人家那气质，哪会讲出那种粗话。"

文一阳仍然不服气地说道："那小子他说没有，鬼才信呢。"

狐姐说道："人家说得不对吗？女人就要多疼一点，你也要好好反思一下，不要动不动的就撒酒疯，哪个女人喜欢这样啊！"

文一阳说道："再怎么着，她也不能找野男人报复我。"

狐姐说道："报复你，别安慰自己了。照我说，傍棵大树好乘凉，你多动个脑子，怎么向他多要点钱才现实。"

文一阳歪过头来"嘿嘿"笑着说道："这小子他妈的真有钱，竟然也给你一万辛苦费。狐姐，你他妈的今天可没白来。"

狐姐便嗔怪了一句："眼红啦，狐姐也没少为你的事操心……"

这是一栋普普通通的单元楼。在东阳市，有成千上万套这样的商用住宅楼散布于数十个小区内。白天，它就是几面装着玻璃的窗户；晚上，或透出朦胧的灯光，或干脆就黑乎乎一片。每天早上九点钟以后，戈力会准时离开这里，去他租用的位于某写字楼顶层的工作室，一边紧张地看盘，一边通过 QQ 或手机，向守候在南京、杭州、上海等地的证券营业部的操盘手发送指令，指挥他们或拉升、或砸盘、或默默地收集筹码……

戈力走了以后，安小平也走进书房，打开电脑，一边看盘，一边通过博客实时解盘。开盘刚一个小时，看盘系统上显示，上证指数已经暴跌200多个点了。安小平冷静地坐在电脑前，用手不停地点击着鼠标……艾比这么快就来了吗？她又专注地看了一会大盘分时图谱，然后才拿过手机，按了一串号码——

"喂，艾比，是我，安小平！"

"我来到上海滩了。爽吗？中国 K 线图上的这根大阴棒，是我的操盘手给我接风洗尘呢。"

"我们什么时候见面？"

"去东阳的机票，都已经订好了。哦，安，我比较喜欢在中国特色的酒吧谈判。"

"OK，东阳市有一家涮锅店，很经典，很中国！"

放下手机后，安小平轻轻敲击键盘，通过博客向她的粉丝及 VIP 注册客户提示，今天这根大阴棒，就是 K 线图上最经典的断头铡刀，同时做出预言，中国指数至少还要再下跌 1000 个点，伴随可能有一大半股票会再次被腰斩。她对粉丝与 VIP 客户的操盘建议就两个字：清仓！

这时，远在上海难的吴诚一打来电话，他问戈力："咋回事？要清仓吗？"

吴诚一也知道安小平这个博客群。平时，两人常会通过安小平的解盘博客传递信息，当看到安小平用超大号字体打出"清仓"提示时，吴诚一被惊出了一身冷汗。戈力在电话里问道："是吗？不会吧，我看看。"

戈力拧紧眉头，也打开了安小平的解盘博客。他常会利用看盘间隙，从安小平的实时解盘中寻找阅读快感。当看到安小平的"清仓"提示后，甚感诧异。他联合多家私募机构已经全仓杀进，这就传递出一个明确信号：中国指数已经见底！现在只要随便有一个"利好"出来，这些主导大盘指数的机构投资者就会形成合力，通过发起一波凌厉的攻势，从而将市场压抑已久的情绪全面引爆……

片刻，吴诚一又在电话中问道："看到了吗？那是用我们传递信息时的字体打出来的，所以我才着急啊。"

戈力说道："我也犯迷糊了。或许是她与散户闹着玩吧，总之我没有让她传递任何信息。一切都照原计划进行，没有任何改变。"

听戈力如此一说，吴诚一便挂断了电话。但是，戈力并不知晓危险正悄悄向他走来。他坐在电脑前，不停地点击鼠标。做股票必须时刻保持头脑冷静，处变不惊，镇定自若，一旦盘面的涨跌令情绪受到影响而产生波动，就可能会错估形势，从而付出沉重代价！

按照约定，他们会在今天启动一波井喷行情。但是，他怎么也想不通，市场哪来如此巨大的做空动能，以致他们一次又一次的进攻都被轻而易举地打了回来。难道华尔街那帮流氓大亨又一次偷偷潜入了？

这时，夏蝴蝶的电话来了。她焦急万分地问道："你不是说今天要涨停吗？怎么是跌停。"

"做空的力量，远比想象中要强大。别说涨停，连逃跑的机会都不给。"

"那怎么办啊，明天会涨吗？"

"这是只私募龙头票，市场只要给机会，肯定会拉升。"

"那先拿着？"

戈力"嗯"了一声，便按断电话，又伏在电脑前细细研究起来。没错，他可以初步断定，这一定是海外游资在砸盘。他曾经与这些游资进行过多次较量，深知他们是极其强大的、凶悍的，只要善于周旋，以灵巧制胜，可谓是静若处子，动若脱兔，与他们分享美味也并不是什么难事。此刻，他眉头紧锁，认真寻找可以阻击的要塞。但是，他完全错估了形势。这一次，人家专门是冲着他来的，或者说是他身边最亲近、最可靠的人专门请人家来对付他的，他还能凭着自己的聪明才智成功阻击吗？

这根大阴棒，终于把中国 A 股的"铁底"给砸穿了。收盘后，艾比就马不停蹄地乘机从上海飞来了，他与安小平悄悄躲进东阳市一家涮锅店，正在为初战告捷举杯庆贺。寒暄了一阵，安小平说道："砸破 3000 点，就砸掉了中国股民的信心。"

艾比耸了耸肩膀，说道："我已经知道了。很多专家都在指责中国政府救市不力，大骂证监会是酒囊饭袋，毫无作为。"

安小平举起高脚酒杯轻轻抿了一小口，说道："砸到 2000 点以下，开始抄底，然后坐等那些公募、私募等机构投资者与可怜的小散户来合力抬轿。这一次，你们这些臭名昭著的华尔街混蛋大鳄又要大赚一笔了。"

艾比开心地笑了，他说道："哦，对了，你要多少佣金？"

安小平摇了摇头，说道："我们不是雇佣关系，也就谈不上佣金。美国人不是经常说中国人太民族化了吗？我们这个民族，从来没有也永远不会受雇于其他任何民族。现在，我们只是通过合作，来获取各自的利益。"

艾比说道："可是，你现在所做的一切，难道不是在出卖民族利益吗？用你们中国人的话说，这是引狼入室……"

安小平笑了，她说道："你错了。我正在拯救这个民族！随着财富的快速增长，悠久的文明不去传承，国民的道德正在沦丧。所以，我要让那些不知廉耻的逐利之徒尸横遍野。"

她说着优雅地端起酒杯，示意了一下，艾比也笑着端起了桌上的酒杯……

吃完涮锅，已是晚上八点多钟了。安小平带着艾比在广场悠闲地散步，俩人走走停停，安小平不停地伸手东指指，西指指，显然是为艾比做参观向导。片刻，俩人又低头比划着手势，交谈得很投机。

"这只股票里面，潜伏了多家私募机构。摧毁它，市场仅存的希望也就彻底崩溃了。"

"我明白。3000点之下，唯一的抵抗力量，就剩下这些可恶的私募了。"

"砸到2000点之下，你艾比就是华尔街家喻户晓的人物！"

"安，其实我一点都不在乎华尔街。"

"别忘了给我在华尔街购买新华富时指数期货……"

"是有三倍杠杆的吗？没问题。"

"帮我买一个亿。"

艾比认真地点了点头，说道："OK，我们去酒店签字吧。"

戈力垂头丧气地斜倚在沙发上，房内烟雾弥漫。这时，门外有钥匙扭动锁孔的声音，安小平从外面走进来，先喊了一声"戈力"，然后一边脱外套，一边漫不经心地说道："通常这个时候，你都还在外面。"

戈力神情沮丧地伸直身子，长叹一声："太疯狂了。6000点跌下来，腰斩一次。再这样跌下去，难道再腰斩一次？"

安小平不动声色地说道："举白旗了？"

戈力说道："我嗅出来了，只有华尔街那帮魔鬼，才会这么疯狂。"

安小平轻轻坐在戈力身边，温存地说道："其实，我一直陪在你身边。"

戈力仰在沙发上，轻轻合上了眼睛。安小平默默地看着他熟睡的样子，一股醋意从心间油然升起。她直起身，踱步到阳台，望着窗外星星点点的夜景，泪珠从脸颊滚落而下……

　　两个月后，沪指飞流直下三千尺，连2000点的生命线也没能守得住。一些著名的财经人士撰文声称，指数再下跌1000点，也是大概率事件。此间，甭说只会跟风炒股的小散户，就是一些机构投资者，也没人敢断言指数不会跌到1000点。这是一个什么概念呢？炒股的人都清楚，剔除那几只超级权重股以外，市场会有一多半的股票在2000点的基础上，可能还要再下跌百分之七八十，就等于是将这些股票打了二三折。一时间，市场人心惶惶，到处充斥着恐怖的气氛……

　　戈力垂头丧气地坐在合欢大道一侧的石条凳上，夏蝴蝶站在他身后。一阵风吹来，满天纷纷扬扬的落叶四散飘落……当画面定格在夏蝴蝶憔悴的面孔上时，两粒泪珠从脸颊上滚落而下。突然，她用一只手猛地抓住戈力的肩膀，歇斯底里地大喊大叫："你说，我该怎么办？"

　　戈力无动于衷地仍然埋头坐着。片刻，夏蝴蝶再次用力抓扯他的肩膀，又大喊一声："那只票不是会翻倍吗，怎么被腰斩了两次？"

　　戈力猛地站直身子，也大吼道："五十万？除了自己的十万块外，你竟然还偷偷借了五十万高利贷，你太贪婪了。"

　　夏蝴蝶忽然跪在地上，悲戚地哭着哀求："你是大名鼎鼎的戈力，你一定有办法帮我的……"

　　戈力仰面摇着头苦笑着说道："我已经破产了。"

　　安小平与那个私家侦探静静地坐在车上，眼睛盯着远方。绕城公路上，不时有车辆驶过，耀眼的车灯忽儿间扫射过来，将傍晚的公路点缀得喧嚣又斑斓……

　　已经夜深人静。夏蝴蝶独自茫然失措地走着，萧索的秋风挟着落叶迎面吹拍过来，将她的长发高高扬起，如同盘桓在旷野中的一个狂野性感的魍魉……安小平的轿车从她身旁缓缓而过，然后在不远处停了下来。

　　安小平从车里钻了出来，静静地等着，等到夏蝴蝶走近时，她漫不经心地说道："你玩不了股票。"

夏蝴蝶猛地抬起头来，讶然地望着眼前的安小平，说道："你谁呀？"

安小平说道："庄家。"

夏蝴蝶冷冷一笑，说道："就你？"

安小平不卑不亢地说道："有一只黄金概念股，会涨十倍。"

夏蝴蝶说道："鬼才信！"

安小平将握在手中的一个精致的小皮夹递过去，也是一声冷笑，说道："我买了10万，都在这夹里。"

夏蝴蝶接过皮夹，不屑一笑，说："我真是遇见鬼了。"

安小平并不理会，自管自地说道："一年后，这个账户里面的10万筹码，市值会升到100万。那时我再告诉你密码，然后任你支配。你还清高利贷后，肯定还会有节余。"

陡地，夏蝴蝶才意识到眼前这个女人非比寻常。她瞪大眼睛问道："你是谁？"

安小平冷冷地盯着她，说道："但是，若再敢与戈力见一次面、打一个电话，你甭想得到一分钱。"

夏蝴蝶下意识地向后退了一步，说道："你，你是安小平？"

安小平冷漠地说道："是你，让股市硝烟弥漫、血流成河。"

夏蝴蝶紧张地说道："我？"

安小平说道："一只蝴蝶在东阳市扇动了几下美丽的翅膀，居然真能在华尔街掀起一场龙卷风。"

一声尖叫刺破了旷野的寂静。此刻，安小平一声未吭地回身钻进车里，两束光柱倏忽间亮起后，继而也被黑漆漆的马路吞噬掉了。

在电脑上浏览了一会新闻后，安小平仰靠在椅子上，轻轻闭上了眼睛。这时，吴诚一的模样在她眼前渐渐清晰起来，他肯定还穿着那套笔挺的西装，或许没有乘电梯，而是沿着台阶一直爬到那栋77层写字楼顶层，繁华的外滩景象或许变得虚无缥缈起来……是的，那么高的楼层，他肯定是头先碰到了光硬的水泥地板，然后"嘭"的一声……

安小平拿起手机时，戈力正一个人孤独地行走在马路上。这是一条细细窄窄的城郊马路，弯弯曲曲地伸向了远方。他的头顶与脚下，落叶不停地盘旋飘舞……这时，手机响了。他接听后，是安小平的声音：

"吴诚一坠楼身亡。我刚在网上得到的消息！"

"给他的爱人发条短信，表达我们的哀悼。"

"我们应该去参加他的葬礼。"

"再说吧。我还有事情要处理！"

他按下红色触控键后，接着又将夏蝴蝶的名字拨了出去，手机随之响起了移动公司的自动提示音：对不起，你拨打的电话已停机。

戈力握着手机，对着一望无垠的田野大喊："夏蝴蝶，我把车卖了，正在给你筹钱。你在哪里——"

他的眼睛湿润了，鼻子通红通红的。此刻，戈力做出了一个冒险的决定，他要去敲那扇厚重的防盗门。或许开门的人是文一阳，或许不是……

他拖着沉重的脚步，沿着台阶一阶一阶往上走。转过两个楼梯拐角，站在他为夏蝴蝶购置的家门前，那面厚重的防盗门上贴着一张"此房出售"的广告，落款处的联系电话已不是夏蝴蝶的，而是东阳市某贷款抵押公司董秘！

戈力找遍了东阳市所有能找的地方，夏蝴蝶却像人间蒸发一样，从此无影无踪、杳无音信。数日后，戈力退掉了租用的工作室与住宅楼，在安小平的陪伴下，面容憔悴地离开了东阳市。当车刚驶出城区时，他又轻轻踩下了刹车，然后从车里钻出来，望着这座迷离的小城，鼻子一酸，眼泪又忍不住地淌了下来。

安小平悄悄站在他的身后，轻声说道："走吧，她不会出现的。"

戈力蓦地回过头来问道："她，谁？"

安小平说道："就是那个随随便便拿爱情换钞票的女人。"

少许沉默，戈力说道："你都知道了？"

安小平点了点头，说道："你破产了，或者老了，走不动了，只有我才会留在你身边。"

戈力嗫嗫嚅嚅地说道："我知道！可是……也许……我命中有此一劫吧。对不起，小平！"

安小平笑了，说道："走吧。吴诚一的葬礼，我们一定要参加！在私募这个行业中，他可是你的前辈。"

当他们赶到时，载放吴诚一的灵车已经缓缓驶远了。在低缓的哀乐声中，白纸幡纷纷扬扬地随风飘落。安小平用手勾着戈力的胳膊，沿着灵车驶过的轨迹走着……

"吴诚一太脆弱了。他应该去乡下种植苹果，而不是做私募的带头大哥。"

"我在北方一个安静的小山村，买了一小片果园。我们去那里吧。"

"果园？干嘛去那里？"

"明年秋天，把咱们园子里的苹果卖掉，就用那卖苹果钱，再造你戈力投资的新传奇。"

"用卖苹果的钱？哈哈，除非有华尔街那群魔鬼保佑你！"

"魔鬼也会保佑吗？那他肯定不是魔鬼，而是佛祖。"

"让我们在那座果园里，生个小孩，然后无忧无虑地安度一生！"

"最好是个双胞胎，一个叫果果，一个叫园园。"

（原载《小说月报·原创版》，《北京文学·中篇小说月报》选载，入选"小说月报2013年精品集"，获2013-2015年度赵树理文学奖）

作者简介

杨殿梁，山西省作家协会会员，中国金融作家协会会员。先后在《小说月报》《北京文学》等杂志上发表作品70余万字，著有长篇小说《国有银行》《走活全局的棋子》《小蔓妮的芭比娃娃》《盛宴》，及中篇小说《蝴蝶传说》《欲殇》等，现供职于中国农业银行山西省临远城市支行。

夏感

■ 刘宏

一

　　我姓皮，单名一个"宁"字。这个姓氏绝对稀有，在我的记忆里，历代名人中似乎只有晚唐诗人皮日休和开国中将皮定钧。在我的生活圈子里，至今没有找到第二个皮氏，我因此常有形单影只的感觉。如果叫个王宁、张宁也还好说，央视新闻联播的当红播音员就叫王宁，羽毛球的奥运冠军就叫张宁，可见叫"宁"并不少见。

　　可我偏偏叫了个皮宁，就很不大气。上高中的时候，因为这个名字，还跟我的同学黄四毛打过一架。黄四毛嘴贱，有段时间总拿我的名字搞恶作剧。一天，自习课的下课铃声刚刚响过，这家伙从后面跑过来在我耳边很响亮地喊了一声"皮炎宁，一擦就灵"就跑开了，这是电视里常见的一句广告词，引来全班同学的哄笑。我终于按捺不住，追上去就是一阵拳打脚踢，俩人顿时扭成了一团。

　　就连我媳妇常蓉蓉也常常夹枪带棒地带出这些词来，也难怪，我跟她第一次谈话的时候就这样自我介绍："我叫皮宁，嬉皮笑脸的皮，列宁同志的宁。"这一包含着自嘲意味的开场白还给她留下了不错的印象，笑过之后当场答复："你还挺有幽默感的。"

　　比如说这一天，她一边做着家务一边埋怨。我们正在乔迁新居，采取

143

的办法是日复一日的"蚂蚁搬家"。她每天都忙着整理，虽说是件高兴的事，但有时候累得心烦气躁也是意料之中的。

"老皮老脸的了，好意思说这个？我那辆车是一辆红色 MINI，明显就是女士专用，为什么非要过户给你？那不是结婚纪念日给我买的礼物吗，怎么着，现在后悔了？"

我赶紧解释："这不是公司要发车补嘛，职工的私家车上都要张贴广告，既宣传了公司形象，也是为了给大家搞一点福利。咱要主动配合才好，岂有拒绝的道理？"

蓉蓉一边收拾一边头也不抬地说："行了行了，你也别皮笑肉不笑的，你当我真不明白呀，大街上已经有很多了，都是你们这些有钱单位。上面印个公司名称，下面是电话，955**，怎么你们卖保险的也要搞这个？永和保险，哼，我看还不如永和豆浆呢，电话打死了也没人接。让我纳闷的是，只要是职工的私家车就行，老婆的户名，老公领车补，为什么非要去过户，给他看结婚证还不行吗？"

蓉蓉的说法也正是我的想法，我也很不理解，没法跟她解释清楚。上前帮她把几件毛衣塞进樟木箱子，赶忙继续进言："这是公司的规定，好多人都跑车管所过户了，必须双方到场才行，咱还是抓紧去一趟吧。我这样的中层干部，一个月五百块呢，普通职工才三百。"

"五百块钱就把你买通了，就要出卖老婆是吧。"

我知道她的语气开始缓和了，这就要说通了，赶紧收拾东西上路。我还是第一次到东山的这个车管所，根本就连北都找不着，别说办事了。我心里早就一团糟，就在快到的时候，接到了一个讨厌的电话。还是那个赵伟民，我电大时候的同学、东明彩色印刷有限公司的财务总监，催问那笔保险赔款什么时候到账。

还是为了这事，我已经不胜其烦。什么时候到账，本来就不是我的工作职责，我耐着性子说，我这边会尽力的，我不是让你多跟理赔部的人联系吗？赵伟民也挺够意思，在那边不紧不慢地说，这话我也说了，也跟理赔部联系了，可我们老总说，当初就是你皮总硬拉着我们上了保险的。还说，还说要找就找你，意思是加快一下进度，公司正等着恢复生产重建家园呢。

我知道这只是伟民说的客气话，他们老总在背后还指不定怎么埋汰我呢。其实我只是这笔业务的营销人员，当初也是费了老大的力气的。出了事故本来就相当于永和保险公司欠了债务，现在好像是我皮宁个人做了对不起他们的事情。

我赶紧安慰伟民几句，说我一定尽力，让你们领导放心。诚信经商，也是永和的宗旨，不会拖太久的。

挂掉电话，站在车管所的大门前，正寻思着怎么办这个车辆过户。蓉蓉站在一旁一副事不关己的模样，人家肯来已经给了我天大的面子。早有几个车托围拢过来，是办过户吗，保险公司的吧？你瞧连他们都知道了，可见名声远扬。一番讨价还价，一百五十块钱搞定，也花了大半天时间。再翻开蓝色的行车证和绿色的车辆登记证，上面的名字果然已经从常蓉蓉变成了皮宁。蓉蓉气得又要骂人，她还要回单位加班，怪我浪费她的时间。

您说得不错，我是一个保险从业人员。用蓉蓉那种不无鄙夷的口气来说，"不就一个卖保险的吗？大街上多了去了。"其实，事情远不是这样简单，我们保险这个行业重要着呢。西方有句谚语："上帝照顾不了那么多人，所以发明了保险。"中国保险业先驱吕岳泉老先生说："备者，立身处世之大要也。"这么理解就对了，保险就是有备无患，就是用众人的钱为众人消灾，人人为我，我为人人。

据最新的统计显示，我国保险业年保费收入已经突破二万亿，成为经济社会发展的一个缩影。未来的十到二十年，仍是保险业的黄金时期。我就是全国几百万保险大军中的一员，正乐此不疲着。现在大家都说日子不好过，这个行业尤甚。我这样的中年人，最上心的当然是事业和家庭，两头兼顾，一刻也不得空闲。

二

这半年多以来，我刚经历了一次装修，我在千峰南路的金地花园买了新房，将近180平方米，被同事们称为"豪宅"。我有点喜不自禁，因为我对这套新房还是比较自信的。首先位置优越，邻近市区，出行方便，再则就是房屋质量、结构也都还算满意。最大的亮点是小区环境好，现在初具规模，各种桃、杏、山楂以及梧桐、银杏、栾树等树木遍布林间，到处绿草茵茵，曲径通幽。大门前竖立着一个不锈钢的招牌，上写"繁华与静谧的邂逅"，定位还算准确。从我家阳台上放眼望去，立刻就有心旷神怡之感。我打算专门摆一张舒适的躺椅，没事的时候就坐在阳台上看风景。呵呵，想想这个意境，是不是有点美？

我这人还是很有一点社会正义感的，常有忧国忧民之想。我就发现了一个问题，分两个方面。一是在各种装修材料上，除了水泥、沙子外，几乎再见不到本地的产品。二是工人的构成，水电工、泥瓦工、木工、油漆工、安装工等等，大多都来自江苏、安徽、河南这些地方，山西老乡少之又少。许多业内人士一致反映，太原的价格比北京的还要高出不少。这事就发生在晋商的故乡，山西人都干嘛去了？我媳妇常蓉蓉这两年常回老家探亲，快言快语地评价，"干嘛去了，不是钻屋子里打牌，就是村口裹着棉袄晒太阳。"山西经济毕竟连年靠后，前不久省委刚开过大会，再次号召"转型发展、加快发展"，发誓要振兴这个行业那个行业。可问题到底出在哪呢？想起二十世纪八十年代早期，太原街头出现了众多的钉鞋摊位、弹棉花的窝棚以及裁缝铺子、理发铺子，不正是来自温州等浙江的这些地方？莫非里面果真有很大的技术含量，真的是山西人"不会"做生意？在北方凛冽的寒风里，在露天搭建的简易窝棚里，他们瘦小的身材顶着漫天飞舞的棉絮，日复一日地弹着弓子，为本地人献上一床又一床的棉被，改革开放后的第一代浙商就是从这里起步的。说温州人的致富都来自投机倒把和坑蒙拐骗，你信吗？

事实证明我和蓉蓉都是很有些眼光的人，屋内装修绝对算得上高大上。当然不是说花钱多，也不是以土豪自夸，而是那个风格、那个品位，起码让人不觉得后悔。我的首要原则是，决不轻易与人雷同，一定要有自己的特色，"似曾相识"是装修的大忌。

所以我极力想探索出一点新意来。比如说客厅，正面的位置本来是大片的空档，看来设计师就是有意要让房主自由发挥的。我用石膏板把空档延长了将近两米宽，正面是电视墙，背面也不浪费，订制了一个小型的博古架，达到了实用性和观赏性的高度统一。电视墙也不像好多人家那样用微晶石上墙，那样太显得千篇一律，还容易审美疲劳，而是直接贴了壁纸，再做一个简单的造型，将来看厌了换一层壁纸就行。大门正对面我设计了一个玄关，左上方一轮圆月，主图是北方不多见的白玉兰，下边空白处是"花好月圆"几个艺术字体，还有一方朱红的篆章：福。虽是玻璃制品，却达到了一种中国画的效果。就连卖玻璃的都啧啧称奇，临走时掏出手机连连拍照，我想他们用不着跟我故弄玄虚。

除了买房、买车位外，我们还买了一个储藏杂物的地下室，这一下就花了一百多万。还要面临装修，资金就有些紧张，不得已找银行贷了三十万，按月还本付息，是以蓉蓉的名义办的。每个月底是还款付息日，银行提前一周就会短信通知的，可蓉蓉总要等到最后一天才把钱转过去，早了总觉得让银行占了便宜。谁承想有两次就忘记了，过几天再去还的时候才知道已经被扣了两百块的罚息，气得她埋怨是我不按时提醒她。

蓉蓉以前不是这样的，年轻时候的蓉蓉浑身都透着干练洒脱，发生变化完全是这两年的事情。我跟她原本并不认识，也不是经人介绍，而是"单车奇遇结良缘"。

我那时年轻，精力旺盛得很，在家也闲不住，常骑着我父亲那辆老飞鸽出来瞎逛，曾经一个下午连续往返两趟晋祠公园。六十里地乘以四，那就是二百四十里地呢，回来脸都白了，屁股蛋子磨得几天都疼。也是一个夏天的傍晚，我闲逛到了杏花岭附近，那时候这里还有个体育场，我上学的时候来这里参加过市里的足球联赛。就见一个穿着细花连衣裙的姑娘从眼前一闪，也看不清眉眼，红色的发卡随着一条马尾辫不停地跳跃，我就觉得眼前一亮，立刻尾随了上去。穿过一条条小街巷，我也不知道名字，后来知道了，就是南华门、双龙巷这一带，著名的朱元璋三子、晋王朱棡的王府花园所在地，旧时遍植杏树，因此名曰杏花岭。绕来绕去，反倒把自己绕得找不到出口了，姑娘也不见了踪影，于是加紧骑行准备从五一路回家，那时我家住在河北里的皮革厂宿舍。刚走到一个岔道正准备猛拐，就察觉到后轮把人挂了。回头一看，正是那个姑娘，已经倒在了地上。她怒目圆睁训斥我这个小流氓，说我不怀好意跟踪她（看来她早知道了），还故意别倒了她。那张脸透着清纯和腼腆，两条腿光滑细圆，用现在的话说那叫相当的养眼。我对一个陌生姑娘也不知道如何是好，她提出来让我去修车，在一个车摊上换了辐丝，重新安了链条，整了轮毂。我这才发现浑身没有一分钱，修车的老头恶狠狠地训斥我，要我把车留下回家拿钱。我说我家远，来回需要好长时间，附近也没个熟人，恳求他允许我明天给他送回来。老头满脸不屑，明天？似乎是难以置信。最后还是姑娘出了钱，回头瞥我一眼，不满地走了。

后来嘛，我常去这一带转悠，果然又遇到了她。我把车横在前面，要给她还钱，她却不接。路边买两瓶格瓦斯，大约是真的有点口渴了，犹豫着终于接了。没事的时候我再去，就好像这里放着一块磁铁。她家就住这附近，只要用心，就一定会等到。这样就有了一点来往，一次我拿了两张电影票，说是别人单位刚好发的，不看就浪费了。她似乎也不想揭穿，矜持一番还是一起去了。

我们骑着自行车到处疯跑，一口气吃了二十根雪糕。去卧虎山上看搬迁，巨大的长颈鹿怎么就能装进卡车运走。去城南的大学里参观，艳羡地看着一个个天之骄子，装模作样地照一张相，假装自己就是大学生。一次看一群学生在操场上踢球，止不住心里发痒，下场比划了几下。有蓉蓉在边上看着，我就越发卖力。那些学生见我水平还可以，大声问我是哪个系的，是新生吧，联赛的时候怎么没见你呢？我下来的时候蓉蓉一边给我擦汗一边哈哈笑了起来，说快走吧，小心把你当骗子抓起来。我舍不得离开，大学的生活我实在是向往。我跟蓉蓉发誓，咱们也要上大学，上不了正式的，电大、夜大也要上。

那时我还在待业，后来勉强进了工厂。蓉蓉正在上幼师，准备将来当孩子王，她倒是蛮喜欢这个职业。我们都还小，也比较单纯，虽说她的邻居们都说我们是在搞对象，可我的心里一直都含含糊糊，听了这话还有点害羞呢，真正有了这个念头还是很久以后的事了。有次在长风剧场看电影，看着银幕上人面桃花般的女主角，我俯在她耳边说，你长得很像李琳。她听了紧紧攥住我的手，我第一次有了心跳的感觉。结婚以后她常抱怨，哼，两块钱就让你给骗了。我才知道那次修车的费用，实在是一笔低成本业务。

三

今天要给蓉蓉审车，哦当然，现在我是车主。她负责开，我负责审，这也是从一开始就有了的分工。当然我不是自己去审，而是交给我们单位的蔡队长去审。当然也不是老蔡亲自去审，他也是委托一个车托朋友去审，我只负责出钱。我从来没有去过审车的地方，只是听说一般人去了根本就难以过关，劳神费力也更费钱。事先跟老蔡说好了，今天把车开到单位。

行车难是现代城市病，烦心的事常有。就说这次审车吧，回家就让蓉蓉把我一顿痛骂。车倒是审了，可偶然开一回车，就让贴了罚单，还就在永和保险公司的门前，你说憋气不憋气。这都是新来的总经理郁国兴干的好事。本来我们单位有个不小的院子，中间一杆国旗，周围能停放几十辆汽车。那天我也来得不晚，谁知过了一个双休日，车辆进不去了，这里早变成了一个大工地，只好把车停在了外面。上楼才知道，人家要在院子里种草种树。还听说，前不久来过一个堪舆大师，带着郁国兴楼里楼外一通乱转。大师穿着一件挺古怪的中式袄子，到处指指点点。不用说，这都是大师出的主意，而且经过总经理会议研究通过了。

郁国兴振振有词，说是咱们单位没有一点绿色，缺少生机和活力。还说，已经给大家发了车补了嘛，可以停到收费停车场嘛。从此，后院改成了花园，因为是郁国兴操办的，职工们背后都叫它"御花园"。到头来，会上说的是"增加生机和活力"，而在私下里，到处都能听到人们学说那位大师的高论，一个个都绘声绘色："夫以土地为皮肉，以草木为毛发，以泉水为血脉。"

这还不算，因为车子的事情，蓉蓉没过多久就又是好一顿声讨，让我立刻去把车体广告撕下来。我们的广告补贴计划实行了两个月就夭折了，我也只领过一千块的补贴。因为公司根本就没有这么多费用，很快就捉襟见肘，于是紧急叫停。蓉蓉气愤地说，要不搞当初就不该搞，朝令夕改这都什么决策水平。去，我的车凭什么给他义务做广告，马上给我撕下来。还煞费苦心地办了过户，是不是你们公司都穷疯了想出这办法让你们回家骗老婆？去，再把车主给我变更回来！

蓉蓉就是这样，得理不饶人。何况人家说得不错，这都什么决策水平，小孩子过家家一样没有三分钟热度。区区一千块的车补，比起各种费用来说，简直就是一笔赔钱买卖。我赶紧跑出来一点一点撕广告，省得她硬逼着我再去过户。才知道贴是分分钟的事情，抠却需要大半天。

在新家住过之后，我向毛主席保证，就再不愿回到旧家去。可见喜新厌旧是人的本能，不值得大惊小怪。小住几日发现，小区环境虽好，也有不尽如人意之处。比如进出大门，西门是直通地库供汽车使用的，其余的都需要刷卡。南门只需刷一次，西门和北门都是两道门，必须刷两次方可通过，每到夜晚还要定时关闭，尤其感到了不便。"封闭式管理"本来就是人家的亮点，谁也无可奈何。

蓉蓉的幼儿园今天放假，一大早就约了人要去逛街。我很少逛街，现如今我的衣服基本都由蓉蓉包办，她倒是很注重对我的包装。

就见一件优雅的连衣裙从里屋飘然而出，一股脂粉味道隐约传来。咱媳妇本来就是杏花岭出了名的美女，当然不是浪得虚名。我有点蠢蠢欲动，蓉蓉一个指头就止住了我，又交代，你也别闲着，你的任务是收拾家，新家就要有新家的样子，有人住更得有人拾掇才行。

蓉蓉对咱的关心是无微不至的，又问："你午饭怎么解决？"

"自己动手，丰衣足食。"

频频点头，又环顾四周，就跟在幼儿园调教小朋友一样循循善诱："记得你的任务哦，要保质保量完成。"

"是。"

"卧室呢？"

"一尘不染。"

"阳台呢？"

"窗明几净。"

"厨具的摆放——"

"整整齐齐。"

"卫生间要让人——"

"流连忘返。"

"地板——"

"锃明瓦亮，光可鉴人——抬头看，裙子；低头看，内裤。"

蓉蓉经常批评我"发贱"。果然，她轻轻啐了一口，还赏了我一个巴掌。

公休日比上班还累，新家尤甚。我擦拭着簇新的实木家具，不胜爱惜。昨天听见蓉蓉打电话，说是要把她的老母亲、我的丈母娘接过来"小住几日"。说实话我就有点不大情愿，老太太是抽烟的，瘾还不小，可别把我的壁纸薰黄了啊。

刚把地板扫了一遍，正在擦汗，其实要光是挥汗如雨也还罢了，不时有人打扰。就听到电话响起，是电大的同学赵伟民，我赶紧接了。伟民说听说老同学喜迁新居，怎么也不告诉一声，我正在附近，能否赏光上去看看，也好学习一点经验。

人家都找上门来了，也不知道哪里透露了风声。伟民也是刚买了新房，想必真是来参观的。我赶忙穿衣下楼，刚到大门口，就见一辆轿车停在了路边，下来的不只是他一位，而是一车人。我顿时就明白了，这哪是参观新居，怕是彩印公司上门讨债了吧。心里直埋怨，这个伟民，怎么使出了这种招数，你还欠着我五千块钱怎么就不说。保险赔款之所以还没有到位，问题不在我而在理赔部和公司老总那里，可显然他们就是认准了我。我当时就来了主意，既然说到了赔款，有些东西必须看着材料才能讲得明白，这样吧，一起去我公司吧。

其实说来并不十分复杂，这家东明彩印公司年初的时候在我们永和公司投保了财产综合险。当然就是赵伟民牵线做成的，他们刚进了一批新设备，就想着买一点保险，也是破天荒的事情。这是一笔比较大的业务，伟民为我引荐了他们的老总，自然是在一个饭桌上，自然是我做东；还不敢去大饭店，而是在一家会所。而在伟民第一次表示为公司办保险的事情之后不久，我们就面谈了一次，谈得还比较投机。我正从心底涌出感激之意，不常联系的老同学，原来还一直惦记着我，就听到他用略含着不好意思的口吻跟我说，"兄弟有一事相求。"原来他也正要买房，问我借五千块钱，以应急需，最迟半年就还。我心里就是一愣，原来如此啊，怪不得他有这副好心肠。我当然不好拒绝，这事还不能跟蓉蓉说，咬紧牙关七拼八凑把钱交给了他，还硬着头皮问了一句，够吗？

至今回想起来，那顿酒喝得那叫一个爽。他们的老总姓邢，一坐下来就像是又突然想起来的样子，拖着长音说："你姓泼——皮，噢噢，又忘记了，皮定钧的皮，实在抱歉。"

他妈的他竟敢说我是泼皮。

接下来的一句让我有点匪夷所思："这个姓好，好记，姓以稀为贵嘛。"又说："你们是台资企业。"

请注意他用的是陈述句而不是疑问句，明显也是把永和保险当成了永和豆浆；蓉蓉是故意，他可未必。我赶忙解释："我们不是台资。"

"哦，那你们是国资。"

"我们也不是国资企业，是民营资本为主的股份制企业。"

"民营？"就见这位邢总纳闷地看着赵伟民，目光一一扫过他的陪同人员，一个副总经理、两个他的私人朋友，众人都嘿嘿笑了起来。

这是又遇到了一个对民营企业另眼相看的人，其实我在这个城市生活了四十多年，很知道这家彩印公司的来历，原来叫美术印刷厂，当时的说法是"地方国营"，这些年三改两改也成为股份制企业，这个邢总就是大股东之一，本身就是民营。这就有点像丈母娘当年对我的态度，自己也不是国家干部，凭什么嫌我是"小集体"？

非公有制经济也是社会主义市场经济的重要组成部分，我搜肠刮肚把仅有的一点经济学知识全都倾囊而出，邢总他们的态度算是有所改变。邢总喝高兴了，指着我说，相识就是缘分，啊，哈哈，现在开始，兄弟你每喝一杯，我就增加一万块的保费；你要是把这个分酒器的酒都干掉，我的保险就从两个车间变成四个车间。

知道我们这一行的苦衷了吧，为了收取人家的那么一点点保费，老命都拼进去了。我常想，现在要是把我倒悬起来，胃里喷出来的可不光是汾酒曲酒红酒和啤酒，更有这些年积攒的一肚子苦水。

到了四月份的一个早上，我还没起床就接到了伟民火急火燎的电话，说是二车间着火了，你赶快过来呀。我二话不说就打车到了现场，我没法说你打955**，那是我们的客服电话，出了事故该找他们才对。

接下来自然是理赔，该赔多少，双方却总是谈不拢，问题出在这里。

他们的材料还在理赔部研究呢，我也没过问太多，毕竟不是我的职责范围，问得多了反倒招人嫌，说我手伸得太长。

其实这些人星期天不休息也是受了这位邢总的挑唆，找我兴师问罪了。我跟他们说了情况，再次重申我一定尽力，要理赔部一定加快进度。这几位闻听此言，也不再多说，想必他们也是照章办事，这就算完成了任务。眼看到了中午，我还招呼他们去吃个便饭，酒喝了一些，但肯定不像上次。

等蓉蓉回家的时候，我刚好睡醒。看我并没有把家收拾利索，正要问责，我赶忙主动汇报，今天临时加班去了，现在继续。

蓉蓉整理着这次采购的东西，果然，她说到了要把我的老岳母接过来住几天，感受一下新家。正好趁着她放假，便于招呼，何况还说出了一个让我无法拒绝的理由，"老人住过的新家对晚辈好。"

其实我对我的这个丈母娘并没有太多好感，只是一年见几次面而已，倒也无妨。当初我和蓉蓉经过不短时间的接触，开始谈婚论嫁，这个时候她妈妈出来反对了。理由之一是我家只是一个工人家庭，我也只是个"小集体"，好像配不上她的宝贝女儿。我纳闷，她们家小业主出身，蓉蓉是一个幼儿教师，要说门当户对，嫁一个工人家庭有什么不可以？

还有更大的阻碍，她妈妈说了，你们是在街上认识的，连个介绍人都没有。这个这个，总觉得不大合适。

新的社会新的时尚，自由恋爱反倒成了问题，这都什么年代了，莫非我们一定还要听从父母之命、媒妁之言，做一次新时代的梁山伯和祝英台？我使出了浑身解数，那时我跟她们一大家子已经非常熟悉，我搬来救兵，车轮大战轮番上阵，终于打动了这个顽固的老太太，心里暗暗地跟她结下了梁子。

那时候我跟蓉蓉一起报考了电大，我一个年轻工人交学费都有点吃力。我高考落榜，参军又被人挤了下来，凭着父亲的关系勉强进了工厂——我父亲是皮革厂一个老实巴交的工人，我的脾气性格很多都传承于他，难怪丈母娘嫌我是"小集体"。我在一个皮具门市部当售货员，店里还有几个大妈和大嫂，生意冷清得厉害。你想吧，那时全民经商遍地开花，金利来的各种皮具席卷而来，我们这样傻大黑粗的本地产品肯定少有人问津。那段时间我郁郁寡欢，也一直在思考。我感激爱情的力量，帮我撑过了这个阶段。

我和蓉蓉在桥头街上了电大，每星期几次面授，风雨无阻。我俩当然是同桌，也要让年轻的同学们看到，蓉蓉早就名花有主，我一开始就发现几个人的目光不那么对头。班长就是赵伟民，后来做了彩印公司的财务总监。在这里我遇到了人生中的第一个贵人。一次考英语，身旁一位姓张的同学得到了我不少的帮助。一次课后，他问我想不想跟他出去干，就是做保险。这位张经理说公司正是用人的时候，他仔细观察了，觉得我这人实在，还说营销并不是光靠嘴巴，做人做事最重要的是诚实守信，这才是根本。我也不懂这一行，但总觉得是个机会，就跟蓉蓉商量，没想到又遭到了丈母娘的反对。她偏偏忘记了刚嫌弃过我"小集体"，现在又质疑我"好好的工作就不要了"。她这样一说，反倒促使我下了决心。

我随后结束了电大的学业，正好赶上我们的孩子出生。蓉蓉初做母亲，几年不得空闲，所以她只好肄业。

四

进入人保的第一项内容是培训。张经理说我是实在人，他的眼光还是非常到位的。一次学员发言，谈到今后打算，别的人都是爱祖国爱人民，我说的却是不随地吐痰不闯红灯不无故迟到早退不乱丢垃圾，引得哄堂大笑。

这多年过来，我的誓言我做到了，他们当然也做到了。不是吗，人家都是以拯救天下为己任的人，我却总是沉湎于微不足道的细枝末节。如今的我不但开车不闯红灯，骑车、走路也规矩得很，在人潮涌动的十字街头总是显得突兀、另类和不合时宜。

经过短暂的培训，我全身心地投入了新的工作。第一周，可谓信心满满。可头一个月下来，又觉得心灰意冷。

我没有经验，也不知道该往哪里营销。我的生活圈子就这么大，我开始肯定是从亲朋好友当中做起。我的老同学黄四毛，听说我在推销保险，到处说我的坏话，好像我是在搞传销。一段时间下来，效果差得可怜。理想很丰满，现实很骨感，我是深切地体会到了。

我相信机遇，我更相信天道酬勤。

今天下午我去姨父家，给他送去新的车险单子。姨父的小儿子、我的表弟亮子有一辆现代车，一直是我给办保险。交强险、第三者责任险、基本险不计免赔，加上代收车船税，共计两千多块。我解释说，因为清明节时候出过险，这次就不能享受打折优惠了。姨父听了就是一笑，他是那次事故的亲历者，当然知道原委。

那天刚过八点，就接到了亮子的电话，我就感到了一丝不妙。果然他们一家子沿太长高速回老家扫墓，刚走到武乡，追尾了，还挺严重，连"胆汁"都流出来了。我听了就是一惊，谁伤得这么重啊，打120了吗？就听到姨父在一旁说，什么胆汁，那是防冻液，我这才放下心来。他们已经拨打了永和保险的客服电话955**，可我也不能闲着，赶紧跟长治的同行打了电话，拜托他们一定好生招呼。又跟公司的拖车联系，要他们辛苦一下把车拖回来，省去了亮子来回几次的奔波。又赶紧开上蓉蓉的车，去武乡把他们一家老少接回来。正好把我穿不完的蓝工装拿给亮子两套，我们公司年复一年地发，放在柜子里都要成灾了。

一路上亮子还是一副惊魂未定的样子，姨父毕竟见多识广，不久就开始谈笑风生。我这才知道，那是一长串的连环追尾，亮子的车是最后一辆，眼看着就挨上去了。姨父认为这场事故本不该发生，至少应该减轻许多，批评亮子采取措施不力。亮子感到委屈，说我已经刹车了呀，是车站不住嘛，眼巴巴地撞上去了，幸亏人没事。姨父说是的，但是你明显不够坚决和果断，你听到紧急制动时"吱"的那一声了吗，你看到柏油路面有制动的痕迹了吗？亮子恍然大悟地拍了一下脑袋。

姨父和他的孙子坐在后排，我从倒车镜看到，姨父疼爱地摸着小孙子的脑袋，跟我说，要给孙子设计一套"少儿健康保险"和"少儿教育险"。我听了当然高兴，倒不光是因为又有了新的业务，姨父这样的保险意识多让人称赞啊。我给过他几个保险宣传的小册子，可见人家那么大年纪了还是很重视学习的，也透着对我的信任。折腾这么许久，回到太原的时候，已经是下午两点多。我不忘记找了一家快餐店，点几个小菜，为他们压惊。

这都是我应尽的责任，他们是我的客户、我的亲人，何况姨父还是我当年投身保险大业之后的又一个贵人。正当我为了寻找客户一筹莫展的时候，我想起了我的姨父，他是一家建筑公司车队的调度，管着大大小小不下几十部车。姨父是看着我长大的，当面称呼我爸姐夫，背后就没大没小地"老皮长""老皮短"，叫我则是"小皮皮"，或者干脆"小屁屁"。姨父性格外向，也因为职业原因，走南闯北见识很多，也很让我这样的小男孩羡慕，我最愿意听他讲各地的见闻。姨父老家邯郸，这么多年了，我记忆最深的就是他的一句口头禅，"山西人吃醋名声在外，河北人吃醋实实在在"，每听一次都觉得兴奋。

姨父是调度，管着不少车辆。我见到他的时候，才知道他已经荣升队长，我喜不自禁。"哈哈哈哈，小皮皮也开始卖保险了。"他几句话就让场面热闹起来。他是干这一行的，不需要太多解释，我不免有点兴奋。可是随后就让我感到一丝凉意，他竟然说，等机会吧。

我有点恼羞成怒，总觉得他这是故意推托，悻悻而归了。后来积攒了社会经验，我渐渐明白，姨父不是推托。很快到了那年的中秋节，他照例来看我的父母。我的心里藏着不悦那是肯定的，可又希望奇迹发生。果然，他转脸对我说，机会说来就来了。

我就这样拿到了加盟保险公司之后的第一笔大单子，五部东风大货车的保险。我最终明白了姨父的"等机会"不是推托，也不是卖关子。保险买不买，找谁买，绝不是姨父一个车队队长所能够决策的。而且机会肯定不是"等"来的，是姨父为我争取来的。具体的细节不需赘述，不妨先用一个"天助我也"概括。

保险销售就是要把谁都不知道何时才能派上用场的纸卖出去，可想而知它的难度。在那个时期，我刚投身这个行业，真是使出了浑身解数，就跟授课的老师讲的那样，脸皮城墙化，名片成堆化，尝尽了其中的甘苦。

到了年底，我的业绩在二十个新职工当中名列前茅，算是在这里站住了脚。

今晚是姨父请客，拿出了他珍藏的好酒，二十年前的陶罐竹叶青。我陪着老人家推杯换盏，飘飘然的感觉肯定是有的。退休以后他更乐于和我这个"小皮皮"推心置腹地狂侃，他现在居然热衷于研究保险，是不是觉得很有趣。他认为现在中国人的保险意识还在萌芽阶段，他的结论是，这个行业仍然前景广阔。他一直把我送到楼下，拍着我的肩膀说，小屁屁，好好干。

北方的夏季，天气也是说变就变，空气中透着凉意，像是要下雨的意思。今年的雨水偏多，我遭遇到的几件事情也都发生在雨天。这可能是倒数第几班公交车，显得有些空荡，速度也有些快，车厢里回荡着萨克斯演奏的名曲《回家》。

早就听到后排有两个人在大声议论，也像是刚喝过酒。其实这种人经常见到，他们擅长否定一切和肯定一切，眼前的东西非白即黑。他们热衷于厚古薄今，看不惯现在所有的事物。谁要敢反对，立刻就跟你急。

这时候车上的音乐突然停止了，那两人的对话传了过来。

"……那时候，天是蓝的，水是清的，路不拾遗，夜不闭户。哪像现在？"

"现在？毒奶粉，地沟油，投机倒把，不劳而获，先富起来的就是这帮混蛋！靠剥削发财，靠欺骗致富，这些人都该枪毙。"

"对，什么鸡巴一部分人先富起来，为什么就不是共同富裕？"

都怪我也是刚喝过酒，脑子里异常兴奋。我平时就极不赞成他们的这种说法，问题归问题，我也痛恨这些丑恶现象，但以偏概全是不妥当的。一边向后门走去，一边竟然跟这俩醉鬼开口说话了："人的能力生来就有不同，刘翔隔着栏杆能跑十三秒，你能跑多少？好学生一考就是九十几分，你怎么连及格都够呛？一个马云能抵几万个工人，一万个工人未必能换来一个乔布斯。不要动不动就说剥削，那不过是一种社会分工而已。"

对我这突然横插的一杠子，那俩人显然是出乎意料。但也很快明白了我是在指责他们，竟纷纷站了起来，摇摇晃晃地质问："你说什么？"又问另一个酒鬼："这小子刚才说咱们什么？"

我站在门口凛然说道："不可否认有的人发了不义之财，但不能由此就否定一部分人先富起来。先富和后富，永远都是合理的。要不然，就只有共同受穷。"

眼看那俩人气急败坏，一个骂："你放屁，你就是地主资本家的后代。共同受穷就受穷，老子才不怕！"另一个嘴巴跟不上了，一伸手就推了我一把。车本来就在摇晃，司机显然是注意到了这一幕，一个急刹车，"咣当"开了车门。我正好紧走几步下了车，才发现还有好远才到站呢。

就感觉变天了，风雨交加就要到来，街上已经少有行人。来到小区西门，赶紧从兜里摸出卡片，放到感应区，拉门进去，就听到身后一个人跟了进来。略一回头，发现是个年轻女子。这也是常事，有人恰好没有拿卡，或是不愿意费事找卡，正好搭个便车。

等后门"砰"一声关闭，一阵风刮过，又赶紧刷前门了。只听"嘀"一声，推门，却不见开。再刷，再推，前门纹丝不动。我使劲晃动了几下，嘟囔一句"怎么回事"？门里还在遛狗的大爷搭话了："到点了，自动关上了，快打电话吧。"

我突然就明白了，抬手看表，正好十点。时间太早尚且不说，到点自动关门就是这么个关法？头道门能开，二道门却不能开，把人关在里面算怎么回事？

我赶紧摸出手机准备给物业打电话，回头才感到了一丝尴尬。黑漆漆的夜里大雨将至，在这一平方米的狭小空间，一对孤男寡女，这该如何是好。我记得门禁卡上就有一个号码，赶紧拨了出去，终于通了，我大喊："物业吗，西大门关住人了，麻烦你赶快给开门呐！"

就听那边"嗯嗯"两声挂了电话。这时一阵大风刮过，大雨眼看就来，心里不免慌了起来。再看遛狗的老头，早不知去向。我还是第一次遭遇这样的事情，反正是再三推门也不见动静。我开始观察所在的空间，背后紧闭的大门是通向街上的，方向并不可取，何况它足有两米多高。前面紧闭的小门是通往小区的，可是只有光溜溜的铁皮，没有踩踏的地方。好在高度尚可，跟我的视线大体持平，稍一用力应该可以翻越过去。这时候铜钱大小的雨点噼哩啪啦地落了下来，我下定决心，双手攀住门的上沿，准备用力跳上去，就跟上学时候的单杠动作相仿。正在比画的当中，就听背后有人呼唤，声音是那么的急切——

"大哥，大哥。"

一回头，这小女子正眼巴巴地盯着我呢，雨水已经顺着她的脸庞滚落下来。我心里一阵好笑，显然是此情此景之中她不想让我独自离开而把她撤下。这才发现，在这黑洞洞的夜里，这是一副姣好的面孔。此地不可久留，我快速理了一下头绪，心里已经拿定了主意："一起出去？"她拼命点头，我推一下她的肩膀，喊一声："你到这边来。"跟她互换了位置，我迅速蹲下，抱住她的两条光腿，叫声"起"，就把她抱了起来。然后腾出一只手，这样就放开了她的一条腿，喊一声"赶快跨上去"。她很听话很费力地把左腿跨在了门沿上，这样她就骑在了上面。我再喊："你双手抓稳了，千万不要动。"看着她摇摇晃晃骑在上面，我赶紧两腿向上一蹦，双手用力一撑，紧挨着她也撑在了上面，然后翻身跳到了地上。抓紧她的两条胳膊，再吩咐道："把那条腿迈出来，对，往下——跳！"

经历过这么许久的拼命挣扎，我早知道她就穿了这么一件短裙，才想到网上的某些说法并非虚传。她猛地扎进我的怀里，这一下把我撞得倒退了好几步，差点坐到地上。我说声"快跑"，扭头就朝小区深处奔去，又听背后的叫声：

"我鞋，我鞋——"

我停住脚步回头查看，抹一把脸上的雨水，这女子果然是光脚站在雨地里。这时天空电闪雷鸣，伴随着她大声的尖叫。不知道你在此时此刻该做什么，我反正是跑了回去，趴在地上，从小门下面的缝隙里给她找鞋。这里刚能容下我的一条手臂，腕子磕到了铁柱子上，一串珠子滚落一地，我的小叶紫檀！顾不得这些，终于摸到了那双粉色的凉拖，扔到她脚下，随后起身迅速地跑远了。好容易等到了电梯，刚刚进去，听到外面噼里啪啦的跑步声，没想到这小女子也跟了进来，颤悠悠的声音说："大哥，真是谢谢你了呀。"身上的雨水很快打湿了地面。

五

跳槽来到永和保险已经两年多时间。我刚来的时候，是大客户营销部主持工作的副总经理。我正是冲着这个职位才来的，经过一番严格的考试考察，终于如愿以偿。这个惯例大家也都清楚，过了一段时间的考验期，倘无意外，我就会转正，成为总经理。在金融保险这个圈子里，跳槽早已不是新鲜事，太原街头已经出现了几十家的保险公司，竞争首先就是人的竞争。

但是永和保险太原分公司的老总没来得及给我办这个事就调离了，新任老总就是前面说过的这位郁国兴，我知道考验又得从头开始。我初次走进这间大办公室的时候充满了好奇，别的倒也平常，只见墙上挂着一幅古色古香的书法长卷，很有一点文化意味，开头几句居然就是"永和九年岁在癸丑暮春之初"。能把"永和九年"挂进永和保险的办公室，能想出这个招数的人一定是高人。

我还是副总经理，因此必须更加小心。郁总对我还算客气，说他还处在熟悉情况阶段，还指望大家伙多多费心，跟一般常见的开场白都差不太多。我心想着，我的身份他未必就知道，我的愿望是早日通过考验，但初次单独汇报工作就说这个事也有点欠妥。

正想着是不是该退出了，我就发现一个很好玩的情况，这个郁国兴喜欢把一只鞋子脱掉，抬腿压在另一条腿上，这只手呢，总在摩挲着脚指头。关键是，他还时不时把手凑到鼻子下，嗅嗅，再嗅嗅。他这是完全放松的状态，说明并没把我当外人，可我心里却总不是滋味。这时办公室主任陶建国带着一个客人敲门进来，听着陶建国介绍完毕，郁国兴这才兴奋地把手拿开跺了鞋子热情地过来握手。我正好起身告辞，郁国兴高兴之余还用这只手拍了拍我的肩膀，意思是好好干，有话回头再说。

我下楼就把这件衬衣脱下扔掉了，本来就是单位统一定制的工装。倒不是我有什么洁癖，可心里总是犯嘀咕。

不久就到了一年一度召开职代会的时间，我作为部门负责人，自然也是代表之一。领导讲话，汇报一年工作，对下一年度做出展望，这都不出意料。会议资料里有"职工提案汇总"，薄薄几页纸，不少员工都提到近年的收入水平持续下降，还有一个议题就是反映职工停车问题的。既然是提案，就应该有所回复。就听工会的马主席敲敲桌面说，公司对这些提案非常重视，但是员工收入的增长必须依赖于公司业绩的发展，这当然是放之四海而皆准的道理。关于停车难的问题，公司也非常重视，已经委派专人到附近单位和社区联系，但是暂未找到合适场所，而且周边单位停车也很紧张。

自家的院子种了花种了草，反要到邻居家里寻找停车场，谁听了都会觉得不爽。如果确实喜欢花草，完全可以搞成那种空心的地砖，种上绿幽幽的小草，也可以起效果嘛，而且两全其美。在分组讨论的时候，我看场面有点冷清，也经不住马主席的一再动员，就试着把这个观点讲了出来。谁知下来就有好心人提示说，你不知道种草种树是郁总拍板的呀，你何苦要触这个霉头，你这个人呀。我心想这又怎么了，既然是讨论就应该畅所欲言，何况我的话不过分嘛。那天郁国兴也在场，始终低着头没有表态，工会主席哼哼哈哈做了总结，也压根没再提这事，我真搞不懂是不是犯了龙颜。

这几天总有人问我胳膊上的伤是咋弄的，更有好事之徒宝贝似地拿着自己的小叶紫檀过来跟我切磋，无非是想强调他的才是最正宗的，似乎我的只是赝品。我这才想起来给物业打个电话，我说下大雨那天晚上西门关住人了你们知道吗，就听电话那头的小姑娘说："是吗，你打电话了吗？"

我说："打了，半天没人管，我是硬从上面翻过来的。幸亏是个大老爷们，要是关住个老弱病残咋整，你们要及时救援才行啊。"

"物业应该有人的呀，肯定有人，二十四小时值班。"

我顿时就感到了一丝恼火，明明是危急关头等不到救援，她却愣不承认，一口咬定物业有人。我耐着性子继续建言："西门那种设置是有问题的，很容易把人关在里面，建议你们调整一下。"

"这也是为了业主的安全。"

"还有，大夏天的，十点关门是不是太早？"

"为了安全嘛。"

"……"

我举着话筒再也说不出一句话来，满腔的热情就这样让这个小崽子泼灭了，顿时升起无名的怒火。一句"为了安全"就能打发，那你干脆把所有的大门用电焊机焊死得了，就像1948年的长春城一样围得铁桶一般密不透风，彻底来个坚壁清野。这样的物业，简直就是油盐不进，有谁还敢再对他们奢求什么。

那天晚上回家，早淋成了落汤鸡，我甩掉衣服直奔淋浴房而去。出来的时候，蓉蓉早端来了姜汤，心里一阵感激。蓉蓉埋怨，也不说避避雨，这天气惦记着早回家了。我嗯嗯作答，不置可否。她还没发现我胳膊上的小叶紫檀早就不知去向，那是她给我网购的生日礼物。我也庆幸右手干活左手戴表是多么的正确，要不然我的手表肯定会被磕个稀烂。这块瑞士名表还是蓉蓉去宝岛台湾的时候给我买的，我自然要当成宝贝一般呵护。蓉蓉还跟几个闺蜜去过澳洲，给我买回了一双德国名鞋，你瞧人家那质量，光看着就让你十分称心，里面一行洋文，"MADE IN CHINA"。不过我至今没有办理护照或者哪儿哪儿的通行证，每次单位要求上交，我都淡淡地说一声，我没有护照，他们都难以置信，我签字确认了还将信将疑。我从来没想过外逃，要说观光旅游，我更觉得祖国的大好河山我还远远没有看够呢，没去过的地方实在太多。所以，我根本就不惦记出国，某些国家就更不想去，因为就冲蓉蓉那个脾气，我还不得给她扛一摞电动马桶盖回来啊，我就更不情愿。

看着右臂上的几道划伤，我淡淡地说不小心碰了一下。我当然要借机给她做一个充分的风险提示，我刚才是被关在门里了，费了好大力气才脱险。临近十点的时候千万不要走西门和北门，免得被关。她听了就是一惊，说你给我打电话啊，我给你送卡片去。我听了就觉得好笑，我不想给她讲述刚才的壮举，跟一个妙龄女郎发生那样的亲密接触，还要跟老婆大肆渲染，那才是真的缺心眼呢。想当初雷锋雨天送大嫂美名天下扬，而我呢，见义勇为勇救少妇却只能这样偷偷摸摸，其实大嫂和少妇不都是一个概念？

那少妇名叫薛雅歆，我当然是后来才知道的。他们小两口就住我楼上，一样的户型，而且因为楼层高，售价肯定比我多出不少。我奋斗半生才享受到的待遇，人家年纪轻轻就实现了。有天下午我下班回来，走到西门正要掏出卡片开门，却见一个女子几步跳到我的前面，刷了卡开了门朝我做一个迎候的动作。我一眼就认出了她，而她显然早早就看到了我，急着过来开门，手上大包小包的，跟街上常见的女孩没什么两样，脸上挂着俏皮的微笑，抑或，还透着一份羞涩。

这样就有了交谈，开始了接触，一来二去就熟悉了起来。也因为我常穿这一身少先队员模样的白衬衣蓝裤子，街上卖保险的不都这样嘛，就差一条红领巾了，自然就谈到了我的职业。我想肯定带着一点感恩的味道，她很快就把车险转了过来，还说原来的刚好到期了。瞧这小两口，我的乖乖，一辆大奔，一辆路虎，因为是新车，上的是全险，一下子就交过来好几万的保费，跑到我的公司里看这看那。还主动提出再投一些险种，我听了稍感意外，我说我们永和是财产保险公司，主要做财险，其他的还可以做一些短期健康保险和意外伤害保险业务。也因为我们是楼上楼下的关系，彼此常能见到。现在的街坊邻居都习惯了高楼深处大门紧闭不相来往，能有这样的睦邻我当然是不胜欢喜。她的老公站在一旁陪着微笑，我不知道他有没有了解到那晚发生的事情，我也不希望他知道，人的思想就是这样的复杂和微妙，他脖子上隐约露出来的一截金链子让我感到不大愉快。

六

我必须尽快了结东明彩印公司的这场纷争，他们的死缠烂打把我搞得焦头烂额。我还在东明彩印与永和保险中间受夹板气，一个营销人员也要为理赔的事情来回奔波，两头落不下好。营销部的使命是拼命扩大保费来源，理赔部的任务是尽量减少赔付，一个是增收，一个是节支，这都是天经地义。但是显然，现在我成了矛盾的焦点，我明显是代人受过，这让我心里很不受用。本来我完全可以把事情全都推给理赔部，可这话我又说不出口。每次都是伟民跟我联系，他只是一味地催我，压根不提他欠我钱的事。

我不得不找来他们的资料仔细看了，东明彩印投的是企业财产综合险，二车间发生火灾，造成滨田452八开印刷机受损，向永和保险索赔150万元。经设备厂家现场检测并出具报告，事故造成电器、机器、辊筒、气路部分受损，整体维修费用高于设备原值，推定全损。东明彩印为恢复生产，随后又购买了类似规格型号的威海HAMADA452五开印刷机，发票金额125万元。根据消防大队出具的调查认定书认为，此次火灾系由车间西墙电闸处线路故障起火引燃可燃烧物所致。根据保险条款第四条第一款之规定，本次事故属于保险责任。

理赔当然是理赔部的职责，第一步是核赔，就是拿出赔付或拒绝赔付的意见并核定赔付金额的过程。他们经过现场查勘、定责、定损、理算等一系列流程，仔细研究后认为，东明彩印重新购置的威海HAMADA452五开印刷机的发票金额 125 万元是保险标的出险时的重置价格。根据税法相关规定，一般机器设备最低折旧年限为 10 年，原来的设备滨田 452 八开印刷机出险时刚好过了 5 年，按 10 年计提折旧，折旧率为 50%，即损失金额 =125 万元 ×（1 − 50%）=62.5 万元。

可东明彩印却不这么认为，一是出险设备为进口组装，购买时价值 150 万元，设备也较新，近几年该设备类型无更新，且有升值，要求按照 150 万元作为重置价值。二是设备折旧问题，无论怎么计算，也都应该在 19%~29% 之间，而不是永和保险提出的 50%。

如此说来，一里一外明显相差几十万。理赔部不愿让步，问题是东明彩印对理赔部只是公事公办，对我则是不依不饶，说我是"投保的时候天花乱坠，理赔的时候难上加难"。我提出双方友好协商解决，互谅互让，保险理赔要依法依规，重合同守信用，还有一条重要原则就是"通融赔付"，说的就是要根据具体情况适当灵活掌握，不能一味强调条款而把自己陷于不诚心的境地，本来就是实践中经常用到的。我甚至越俎代庖替理赔部起草了一份详尽的理赔方案，想必双方都比较容易接受，可屡次催促也不见回音。我还不无谦恭地建议，邢总可否屈驾来见见我们的老总郁国兴，也好加快进度。可人家拒绝了，始终不愿屈驾。

我拿着方案跑到楼上找郁国兴，希望他能主持公道，敦促一下理赔部。我也常听郁国兴说过，他坚决反对四平八稳的机关作风。遇到特殊的问题，欢迎大家直接找他。

我进来才知道，四平八稳还是雷厉风行，马上就办还是愿意跟你慢慢周旋，往往取决于领导此时的心情，而不是你的主观臆测。郁国兴瞄了一眼我递上的材料，果然问，理赔部什么意见呐？我说他们看了，也没说反对。郁国兴一手抚摸着肥厚的脚掌，似乎对这样的答复难于理解，没说反对是什么意思，到底同意了没有，同意了就按流程上报审批，我保证第一时间处理，这还有什么好说的？

接下来的话就让我听得有点肝颤了。他语气倒也平静，我呀，年轻时候也常犯这种毛病，事情没搞清楚，部门之间也没有协调到位，冷不丁就跑来要这要那。后来我才渐渐明白，这不是给领导上交矛盾吗？可见呐，工作方法、领导艺术，是值得我们一辈子学习和改进的。事情总有个轻重缓急嘛，眉毛胡子一把抓，是我们工作的大忌呀。

最后几句话更是意味深长，所以嘛，我当初从副职转成正职，就费了好长的时间。

眼看着事情没办成，还让人上了眼药水。郁总几个指头在桌面上轻轻敲打着，黝黑的目光耐人寻味。我赶快赔了几个不是，说再找理赔部好好商量一下。这时候就怕他过来拍肩膀，立马转身闪了出去。

七

我坐在阳台上看风景，家才是最好的避风港湾。下面是满眼的绿色，中间有一个不大的水面，跟四周的水道彼此循环。我突然发现这个园子很有些苏州园林的味道，咫尺之地再造乾坤。我很想去水边的长椅上坐一坐，头顶有成群的白鸽飞过，远处夕阳西下，映红了半个天际。或者，在一个风静月明的夜里，伴着蟋蟀"吱吱"的叫声，听上一曲《月光奏鸣曲》，那一定会很美。

现在的家里如果还需要完善什么，我认为当务之急是添置一个鱼缸和一套音响。鱼缸要那种以养草为主的草缸，透过浓密的绿色水草，不经意间可以找寻到漫游着的一条条五彩斑斓的鱼儿。音响主要用来欣赏古典音乐，贝多芬、曼托瓦尼、柴可夫斯基，这些都是我年轻时候的最爱。太原城的发烧友们有谁还记得柳北有棵古槐树，路东有一个不大的商店，里面专营的就是这些唱片。这些年我虽然一直拒绝李宇春和周杰伦，可我的一大堆老唱片毕竟是随着那套老音响一起被丢弃掉了。过去看到一个邻居任由他的孩子肆意玩弄他那珍藏了几十年的珍稀邮票还不胜唏嘘，想来那都是从青年到中年必经的一个阶段，一切看似高雅的嗜好都已经让位于柴米油盐的人生琐事，谁都难以免俗。

蓉蓉最爱电视剧，我装模作样地看了会书，现在又显得无所事事。我们的女儿毛毛正在青岛实习软件工程，假期也不回来，家里的日子实在是孤单。微信是个伟大的发明，上面有个段子配着音乐和画面，我都感动好几天了，发给蓉蓉分享。

"狗深深地爱上了狐狸，可他们却遇到了死神。死神说，你们两个只能活一个，你们猜拳吧，谁输了谁死……狐狸输了，狗抱着死去的狐狸说，说好了一起出石头，为什么我出了剪刀，你却出了布……狐狸的自私，狗的忠实。有些人傻乎乎想输时，他已经赢了。算计别人，最后却算计了自己……所以，你一直善良下去，你就赢了。我选择厚道，不是我笨拙。我选择忍让，不是我退缩……"

"我宁愿做一条狗，现如今狗还是太少，遍地狐狸。"这是我的心得。

"谁像你那么傻。"蓉蓉不假思索地回答。

就听蓉蓉说，昨天三号楼的一个纱窗被风吹下去了，幸亏没砸到人。你检查一下咱家的窗户，是不是结实。我听了就是一惊，这要是砸到了人，可不是闹着玩的。赶紧四处察看，其实这东西会不会自己掉下去，哪能一下子看得出来。

这几天正闲得慌，我若总待在家里，她说我一个朋友也没有。我出去打了几次麻将，她又嫌我不顾家，害得本宫独守空房。我前一段跟老同学黄四毛成为了牌友，经常是一个电话就直奔过去。四毛因为颈椎病做了手术，我的牌局大大减少。但我打牌没瘾，也从不主动张罗，每次都是别人硬拉去的，一个"三缺一"犹军令如山。其实去了才知道，还得轮流上场，各打四圈。

今天一个朋友再叫，我还寻思着晚上没什么事，赶紧跟蓉蓉请假。我就感觉到了电话那头的不悦，果然老婆有令，今天得继续搬家。又说，难道交朋友就是喝酒打麻将，有没有一点别的爱好？

得，人家说得没错，恭敬不如从命。

其实只是剩了一些零碎，可就是这些零碎，搬家持续了整整一个夏天。前一阶段老岳母在新家住着，蓉蓉虽在假期，却总不得闲。老岳母刚走，就迫不及待地重操旧业。我想也对，是该结束了。

我是下了班才赶过来的，蓉蓉已经在这里待了一天，脸上挂着一丝疲倦。我坐在已经家徒四壁的房间里看着她忙碌，两个编织袋已经塞得满满当当。其实我的一贯原则是能舍则舍，新家用不着这些旧玩意。如果将来实在有用，临时置办也是不错的办法。蓉蓉却相反，她是能拿则拿，除恶务尽。

可是看着蓉蓉在厨房忙乎半天不见出来，我有点按捺不住。进来察看，她正用蘸了洗洁精的钢丝球费力地清洗一个放置咸盐味精的塑料器皿。我当时就有点兜不住了，劳神费力这是干什么啊。蓉蓉一边擦洗一边说，可以先放地下室。乖乖，咱家地下室虽大就一定要占满吗？

蓉蓉不予理会，一会又匆匆走进卫生间，把一个脏兮兮的皮碗子装进塑料袋。我脱口而出算了吧，你这是干什么呀，咱崭新的家里摆一个这东西合适吗？

等把编织袋搬上新家的时候，时间已经不早。好在刚才胡乱吃了晚饭，该洗漱睡觉了吧。蓉蓉却不肯，继续整理，还要把袋子里面的东西一个个归位。我同样无法插手，干脆趁早歇着。也不知过了多久，我躺在床上已经昏昏欲睡，就听外面动静大了起来。我太明白了，本来明天再做再好不过，她非要今天搞完，这不是赌气又是什么。

"搬家就是我一个人的事是吧，早知道就不住这个新房。就你明天上班，我明天还不休息呢。麻将玩一个通宵也不是问题，干这么点活你就要喊累。"

客厅墙上的挂钟"当、当"响个没完，已经临近子夜时分那是肯定的。就听她在客厅里大声吩咐："你出来，把这些垃圾扔下去。"

刚刚费老大劲搬过来的东西，她又要当垃圾扔掉，我没有理会。实在要扔，明天怎么就不行。

其实我很快就后悔了，我真应该立刻动手，我偏偏忘记了她的某些怪异脾气往往发生在这个时候。

就听到牢骚和埋怨渐次传来。

"谁家的老公都比你强。"

这是正面启发式。

"你看楼上楼下哪个男人像你这样？"

这是反面教育式。

一家家去考察别人家的男人，我还没这个打算。

除非顺便卖出几份保险，那势必还要深入考察每家的女人。

见我躺着不动，外面的动静又大了起来。我据理力争，或是好言相劝，都可能导致事态升级。可我若置之不理，就是公然蔑视，她难免就要变本加厉。我说你小声点，邻居都睡了，我早发现这房子的隔音不是很好。

"我愿意，我愿意。"这是她的六字真言，一着急就能派上用场。

"神经病。"我就觉得眼皮子打架，就要睡过去了。

突然就感觉后腰被人狠踹两脚，我猝不及防滚落在地，这才知道铺了木地板干骨头碰上去也是生疼生疼。

"让你装死！"

"干什么你，这大半夜的。"我怒吼道。

"谁让你发贱？"

"你他妈才发贱，好端端的不睡觉瞎折腾什么？"

"你，你！"

她操起一把扫帚冲了过来，我赶忙夺路而逃，她举着扫帚一通乱打。我从衣帽钩上抓了一把，一开门就跑了出来。扫帚簸箕紧跟着飞了出来，伴随着一声吼叫："去死吧你！"我顺着楼梯一路狂奔，身后传来一阵阵咆哮。

小区里黑黢黢的，我强压着怒火，像没头的苍蝇四处乱窜。我漫无目的地走着，远处传来蛐蛐的叫声。刚在水边的一个长椅上坐下，成群的蚊子立刻围拢上来，赶紧起身继续走路。我陷入了有家难回的境地，"啊——"，我冲着夜空一声大喊，两只野猫冲出树丛飞奔而去。

八

今天早上阳光灿烂，格外耀眼。路过汾河，只见波光粼粼，风情荡漾，鱼儿在游泳，野鸭在晨练，远处的橡皮坝上栖息着几只白色的大鸟。上班的人流车流依旧，祖国和人民又度过了一个祥和的夜晚。

来到单位，掏出手机察看，一个"友情提示"的短信说楼下正查迟到呢，各位小心为妙。这是一个好心的同事，我躲在大门外张望，果然人力资源部的副总经理张彦带着一个小干事手里抱着笔记本在查迟到。我抬手看表，刚好过了几分钟。心想不要触这个霉头，干脆先不要进去，转身找了一家早点摊吃了起来。

我们公司就是这样，时不时出来查一次考勤。而且出台了严格的惩罚措施，还实行"连坐"，迟到一次当事人罚款一百，该部门老总罚款五百。

用完早点再次来到大门前，张彦等人已不见了踪影，这才放心上楼。发现同事小常站在我的门前，掏出钥匙开门进来，正纳闷间，就听他气乎乎地嚷道："让他们处罚吧，开除我都行。"我想着这是怎么一回事呢，这大清早的，难道还有人比我的世界更加悲惨？刹那间我部门的几个人都挤了进来，七嘴八舌议地议论纷纷。我这才搞明白，原来是小常迟到并且被他们查到了。

就听小常义愤填膺地说："皮总，咱们再说一个老生常谈的话题，我们加班加点那么多，公司有过什么说法，还不都算是尽义务？加班不给加班费，说是总公司就没有这个规定，他怎么就不说违反了劳动法？这还不算，凭什么我昨天半夜回家没有人登记，今天晚来几分钟就要按迟到处理？哼，我就是不服气。事情已经做了，该杀该剐由他们去吧！"

我本来脑子就发蒙，好容易才听明白他说的话。我赶紧安慰，大家不都是这样吗。这时候大伙你一言我一语地发言，我渐渐明白了，小常的问题不只是迟到，而是心里不服。眼看着无数的加班加点无人理会也就罢了，偶然迟到个三五分钟就要登记，就要面临处罚，一气之下竟然把张彦手里的本子撕掉了。

小常还是气不过，摔门子出去了。几个同事也着急了，纷纷建言，是不是请皮总出面去找老齐打个招呼，要防止事态扩大，不要真把小常抓了典型啊。

我这才明白过来，难怪小常说"该杀该剐"。我不敢迟疑，赶紧出门上楼。就听见屋里还在议论，咱们领导昨天夜里怕是没睡好吧？

他妈的何只是没睡好，而是根本就没睡。夜晚被人像野狗一样暴打，白天了还得人五人六地冒充没事，还得道貌岸然地被人称作"皮总"，有谁能知道我皮某人的苦衷。

昨晚蹒跚着来到小区南门，见门房有个保安正边看电视边打瞌睡。看着我那样一副尊容好生诧异，我说出来扔垃圾不小心把自己锁外面了。保安很宽容地笑笑，呵呵，我也有过，小风一吹，门眼看着就碰上了。我说老婆出差了，在你这儿凑合一会吧。那保安还挺够意思，搬过一把凳子给我坐，还借了公交卡给我。我天一亮就跑到了单位，趁着上班时间未到摸进楼里。我十分庆幸门框上藏着一把备用钥匙，进门从柜子里拿到另一串钥匙，又掐着钟点回到小区。不忘记先到地库看那辆红色MINI在不在，该死的蓉蓉已经走了，我这才赶紧上楼洗漱、更衣，重新出来上班，一路唉声叹气。

老齐是人力资源部的一把手，必须面见老齐争得谅解。却见老齐办公室门开着，人却不在。打听一下，人家说齐总去了郁总那里了。我一听就着急了，老齐这是到郁国兴那里反映情况去了吧，这还不得给小常一个斩立决啊。手下爱将遭遇此等不公，我必须挺身而出。赶紧再往楼上追，说实话我现在最怕见的人就是这个郁国兴，可怕见也得硬着头皮见。来到郁国兴门前，就听办公室主任陶建国说，老齐刚走，郁总就在里面。心想坏了，老齐已经给我告了御状，还不赶紧争取主动更待何时。我强打精神，立刻就叩响了房门。

接下来的事情，足以让我下半生一直后悔下去。事情都是刚刚发生的，我当然还不知道，张彦她们并不是要记下迟到者的名字，拿着笔记本不过是虚晃一枪做个样子而已，充其量事后发一个通报，"部分员工有迟到现象"，敦促大家遵守劳动纪律就行了。小常的所作所为张彦倒是跟老齐报告了，张彦显然是很生气，人家也是在照章办事，这是招谁惹谁了。可老齐对她劝了又劝，此事不宜张扬，还需从长计议。人力资源部的人们当然清楚，加班和加班费从来都是两股道上驶的车，既然不能雪中送炭，就更不应该落井下石，这无疑是老齐平时用心良苦教导有方的结果。最关键还在于老齐上楼找郁国兴根本就是因为别的什么事，完全与早上的查岗没半毛钱关系。

我跟郁国兴说："郁总，我们最近经常加班，有时候一加就是半夜，职工们真的很辛苦啊。"

郁国兴伸手抓过一支笔准备签字，却并不见我递上什么材料，纳闷地看着我。我又说："可迟到一小会就要严肃追究责任，未免也太严重了，郁总是不是可以从轻处理，我们一定下不为例。"

郁国兴好像是明白了一点，可作为单位的一把手，因为有加班就要准许迟到，有关部门灵活掌握似乎可以，指望领导亲自点头好像没有道理。果然郁国兴说："没有纪律的队伍是不能打胜仗的队伍。而且说到加班，为什么不能在上班时间完成工作，偏要加班？你这个部门老总呀，要学会关心职工啊。"

话赶话就怕出岔子，反倒成了我不关心职工。赶紧又说，就更有点词不达意："公司又从来没有发过加班费，何况迟到确实是有原因的，能不能网开一面？"

可是领导并不总是这么细致耐心，何况今天的汇报本来就有点话不投机，郁国兴果然来了脾气："没有加班费就要迟到，这就是你说的正当理由？升官发财请走别路，贪生怕死莫入此门，这是黄埔军校的校训，难道你的职工连国民党的干部都不如？那就请他别干了，永和保险是只给他发不了加班费，还是所有的人都发不了加班费？"

我悻悻地从郁国兴那里出来，几天都闷闷不乐。您也看到了，我接连几次找一把手谈话，都是这样不欢而散，在领导跟前的印象非但没有提升，反而直线下降。难怪蓉蓉常常批评，你这个人呀，智商不高但还凑合，要说情商呀，压根就是不及格。

这个事情很快就传遍了整个公司，我这才搞清楚事情的来龙去脉。我为我的冲动懊悔不已，也为郁国兴的态度感到一丝恍惚。这几日正在惆怅，迎面就遇到了老齐。小人心度君子腹，我从心底涌上一股莫名的谦恭。

"北京有个怀柔，过去是县，现在是区。"老齐一边说着一边伸出厚厚的手掌在肚子上缓缓画了一个圈："就是说遇到事情要怀得下，揉得开。"看我片刻，似乎是懂了，又说："有人曾经问邓小平，在江西的那几年是怎么过来的。他老人家这样说，一是忍耐，二是等待。"

说罢在我肩上轻轻拍了两下，夹着一个笔记本匆匆走了。

我站在原地沉思良久，他这简单的几句让我感悟到许多。老齐，兄弟佩服啊。

九

太原的夏天最大的特点就是凉快，今年的平均气温仅为20.3℃，即使最热的七月份平均气温也只有26.8℃，昼夜温差一般都在10℃以上。这些年来，太原市大打旅游牌，宣传词也非常的朴实，"大家过来避暑吧。"

这几天却不同，潮湿黏热的气氛使人透不过气来，伏天到了。

我现在惧怕回家，蓉蓉为减肥本来就不吃晚饭，每天回去厨房里都是凉锅冷灶。有两次我索性在地摊上吃了油条老豆腐，回家也就为睡上一觉。走到我家楼下，那时雨还不小，可物业的几个工人还在拖着长长的管子冲洗地面。我当时就有些生气，差点开口骂他们，这帮家伙放着正经事不做，该作为的不作为，不该作为的乱作为。

没事的时候，我总喜欢在单位附近走一走。今天心里实在是憋闷，又一次走了出来。

四十五岁之前，在街上每看到一个美女，我总希望她是我的老婆。四十五岁以后，每逢遇到亭亭玉立的少女，我又觉得她是我的女儿该有多好。这就是一个中年男人的心路历程。

我从海子边走起，穿过上官巷，来到上马街，这里是太原市老城区的一部分。方圆不过几百米的地方，散落着几个著名的历史遗迹。狄梁公街长不过两百米，宽仅八米，纪念的是唐初名相狄仁杰。狄梁公街的中段东侧，是红墙掩映、古树森森的名刹崇善寺。创建于隋朝，传说隋炀帝北巡时以为行宫，唐高宗李治曾携武则天临幸于此。明晋王朱棡为纪念其母马皇后曾大规模扩建，同治年间一场大火，崇善寺大部被毁，仅存大悲殿和一些附属建筑，至今香火旺盛。巡抚张之洞在废墟上重建文庙，用来祭奠孔子的庙宇，正厅是大成殿，现辟为民俗博物馆对外开放。

历史深厚的街巷，如今已经面目全非。可我还是喜欢走一走，试图穿越时空去探寻先人的声音。

我问庙前打卦的大师，为什么我的收入逐月下降，各种福利也都被取消？

阿弥陀佛，善哉善哉。

我问寺庙里巍然屹立的佛像，我爱家庭谋事业敬神灵，为什么屡遭家暴的袭击？

放下屠刀，立地成佛。

我问庭院内参天的古木，怎样才能把女儿培养成出众的人才，如彭麻麻一样的女中才俊？

玉树临风，飒爽英姿。

我想问问先人，蓉蓉和我的纷争，该怨我还是怨她，这次的冷战要持续多久才算结束？楼上的邻居小薛，为什么我还要经常想到她，最近却不见踪影，反倒是赵伟民和他的混蛋总经理把我骚扰得不得安宁？

我的疑问在古刹的上空回响，成群的麻雀叽叽喳喳叫个不停。

十

我不无好奇地出了小区，在树荫里四下寻找。空气里湿度很大，不知道是不是又要下雨。我本来并不知道小艾是谁，不过当他说到"我是小艾"的时候，我立刻就明白了，一定是他。这时小艾再次打来了电话，话音依旧那么深沉，说，皮哥，就来这个鼓楼羊杂割吧，我在这儿等你，附近也没个茶社。天津叫羊杂碎，太原叫羊杂割，好多人都好这一口。可是小艾在这大晚上的叫我出来，难道就为这么一顿夜宵，要知道我跟他并没有太多的交情。

我循着扑鼻的香味走进大门，顿时勾起了我的馋虫。他果然坐在一个角落里，小桌上摆着两碗羊汤。我仍然好奇，看着他脖子里若隐若现的金链子，眼神里充满了疑问，怎么就他一个人，他这是要跟我唱哪出戏。他对眼前热腾腾的羊汤视而不见，幽深的目光让我心里发毛。

"皮哥，很抱歉打扰你，可我还是没有忍住。你可能还不知道，小薛，她已经走了。"

"什么？"我惊讶道，脸上的表情立刻就绷紧了。"走了"是什么意思，外国人考中文托福未必能弄得明白，但中国人太知道这个含义了。

"十天前，楼上掉下一个大窗户，正好砸在她的头上。也怪我，刚刚离开她几步，抢着去开楼宇门，就听身后很响的一声，事情就这样发生了。

那天，风不是很大，天上飘着细雨。我回头看的时候，玻璃碎片遍地飞溅，窗户框子严重变形。她手上还撑着伞，正蜷缩在那个大框子里一动不动，就像是一幅扭曲了的卢浮宫油画。浓密的头发里汩汩往外冒血，仿佛一朵盛开的鸡冠花。唉，救护车来的时候，她已经不行了，一句话都没说。我伏在她身上大声呼喊，可是她一点反应都没有，看都没看我一眼，就这样走了……"

我尴尬地说不出话来，震惊于突然听到的一切。想起来有一天下班回家，明明下着雨，可几个工人还是拿着胶皮管子一个劲地冲洗。我回家还在唠叨，这纯粹是有病，吃饱了撑的干这种没用工。

看着他又点燃了一支香烟，我这才寻思着问道："谁家的窗户呢，几楼的？他要负责呀。而且这么簇新的房子，房产商和物业也难逃关系。"

"谁家的，呵呵，"他苦笑一下，"二十八楼，正好是我家。物业的人当时就赶过来了，可他们说谁的窗户谁负责，这是有法律规定的，建筑物及其搁置物发生脱落造成他人损害的，由所有人承担侵权责任，就跟早就背好了似的。而且还说，房子都是权威部门验收过的，当初交房的时候你们也都亲自察看过，还签字确认了，质量不存在问题。"

我"啪"地拍了一下桌子，两碗羊汤颤悠悠地溢了出来，几个食客张望过来。什么他妈的验收，一罐八宝粥还有两年的保质期呢，住房这样的大宗商品难道当场验收就算合格？业主并不是专家，那么大的房子，怎么可能方方面面全都验收。

"其实我也知道，为这事打搅你，似乎缺乏理由。可是，可是在咱们这个封闭的生活圈子里，小薛唯一惦记的就是你。见面称呼你皮总，可她在睡梦里，几次都在喊皮大哥。我也知道，因为你曾经救过她。说来全怪我，那天跟我拌了两句嘴，突然就出走了，就赶上了大雨。"

我听着心跳立刻就快了起来，仿佛被人窥见了隐私，赶紧低头喝了一口羊汤。我无法明白，不久前的一次邂逅，会让这个年轻女子对我这个老男人留下难忘的印象。我暗想着自己何尝不是这样搞笑，上楼下楼总期待能再遇到她。

我还是第一次跟他说这么长时间的话，没料到就是这么的沉重。此时此刻我无法开口，静静地听他继续叙说。

"歆歆是个苦命的孩子，真的是这样。"我明白，这应该是小薛的小名，人家小两口在家里就是这样称呼的。"那天我本来是带她去医院检查的，怀孕都快三个月了，医生说一切正常，已经可以听到隐约的胎动。本来从医院回来，从地库下车直接乘电梯上楼就行，偏偏又去了门口的小书店买了几本母婴保健的书籍，这样就从小区地面上走了回来，还绕着花坛走了两圈，就赶上了这样的事情。现在想来，这都是在等着那一刻呀，那个该死的落地窗。她本来心境很好，是要认认真真做母亲的，唉，谁能料想。她上面有两个哥哥，老两口当初就是想要个女孩。她母亲生她的时候已经年纪挺大了，因为难产，死了。父亲一直没有再娶，把她当掌上明珠养大。因此，她娇生惯养，也过分敏感。而且，就在前年，我们结婚前一年，她父亲出车祸死了，你想想歆歆她有多么的难过。"

"恋父情结！"我心里惊呼，小薛在我身上的种种表现，想不到在这里找到了根源。我不知道这跟弗洛伊德的说法是不是一样，但那是一种强烈的心理依赖应该是肯定的。仔细想来，我对她何尝不是充满着一种莫名的关爱，有时竟至魂牵梦绕一般。

"这几天我一直在憋闷当中，一种强烈的感觉，想找人倾诉一下。他的两个哥哥不让我把歆歆火化，说是要找物业要说法。他大哥借口办事方便，把那辆奔驰也开跑了。我本来也是想有个结果再说的，听他们这么一说，他们的所谓说法，无非是想让物业再出一笔钱。我不想让尘世的烦恼再去打扰她，昨天就把遗体火化了，让她的灵魂早点安息吧。你想想，已经九天了，还要等到什么时候？

"她的二哥，也抓住不放，现在还在楼下等我呢。我不想再回那个家，说到底，那也是个凶宅。我知道他在惦记什么，他也知道歆歆买过不少的保险，办手续的时候是我和歆歆一起去的，数量还不少，印象中主要是些健康险和意外伤害险，光是保费就交了十来万。那几天你恰好不在公司，说是去总部开会了。我还专门陪她去做了体检，这才发现她已经怀孕了。我家是比较有些办法，这些年我一直跟我父亲做生意，主要是文化产业。结婚以后，钱的事情多由歆歆操心。后来，其实是认识你之后，买了一些保险。我也没太在意，投保本身也是理财，就是一种投资，这我当然清楚。那些东西我还没顾上整理，正好皮哥回去帮我看看，我想早点把事情了结了。下一步，我家的公司要在南方发展，我打算到深圳去，不想在这个城市多待，伤心地啊。

"我和歆歆是大学同学，是她跟着我从南方来到了这个城市。我们相识在学校的文学社团，每次活动她都要给我满含激情地朗诵'山寺月中寻桂子，郡亭枕上看潮头'，'春风又绿江南岸，明月何时照我还'。我则给她应答'悬瓮山前景趣幽，邑人云是小瀛洲'，'隋槐周柏矜高古，宋殿唐碑竞炜煌'。那是一个多么美好的时候啊，现在，我打算带着歆歆去找她的父母，虽然这有点不合常理，虽然她是我们艾家的媳妇。我总觉得是我亏欠了她，要是我按她的意思跟她去了南方，哪里会住进这个小区，又哪里会遇到这样的惨剧……"

我紧紧握住小艾的手不肯松开，心里默念着"兄弟啊兄弟"。我能察觉到，两个人的眼里都是泪水盈盈。

十一

有段时间了，我下班以后不急着回家，就这样在办公室一直坐着，看着电脑上红绿相间的各种图表发呆，一种即将崩溃的感觉。我的部门多项指标差强人意，到这个季底，势必要被公司问责。其实整个公司今年都在走下坡路，同业排名一再后延，但并非是因为我们不作为。郁国兴早就看我不大顺眼，找几双小鞋穿那是没有任何问题的，转正的念头更是没有着落。有同事悄悄给我反馈说，上次职代会以后，郁国兴跟人说，这个姓皮的，真是够呛，说我就是三国的魏延那样长了"反骨"的人。我的同学赵伟民打来的电话，我已经不想再接。想必他这个时候找我，不可能是给我还那五千块钱，我也懒得去问。他们已经起诉了，应诉属于理赔部的工作范围。理赔部的一个小伙子跑过来征询我的意见，还要我去找东明彩印公司协调一下，劝他们协商解决，何必要对簿公堂。我看着他刚刚理过的毛茸茸的短发，长长地舒了一口气，你们爱谁谁。

这次，小薛的意外身故赔款，因为是大额，郁国兴竟然说要"放一放再说"，甚至还怀疑刚交了保费怎么这么快就出事了，要我去排除"有没有诈骗的嫌疑"。这要放在平时也属正常，可这回我却怎么也按捺不住，冲上楼去对他好一阵声讨。我也不知道怎么会如此冲动，老齐的"怀柔"之说我是万难做到。反倒是他直愣愣地呆在了那里，平时看惯了下属们的低眉顺眼，皮某人今天何以这样意气用事。想必得罪了顶头上司，我无心理会，这些天来满心想着再来一次跳槽。

时间过得很快，当你还在怀念夏日里姑娘们的短裙的时候，秋风已起，落叶萧下。虽然飞雪连天的冬日也能看到穿短裙的姑娘，但不管她穿得再怎么风骚，也穿不出夏天的味道。

迷离之中的我每天恪守着从家到公司两点一线的生活轨迹。其实自上次被关以后，晚上回家总要看看手表，临近十点我宁肯绕道南门，免得再被关进去，我不想再跟那个物业发生一点关系。我是个唯物论者，我不相信鬼神之说。可最近每逢走在小区的夜路上，总觉得有一种令人惊悚的氛围，惨淡的月光照在石板甬道上，小树林里透着袭袭阴气，一个孩童的叫声也能让我哆嗦。

以前收看《探索与发现》这类的节目，一个深山峡谷每到电闪雷鸣时常有战马嘶鸣和刀剑砍杀的声音。专家分析说这里是古战场，遇到相同的气象条件，储存在地质结构里面的记忆就会像播放磁带一样重现出来。

这也许是今年的最后一次降雨，一场秋雨一场寒，我懵懵懂懂还是走进了西门那个狭窄的过道。突然间，就有了一种飘飘摇摇的感觉，眼前的一切仿佛都在颤动，就像是在演一出电视剧，是《聊斋》，或者是新版《红楼梦》。我一愣神，身后分明有人在喊"大哥、大哥"。我一回头，潮湿的空气里荡漾着一个桃花般的笑脸，一闪又不见了。

一股秋风刮过，铁栅栏外面依旧是车水马龙，路灯璀璨。车尾的灯光，就像慢镜头一样拖曳着长长的光带慢慢远去。绵延的秋雨渐渐停了，举头望去，黑魆魆的几座高楼中间，有几颗星星依稀闪烁。

（原载《黄河》2016年第5期，获第三届金融文学奖中篇小说奖）

作者简介

　　刘宏，中国金融作家协会会员，著有长篇小说《银海浮生》，中篇小说《特别信用》《姹紫嫣红》等。现供职于中国工商银行山西省太原市分行。

德贵

■ 高建武

一

德贵一家来到甘庄的时候已经半夜了。

风很冷。大宝说，爹，我走不动了。二宝说，爹，我也走不动了。三宝不说话，在他娘背上睡着了，他才一岁半，还不会说话。

其实德贵也走不动了。他们一家五口晌午从高家店启程，已经在荒郊野地里走了多半天，他才吃了一个玉米面窝头，肚子早就咕咕响了。他看了看桂香，桂香的喘息声显得有点急促。桂香说，他爹，怎么也得找个村子，才能歇宿啊。

这时候，大宝先看到了远处的一点光亮，他兴奋地说，爹，有灯。

那是一盏挂在树干上戴着玻璃罩子的煤油灯，俗称气死风，火苗很微弱，就要熄了，但在暗夜里也显得极为明亮。这一点处在弥留之际的灯火，完成了将德贵一家接引到甘庄的使命。那点灯火在德贵的记忆中如此深刻，以至于多年之后，德贵每次回想起那盏决定他一生归宿的灯，总感叹说，那是狐仙看我一家可怜，给指条道儿啊。

暗夜中的村子里，矗立着许多房子，一幢幢的，偶尔不知从哪里传出一两声狗叫。德贵试着敲村口一家的门，在篱笆外头低叫，老乡，有人吗？里面静悄悄的，没有一点声息。桂香说，别叫了，人家都睡下了，不好。

德贵就住了口，打量周遭儿，看到对面有个又黑又高的东西，像是个大土台子。走近一看，是一座废弃的破砖窑。

德贵一家在砖窑里安顿下来。窑内地面还算平整，散落着几根木料。德贵将木料抬到了一边，清理出一块空地。桂香从包裹里取出破破烂烂的铺盖，铺展了，将三宝先放下。德贵从怀里拿出窝头，递给大宝二宝说，趁热吃吧。二宝先咬了一口说，爹，不热。德贵说，我肚子就是个小暖炉，怎么不热？不信你问你哥。大宝本来也觉得不热，但爹这么一说，就不太好表态，也就不吭声，几大口将窝头吃下肚，咂着嘴，意犹未尽的样子。德贵嘟囔说，半大小子，吃穷老子。桂香说，大宝正长个儿哩，就把自己的窝头掰了多半个给了大宝。

几个人躺下来。二宝刚躺了一会儿，就又嚷冷。也难怪，砖窑里面虽然遮风，毕竟露天，跟野外的气温一样低。德贵有些不耐烦，骂道，老子上辈子不知道欠了你多少，养你这么个讨债鬼，我们都不冷，你冷什么冷？二宝就不敢吭声了。过了一会儿，桂香听到二宝的牙一直打架，就对德贵说，他爹，二宝是真冷。德贵赌气说，那怎么办，我把棉袄脱下来给他，冻死我算了。桂香说，我也没说让你脱棉袄，这样，刚才我看见砖窑旁边有个麦秸垛，你去抽些麦秸来。德贵说，没征得主家同意，怎么好动人家的麦秸。桂香说，咱们又不要他的，明天一早送回去不就是了。德贵想了想，就站起来出去了。

在地上铺了一层麦秸，又在破棉被上盖了一层，感觉似乎暖和了不少，二宝也不再喊冷。德贵躺下来，闻着麦秸的清香，仰望着天上若隐若现的星星，出了回儿神，问桂香，他娘，今儿个几号了？桂香说，记不清了，我只记得今儿个是"二九"的第一天。德贵说，"一九""二九"不出手啊，马上该大冷了。桂香问，他爹，咱们还往南走多远？德贵说，我也不知道，走着看吧。

二

住在村东的满囤，清早起来上茅房。透过荆条间的空隙向外瞭望，发现他家的麦秸垛少了一块，地上还有稀稀落落的麦秸，一直延伸到他家对过的破砖窑里。

满囤拉完了，提上裤子，就把角落里的粪叉拎在了手里。他想，肯定是个黄鼬，偷爷爷家的麦秸，准是要生小崽哩。

他双手握住粪叉，蹑手蹑脚向砖窑逼近。离窑口还有五六步的距离，他屏住了呼吸，将叉头抬高，做好了和黄鼬开战的准备。突然，砖窑里传出一声孩子响亮的啼哭，满囤吓得一哆嗦，险些将粪叉丢到地上。他咧嘴笑了笑，心想，不是黄鼬，是人。

三宝醒了，让尿憋醒的。桂香睡眼惺忪地抱着他出了窑口，陡然看到一个黑脸汉子挺着锃亮的粪叉站在面前，吓得尖叫一声。德贵听见了，急忙冲出窑口，看见满囤，也不禁哆嗦了一下。

满囤问，你们是干啥的？德贵说，逃荒的。满囤将粪叉垂下，又问，哪儿人？德贵说，内蒙古。

满囤打量了德贵一家的装扮，说，作孽呀，收拾东西跟我走。德贵和桂香狐疑着对看了一眼，有点不知所措。满囤就有些不耐烦，说，到我家去暖和暖和，怕什么，还能吃了你们一家三口。

桂香先醒过味来，将三宝递给德贵说，我去拾掇东西。德贵一边给三宝把尿，一边纠正满囤说，不是三口，还有。看到又出来两个破衣烂衫的男娃时，满囤乐了，呲出一口黄板牙，赞扬德贵说，你还挺能整。

满囤家是三间低矮的土坯房，院子不大，院墙都是篱笆扎成的。德贵看去，正是自个昨夜叫门的那家，就和桂香对视一眼，笑了一下。掀开棉帘子，满囤引一家人进去。中间的屋是灶屋，墙熏得黑乎乎的，一个胖女人正在往锅里添水。满囤说，招娣，多添两瓢水，来客了。

这个"客"字，让德贵心里一下子热乎乎的。满囤的媳妇招娣将了将额头垂下来的头发，看了看进来的一帮人，唔了一声，从缸里又舀了两瓢水倒进锅里。想了想，又多加了半瓢。

东屋堆的都是物什杂货，满囤将德贵一家让进西屋去。炕上睡着一个孩子，看脸盘岁数和二宝差不多。满囤就叫，狗蛋起来！来客了！桂香忙说，别叫孩子，让他睡吧。但狗蛋已醒过来，揉揉眼看到这么多人，吓了一跳，一骨碌爬起来。

屋里火炕占了半间，烟道通过火炕，烤得暖烘烘的。满囤说，孩子们都上炕，嫂子你也上去，炕上暖和。德贵就坐到炕前的一条板凳上。这时二宝又说，爹，我冷。德贵刚要呵斥，满囤说，你婶子正在熬棒子面粥，灶里一点火，一会儿就烫你的屁股。德贵说，给你添麻烦了。满囤说，客气啥，逃荒不容易，我爹当年也是逃荒到这儿的，我祖上是河南人。桂香看了看德贵，将包裹解开，说，也没啥金贵东西，这点东西给大兄弟，莫嫌寒碜。满囤刚要摇手，见桂香拿出了几张黄蒲扇似的烟叶，眼睛一亮说，嫂子，这是内蒙古烟吧。桂香说是。满囤就说，这个就收下，内蒙古烟劲儿大，好抽。

一会儿，棒子面粥的清香透过门帘传了过来。大宝抽抽鼻子，嘴里喷喷有声。桂香就瞪了他一眼。二宝蜷缩在墙角，一直用眼瞟狗蛋。狗蛋也看二宝，俩人对了眼神，就又都迅速移开视线。满囤问德贵，原先在内蒙古什么地方，德贵说，靠近河套那块。满囤说，都说河套富裕，怎么还有逃荒的？德贵说，村村闹运动，地没人种了，又赶上黄河发水，淹了地，还淹了家，全村老少都南下逃荒了。

招娣端着一屉热气腾腾的窝头进来，满囤从墙角搬下一个小矮桌，放在炕中央。桂香说，妹子，我也帮你做点啥吧。招娣说，不用，嫂子这么大老远来，赶紧吃口热乎的，暖和暖和身子。说完，又出外屋端进来一盆腌咸菜，说，先吃，先吃，都别愣着。

五碗金黄的棒子面粥也上了桌。满囤说，老哥，你们先吃，家里碗不够，咱轮着吃，反正粥在锅里也凉不了。德贵赶忙说，我们带着家什哩。就从包裹里取出两个大搪瓷缸子，上边缺了好多瓷，露出一块块的黑铁皮。

大伙儿围在桌边开吃。二宝偏又不动筷子，说，爹我想吐。德贵变了脸说，小兔崽子，你叔你婶是老天降下的活菩萨，周济咱家来了，你再胡说八道，我就把你扔到到雪地里，冻死你。二宝哇的一声哭了。招娣见二宝脸色通红，觉得不对劲，就把手掌放在二宝的额头上，哎哟一声，说，这么烫，敢情孩子是发烧了。

桂香赶紧凑到二宝身前，将他搂在怀里，将脸贴在他额头上，也慌起来说，就是烫。招娣就叫满囤去请村里的赤脚医生。满囤应了，站起来披上棉袄。德贵说，不急，穷人家的孩子没那么金贵，就是夜里冻着了，吃口热的，发发汗就好了。满囤自顾自地一边往外走，一边说，不远，我去去就回。

村医很快就来了，是个中年汉子，穿着一件脏乎乎的白大褂，背着一个旧皮箱。二宝脸上露出了恐惧的神色，说，我不打针。村医咧嘴笑了，问，几岁了？二宝说，七岁。村医摸摸二宝的额头，说，不用打针，然后开了箱子。箱子里装得挺满，有好多纸包，还有一个铝盒。村医打开铝盒，二宝先瞥见盒里有一粗一细两个注射器，就一哆嗦，露出了要哭的表情。村医却没动注射器，拿出一个细细的玻璃棒，说试试体温。桂香把二宝的领口拽开，村医将体温计从二宝的领口塞到腋窝，对二宝说，夹住。二宝一夹，很凉，又一哆嗦，心里更加不安。村医打量了德贵一家，问从哪里来。德贵忙说，内蒙古。村医说，内蒙古我去过，有个炮台营子。

过了一会儿，村医取出体温计，对着亮光转着角度看。二宝屏住呼吸，像接受宣判似的，一直盯着村医眯成一条缝的眼。村医看了半晌，说，三十九度二。又从箱子里拿出一个听诊器，说，再听听。桂香帮着把二宝的棉袄撩起来，村医将听筒叉开放进耳朵眼，然后把那个锃亮的小圆盘摁在二宝的胸脯上。二宝觉得圆盘比刚才的玻璃棒更凉，就哆嗦了两下，然后觉得那个小圆盘一凉一凉地分别印在胸脯、肋骨两边。村医说吸气，二宝就吸气，村医说呼气，二宝就呼气。

村医停止了诊断，转头对德贵说，没大事。二宝刚松了口气，却听见村医又加上了一句可怕的话：打一针吧。

德贵和桂香还没表态，二宝先发表意见：我不打针！

桂香问，得多少钱？村医说，一次四毛钱，得打三次。桂香脸就红了，说，不打针的话，几天能扛过去不。招娣细声细气地说，孩子的病可不能耽误，嫂子你别为难，我这儿有钱。德贵搓着大手，看了看桂香。满囤从板凳上站起来，挥了挥手，下了结论：打吧。

二宝继续抗议道：不打针。村医显然没考虑他的意见，将注射器和针头拿出来，教招娣用开水煮煮。二宝屁股上已预感到疼痛，哇的一声哭了。一直没说话的狗蛋说，没事，我打过，不疼。二宝哭着说，疼。狗蛋说，真不疼，我上回打了三针，一次也没哭，蝎子蜇才疼哩。二宝抽泣了几下，止住了哭泣。

真打针的时候，二宝感觉并不像狗蛋说的那么不疼，但似乎因为狗蛋的话，也显得不是特别疼。二宝居然忍住了，只咧了咧嘴，没有再哭。

送走村医，吃过饭后，满囤问德贵一家准备去哪儿。德贵说，讨饭么，走到哪就到哪。满囤说，再往南走就是河南了。河南也闹水灾，有些地方给黄河淹了，往北逃荒的更多，也都跑到这里来了。德贵一听这话，心里凉了半截。当初从内蒙古往东南来，只是想离那条暴躁的大河远点，没想到走了这么多天，竟然还没走出它的势力范围，而且它也一路追着流到南边来了，还闹得更凶。德贵就有点上火，垂着头不说话。招娣在一旁插话说，孩子还病着，先安顿下来，等他病好了再商量吧。

德贵看了看桂香。桂香说，大兄弟，你家也没地方，我们这么一大家子人，怎么也不能再给你们添麻烦了。满囤把那几叶旱烟拿起来，对德贵说，老哥，走，你跟我去找村长。

整个甘庄不大，像是一块瘦长的红薯。主街就一条，从东往西贯穿。大部分人家都零乱地分布在街的南北两侧，一路看去，都是些低矮的土坯房子。从地势看，甘庄西边高，东边低，村西外不远就是一些土岗子，再远就可以望见黛青色的群山了。

村长赵富贵住在村西头，一溜三间青砖房，在众多的土坯房中非常显眼，比土坯房高出一米左右，檐角、门楣上还有些砖雕，上边雕着山水、花卉。德贵难得见一回青砖房，上下端详，很是羡慕。满囤喊了一声村长，就径自领着德贵走进屋里。

村长赵富贵五十多岁，手里握着个烟杆，正慵懒地靠在被褥上打盹。满囤将烟叶放在炕头的笸箩里，对赵富贵说，村长，你看看这烟叶。赵富贵睁开眼，看了看烟叶的成色，又拈起一片凑到鼻端闻闻，说是好烟。满囤就得意地说，是正儿八经的内蒙古烟哩，这位老哥送的，来一锅尝尝。赵富贵撕了一小片烟叶，用手心搓碎，在烟锅里压得实实的。满囤给他点着。赵富贵深吸了一口，陡然发出一阵咳嗽，眼泪都呛出来了。德贵说，别吸猛喽，劲儿冲。赵富贵擦擦眼泪，看了德贵一眼说，这烟真不赖。

吸着烟，满囤就说了德贵家的难处。赵富贵眯着眼说，满囤你也知道，咱是个小村，空闲的房子可没有。满囤说，村委会办公的房子能不能给挤挤，反正就几天。赵富贵嘿嘿笑，说，村委会和村小学在一块，就两间房子，其中一间还给老师办公用了，哪还有地方，再说了也没土炕，也没锅灶。满囤就有点着急，说，村长，你是万事通，给想个辙呗。赵富贵巴嗒着烟袋锅，眯着眼想了半晌，说，有个地方倒可以凑合住几天。满囤搔搔头说，哪里呀？赵富贵狠吸了口烟，吐出来说，就是老芍根的窑洞。

满囤皱眉说，好是好，可——赵富贵打断他的话，说，我知道老芍根刚死两个多月，有一点腻歪，但这老头儿是个老好人，活着的时候心善，死了也不会跟人为难的。他的窑洞还不赖，清理清理可以住。满囤说，先去看看吧，不行再说。

赵富贵拿了个笤帚，取了两炷香，和满囤、德贵向村西而来。村西都是高岗，起伏挺大，从北往南流过一条小河。河上一座土桥，过桥不远，再向北走十余丈，就到了老芍根的窑洞前。窑洞在一个土崖下边，崖势不高，窑门也不大，但门前的空地挺宽，都是白白的积雪，显然好久没人来过了。窑洞的破门半开，里面黑乎乎的。几根木条钉成一个简陋的破窗，上面挂着几片灰黄的床棂纸，在风中瑟瑟抖动。

满囤拉开破门，先走进去。德贵跟进去，鼻子里先闻到一股霉变的浊气，等适应了里面的黑暗，看到洞里有一丈见方，最里面一个半米高的土台，散着一些旧麦秸，显然是睡觉的地方。地上散落着破瓦罐、泥火炉、烂棉絮等东西。顶子是拱形的，贴着些脏乎乎的纸，墙面给熏得黑黢黢的，钉着几个挂家什的小木橛子。

满囤摇摇头说，恐怕不大行。赵富贵说，主要是欠收拾，收拾收拾就整齐了。德贵从没住过窑洞，抬头看着仅比头顶高不过两尺的洞顶，担忧会不会哗啦一声塌下来，但嘴上含糊着说，逃荒么，啥地方都住过，这总比露天地儿强多了。赵富贵说，住个几天，又不长住，没啥子问题。

赵富贵将两炷香点着，在窑洞里鞠了一躬，说，老芍根，你死了，阴曹地府有了新房，这里住不着了，留给别人挡风遮雨，也是积阴功的事，来世托生个好人家，这辈子打了一辈子光棍，下辈子保准娶三房媳妇。念完了，说，拾掇拾掇吧，就出门了。

满囤和德贵将乱七八糟的东西往外清理。满囤拎起那个小泥炉子看了说，还能凑合用，腿断了，垫半截坯就行，就留下了。德贵试着关了关门，见门板有点走形，关不严了，从外头找了块石头，砰砰砸了几下，再试，就关上了。

　　两个人收拾完杂物，开始清扫尘土。忽听洞外有人喊，满囤，出来搭把手。满囤和德贵出来一看，见赵富贵左手拎着个麻袋，右手提个盆子和半小布袋东西，胳肢窝下还夹着两个包袱，很吃力地走过来。

　　二人赶紧接应。麻袋里是一袋炭，小布袋里是半袋玉米糁子。包袱里分别是一块旧毡、几片塑料布。德贵以为村长领到地儿就回去了，没想到他又拿来这么多东西，眼睛就有些发热，说不出话来。赵富贵却像没事似的，看了看土台子，对德贵说，东边土坡下头有个麦秸垛，你去抽麦秸。德贵说，就住几天，不用这么麻烦。满囤说，住一天也得像个样子。又嘻嘻笑说，多抽，抽他娘半垛。村长家的麦秸，不抽白不抽。

　　桂香和大宝、三宝过来的时候，新家已经初具规模。炕上垫了厚厚的麦秸，麦秸上铺了一块毡，门窗上都订上了塑料布，墙洞里的煤油灯也吐着红红的火苗，地上的泥火炉里木炭烧得正红，显得窑洞里亮堂堂、暖烘烘的。

　　德贵让大宝喊村长大大。赵富贵应了，又看了看桂香抱着的三宝，笑着对德贵说，你比我强，生了两个男娃，不像我家里四个黄毛丫头，弟媳挺会生养哩。招娣正好兜着几个窝头过来，说，哪里是两个，还有一个躺在我家炕上。赵富贵更是羡慕，对德贵说，三个大柱子，你老了就有福了。招娣笑着说，让嫂子再努把子力，接着生，迟早生出男娃来。赵富贵摆摆手说，地不行，种土豆总是结南瓜。你头胎就生了男娃，就是比你嫂子争气，地好，回头我专门向满囤兄弟把你借来，给我也生个男娃。招娣就红着脸，呸了一声。

　　德贵一家暂时有了歇脚的地方。招娣说，二宝闹着病，就在我家睡火炕，有狗蛋和他玩，也不会认生。你们一家四口在窑洞住一宿，不行再想办法。

　　窑洞里很暖和，大宝和三宝一早就睡着了。德贵和桂香躺在松软的炕上，怎么也睡不着，一直念叨村长和满囤一家的好。夫妻俩觉得这个地方的人真是实诚，天底下都难找，可自个啥都没有，真没法报答人家。

三

二宝的烧很快就退了，但大宝下坡时腿又扭伤了，德贵一家又被迫住了半个多月。这些天里，满囤一直给他们送粮食、棒子芯和木炭，赵富贵又借给一只水桶、一把铁锨。德贵过意不去，找满囤看有什么活计帮着做。满囤说，现在都进腊月了，又不是农忙时节，没什么活计。

德贵和桂香商量，觉得欠人家的太多了，得赶紧走。这天清早，到满囤家辞行。这一段时间，二宝一直在满囤家住，和狗蛋已经好得跟一个人似的，片刻也不愿分开。他正在炕上和狗蛋玩顶牛，听爹说要走，就发表意见说，爹，不能走。

德贵说，小孩子别瞎掺和。满囤说，还有二十多天就过年了，要走也得过完年再走。桂香说，逃荒的还管啥过年不过年？整天吃你们的，喝你们的，我们心里头不落忍。满囤说，今年没有赶上灾年，苞米还有富余，再在村里各家各户讨换一点，总能挨过去。又问，你们准备往哪儿奔？德贵就迟疑了，说，本来还想往南，但这两天来了两拨讨饭的，都是河南人，听说那边水灾厉害，还闹起了疟疾，死了不少人。看来只能往山西走了。招娣说，山西也好不到哪儿去，赵老根的大儿子在大同煤矿挖煤，前一段也回来了，说那里搞串联，煤矿都停工了。桂香就红了眼圈，说，那可怎么办，哪儿都不能去了呀。招娣就说，嫂子，你们走到哪里是个头？依我看，不如干脆在我们村落户算了。

德贵和桂香都吓了一跳，这个事可从来没想过。满囤说，那敢情好，不过庄户人最要紧的是地，光靠生产队不够，还得有自留地。招娣说，老芍根的自留地不是荒着嘛，找找村长，划过来不就行了。满囤就拍拍手说，我怎么没想起来？走，找村长去。招娣说，你这个急捻子，连个屁都压不住，你总得容大哥大嫂合计合计吧。

德贵卷了根烟，默默抽着。桂香说，这么大的事，我们还真得好好合计合计。招娣说，走也好，留也好，怎么也得过了年再说。你们两口子放心，有我们吃的，就有你们吃的。现在光景好多了，不比老辈人的穷日子。

躺在窑洞的土炕上，德贵两口子失眠了。德贵说，咱原先思量在外讨几年饭，等大宝能帮上手了就回老家去，可是到这里，又不知该往哪里走了。桂香说，一路过来，就属这里人性好，光景也好，不行就先在这里过一阵子，也不用麻烦满囤兄弟，咱可以在四邻八村讨口饭吃。德贵说，老人们都说穷家难舍，故土难离，这里比老家好，不假，可是毕竟不是咱的根啊。桂香说，哪里有房子，哪里就是家，就是根。德贵说，我心里头还是觉得咱的家，就是内蒙古的干打垒好。桂香说，干打垒有什么好，水一泡，就是一滩泥。德贵说，看你的意思是想留下？桂香说，我不是非留下不可，我是发愁回内蒙古咱全家人住哪儿，啥都让水冲没了。桂香的鼻子就有些发堵，声音也发颤了，说，我过怕了这没房、没家的日子了。

两口子也没合计出个头绪。次日，村长媳妇来了，拿来一摞红纸，问桂香会不会剪纸。桂香做姑娘的时候常剪窗花，就说试试。当下剪了个年年有余，一个胖娃娃抱着一条大鲤鱼。村长媳妇说，妹子的手真巧，比我强多了。你剪吧，剪完了，年前我拿到集上卖去。桂香琢磨村长的恩德正没法报答，正好帮着干点手工活，就应承下来。

这一剪就剪了几天。村长媳妇再来的时候，一进窑洞的门就呆了。满墙都挂满了各式各样的红窗花，红彤彤一片，漂亮极了。桂香就一幅一幅给她讲，这是孔雀开屏，那是五谷丰登，这是天女散花，那是大闹天宫……村长媳妇说，妹子你准是七仙女下凡，剪得这么漂亮，可得教教嫂子。桂香就不好意思了。村长媳妇拿走了窗花，后晌领着大闺女过来学剪纸。桂香耐心地手把手教，偏偏那娘俩都手拙，剪得乱七八糟。桂香白费了半天力气，最后还是退回来教她们剪简单的，比如双喜字、双福字等等。

德贵这几天没事，就到满囤家，一边唠嗑一边帮着搓棒子。玉米棒子经过一秋天的暴晒，又干又脆，一搓就劈里啪啦乱迸，筐箩里都是金黄的玉米粒。满囤又和他唠起落户的事，德贵就叹气说，背井离乡的，也没个亲戚依靠，心里孤单得慌。满囤说，这里人性好，不欺负外乡人。别看我生在这儿，但从我爹那辈儿论也算外来户，也没亲戚，你来了，咱们两家就是亲戚。德贵心里又热了起来。满囤接着说，咱这里的地肥，往北三里就是灌渠，掘一锹就引过水来，一茬棒子一茬麦，年年都是好收成。德贵踌躇说，再合计合计。满囤就着急了，说，有啥合计的？我已给村长说了，村长说没啥问题，就是老苟根还有个远房侄子，抽空儿得和他说一声。德贵没想到满囤已找了村长，脸一下子热了起来，问，已……已经说啦？满囤说，已经说啦。

回到家，德贵像醉酒似的头重脚轻。他知道做决定的时候到了，心跳得很激烈，拉桂香出窑洞的时候就有些呼吸急促。桂香看着德贵微微涨红的脸，隐隐领会到一定是大事，就很认真地看着德贵。德贵说，桂香，你说走还是留？桂香说，你是一家之主，你说了算。德贵摇头说，这次我听你的。桂香说，二宝说留。德贵说，小孩子说话顶个屁，你说。桂香说，满囤家和村长家都对咱们这么好，要是走了，今生今世恐怕就报答不了人家了。要是不走，光景好了，咱还可以还还人情债。德贵说，你别绕圈子，直接说走还是留。桂香的呼吸也就急促起来，不做声。德贵说，你是想留下吧？桂香还是不说话。德贵说，留下就点头，要走就摇头。桂香沉默了一会儿，微微点了一下头。德贵一拍大腿，说，行！哪里的黄土不埋人，留下就留下。

隔日，德贵拉上满囤，来到村长家。赵富贵说留下好，让媳妇去叫老苟根的侄子。老苟根的侄子住村南，不到一锅烟的工夫来了，是个瘦小的汉子，眼珠转动得挺活络。赵富贵说了要把老苟根的自留地划给德贵的事。瘦小汉子扫了德贵两眼，蹲在炕边，咳嗽几声，说，我叔走了，窑洞闲着，别人住也就住了，我做晚辈的也说不出啥来。地可不是小事，毕竟是姓宋的地。我本来想过年的时候给村长提提这个事，想把这些地种起来，总荒着也不是个事嘛。赵富贵说，村里人都叫你鬼难拿，就是没叫错你。你絮絮叨叨说了半天，我问你，老苟根活着的时候，你是送过一碗水还是送过一粒米呀，老苟根死的时候，你是置办过寿衣还是买过棺材呀？瘦小汉子有些难堪，说，我知道是村长和几个老叔凑钱给我叔送的终，谁叫我家里穷哩。我就是心疼老宋家的地，旁的意思没有。赵富贵就冷了脸说，我再给你上一课。这地是国家的地，不是你老宋家的地，是国家包给你的，这是一；老苟根死了，他是五保户，按规矩他的地该村里收回来作为机动地，怎么也轮不着你种，这是二；我现在告诉你这个事，是尊重你，是给你脸哩，这是三。旁的不说，我就问你一句话，是我说了算还是你说了算？瘦小汉子马上赔了一副笑脸，说，叔，你别急么，当然是你老说了算。赵富贵挥挥手说，那就这么定了。瘦小汉子龇龇牙，装出很心疼的样子，说，六分多地呀，要不，让他给五块钱吧。又涎着脸伸开五指强调，就五块钱。赵富贵说，给你五个大嘴巴。

地的事就这样定下来了。到年根的时候，村长媳妇过来，交给桂香四块六毛钱，说是卖窗花的钱。眼看就过年了，买点过年的东西。桂香还是推脱，村长媳妇就把钱扔在炕角走了。桂香拿着钱，觉得烫手，眼泪就下来了。德贵拎了桶水进来，听到桂香的鼻子不对劲，一看吓了一跳，问怎么啦？桂香就亮了亮手里的钱。两口子商量了一会儿，出门往北而来。

王家铺是个镇，在甘庄村北五里之外，今儿个是大集。年关到了，都是赶着买年货的。德贵和桂香转过来转过去，不知道买什么好。还是桂香做主，买了三斤猪肉，一斤腥油，二斤白面，又扯了几尺布，买了点针线和盆盆罐罐等家什。还剩一块二毛钱，桂香要给德贵买个帽子，德贵说，那个破帽子还能凑合，倒是该给你买把梳子，你那把齿都快掉光了。两人争执了一会儿，都放弃了，桂香就把剩下的钱揣进了兜里。

二人回到村里，把猪肉给村长送了一斤，给满囤送了一斤。两家都不肯收，推让了半天才收下。两口子刚回到家，村长媳妇就让二闺女兜来六个鸡蛋，招娣也拎来半筐土豆和两棵白菜，又推让了半天。

大宝见爹娘买回了肉，高兴极了，流着口水问啥时候吃。桂香拍拍大宝的头，说，小馋猫，别急，过年娘就给你包饺子。二宝回来，低着头在盆盆罐罐里翻了半天，问，怎么没有买鞭炮啊？德贵见他疯了一天，气不打一处来，在他屁股上打了一巴掌，说，还想放炮，放个大屁吧。二宝气恼地梗起脖子，说，狗蛋就有炮，一百响。德贵还要动手，桂香揽住二宝说，别使性子，明年过年娘一准儿给你买，二百响的。二宝固执地说，不行，挣开桂香的胳膊跑了。

终于过年了。一家人凑在一起吃饺子。看着大宝二宝狼吞虎咽的馋样子，桂香高兴之余，又有点伤感，对德贵说，孩子们跟着咱们受苦了，长这么大，肉腥都没尝到几回。德贵说，往后日子越来越好，没准儿还天天吃肉呢。桂香就笑，说，你在做梦啊。

初一一大早，桂香叫德贵带着大宝、二宝，到村长、满囤家去拜年。

德贵先到村长家，让大宝、二宝给赵富贵两口子磕了三个头，说，你们哥俩一辈子不能忘了大大和大妈的恩德，往后年年要到这儿来磕头，以后我不在了，也得年年来，不能忘。赵富贵就笑呵呵说，你不在了，我们两个老家伙还会在么？不用磕头，这些老礼早就不时兴了。抓了几把花生，给大宝二宝的兜里塞满，又说，有男娃真好。

往满囤家走的路上，大宝问爹，到满囤叔家就不用磕头了吧，村长大大都说了不用磕。德贵说，你懂什么，你们是替爹磕的。到了满囤家，大宝二宝又跪下磕了三个头。招娣说，都什么年代了，不用磕头。二宝就干干脆脆地说，是替我爹磕的。德贵的脸就涨红了。

春暖花开的时候，德贵领着桂香、大宝用铁锨翻地。肥沃的黑土翻开，发出浓郁的香气。德贵觉得特别好闻，身上充满了劲儿。满囤帮着种上了春玉米。桂香又在窑洞前的空地上开辟了两畦菜地，撒上了菜籽。半个多月的工夫，地里家里都是一片翠绿。招娣家的老母鸡孵出了一窝小鸡，给桂香送过来六只。三宝刚学会走路，趔趔趄趄地追毛茸茸的小鸡，嘴里还吃力地嚷嚷，鸡鸡，鸡鸡。

德贵加入第六生产队，队长是满囤。白天德贵和大伙儿出工，一天记八个工分，抽空也拾掇拾掇自家的地。给庄稼浇了两遍水后，没活儿了，满囤招呼德贵帮着去山里砸石头。两个人拉着架子车，天还黑着就上路，一直往西走，西边二十多里就是山。到了山根，满囤指着一起一伏的群山给德贵介绍，这是苍耳山、那是老鹰山，那个最高的是太子庵山。德贵问，为啥叫太子庵山？满囤说，不知哪个朝代的太子爷在这里出过家，山顶上还有个破庵。德贵说，放着好日子不过，为啥要出家？满囤摇摇头说，天天吃白面饼肉丸子汤还不干，非跑到深山里挨冻受饿。德贵说，有时候想想，人活着到底图个啥？满囤说，要紧的就俩字，吃喝。德贵说，我倒觉得要紧的不是吃喝，是房子。你想啊，出了家的还知道盖个庵住，不出家的就更甭提了。满囤想了想，就笑了，说，是这么个理儿。我现今拉石头，不也是为翻盖房子吗？

满囤的房子是他爹在世的时候盖的，那时候穷，也没有垫石头根脚，到了雨天墙面就起碱返潮，屋顶早就漏了，满囤觉得光换房顶子不合算，索性就想翻盖一下。德贵一家睡过的那个砖窑里的木料，就是满囤家的。其他材料也快备齐了，满囤说这几天拉够了石头，下个月初就可以动工了。

采石头的地方在苍耳山的一个低坡上。两个人来到坡上，见东一坑、西一洼的都被开凿过了，露出青白的石层，散着小碎石头和白乎乎的石粉子。满囤选了一个坑，觉得条石不错，就拿出钢钎和铁锤，让德贵扶着钎，他自个抡锤，叮叮当当开凿。砸开缝后，再用钢撬合力将石头一块块撬下来。撬下七八块石头后，已经过了晌午，两人累得满头大汗，都脱下了夹袄，光着膀子，露出油亮结实的上身。满囤说，歇一会，咱们吃点干粮。

坐在山坡上，吃着干粮的时候，德贵问盖房子需要多少石料，满囤说，盖三间的话，六十公分的根脚，怎么也得二十多车。德贵看着远处山脚的石头房子，问，要盖那样的石头房子哩？满囤笑了，说，咱那儿都是土坯房，全用石头谁用得起？你别跟山里人家比，这儿不缺石头。德贵想起在内蒙古的房子，山墙都是黄土拍成的，水一冲就散了，就说，土坯房其实也不结实，我看村长家是砖房。满囤说，全村就他家是砖房，还是原来老地主的宅子，分给了赵富贵。唠了一会儿，满囤对德贵说，老哥你以后也闲不来，你三个儿子，将来娶媳妇哪个不跟你要房子？这话一下子戳中了德贵的心病，他情绪低落下来，说，我自个都没房子住，还给他们盖个屁呀。

吃完干粮，将石头抬到架子车上，两个人拉车往回赶。一路上要翻两道梁，古道梁和十里坡。十里坡是慢坡，缓上缓下，没啥问题，古道梁稍陡一些，空车的时候不显，装满石头就费劲了。两人一前一后，一推一拉，好不容易把车推到梁顶上。下梁的时候倒是比较省力，将车把高抬起来，后稍拖着地，慢慢蹭下来，不脱把就成。

晚上，德贵吃得很少，早早躺在炕上。桂香问，他爹，你累了？德贵说，不累。桂香问，为啥吃这么少？德贵眼扫着窑洞顶不说话。桂香说，看见满囤盖房子你也动心了吧？德贵叹了口气说，大宝十三了，再过五年，就到了娶媳妇的年纪，哪家闺女愿意跟他来睡土洞子？桂香说，我合计过了，咱笨鸟儿先飞，回头把满囤的车借来，也到山里拉石头，慢慢就能凑够石料。土坯呢，我也问过招娣了，西岗上就是上好的黏土，等天热了，你和大宝去打几垛。苇子西边大河沟里有的是，今年秋天就可以割一茬。德贵就说，木料哩，大梁、檩条、椽子，这可是实实在在要花钱的物件。桂香说，那也会有办法，咱种着地，留下口粮，卖点余粮。还有，院子里咱已种了五棵杨树、一棵枣树，几年就能成材。前两天村长媳妇家的兔子生了一窝，我要过来两只母的，长得挺快。到五月咱的鸡也大了，生了蛋再孵两窝，鸡蛋也能卖钱。卖了钱之后我还想买几只羊，叫大宝去西岗上放去。到了年根，我还可以剪窗花卖钱。桂香说，五年哩，活人还能让尿憋死。

德贵听了桂香的话，心里的疙瘩一下子就解开了，说，桂香，你简直就是佘太君，什么事都想到了头里。桂香说，佘太君百岁挂帅，我有那么老吗？德贵搔搔脑袋，说，那你就是穆桂英，大破了番邦的天门阵。桂香说，一会儿让我当奶奶，一会儿当孙媳妇，乱七八糟的。德贵就嘿嘿笑起来，说，我饿了，还想吃两个窝头。桂香嗔了他一眼，走到灶边点火，说，什么佘太君、穆桂英的，敢情我就是烧火的丫头杨排风。

麦收之前，满囤家的新房子盖成了。德贵一家都过去帮忙。满囤和德贵在灶间喝了一斤高粱红，指了指门外说，拆下来的这些旧木料，我都给你留着，等你往后盖房子的时候挑捡着用。德贵说，你以后还得盖配房，自个留着吧。满囤说，盖什么配房，盖这么三间正房我就盖伤了。他又看了一眼旁边已经知道规规矩矩坐着的大宝，对德贵说，狗蛋还小，你比我急。

不出工的时候，德贵借来土坯模子，和大宝到西岗上打坯。除去表层的乏土，下边都是黑黄的黏土。德贵用带柄的坯杵子镦出一块又平又硬的平面，放好坯模子，大宝用铁锹装满土，德贵用坯杵子镦实，拆去模子，就是一块成形的土坯。一块一块间隔竖着码起来，两天的工夫就码了厚厚的一垛，比人都高。大宝也干得很带劲，脸上笑眯眯的。德贵说，你笑什么，这些坯就是给你盖房子娶媳妇用的。大宝害臊了，说，我不要房子。德贵说，可你媳妇要啊。大宝说，我也不要媳妇。轮到德贵哈哈大笑了。

玉米收了以后，德贵心里才算真有了底。德贵属于壮劳力，工分不少，分了不少金灿灿的玉米棒子，晾了小半院子，满囤过来看了，对德贵说，该备下几个洋灰缸，要不褪下的棒子粒没处搁。他那儿还剩了多半袋水泥，就拎过来，帮着德贵抹了两个大缸。

德贵和桂香隔三岔五去山里拉几车石头。满囤本来要跟着去，德贵说，你新房里还有好多活儿得拾掇，我用的也不是一车两车，不能总让你帮着。满囤说，那你两口子就少拉几块，别贪多，等我腾出空来，再帮你多拉几车。

砸石头是力气活，桂香扶着钢钎，德贵一锤下来，震得她手都麻了，连砸了几锤手就开始抖。德贵怕伤着她，砸两锤就歇会儿。桂香有点上火，看着敲下来的几小块石头，说，二十车得敲到猴年马月呀。德贵反倒有信心了，说，不怕慢，就是三天弄一车，到入冬前也就差不多了。桂香说，天天砸石头，家里的活不干了啊？德贵说，今年不够，还有明年，明年不够，还有后年哩。到那时候，大宝就能上手了。

这天，两口子拉着石头往回赶，过十里坡的时候天还晴得好好的，到古道梁的时候却下起了大雨。光秃秃的梁上也没有躲雨的地方，浑身淋得精湿。快到梁顶的时候，右边的车轱辘陷到了泥里，德贵使着吃奶的劲往上拉，车往前动了动又停下，僵持了一会儿，开始倒着下滑。德贵想桂香还在后头，就急着喊，你让开，我快撑不住了！桂香也在使劲，雨点落上石头又飞溅到她脸上，弄得她睁不开眼。她想，这么多半车石头，耗了两人近一天的工夫，一撒手就会滑到沟里，糟蹋了石头不说，满囤家的车也得毁了，心里又气又急，就喊，不行，不能糟践了石头！德贵闭了口，憋住一口气，咬着牙使劲往前拉。桂香用肩扛着陷住的轱辘，整个右脚都没进烂泥里，使绝劲一顶，车轱辘往前一滑，继续往坡上动了。桂香觉得嗓子眼一甜，一口血就喷了出来。

车终于上了梁，桂香觉得身上轻飘飘的，看前面的路也像带子一样飘动起来。她喘了口大气，松开手，伸手擦擦嘴角，看手掌里粘上几缕血丝，但很快让雨水冲掉了。

到家的时候天已黑透，窑洞里传来三宝撕心裂肺的哭声。桂香心里一急，觉得喉头又有什么东西涌上来，她使劲咽下去，嘴里又咸又腥。开开门，见大宝坐在炕上，一手抱着三宝，一手搂着二宝，仨孩子都在哭。德贵说，你们嚎什么丧？大宝抽泣着说，三宝哭着找娘，我哄不下来。桂香强笑着说，都别哭了，娘这不是回来了吗？说着接过三宝，三宝使劲抱着她的脖子，头埋在她的颈窝，哭得更凶。德贵脱着衣服说，桂香你也换换衣服，别着了凉。但三宝牢牢抱着桂香，说什么也不撒手。桂香轻拍着三宝，让大宝下去烧火，说，都饿坏了吧，娘这就给你们做饭。

次日，桂香就头晕目眩起不了床了，还总咳嗽。德贵要去请村医，桂香不让。招娣听说了，就过来帮着做饭。桂香在炕上还拿着剪子绞鞋样，想把三个孩子的布鞋做出来。招娣说，我手拙，不会做鞋，也帮不上嫂子。嫂子是个劳碌命，病着也不肯歇。桂香笑了笑，说，劳碌命不敢说，苦命是肯定的。招娣说，过去吃了苦，往后才能甜嘛，等大宝他们都长大成人，你就舒心了。

天放晴后，德贵和大宝又打了两天坯，把原来干透的拉回来，垛在窑洞边，上边盖上破塑料布，压上几块石头。桂香躺了几天，咳嗽得更厉害了，身上一点力气都没有。德贵把村医请来，村医给号了脉，纳闷桂香的身体怎么会这么虚。桂香没说自己吐血的事，只说累着了。村医给了些治咳嗽的药片，让熬点骨头汤补补。德贵从集上买回来几块猪大骨，放在瓦罐里熬。香气一喷，大宝、二宝和三宝都流着口水，围着瓦罐不肯离开。德贵就骂了他们一顿，让大宝领着两个弟弟出去割草，不到晌午不许回来。汤熬好了，桂香喝了半碗，推说喝完了，把剩下的骨头和汤藏起来，等孩子们回来的时候就给他们分了。看着三个孩子狼吞虎咽的馋相，桂香觉得比自个吃了都心里舒坦。

桂香吃了药，咳嗽轻多了。她惦记着鸡、兔和菜地，就挣扎着操起了家务。对于地里的庄稼，德贵把棉花、红薯、谷子、花生都种上一部分，还在地头点上了一圈黄豆，田埂上种上了十几棵芝麻，都长得很壮。入秋后，德贵到南泊村割回来几捆苇子，戳在土坯垛旁。慢慢地，村里的人都知道，那家逃荒来的人家准备盖房子了。

一天，满囤和德贵到村长家，央村长看看哪里有闲地方划给德贵家做宅基地。赵富贵思忖了一会儿，对德贵说，总住窑洞也确实不是个事。你们家是新落户的，我要给你们甙好的宅基地，别人会说闲话。这样吧，你家旁边的西岗上原来是个电工房，现在改了线路，也坍废了，你把它拆了，就在那儿盖吧。又说，我是为你们打算，一是别人说不出啥来，二是那儿地势高，省了你再垫土了。德贵感激得不行。

赵富贵便问德贵筹备得咋样了。德贵说，石头根脚的料还没有备足。

赵富贵说，前一阵下暴雨，县城北面的老城墙塌了，好多青砖都倾到护城河里，如果你不嫌那砖旧，可以捞一点用。满囤摇摇头说，旧城墙还是道光年间修的，应该都糟了吧，再让水一泡，没法子用。赵富贵就笑，说，你娃年轻就是嫩，别小看那些老砖，过去的老物件都结实，比新烧的砖还硬梆。不信，捞两块出来，砸砸看。

又说起木料，德贵说，只有满囤旧房拆下来的一些旧檩条和椽子。赵富贵摇摇头说，你要盖房还差得远呢，这可是伤筋动骨的大事。他忽然想起一件事，说，村南有一户前段时间失火，从旧房上抢下来两根旧梁，其中一根梁尾上烧了一点，还能将就用。让满囤赶紧陪德贵去一趟，晚了没准儿就给卖了。

满囤去说合一番，还真成交了，没着火的那根梁要了七块钱，着火的那根要了六块钱。德贵用拖车把旧梁拉回来，觉得来年开春，应该就可以动工了。

可是突如其来的一件事提前了德贵的盖房日程。

那天，德贵又到队里出工了。桂香一个人坐在枣树下纳鞋底，三宝在一旁的兔子窝边，拿着根长草逗兔子。大宝和二宝一早出去割草，到晌午还没回来。桂香总觉得心里七上八下，感觉要有什么事似的。这时候大宝一身湿漉漉地跑回来，惊慌地说，二宝掉河里了。

桂香吓得心揪成一团，抓住大宝的胳膊，问在哪儿掉河里了。大宝哭着说，护城河。前段日子，德贵带着大宝在护城河捞了些城砖，真如赵富贵所说，老砖还挺结实。今天，大宝想带着二宝再捞些城砖，但二宝脚一滑，掉到河深处去了，大宝也慌了，就赶回来喊人。桂香乱了方寸，松开大宝就往外跑。护城河离甘庄五里地，桂香腿软，一路跑，一路摔跤。好不容易看到那条河沟，桂香只觉得头昏沉沉的，喘不上来气，看到沟岸边两个光着脊梁的汉子抬着一个孩子，远远看去像是二宝，心里一急，一口血喷出来，就扑倒在地上了。

桂香醒过来时，已经躺在家里的炕上。德贵、大宝、二宝和三宝围在旁边。三宝不知哭了多久，嗓子都哑了。桂香一把抓住二宝的手，连声叫着，二宝！二宝！德贵说，桂香你别着急，二宝没事，让人救上来了。桂香像是听不见德贵的话，还是不停呼唤二宝，气一岔咳嗽了两声，嘴角又溢出了血丝。一旁的村医就低声说，早点送医院吧。

　　满囤把三个孩子领回家里，交给招娣照顾。招娣拿出积蓄，一股脑交给满囤，让满囤拉着架子车陪德贵一块去。两个人拉着桂香，匆匆往县医院赶，到时已经后晌了，挂了急诊，把桂香抬进急救室。几个穿白大褂、戴口罩的大夫让德贵到住院处交二百元押金，然后就把急救室的门关上了。

　　德贵身上只有四十六块钱，满囤身上有一百多点，给住院处的人说了半天好话，交了一百五十元押金。

　　桂香在医院里输了三天液，不再咳血了，可是脸黄得像金纸一样。大夫说桂香血小板低，该输点血，问家属的意见。德贵还没说话，躺在病床上的桂香先问大夫，我到底得的是什么病？大夫说，也不好说，先输几天液看看。桂香说，那就先不输血了。大夫走后，桂香问德贵花了多少钱了，德贵说花了六十多块了。桂香一下子就急了，非要出院。德贵说，还剩八十多块哩，你就安心住着吧。桂香问，哪来的钱？德贵说，满囤给了一百多块。桂香更急，脸上反而添上了几抹红色，说，他爹，咱欠了满囤招娣多少了，还借人家钱，以后拿什么还？挣扎着坐起来，闹着要出院。德贵说不行。桂香说，我没病，就是上点急火，歇两天就好了。六十多块，能买五十多斤肉了，就是吃肉也比输这些药水子强。德贵好说歹说劝不住。桂香咬牙说，不让出院，我就宁可死了。德贵没法，最后答应了，说明天再输半天液，要是见好，就拉桂香回去。

　　隔日，德贵拉着桂香回家。快到村口的时候，桂香让德贵停下，扶自个起来，坐在车上走。进了村，见着路边闲坐的老乡，桂香就作出轻松的样子，和他们打招呼，说没事了，病好了。到了家，安置好桂香，德贵就去满囤家接孩子们。满囤和招娣一见都着了急，问，怎么这么快就出院了？德贵叹气说，桂香的脾气比驴还犟。招娣过来，见了桂香，又埋怨她不顾自个身体。桂香说，我没事了，妹子你帮我熬点粥，我饿了。招娣也叹气，蹲到灶下烧火去了。

　　从那天起，桂香就再也起不了床了。她躺在炕上，还想赶着给三宝做鞋，拿着针锥，却怎么也扎不透鞋底，手一直抖。德贵下地回来，就说，我试试吧。

他对着油灯拿着针锥在鞋底上扎眼，手很大，捏着细细的针显得特别笨拙，没扎几下就呀的一声，扎着了手指头。桂香忙把德贵的指头放在嘴里噙了两下，说，他爹，你真笨，就流出泪来了。

桂香一天比一天弱，吃的也一天比一天少。德贵心里急得不行，思量着再把桂香送到县医院去。到满囤家商量时，招娣忽然支支吾吾说，德贵大哥，有个事儿不知道该不该给你讲。满囤先急了，说，你有屁就放。招娣说，我昨个听到村里有人瞎唠唠，说你们住了老芍根的房子，老芍根打了一辈子光棍，不甘心，在阴间使坏，要夺了桂香嫂子去。德贵心里就咯噔一下子。满囤说，甭听他娘的瞎嚼蛆，全都是迷信。

德贵回到家，看看黑黢黢的窑洞，心里一阵阵发凉。他到小卖部买了两炷香和半斤点心，半夜跑到老芍根坟上。他把点心供在坟头，把香燃起来，祷告说，芍根叔，咱们没见过面，但你对我是有大恩大德的。我们全家都记着你老的好处，年年给你烧纸上供。你老千万别害我家桂香，这个家离不了她。你放心，我这就盖房子，早点把你的窑洞腾出来。叔你大人大量，容我几天，我给你磕头了。

满囤帮着德贵打了三天夯，把地基打好了，又帮着请了村里的几个瓦工，准备开工。管事的瓦工转了一圈，说，土坯够了，石料不够。木料在哪儿？德贵说，还没有木料，就两根旧梁。管事的就笑了，说，你的房子不要顶子也不要窗户呀？德贵就窘了，说，先盖着，我再想办法。满囤说，石头咱们再拉一个月的，应该就够了。德贵说，不能等了，再过一个月就冻得梆梆的了。瓦工说，现在本来就不是盖房子的时候，明年开春才好。德贵又苦笑说，不能等了。

最后，根脚由六十公分减为四十公分，算上石头和老城砖，勉强够了。房顶上的苇箔由赵富贵动手来编，苇子编两层不够，只够一层。满囤家换下的大梁朽了，不能用，檩条倒有一根能用，加上一些旧椽子都给了德贵。赵富贵又从中说合，伐了别人的三棵杨树，作价二十二块钱。德贵已经倾家荡产，哪里还有钱，赵富贵就先给垫上了。做窗户、门的木料还不够，德贵急得嘴上一圈泡，还是赵富贵拉来自家准备盖配房的两段松木。木料就算基本凑齐了。

德贵在工地上昼夜忙碌，白天当小工搬石头，晚上瓦工歇了，他还一趟一趟地运土坯。

房子一天天增高，但桂香的情况却一天不如一天。她总是恍恍惚惚觉得窑洞的顶子塌下来了，把自己埋得不能呼吸，总要德贵抬她出去。天已经很凉了，德贵不敢让桂香在外过夜，就加快了建房的进度。用了几天的时间，墙面完工了，上了梁，檩条、椽子、苇箔也都依次上去，又铺上了房面，四壁、外墙刷了麦秸泥。三间新土坯房就算凑合落成了。

德贵回去，告诉了桂香。桂香的精神一下子好起来了，破天荒吃了三碗棒子面粥。她非要到新房里看看，德贵没法，就背着她来到西岗上。德贵背着桂香，觉得她身子轻飘飘的，就说，你瘦多了，跟四两棉花似的。桂香看着新房，眼泪出来了，淌到德贵的脖子里。德贵说，你对新房不满意呀？桂香说，满意，又住上房了，我是高兴啊。进到房里，墙还很潮，散发着湿乎乎的泥土气息。桂香抽了两下鼻子，说，真香。

屋里还是空荡荡的，没有盘土炕和垒灶台。桂香说，今晚不走了，就在这儿睡。德贵说，没炕，睡哪里，再说还没干哩，你病没好利索，再冻着可要不得。桂香说，咱留着坯呢，现垒吧，我给你打下手。德贵说，你别胡思乱想了，等过几天干透了，咱们再搬，今个先回去住。桂香就叫起来，说，我不回去了，再也不回去了。

德贵拗不过桂香，用几块土坯支起了门板，让桂香躺在上边。他回到窑洞，让大宝领着弟弟们先睡，然后抱了一床被子到新房里，给桂香盖上，自个找了一捆麦秸放在地上，坐着陪她。窗棂上还没有糊纸，能看到夜色正浓浓地罩下来。德贵打了个冷战，问，桂香你冷不冷？桂香说，不冷，还热哩。德贵说，明天找纸糊上窗户，就更暖和了。桂香说，你也过来睡吧。德贵说，我愿意坐会儿。两个人愣了一下，都笑了。桂香说，咱刚结婚的那晚你也是这样坐着，守着我睡。那时候，我穿着那件你给我买的白底小红碎花的褂子，还记得不？德贵说，记得，你穿了一回就舍不得穿了，一直压在包袱里。桂香说，我最喜欢那件褂子，原来老省着，现在岁数大了，又不好意思穿了。德贵说，你岁数不大，还能穿。桂香就像新媳妇一样害羞了，说，真还能穿吗？德贵说，真能穿。桂香说，那我明儿个就穿上。桂香又和他念叨起当年新婚时的事，几月初几搬了新房，几月初几去了一趟准格尔旗。德贵想，两个人已经好多年没有像这样单独在一块了，就叹了口气。桂香问他干嘛叹气，德贵摇摇头说，十五年了，你还记这么清楚，我可都记不清了，我就记得你生大宝、二宝的时候是腊月，生三宝的时候是六月。桂香说，大宝是腊月初二，二宝是腊月二十一，三宝是六月十九。又说，大宝很懂事，就是性子有点懦弱；二宝倒是敢打敢闯，性子像他过世的爷爷，可总让人不放心，唯恐闯出点祸来；三宝脑子忒聪明，学话快着哩。德贵说，你最喜欢三宝，是吧？桂香说，哪一个都是我身上的肉，都是我的心肝。咱们好好养着他们，谁也不偏袒。大宝的房子这就算有啦，将来咱们还要给二宝、三宝盖房子，娶上三房媳妇，谁都宽宽敞敞、风风光光的。德贵说，盖一处房子就欠了这么多债，再盖两处还不得把骨髓都榨干了。桂香说，榨干了也得盖，总不能让他们再睡到荒郊野外去。我可是睡伤了，怕够了。

德贵沉默了一会儿。桂香就问，他爹你记住了吗？德贵长长地出了一口气，说，我记住了。

在黑暗里，桂香的眼泪就像小河一样淌下来了。

四

新房子也没有留住桂香。就在那天晚上，连日劳累疲惫的德贵伏在门板旁边睡着之后，桂香平静地走了。

成为鳏夫的德贵，一下子就老了十岁。过来帮忙的邻居们，看着三个哭得死去活来的孩子，都忍不住落泪。满囤过来给操持丧事。薄薄的棺木是村里的木匠用柳木做的，材料和工钱先欠着；坟地选在德贵地里，铲了地头上一大块麦苗，挖了坑。德贵家是逃荒来的，四邻八村也没有亲戚，仪式就简。安排大事小情时，满囤开始还征求德贵的意见，后来见他总是失了魂似的，就叹了口气，自个做了主。

德贵一直没有哭，跟别人也很少说话。入棺的时候，穿着一身孝服的大宝、二宝都疯了似的扯满囤的胳膊，不让他钉棺盖。满囤也泪流满面，手里的锤子都掉了。德贵俯着身看躺在棺材里、穿着那件白底小红碎花褂子的桂香，看了半天，将棺盖推上，自己拿起了锤子，嘴里说，他娘，我要钉钉子了，你手脚都收拢些，可别伤到你的胳膊、腿脚。大宝、二宝不敢上前，在一旁哭着喊，爹，爹。德贵的锤子就砸下去了。

在棺材下葬的前一天，德贵忽然找了个架子车，把盖房子剩的土坯往上搬。满囤拦着德贵说，老哥你干什么？德贵不说话，甩开他的胳膊，劲大得反常。装完了土坯，拉着就往东走。满囤和大宝一路跟着，来到桂香的坟坑边。德贵趴在坑口看了看，跳了进去，用根秫秸前后左右比划了半天，说，大宝，你递给我坯，咱得给你娘盖房子。满囤吓了一跳，说，大哥，你在说胡话呐。德贵说，我心里清楚得很，冰天雪地的，桂香睡不惯，冻着她怎么办？大宝就哭起来。德贵骂道，你娘挨着冻，你还哭，白养你了。满囤叹了口气，说，别吓唬孩子了，我给你递坯。

德贵用土坯先在坑底铺了一层，又沿着四壁一层一层往上码。赵富贵也赶过来，摇着头说，哪有这么干的，垒个槽子，还能放进棺材？德贵说，地儿我量过了，睡得下桂香。村长，你刚才说错了，这不是槽子，是房子。

垒完了，德贵又说，大宝，你回家拿麦秸去，给你娘铺床。大宝哭得睁不开眼，回身要去，满囤拦住了，说，我来吧。满囤家的麦秸垛不远，来回抱了几趟，德贵仔细地在坑底铺了厚厚一层，拍了拍手上的土，似乎很满意，说，成了。

下葬的时候，大宝打着幡，还没到坟头就哭得背过气去了，让别人架着走。到了坟头，大伙儿费了很大劲，才将棺材勉强下到码着土坯的坑里，满囤让招娣把三宝抱走，又叫两个小伙子把大宝、二宝拽到一旁，在棺材顶上加了一层席，对德贵说，大哥，埋了啊。德贵腿软了，歪坐到一旁，说，多给房顶子加点土，别冻着桂香。五六个小伙子挥动铁锨，黄土落到棺材上，发出扑通扑通的闷响，大宝、二宝撕心裂肺地叫，别埋我娘，别埋我娘！

坟头起来了，花圈、纸钱和灵幡堆到一块熊熊烧起来，纸灰飘得老高。满囤来拉德贵。德贵说，我再陪桂香一会儿。满囤让大伙都回去，让招娣带大宝、二宝回家，自己到村口的井台上，远远守着德贵。

德贵像半截木桩似的坐了一会儿，等到纸钱烧完，暗哑低沉的哭声就起来了。满囤松了口气，心说哭出来就没事了。

　　下葬了桂香，德贵领着孩子们住进了新房。新房还不是很干，但德贵不愿意再住窑洞。满囤两口子过来，帮着拾掇了一天。德贵说，兄弟，看来这辈子都得拖累你们两口子了，也没法子报答。这三个往后不光是我儿子，也是你的儿子。就让大宝、二宝、三宝跪下给满囤招娣磕头，叫干爹干娘。大宝、二宝就叫了，三宝还不懂，拿着狗蛋给他的拨浪鼓敲着玩。招娣就揽过三宝，又抽泣起来。

　　德贵白天出工，黄昏的时候，就坐在桂香坟前出会儿神。三宝天天晚上哭着要娘，都是大宝哄他，哭累了就睡着了。二宝原来也哭，让德贵狠揍了一顿屁股，就再不敢吭声了。德贵躺在炕上，总是呆呆地望着房梁，大宝有时候陪他说几句话，问爹黄豆棵子干透了，什么时候打豆子；兔子该配种了，要不要配种；鸡蛋篓里满了，是不是该赶集卖了去。德贵往往不正面回答，说你娘要在，这些事都是她操持，原来总觉得爹是一家之主，现在一件件数落起来，都是你娘做主。你娘才是咱们家的主心骨哩。大宝讨不到主意，开始按照自己的想法一件件落实，倒也没有耽误。

　　桂香去了以后，又有这么多债压着，德贵觉得日子一下子慢了起来。但是三个孩子却一天天在蹿高，尤其是大宝，到第二年秋天已经和德贵一般高，成了半大小伙子，嘴唇上长起了细密的黑茸毛，胸口的肌肉鼓绷绷的，能驾辕，能推车，也能和德贵一块上苍耳山了。大宝的衣服都不合身了，德贵就买了减价处理的布头，托招娣给大宝做了两身衣服。大宝换下来的旧衣服给二宝穿，二宝就不干，说总穿旧衣服了，也要穿新衣服。挨了德贵两巴掌后，嘬着嘴不敢要了。二宝换下来的旧衣服又给了三宝，三宝穿的总是最破的。他四岁了，娘在他心里也已渐渐淡化，总是一脸鼻涕，跟着二宝屁股后头跑。

　　四十岁的德贵瘦了，胡子邋遢的，戴着多处绽开的破帽子，衣服也是补丁摞补丁，像过了五十岁的人。他还常在黄昏的时候在桂香的坟前坐一会儿，给她讲讲庄稼、孩子以及兔子、鸡、羊等等，觉得桂香都能听见。坟上长满了萋萋的野草，德贵一边念叨一边拔，像过去帮下地归来的桂香清理头发上的碎叶子那样。但旧的草叶子拔走，新的草叶子又钻出来，很像桂香的那点倔脾气。

几年的耕作，德贵成了种庄稼的一把好手。他还勉强操起了女红，给三个孩子做棉鞋、补衣服。村里人都觉得德贵可怜，像个上了套的牲口，有一回给他介绍过临村一个寡妇，寡妇看了看德贵家的土坯房子，又看看他身后的三个半大孩子，一言不发转身就走了。

第四个冬天来临的时候，德贵还清了盖房子和办白事的债，还攒下了一点钱。实际上，庄户人的日子也比原来好多了，满囤组了个瓦匠班，帮人家翻盖房子，大宝也跟着去当小工。满囤对他很关照，别的小工一天开四块钱，给大宝开五块钱。

大宝十八岁了，到了说亲的年龄。但姑娘家打听了德贵家的境况，就都打了退堂鼓。恰好招娣一家山里的亲戚来串门，说他们村有个姑娘，也十八了，家里特别穷，就是脑门上有块疤，小时候锄头碰的，不过弄个头发帘也能遮一遮，不显眼。招娣给德贵说了，德贵说，咱家这个条件，还能挑人家什么，不缺胳膊腿就行。

脑门上有疤的姑娘叫凤霞，个儿不高，眼睛忽闪闪的很有心计。她跟大宝见了一面，又围着房子转了一圈，当场没说什么，回头却对招娣说，大宝拙嘴笨舌的挺实诚，就是家里的房子还是土坯房，石头根脚也低。如果翻盖成砖房，就应了亲事。招娣就来了气，顶了一句：他家要是砖房，就不会找山里人了。

过了几个月，凤霞又捎信来，说土坯房也行，但是里外都得抹白灰。还有，过了门要单过。招娣给德贵说了，德贵寻思抹白灰倒花不了多少钱，可小两口要单过，自己和二宝、三宝去哪里住？寻思半天，就又把目光转向了那个窑洞。二宝已经十二岁，懂点事了，说凭啥那个女的一过门，就赶咱们出来。我再也不住窑洞了，黑咕隆咚的。二宝说这话的时候，一脸的倔强，嘴角紧抿，很像他娘的样子。德贵想起桂香，就红着眼圈拉过二宝，狠揍了一顿。二宝抹抹鼻涕眼泪，赌咒发誓说，我长大了要盖砖房，比大宝住的强一千倍，一万倍。三宝七岁多，跟着爹跑前跑后收拾改成杂物间的窑洞，一副没心没肺的样子。二宝看着，觉得很孤立，就加了一句：比三宝住的也强一百倍。

德贵买了两车生石灰，在当院挖了大坑，倒进去加上水，就咕嘟咕嘟闷开了，放出腾腾的白气。灰生成后，满囤带了两个小工，把土坯房外墙刷得粉白，不料刷内墙的时候，灰有点不够了，德贵让紧着把东屋和中间的灶屋刷了，西屋放的是粮食缸，就没刷。

亲事定下来后，凤霞又提出来，要一百二十块彩礼钱，还要一身新条绒衣裳，外加一件新毛衣。招娣去凤霞家，送去布料和毛衣，好说歹说，把彩礼钱降到了一百块钱。凤霞翻看着毛衣，抱怨说样式老，还是单针的。

结婚那天，凤霞是坐驴车来的，她娘家小弟弟押车，到了门口不下来。招娣对德贵说，按照老礼得给押车的红包。德贵笑眯眯地拿出五块塞到凤霞弟弟手里，孩子接过钱，还是不动。德贵嘬了嘬牙花子，忍痛又给了三块。凤霞又从轿里递出两个枕头，说四个角都要装上压枕钱。招娣说，没有这样的规矩。凤霞说，我们那儿就是这样的规矩。好说歹说，两个枕头一共又给了二十块钱。招娣低声对满囤说，大宝的媳妇真是个精豆子，彩礼钱降了，又从这儿找齐了。

到了新房里，德贵居中坐了，大宝和凤霞对着他三鞠躬。德贵就在心里念叨，桂香，儿子媳妇给咱们下拜了。鞠完躬，凤霞就大方地叫了一声爹，随后张开一个巴掌伸到德贵胸前。德贵正纳闷着，凤霞的弟弟在一旁说，叫爹也得给红包。

德贵的笑容有点僵。他慌乱地把手伸进口袋，却迟迟拿不出来，口袋里就剩下两块钱了，实在拿不出手。招娣知道德贵的窘迫，在一旁递上五块说，凤霞，差不多就行了。凤霞笑着说，婶子，一声爹才值五块钱吗？招娣又拿出来五块，气呼呼地说，什么婶子，我是大宝的干娘，也就是你的干娘。招娣飞快地说，干娘也是娘，也得给红包吧。招娣转身就走，旁边看热闹的人都笑起来。

秋收以后，德贵招呼二宝去打坯。二宝不情愿。德贵骂二宝说，我打这些坯为了谁，还不是为你以后盖房子娶媳妇？二宝绷着脸说，我不要土坯房，我要砖房。德贵有点泄气，说，老子没钱给你盖砖房，有本事自个挣钱去。二宝说，我大了一定会挣钱。德贵抬手又想动武，看到二宝紧抿着的嘴角，想起他娘，心中一软，手垂下来。

快过春节了，村里在外地煤窑当矿工的宝根回来了，二宝和狗蛋去看他。宝根变化很大，穿着新式有拉链的衣服，抽着带过滤嘴的香烟，脸上虽然黑了瘦了，但很有派头。宝根说再干一年，盖三间大砖房，还要买台电视机。狗蛋插话说，咱县五金厂就有电视机。宝根嘴角露出轻蔑的笑容，问，五金厂的电视是黑白的吧？狗蛋说，当然是黑白的。宝根就装出平淡的样子说，我要的是彩色的。

宝根一下子就成了二宝崇拜的偶像。等过完年，他就缠着宝根带他一块去打工。跟爹说了，德贵不同意。二宝有主意，出了正月，一声不吭地就和宝根南下了。

德贵知道了，气得一天没吃饭。三宝不见了二哥，也哭闹个不休。德贵想，二宝，你以后再别回来，也甭指望我给你盖房子，就当没养你这个儿子。恨了几天，德贵的气消了，又开始牵挂二宝，心想兔崽子带的衣服够不够，安顿下来没有，干的活累不累……越寻思越不放心。德贵伸巴掌虚批了自个的老脸一下，说，你就是贱。

这一年实行包产到户，德贵家五口人，分了五亩多地。大宝、二宝在外打工，凤霞又懒，不久又怀了孕，再也不下地了。德贵一个人忙活，很吃力。大宝的工钱已长到了七块一天，但他长了个心眼，他跟凤霞交五块，攒下一点私房钱，隔三岔五就给德贵几块钱，偶尔还给三宝买几块糖。三宝得了甜头，没心眼儿，有一回拿着糖向凤霞炫耀，马上招致了凤霞的怀疑。一审大宝，大宝心实，就招了。两口子吵了一架后，凤霞就指桑骂槐地向德贵递话，提出原来结婚时西屋没有抹白灰的事。德贵气得脸灰白。

二宝突然来信了。德贵不识字，就到村小学求一位老师给念。老师看了信，笑着说，怎么尽是错别字啊。德贵说，那也不是二宝写的，他不识字。老师说，信上说二宝在得胜煤矿看管矿灯，问羊长大了没有，红眼兔生了小兔没有，三宝的个头长高了没有。德贵等着老师念，却没了下文。德贵就骂道，这个兔崽子，知道问羊问兔子，就不知道问问他爹。老师看到一旁的三宝，问几岁了，德贵说，九岁了。老师就问，为什么不让孩子上学？德贵说，穷人家上学没用。老师摇头说，你说得不对，上学才有出路。三宝顺势说，爹，我想上学。德贵给堵在当场，无法下台，也就胡乱地点了头。三宝高兴了，隔天就扔了放羊鞭子，背着个破书包上学了。

二宝过年的时候没回来，只是托回来相亲的宝根捎给德贵九十块钱。

德贵一下子接到这么多钱，吓了一跳。宝根说，这还是少的，下井才挣得多，年前二宝不想管矿灯了，也下井了。德贵问，下井有危险没有？宝根说，碰上冒顶有危险，不过咋就让咱们赶上了，我去了四年多，从没见过冒顶。德贵的心还是揪紧了，寻思了半晌，决定年后跟着宝根一块去看看二宝。

得胜煤矿在甘庄南边一百五十多公里，在一片荒芜的土坡子上，四周也没有村，坡上竖着铁架子，旁边是一片小山似的煤堆。德贵跟着宝根走进一个低矮的棚子，见又大又长的铺板上杂乱地放着十几条被褥。宝根说，这就是俺们的宿舍，叔你先歇会儿，二宝下井了，晚上才能回来。德贵坐在铺板上，看了看周遭。棚子是用砖砌成的，顶子由一张张的石棉瓦拼在一起，露着好多缝儿，呼呼透风。德贵想，还不如家里的窑洞暖和，就心疼起二宝来了。

二宝进来的时候，德贵差点认不出了。二宝长高了不少，戴着一个圆圆的黑帽子，帽子中间捆着个电筒，脸上都是黑的，只有眼白和牙是白的。二宝咧着白牙说，爹，你怎么来了？德贵站起来，想骂他一句，不知怎么地，却咧嘴哭了。二宝就说，爹你哭啥，让别人笑话。德贵抽泣着说，二宝你瘦了。

二宝打来一份熬白菜，外加六个黑面馒头。德贵一个馒头也没有吃进去，二宝却不歇气地吃了五个，抹抹嘴说，爹你怎么不吃啊？德贵说，我一天啥也没干，不饿。

煤矿里是两班倒，有的是空铺，父子俩就躺在铺板上唠嗑。德贵说，听说要到地底下三百多米的地方挖煤，太险了，跑都没地方跑。二宝说，我不怕，矿井跟咱家的窑洞是一回事，只不过窑洞的墙是土，矿井里的墙是煤。咱窑洞都塌不了，人家矿井里还有柱子，还能塌了不成。德贵说，我估摸着这几年攒的钱，盖房子也差不多了。二宝问，盖砖房够吗？德贵迟疑了一下说，盖砖包坯的房子够。二宝说，外头砖，里头坯，实际不还是土坯房吗？我要盖，就盖内外都是砖的。三间房里面，我跟我媳妇住一间，你和三宝住一间，气死大宝。德贵心里暖呼呼的，说，你哥也不想赶咱们出去，就是你嫂子的脾气刁。二宝说，知道她的脾气刁，就不娶她。

德贵说，三宝上学了，拿了一个奖状，屁用没有。二宝反而很高兴，又给了爹十块钱，说，有用，爹你给三宝买个新书包，让他好好念书，我们矿上管账的赵师傅就念过书，啥都懂。二宝又说，我再干两年，一准儿回去盖房子。

德贵回家后，觉得二宝这么有志气，一下子有了底气。他对三宝说，你二哥说了，让你好好念书。三宝收到一个新书包，也很高兴，就给二宝写了封信，一共两句话：二哥我想你了，我喜欢新书包。德贵喜得合不拢嘴，说，上学还真有用，不到半年，竟会写信了。

德贵想，自己也不能闲着，就拉上架子车去苍耳山。上了苍耳山，德贵才发现自己已经老了。他放了一炮，崩下几块石头，却搬不动了，只能搬了五块小石头放在架子车上。但胳膊已经酸得抬不起来，头上也满是黄豆大的汗珠。他想，才七八年的工夫，自己的力气怎么一下子就没了这么多？

往回走到古道梁的时候，他先怵了，就卸下一块石头放在路边，拉着剩下的四块上了梁。觉得那块石头孤零零的，像被自己遗弃的孩子，就一阵难受。德贵想，自己是越老越没出息了。

石头不能再拉了，德贵就一个人打坯。来年夏天，雨水特别多，窑洞的东墙就出现一道裂纹，一条水渍从顶流到地上。满囤过来看了，说，这窑洞快不能住了。就帮德贵在窑洞前头用木杆和稻草盖了个窝棚，外边罩上一层塑料布，遇到阴天下雨，德贵和三宝就睡窝棚。

这天晚上，又下雨了。德贵和三宝睡在窝棚里，听着雨点击落在塑料布上的啪啪声响，德贵寻思，二宝的房子看来又得提前动工了。

五

这一年的春天，德贵开始筹备新房子。

德贵估摸了一下家底，打算盖砖包坯的房子，就到砖窑买了三千砖，花了七十五块钱。桂香当年种的杨树，大的也长到了碗口粗，能顶檩条用了，树梢上粗点的枝杈也能做一些椽子。算了算，檩条、椽子都有缺口，加上门窗，还需要不少木料。德贵去找大宝借钱，凤霞就破了脸说，当年我跟大宝结婚时，让你翻盖房子，你不肯，省着钱都给老二留着，现今反倒要我们拿钱来补贴老二，还有没有公理了，莫不成大宝不是你亲生的？

德贵一下子给闷住了，愣了半天才说，我是跟你们借钱，不是要钱。

凤霞说，借也罢，要也罢，做老辈的应当一碗水端平，当年你给我们盖的是土坯房，那给老二老三也应该盖土坯房。盖砖房，我不答应。大宝见他媳妇有点过分了，就插嘴说，现在哪还有盖土坯房的？凤霞竖起眉毛，说你胳膊肘往外拐呀，明着让人欺负，半个屁也不敢放。要盖砖房的话，先把我们的房子翻盖了，然后再给老二盖。

德贵的脸红了又白，白了又红，说不出话来。大宝忍无可忍，打了凤霞一巴掌，凤霞就挥舞双手，冲上去，跟大宝拼命。大宝把她推倒，凤霞就哭天抹泪，寻死觅活，闹了起来。

德贵走出来，脑子里乱成一锅粥，看到街对过儿几个老娘们竖着耳朵，指指点点看热闹，觉得自己的老脸也像被打了耳光，火辣辣的。

寻思了几天后，德贵留下两只小羊，把四只大羊赶到集上卖了。价钱很不理想，德贵磨叽了一后晌才出手，卖了六十块。数着薄薄的几张票子，德贵觉得什么东西都贵了，就是自家养的东西都便宜了。

新房的宅基地划在了村北，前后左右都是庄稼地。赵富贵说，咱村南边是河，没地方了，就得往北盖。别看现在就你家一户，过不了多长就连成片了，这些半大后生们，一个个像小牛犊子，长得快着哩。

房子建了一米多的时候，二宝突然回来了。原来招娣托人给二宝说了个对象，是南泊村的。听说爹在给他建房，他很高兴，看见是砖包坯的，立马就急了，当场说不行，拆了重盖。德贵本来因为凤霞的事，心里一直窝火，见二宝又来生事，和二宝大吵一顿。二宝的倔脾气更大，夜里叫上三宝，把盖好的一米多土墙全都推倒了。

德贵第二天看到了这一幕，气得血压当场就高了，头晕目眩，站立不稳。三宝把他搀回窑洞，德贵说，你就跟你二哥一条心，跟爹隔着凉肚皮呀。三宝说，二哥的话没错，县城里早就没有砖包坯的房子了。德贵说，盖房子也得衡量衡量家底。三宝转身就走。德贵骂，两个小兔崽子只恨我不死，我不管了，爱盖不盖。

二宝找了满囤，说，干爹你听我的，盖全砖的，砖包坯的我是贵贱不要。满囤说，还得要五千块砖。二宝说，干爹你跟砖厂熟，帮我赊五千块砖，年底我保证还上。满囤叹了口气说，儿大不由爹呀，全砖就全砖。

南泊村的姑娘姓柳，叫秀英，和二宝见了一面，都挺满意，就把关系定了下来，婚期定在腊月二十六。二宝对秀英说，我上边有爹，下边有弟，结婚了还得一起过日子，你有没有意见？秀英说，谁家没有老人，不养老人还叫人么？二宝就高兴了，觉得找对了人，比大嫂凤霞强得多。

房子起来了，一溜三间红砖房，亮亮堂堂，六十公分的石头根脚，洋灰勾了缝，窗户、门、屋檐下的椽子都刷上了浅绿色的油漆，屋里刷了漂白的粉壁，洋灰的踢脚线，连房顶子也抹了平展展的洋灰。德贵看着房子，心里寻思，看来还是二宝对了，砖包坯的房子肯定不会这么气派。

腊月里，二宝回来，和德贵一起布置新房。经过两个月的通风晾晒，墙面已干透，土炕和灶台也都垒砌停当。二宝看着爹喜滋滋地忙活，就说，爹和三宝先搬过来，然后再拾掇吧。德贵愣了一下说，二宝，我还是不搬了吧。二宝说，我们住西屋，你和三宝住东屋，这也是秀英的意思。秀英还说了，你不搬过来，我们就不结婚。德贵觉得鼻子里有点塞，低声说，二宝，爹没有白养你。

选了一个好日子，开始搬家。几缸粮食先搬到东屋里，杂七杂八的东西锁在窑洞里。二宝和三宝用土坯和棒子秸在院里垒上鸡窝、兔窝，又在院子西南角挖了猪圈，两只羊暂时不好安置，先拴在一棵柱子上。夜里，德贵躺在炕上，怎么也睡不着。他觉得屋顶太高了，屋里太宽了，墙太白了，窗户太大了。他坐起来，看着月光透过窗玻璃照在炕上，听着三宝均匀的呼吸，心想自个真是个贱命，这么好的房子，反倒睡不着了。

刚搬了家没几天，赶上一场大雨，原来的旧窑洞就彻底塌了。德贵也很后怕，寻思要不是二宝坚持让自个和三宝搬家，指不定会出什么事。

结婚那天，大宝过来了，凤霞却没有来。德贵家的亲戚少，除了满囤夫妇外，来的都是村里的乡亲。秀英娘家来的人不少，陪送的嫁妆有两床绣花被褥、一个大镂花镜子，脸盆、暖壶、红柜都是成双成对的。德贵和满囤招娣陪女方亲戚坐上席，秀英的爹身体不好没来，她娘和二姨代表了。

凤霞隔天过来了，见了秀英就说，妹子别见怪啊，昨儿个我身子不舒服，躺了一天，没过来。秀英说，嫂子哪里不舒服？早知道我就过去看你了。凤霞说，也没什么，受老辈的欺负，又没地儿说理，生股子闲气呗。你有福气呀，一过门就住这么好的房子。我进他们家快十年了，至今还住着旧土坯房子。秀英赔着笑脸，不再言声。凤霞走到屋门口，对着院子里正收拾的德贵说，爹，你进来歇歇。

德贵的心一下子提起来，知道凤霞肯定要出幺蛾子。他慢吞吞走进灶屋，问大宝哩，怎么没来？凤霞说，大宝没脸来，我也不让他来。德贵心里更没底了。

凤霞对着秀英说，妹子，按理说你刚过门，有些话嫂子不该这么早就说，但丑话要不说在头里，往后就稀里糊涂更没法说了。有些事说道说道，挑明了，对大伙儿都好。秀英说，我刚过门，过去的事不清楚，二宝又去还家什了，等他回来再说吧。凤霞说，我代表大宝了，你也可以代表二宝。秀英说，我代表不了。凤霞说，二宝回来也不能把谁吃了。谁也不说话，冷了场。德贵咳嗽了一声，说，我准备忙完了这一段，正式给哥俩分家。凤霞抢过话头说，我跟爹想到一块儿去了，早分早利索，做长辈的一碗水端不平，有的旱死，有的涝死，也说不过去。

二宝、三宝拉个架子车进了院子，秀英开了窗户，探头说，二宝，你来。二宝拍拍手上的土，嘟嘟囔囔说，才一会儿不见就想我哩。进来却见到凤霞，又见爹蹲在一旁抽着旱烟，立马察觉气氛不对，问，爹，啥事儿？德贵把烟袋锅在地上磕了磕，说，让三宝也进来。

凤霞说，爹你别老蹲在地上，坐到炕上吧。德贵站起来，欠身坐在炕沿上，沉默了一会儿，才说，你们的娘死得早，爹没用，这些年也没有攒下什么。现今大宝、二宝都成了家，不用我牵挂了，往后几年把三宝再安置了，我也算给你娘有个交代，死也甘心了。三宝皱眉说，爹，你说这个干啥。德贵说，分家也容易，咱家的底儿你们都知道，屋里有五缸半棒子和麦，大宝要两缸，二宝要两缸，我和三宝留一缸半。羊、兔子、猪和鸡，你们想要什么就逮走，不要就还由我养着。地哩，也分成三等份，各种各的。别的也就没啥了。凤霞插话说，没啥，房子哩？西岗上的树林哩？二宝立起眉毛说，什么房子？凤霞说，咱家还有土坯房三间，砖房三间，爹还没说怎么个分法。二宝说，闹了半天，敢情是打我新房的主意，可美得你！凤霞冷笑说，你的新房？是谁的还真得说道说道。

凤霞掰开手指头说，盖新房的钱哪来的？大宝瞒着我，偷偷给了爹多少钱，这我不清楚，爹心里最清楚。这石头根脚，不都是爹和大宝从山上拉回来的？还有，木料哩，老院里三棵大杨树都刨了，谁说过那树就归你了？还有卖粮食的钱哩，卖羊的钱哩，卖鸡兔的钱哩？我们山里人心眼实诚，但也不能让人当傻子欺负。

二宝说，你要是傻子，天底下就没有伶俐人了。看见别人盖了新房，你眼红了，可你住了多少年房子，爹和我、三宝住了多少年窑洞，你怎么不算一算？凤霞说，你别提我住的房子，一提我就来火儿，那叫什么房子？我过了门才知道，不少檩条、椽子用的是人家的旧料，以为贴点红纸我就看不出来了，糊弄鬼哩。别人家的房子根脚是六十公分，你家的才四十公分。还有西屋，说好的抹白灰，最后一点都没抹。把我骗进门就不管了，这账该怎么算法？

两人争执不休，德贵哆嗦起来，说，我还没死哩，等我死了你们再吵吵吧。这时候秀英插了话，嫂子你说说吧，这个家该怎么分。

凤霞说，我就想要个公平。老二家住新房我认了，老大这边也得有说法。二宝说，你要什么说法？大不了多给你一缸麦，四分地。凤霞说，本来么，要分地，我家里是三口人，你们是两口人，三宝是一口人，凭什么均分成三份？爹，我的房子也不行了，也得翻盖，你给二宝花了多少钱，也得给我花多少钱。德贵把褂子上空荡荡的兜反掏出来，说，你看我还有一分钱不？凤霞说，没钱也好办，用西岗上的林子顶。

敢情凤霞是打上林子的主意了。德贵说，林子还没有成材，卖不了钱。凤霞说，不成材我也认了。德贵愣了愣说，还有三宝哩，往后怎么办？凤霞说，三宝是秀才，将来有了出息，哪会跟他的穷哥争几棵不成材的树？德贵说，三宝将来还得娶媳妇，还得盖房子，我拿什么给他盖？不成，林子谁也不能动。凤霞就变了脸说，你偏袒着老二，惦记着老三，大宝是后娘养的，还是捡来的野种？好，你不把我们当回事，就莫说我们不孝顺。二宝急了，嚷嚷说，我爹也不是就一个儿子，你们不孝顺，还有我和三宝。凤霞冷笑说，这是你自个说的，打今儿起，爹就归你哥俩养活了。我们就当没了这个爹，活着不养，死也不葬。

德贵直觉得天旋地转，一头就向地上撞来。二宝急忙抱住了，叫三宝也来搀爹。凤霞气哼哼地甩门走了。

秀英说，爹你甭着急，嫂子要林子就给她算了，三宝还小，咱一家子给他攒几年，咋也能给他盖起房子来。二宝说，对，就当没我哥。德贵摇摇头说，还有那么多债，一还债就攒不下什么了。二宝说，我去窑里拼死拼活干五年，不信攒不够房钱。三宝也激动了，说，二哥我也不上学了，跟你去打工。二宝一挥手说，不用你，你好好念书，念成了再到窑上当会计。

次日，二宝和秀英到南泊村回娘家，三宝也到同学家做作业去了。德贵一个人在炕上，身上软绵绵的，不愿动弹。忽然听到院里有动静，他欠身一看，心里又咯噔一下，原来是凤霞带着她娘家的两个哥哥来了。凤霞径自走进里屋，看都不看德贵一眼，对他两个哥说，搬两缸麦，一缸棒子。凤霞的大哥稍淳厚点，还对德贵打了个招呼，说，叔，歇着呐。凤霞的二哥是个愣头青，连个屁都不放，冲手心里啐了口唾沫，搬住缸沿就往外使劲，说，还真鸡巴沉。凤霞眼尖，说，不要这缸，这缸有个裂纹。

哥俩先用大勺把棒子和麦舀出来，盛到一个个麻袋里，搬到外面的架子车上，最后剩下了空缸。哥俩一前一后，一边蹭着一边转，就把三个大洋灰缸转出去了。

德贵躺下来，听到窗外凤霞吆喝猪的声音，秫秸落到猪身上的啪啪声，接着听到猪的哼唧声，越来越远，往南去了。

这天，村里来了个看风水的老道，穿个脏乎乎的蓝布袍子。给满囤家看完了，说得还挺准，觉得德贵家一直不顺，就把他领过来。老道围着房子转了几圈，问起动工和搬家的时日，又掐指算了算，说，动土的时辰不对，忌修造动土；搬家的日子也不好，撞了邪犯了煞。又说，你家南边是个水坑，西南角不出十丈是个老坟，在风水上都是忌讳，轻了家族不和，子女争讼，重了刑克家主，有血光之灾。老道念念有词，把德贵唬得一身冷汗。

说到破解的办法，老道说必须盖起围墙来，还得修一个高门楼来镇一镇。德贵说家里穷，问有没有其他的好法儿。老道用文话说，风水之事，非同小可，破得钱财，方能消灾。算完了，要收五块钱，德贵给了三块，老道皱着眉头笑了笑，说好卦不值钱呀，就走了。

德贵出了汗，反而觉得身子清爽了不少。他琢磨"刑克家主"倒不是个事，自个老了，能活几年算几年，可别闹成"子女争讼"才是大事。天气转暖了，德贵就给大宝、二宝划分地界。凤霞又闹了一通，多占了六分地。德贵生了一肚子气，又想起老道那一卦，总觉得心里结了个疙瘩。他打算打些坯，把围墙垒起来。有天晚上，那两只公鸡竟也让黄鼬给叼走了，这更坚定了德贵盖围墙门楼的决心。

过了些日子，二宝又汇来五十块钱，收款人还是德贵。德贵觉得秀英过了门，这钱不好再接，就拿去给秀英。秀英说爹你是一家之主，钱你拿着，咱那么多债，你就看着处置吧。德贵就和秀英商量，说先不还账，先盖门楼。门楼不盖起来，我心里不踏实。秀英见德贵有了主意，不好再驳着，就说，爹你做主吧，我这儿还有二十多块钱，归拢到一块用。

村里的门楼不少，德贵还是觉得赵富贵家的最好。虽然年头长，但古里古气，门口是青石台阶，门柱两旁是两个镇宅的小石狮子，分别骑着石鼓，门洞上边起了瓦脊，脊上蹲着几个小兽。门洞上边刻着横匾，两旁有镶嵌的石联。德贵打听到王家铺有个石匠，专门雕刻门楼的石材，手艺好，价钱也低，就赶了过去。

石匠院子里都是石条，有的黑，有的青，上边都刻好了字。老石匠一边在石头上凿字，一边对德贵说，你随便挑，订做也成。德贵说，我不识字。老石匠理解了，就扔下凿子和锤头，过来问门洞多宽。德贵说，问宽窄做什么？老石匠说，窄门楼，就用两个字的，有恒顺、恒昌、恒泰什么的；不宽也不窄的门楼，就用三个字的，梅竹松、福禄寿、和为贵什么的；宽门楼，就用四个字的，紫气东来、吉星高照、三阳开泰、清雅贤居什么的；五个字的也有，家兴财源旺、家和万事兴，等等吧，多了去了，都是好词。

德贵琢磨半天，寻思没必要盖太宽的门楼，匾额就定下了和为贵三个字。到选楹联时，又费了一番周折。石匠说，普通百姓用的是写富贵平安的，有些是权贵人家用的，有些是读书人家用的。德贵突然想起三宝，就说，我家也是读书人家，就选读书人家的。石匠就意外了，又打量了德贵几下，最后帮他选了个"风清人坐竹，水秀室当山"。

新门楼落成那天，德贵喝了点酒。秀英到城里买回来许多剪纸，贴得屋里红彤彤的。德贵傻愣愣地看着剪纸，突然眼泪就出来了。三宝看到了就问，爹，你怎么了？德贵说，没事，爹心里高兴。说完，掀帘子出去了。三宝纳闷说，高兴怎么还哭？

日子一天天显得更长，有些什么在悄悄变化着。不到半年，到山西的一条国道修了过来，从村北二宝的房子前通过，青黢黢的路笔直，不时有拉煤的大卡车飞驰而过。村子里的人们又开始向北迁移，新的宅基地都定在了公路边，德贵家的房子就不再孤零零的了，左右又盖起了好多房子。德贵觉得，现在的房子跟过去又不一样了，墙体全部是机制砖墙，外边贴上瓷砖，屋顶上也不再上檩条，改成了洋灰圈梁，一排排铺上预制板，又气派又结实。再看自家的房子，就觉得不起眼了，甚至还有些寒碜。德贵一想就有点气馁，琢磨将来给三宝盖房子可费死劲了。

矿上放假了，二宝回来了二十多天。德贵说了心里的疙瘩。二宝说，爹，我知道你想得远，眼下咱们的账已经还清了，要是不考虑三宝的房子，我早不在煤窑上干了。德贵心里热乎乎的，说，还是你这个二哥疼他。

二宝走了时间不长，秀英就开始闹胃口，德贵知道是害了喜，就尽量不让她下地。招娣和秀英投缘，经常过来，说你都怀上了，可狗蛋连个对象都没有，我连个婆婆都当不上，更别说奶奶了。这时候，狗蛋在广州参军，逢年过节也不回来。秀英说，干娘你别着急，孩子生下来，也得管你叫奶奶呀，再说了，狗蛋兄弟有出息，没准儿给你领个城市的漂亮闺女回来。招娣笑着说，哪个城市闺女能看上农村小子？她拍拍秀英的肚子，说，年底孩子就能看见他爹了。

两个人说说笑笑，可是谁也没有料到，这个孩子注定从出生就没有爹了。

（《中国金融文学》2018年第2、3期连载）

作者简介

高建武，河北顺平人，中国金融作家协会会员，中国楹联学会会员。主要作品有中长篇小说《落叶满长安》《天雷舞》等，100万余字；短篇小说《钓鱼》获中国金融作家协会庆祝改革开放四十周年"金融人的故事"短篇小说一等奖。现供职于中国长城资产管理股份有限公司。

楼上楼下

■ 王张应

一

　　荷花园小区的夜晚真的太静了，静得一点声息都没有，简直让人不敢相信这是在一个车水马龙红尘滚滚的省会城市。

　　好多天了，杨青在这样的静夜里陡然就睡不着觉了。以前的夜晚，外面很静，屋子里面却不静，总会冷不防从楼上传来一些意外的声音。杨青习惯了，照样睡他的觉。现在可不行，杨青睡不着了，躺在床上不得安稳，一会儿翻过来，一会儿覆过去，在床上不停地闹腾。躺在一旁的妻子梅兰，不免有些心烦，没好声气地撂了一句，你看看，丢魂了吧，一定是哪个狐狸精把你的魂儿给勾走了。

　　唉——。杨青长长地叹出一口气，自言自语地说，我也不晓得这是怎么搞的，最近就是睡不着觉，还真有点茫然若失的感觉。难道是真的丢魂了？可是我从来没有去招惹哪一方的狐狸仙啊，也没见哪个狐狸仙对我情有独钟过，怎么就魂儿被勾走了呢？妻子梅兰说，天知道你有没有招惹人家狐狸精，要不怎么就突然这样一副德性，失魂落魄的样子！说完，她翻过身去，侧着睡，把她的后背当成一堵墙，抵挡着杨青。

　　杨青没去在意梅兰的情绪，他知道，梅兰说的那是气话，是气他自己不睡觉还不让别人安生睡觉，她就那样没话找话了。但梅兰的话还是提醒了他，丢魂了，难道真的是丢魂了？不对，杨青十分肯定魂是没有丢，但还真的像是丢了某样东西，那东西到底是什么，杨青就是想不起来。怎么想，也想不起来了。杨青甚至都担心自己是否已经得了老年痴呆症呢，但想到自己才四十几岁，还不到五十呢，正是年富力强的时候，这毛病就是要找他也不会来得这么快、这么早吧。

杨青克制着自己，尽量不去翻身，不去打扰梅兰睡觉。他仰面躺在床上，眼睛睁得老大的，直盯着天花板，脑子里像过电影一样，浮现了许许多多的人和事。屋子里静极了，杨青听得见自己的呼吸声，也听得见妻子梅兰的呼吸声。他知道，梅兰显然也是没有睡着，若是睡着了，她会打出一点轻微的呼噜。为此，杨青还曾经在床上笑话过梅兰，说是他们家真是公鸡不叫母鸡叫了，惹得梅兰用两个手指头在杨青的大腿上使劲地掐了一下，杨青顿时就像触电似的产生了剧烈的颤动。梅兰嗔怪杨青，人累了才会打呼噜，都像你那样饭来张口衣来伸手，回到家里就往沙发上一躺，啥事都不问，你当然不会打呼噜了。你摸良心说说，我做姑娘那会子可曾打呼噜？这些年，还不都是跟在你后面活活累成了一个老妈子！想到这里，杨青无声地笑了。杨青承认梅兰年轻的时候还真的是个美女，就算现在，按说梅兰已经属于半老徐娘了，但还能依稀可见当年的那副模样那种风韵。

杨青躺着，一动不动，目光还是盯在天花板上。突然听见窗外不知是什么虫子"唧唧唧唧"地叫起来，那虫子一定也和杨青一样，因为睡不着觉，才开始鸣叫起来。以前，没听见过这虫子的鸣叫。虫鸣很好听，就像是唱歌，把夜的静衬托得越发静了。杨青一时十分激动，就好像找到了一位难觅的知己一样，觉得人生不再孤独。

若有若无地，一股淡淡的桂花的香味，从半开半掩的窗户里飘进来，让人感觉很舒服，杨青不由自主地吸了吸鼻子，使劲地嗅了嗅。不知道是吸鼻子的动作惊动了梅兰，还是梅兰也闻到了桂花的香味，梅兰侧着身子，自言自语地说，好像是桂花开了吧。是的，真的是桂花开了，再过一个星期就到中秋节了。说着，杨青伸手去扳动梅兰的肩膀，对梅兰说，还是应该躺着睡觉，侧着睡觉不是个好习惯，会增加心脏的负担，不利于身体健康。

梅兰稍微抵挡了一下，但还是顺了杨青的意思，翻过身来仰面躺着，和杨青一样，目光也是紧紧地盯在天花板上。梅兰没有由来地冒出一句，楼上好像没人了，也不知道那房子卖了没……梅兰的话还没说完，杨青忽地一下翻过身去，面贴着梅兰说，我知道了。梅兰问他，你知道了什么？杨青说，我终于知道我到底丢了什么。梅兰说，还能丢了什么，不就是丢了魂吗？杨青说，不对，不是丢了魂，只是丢了楼上。楼上的房子估计是空着了，没人住。你看，一点动静都没有。梅兰笑了，说，那还不是一样，怎么不是丢魂？你大概是这几天没见着楼上那个狐狸精了，就闷得慌吧，还不是被那狐狸精勾了魂了。

二

　　瞎扯淡。杨青觉得自己很是冤枉，他和楼上那狐狸精什么事都没有。只不过，他就喜欢听那女子见面总是"大哥大哥"地叫着，听起来，耳朵里面就像灌进了一股暖风，怪舒服的。但梅兰不喜欢听，那女子在门外跟杨青迎面时总是这样叫着，梅兰在隔壁的厨房里一听见，嘴角立马就翘了起来，翘得那么有力，似乎都能挂得住一只小水桶。其实，梅兰的心里也是明镜似的，她知道什么事儿也不会有，她就是不喜欢听那女子"大哥大哥"地叫杨青，听起来好嗲，也好假，就好像她跟杨青有多亲似的。实际上，还是梅兰不喜欢楼上那女子。她清楚得很，那个满脸堆脂粉，浑身洒香水，进进出出开着"MINI"牌进口小汽车的妖冶女子，怎么会看得上她家的这位土不啦叽酸不溜啾的杨青呢，梅兰只不过是找个话来气气杨青，同时，也顺便给杨青打个预防针，让杨青长点记性，在外面见了狐狸精要赶快躲开，千万别去招惹，否则，招惹了，就会有他好果子吃。

　　杨青也不傻。这年头，外面的狐狸精多了去了，莫说招惹，就是躲，你也得躲快些，躲利索些，反应迟缓动作慢了还不一定躲得开呢。杨青在一个名叫某某研究所的事业单位上班，算得上是一个公职人员，又是一名组织同志，每年总是会参加这样那样的学习教育活动，单位每个月也会组织大家集中在一起收看一些电教片，那些被女人拖下水的例子，杨青见得多了，杨青很是注意增强自身的免疫能力，确保自己不犯错。虽然，楼上那个爱化妆、爱洒香水的女子，叫他"大哥"时那声音甜甜的、脆脆的，他很喜欢听，但也仅限于喜欢听听而已，除此以外，杨青并无其他非分之想。每次，梅兰在他面前说起楼上的狐狸精，甚至还说杨青喜欢楼上那个狐狸精时，杨青并不生气，也不辩解。生气干嘛呢，他知道梅兰说的是气话，其实她气的并不是杨青，气的是楼上的女人。所以辩解也不需要了，原本就是没有的事情，何必没事找事去辩解，清者自清浊者自浊嘛。

梅兰气楼上的女人，总归有她的道理。作为一名单位会计，梅兰的性格多少有些职业特征，很严谨，很认真。但梅兰不是一个不讲道理的女人，尽管杨青偶尔也和梅兰吵架，在吵不过梅兰的时候，杨青总是用这样一句话来收场：你简直不可理喻！说完，杨青就摔门而出，到外面找朋友喝酒去，到了吃饭的时候也不回家吃饭，半夜里回家时，那一定是东歪西倒、酒气熏天了。梅兰见了又是气愤，又是心疼，之后，渐渐地吵架就少了许多。杨青觉得，平心而论，梅兰不是一个不讲道理的女人。至于梅兰同楼上那女人之间的芥蒂，责任更多的还是在楼上那女人。杨青认为他并不是偏袒着谁，不会因为梅兰是他的老婆，他就替她说话。只是楼上那个女人自我意识太过强烈了，完全忽略了周围人的存在。用梅兰的话来说，那女人就是拿别人不当人了。难道这就是代沟，她们这个年代的人都是这样？

在人和人相处的问题上，杨青觉得，异性相吸只是相对的，但同性相斥却几乎是绝对的。异性之间，可能会多了一些宽厚和包容；同性之间，尤其是女人和女人之间，相互排斥总是难免的，甚至还很强烈。杨青从内心里并不承认，他和楼上的女人之间有什么相吸之处，但他却眼睁睁地看到了妻子梅兰同楼上那女人之间，存在着那种强烈的排斥感。

那种排斥，起先只是一个转瞬即逝的表情，是梅兰脸上一个莫名其妙的怪笑。到后来，就渐渐变成了一个浓重的鼻音，哼。那声音给人的感觉就是嗤之以鼻。

每逢那样的时候，杨青总是劝慰梅兰别太认真，别太当回事了。头一回杨青这样劝说梅兰，算了，别跟她一般见识，你看她那样子，十有八九是个暴发户，这种有钱人，常常是认钱就不认理了，咱们好歹都还是有正经单位的人，都是温文尔雅的斯文人，作为一个斯文人，任何时候咱也别失了斯文。再说了，同船过渡都是前世修定的，何况还是楼上楼下的邻居，前世今生一定都是有缘的。前一句话，梅兰听着倒还可以，也就不说什么，后一句话，梅兰听着就有些刺耳，不爱听了。她立马反驳杨青，要说有缘，那也只能是你和那狐狸精有缘，只有你能原谅她，让她爬到你头上去拉屎撒尿，你都放不出一个屁来。杨青连声说了几个呀——呀——呀——，赶快别说得那么难听。估计杨青是觉得爬到头上拉屎撒尿那句话太恶心了。此后，再来劝说梅兰的时候，杨青就只说第一句，不说第二句了。

倒也是的，楼上那女人，怎的就那么不顾人呢。不对，不光是楼上那女人，应该是楼上那两口子。这不顾人的事，肯定也有那个男人的一份功劳在里面。常言道，一个被窝里不睡两样人。女人不顾人，男人估计也好不到哪里去。其实，杨青最不顺眼的还是那个楼上的男人，他讨厌那个男人看人的眼神，有那种不屑一顾的味道。高了一个楼层，你就高人一等？

梅兰对楼上的女人做出不顾人的结论，并非轻而易举，不是轻率地作出结论，那是经历了几次深受其害之后，梅兰才重重地叹了一口气，唉，真的太不顾人了。

三

第一次被伤害，是楼上那个女人毁掉了梅兰的一对枕头。

梅兰是个极爱干净的女人，衣服常洗常换，床上的枕头被子，也是勤洗勤晒。杨青和梅兰住的是二楼，楼房一共只有四楼。二楼的阳台跟其他的楼层不一样，当初，开发商出于美观考虑，将所有二楼的阳台设计成半封闭式，也就是将原本是铁艺的栏杆，都用钢筋水泥和砖给砌实了，只留了上半截子空档用以照进阳光。这样，杨青家的阳台的栏杆上面就有了一个很宽的台子，为晾晒提供了很好的便利。

那天，是个星期六的上午，梅兰早早地把床上的两只枕头拿了出来，放在阳台的栏杆台子上晾晒。放过之后，梅兰总是习惯性地将头伸到阳台外面，转身仰面，看看上面有没有晾晒衣物，会不会有滴水的可能。梅兰看了，上面空无一物，没有滴水的可能，就放心地离开了阳台，回到屋子里继续她的洗刷刷了。

　　大约过了个把小时，待梅兰洗好了衣服出来晾晒时，梅兰傻眼了。一丛水滴如下雨一般，从上面此起彼伏断断续续地滴落下来，不偏不倚，点点滴滴都落在梅兰的两只枕头上。那两只枕头是雪白的棉布包皮，里面灌注了满满的苦荞壳儿。据说，用苦荞壳儿做枕头，能够有助于睡眠，还能降血压呢。那双枕头可是梅兰的母亲从乡下专门给做的，里面的苦荞壳儿，还是她母亲辛辛苦苦亲自种出来的，可以说那是个无污染、全生态的放心用品了。梅兰十分宝贵那双枕头，觉得是再多的钱也买不回来的。可眼前，这双枕头已经被一些不长眼睛的水滴给洇湿了，由于里面的苦荞壳儿吸水性强，水滴到枕头上，没有在布囊上停留和蔓延，而是直接进入到了荞麦壳里。浸水的荞麦壳儿，多少有些染色，很快那雪白的枕头布囊，就被洇出了一块一块咖啡色的水渍图案，看起来，就很像一张地图。

　　梅兰气不打一处来，站在阳台上吼叫起来，是谁这么不道德，干着坑人害人的事情？虽然梅兰那吼叫声音并不小，也该有人听见的，但没有人理睬她，甚至都没有人从自家的阳台上或者窗子里伸出头来看看她。梅兰选了一个没有滴水的空处，伸头转身仰面朝上看，不看不知道，一看她可气坏了。原来，是她的楼上，三楼的阳台上朝外伸出了一根晾衣杆子，晾衣杆子上面挂了一溜子花花绿绿的内衣内裤，那些小小的衣物，好像完全没有动手拧过，更没有经过洗衣机去脱水甩干了，直接从洗衣池子里捞起来就晾上了，一件件都是湿漉漉的，亮闪闪的，里面饱含了许许多多根本存不住的水。

　　梅兰抱了两只被滴湿洇花了的枕头，气呼呼地开门跑了出去，从楼梯上"噔噔噔"地跑到了三楼，"咚咚咚"敲响了三楼那户人家的门。开门迎她的是一个男人，梅兰一见吓了一跳，原来那个男人没穿衣服，上身是赤裸裸的，下身也是光条条的，只有在中间部位穿着一条很逼仄的小裤衩。小裤衩穿在那男人身上，就跟没穿一个样子，某个需要遮盖的地方，还是原形毕露，格外的引人注目，让人一见面目光就不由自主地落到了那个欲盖弥彰的物件上面。虽然梅兰是个过来人，也算见过世面了，但在开门的那一瞬间，梅兰的脸还是刷的一下就红了。心里先前的那些气愤一下子全跑光了，梅兰一时语塞，找不到合适的话语来抨击对方，完全没有底气地说了句，你，你，你，怎么能这样？那个戴着眼镜、蓄着一撇一捺八字须，上身和下身都没有穿衣服的男人，一时间也被眼前的情况搞懵了，十分不解而且无辜地问梅兰，我是怎么了？我坐在自己家里并没有去招惹谁呀。梅兰定了定神，底气一下子就足了起来，先前心里的那些气愤一下子就全部回来了，朝着眼前的男人汹涌而出。梅兰根本来不及说普通话了，就用她那快节奏的江南方言连珠炮似的朝着男人开火：你还真的不知道你是怎么了？你自己做的好事难道你自己还不明白吗？你还讲不讲道德有没有良心顾不顾别人？男人越听越觉得丈二和尚摸不着头脑了，不知道如何接应梅兰的话了，呆呆地站着，半晌不出声。

男人的女人，那个平时爱化妆爱洒香水的女人，这会儿正在卧室里，坐在梳妆台前，照着镜子，往脸上贴着面膜补水呢。听到门口的动静那么大，她就已经坐不住了，尤其是听了梅兰那连珠炮似的话语，她的心里突然像是被猫的爪子抓了一下，似乎已经鲜血淋漓，简直疼痛难忍了。心想，好一个名副其实的"无良"男人，我最担心的事情还是发生了，你到底还是做了对不起我的事情，你让外面的野女人都找上门来了！哼，你个没有良心的东西，名叫吴亮，人还真的就是"无良"了，如果没有我倩倩，没有我父母这个坚强有力的后盾，能有你吴亮的今天吗？唉，我这人怎么就是这样的人贵而又命贱呢，一个什么都不欠缺的人，偏偏却有了一个倩倩的名字，到了哪里都好像是我欠了人家似的，大家都是"欠欠"、"欠欠"地喊着，似乎我到了哪里，就欠到哪里。

倩倩顾不得脸上还贴着一块块面膜，就急匆匆地从房间里跑了出来，跑到门口，一把拽过男人，大吼一声，吴亮！到一边凉快去，这里没你什么事。梅兰以前见到的楼上女人，都是个脸上搽着脂粉身上飘着香水味的时尚女人，猛然间看见眼前这个穿着粉红色的家居服，脸上贴满小纸块，头发蓬乱的丑女人，梅兰的心里突然就凛了一下，她顿时就想到了鬼，鬼，女鬼，聊斋里的女鬼，刚刚从棺材里爬出来的女鬼，不禁连连后退了两步。

倩倩一看门外的女人并不是她想象中的野女人，是楼下的邻居大姐，心中的担忧和气愤顿时就消解了七分。见大姐连连后退，她知道一定是自己的模样吓着了人家。倩倩面带歉意地笑了笑说，说，大姐，别怕，我是倩倩，我是人，不是鬼哈。其实，倩倩脸上的歉意也好，笑容也好，梅兰是完全看不见的，都被那些小纸块给遮盖了。梅兰听了倩倩的话，越发地有气了，她就接着倩倩的话说，你是人，不是鬼，那就最好了。是人，就不要做鬼事。倩倩看着梅兰怀抱的枕头，似懂非懂地问梅兰，大姐，难道我做了什么鬼事吗？梅兰将怀里的枕头朝前一送，你看，你做的好事还能不知道，这样的事情不是鬼事难道还能算是人事吗？我好端端的枕头晒在自家的阳台上被你的脏水给淋湿了，这枕头还能睡吗？倩倩有些难堪地说，大姐，别说得那么难听好吗？哪里是我的脏水呀？梅兰又把枕头朝前一递，理直气壮地说，这枕头里面洇的都是你的脏水，从你的内裤上滴下来的水还不是你的脏水吗？

一提到内裤，倩倩的脸就刷的一下红了起来，好像是一不小心被别人瞧见了她的内裤似的，那片春光在无意中泄露了。倩倩的脸上红过又白，白了又红，很难过，很不自在。不过，好在脸上贴有面膜，红白交替，变来变去，别人是看不见的。倩倩知道是自己在阳台上晾晒衣物时闯下了祸，她没有想到楼下晒了东西，把人家的枕头给淋湿了。倩倩也是个很讲究的女人，她在晾衣物时，通常不喜欢拧干衣物，因为把衣物拧干以后再晒，怎么晒衣物都不会很平整，总会皱得很。倩倩最怕见到发皱的衣物了，哪怕再漂亮的衣物，只要皱了，它就成了一张布满皱纹的苍老的脸，这是倩倩最不愿意面对的现实。所以，稍微皱了一点的衣服，倩倩总是熨了再穿，唯独只有内衣内裤是不好熨的，通常是先挂在卫生间里，让水滴干，再拿出去晒。那天，倩倩看见阳光好，时间又是那样早，没想到楼下会有人晒东西，就直接将水淋淋的衣物挂到了阳台外面。衣物挂在外面，无遮无挡，好晒阳光，干得快，还能杀菌，衣物穿在身上都能闻到一股阳光的芳香呢。倩倩知道，内衣内裤是需要经常杀菌的，阳光才是最好的杀菌剂。倩倩喜欢香水的香味，同样也喜欢阳光的香味。

大姐，别生气了，我向你表示歉意，因为我的疏忽大意，给你带来了麻烦，请求你原谅。这枕头你就别要了，我来赔你一副新的。虽然倩倩说得很诚恳，但梅兰还是不想原谅她。她打心里看就不惯倩倩，倩倩讲出的话哪怕再好听，她也不愿听，更不会信了。估计，这就是人跟人投缘与不投缘的关系了。不投缘的人在你的面前，你怎么看，都不会很顺眼。梅兰当然明白这个道理，她甚至没有由来地想起了，小时候她在课本里读过的那篇古典故事，在那个《邻人疑斧》的故事里，斧子丢了，怀疑是邻家的小孩偷了，左看右看，邻家的小孩怎么都像是偷了斧子的人；斧子找到后，横看竖看，邻家的小孩怎么都不像是偷了斧子的人了。人的心理就是这么奇怪，自古就是这样，至今也不例外。

梅兰不接受倩倩的歉意，当然也不可能接受倩倩的赔偿了。梅兰当即就把倩倩的话顶了回去，她说，赔，你以为你很有钱，就对一切都无所谓了，一切都能用钱了事？我告诉你，我的枕头，是你拿多少钱也买不来的。你知道吗？有些东西不是你能用钱买来的。我知道你们是有钱人，花多少钱你们也不会心疼。你看你们夫妻两一人一台宝马车，男的宝马730，女的宝马MINI，进出小区，引人注目，风光无限。但是，就算你们家藏有一座金山，也不一定赔偿得了你们所损害的东西！

梅兰这样一说，倩倩的男人吴亮，那个上下赤裸，只有中间地带绑缚了一件小裤衩的家伙不乐意了，一下子从沙发上蹿了起来，冲到了门口，嚷了起来：道歉也不行，赔偿也不行，你到底想要怎么样？倩倩一把推过男人，说，待到一边去，这里没你的事。梅兰听吴亮嚷嚷，更不含糊，冲着他说，我想怎么样？我没想怎么样！我就想你们有钱人，别只想着自己有钱，还要想到这个世界上除了你们外还有别人，行路时别占满了路面，也留点路边给别人走走！

说完，梅兰把那两只洇湿的枕头朝前一抛，抛到了倩倩面前，倩倩伸手接住，抱在怀里。梅兰一转身"咚咚咚"地下了楼，"嘭"的一声，楼下的门关上了，倩倩抱着枕头，傻呆呆地站了半天。

楼上楼下，住了好几年了，梅兰这是第一次知道楼上的女人叫倩倩，男人叫吴亮。

四

人，是否都是那样一种好了伤疤就忘了痛的物类呢？前面做过的事情，明知道是错的，不想再做了，可是一不小心，后面还是重复做了。这事，在倩倩和梅兰身上都发生过，而且还发生在同一时间、同一地点，因而，就有了第二次伤害。受伤害的还是梅兰，谁叫梅兰住在楼下！那水，总归是要从高处滴落到低处的，绝不会从低处飞到高处的。

第二次受到伤害，毁掉的是梅兰的一盆子黑芝麻。

大概不同年龄的女人，在生活上会有不同的讲究。倩倩那个年龄的女人，喜欢化妆，喜欢香水。梅兰却不一样，虽然她也化妆，偶尔也洒香水，但是，她更加看重的还是保养自己，是养生。既要养生，就会绕不开一个吃字。以往，很长一段时间里，人们的吃食都在追求一个细字，有细就会有精，米是精米，面是精面，吃菜更是看重山珍海味，好像只有贵的才是精的。后来，又不一样了，人们觉得，还是粗茶淡饭好，养人，不养病。甚至有人在电视上斗胆放言，要帮助你把吃出来的病，再吃回去。所以，人们开始热衷于吃粗粮，原先被人疏远、冷落的玉米、高粱、芝麻和豆类，开始被人稀罕。梅兰也不落伍，她的食物中少不了五谷杂粮，尤其是黑芝麻，她是每天必吃的。据说，多吃黑芝麻，能够乌黑头发，还能养颜，是个美容食品。

梅兰是个爱干净的人，尤其是吃的东西，一定得是干干净净的。梅兰从来都不相信那句老话，不干不净，吃了没病。她认为，这话一定是那些懒人懒得费劲的借口。一般人，想吃黑芝麻，都会去超市里直接买那些炒熟了的芝麻粉，有桶装的，也有袋装的，甚至还有炒熟了的黑芝麻现磨现卖的。梅兰不买这些，她喜欢买生的黑芝麻，回来以后，先是挑拣，后是淘洗。挑拣是寻找出芝麻里的异物，包括细碎的秸秆或者皮壳，当然也会有些看得见的土块或者沙粒，细细翻找，挑拣干净。淘洗其实是有两个方面的作用。淘是淘沙，通过在水里淘与漂，利用水的浮力，把比重较小的芝麻粒子选出来，让沙粒子等杂质沉下来，集中剔除；洗也就是在淘的过程中，洗净芝麻里的灰尘，让灰尘溶解于水，被水带走。完成了挑拣淘洗之后，还得把芝麻放在太阳底下晒干，然后，下锅炒熟，磨成粉末，才好食用。梅兰喜欢使用勺子，一小勺子一小勺子地送到嘴里，用舌头一点一滴地舔食芝麻粉，吃得很慢，那个过程好像很是享受，也像是充满回味。那回味，就一定是回顾到了吃到嘴里的芝麻粉来之不易的经历了。

那天，天气晴好，梅兰把挑拣淘洗干净之后生的黑芝麻，装在一只浅口盆子里，就拿到阳台上来晒。这些黑芝麻不是从超市买的，是中秋节回乡下老家时梅兰妈妈给的。这点芝麻，梅兰看得很重，那可是妈妈亲手种出来的，不光是没有使用化肥和农药的问题，梅兰一直觉得，这世上最好吃的、最放心的食品当属从妈妈手上接过来的了。梅兰伸头望望楼上，一切正常，上面没有悬挂，心中也就没有悬念，她就将盆子放在栏杆的台子上晾晒，阳光晒得最直接，效果最好。摆上台子之后，每过一小会，梅兰就会过去，用手在盆子里翻动一下，把盆子底下的芝麻翻上来，好让芝麻干得快些。翻过几次之后，芝麻的颜色渐渐由深变浅，由浓变淡，几乎就要干了，梅兰寻思着再晒一会就可以收起来了，下锅一炒，噼啪作响时，就可以放在小钢磨里去打成粉了。

可是，等到梅兰以为黑芝麻已经干了的时候，过去一看，她就傻眼了。原来，已经快干的芝麻，却被淋湿了。天是晴天，没有下雨，哪来的水淋湿了黑芝麻？梅兰想都没想，就知道一定是楼上的衣物在滴水。伸头一望，果然不错。不过，这次滴水的不是内裤，是几块尿布。一个月前，楼上的倩倩生二宝了。倩倩和吴亮两个"80"后，都是独生子女，一直在等待国家放开"双独"准生二胎的政策。这家富二代的两口子结婚早，生孩子也早，孩子两岁后，倩倩的父母就催促他们生二宝，只是苦于没有政策，现在好了政策来了，两口子牢牢地把握了机遇，闪电般地在第一时间就播下了种子，并且很快发芽，破土（肚）而出。所以，这段时间，杨青和梅兰在半夜三更里，常常被"哇哇哇"的婴儿啼哭声给吵醒。婴儿吵夜总是难免，也是没有办法的事情，杨青和梅兰都不怪楼上，被吵醒了也就醒了，过一会继续睡去。杨青和梅兰都是过来人，对婴儿总是充满了慈爱和宽容，即便是对这样一个并不投缘的楼上，因为婴儿，他俩也都宽容起来。

其实，这宽容也只是对婴儿的宽容，并不代表对婴儿身后的一切都能宽容。实际上，对于尿布上的水滴落在自己洗净晒干的黑芝麻上，打死她，梅兰也是不能宽容的，因为这根本不是婴儿的错，婴儿无错，错全在大人。杨青调侃梅兰说，没关系的，孩儿尿，桂花香。这童子尿，可是个宝物啊，怪养人的，人家想吃还吃不上呢。杨青虽然知道梅兰脾气有些急，但他没有想到梅兰这一次翻脸竟比翻书还要快，将一盆子潮湿的黑芝麻，哗啦一下就扣到了杨青的头上，杨青如猴子驱赶虱子一般不停地抖动着身子，在他的周围顿时下起了好一阵子芝麻雨。杨青边抖动着身体，边和梅兰打情骂俏，嬉闹了一会，把身上的黑芝麻清理干净之后，他又把地上的黑芝麻打扫干净，装进了垃圾桶。这个不长记性的杨青，真有些死不改悔的味道了，他见梅兰只是找他出气，并不是真的对他生气，又一次撩拨梅兰，笑着说，谁知黑芝麻，粒粒皆辛苦！你看，妈妈辛辛苦苦种出来的多好的粮食，就被你浪费掉了！梅兰差一点又要翻脸了，她端起了垃圾桶，对杨青说，你再说，我就拿这垃圾桶往你嘴里倒，看你浪费不浪费！

这一次，杨青完全是充当替罪羊了，他无缘无故地亏大了，本该撒给倩倩的气，一下子全撒给杨青了。梅兰知道楼上的女人正在坐月子，这个时候她上去敲门找人家理论，弄不好会惊吓了婴儿的，这可不是人干的事情，梅兰不会这么干。她就权当杨青就是那个狐狸精了，对那个狐狸精不能做的事情，她对杨青也就放心大胆地做了，做得酣畅淋漓。杨青无奈地摇摇头，这只替罪羊他做的简直就是冤大头了。

五

其实，杨青所居住的荷花园小区，在长江中下游地区的这个东部省会城市里，并不是一个低档小区而是一个十分高档的小区。城市里的低档小区，往往都是那些拆迁安置房，那里居住的都是些失去土地后被回迁安置的农民。有的拆迁户，一次分了好几套房子，根本住不过来，空着也是空着，不如租了出去，还能获得一笔不菲的租金。现在，城市里的流动人口多，有房子很快就能租出去。来租房的房客，大多是进城打工人员，但也有不务正业的闲散人员，包括做着发财梦的传销团伙。由于低档小区房屋租金便宜，传销团伙往往就瞄准了那些低档小区。所以，城里人买房子，当然不愿选择低档小区，低档小区脏乱差，里面什么人都有，住在里面很闹心，又不安全。在城市里，看起来同样都是楼房，但低档小区、高档小区那绝对是不一样的。不一样的房屋品质，就会带给人不一样的生活享受。这买房子的事也就成了技术活了，除了要有经济实力外，还要有眼光。

杨青所住的那个名叫荷花园的小区，是国内一家著名的房地产开发商开发出来的高档小区。小区开盘时，售楼小姐曾公开宣称，本小区专为成功人士量身打造。所以，在售楼部，售楼小姐接待客户时通常会先问客户是做什么工作的。若是客户的工作不够"高尚"，售楼小姐会说，对不起，我们这个楼盘可能会不太适合您。杨青当初去看房的时候就被售楼小姐盘问过，当售楼小姐问他在哪里工作，杨青玩了一个小小的狡猾，他没有说出自己上班的那个有些唬人但其实徒有虚名的某某研究所的名称，他只随口撂了一句，我在银行上班。售楼小姐立马肃然起敬，长长地"哦"了一声，然后说，欢迎，欢迎。银行有钱啊，我们的钱都是从银行里来的呢。杨青笑笑，不吱声，心想，岂不是废话，银行里还能没有钱？银行里没钱，除非是万里长江里没了水！

售楼小姐的话其实也是半真半假的。说是真的，荷花园这个小区的地段在当时的确比较偏远，来买房的人要么是有车的人，要么是准备买车的人。太远了，没有车，出门是不方便的。在这个原本不算很大的城市里，这个小区当时就在城市的最边缘了。杨青并不是售楼小姐所说的成功人士，当时没有车，也没有打算很快就去买车，但杨青看上了这个楼盘。

看上它，主要有两个理由。一个理由是，这个地段好。人家认为这个地段不好，杨青却觉得好。好在哪呢？小区依山傍水，东边是一个湖，西边是一座山，湖倒是不稀奇，这座城市里有好几个湖呢，甚至还有在全国都能排上名的巨大淡水湖。山就不一样了，在这个坐落在大平原的城市里，山可是个稀罕的物事了，这个城市仅仅就这一座山，一峰独秀，很孤独的一座山，所以山的名字就叫作"独山"。那时候，这里的山水都在城外，一般人觉得这地方远，杨青觉得不算远，城市的发展会很快，这座山不要几年，就会被这个城市抱到怀里去。杨青还真看准了，现在，这座山已经成为城中山了。

另外一个理由是，小区规划设计建筑的风格非常好，而且小区里的园林绿化非常漂亮，有点像瑞士的那个琉森小镇。杨青并不是一个周游列国见多识广的人，杨青仅仅就去过一次欧洲，到过瑞士的一个名叫琉森的小镇，那里的山水园林风光，曾经让杨青震惊、欣喜和留恋，杨青十分羡慕琉森的居民，认为住在那里才真的是活在人间天堂呢。第一次来到这个名叫荷花园的售楼部，跟在售楼小姐后面走进小区实地考察的时候，杨青惊呆了，梦呓般念叨，琉森，琉森。售楼小姐听了，很有些不高兴，以为杨青说错了，就急忙更正说，这位先生，听您说，您是喜欢住六层？我们小区的房子可没有六层哦，一般只有四层的，极少数最高的也才五层呢。

说是假的，那就更简单了，所谓专为成功人士量身打造，其实，那只是开发商的一个营销策略，甚至就算一个噱头，谁不希望自己也能成为一名成功人士？物以稀为贵。越是难以买到的东西，就越发觉得是好东西。所以，许许多多的开发商都会这样造势，让买房人排着长队等待买房，甚至还会制造僧多粥少的紧张气氛，让买房人夜里不睡觉，自带小板凳坐在售楼部里排队等候买房。其实，卖房人哪里需要什么高尚，只要你有钱，才不管你是老板还是乞丐呢！这年头，有钱的人不一定就是老板，没钱的人，当然不会就是乞丐。其实，乞丐，极有可能就是有钱的人。乞丐来售楼部买房的时候，你就认不出他是乞丐了，他一定是西装革履油头粉面的，下了一番工夫费了不少洗面奶，洗得白净的脖子上还会挂上一条颜色鲜艳的领带呢。至于平常穿的那套肮脏褴褛的类似于老和尚的"百衲衣"，他也没有舍得扔掉，还存放在某间出租房的门背后呢，待需要"上台表演"的时候，拉出来就可以穿上。

除了上述两个主要理由之外，还有一点也让杨青很是喜欢。那就是这个小区的名字以及它的图标。在百花当中，杨青最喜欢的是荷花。多年以前，杨青曾经还是个"文青"，他至今还能背得出周敦颐的《爱莲说》，因为他喜欢那"出淤泥而不染，濯清涟而不妖"的莲。立在小区门口的门牌石碑上，雕刻了这样一幅画：一枝盛开的荷花，荷花下面，还有一只小螃蟹。这就是开发商设计出的小区图标。一般人，见了这个图标可能不会怎么在意，认为荷花是生长在水里的，螃蟹同样也是生活在水里，所以，在荷花的下面见到螃蟹，是件很自然的事情，合情又合理。其实，事情远没有这么简单，人家开发商的设计是有深刻寓意的。荷花与螃蟹放在一起，简称就是"荷蟹"，"荷蟹"就能让人想到"和谐"。开发商的寓意就是，这里是一个和谐小区。他们的工作也不仅仅是盖房子卖房子来赚钱那么简单，他们也是在打造和谐社会呢。小区不就是社会的一个细胞吗，细胞们都"和谐"了，机体还能不"和谐"？尽管售楼小姐没有讲透这一点，但杨青还是看出来了。杨青信奉和为贵。这"和谐"二字便是杨青一直秉持的人生理念了，他想，他这些年来正在追求的不就是这"和谐"二字吗？

六

人人都有自己的梦想。其实，"和谐"二字就是许多人一生的梦想，到老的追求。在这里，"和谐"是这个荷花园小区开发商的梦想，当然也是业主杨青们的共同梦想。可是，梦想归梦想，现实还是现实。梦想总会是那样的丰满，而现实却往往又会充满了骨感。这一点，住在荷花园小区，杨青算是体验到了。最让杨青刻骨铭心的体验，还是在楼上楼下的邻里关系上。

杨青引以为自豪的是这个小区的环境美。小区里建筑密度很低，房前屋后都留有许多空地。这房子盖得早，离现在都快十五年了。搁在现在，再盖这样的房子，那开发商就是傻透了，估计会亏得连裤衩都没得穿了。现在的房子，动不动都会盖到三四十层，开发商们还在叫唤日子难过，赚钱难。人说，会叫的孩子有奶吃。其实，有奶吃的孩子，照样还会叫。呵呵，这世事变化真的太快了，杨青想想就笑了。

荷花园小区的空地上，种植了许许多多的花草树木，其中主要的品种是银杏树、冬青树、香樟树，还有桂花树。至于小区的主题词"荷花"，那可不是随便可以种的，只能养在小区的中心景观人工湖里了。到了夏天，小区居民们成群结队地到那人工湖边，领略"江南可采莲，莲叶何田田"的诗情画意。杨青的书房外面，就是一棵高大的银杏树。杨青喜欢银杏树，喜欢它那碧绿厚实富有质感的叶子，用手指掐一下那叶子，掐痕里就会冒出绿色的汁液来。杨青也算是个"宅男"了，有空的时候不喜欢到处闲逛，总喜欢坐在书房里，看看书，写写字。累了，杨青就抬起头来，看看窗外的银杏树，把目光盯在银杏树的绿叶上，杨青觉得很舒服，特别养眼。那天，杨青突然发现，银杏树的一个树枝竟然伸展到了他的窗口，就好像是谁伸过来的一只手臂。杨青笑了，从窗户伸出手去，想触摸那个靠近窗口的树枝。杨青心想，他这是在和银杏树来一次亲切握手呢。窗里窗外，年复一年，日复一日，相看两不厌，他俩都成好朋友了，简直就是一对知己。

可是，有一天杨青忽然发现有人欺负了这位知己朋友。不知是谁在这位银杏树朋友身上挂上了一只白色的塑料袋子，那是一只垃圾袋，袋子里面还装有一些纸质的垃圾。那只白色的塑料袋子就挂在杨青的窗前，有风吹来，塑料袋子就在树枝上随风摆动，发出沙沙的声音，杨青还能时不时地闻到一丝若有若无的酸臭味。这只白色的塑料袋子晃悠在杨青的眼前，把杨青原本平静的心情搅得动荡不安，让杨青觉得很碍眼，很烦躁。杨青想，这只塑料袋子怎么就跑到树上去了？难道它长了翅膀自己飞了上去？不对，这不是袋子自己飞过去的，这是有人让袋子飞过去的。那么，这个让袋子飞的人是谁呢？楼上，肯定是楼上，不会是楼下，若是楼下，那他一定是吃饱了撑得难受，不知要费多大的劲，才能让袋子飞到树枝上去。只有在楼上，才是最顺手、最方便。所以，杨青认定这只袋子就是从楼上飞下来的，而且还是三楼，只有在三楼的窗口飞出去，才会挂得这样稳稳当当，若是从四楼的窗口下来，在重力加速度的作用下，那袋子在树枝上是挂不住的，会直接落到地上去。

杨青把情况分析透彻之后，立即打电话报警。当然，这个报警电话只能打给荷花园物业了，是不能打给110的，若是打给了110，杨青就该有骚扰、调戏甚至妨碍公务的嫌疑了。杨青这个生活在一个伟大的组织里面，受了组织上培养和教育多年的老同志，才不会去犯这样的低级错误呢。

物业接到报警电话以后，对这个情况很重视，立即派了管理员来现场查看。管理员的勘察结论是，垃圾袋子没有翅膀，自己飞不上去，一定是有人抛过去的。杨青问管理员，到底是谁抛过去的呢？管理员说，这个我当然知道，只是我还不好说。现在办案都要讲证据，不能仅凭推理，我手里没有证据，我就不能随便推测。何况，我还不是警察，我的手里并没有执法权，我所拥有的只是一种义务，那就是为业主们服务好。杨青很生气，他觉得物业在打太极拳，是在和稀泥，根本就没有个解决问题的态度，一点诚意都没有。杨青责问管理员，这么说，这事你就不管了？管理员十分肯定地说，管，这事我们一定会管，我们管定了。杨青询问管理员，那么你打算怎么管？管理员说，首先，我得想办法把那垃圾袋子从树枝上拿下来，然后，对业主进行劝说，劝说大家讲究环境卫生，不要乱扔垃圾。我会一户一户地上门去劝说，你家我就不用去了，在这里就算我首先对你劝说了。杨青听了很惊讶，问管理员，你对我家也还要劝说？我也成了你的怀疑对象？管理员说，那当然啊，我们对事不对人的。我如果专门到某一家去对人家说，请你不要乱扔垃圾，那人家还不把我轰出门去，骂得个狗血喷头。杨青一听，觉得也有道理，还不能怪人家物业管理员。他就"唉"地叹了一口气，心想，这和谐，咋就这么难呢？

傍晚的时候，杨青下班回来，进楼道门之前，抬头看了看那棵银杏树，树枝上的白色塑料袋子不见了。进了楼道，杨青发现在楼道的宣传栏里，多出了一张贴纸，粉红色的贴纸上打印了几行文字。原来，是一条"温馨提示"，上面写道：

> 别把垃圾挂在树上，
> 要把公德放在心上。
>
> 请把垃圾扔进桶里，
> 别把毛病留在身上。

杨青看过，不禁笑了。心想，那个爱打太极拳、爱"和稀泥"的管理员，肚子里面还算装了点墨水，这样的劝说，表面温和，实质坚定，看似柔，实则刚，绵里面藏着针，还真有点味道呢。

回到家里，坐到窗前，不见了那只白色的塑料袋子，杨青的眼睛舒服多了。不过，杨青还是高兴得有点早。就在杨青抬头看窗外银杏树的同时，他在窗台上发现了一个异物。那不是一个普通的异物，那是一个可怕的异物，简直就是一个要命的异物，一个星星之火可以燎原的异物。不是别的，是一只烟屁股，一只带了过滤嘴的烟屁股。这还得了？烟屁股都投到了窗台上来了，这跟放火有什么两样？人不在家的时候，一只烟屁股从窗户外扔进来，落在地上，不要几分钟，带油漆的木地板就会被引燃，木地板燃着了，屋子还不成为一片火海？他和梅兰辛辛苦苦几十年如劳燕衔泥筑巢般营造的家，还不毁于一旦？杨青想想都害怕，他觉得这只烟屁股到了窗台上，性质严重，隐含重大案情，应当及时报案。

这一次，杨青没有给物业打电话，他知道，给物业打了电话也没用。物业不就那几招吗，打打太极拳，和和稀泥，然后再去敲敲门，逢人说一些无关痛痒的话语，管什么用呢，他叫人家别把垃圾挂在树上，人家就把烟屁股扔到了你窗台上来了。若是物业再去劝人家别把烟屁股扔在窗台上，那下次人家还不找机会把那带火冒烟的烟屁股直接扔到你的床上去！杨青越想越觉得这个小小的烟屁股真的不是个小事，应该引起有关方面足够的重视。他觉得，烟屁股不是烟屁股，烟屁股是一种情绪的宣泄物，烟屁股的味道里面，有报复，有威胁，有警告。于是，杨青觉得没有退路了，他只好把电话打到了110。

110接电话的是一个好听的女声。杨青急急慌慌地说，110同志，我要报警。110那个好听的女声说，先生，是什么情况？您请说。杨青上气不接下气地说，是这样，有人放火了，把烟屁股扔到了我的窗台上。女声问，你家着火了吗？杨青一听很生气，很不客气地回敬了一句说，怎么说话呢，你咒我呀，你家才着火了呢！我家要是着火了，我还能在这里给你打电话吗？就算要打电话我也该打给119啊。女声很平淡地说，没有着火那就不能认定是放火，你报的案子就不能成立。女声的声音很好听，但话确实那样的冰冷。杨青听不下去了，"啪"的一下把电话给挂了。说的还是人话吗？难道非得消防队去把火扑灭了，你才去寻找起火的原因，然后再去寻找那只烟屁股的主人？真是岂有此理！杨青气得说不出话来。

不过，从那以后，杨青的警惕性真的是提高了。他和梅兰每次离家出门前，一定会把所有的窗户仔细检查一遍，所有的窗户都必须关严，不仅烟屁股飞不进来，就连个蚊虫蚂蚁也钻不进来了。

七

如今的社会，许多人都在为自己的隐私感到担忧。有人曾经接到这样的电话，电话里说，你家小孩放暑假了，我们这里有最好的老师，将在暑期里开办小型辅导班，实行面对面辅导。我们的辅导班就在你家附近，小孩上学非常方便。接电话的人有些不解，就问，你知道我家住哪儿吗？电话里说，当然知道啊，不就是某某花园几栋几零几号房吗？现在的信息这么通畅，我们还能有什么不知道的！接电话的人终于彻底崩溃，无话可说了，只能是连声道歉，小心翼翼地说，谢谢，谢谢，我不需要。对不起，对不起，真的对不起了。

也许，人们都在为没有隐私的生活感到恐惧。置身于这种没有隐私的生活当中，所有的人都像是个玻璃人，你的五脏六腑，让人看得一清二楚。前段时间，杨青听过这样一个民间传说，说是某个女人在一个夏天的早晨，急慌慌出门买菜，没带菜篮子，在菜市场上买了几个茄子以后才发现没有篮子装，女人灵机一动，掀起自己的睡裙下摆，将茄子兜在裙角里，然后急忙赶着回家。一路上，女人觉得她好像陡然成了一个万人瞩目的大明星，满街上所有人的目光都盯在她的身上，而且那些目光还都是朝下看的。回到家里，女人想想就纳闷，放下茄子后，女人检查了一下自己的下半截，不查不知道，一查吓一跳。原来，在女人的睡裙底下，没有穿内裤。杨青知道这个传说，仅仅只是个传说，其真伪无人考证，也无法考证，根本就无须考证。不过，这个传说倒也给人们提了一个醒，那就是，别太粗心大意了，要保护好自己的隐私！否则，是会吃亏的。

杨青第一次听到这个传说时，只是淡然一笑，心想，现在的人，哪里还有什么隐私可言。杨青觉得，他家头顶的天花板或者是脚下的地板，其实都仅仅只是一层纸。杨青住在二楼，三楼的一切活动情况，杨青都清清楚楚。杨青就想，我在二楼的活动情况，人家一楼的人不也同样清清楚楚吗？

还有什么隐私可言！

好几次，杨青坐在书房里，突然听见头顶上有乒乓球从高处落地的声音。"嘟——嘟——嘟——嘟嘟嘟"，那声音从大到小，从高到低，从有到无。有一次，杨青听见了乒乓球落地"嘟"的一声，等了好久都没有听见后面的"嘟——嘟嘟嘟"的声音，杨青觉得很纳闷，甚至怀疑是不是自己的听力下降了，听不见后面细小的声音了。他知道，听力下降可不是什么好事，那是衰老的标志。为了证明自己不至于这么早就衰老了，杨青坐在书房里，等了好半天，就在等待头顶上那个乒乓球落地之后，反反复复弹起又落地的声音。可惜，就"嘟"的响了那么一下，后面就没有了，再等也还是没有等到。

杨青搞不清楚楼上那户人家怎么会有那么多的乒乓球，那球都是放在哪儿呢，怎么会时不时地就"嘟嘟嘟"的往下掉。他知道，这一家的男人吴亮和女人倩倩都不是乒乓球运动员，他们也不是乒乓球爱好者。楼下就有个乒乓球台子，经常见到有人在那儿打乒乓球，可从来就没见到楼上这俩人打过。不打乒乓球的人家也会存放许多乒乓球吗？若要有存放，那也许就是收藏乒乓球了。这件事对于杨青来说真的是个谜，杨青一直想找机会去看看究竟是怎么一回事，虽然也曾有过这样的机会，但那谜依然还是一个谜，杨青还是没有搞清楚。

都说机会总是留给有准备的人的，这话还真不假。从某种角度上讲，杨青就是那个有准备的人，杨青准备了很长时间，等待了好久，机会终于来了。机会是这样来的，有天下班，杨青去阳台上收衣服的时候，发现有一件衣物落在地上。杨青弯腰捡了起来，觉得很陌生，似乎没见过，拿在手上，翻开来，仔细一看，竟是件婴儿的小衣裳。杨青想都不用想，就知道是三楼的，应该又是挂在了阳台外面，不知道是哪一阵风，把这件小衣裳飘落到了这里。杨青随手抖了抖，似乎想抖干净小衣裳在地上沾了的灰尘。杨青知道，婴儿的皮肤很娇嫩，沾不得灰尘，沾了灰尘，说不定就会起个大包，会过敏的。抖了几下之后，杨青才想到，该把这件小衣裳放哪儿呢？他觉得放哪儿都不合适。杨青就问梅兰，是不是该你拿着小衣裳送到楼上去？梅兰说，才不该我呢，要送你自己送，我是不会送的，不是我不想送这件婴儿的小衣裳，是我不想见楼上那个妖里妖气的女人。你不是喜欢看见那个妖里妖气的女人吗？正好，给你个机会，你就送过去吧。杨青偏了一下脑袋，翘了一下嘴巴，心里说，去就去，我倒不是想看那个脸上堆脂粉身上洒香水的女人，我只是想借机去看看，他家里到底有多少乒乓球，都存放在什么地方，为什么老往地上掉。

杨青拿着那件婴儿的小衣裳"咚咚咚"地就跑上了三楼，站在吴亮的门口，"嘭嘭嘭"，轻轻地将门叩了三下。过了一会，屋子里也响起了"咚咚咚"的脚步声，然后门就开了一条缝。杨青看见门里那人是倩倩，就说，你好，是我，楼下的。倩倩也看清楚了门外的人不是别人，是楼下的杨青，就很放心大胆地把门完全给打开了。倩倩一脸的笑容，说，是大哥啊，快请进吧。杨青就跟着倩倩进了门，站在门里的脚垫上，需要换鞋的时候，杨青忽然想起进到屋子里面来是不合适的，就说，我还是不进去了，我也没什么事情，就是来送衣裳的。你看，这是你家宝宝的衣裳吗？落到了我家阳台上，估计是风吹的呢。倩倩接过一看，说，是的，真的是宝宝的小衣裳呢，您看还劳您专门送来，真要谢谢您了。杨青说，谢什么呀，都是楼上楼下的，不要见外嘛。好啦，我走了。说过，杨青就转身跨过了门槛，来到了门外。倩倩说了句客气话，大哥也不坐坐吗，还麻烦您来跑一趟。杨青忽然又转过身来，面对着倩倩，很突兀地问了一句，那个，我想问你个事，能不能借我一只乒乓球，我们想到楼下那台子上去打一会乒乓球，我在家里找不到乒乓球了，你家有吗？倩倩面带遗憾地说，哎呀，大哥，还真不好意思呢，你要是借油盐酱醋，我家倒是都有，你借乒乓球，还真没有呢，我家从来就没有买过乒乓球，要是有，那还用借吗，您拿几只去打打就好了。杨青却有些不解，傻傻地问了一句，哦，你家没有乒乓球啊，我还以为有呢，我老是听见你家里有乒乓球落到地板上的声音呢。倩倩笑了，问杨青，是吗？乒乓球落地的声音您都听得见啊？杨青说，听得见呢，哪有什么声音听不见。也不知咋弄的，我睡眠不好，耳朵却特别的尖。

杨青这么一说，倩倩的脸就无缘无故地突然红了起来。

八

机会虽然有了，谜却没有解开。不仅没有解开，谜却越发是谜了，刚听倩倩说，她家里就根本没有乒乓球，那声音，到底是什么东西落地的声音呢？没有乒乓球也就算了，杨青心想我又不是真的要借乒乓球。不过，杨青却不明白，说话间，倩倩的脸为什么突然就红了呢？

回到家里，梅兰问杨青，见到了狐狸精吗？杨青说，见到了。梅兰又问，狐狸精咋不留你吃饭呢？杨青一本正经地说，你咋知道人家没留？人家客气着呢留了我不干。梅兰"噗"的一笑笑出声了，杨青也跟着笑了起来。

杨青把梅兰拉到沙发上坐下，对梅兰说，我跟你说。梅兰问，你要跟我说什么呀？杨青说，说个好玩的事情。梅兰说，有什么好玩的，你说吧。杨青说，我一说听得见乒乓球落地的声音，倩倩的脸就红了，你说好玩不好玩？都这么大的人了，又不是个小孩子，咋就这么容易脸红呢？梅兰推了杨青一把，说，去，去，去，这有什么好玩的，你连乒乓球落地的声音都能听得清楚，那还有什么声音你听不清楚呢。杨青说，我就是这样说的呀。梅兰说，你这个弱智，你以为人家也弱智吗？你这样说话人家还能不脸红？杨青突然笑起来，笑得很坏，满脸上写的都是坏字。梅兰从来没有见过杨青这样的笑，这样的坏，发现自己上当了，中了杨青的坏招了，立马站起身来，离开沙发，说，没个正经的东西，不跟你啰嗦了，我的事情还多着呢，忙都忙不完，哪有空跟你闲扯。你与其在这里闲扯，还不如拿个抹布，趴到地上去，帮我把地板擦擦干净。

梅兰说去忙，其实也没忙什么，她跑到了卧室里，坐在梳妆台前照镜子。她在看，镜子里的那个人，这段时间她的脸上是不是又长肉了，还有，头发丛里有没有新添一两根白发。对着镜子看了一会，梅兰的目光还在镜子上，眼神却跑远了，镜子里面是什么，梅兰却看不清楚了。梅兰还是想起了刚才杨青说的那个好玩的事情，其实，那事情一点都不好玩，甚至，她想起来都有些生气。

事情是这样的，荷花园小区这种单元楼房的户型结构，楼上楼下都是一样的。也就是说，你家做厨房的地方，楼上楼下也是厨房，你家做卧室的地方，楼上楼下人家也是卧室，甚至，连睡床摆放的位置，开发商都给你规定好了，容不得你做出更改。再说了，人家开发商毕竟是专业人士，考虑问题会更加全面，你想更改，也不一定就比原先的好。所以，楼上楼下，步调一致，该放锅灶的地方放锅灶，该放马桶的地方放马桶，该放床的地方就都放了床了，而且，人在床上躺下的姿势都有可能一样。梅兰反感倩倩，或多或少，跟这床以及床上的动静有关。虽然倩倩睡的是倩倩的床，梅兰睡的是梅兰的床，看起来好像是井水不犯河水，其实是做不到的。这事不怪梅兰，梅兰天生长了耳朵，耳朵就是用来听事的，即便是梅兰不想听，那声音也会一个劲地直往梅兰的耳朵里钻。这事若是怪了倩倩，的确也很冤枉。书上都说，我的地盘我做主，有了快感你就叫。这能怪倩倩吗？

有一天夜里，梅兰正睡得迷迷糊糊的，突然被杨青的手指头给捅醒了。杨青把嘴巴贴在梅兰的耳朵边，小声地说，老婆，你听听，这是什么声音？梅兰翻过身，静静地躺着，屏声静气在倾听，看看到底有什么声音。果真有声音，那声音很复杂，一会儿"噗噗"，一会儿"吱吱"，一会儿"嗯嗯"，一会儿"嘤嘤"。梅兰确定那声音不是来自窗外，而是来自头顶，就知道是怎么回事了。于是，梅兰就伸手在杨青的大腿上掐了一下，痛得杨青"哟哟哟"地大叫起来，杨青的叫声可能比楼上的叫声还要大呢，估计楼上楼下都听见了。

杨青觉得自己很冤，不明不白地被妻子惩罚了一下，很不服气，就翻过身去，重重地趴压在梅兰的身上。很快，这间屋子里，也发出了梅兰刚才所听见的那样的声音，而且音量还不小，比平时都要大，很有一些相互竞赛的味道了。

从那以后，梅兰常常在睡梦中，就感觉杨青趴到她的身上来了，也不管她愿意不愿意，他就趴上来了，把她压得喘不过气来。梅兰就知道了是怎么一回事，一定是杨青又听见了什么声音，受到了那声音的启发和鼓舞，激发了他参加竞赛的信心和勇气。每每如此，梅兰虽然心有不愿，但还是成全了杨青，配合着杨青完成了竞赛活动。时间长了，次数多了，梅兰不免有些怨意。心想，你要参加竞赛活动，我为什么就一定要支持你配合你呢？你是把我当成什么了？是一具操纵在你手里的木偶吗？说不定在你的心目中，身子底下这具木偶还就是楼上的那个狐狸精呢！

想到这里，梅兰就很气了，而且越想就越来气。有几回，梅兰什么都没说，就把杨青从身上硬是推了下去。

气了杨青事小。最可气的，还是楼上。因为来自楼上那一次突如其来的惊吓，杨青几乎是完全丧失了参与竞赛的信心和斗志，尽管后来梅兰多次鼓励，杨青还是没有多少起色。

这事，梅兰一想起来就气。她想，这是在咱们这样一个重视礼教的社会，若是在这个世界上的某些地方，人家不到法院去状告楼上获取索赔才怪呢。好在我们是一个有着五千年历史的文明古国，对这点小事，我们向来都很低调，能做不能说。做也只能偷偷摸摸，说就真的有些羞于启齿了，就算说出来了，也只是语焉不详，说一半，留一半。不像人家，把这当成大事，不仅要做，而且还说。做是光明正大，说也理直气壮。

说起这事，梅兰心里也怪杨青。心想，你杨青就是一个温室里的花朵，没有经过风吹雨打，没有见过大风大浪，就这么一个不经事的东西，就受那么一点惊吓，你就不行了，我不也同样受了惊吓吗，我怎么就没有你那么强烈的反应呢。唉，咱杨青也是个受害者，还是不能怪杨青，说来说去，都只怪楼上那个狐狸精。

那天夜里，杨青和梅兰做好了一切准备工作，所有角色已经各就各位了，一场好戏就将开始。就好比夫妻两个即将开车远行，车子加满了油，人也备好了干粮。两口子都已经并排坐上了汽车，一个坐在驾驶位上，一个坐在副驾驶位子上，两个人都很遵守交规，自觉地系好了安全带，车子早已发动，已经预热了好久，现在就要挂挡起步离开停车位了。可是，就在车子即将起步的那一瞬间，意想不到的事情发生了，一辆本该从他面前一闪而过的车辆，突然间熄火抛锚了，在那个停车位的出口上，把他的车子堵了个严严实实，前后左右动弹不得。

那个突然熄火的车辆，其实就是来自楼上的一个意外的声音，好像是什么东西从高处落到了地上，在地上发出了极其响亮的破碎的声音。接着，又响起了一阵婴儿的啼哭声，婴儿的哭声很大，哭了很久，哭得有些没完没了。估计，是放在床头柜上的水杯，因为动静太大，给摔到地上了，成了一堆碎玻璃。

那堆破碎的玻璃，一下子就把婴儿那甜美的梦境给划破了，也难怪婴儿那么啼哭呢，难怪他哭得那么伤心，一个好梦就那么没了，再也找不到了。

就在婴儿的哭声平息之后，一切归于平静的时候，杨青和梅兰打算重新起步，谁料，却怎么也起不了步。不仅那天起不了步，后来很长一段时间，那辆车都无法起步。要说伤害，这次就应该是杨青包括梅兰受到伤害最大的一次，至于次数，梅兰已经数不上来，但她肯定，绝对不是第二次后面的那个第三次了。

从那以后，梅兰对于楼上，不仅仅是个讨厌的问题了，甚至她都有些仇恨了。

九

仇恨一旦主导了人的心理，是一件挺麻烦的事情。很长一段时间，梅兰只要一听见楼上的声音，她的心里就很烦。至于楼上的人她就更加不愿意遇见了。可是，楼上楼下，邻里之间，总是低头不见抬头见啊，不想遇见的人偏偏还是经常要遇见的。

有段时间，梅兰陡然想起了孟母，想到那个历史上传说的"孟母三迁"的故事，梅兰就起了念头想把这套房子卖掉，眼不见心不烦，一走了之，另外去找一个安静的地方重新买套房子，安安静静地过着自己的小日子。将来以后，她老了还可以很自豪地告诉自己的子孙说，她这个杨母也不亚于史上的那个孟母了。

可是，梅兰的这个想法很快遭到了杨青的反对。杨青反对的理由有两点，首先，这荷花园小区是他跑遍了整个城市，精挑细选之后，觉得这个小区最合适，才选择了它，住到荷花园里，曾经是杨青最大的心愿，现在即使遇上点不开心，他也不愿轻言放弃；其次，他坚信天下的乌鸦一般黑，谁知道别处的房子不是这样呢？除非你有能耐去住上别墅，那样，楼上楼下才都是你的，就没有了别人的打扰甚至是伤害。梅兰听杨青这样一说，就淡淡一笑，说，看你那个熊样，还能让我住上别墅？杨青一脸的严肃认真，对梅兰说，不是因为我这熊样，让你住不了别墅，怪只怪你自己没有那个住别墅的命！你放眼四周一看，有几个拿工资的人住能上别墅呢？就算他买上了别墅，十有八九他也住不了那个别墅。梅兰有些不解地问杨青，买都买了，为什么还住不了呢？杨青淡淡一笑，这个你就不知道了吧，只怪你平时不看书不看报，电视新闻你也不爱看，要是看了你就知道了，这样的情况多着呢。梅兰还是不知道，继续追问，到底为什么？杨青说，不为什么，也就因为那个很简单的道理，钱多了，人就没有那么自由了。那些个原本靠拿工资过日子的人，突然间有钱买了别墅，他的身价一下子就高了起来，这样他就不仅不能随便住了，就连走动走动也不能随便了，甚至在他住的地方，在他停留的任何地方，都会有武警荷枪实弹地为他站岗放哨呢，你说威风不威风！梅兰呵呵一笑，似乎明白了什么。

杨青说，梅兰，自古以来都说嫁鸡随鸡嫁狗随狗，你就认命吧。梅兰一听哈哈大笑，对杨青说，你要我认命也可以，但你得清楚明白地告诉我，你是一只鸡呢还是一条狗？说清楚了，也好让我认个明白。杨青自知失言，但说出去的话如泼出去的水，收不回来的。杨青低下头来，弯下腰身，做一恶狗状，扑向梅兰，一把抱住梅兰，将梅兰扛在肩膀上，扛到了卧室里，一下子把梅兰摔在床上。杨青累得气喘吁吁地说，我就是一条狗，整天围着你转，讨着你的好，一条没心没肺的忠实的狗！

之后，梅兰就再也没有提出过她这个杨母要做孟母的话题了，日子也就渐渐安静下来。后来有一天，这种安静到底还是被打破了。打破安静的并非是个什么样的重大事件，只是一阵很轻微的敲门声。

那天来人来敲门时，正好是梅兰在家里。梅兰听有人在敲门，就走了过去，站在门背后问，谁呀？外面人说，你好，我是房地产公司的，我们过来看看房子。梅兰听说是房地产公司来看房子，觉得很奇怪，以为是杨青想通了，愿意离开这里了，悄悄跑到房地产公司去做了房屋出售登记呢。于是，梅兰想开门去问个究竟。

门外站着两个人。一个是穿着西装打着领带的小伙子，小伙子年纪不大，看上去也不过二十岁。那套西装应该是新买的，成色很新，但却很粗糙，应该是路边市场上摆着卖的那种。他的胸前挂着一个扁长形的工号牌，金黄色的，一看，就知道这小伙子是房地产公司的。另外一个是中年男人，个头不高，体积却不小，体形显得很富态，一看就像是有钱人，估计他就是想来买房的客户了。梅兰打开门，问了句，请问你找谁？大姐你好，我是房地产公司的，带了客户来看看你家房子。能方便让我们进去吗？那个穿着西装戴着工号牌的小伙子说。梅兰没说可不可以进来，先是反问了小伙子一句，你们为什么要来看我家的房子？小伙子说，你家的房子不是登记了出售吗？梅兰继续反问，谁告诉你我这房子要出售？梅兰这样连续反问，小伙子就有些急了，便低头去翻开手里的那个套着黑色胶皮的笔记本，那上面登记了许许多多房屋的买卖信息。小伙子边翻边说，你这不是8号楼305吗？梅兰一听就知道了事情的原委了，笑笑说，别翻了，我家不是305，是205呢。小伙子一听，才知道是自己找错了楼层，那张稚气未尽的脸上突然起了一层红晕，很有些不好意思，连着说，抱歉，抱歉，打搅了，打搅了。

梅兰笑笑，没有说话，待两人转身走后就关上了门。关门之后，梅兰这才想起，305不就是楼上吗？难道那个吴亮和倩倩要换房子搬新家了？果真是他们的房子卖了，他们搬家了，不也就等于我们搬了家吗？梅兰顿时心里一亮，有了一股难以抑制的兴奋，她想在第一时间把这个好消息告诉杨青，谁知这个一向准时下班回家的杨青，那天居然迟迟没有到家。梅兰给杨青打电话，问杨青，在哪里呢？杨青说，在公交车上呢，堵车了，一个红绿灯等了十几分钟了，还没有过去呢。梅兰听了就"唉"地叹了一声，说，怎么搞的，现在就是到处都堵车，堵的人心里发毛。你呀，还是干脆和我一样，买辆电瓶车吧，这样就不怕堵车了，只要是人能走过的地方，咱就能骑车过去。杨青说，看来还是我老婆聪明，有先见之明，坚持不买车，现在看来还真是对的，买了也是白买，还不是乖乖地被堵在路上，不抵电瓶车跑得溜。梅兰听着很舒服，有些心花怒放的意思了，就在电话里对杨青说，早点回来吧，告诉你一个好消息。

杨青在电话里说，老婆，我比你还急呢，我是恨不得插上一双翅膀，飞着回家呢。梅兰说，那你就赶快飞回来吧，为了这个消息，你飞着回来也是值得的。杨青问，老婆，是中彩票了吗？我可从来没有见你有过这么高兴呢。能不能提前透露一点，到底是个什么样的好消息，也好让我早点高兴高兴，同时事先做好思想准备。要不，我怕我受不住大好消息的刺激呢，会不会就像当年的范进中举那样，连蹦带跳地逢人就喊，噫！好嘞！我中了！梅兰在电话里笑着说，那就喊吧，使劲地喊，一路喊着回家。

十

杨青到家的时候，中央电视台的新闻联播都已经放完了，正在播报天气预报呢。

梅兰做好了晚饭，暖在锅里，等着杨青回来呢。自从上次杨青说梅兰不看书不看报，也不看电视新闻之后，梅兰还真有所改变了，她觉得杨青说得确实有道理，在这个瞬息万变的时代，一个人，如果不看书不看报，又不注意看看电视或者网络上的新闻信息，那么，这个人跟聋子或者瞎子就没有什么两样了。所以，梅兰立行立改，说干就干，有空总是要去看看书，看看报纸。看电视的时候，也不再专去看那些挤牙膏般一节一节慢慢播放的韩剧了，她看电视，主要就看新闻，当然也会看看娱乐频道。

杨青一进门，发现梅兰正在收看中央一台，知道梅兰看过了新闻联播，就表扬了一句，我老婆终于进步了，也学会看看电视新闻了。梅兰不领情，她并不接受杨青的表扬，她说，不是你老婆进步了，是你老婆从来就没有落后过。呵呵，还没说你胖，你就先喘了起来。告诉我吧，有什么好消息？杨青把外套脱下来，挂在衣架上，在沙发上坐下，想听梅兰告诉他那个好消息。梅兰立马从沙发上起身，走向厨房，边走边对杨青说，赶快洗手吃饭吧，吃过饭我再告诉你。

杨青心里着急，恨不得梅兰立马就告诉他，见梅兰起身走了，杨青也跟着起身走了过去，从梅兰的背后，将梅兰拦腰抱住，嘴巴贴着梅兰的后颈脖子说，快告诉我，不告诉我，我会吃不下饭的。梅兰转过身来，用手指头点着杨青的鼻子说，亏你还是个男人，心比针眼子还小，你的心里就装不下芝麻大的一点事，难怪你不能进步呢。人家不是说，心有多大，舞台就有多大吗？你看你，心眼子小了不行吧。真的想听我就告诉你吧，楼上的房子要卖了。

杨青把一双眼睛睁得大大的，问梅兰，这是真的？梅兰说，当然真的呀，刚才房产公司都带人来看房了。怎么了？你是舍不得了吧？是不是怕以后见不着那个狐狸精了你就闷得慌呢？杨青并不在意梅兰说了些什么，他只想搞清楚这个消息是不是真的，只是淡淡地笑着说，哪有的事。梅兰再次用手指头点着杨青的鼻子说，没有就好，料你也没有那个贼胆。杨青嘿嘿嘿地笑着说，不光没有那个贼胆，我也没有那个贼心。梅兰说，这还差不多，看看你那个熊样子，也就只能这样了。杨青说，原先我可不是这个熊样子的，都怪楼上。现在好了，楼上走掉了我就不会再表演熊出没了。梅兰问，你能保证？杨青说，应该能。

　　梅兰说，其实你保证不了。杨青问，你怎么知道？梅兰说，我不知道别的，我只知道，楼上的吴亮和倩倩走过之后，谁能保证不会再来个有光和多多呢？杨青听了一笑，点点头说，那倒也是，还是应了那句老话，天下的乌鸦都是一般的黑呀，谁来也好不到哪儿去。梅兰问，难道就没有办法吗？杨青说，能有什么办法呢？谁的房子谁来住，谁的空间谁做主。梅兰说，对了，这么说，我就有办法了。杨青两眼翻着大白果，问梅兰，你能有什么办法？梅兰说，很简单的办法呀，我们把那房子买下来不就行了。杨青不屑一顾地说，切，你以为你是大款啊，动不动就要去买人家的房子。梅兰说，你真是个死脑筋，你看，咱儿子也大了，今年都上大二了，还有两年就要毕业了，到时候，咱还不得给他买房子结婚，与其到时候把他的房子买在外面，还不如现在就买在一起呢，将来也好有个互相照应。

　　杨青说，看来你是想做奶奶了，急着要抱孙子吧。梅兰说，切，人家跟你说真话，你胡扯到哪儿去了，谁急着想做奶奶了？你看我就那么老吗？杨青也用手指头点了点梅兰的鼻子，说，嗯，这还差不多，世上哪有你这么年轻的奶奶呀。梅兰用手推开杨青的手，说，得，得，得，别给我灌迷魂汤了，咱言归正传，这房子到底买是不买？杨青抬起手来，抓了抓头皮，说，买，我也想买呀，但钱从哪里来？梅兰问，要多少钱啊？杨青说，我听说，荷花园的房子至少也得一万二三一个平方呢，这套130平方米的房子，少不得要花一百六七十万呢。我的天，早知道这样，这些年我们什么都不用干，多买一套房子就赚大了。你看，我们那时候买才三千块钱一个平方呢，现在都涨成四倍了。梅兰很惊讶，她平时根本就不关心房价，不知道本小区的房价已经涨到了这个水平。

杨青说，别空口说白话了，咱当时能够多买一套吗？就连这一套房子的四十万房款，咱还按揭了三十二万呢。梅兰还有些不服气地说，那是过去，现在这四十万，我们不是可以拿得出来吗？杨青摇摇头说，现在的四十万有什么用呢？连交个首付款都不够呢。

梅兰说，不行，我们得想想办法，这房子我们还得买下来，这是个机会，错过了这个机会，以后就算你有钱了想买也买不成了。再说了，我们现在买下了这套房子，不仅是我们自己图个清净，也是让咱儿子将来能够少辛苦那么个一二十年呢。你看这人生的黄金期，能有几个一二十年？没有钱，咱得想办法，可以把手头上能卖的东西都卖掉，凑齐首付，然后带儿子去银行做按揭，以儿子的名义，最多可以按揭到三十五年呢，三十五年后，这钱还是钱吗？我看那时候的钱也就是这时候的纸了！

果真，两口子把手头上所有的股票基金甚至连同梅兰的黄金饰品全都卖了，凑了几十万块钱准备做首付，然后还去找银行谈好了按揭。梅兰怂恿杨青说，你去楼上谈谈吧，跟他们好好磨一磨，这楼上楼下的，看能不能便宜点卖给我们。杨青说，还是你去谈吧，你嘴皮子比我溜，会讲话。梅兰说，这不是嘴皮子溜不溜的问题了，我知道，他们家是女人当家，那狐狸精不是见着你就大哥长大哥短地亲热吗？杨青嘿嘿笑着说，那不是人家看咱年纪大，客气点嘛。

夫妻俩推来推去，最后还是杨青去了楼上。杨青敲门敲了好久，里面也没人应，他心有不甘，转身准备下楼。恰好，这时倩倩"咚咚咚"地上楼梯来了，见杨青站在她家门口，就问，大哥是找我有事吗？杨青见是倩倩，刚才心里那些失落感一下子全跑光了，笑脸迎着倩倩问，你回来了？倩倩说，这房子我们好久没住了，都住在我父母家呢，他们房子大，还独门独院的，比这里住着方便，今天特意过来拿点东西。倩倩开了门，对杨青说，大哥有事吗？进来坐下说吧。杨青进门后，嘿嘿嘿地笑着说，也没什么事，就是听说你家这房子要卖了，这是真的吗？倩倩说，是真的呀，我家新房子都装修好了，马上就可以入住了，是栋很漂亮的别墅呢。杨青跟着说，真的呀，你们小两口子年纪轻轻的真能干，说换房子就换房子，还换成大别墅呢，得不少钱吧？倩倩开始谦虚起来，说，哪里是我们能干，都是我父母支持和援助的。是花了不少钱呢，有上千万吧。杨青说，你父母真的了不起。倩倩说，他们也是从苦日子里走过来的，几十年来，做个民营企业家，也不容易啊。杨青唯唯诺诺地说，那是，那是，不容易，不简单。

倩倩忽然想起，杨青一定是无事不登三宝殿的，这些年了，杨青也没上来闲聊过，就问杨青，大哥，你来找我不会就是专门来问问我们这房子可是真的要卖吧？杨青说，也没别的事，我就是来问问你这房子是不是真的要卖，我们家正好想买一套房子呢。倩倩笑笑说，那正好啊，我们一个要买，一个要卖，楼上楼下，知根知底，还不好说嘛。杨青急于摸底，问倩倩说，你打算卖多少钱呢？倩倩很爽快地说，不瞒大哥说，人家已经出价一百六十万，我还不太愿意呢。卖给你，我就不谈这个价了。杨青心里一惊，以为倩倩要加价，就嘿嘿嘿地问，那要什么价呢？倩倩说，卖给你我就一口价了。杨青追问，一口价是多少？倩倩说，就一百三十八了。杨青眼睛睁得像两只灯笼似的，老大的，惊呆了，半天不转动，问倩倩，你为什么这么照顾我们？

倩倩说，理由很多了。其一，一百三十八，也不便宜了，我都几乎赚到了一百万了。做人不能太贪心，赚钱也不能赶尽杀绝，该给别人的一定要留给别人。这是我爸爸教给我的生意经，我爸爸说，他这一生能够成功最主要的就靠在这一点上。其二，这些年，我们在楼上给你们带来了许多麻烦，我一直想找个机会表达我们的歉意，可就是没有找到合适的机会，现在有了，机会来了。其三呢，我能下决心买下这套别墅，还得感谢你们，是你们帮助了我们。没有你们，我们是下不了这个决心的。是你们催促了我们下定了决心，不仅一定得离开这里，而且还要住上比这里更好的房子。书上不都这样说吗，人要感谢自己的对手！有了对手，你才能进步，才能成熟。从某种意义上讲，这一段时间，你和大姐，就是我们的对手。

杨青嘿嘿地笑着说，我们不是对手，更不是对头，我们只是老邻居，比亲戚还要好的邻居。不是说远亲不如近邻，近邻还不如楼上楼下呢。你们走了，我和大姐会想你们的。倩倩说，谢谢你和大姐，欢迎你和大姐到我们新家去做客。杨青问，新家在哪儿呢？倩倩说，滨湖玫瑰园，188号别墅。杨青张大了嘴巴，半天合不拢，合拢后才冒出一句话，我的天，那可是这个城市里最高档的别墅区了。

十一

倩倩说话算话，楼上的房子真的就是按照一百三十八万的价格卖给了杨青。倩倩说，"138"是个多么好听而又吉利的数字啊，天下没有不散的筵席，过去的一切，是非也好，恩怨也好，情仇也好，一切都算了吧，就随着这套房子的转手烟消云散吧。

买下了楼上那套房子，杨青两口子开心得逢人就笑。杨青见梅兰喜不自禁乐不可支，就打趣梅兰说，别高兴早了，楼上还有楼上呢，谁敢保证四楼就不会像原来的三楼一样！梅兰说，这个我就不管了，那是咱儿子的事了，今后他若是嫌住的不太清静，他就想办法把他楼上的房子买下来呀，留给他的儿子。

之后，梅兰突然想起自己过去对楼上的那些言行，就有些歉意，觉得自己过去做得有些过。她跟杨青商量，等倩倩搬入新家的时候，他们得送倩倩一样礼物。否则，他们就会欠着倩倩一个老大的人情了。这样，倩倩就不是"欠欠"了，他们才真的是"欠欠"呢。

送什么好呢？黄金有价情义无价，这礼品还真不好选呢。梅兰自言自语地说。杨青一听梅兰自个儿念叨，两掌一拍，吧嗒一响，有了，黄金有价，玉石却无价！明天一早咱俩到花冲公园去，那里有个古玩市场，咱去挑选一块玉石送给倩倩。

梅兰问，送一块玉石合适吗？

杨青说，当然不是一块光秃秃的玉石了，我会请人在玉石上雕刻一幅画。

梅兰问，你打算让人刻什么呢？

杨青说，很简单啊，就刻上咱荷花园小区的图标，一枝荷花，加上一只螃蟹。

梅兰说，那应该很漂亮的，玉、石、荷、蟹。

杨青说，漂亮是肯定的，关键是它的寓意很丰富，很深刻，玉、石、荷、蟹，真的是寓示和谐了！

（原载《阳光》2018 年第 10 期）

作者简介

王张应，安徽潜山人，中国作家协会会员，中国金融作家协会理事。出版诗集《感情的村庄》，散文集《祖母的村庄》，中短篇小说集《河街人家》。现供职于中国农业发展银行安徽省分行。

营救

■ 袁先行

　　腊月二十七，村长得田和合作在黑女人松丫家对喝了一提壶滚烫烫的老米酒，喝得浑身发躁。天还是麻麻眼，三人便匆匆跳进等在村口的一辆小三马车厢里。黑女人松丫从身边黑皮包里掏出三包烟来，递一包给驾驶台里的司机丑伢子，身边两人一人一包。烟不赖，阿诗玛，一包烟值半箩筐谷。只有她松丫家才拿得起。车厢里很快绕满了烟雾。

　　一只灰狼似的肥狗不知从哪里钻出来，扒着车厢呜呜地叫。丑伢子发动小三马猛地往前一蹿，灰狗嗷的一声躺在地下。得田骂道：狗日的，昨儿找了你一夜，你晓得老子要宰你你就藏了起来，还是送来了哇。便叫合作下去将狗提上来。

　　合作缩着脖子下去，踢了狗一脚，狗长嗥。合作说：狗日的命硬是大！那毛狗精咋那样不经碰，害得老子年也不能过。

　　得田说：补一下。

　　合作迟迟疑疑，憨笑道：日他娘，还下不了手。

　　得田说：你过去的威风哪里去了？咋变得这样没卵用，将当年的威风抖出来嘛！

　　合作"嗨嗨"吼两声，忽然鼓起眼，一副当年捆打阶级敌人的凶相，从地上搬起一块石头，朝狗头上砸了两下，拖着死狗上了车。

得田说：日他娘，狗年送狗，大吉大利。

又朝前面司机台喊：丑伢子，快走，今天赶到武汉，把人救出来过年！

一条凸凸凹凹的土公路，蛇一样，在黄羊寨山上缠来缠去，将黄羊寨和山外大世界连接起来。小三马像个醉汉，在路上艰难地跄跄跌跌。狂风夹着雪，日日呜呜的一声接一声做鬼啸。车厢的帆布篷像开山改田战天斗地那阵子民工连的旗，被风雪高高招展，哗哗啦啦地乱响。风雪毫无顾忌地朝车内横抽直扫。三个人紧紧地挤在一起。得田用大衣领子捂住脸，露出一双浑浊的眼，骂一声：日他娘，连卵子都冻掉了！

合作说：不是刚才掉到家里去了吧？

得田挤脸一笑。忽然勾起一件大事，转眼盯着松丫，沉着脸问：松丫你咋就这样不讲良心，叫你昨夜留站门，你答应得好好的，咋不留？人家可是拿命去救你男人！

松丫一副可怜兮兮的尴尬相。

得田说：是救人要紧还是你的身子要紧？你又不是个姑娘身。你咋不按我说的办？老话说，人心换人心，八两换半斤。合作是拿命去救你男人，你小气得连一次也舍不下。何况这事不会让第三个人知晓。就是知晓了，你是救夫哩！谁会说你二话？你男人是非曲直外面玩的人，是晓事的，只有感激你的，更不会说啥。

合作闷着头，一口一口地吐着烟圈。

得田又说：要想救人就要听我的话！

松丫哭兮兮地小声说：听……

得田说：听？听咋不留门？

我留……了。松丫说罢就要哭出来。好伤心，好委屈。

从昨天听到男人出了祸事起，松丫一直在哭。眼睛哭成了红桃子。松丫似乎晓得男人要出事。自从男人带那臊毛狗精回来过完中秋节走后，她心里一直不安，心惊肉跳的。进了腊月，她更没睡过一夜好觉，尽做恶梦，梦见那臊毛狗精变成披头散发青面獠牙的恶鬼撵着要吃她。常常半夜被吓醒了，一身冷汗，眼泪巴巴的。但她没想到会出这么大的祸，这么快。梦真的应验了，那个臊毛狗精当真成了鬼。

昨下晌她正在大光明豆腐坊打豆腐。男人要回来过年的，说不定又要带那臊毛狗精回。她尽管心里不痛快，但还是要在男人回家之前，将过年的东西办好。这时合作急惶惶地跑来了，一脸哭相。合作在她男人那里做工，每年都是和男人一道回。她问，都回了？合作脸阴得难看，吞吞吐吐说，没……没。她的脸便黄了，急问，他不回来了？祖人也不要了？合作脸上一下滚出豆大的汗，一双白眼直翻，结结巴巴地哽着说，他……开车……将程……程秘书轧死了！她还没理会过来，心里暗暗一阵轻松，轻描淡写地说，臊毛狗精死了不就死了，他咋不回？合作说，他……捉去了！要……要偿命！"嗡"的一声，她猛觉天旋地转，眼前一片漆黑了。正提在手里的一桶豆浆泼了一地。

松丫晓得男人大燕不爱她，爱那个臊毛狗精。那女人又俏又嫩，又乖又甜，还有一肚子洋墨水。松丫不晓得自己到底爱不爱男人。早些年，男人在家，白天没鼻子没脸地过日子，闲了，夜里也仓仓促促地摸着做些传宗接代的事。只晓得两口过日子，不晓得感情啥滋味什么的。后来男人出去又常年不回，近两年又跟那臊毛狗精混，连传宗接代的事也没做了。男人爱不爱她平时回不回她都无所谓，儿子有了，代也传了。她只要男人体体面面活着，还认这个家，每年回来扫墓，回来过年，把钱给她，她堂堂正正地做一家主妇，不满足也满足了。如今男人闯了人命大祸，她头上的整个天塌了。

松丫哭哭啼啼地让合作搀扶着找村长得田。村长得田是村里的一块天。全村老幼两百多口，都在他这块天下面过日子。连松丫的男人大燕，家财百万，在大城市见过几多大东大西，乡长巴结他一口一声经理地叫他都爱理不理的，在村长得田面前，却乖得像个儿子。再大的事，村长得田骂一声日他娘，他立刻乖乖地赔笑脸。村长得田是村里的一座山。村里人都靠着这座山过日子。即使天塌下来，有这座山撑着，村里人自管泰泰安安过日子。没有啥事村长撑不住的，就是九一年那场少见的大水，村里的庄稼水打沙压，颗粒无收，人们急得要投河跳井。得田说，天塌下来有我哩，你们急个卵！果然两个报告上去，要来了救灾的粮食衣服。得田公正无私，直到个个领完了他才领，村里人照常穿衣吃饭，平安度日。外村人都羡慕得眼红。这些年，村长和松丫男人最要好。男人不在家，松丫一个妇道人家，啥事都是村长照看。松丫把村长当成头上的天，背靠的山，还当成了自己的亲哥。

松丫和合作来到得田家里，得田正一个人端一杯茶望着门外黄羊寨的大路自言自语地说：大燕咋还不回，二十六了，马上就要大雪封山了，看他再咋回！松丫哭哭啼啼进去，得田立刻高兴起来，说，男人回了？又是把那一个女的带回来了？你哭个啥？叫你量放大些，有什么了不得的事。这个家仍是你的主，你还信不过我么？松丫说：大燕他……便哽咽着说不出来了。得田说，你男人又提那事了？松丫急得只是翻着眼直摇头。合作说：经理出……出大祸了！结结巴巴地将事情告诉了得田。

得田怔往了，呆呆傻傻地望着松丫和合作。松丫从未见过村长这呆样，急得"嗷"的一声大哭起来。得田被松丫哭醒过来，长叹一声：怕要出事，硬是出事了——叹罢，稳了稳神，叫合作扶松丫回去：回去吧，有我，你男人不会有事的，你放心吧。

夜里，得田果然到松丫家来了。一来就闷闷地坐下，不说话，一支接一支地抽烟，任松丫哭。临了，说：好了，你也哭够了，再莫哭了。哭得再多也救不了你男人。有我，你哭个啥，只要按我说的办就行。明天鸡叫起来做饭，我和合作明天就去救你男人，一大早就走。松丫"噗"地跪在得田面前，说：我也去。得田点点头：也好，一道去吧。让男人看看到底是哪样的女人真心。说罢抬眼望松丫：就是……就是……嗯，有一桩事，娘的，我还不好开口！松丫眼泪巴巴地望着得田，等他说出来。得田又兀自抽了一支烟，说：我这个人平时正派吧？松丫被问得糊里糊涂：村长，你这是咋……？得田又说：我没像那些干部那样，起过什么歪心思吧？松丫急得直瞪眼摇头。得田盯着松丫的肿眼泡，说：为了救你男人，我就说了吧。你答不答应就一句话。我这回是叫合作用命去救你男人的。他打了半辈子光棍，连做男人的味也没尝一次。我答应他，你夜里给他留门。

松丫眼泪直流，点点头：唔……

松丫将脸埋在围巾里，嗫嚅说：合作哥……没去。

得田横了合作一眼：你咋撒谎说没留门？

合作不好意思地憨笑。

这可是你自己不去的！

村长，那是开玩笑的。真要那样做，我脸还没哪放。

娘的，救人的事，你不会临阵逃脱当怕死的徐德贵吧？

村长，我哪会那样呢？哪会那样呢？

说不准你做得出来。不我，你为啥给自己留后路？

我真是开玩笑的。村长你还不晓得我？我再没成色，也不会在这刀口上，欺负松丫。

得田逼他：你如今脓得连打一条狗都下不了手，还舍得你一条命？

合作额上凸起一道道青筋，眼睛瞪得牛卵大。说：村长，你咋这么说！我合作光棍一条，无牵无挂，伏着个屁股仰站个球，怕个卵！我合作那样没良心的么，不是你和大燕，我有这条命么？我的命早舍下了。现在还也应该！再说，这还是为了全村人。你放心，我合作临行喝了松丫一碗酒，浑身是胆雄赳赳！

得田说：晓得就好。停了一会，又说：说不准你还能回来的。你的房子，我会像上次那样照管，等你回来，你放心。

合作说：照管个球，这次可不比那次。

得田说：我说你有命回就有命回。你还信不过我？

松丫抬起脸来，凄楚地望着合作，说：合作哥，我和大燕不会忘记你……你妈的坟，我和大燕会年年去上，年年祭奠……

合作"嗯"了一声，眼睛一下汪汪的。

眼前便汪出了一串风景。

黑乎乎的黄羊寨，模糊糊的村子，都还沉浸在清晨的浓雾里。合作已站在村门口了，像踩着云，畅畅快快地往云里撒一泡长尿，边系裤子边从袋里搜出一个铁口哨来，含在嘴里，猛吸一口湿湿的雾气，将蓄了一夜的躁气爆出一声长哨，接着大声吼喊起来：开工哒——！男人作水活——下田——女人做干活——迟到半支烟——扣两分——再不起床——我日你老娘！声音蛮蠢而洪亮，在黄羊寨山壁间撞来撞去：日——日——日——你——你——老——老——娘——娘——娘——娘——黄羊寨震醒了，村子震醒了。山上的鸟儿叽叽叫着扑扑乱飞，村里的狗群此起彼伏地狂吠，社员们猴慌地从床上爬起来，一边穿衣系裤一边找锄驮犁往外跑。黄羊寨新的一天在他的吼声中开始了。

开山改田工地，民工如潮如流。突然，一黑夯汉劈开人浪，独往直前。黑夯汉肩挑两副畚箕，堆得满满的畚箕上插着一杆红纸裁的小三角旗，旗上写着"模范民兵排长"。夯汉全身穿一条短裤，裸头赤膊，满脸豪气，一声大吼：嗨——！密集的人群慌忙闪开一条甬道。

烈日似火，清月如水。合作雄赳赳，气昂昂，押着一串低眉耷眼灰头土脑的人，往村礼堂走去，往乡里的批斗大会会场走去……

一串辉煌的风景串成了合作一段遥远的逝去了的岁月。从十六岁到二十六岁，他当过十年民兵排长。其间换了三任队长。村里人都称他是唐朝的程咬金——三朝元老。每一任队长都是大大的狡猾，凡起早摸黑、喊工开会、脏活重活领班、斗争运动出头露面的事都是他去。他为革命甘当傻子，耀武扬威好不得意……

小三马在风雪中颠来拐去，拐进了一个小山洼。风雪一下子小了许多。两边山岗上的树像发了疯似地狂吼乱摇，山洼里的树却十分安静，简洁的光枝轻轻地摇摆，发出吱吱嘎嘎的怪叫声。车厢里的人都缓过气来。得田点燃一支烟。合作忙凑火点燃一支，吐口烟雾，眯着眼，任美丽的风景在烟雾中缥缈。

突然，一棵光秃的栗树透过烟雾，闯进合作眼里。合作心里一颤，眼前那些壮丽的风景一下子消失得无影无踪。

眼前又出现一幅景象。

也是今天这样临近过年的日子，也是这种鬼天气，狂风卷着大雪……

合作在家翻箱倒柜，好不容易找出一条麻绳，挽起来，放在破袄里夹了，跺着两片破鞋，没精打采地朝黄羊寨山上走去。

合作挣扎着在山上漫无目的地游荡，他要去找一棵树。风雪打得他抬不起头，喘不过气来。鼻子耳朵都要冻掉了。他骂一声：日他娘，这回当真要当冻死鬼了！便又朝前寻去。寻到这个山洼里，他舍不得走了。好暖和。他说，一抬头看见了这棵高大光秃的栗树。

合作靠在树上歇了会儿，朝前后左右一看，黄羊寨漫山风雪，连个活物儿也没有。他哆哆嗦嗦地从破袄里拿出绳来，又迟迟疑疑地搬来两块石头，踮起脚，将绳子在栗树一个横枝上系了，望着绳，不由得两眼落泪，心里一片凄凉。他将绳拉了拉，绳断了。日他妈！他心里腾地蹿起一股火，又咬牙切齿地骂，穷得连吊颈的绳也没得一条，活着扒卵！心更定了。将绳狠狠地重新结起，打了个活结，然后哭笑着将头钻进活结里，伤心地吼一声：妈——！脚踹开身下的石头……

日他娘，哪个快活不过，想找老子的麻烦！合作正在遥远的混沌里飘游，猛听一声巨吼，接着被人猛劈两掌，身子一下跌入空虚，直往下坠，咚的一声，睁开眼，发现自己又回到了山洼的雪地里。村长得田正酒气熏天，手指着他的鼻子，混账王八蛋地怒骂。

合作上吊不料被村长从乡里吃团年饭回来撞上了。合作醒过神来就像亡命的蛮牛一样跳起来要和村长拼命：你为啥连老子死也要管！

往日，合作的民兵排长当得威风凛凛，当成了混世魔王。那年，山里在旱，一回合作从乡里开抗旱紧急动员会回来，说：我路上看见观音墩河边有一台抽水机空着，没人看守，去弄来我们抗旱。便找了几个后生，连夜将观音墩大队的抽水机偷了回来。不想没过三天，来了两个大盖帽的公安。问合作，合作照供不讳，还理直气壮地说：都是国家财产，为国家作贡献，我有什么错？观音墩大队将抽水机空着浪费，伟大领袖毛主席教导我们：贪污和浪费是极大的犯罪！我抬抽水机来是抗旱是为了革命，谁反对革命，就是反对毛主席！谁反对毛主席就砸烂谁的狗头！他没想到他这些让全队几百人心惊胆战的革命口号这次竟完全失效，他更没想到他正碰在"严打"的风头上，大盖帽并不理会，拿出锃亮的手铐给他带上，冷冰冰地说：跟我们走吧。

合作这一走就是八年。

合作回来，整个天不是原来那个天了。大队成了村，田地到了户。没有工喊，没有斗争会开，没有……他英雄的用武之地。过去的东西都失去了，给他的是一亩二分责任田。办田下种栽秧割谷一点点地都要他自己动手。可是，他种了半生田，如今除了大集体大生产的粗活重活、喊工开会、指手画脚外，真正种田的活路竟一样也不会。他下的种种烂，栽的秧秧死，薅的田苗死草旺……山里人日子本来就苦，他连苦日子也没有了……

村长得田的眼睛更鼓得像一只吃人吃红了眼的豹子，一挥手，朝合作死牛脸上就是噼噼啪啪两耳光，打得合作口鼻流血一片鲜红，扑地跪在地下了。

老子不准你死，你就不能死！得田说。

你狠个么卵，老子当民兵排长时，比你威风多了！合作也吼。

日你娘，你试试谁威风！得田又是噼啪两掌，将合作打得趴了下去。

我不死么样活！合作声音已弱了下来。

老子教你活！得田不由得心里发酸：你好好回家等着，老子明天找你！

第二天，得田果然来了，要合作到大燕那里去做工，挣城里人的钱。合作说：听说好多人都找过他，他本村人一个也不要。得田说：我叫你去你就去。你着卵急。过了年，大燕果然将合作带到了武汉，大燕让他在工地当组长领班，完全是过去民兵排长的角色。喊工带工监工，虽粗重下大力，但都是直活。合作有的是蛮力气，他又有英雄用武之地了。大燕处处提着他，把他当得力的左右膀。合作干得很卖力，很开心，有滋有味。没想到刚干出劲头，大燕就出了人命……

出了洼，风雪又猛起来。雪花不是从天上飘落，而是横着卷来。小三马几次险些颠到山下。三个人都惊出一身冷汗。得田直骂开车的丑伢子，丑伢子气愤愤地说：谁叫遇上这个鬼天气。得田便哑了。

是呵，这个鬼天！要不是大燕出了祸事，他们才不出来受这罪，也该在家里偎着火炉过年哒。得田说不定此时正在松丫家里，和大燕两人喝酒。大燕有两个女人，家里的松丫围着围裙，酸酸地笑着，忙进忙出地给他们上菜；外面的臊毛狗精小程穿着鲜艳的红羽绒服，打扮得妖里妖气，一边给他和大燕斟酒，一边嗲声嗲气"村长村长喝呀"地叫唤。那叫唤还真管用。醉眼看两个女人，那个滋味，唉，难怪过去那些富豪官宦人家都娶三房四妾啦！

没想到大燕临过年，竟栽在那上面去了。没了大燕，莫说他村长得田年过不好，整个黄羊寨都不好过了。

村里人都说，他村长得田是村里一座山，是村顶上的一块天。他得田算个啥球呀！大燕才真正是村里的一座山，一块天。没有了大燕，山崩了，天塌了。全村人莫说过年，日子都没法过了。

那天下午，他从树上救下合作，心里像灌了一桶凉水，浸得冰冷。在乡里喝得醉醺醺的酒一下全部醒了。这村长真不是人干的！过年了，村里大多数人没办年货，没买肉，有几家还揭不开锅。现在又遇上一个大男人穷得吊颈，这村长他妈的真不是人干的！

得田心里正在结冰，合作圆睁的牛眼里喷出的一股火直舔着他的心。一下激怒了他，腾地一下，一股烈火在他心里猛烧起来：老子不信村长就当到这个份上！老子不信就走了麦城！他怒气冲天劈面两掌打得大男人合作口鼻流血趴在地下，在吼骂着"老子教你活"的一刹那，他蓦然想起了大燕。

他暗暗责备自己：咋临到这村长当到绝路上才想到大燕，才想到这步棋呢？

他得田找大燕的事，大燕还能不办吗？为了大燕，他曾得罪全村人，连自己女人的命也险些送了。当年，不是他，哪有后来的大燕。

那时，大队刚改为村，他得田刚从一个萝卜须须变为萝卜头村长。上了台才知道，原来的大队干部是拉他垫背的，集体的油水该得的得了能捞的捞了，甩给他的是分田分地扯皮拉筋的事。村里唯一的财产就是一台手扶拖拉机。机手大燕想买，但大多数人不干，要拆为零件分，是他黑着脸给作了主。大燕想到武汉去闯。他立刻赞同，说：好，干！都偎在家里啃土不是法子，树挪死，人挪活。大燕没钱铺垫，他将女人辛辛苦苦喂的一头过年的猪卖了，将为老母亲准备的寿木也卖了，连过年一斤肉钱一包烟钱也没留，全部给了大燕。女人一气之下，喝了半瓶农药。不是他发现得早，一盆热粪灌进去，女人坟上早长了碗口粗的树了。

大燕一台狗爬拖拉机单枪匹马闯武汉，得田在家里当内应。证明介绍信油指标什么的，只要大燕带个口信，他钻天打洞也要赶在几日内办齐送到。大燕狗爬换神牛，当村长的他将村里的扶贫贷款一包儿兜了去。那时他才当村长不久，威信还没树起来，为这事村里人造了反，差点没打破他的头。为了闯一条路，他下血本也在所不惜。

这条血路果然就闯出来了。大燕先是在一个基建队帮工，不久单立门户，狗爬换神牛，神牛换卡车，筋斗翻得比孙猴子还快，十年工夫，成了上百万资产的基建工程队大老板。

大燕回来，带好酒他喝，好烟他抽，千儿八百一摞票子往面前一放。他以为大燕还钱，有些慌了，说：哪有这么多？大燕说：不是还你钱，当初你的钱算是投资，分点红。当初不是你……酒喝到酣处，眼睛就热起来。他忙拦住，说：好，好，我接受。喝酒。

以后，大燕年年如此。

自己有吃有喝有钱花，把个村长的责任倒丢到脑后去了。这像个什么话，还当个么村长！

得田救下合作回家，刚想去找大燕，大燕已上门请他了。大燕回家第一件事，就是请得田喝酒。喝酒的时候，大燕说现在外面兴赞助，他准备赞助一笔钱，每家给二十块钱过年，再将村小学那几间破房重修一下。得田说，好是好，但要你的赞助总不是长久的良策呀。我想让村里合作他们一班人到你那里去做工。你那里工总是要人做，钱总是要人搞的。大燕支吾地笑了一下，说，一个个像蛇一样，太懒。我那里可比过去改田修水库苦多了。得田说，在家里懒是因没事干。到你那里，你管紧些，又有钱，不会懒的，他们有的是蛮力气。大燕说，都是自家村里的人，不好管呀……这样吧，我介绍他们到别的基建队去。或者，我每年一家给一百块钱，不用他们去做，让他们就在家里把田种好……得田还未等大燕说完，一拍筷子跳了起来：你一个人富全村人穷，都吃你的剩饭你就光彩呀！你富你的我穷我的，你去光彩去，这种剩酒我不喝了！说罢起身要走。大燕慌忙赔笑：得田哥，我是和你开玩笑的，咋这样认真？我怎会让全村还受穷，凭你是村长，我也不会那样嘛。你安排哪些人就哪些人，过了年就和我一道去。来，喝酒喝酒！

自那以后，合作就人五人六地像模像样起来；村里人再不哭穷了，男人们过年回来，成千成千地往家里带，浪得了得。他村长也当得快活自在。没想到大燕出了这么大的祸，全村人的活路一下子都绝了！

得田不由得哀叹一声，忽瞥见松丫的肿泡眼正哀哀怨怨地望着他，心里蓦地冒起一股火。这个黑女人，没见过世面的醋坛子，活该！不是她中秋节寻死放泼地闹，大燕说不准不会走到这一步。

松丫泪眼蒙蒙，一双无神的目光正哀怨地落在得田身上。从接到男人的祸讯到现在，她一直失魂似的。村长年也不过了，冒着这么大的风雪去救她男人，她既感激村长，可心里却又有一股酸酸的怨气在往外冒，就像是揭开了家里那口馊水缸盖子，一股浓浓的酸味直冲了出来，压也压不住。村长平常是青天包老爷，可一样经不住那臊毛狗精迷。他不为民女作主伸冤，还叫那臊毛狗精一口一声"小程"，麻得人起鸡皮疙瘩。不是他宠着，那臊毛狗精咋会那样轻狂，男人咋会出这样的大祸？

松丫忘不了今年的中秋节。那天她男人带了那个姓程的臊毛狗精一道回来。

松丫没想到男人中秋节会回来，男人往年总是过年时才回来。当时，她正坐在门坎石上拣菜。她的灰狗舒服地躺在她身边，两只黑母鸡顽皮地将头伸进菜篮里抢啄着菜叶，家里她摸大的那头两百多斤的肥猪用胖乎乎的大嘴笨拙地轻轻咬她的裤子，唧唧哼哼地拱她的腿，找她要菜叶吃。她从篮里拿出一把青菜送到它嘴边，快活地看着它馋乎乎嚼菜的傻样儿。男人不在家，把儿子也带走了，带到大城市里读书。家里留下她一个女人，一群猪狗鸡鸭给她作伴，倒也清闲自在，也蛮习惯。松丫正在看猪吃菜，发现男人回来了。男人膀子上还挂着一个从画上跳下来的俊俏女伢子。她的心猛地咚咚乱慌乱跳起来。隐隐听说男人在外面玩女伢子，莫不是真的？他真敢堂堂皇皇地把野女人带到家里来？松丫惊惊惶惶，疑疑惑惑，从门坎上站起来，笨拙地拍打着身上的菜叶和土沫，拢了一把有些蓬散的头发，像以前那样迎上去接男人手上的包包，说：回了？

男人只是鼻子轻轻哼一声。

松丫有些尴尬，一笑，说：没想到你这下有工夫回。

男人说：中秋节，带小程回来上坟。

男人说罢挽了挽那小女人的手。在山里，男女正式成亲时，要一道到双方祖人的坟上上坟祭奠，送给阴间的祖人们相相，得到祖人的承认。不然，只能是野的了。松丫脸白了一下，但她仍不相信，把脸转向小女人，问：这位大姐……？

男人说：你心里也明白，我是回来离婚的。

一声晴天霹雳，松丫眼睛都直了，眼泪哗哗地直涌出来，说：你……当真的？！

男人说：什么当真不当真。

松丫喊：我不离！

男人说：你离也得离，不离也得离。你提条件吧，我们过日子这么多年了，我不拒绝你，无非就是你的下半辈子生活问题。

松丫眼睛黑了，呆呆地望着两个男女，先是一搐一搐地，猛然"哇"的一声，绝望地嚎啕大哭起来。一边哭一边发疯地往村长家里跑。

村长得田最见不得这辱门败户男盗女娼的事。村里黑豆在镇上开餐馆发了，去年，和一个二十岁的帮工的女伢子缠上了，要和家里的女人离婚。村长得田赶去，一进门二话不说，一脚将桌子踹翻，将碗碟杯盘打了一屋。然后，手伸到黑豆脸上，点着黑豆的鼻子骂：你狗日的有两个钱就发烧，血皮作胀！老子告诉你，你胆敢当陈世美试试，你有狗胆再和这个小婊子缠试试，老子不带人来将这卵店一把火烧个精光，将你五根打断三根，老子这个村长就脱个精光腚在村里倒爬三圈给你看！

松丫像受了天大的委屈的孩子找着亲娘似的，见到了村长，一屁股栽在地下，呼天喊地地大哭起来。村长恼着脸问：有话就说，有多大的事解决不了？哭什么哭！松丫说：他……带个……小女人……回来了……！大燕回来了？村长恼着的脸一下舒展开了，又说：他带个小女人回来了，你哭他就不会带了么？莫哭，快起来，我和你一道去看看。松丫犹如水里捞着一根救命的稻草，不哭了，乖乖地爬起来，咽哽着跟着村长回家。

小程回来了？村长一进门，倒先客客气气地笑站着和那小女人打起招呼来。村长常到男人那里去，原来村长和她早认识，早晓得，而且还甜甜蜜蜜地说"回来了"！小女人是"回来了"，我呢！松丫脑壳轰地炸响，又绝望地嚎啕起来：我要去死——！

村长回过头来，拿眼瞪她：你这女人咋这样不讲情理，不给男人顾面子，又不怕人家笑话！你去死呀，又没谁欺你逼你勒你，你自家要死，害得到别人么？死了白死！

松丫喊：我男人要甩我，逼我没路走！

村长说：你跟你男人一二十年了，他一生为人你还不清楚吗？

村长又望着大燕：大燕是那样不讲仁义的人么？你男人现在是大经理，电视台报纸都上了的，是有身份的人，有名声的人！你咋把屎盆子往自家男人头上扣！

松丫说：他刚才回来时亲口说的！

村长说：离婚书呢？凭证呢？

松丫说：这小女人……就是……凭证！

村长吼道：你这醋坛子给我闭嘴！大燕就是不要你，能不要名么？就是不要名声，能不要祖宗么？他不晓得贫不赌博富不休妻的祖训么！我们村自古以来富人只有纳妾的，没得休妻的。谁休了糟糠妻，祖宗不饶他！我这个村长也不会让祖宗的规矩在我手上翻了船。你放心，我说了算，大燕不同你离婚，这家里还是你的主。你还不满足么，还有啥话说哒！

松丫觉得有些理屈词穷，止住哭，想了想，又气愤愤地说：我要去找包老爷告状，告他娶两个女人！

村长说：真是女人，头发长，见识短。过去那些大富人哪个不是几房女人，皇帝还三宫六院，七十二妃哩！你要是当个皇后娘娘那不反了天！

那是过去万恶的旧社会！

我说你还是死脑筋，你以为还是前些年那样，现在时代变了。你又没出过大门，你到外面大世界去看看？

那是没人告，民不告，官不究。

那你就去告。你现在这好好的热热闹闹的大富大贵的家你不要，你去告得你男人坐牢，你一个孤寡女人，整天对着天窗望月亮你就高兴了！

那你咋不管，黑豆家的事你咋就管了，我家的事你咋不管？

村长毛了，说：说你这女人糊涂你还不认账。你咋将黑豆的事和你家的事比，咋将黑豆和大燕比。黑豆算啥东西。他和那个帮工的小女伢子算啥事，他那是偷鸡摸狗，男盗女娼！他那是他妈的给我全村人扣屎盆子！

村长停一会儿，声音软下来，语重情长地说：大燕的事咋能和黑豆的事搁在一起呢，黄羊寨有几个大燕，我们乡有几个大燕……你呀，不是我说你糊涂，你看，你只想你自己，一点也不给男人着想。你以为他在外面容易么？在外面尽和那些坐乌龟车的人来往，高级酒楼进，高级舞厅出，没得小程这样的秘书打场，行得开么？跟你讲，那是寸步难行，几十万上百万的大工程哪个给他？你呀你，真是个农村女人，只晓得自家喂鸡喂猪，兴园种菜。你没到外面去看看。我在大燕那里，看到那些和大燕来往的大经理哪个身边不是一个小程这样的秘书！

松丫瞪着眼，直直地望着村长。心里乱乱地，觉得自家气短了，理软了。又听村长说：你不要大燕和小程来往，可以。皇帝老子回到家乡，也要服我这土地爷管。我可以给你当家。明天你和大燕一道去呀，去给那些坐小车说洋话的大经理、大处长科长敬酒呀，去陪他们跳舞呀！你这副浓相，现得出世么？大燕还有脸在外面闯么……你还踩着泥绳不起脚，还不起来，快去给小程做饭。中午我在这里喝酒。人家大老远赶回家，你不像迎亲妹子一样高高兴兴迎着，还把一张猪八戒脸哭得这样好看，丢大燕和一村人的丑。做饭要精心些，现点手艺出来。人家大城市里的人，口味娇，莫又弄个水煮盐熬！

松丫哑口无言，乖乖地爬起来抹泪，钻进厨房里去了……

得田抹了把头上的雪，将死狗抱起偎在怀里，让狗温热的皮毛暖他的手。人命出了，埋怨松丫也迟了，松丫也蛮可怜。他想想大燕，又觉得解不开：大燕那样精明，又见过大世面的人，咋一时那样糊涂，开车去轧人呢，咋不懂王法呢？

松丫说：你不晓得那臊毛狗精多狠，把他的魂魄夺去了呢，他迷了心窍哩！

得田说：那也不该轧臊毛狗精呀，该轧那男人呀。

合作说：中秋那次，他们一回到武汉就吵了嘴。程……那臊毛狗精还是赖着要经理和松丫离婚，和她正式结婚。她要当堂堂正正的经理夫人哩。

得田和松丫急问：大燕咋说？

合作说：经理说，你一道回去看了的，一提离婚她就寻死，出了人命咋办？她再不好我们也在一道过了十几年日子，我咋能把她往死路上逼？臊毛狗精说，你多给些钱哪有离不了的？你就是又想当婊子又想竖牌坊，你是脚踏两只船，想韵一妻一妾的味。告诉你，我不做妾，要妾另外找去！

经理说，就算离掉了，村长那些话你是听见了的，我还能回村去么？臊毛狗精说，那个穷山沟沟我去一次就恶心，你还老惦着。真是个乡巴佬，死几层皮也蜕不了壳的乡巴佬！经理说，乡巴佬就乡巴佬。那是我的家，我的祖坟在那里，我妈我父亲我的祖人都躺在那里。我不能丢了爷娘，不要祖人。

得田心里润滋滋地说：松丫，我说怎样？大燕不是那样不认祖人的人吧。

合作说：后来，臊毛狗精就和另一个也是什么公司经理的男人勾上了。开头经理一点也不知晓。臊毛狗精缠着要经理放她走。经理不答应，跪在她面前，哭兮兮地抱着她的腿央求她，我亲眼看到的。

松丫眼泪一下漫漫的，咬出一个字：贱！

合作说：经理还一直蒙在鼓里。直到腊月二十，经理准备回来过年，想带那臊毛狗精一道回，却没见人。有人看见一大早她就被一个男人开小轿车接走了。经理这才慌了，带着十几个弟兄找遍了武汉三镇。第三天头上，经理才在一个酒楼里找着了臊毛狗精和那男人。经理便要臊毛狗精和他一道回。那男人仗着他人多，不放人。经理便和他吵了起来。那男人说，你还是个重感情的人。这样吧，我给你一方钱（一万）的感情补偿费。经理说，你放人，我出两面三刀方。那男人说，我出五方。经理说，我出十方。我当时吓得直伸舌头，直搡经理。不就是个臊毛狗精吗，值上十万？后来经理说，女人事小，不能输那口气。那男人见经理出口十万，也吃了一惊。忙一笑转过话头，说，看来你还是条好汉。不过，赌票子没什么意思。经理说，赌什么？那男人说，我们都是响当当的场面上混的人物，就不动刀枪吧。我们来赌喝酒。酒是英雄杯中物，又不伤江湖义气。经理说，好吧。那男人说，喝输了的滚蛋，喝赢了的得小程。君子一言，驷马难追。

得田和松丫同时惊叫起来：他不能喝酒，最多一斤酒就醉哒。

合作说：这我也晓得。劝经理，他不听。那男人让女招待给他和经理摆了两只大碗，斟得满满的，还不准洒，洒一滴罚三碗。那狗日的真是个酒袋子呀，连喝八碗还没事似的。经理喝到第六碗就倒在桌下了，眼睁睁地看着那男人带着臊毛狗精走……后来我们把经理抬到医院去，经理在医院醉死了三天。经理回来后就像疯了似的，开着车在武汉大街小巷窜，去寻那男人女人。后来硬是被他在大街上碰上了，那双狗男女正手牵着手在大街上浪。经理本想两个一起轧的，被那男的跑掉了。

得田说：唉，为个女人……！

车上坡了。颠簸得更狠，风雪更大。三个人都冻得麻木了，一摇一摇地挤在车厢角落里。车厢里塞满了麻袋。得田挤着松丫，挪动了一下僵硬的身子，满意地望着鼓鼓的麻袋，安慰松丫说：放心吧，我安排的事，不会不成功的。说不准你男人还能出来过年。

车厢塞满的麻袋里装的全是白皮红心苕。每条麻袋上写着几个很体面的字：正宗大别山苕。秋天，得田到武汉大燕那里，在街上看到一个卖苕的，苕堆上摆着一个硬纸板，上面写着：正宗大别山苕。那字写得歪歪扭扭，哪像个字，远不如他得田写的。没想城里那些老太太爷爷们都争着涌着去买，像买宝贝一样。旁边几堆没插牌的苕摊，冷冷清清的，问都没有人问。得田心里笑骂，日他娘，我们怨得要命的东西，在这儿成了鲜货。现在想来，还觉得那几个字写得太臭，若是他得田写，保准买的人更多。

得田写得一手好字。他当村长头几年，整天伏在家里那张堆得乱七八糟脏兮兮的饭桌上，写扶贫救济贷款申请书，硬是写出神了。那一年县文化馆举办书法大赛，县里的一位领导将他写的一份申请书推荐去参赛，不料竟得了二等奖。后来有次开全县三级干部大会，县长在大会上讲，我们县有一个村长，写扶贫申请书硬是写成了书法家，一份申请书在全县书法大赛得了二等奖。上千人哄堂大笑。得田尴尬得头直往裤裆里拱，脸上像被人扇了两耳光，直到现在还火烧火辣。

昨儿夜时，为救大燕，得田找了几个村委，商量咋个救法。法儿扯出来了。又想，去找人家，不带些礼咋行呢？但带啥呢？种田人能带啥呢？花生麻油不在城里人眼皮底下。还听说，外面正在搞什么反腐败，还枪毙了几个大官。搞不好正撞在枪口上，人没救出来还赔进去几个。要送就只能送城里人稀罕又不显是送礼的东西。七呱啦八呱啦，只有狗拿得出手。狗肉大补，在城里金贵。忙叫人去打狗。可狗这鬼东西精得很，硬是通人性，晓得要宰它们，一夜之间都不晓得跑到哪里躲了起来。救人如救火，又是过年了，哪能等啦。一想，正宗大别山苕城里人稀罕、喜好，在乡里又是贱货，谁能说送苕是行贿？

得田怀抱狗，眼望苕，救大燕已有了一半的把握，另一半就看合作了。

得田说：合作，再就看你的了。

合作愣愣地说：放心吧。

你不会将昨夜教你的话忘了吧，这么大的事，可千万不得大意。

忘不了。

莫站着生伢子，太大意了。伙计，我们先演试演试。

于是，得田演村长和公安的双重角色，和合作演试起来。

合作：同志，我……来自首。

得田（公安）：你自首？你是哪哒的？叫什么名字？是干什么的？

合作：我叫合作，小名狗伢子。大别山黄羊寨人，现在武汉大别山土建工程公司做工。

得田（村长）：我是大别山黄羊寨村村长，特地送他来自首，请政府宽大处理。

得田（公安）（赞赏地）：谢谢你！现在社会上的基层干部都要像你这样觉悟高，我们的工作就好做多了，社会秩序也不会像现在这样。他犯了什么事？

合作：我开车轧死了人。

得田（公安）（一惊）：在哪里？什么时候？现场有人没有？

合作：不是今天……前几天大别山土建工程公司压死的那个女的，是我开的车。

得田（公安）（不相信地瞅着合作）：是你？你会开小车？

合作（矜持地一笑）：不信么，我是给我们经理开车的小车司机，你们院里有辆小车，我去开给你们看。

得田（公安）（仍不相信地瞅着合作）：好吧。

合作（做出开车的各种动作）：信啵？

得田（公安）（惊讶不已）：你还有这好的技术，真看不出。你的驾驶证呢？你这好的技术咋会轧死人？

合作：我没有证。我是无证开车。那天我开车喝醉了酒。

得田（公安）（疑惑地）：那天现场怎么没见你？

合作：车一出了事，我吓得跑了。你们就把我们经理当司机捉来了。

得田（公安）：你咋跑了？

合作：我坐牢坐怕了。

得田（公安）：你有过前科？

合作：我坐过八年牢。

得田（村长）：同志，是我们教育不好，主要责任在我。这次，他跑回去，跟我说哒。我说，你怎能把屎盆子往经理头上扣，让人家经理替你去坐牢！人家经理多忙，公司几多大事都等着他，几百人都靠他啦！你怎么这样，丢我们老苏区的脸。我给他上了一次政治课，要他跟我一道来自首。他说，村长，你让我在家过了年再去吧。我说，不行，老苏区人红心敢表可对天。咋能过年呢！我的年也不过了。这不，冒着风雪送他来。人都快冻死哒。他表现也算好的，二话没说就跟我来了。

得田（公安）：好，这案子我再调查一下。

跃进从门外扛来一条狗和一袋正宗大别山笤。

得田（村长）：同志，这是我们乡里人的一点小意思，不值钱的玩意儿，只是个新鲜。这狗就请你一个人补补身子，这是农村正宗的土养狗。正宗大别山笤给你们单位同志们尝尝。

得田（公安）：这怎么行？

得田（村长）：同志，这都是乡人手出的东西，很多的，又不值钱。我们来的时候，村里人说，你这咋拿得出手？我说，你们把现在领导看仄了。现在上面领导正直廉明，秉公执法。能收你的礼吗？便带这些给领导尝尝鲜。只是请领导开恩，早些把我们大燕经理放出来。看，他女人也来了。男人顶别人坐牢，她儿细女小一大窝，咋办啦。这回，她要去寻死，我救下来的。我说，你放心，领导会念她妇道人家，念我……嗯，早些施恩……

得田（公安）（感动地）：好吧。你们经理我们也都认识，既然真正的肇事人主动来自首了，我们马上重新调查审理。年内还有两天，争取放人回去过年。（指着合作）我们将根据他自首表现好，争取宽大处理。来人，将这个自首的带下去。将这位村长和这位妇女送到我们招待所去住。住好点房间，有电视有洗澡有暖气的。住宿费和生活费由我们出。（又对村长）

谢谢你，村长，你辛苦了，实在谢谢你。

演试完了，得田说：合作，你娘的，不会要你偿命吧。最多十年八年，像上次那样。

合作憨笑：这要靠村长了。

得田说：松丫，咋样？男人没事吧？说不准还能回来过年。

松丫笑着说：大燕回了，再报答……

风雪越刮越大。三个人都忘了，一点也不觉得冷，脸上都露出希望的神色。得田还在一个劲地想下去：他将在武汉受到怎样的招待，公安同志将怎样表扬奖励他。说不准还要上电视报纸哩。合作在想他如何表现好些，争取宽大处理，少判几年，牢他真坐怕了。松丫也在想：男人出来了，一定要好好待他。男人会晓得，还是糟糠妻好。

小三马终于拐出黄羊寨，跨上了通往武汉的宽阔的 106 国道。省城武汉已遥遥在望了。

（原载《长江文艺》1994 年第 5 期）

作者简介

袁先行，湖北省红安县人，中国金融作家协会原常务副秘书长，曾任《金潮》《金融作家》《中国金融文学》编辑。发表中短篇小说 20 余万字，出版《攀登者的天空》等长篇纪实文学作品 8 部；小说《影子》等被《小说月报》选载。曾任职于中国农业银行湖北省黄冈市分行，现退休。

驴行快乐

■ 陈小敏

    云西寺的暮鼓响过半个时辰，归巢的鸟儿在寺外林子里叫得热闹。妙乐从应儿身后飘过，沿后山小路上了顶峰的无助亭。每天这个时候，总有师傅们去无助亭，看日落晚霞，做功课。应儿也去过几回。二三里石阶山路，陡直向上，来回跑一趟，僧袍全汗湿了。虽说那落日群山很壮观，但看过几回，就不想再跑了。

    应儿正落寞地看着远处无助亭的轮廓，虽是黄昏，但因立在顶峰百丈岩上，明显比寺院这边亮堂，几只老鹰在亭子上方盘旋。

    一会儿妙乐师傅从山路上踅了回来，神情有些凝重。看到应儿就在山路上停下，叫声"应儿"，对应儿招手。应儿连忙跟了过去。妙乐也不多说什么，只是招呼应儿跟她一起上无助亭。上到一里地岔路口的白塔道场，见云东寺的两个年轻和尚抬了副空担架在这等她们。无助亭东边是云东寺。云东寺是前寺，气势宏大，住着和尚。出家人行事话语少，不事声张。应儿猜想是无助亭上有人受伤了，需要帮助。

    云际山山高林密，也没公路上山，除了东边云东寺的和尚，西边云西寺的尼姑外，很少有人上这无助亭来。和尚尼姑身手都算轻捷，怎么会伤在这无助亭上呢。应儿纳闷，又不便多问，跟了师傅们快速登顶。好在从前练过舞蹈，腿脚还利索。

四人赶到无助亭下。这无助亭耸立在花岗岩结构的百丈岩顶，依岩石开凿的十六级台阶通到岩顶的亭子里。正一老和尚正立于亭内，合手朝西，口念超度经。四人停在亭子下面，等俩年轻和尚放下担架，再一起上亭子，合手面西，跟老和尚一起念经。应儿不悉经文，附和着师傅们念经，却是一脸惊吓。原来亭子里的地面上，用破棉被裹着个女子，只露出头来，面孔溃烂得血肉模糊，一只眼睛完全烂瞎了，有脓液渗出。另一只眼睛目光混浊呆滞，已是奄奄一息。在五个出家人不停的诵经声中，那地上的女子回光返照般瞬间恢复了意识，笑了一下，就断气了。

正一老和尚望了死者，又抬头看西边的浮云，说：定是山下哪个汉子历尽艰辛，把她弄上山来，置于这无助亭里。那汉子自然也知道，以寺里的条件，无法救活她，怕是想助她超度来生吧。阿弥陀佛。

妙乐附和道：当是如此。

三个和尚下到亭子下面等，妙乐带应儿留在亭子里料理女子的遗体。打开包裹女子的破棉被，就见那女子全身赤裸，肉体溃烂，齐手腕、脚踝处，手脚已烂得露出骨头。应儿受到刺激，大口呕吐起来。妙乐顺手用棉被盖好那女子的遗体，叫亭子下面的和尚们上来帮忙照顾应儿。老和尚吩咐两个年轻和尚，把应儿送回云西寺。

暮色中，无助亭里，只剩下正一老和尚和妙乐。

正一老和尚：那是谁呀？

妙乐：新来的应儿。要出家。刚才回寺里找人上来帮忙，见她站在路口，就把她叫来了。

正一老和尚摇头。

妙乐：来寺里三个月了，还没受戒。这阵子正想劝她下山呢。

正一老和尚点头道：吓成那样，又如何悟得透前世因果。

正一老和尚、妙乐俩人下得无助亭，打算回寺里另外打发年轻得力的和尚尼姑过来，好生料理那女子的遗体。

妙乐回到云西寺，安排了人去无助亭，就去看应儿。应儿躺在厢房板床上歇息。厢房里光线不好，物具简陋，青灯寡人。应儿回来路上又呕吐过一回，肠胃不适，不想吃斋饭。出家人坐有坐样，不可这般懒散样儿。

应儿在寺里待了三个月，知道些出家人的规矩，连忙从床上跳下来，站直了，等妙乐发话。可应儿尚未受戒，算不得正式出家，妙乐又有意劝她下山还俗，就没有训斥她的意思，反而想劝慰她几句。

妙乐面相肃正方和，说：今日所见那女子，甚是悲惨。已到梅毒晚期，全身溃烂成那样，还能留下一口气，真是罕见。尘世罪孽深重呀。阿弥陀佛。是谁动了怜悯之心，把她背上山来，也算行德。有正一老和尚为她超度，善哉。

应儿不解道：真有前世吗？就算她前世犯下罪孽，佛祖慈悲，也不该让她受这样的折磨。

应儿话语冒犯，妙乐宽厚一笑，说：佛劝世以修果，断不能弃因成果。你尘缘未尽，择日下山去吧。

应儿一时冲动跑到寺里来，这出家人的日子实在清苦枯燥，已有悔意，就连忙点了头。

应儿已决定下山。可这云际山下山也不容易，山路漫长崎岖，有些路段陡峭险要，草深林密，又没人烟，让她一个人走，妙乐不放心。既是在寺里住过三个月，再住几天又何妨。过几天就是寺里下山办斋粮的日子，云东寺的和尚、云西寺的尼姑要下山购粮，妙乐想让应儿到时候随他们一起下山。

应儿依旧穿着僧尼的灰袍，在寺里走动。她有意把长发裹在帽子里，把帽沿拉到耳根下面遮住发际，这样看上去就和别的尼姑装束一样了。寺里一日两顿斋饭，且僧尼们每顿只吃到七八成饱，饥饿感使得期待中的每顿斋饭，都成了美食。应儿不管这些，每顿悄悄吃饱为止。只是这么吃法，餐餐不见荤，面对斋饭就没食欲了，更谈不上有其他僧尼们那种进食的快感。有时她会怀念上山之前吃过的红烧猪骶肉，油腻可口，偷偷咽口水。其实跑到寺里来之前，她是不大吃红烧肉的。

听说那死在无助亭的女子才十七八岁，就埋在无助亭百丈岩下北边的山坡上，应儿想下山之前，过去看下那女孩的坟堆。

应儿懒得再跟师傅们学打坐念经，在寺里晃悠了半日，颇感无聊寂寞。吃过斋饭，下午就独自上无助亭去，太阳照在身上暖洋洋的，脸上生出薄汗。走到能看见白塔塔尖的地方，她脚下停住，仰首去数那塔尖，共七座白塔，塔尖直指蓝天白云，颇有气势。

应儿继续往上走。来到白塔道场，却见一中年男子坐在白塔下歇息。男子穿登山鞋，着冲锋衣，登山杖和黑色腕带套在右手手腕上，一身驴子户外登山装束，身边竖一只70升登山背包。以前见过一男一女两个外国背包客上来过，到无助亭看过风景，当日就下山去了。应儿猜想这男子是从云东寺那边上来的，要上无助亭。白塔道场是个岔路口，男子未见得知道哪条路通无助亭，就往上一指，说：无助亭往上走。

男子见应儿僧尼装束，合手施礼，又问了句：请问你上来的那条路通往何处？

应儿答：云西寺。

男子笑道：都说有寺必有庵，果真如此。

应儿：你要去云西寺？

男子：此去云东寺、云西寺，哪边路程远些？

应儿：云东寺是前寺，自然更远，此去约五里。到云西寺，只一里多。

应儿别了男子，独自往无助亭去。那男子背起登山包，从后面跟上来，自我介绍道：我是中南。

应儿就回应道：我叫应儿。

中南：是应该的应吗？师傅的法号吧。

应儿：我上山前就叫应儿，网名。

中南：应儿美眉，这就对了。我也是网名，中国的中，南方的南。

应儿：哦。还以为你姓钟呢。

中南：驴子们都叫我中南，和真名实姓差不多。

应儿：哪……你真名叫什么？

中南：叫我中南就行了。

应儿自知不该多问，就说：那我也不告诉你我的真名，叫我应儿好了。

中南就随了句：应儿，好。

说话间两人已来到无助亭。在这无助亭上，放眼望去，一览众山小，落日离远方一线山梁还有几丈高。百丈岩下，树的枝叶连成一片，漫山红叶铺展开来，在风中摇曳。

应儿看看天色，已下午四点来钟。若要下山的话，走到半路天就黑了。应儿猜想中南和云东寺那边的和尚说好了，会回寺里过夜。中南却全没要离开无助亭的意思，打开登山背包，从包里取出帐篷，就在亭子里搭帐篷。应儿没见过驴子户外扎帐篷，一旁看了觉得新鲜，又想他晚上一个人住在这山顶，不害怕吗？前不久这亭子里还死过一个女孩呢。这么想她就把身子探出亭子外，看北边山岩下的山坡上，果真堆了一个新坟包，坟包上的黄土还是新的。应儿想叫中南去云东寺投宿，说道：你晚上睡这……有野猪的。

中南边扎帐篷，边笑道：野兽都学乖了，怕人，闻到生人味，跑得远远的。

应儿又说：风大，冷。

中南听出应儿话里为自己担心，说：出家人就是心善。谢了。没事的，帐篷防风，睡袋保暖。

应儿见中南把她当出家人，就转过身去，扯下僧尼帽子，一头大波浪长发落下，披在身后。中南看了应儿的背身，愣了一下，问道：你不是尼姑？

应儿答道：我现在就还俗，还不行呀。

中南：你一身僧袍，头发又裹在帽子里，以为是尼姑呢。这么漂亮的女人，出家岂不可惜。

中南说应儿漂亮，只是调侃，话语中并无轻佻。再说应儿确实很漂亮，眼神稍带些抑郁，开心时却是活跃的，肤色健康，白皙，一头秀发落下，立刻显出美貌少妇本色。

应儿还是怕中南独自在大山野外过夜不安全，说：前不久这亭子里死过一个女孩，就埋在北边山岩下。你不如去云东寺投宿。

中南听应儿提到亭子里死过一个女孩，脸色认真起来，问道：真有此事？

应儿点头，问道：你在山下也听说过此事？

中南一阵默然，轻声道：愧面苍天呀。

应儿就想，莫非那女孩的死与中南有干系？她可是因梅毒晚期而亡。眼前的男子，看上去又非大恶之人。就想可能那女孩是他的什么亲戚，低声问道：她是你什么人？

中南：哦，你误会了。我判过她的案子。

应儿：你是法官？

中南：我在法院工作。

能说说那女孩的事吗？应儿早几天一想起那女孩临终的惨状就想呕吐。这会儿还是想知道围绕那女孩究竟发生了什么。

太阳就要没落到远山山背了，在落日霞光映照下，无助亭百丈岩下，红叶在风中摇曳，树林顶层浮起一片柔和的淡黄色的佛光。

中南支起三脚架，取景拍照。重装跋涉四个多小时登顶，到这无助亭来看日落日出，秋霜红叶，这会儿面对自然风光，却没了往昔那种征服自然，山高人为峰的壮丽情怀和欢欣，拍照也提不起兴致。他很少这么独自登山露营，大都是和驴子们结伴而行。这回独自登顶这云际山无助亭，潜意识中或许还是想证实一下丁香姑娘在无助亭跳岩自杀的传闻。到现在为止，他还以为那个叫丁香的女孩是因为忍受不了病痛的折磨，跳岩自杀的，却没想到，她死前连跳岩的能力都没有。

中南收起相机，回应儿的话：她叫丁香，是这云际山下一农户的女儿，三年前在极乐市街边一家美容店染上梅毒，那时她才十五岁，病得很重。她父亲是残疾人。哥哥用板车拉着她到法院门口告状。

经中南这么一说，应儿想起来了，几年前极乐市是有个梅毒女孩的案子，传闻很多，听说还和她那个名义上的继父、市委张书记家的公子扯上了。应儿问：告美容店老板吗？

中南：美容店老板是外地人，出事后就卷铺盖跑了。听口音你也是极乐市人吧。知道河西路吗？街边一溜儿十来家美容店，就是河西路那边的一家美容店。

应儿以前是极乐艺术学院的舞蹈老师，就住河西路一带。传闻那里是红灯区，每家美容店都有警察罩着，不然就亮不了红灯。来云西寺前，应儿把自己在那边的住房卖了，还了欠同事的债。

应儿：后来呢？

中南：丁香的哥哥没告美容店，他告的是同村一个外号叫牢头的混混。是牢头把丁香拐骗到极乐市，卖给了美容店老板。要牢头出钱，给他妹妹治病。当时不知是哪位好心人帮他们写了个诉状，是作为民事案件起诉的。

应儿：你判的案子？赔钱了吗？

中南摇头。

应儿不平道：没天理了，还不赔钱。怪不得那女孩只有死路一条。

中南看着应儿，苦笑，说：我判丁香胜诉，可后来上诉到中级法院，改判了。

中院？应儿心头一震，脱口问道。她母亲是中院副院长。

中南点头。

应儿不知道，正是这个案子，使中南命运发生了不小的转折。不久后他就被调离了审判员岗位。在法院系统，离开审判员岗位，就意味着他不可能成为一名真正的法官，只能做一些外围保障工作。这对中南来说，不亚于当头一棒。他毕业于北大法学院，法学硕士学位，当初主动要求到基层法院来工作，希望能积累些司法实践经验。他曾是院里最年轻学历最高的审判员，很受老院长器重。可是一件普通民事案件的审判，改变了一切。

在案件宣判之前，老院长找中南推心置腹地谈过一次话。老院长这样直接介入案件的审判工作是极不寻常的。他关好办公室的门，讲了三点意见：一、就案件本身而言，牢头承认是他把丁香带到美容店去做事的，但没有证据证明牢头收了美容店老板的钱，没有证据证明牢头拐卖了丁香。尽管有各种传言，说河西路一带是红灯区，街边美容店是做皮肉生意的，但公安部门并没进行查处，没有做出结论。因此，不能认定丁香患梅毒一事跟美容店有关。二、反之，如果认定牢头对丁香患梅毒要承担责任，就意味着牢头确实有拐骗贩卖少女卖淫的嫌疑，意味着河西路一带确实存在一个经营卖淫业的红灯区，公安部门存在渎职嫌疑。牵涉面很广。这样一个普通民事案件会引起连锁反应，影响范围扩大化。三、丁香被哥哥用板车拉到法院门口告状，引来许多市民围观，已在民间传得沸沸扬扬。有的说丁香的事和市委张书记的儿子有关，纯属谣言。但我可以明确地告诉你，那个外号叫牢头的混混，确实是张书记的侄儿。张书记算是个廉洁的领导，要说他出面说说话，或是态度松动点，他这个侄儿，怎么会沦落到靠拐卖少女卖淫来混日子呢。

中南：院长……

老院长：别打断我的话。我这么说，不是说……就认为牢头确实拐卖过丁香姑娘。对了，张书记已经知道这个案子了，是我们主动过去汇报的。他听完汇报，一句话没说。怎么理解？他既然没公权私用帮过这个侄儿什么，也就没必要落井下石做出大义灭亲的姿态了。毕竟是亲侄儿呀。就算是大义灭亲了，把牢头丢到牢里关几年，这种事，他张书记脸上就光彩了？这案子有损张书记的威信，要大事化小，小事化了。你明白吗？

中南看着头发花白的老院长，内心复杂。显然，老院长是爱护他的，关起门来说这么多，像当年法学院的导师般悉心开导。记得有回导师把印度电影《流浪者》中法官的一句台词调出来讨论。电影中法官冷冷地道：法律不承认良心。导师最后给出的结论是：法律是维护社会秩序的工具。当这种秩序是有良心的，法律就承认良心；当这种秩序没良心，法律就不承认良心。这么讲，从另一方面证明了法律的冷酷。导师又说，从法理层面来讲，法的本质在于保护弱者。法是承认良心的。导师讲的是法律法理，今天老院长则理论联系实际，讲了这么多，从法律延伸到政治、权力层面。

现在，中南需要给老院长一个答复，说点什么。中南说：院长，我会认真考虑你的意见。

老院长：这就好。随着社会进步，法治也会不断完善。留得青山在，不怕没柴烧。将来在法官的位置上，你还可以做许多你想做的事。你会是个好法官。老院长这么说时，话语中明显对中南寄予了厚望。

然而，在数日后的庭审中，中南却当庭宣判丁香胜诉。

庭审中，丁香的哥哥把村民联署的证明信递到庭上，信中罗列了牢头在乡间欺男霸女、坑蒙拐骗的种种劣迹，陈述丁香自幼丧母，父亲腿残，家贫如洗，十来岁起就操持家务，贤惠勤苦，牢头将其拐卖坑害，丧尽天良云云。丁香的哥哥目光呆滞，打开包裹丁香身体的旧毯子，露出四肢部分，就见丁香手脚已是溃烂得体无完肤，令人动容。牢头在庭上一言不发，对拐卖丁香的事不置可否，一副死猪不怕开水烫的泼皮相。善恶当庭，激发了中南内心的书生意气，就宣判丁香胜诉。

这案子后来上诉到中级法院作了改判，认为一审认定牢头拐卖丁香卖淫致使丁香患梅毒，证据不足，依疑罪从无原则，判丁香败诉。

老院长又一次找中南谈话，通知他到总务科去工作，负责院里办公用品的采购管理。老院长不无遗憾道：我跟你讲了那么多，为什么还是判反了呢？

中南也不止一次反省过这事，当时怎么就会判丁香胜诉呢？后来想明白了，是良知，是内心坚守着的最后一线光明和对正义的追求，让他作出了那样的判决。他对自己被调离审判岗位不服，觉得委屈，提出过申诉。老院长不为所动，再次关起门来说话，说把他调离审判岗位，是给各方面一个交代。"不这样处理，有关方面会认为是我们这一级法院的问题，有可能在全院引起更大的人事动荡，涉及更多的人，你明白吗？好汉做事好汉当，你认了吧。"

中南争辩道：这个案子，是非明摆着。如果判丁香败诉，就是颠倒是非，是枉法。我这么做了，也就背叛了法治精神，愧对导师的教诲。

老院长生气道：是不是还想说我贪赃枉法，逼你同流合污？你判丁香胜诉，中院不是改判了吗？你又能怎样？这就是现实呀。你不愿离开审判员岗位，我理解。你心存正气，有匡扶正义的胸怀。我曾对你寄予厚望啊。跟你说了，留得青山在，不怕没柴烧。退一万步讲，就算这个案子判错了，你还可以把其他许多案子判对，还社会一个公平，可是……可你就是不听。老院长气得心脏病发作，住进了医院。

后来中南没再为自己工作安排的事去找老院长。他知道，自己在法院的前程断送了，或许就此告别了审判工作。他到总务科后腾出民事庭审判员的位子，院里人事安排跟着转了一圈，刑事庭调了一个人到民事庭，法警科调了一个人到刑事庭，总务科调了一个人到法警科，皆大欢喜。在利益面前，所有人都那么现实。没有人去明辨是非，想想他是不是真的把那个案子判错了，没有人体谅他这个被边缘化了的人的委屈。他一度抑郁沉沦，抽烟、酗酒、打牌，无所事事地混日子。两年后，妻子去了德国工作。中国银行在德国的分支机构有个岗位，需要国内派人去任职。妻子在大学时辅修过德语，就报名参加国内中国银行系统员工的德语考试，只身去了德国。他知道妻子远赴德国，是对他完全失望了。妻子的离去，对他是很大刺激。他幡然醒悟，想到要振作起来，做些什么。一次在网上看到可可西里招募环保志愿者的消息，以前在电视上看到过可可西里野牦牛队反盗猎的故事，就去了可可西里，在那里认识了驴子会上树的猪，回来后也成了驴子。

无助亭里，暮色已重。

应儿又问：中院为什么改判呢？

中南不想再提法院里的那些破事。又见云东寺的正一老和尚带了个小和尚，还有云西寺的妙乐，沿山路往无助亭这边走来。就想怕是天色将晚，应儿没回寺里去，使得他们担心。这亭子周边做了木围栏，只有通往石阶楼梯的入口处没做围栏。中南迎到无助亭口，应儿也跟过来。

正一老和尚着黄色僧袍，秃头白须，脚下矫健，一径上到无助亭。妙乐和小和尚着灰色僧袍，紧步跟上。

妙乐见应儿已脱下僧帽，放下长发，知其凡心落俗，不再随寺院青灯中人了，心下并不责怪，且过去用手指帮她梳理几下头发。

正一老和尚也不看应儿，对中南说：这无助亭，夏日奇热，冬日奇冷，秋风躁急。未曾有人在此露宿过。

中南：驴子常荒山野岭，无路处行路，择一席之地就可安睡，有这无助亭遮露，已是高寝了。

正一老和尚：心归天地，形回自然，大俗也。

中南：出家人苦行劝世，奉佛度人，功德无量。

正一老和尚就去看妙乐，说：她法号妙乐。妙乐于心，何来苦念。

妙乐道：应儿正择日下山还俗，不如明日跟这位施主一起下山。

正一老和尚：说到应儿，不可作还俗说，并未剃度，何来还俗。若施主肯受累，明日带她下山是了，行个方便。

中南：我开了车来，停在山下，明日一起下山，回市里也方便，正好都是极乐市人。

应儿不好意思道：这几个月，为寺里平添俗缘。等我赚到钱，再来还愿。

妙乐：今日应儿先随我回寺里过夜，明天早晨再过来吧。

天已黑了，妙乐和小和尚已打开手上拿的电筒，光束在夜幕下划动。

中南：明天我在这亭子里等。

应儿随妙乐、正一老和尚和小和尚下山，心中想着无助亭北边山岩下的新坟，回望山上无助亭方向漆黑一片。这空山夜黑，应儿还是放心不下中南，快到白塔道场时，就对正一老和尚说：我告诉他前不久亭子里死了一个女孩，埋在亭子北头。说不定还会有野猪呢。叫他去云东寺过夜吧。

正一老和尚道：既是他已知道你说的事，却气闲神定，不见一丝怯意，哪会害怕。入化自然，百兽不扰，神鬼不侵。

应儿不语，不好再求正一老和尚。

妙乐猜到应儿仍是放心不下，就帮应儿求情道：去问一下，他愿去云东寺就去，不愿去就算了。

正一老和尚就吩咐小和尚返回无助亭去叫中南。应儿说了声：我也去。跟了小和尚上去。正一老和尚和妙乐见应儿抢着跟上去，笑而不语。

应儿跟小和尚上到无助亭，见亭中帐篷里已亮了盏汽灯，中南正在帐篷里煮茶。

中南听到帐篷外有动静，又见手电筒光束，猜到是有人返回亭子里了，掀开外帐门帘，把头探出帐篷，一股茶香从帐篷里飘出来。应儿就说：好茶，铁观音。

中南：怎么又回来了？总不会是闻到茶香了吧。

应儿：几个月没喝过铁观音了。也不顾小和尚，脱了鞋就往帐篷里钻，身子碰到帐篷边沿，弄得挂在帐篷顶的汽灯晃动起来。中南用手扶住吊着汽灯的金属绳链，将灯稳住。

小和尚站在帐篷外有些尴尬，说：施主是否愿意到寺里过夜？

应儿道：他叫中南。

中南说：不必了，我在此过夜，明天好赶早看日出。

应儿附和道：要看日出，回寺里住，早晨再赶过来，四五里地，得走夜路。

这会儿有茶有灯有人说话，应儿竟忘了先前的担心害怕。其实她愿意留在这和中南说说话，喝喝茶。在寺里待了几个月，暮鼓晨钟实在有些枯乏寂寞，心底向往起尘世的人情冷暖了。

中南见应儿没有马上走的意思，小和尚又站在帐篷外面，就对小和尚说：你先回去，应儿在这喝过茶，我再送她回寺里。

小和尚就不再说什么，一溜烟下山回寺里去了。

　　应儿没见过驴子的户外用具，物件虽小，却精致齐备。帐篷分内外两层，外帐御风雨，内帐防虫蚁，通风透气，隔湿保暖。中南这是顶双人帐篷，帐篷内虽不宽敞，足够两人对坐喝茶。他把还没拆包的羽绒睡袋递给应儿垫坐，自己盘腿坐在防潮地垫上。帐篷顶上吊下盏汽灯，正对着汽灯的地垫上架着户外炉具，精致小巧的茶壶，茶香从壶中漫出。

　　应儿接过中南递给她的睡袋，却未用来垫坐，丢在身后，又脱去外面的灰色僧袍，直接盘腿打坐在地垫上，腰身挺拔，纤腰丰胸。中南打量了应儿，看出她身体的柔软度很好，想是在寺里练习打坐练成的，要在他面前炫耀。中南就与应儿相对盘腿打坐，两手伸长了手臂，取出茶具，暖杯沏茶忙碌起来，腰身探转自如，盘下却稳稳地不动。原来驴子大都练习瑜伽，以增加身体的柔软度和平衡感，适应户外登山探险对体能的要求。中南的瑜伽已练到六段，看上去体魄强健，身体柔软度却很好。中南把面前的炉具挪开，将一杯茶置于身前地垫上，张开双臂做展翅状，下盘不动，俯身向下，低头用嘴去叼起茶杯喝茶，看得应儿惊讶，问道：这是哪门功夫？

　　中南说：你试试。

　　应儿起身把中南用过的茶杯放回地垫上，倒进稍许茶水，在地垫上两腿打平伸出 V 字，两臂伸直手扶在脚上，也俯身用嘴去叼那地上的茶杯，把茶杯叼起，仰脖喝那杯中水。却是喝急了些，被呛住，来不及用手去扶杯子，嘴巴一松茶杯落到地垫上，杯中剩水洒了一地。中南连忙用鹿皮毛巾吸干地垫上的茶水。应儿忍不住咯咯笑起来，又止不住咳嗽，又咳又笑。俩人打住嬉闹，品茶。中南就问应儿怎么也会柔术。应儿说上山之前她是极乐艺术学院的舞蹈老师，自然要练柔功。中南又问为何跑到山上来出家。应儿就打住不语。中南也不再多问，拿手机看了时间，已过晚上十一点钟，就说：我送你回寺里吧。

　　应儿去穿僧袍。

　　中南手机响起，看过来电号码，对应儿说：是驴子。就去接手机。喂，会上树的猪吧。

　　会上树的猪在电话里说他们在武功山法云界的穿越途中，十万亩高山草甸，笼罩在月色中，辽阔壮观。会上树的猪语气兴奋且又疲惫。中南熟悉这种语态，是驴子们走惨了时的语态。

中南问：你们几个人？

会上树的猪：五个，停在法云界的一个岔路口，一条路向南，一条路向西，两条路形态环境一样，哪边通羊狮慕？

中南：往南，翻过两个山头，就到石头屋了，石头屋附近有水，可以扎营。

会上树的猪：走残了，早晨六点上山走到现在，大大小小翻越了二三十个山头。

中南：最后两个山头都叫绝望山，翻过前绝望山，再翻过后绝望山，就 OK 了。

会上树的猪：真他妈的绝望，熊猫美眉掉队，这妮子叫她别背帐篷不肯。

中南就笑：没办法的事，没安全感。人家不跟你混帐。只好你帮她背帐篷了。

会上树的猪：下周末上军峰山，去吗？

中南：军峰山在哪？

会上树的猪：走南丰上山。南丰蜜桔，知道吗。

中南：去。

会上树的猪：我们赶路，拜。

中南挂了手机，想象着会上树的猪带了那队驴子月色中穿越法云界的情景，那是驴子们穿越的天堂。去年十月他走过那条线，十万亩高山草甸，无限延伸的羊肠小道，把几十座山头串连起来。人在天上，山在脚下，云儿在飘，人儿在走。草儿绿了，花儿香了。看不尽的山野，走不穿的草甸。这是他在穿越途中念叨出的几句诗。

应儿一旁见中南打完电话好像还没回过神来，就想驴子们这么痴迷于户外，怕是户外真的很吸引人。

应儿问：要去军峰山？

中南：嗯。

应儿：我也去。

中南：你也想户外？中南又去打量应儿，说：身体条件不错，就是不知道能不能过体能极限关。

应儿笑道：没见我一狠心，就把自己丢到寺里来了。什么关都过得了。

中南说：够狠。

应儿：怎么过体能极限关？

中南：心性。这么说吧，往死里走的心性。

应儿：你走过？

中南笑道：自然走过。

应儿：却见你活得蛮新鲜。

中南：这叫置之死地而后生。

应儿：把手机号留给我，回头我找你。

中南：你手机号多少？我打你手机。

应儿就从衣袋拿出手机，开机。谁知刚一开机，就有电话打进来。应儿看过来电号码，脸色骤变，说了声无赖，就把手机挂断。又告诉中南自己的手机号码，说：打。

中南这边还没按完键，应儿的手机又响起来。应儿没办法，只好接了手机，气愤地说：还想怎样？帮你还了五十万烂债，还缠着我。说完就又挂断手机。

中南问：谁呀？

应儿有些沮丧，说：我前夫。

中南问：跑到寺里来，关机躲他？

应儿：嗯。我被他毁了，那个大忽悠。

中南调侃一句：比赵本山还能忽悠？那个卖拐的。

应儿不悦道：那是演戏。我这是真的。

中南不敢再乱说。

应儿想起往事，想到伤心处，眼里噙了泪水。

中南认真道歉道：对不起。

应儿：不关你的事。打吧。

中南再次打应儿手机。应儿手机响起，按键保存了来电号码。

中南提了汽灯送应儿回寺里，走在山路上，月亮被厚厚的云层遮住，没有月光。他想到会上树的猪刚才在电话里说武功山那边月色很好，就想这一月两重天，世事多沉浮。他这个北大法学院的硕士，过完周末又要回到单位，看年轻同事春风得意的笑脸了，尴尬地笑了一下。他已从当初的沉沦中走了出来。管理办公用品是个轻闲差事，正好有时间思考，亲身体验挫折，促使他能够进行更深刻的思考。所谓苦思冥想，黑暗让人深刻而聪慧。

山风躁急，寒意已重。中南见应儿缩了手，有点冷的样子，他人高臂长，比应儿高出半个头，就伸手拥了应儿下山，为她挡风。这黑夜，这山风，这远山，似乎拉开了他们与尘世的距离，又有近处寺院香火熏染，清净而纯洁，倍感回归大自然的美妙。

中南把应儿送回云西寺，一个人返回到无助亭已是下半夜，就钻进羽绒睡袋睡觉。入睡之前，熄了灯，他最后看了一眼亭子外边的天空，什么也看不见，无边的黑暗。

现在，黑暗中一个赤身裸体的女孩走近他。女孩的身体是亮堂的，好似身披了黑暗。他起身盘腿而坐，问那女孩：你是丁香吗？

丁香：你还记得我。

中南：不关我的事，我帮不了你。

丁香：既你来到这无助亭，我就过来跟你说一声，我快要转世了。

中南忽然意识到什么，惊吓道：你真的死了？

丁香：我很快乐。你见过我这么漂亮吗？丁香肌肤光滑白净，懒洋洋地伸展开手臂，翻转手腕，五指张开，一个舒展的舞蹈造型。

中南：你要去哪？

丁香：我不想这么快就转世，就算能当法官，也不愿意。

中南：你当不了法官，没读大学。

忽然，丁香一跃而起，飘出亭子，落下岩去。

中南惊醒。原来是一个梦。

天已亮了，错过了看日出的时间。中南从帐篷里出来，见应儿已过来了，已换下僧尼服饰，坐在亭子低矮的围栏横木上。中南忽然发现，梦中丁香的长相，竟然是应儿。好在他不信生死轮回，不然就该当是丁香转世为应儿了。这念头一出，又觉好笑，应儿应该比丁香还大十多岁，不合逻辑。

中南带了应儿下山，从云际山回极乐市途中，只字不提昨夜做梦的事。

晚上七点来钟车子开进极乐市区。应儿坐在副驾驶位子上，就见街上华灯溢彩，中南开的红色江铃皮卡夹在一溜儿名牌轿车、越野车组成的车流中，是个异数。她回头从隔窗看了下后面的车斗，一路颠簸，中南的登山背包挪动到车屁股去了，背带朝天。中南一心开车。她又去打量中南，就见他前额发际线平直，头发齐整地竖在发际线后，鼻尖挺拔，肤色明显留有风吹日晒的痕迹，这一两天长出的胡子，还没来得及刮，有点不修边幅的样子。这是个从城市突围出来的男人，带了山野的气息。

中南问：你住哪？先送你回去。

应儿正打量中南，回过神来，黯然道：我无家可归。

中南边开车，当应儿是开玩笑，边说：不会吧。

应儿只好告诉中南，跑去云西寺出家之前，她把房子卖了。

中南：为什么？

应儿：还债。

应儿想，也是一时冲动，哪想又会跑回来。

中南就不再说什么，把车直接开进自己家小区院子楼下，意思是让应儿到他家借宿一夜。

中南打开楼房单元口的门，让应儿先上楼。

应儿站在门口，矜持了一会儿，说：帮我买套户外装备吧。你有什么，就帮我买什么。

中南：真要当驴子？

应儿：明天我会把钱送过来。

应儿对中南笑一下，转身走了，又一溜烟小跑出小区院子。

应儿走在街上，一种走投无路的凄婉油然而生。她使劲咬了下嘴唇，在街边叫了辆出租车，叫司机开到市委大院母亲的住处。

母亲见应儿突然回来了，还是很高兴。当初应儿托人给母亲带去一张字条，只说自己出家去了，也没说去哪儿出家。母亲叫人到周边的寺院去找没找到，心气不顺，去医院住了一周。

母亲说：回来了就好。这几个月去哪了？

应儿就说在云际山云西寺。又说，你还记得几年前丁香姑娘的案子吗？

丁香死了，死在云西寺上面的无助亭里。

母亲说：你是说那个染梅毒的女孩吧？院里当时还号召大家捐款救助。好像捐了五千多元。那女孩当时已病得很重。

应儿：中院为什么改判？

母亲带了几分政治敏感，说：你怎么会问起这事？又说，一两句说不清楚。

应儿就不再问了。却提到另外一桩事：洪飞来过吗？

母亲说：他还敢来。他前脚来，我就让法警把他铐了。是他坑了你吧。

应儿知道母亲蛮横起来，是可以做到的。母亲也肯定找人调查过，知道她和洪飞的事。但她不想让母亲干预她的事。自从父亲去世，母亲改嫁给市委张书记后，她就和母亲话更少了，疏远了。后来听到传闻，说父亲去世前，母亲就和张书记关系很暧昧，更让她无法释怀。父亲是个学者，性格有些木讷，但很慈爱，后来得肝癌去世了。母亲一向性格强势，有权力欲，属女强人那种类型。父母的性格可以说是阴阳颠倒。应儿从小就跟父亲亲近。她总觉得父亲患上肝癌，是母亲的过错。倒是这回从寺里回来，才愿跟母亲多说上几句话。

母亲问：你俩到底怎么回事。当初不同意你嫁他，硬是要嫁。

应儿自知理亏。

洪飞是个奶油美男。不是应儿冲了他长得好就去追他，是应儿涉世未深，被他忽悠了。应儿后来认为，当初他的长相可能也起了作用，迷惑了她。所以她现在见了奶油型男就厌恶。

应儿认识洪飞时，他在证券公司大户室炒股。证券营业厅里的小股民们，像无头苍蝇，想赚钱又摸不着方向，每天激动地折腾来折腾去，却很少能赚到钱。应儿那时刚入股市，是这些无头苍蝇中的一只。洪飞就是那时候出现的。他每天股市开盘前十五分钟从证券公司营业厅穿过，乘电梯上楼去大户室。时常有人拦住他，问些股市行情上的事，他会停下来耐心跟大家聊，说得头头是道，听的人听懂了也好，没听懂也好，都比较信服。到后来又有了传言，说大户室那边有内部消息，尤其是那个美男，简直是神了，买哪个股票，哪个股票就涨。那个美男就是指洪飞。

那天中午洪飞从楼上下来，营业厅有认得的股民又凑近过去，问这问那。应儿也跟过去，手上拿了深发展，想抛又拿不定主意，就试探着问了句：深发展能抛吗？

应儿的声音清脆，长得又美貌出众，立即吸引住了洪飞。他看了应儿五秒钟，脸上挂了很绅士的笑意，掏出一张名片递给应儿，说：没问题，抛。这是他面对股民咨询，唯一一次这么具体地说到哪只股票可以买卖。事情败露后，有回应儿还问起过这事，他只好实话实说：蒙。当时是蒙，哪知道真蒙对了。如果他蒙错了，也许就不会发生后面的事情，应儿会把他给的那张名片随手扔了。偏偏他蒙对了。当天应儿把深发展抛了，次日股市就大跌，深发展也跌得惨不忍睹。好像所有的传言都得到了证实，应儿相信了这个股神。已经有人私下给洪飞取了个绰号，叫他股神。

应儿又打电话给洪飞问过几次股市行情上的事，再后来洪飞成了她的男朋友，把她带进他的人际圈子。应儿偶尔会去参加他们的聚会，看他们在茶楼包房里围坐一圈，一边喝茶，一边玩杀人游戏，一种西方引进的心理战游戏。再就是一起聚聚餐，喝酒。股市之外，洪飞似乎只和固定的八九个人交往。这些人个个穿戴整洁，穿西服必打领带，说话风趣，彼此赵总钱总孙总李总相称，看上去都是些成功男士。再后来应儿就不去股市折腾了，有点钱委托洪飞帮她炒股。这时候洪飞已经私下接受了不少股民的委托，他会和每个人签一份书面协议，保证每年百分之十以上的红利，只赚不赔。应儿作为洪飞的女朋友没签协议，但得到了更丰厚的回报。每跑一单股票，洪飞就打电话告诉她赚了多少。

本来也没那么快结婚，一方面洪飞确实很会讨女人喜欢，另一方面应儿不想再孤独下去。那时她已经开始了对母亲的全面叛逆，不知是因为她的叛逆年龄滞后，还是怀了对父亲的怀念，母亲叫她向东，她就会向西。她那么快就接受洪飞的求婚，在于她需要建立起一个堡垒，需要有一个战友，来坚持和母亲冷战，也可以让母亲死了给她介绍男朋友，掌控她婚姻的心。就这样，应儿嫁给了洪飞。他们住在极乐艺术学院教师宿舍楼里，应儿单位分的房子，房改时买下的。洪飞买了辆本田轿车，开进开出。他在股市上的业绩，应儿的同事早有所闻。现在成了邻居，又有应儿的同事身份作背书，不少同事手头有了闲钱，就拿给洪飞，委托他炒股。

到了二十世纪九十年代末，股市进入冰封期，长期低迷，人们不再投钱到股市了，洪飞的资金链断裂。证券公司依据协议，强行平仓收回透支资金。此时洪飞已欠下委托人巨额债务。直到同事来向应儿讨债，应儿才知道，她的丈夫，那个股神，忽悠了所有的人。他从来就没在股市上赚到过什么钱，也没有正当职业，靠编造在股市赚钱的神话，不断吸收委托人的资金来进行周转，将雪球越滚越大。雪球融化之日，应儿成了买单人。应儿承受着同事们讨债的压力，得不到谅解。同事们不相信她作为妻子，会不知道这是个骗局。一到发工资的日子，应儿的工资就被一拨同事要去还债了，连吃饭都成问题。应儿需要尊严，需要证明自己的清白，摆脱洪飞带给她的屈辱。在答应了洪飞所有条件后，他们签下离婚协议。离婚时，应儿把房子卖了，用于偿还同事的债务，还承担着洪飞所欠其他人的三十万元债务中的一半。她不愿直接面对那些陌生的债主，同意由洪飞对外承担债务，她则还洪飞十五万元。没想到离婚后，为了这十五万元，洪飞时常来纠缠，有时甚至暴力求欢。骗子加无赖的嘴脸暴露无遗。想想她付出了那么多，离了婚还要帮他还债，无法摆脱的屈辱和抑郁笼罩着她，一时冲动就有了出家的念头。这不转一圈又回来了。活着真的很无奈。

应儿尽管很受伤，却仍然不愿向母亲投降，不愿把自己婚姻受骗的事告诉母亲。这会儿只说离婚了，炒股亏了钱，想从母亲这借两万元。

母亲打量应儿，眼睛里很复杂。她气应儿不听话，不争气，现在连工作都丢了，哪像自己的女儿。可她毕竟只有这么一个亲生女儿。两万元钱不是问题。她进书房取了两万元现金出来给应儿。

我要写个欠条吗？应儿这么说，故意显出生分。

你愿写就写吧。母亲说。

应儿就写了张借条，放在茶几上。母亲故意把头抬得高高的，看也不看茶几上的借条。

听见门外钥匙插进锁孔的声音，应儿和母亲都猜到是张书记回来了。应儿马上起身对母亲说：我走了。

母亲：这么晚了，你去哪里？

张书记进了屋，看到应儿在屋里，很意外。应儿还没认他这个继父，他也不主动和应儿打招呼，只是脸上挂了几分笑意。毕竟是到了张书记家里，没法避开，应儿勉强叫了声张书记，算是打过招呼，逃也似地夺门而出。

应儿又流落到大街上。一天下来，走了半天山路，坐了半天车，这深夜里，疲惫的身躯伴了孤独感。她想走进街边的酒吧喝点什么，歇息一下，安慰一下自己。这里的酒吧不光经营酒，还经营各种软饮料、茶。她想闻铁观音的茶香。就在她走近酒吧门口时，一个熟悉的身影从酒吧里出来。是洪飞，戴着白色边框眼镜，披件风衣，身边还有个时尚女孩。一眼就能看出，那女孩属于愿意让男人玩更愿意花男人钱的主。应儿往边上闪开几步，不想被洪飞看到，眼见洪飞和那女孩钻进一辆本田轿车，发动车子走了。应儿心头一惊。她认得那辆本田，是洪飞原来用的那辆车。当初离婚时，应儿卖房子，要洪飞把车子也卖了，一起还债。原来洪飞又耍了她，他手头有钱，并没卖车。应儿忽然想明白了，洪飞虽是从委托人那弄了那么多钱，但他早就留了一手，并没全部投入股市。他在继续享受他的生活，一边还厚颜无耻地纠缠她，找她索债。委屈忧伤涌上心头，泪水夺眶而出。

应儿独自走在街边，真的累了，真的有些走投无路了。她想到另外一个人，中南。他不属于这个城市，带着野山的气息，感觉可以信赖。她拨通中南的手机。

中南在手机里喂了几声，说：是应儿吗？

应儿有点后悔，这么晚给中南打电话，他应该已经睡了。现在电话已经通了。应儿说：是我。

中南：你在哪？还没找到住处吗？

一句话又把应儿说伤了心，她忍住没哭出声，"嗯"了一声。

中南：你怎么了？好吧。告诉我在哪，我马上过去。

应儿：在湖边，迪欧咖啡厅外面。

中南：在那别走，等着我。

十来分钟后，中南开着他那辆红色江铃皮卡过来了，车身尘土很重。他跨出驾驶室，仍穿着那套户外行头，有点脏的登山鞋、冲锋衣，不修边幅的样子。

中南不愿被应儿的忧伤感染，带了大大咧咧的笑意，伸手拥了应儿的肩，说：进去吧。

两人进了咖啡厅，找位子坐下。

中南：你常来这？

应儿摇头。

中南：喝点什么？

应儿：其实就想喝你煮的铁观音。

中南点头道：山上煮的茶，味道自然不一样。

应儿忽然想起什么，把一扎还没拆封条的钱拿出来，一万元，放到中南面前的桌面，说：请帮我买户外装备，我要跟你们去军峰山。

中南调侃道：一会儿工夫，又发财了。

应儿就带了伤感的笑意，自我调侃道：我是富（负）婆，你不知道吧。

中南不想看着应儿情绪低落下去，说：打住。户外第一条军规：只分享快乐，不分享忧伤。

应儿想倾诉，说：你不想知道我的故事吗？不想知道我有多傻？

中南：听我说，每个驴子都有自己的故事，或者受到过伤害，怀有难以排解的屈辱、忧郁或愤怒。这屈辱忧郁愤怒形成一种力量。这种力量如果就那么抑郁于心，会破坏自己的身体；如果转换成一股恶气从负面暴发出来，会对社会造成破坏。驴子们找到另外一种方式：驴行天下。在艰苦的驴行中释放力量，回归自然，坚守住内心的光明和信念。

应儿受到鼓舞，说：更健康更快乐？

中南：对，健康、快乐。

服务生又过来催问：要点什么？

应儿叫了不少点心和茶。确实也有些饿了。两人吃了点心喝了茶，应儿抢着付账，说，中南哥不好意思，这么晚把你叫出来。

中南说：户外第二条军规，只分享快乐，不分享利益。AA 吧。

应儿就不再坚持，两人各付了一半账。

周五下了班，中南开了他那辆红色江铃皮卡，在市内转了半圈，先接了会上树的猪、教授、熊猫，最后把车开到快乐七天酒店门前等应儿。

会上树的猪坐在后排，问中南：你外挂住酒店？真爽，漂亮吧？

熊猫坐在会上树的猪边上，踢他一脚，说：死猪，漂不漂亮关你什么事？

教授去看腕上的海拔表，海拔表带夜光带时钟。

应儿从酒店门口出来，看到中南的皮卡，就小跑了过来。

熊猫脱口道：是她？

中南问：你们认识？

熊猫装憨：啊？不认识。

熊猫昨天在女子健身馆看到过应儿，应儿是新来的领舞。驴子们尽量避免在日常生活中发生联系，彼此也不打听真实身份，以维护户外交往的半虚拟性。每个驴子来到户外，脱离现实社会生活中可能的利害牵挂，可以无所顾忌充分放松心情，单纯真我，这也是驴子们户外生活方式的魅力所在。这会儿熊猫就没提在健身馆看到过应儿的事。

应儿上车坐在副驾驶位子，回头对坐在后排的三位打招呼：各位好。

她已回到极乐艺术学院任教，私下又找了份兼职，不上课时就到女子健身馆领舞。她在T台上领舞，台下围了几十个学员，熊猫在台下的人群中，自然不认得熊猫。

中南发动车子，头也没回，对后排会上树的猪、教授、熊猫等介绍说：我的外挂，应儿。

车子开出市区上高速公路，下高速公路，走乡村沙石公路，跑了六七个小时，下半夜才赶到南丰县军峰山下。正是南丰蜜桔成熟的季节，空气中弥漫着桔子的香味。头灯在夜幕中晃动。他们在靠近桔园山脚下的树林子里扎帐篷。应儿想把帐篷扎在几顶帐篷中间，可是没那么大的一整片空地，每顶帐篷只能散开扎在树林子里。应儿就选在中南的帐篷边上扎帐。毕竟是第一次在荒山野外露营，她有点害怕。她不会扎帐篷，连包都没拆，还没看过自己的帐篷。中南就先帮应儿扎好帐篷，再扎自己的帐篷。各自进帐篷睡觉，离天亮只三四个小时了，明天还要登山，得养好体力。

应儿独自睡在帐篷里，一片漆黑，静夜林子里传出各种怪异的声音，受到惊扰的鸟儿在巢里躁动，秋风中树叶飘落，从帐篷上滑过，传到帐篷里，好似有什么东西在外面触动帐篷。想着没有围墙，没有房子，这么裸露在山野，应儿害怕起来，竖起耳朵听外面的动静，听到更多莫名其妙的声音。她用手机给中南发了条短信：我害怕。

中南睡意朦胧中听到手机响，取了手机看短信，就想应儿第一次在这荒山野岭露营，害怕也是正常的，多跑几次胆子就大了。中南回了条短信：没事，我在你边上，睡吧。

第二天天一亮收拾营地。领队会上树的猪过来检查应儿的装备，叫应儿把帐篷留在车上。

应儿不解：为什么？

会上树的猪：登山比走平地要消耗三倍的体能，背一斤东西登山，等于背三斤东西走平路。这帐篷标重五斤，加上昨夜的露水五斤半，减一顶帐篷减下十六斤半重量。减下帐篷后，你能把自己的包背上去，下次就不用当外挂。

应儿佩服会上树的猪能把登山体能消耗量化得那么具体，却不解"外挂"是什么意思。看着中南。

会上树的猪就指了中南，不无炫耀地笑道：他当过我外挂。

中南笑笑默认有这么回事，告诉应儿外挂指老驴子带过来的还没入伙的新人，有点像俗世所说的徒弟。户外有不少东西要学。边说边帮应儿从包里拿下帐篷。

应儿想不带帐篷上山，自己晚上睡哪？忽然明白了，脱口道：我知道了，混帐。那回在无助亭，她听中南和会上树的猪通电话时提到过混帐。

会上树的猪就笑：你也知道混帐呀？好聪明。

应儿有点不好意思，不去理会会上树的猪。

军峰山高耸入云，绵长的石阶古道依稀可见，山体海拔层次分明。从山脚到半山腰山路蜿蜒，穿行于成片的野生榆木林中，树干高大直挺，顶部的树冠因大部分已脱去叶子，看上去比较骨感。半山腰往上山路变得陡峭，满山茂密的灌木林和藤蔓，枝蔓青翠，不像下面的乔木林落叶满地。再往上直达绝顶，裸露的花岗岩山体，挺拔雄伟。岩石的裂缝沟槽，积留下一些尘土，于是有针叶小松树从岩缝中长出。阳光下，挺立的石松青翠秀珍。

一棵小松树从背阳的岩缝中长出，树干似根非根，贴了岩石左弯右绕，最后把枝头伸到岩石的采光面，阳光下，格外显眼。教授取了单反相机围着那棵石松拍照，感慨道：这棵石松，当初松子不巧落到那背阳的岩缝，因了某种机缘成活了，生长自是特别不易，却是长出独特的姿态来，此乃大自然之美。其实人生也只是个过程，多些挫折苦难，感受得更多，比起那波澜不惊平直一生，岂不是赚了。

会上树的猪：教授就是教授。我就算明白这个理，也说不明白。

熊猫不屑道：明白个屁。

会上树的猪故意夸张卖弄，逗熊猫：美呀，自然之美。

爬了大半天山，中南、会上树的猪、教授、熊猫等停在路边歇息，等应儿。应儿一个人落在后面了。中南不时回头看下应儿，不让她脱离视线范围。见应儿停在路边不走了，想是体力不支，上不来了，就打算下去接应儿。会上树的猪做手势拦住中南，说，你过去她就有指望了。我去。

会上树的猪丢下自己的包，下去接应儿上来。到了下面，却不帮应儿背包，好像只是过来观察应儿的状态，陪陪应儿。他知道，这时候如果帮应儿背包，应儿就没机会过体能极限关了。

应儿跟在会上树的猪后面，手臂的力量不够，把登山杖顶在胸前帮助支撑身体，在陡峭的石头台阶上，一步一步向上挪动身体。她呼吸急促，喉头干燥却不想喝水，心脏剧烈跳动却感觉不到自己的心跳，就要失去对自己身体的控制了。她想自己不行了，完全走不动了。

会上树的猪没有去拉她，说：上去，往死里走，走完这段就好了。

应儿大脑模糊。往上看，顶峰那么遥远，让人绝望。

会上树的猪：别往上看，一步一步往上走。

应儿终于到了中南他们歇息的地方。中南、教授、熊猫鼓起掌来。

中南给大家分巧克力，大家又喝水，吃些牛肉干补充能量。

会上树的猪对应儿说，好了，你已过了体能极限关，歇一下，再往上就不会那么难受了。

应儿半信半疑，又去看那高高的军峰山顶峰。

教授对应儿说：运动达到体能极限后，人体会大量产生一种叫苯乙酸的化合物，释放到血液中，帮助大脑吸收给人满足和愉悦感的神经递质多巴胺，刺激各种器官加强工作，以适应达到体能极限的运动。驴子们管这叫过体能极限关。

会上树的猪说：就是往死里走。

应儿是舞蹈老师，对运动学有所了解，却是第一次听到这种过体能极限关的说法，更不要说亲身体验了。在后来近两个小时的登山中，她真的感觉不到那种难以承受的累了。真是太神奇了。

他们在太阳快要落下云层时到达顶峰。

军峰山顶峰在云线之上。往下看，云海似乎凝固成了辽阔的山丘、平原，非常壮美。他们守望天边，看太阳落下云层，云层的颜色由灰到红，由红到紫，由紫到黄，终于陷入无边的黑暗。随即繁星点亮天空，银河系云辉飘逸。辽阔的天空，密密麻麻的星体，让人感到地球的渺小，自我的谦卑，这种谦卑的感觉是那么温馨那么美好。

忽然，会上树的猪豪情万丈，戏剧般地朝天大吼：山高人为峰！我为峰！

应儿没带帐篷上山，和中南混帐。

中南守在帐篷外面，让应儿在帐篷里换好睡衣。等应儿在里面说好了，才钻进帐篷。

应儿已经把中南的木乃伊睡袋铺好了，却抱着自己的睡袋，犹豫着头朝哪边放，是和中南睡一头，还是一人一头。她忽然对中南说：第三条军规，只分享快乐，不分享身体。是这样吗？

中南说：好吧。

应儿就把自己的睡袋和中南的睡袋并头放了。

俩人钻进睡袋，两只木乃伊。

睡在中南边上，应儿一点都不害怕。听中南说些户外逸事，含笑入睡。

第二天下山，说笑间中南就提到应儿到云西寺出家的事，说应儿是还俗的尼姑。

会上树的猪脱口道：出什么家。当驴子。又撩应儿说：昨晚中南禽兽不如吧。

应儿知是调侃她和中南混帐的事，说：他一夜打坐念经呢。

中南告诉大家，过了年他就要去北京。北大法学院的导师知道了他现在的情况，希望他回北大攻读博士学位，做一个关于中国特色法官体系架构的课题。

应儿在卧室床上斜躺着看电视。电视里正在播放极乐新闻。突然，中南的黑框遗像出现在电视屏幕上，报道称中南在劝阻两名吸毒青年偷盗街边摩托车时，被歹徒用刀刺中心脏，不幸身亡。电视里还号召全市人民向优秀法官学习，打击犯罪分子的嚣张气焰。

应儿惊诧不已，过了会儿，默默潸然泪下。

当日下军峰山时她就想好了，下次户外还不背帐篷，还要和中南混帐，看他是不是真的就禽兽不如。怎想到，竟是诀别。

一会儿会上树的猪的电话打进来了。会上树的猪在电话里说：应儿，看了电视吗。中南死了。

应儿泪眼婆娑：看了。

会上树的猪在电话里骂道：妈的，真是阴沟里翻船。

（原载《金融作家》2010 年第 6 期）

作者简介

陈小敏，笔名沉晓、悟平等，江西省作家协会会员。先后在《百花洲》发表《扭曲美丽》《夏仙》等中短篇小说。现供职于中国农业发展银行江西省九江市分行。

昏迷

■ 王巍

一

老头子今天有点异样，说是早上听到了乌鸦叫。他老是叹气，反复讲，妞妞怎么才 12 岁，什么时候才能给她找工作。

老头子在中医院调理心衰，看起来状态不错呀，怎么总说丧气话。我叫他别胡思乱想，他伸出三个手指，说，我今年 73。

人世间最大的痛苦，莫过于老去。

老头子年轻的时候生活苦，后来条件好了没几年，三高，犯过两次脑梗死，心脏也不好，楼里楼外的人都说，这老头坚持到现在，很不容易了。但我总觉得他头脑清醒，面色红润，也不像要去鬼门关的样子。老头子身子虽不好，却喜欢操心，什么时间起床，中午吃什么，妞妞什么时候做作业，看多长时间电视，都是他说了算，你不能有半句忤逆。

老头子预备睡了，要我给他按脚。我说："你还真是老太爷，吃饭前刚按了一个小时。"老头子把眼一瞪，气呼呼地吼："那我活着还有什么意思。"我抢白他："你再乱发火，如果血栓犯了，看谁服侍你。"老头子把牙咬了，扔个枕头砸我。母亲给他摸摸心口，说："人一生病，脾气就会变坏，都别说了，对谁都不好。"唉，老头子的脾气就是母亲惯的，对他越好越是没有好脸色。

半盏茶的工夫，老头子胸部不再起伏。他朝我伸手，我把手给他握。他说："拖累你们了。"我觉得眼角有东西掉下来，用手擦，却是眼泪。我抚他的头，又给他捏捏腿，临走了，他笑了，异常灿烂，还挥挥手。

晚上和朋友喝了点酒，头昏昏，早睡了。12点多，电话铃响，死了亲娘了，打个没完。别是单位里出了什么事，挣扎着去接，却是母亲，电话那头哭了起来，说老头子怎么都推不醒了。

酒意全无，头发根根竖起来，灯也忘了开，摸黑穿了衣服，袜子却寻不着，又以为是幻觉，忙给母亲打电话确认一下，光脚靸了鞋就跑。

出租车不紧不慢地溜。七个路口六个红灯。晚上没人红灯还这么久，交警的脑子是怎么长的。窜到医院，电梯又不行，气喘吁吁爬到六楼，手脚已经酸软。老头子的病床已经围了一圈白大褂，抽血的抽血，看血压的看血压，老头子张着嘴，大声喘气，就是醒不过来。我对着一群白大褂喊："你们赶快抢救呀，你们都是白衣天使呀。"戴黑眼镜的小子看来是值班医生的头，他满头大汗地说："可能是脑溢血或者脑梗塞，无论是什么，人昏迷，就很严重了。但急也没用，已经发生了。"我说："你们这些人穿白大褂都不惭愧吗？医术这样，还敢值班，主任们呢？"值班医生们头低着不敢说话，黑眼镜咕哝了一句："你们家领导值夜班呀。"

CT拍来了，确定是脑梗，面积很大，非常危险。神经内科来会诊，和母亲谈了5分钟。母亲捂着头说，我现在头脑不清醒，你和我儿子讲。医生又把病情说了一遍，昏头昏脑全没记住。我让他直接说怎么救。那小子说，要么溶栓，要么保守治疗，但都要转去ICU。

深夜1点，我像苍蝇一样厚着脸皮打了一圈电话，询问了所有认识的学医的人，终于明白保守治疗和等死其实差不多。签字，签字溶栓，签字进ICU，手有些抖，10分钟才签完，签完才发现，前面写些什么都没看。夜黑，静得怕人，鸟雀都不叫一声，只有老头子病床的轮子吱吱地叫，提醒我们在不断前行。进了ICU，还没看清屋里摆设，医生就把我们推出来。大门冰冷地关上，竖着耳朵听，什么也听不见。门口的灯亮着，照见右边挂着一块牌子"重症监护科"。这时弟弟来了，埋怨我怎么就签字进来了，这里面就他妈是鬼门关。母亲提着塑料面盆要进去陪护，按了门铃，半天才有个大嗓门说，家属不能陪护。

时间一分一秒地数过来。母亲说冷，可怎么也不离开。

天，一丝丝亮了起来。门开了一条缝，母亲急吼吼去问，神经内科的兄弟说已经做了溶栓，所幸没出血。过后一想又不对，我跟他算哪门子兄弟。母亲坐在凳子上哭起来。我握着她的手，说怎么就哭了。她说夜里太紧张，忘了哭了。我抱着她，尽量让她感到温暖。我也明白，她和老头子之间的感情，也许是我们这些小辈永远无法理解的。

过道上来了一个上了年纪女人。干净、斯文、冷漠，手上提着饭盒，对着门铃喊："5号送饭。"护士接过去，门咣当一声又关上。女人在门口站着，发了一会呆，复又坐下。点头打了个招呼，她说她住在滨湖，每天早上坐第一班车过来，给丈夫送饭，然后等到11点探视。我问她先生什么病，回说尿毒症加上心衰。我不敢说话，她倒很镇定，说病危通知书下了几次，但我相信，他一定能挺过来。母亲问她家里还有什么人，她说一个女儿在国外，靠不了。母亲下意识地看看我和弟弟，似乎略有安慰。

女人话不多，开始低头捣鼓手机。长凳上的人都是忧心忡忡，夜总算过去了。

二

医生无数遍问："姓名？"又问："职业？"

我说，教师。

老头子大名叫有根，在大学混了这么多年，还是改不了农村习气。为此母亲老数落他，哪有一点为人师表的样子。头发剃掉了，不然比鸡窝还乱，衣服虽换了牌子的，胸前总有两滴油，家里摆设再乱，也丝毫不影响他的心情。那年他得了脑梗死，没有完全治好，基本不能行走，皮鞋早就不穿，落满灰却舍不得扔，说有一天能走了还能穿一下。每当坐在轮椅上出来透风，学校门口保安都不放进，只有经过的熟人，不辞辛苦地打个招呼："嘿，老王。"

当年我结婚的时候，老头子给了两万块钱。他红着眼睛说，委屈儿子了。我也理解，那时候的教师大多家徒四壁，所以我大学毕业的时候死活不愿再当教师。我说他穷，他说他有财产，只是传不了我。我那时以为，他要把钱留给弟弟，很迟以后，才知道，他说的财产是什么。

母亲的嘴一向很紧，根据她的只言片语，我知道她和父亲是在某年高考招生时认识的。那时候母亲在教育局，父亲在大学里，后来结了婚，但还分居两地。母亲一直遗憾，生我的时候给父亲拍了电报，等父亲回来的时候，我已经落地 3 天了。

母亲让我回去把樟木箱子里的毛衣拿来。箱子有些年头了，打开有股樟脑丸的味道。里面有一扎信，上面都写着"明秀女士亲启"。明秀是母亲的名字，似乎有些土气，但念起来却很好听。最底下一封没封口，信纸滑落下来，展开去看，是一首唐诗："芳屏画春草，仙杼织朝霞。何如山水路，对面即飞花。"我被这一缕相思打动，差点忘了悲伤，心想老头子平时待我一本正经，居然也有风骚的时候。一会又担心母亲能否看得懂。再一思量，应该是懂了，否则他们也不会结婚，更不会有我。

猝然想起，老头子生这么多年病，总会留下点什么，哪怕是只言片语，就在屋内翻翻，想想他平日里喜欢靠在窗台边晒太阳，喜欢对着镜子望自己的须发，然后回书房看书。樟木箱子没有，是不是在书架里，也许在五斗橱，细细翻看，还是没有。心中遗憾，老头子病得快，连后事都没来得及交代。

毛衣拿回的时候，已经日上三竿。ICU 门口渐渐热闹起来。先来一个黑胖女人，隔着玻璃踮着脚看。一会来和我们主动说话，说是临泉人，父亲也是脑梗死。她话很多，和我们聊镇上的各种事情。说她父亲在镇上有 7 间门面，一年租金就十几万。就是条件好了，不干农活，出门就是摩托车，一步不走。今年母猪下了十几个崽，一个人喝了一斤酒，又吃了六个鸡蛋，犯了中风，她和哥哥陪着。她哥哥一看就是个老实人，秃顶，嘴老是张着合不拢，没有一句话，对人却实在，我们探视的时候，他给我们看包，认真极了。临泉女人悄悄说，她哥哥不能生育，离婚了。然后一路说开，如江水滔滔，水龙头都拧不住。我们也没心思细听，对着通道门口发呆。

一会儿又来了两个兄弟，是 13 床的家属。阿大戴着金丝眼镜，雪白衬衫，一看就是儒商，阿二卷着裤腿，耳朵边夹一根烟，似乎还有些乡下气息。两兄弟开始死活不说干什么的，熟了才知道各自在深圳开了公司。他家老头病得更是稀奇，早起跑步，碰到一只黄皮大仙，一病不起。先只是肠胃不通畅，后又查出肺有问题，又两日就转到了ICU，让人措手不及。我们都在抱怨这个杀人的医院，活蹦乱跳的人被治成这个样子。一会又聊，若是治好了就算了，治不好一定要和医院打官司。阿二说，老头苦了一辈子，现在刚刚生活好了，该享受一点，又莫名其妙得了病。说罢流泪，把我的眼泪也勾出来。

再一会又来个年轻女人，说是9床老太太家的保姆，按门铃问下情况就走。临泉女人又滔滔不绝了，说："看，9床家属病成这样，儿子媳妇也不过来，天天让保姆来。保姆来干嘛，就是问有没有断气。唉，养儿子有什么用。"我看看阿大、阿二，阿大、阿二又看看我。临泉女人意识到说得不妥，立马说，我不是说你们，你们都很孝顺。

三

快到探视时间了，医生、护士蚂蚱一样出出进进，想问他们一下情况，冷冰冰地说不知道，该不是昨天进来没塞点红包，伸手掏钱包的时候，门已经关了，让人踟蹰不已。医生就是冷漠，生死对他们来说只是一出戏。不过不冷漠也干不了医生，像我这样见血就晕的，恐怕只能去营养科了。

钟敲了11下，探视的人蜂拥而入。母亲先进去，半天出来捂着嘴哭。我戴着口罩，换了衣服，用双氧水洗了手，走进病房。老头子在里间靠窗，我走到跟前，看到他身上的4根管子。我对他喊："爸爸，你糊涂了，走迷路了。赶快回来呀。"老头子毫无反应，只听到呼吸机拉锯的声音。我掐他的人中，又给他捏了一会腿，心想老头子什么时候遭过这样的罪。

左边床的病人正在鼻饲。汁水从鼻子灌进去，看了有些害怕，不会呛住吧。我问护士，老头子可喂过，答说喂过了。我过去陪个笑脸，恳求她看护得细致些，别让老爷子委屈。护士很甜，笑笑，说："会的。"

管床的是个瘸子医生，示意我出去说话。

我们站在ICU门口。瘸子医生说："老爷子病得很重，梗塞面积大，整个右脑。溶栓效果也不好，但融通了一道缝，血液能渗过去，命能不能保住，还不好说。"我说:"什么都不求,只求他意识清醒,能讲话。"瘸子医生说:"这个要求已经很高了,你们要有思想准备。"我说:"你们抢救呀,想想办法呀。"瘸子医生说:"现在第一关是脑水肿,怕脑疝、积水,14天以后才能见分晓。再往后,害怕再梗死,还有并发症,老爷子心衰,肺也不好,能不能撑得住,都是问题。就算命保住了,能恢复成什么样也不敢讲。只怕是——。"

"植物人。"我脱口而出。

头晕,慢慢坐下,心如一片死灰。不知如何同母亲讲。告诉她吧,怕她经不住,不告诉她,又怕将来经不住。

外面多少度,是冷是热,感觉不到。三顿饭没吃,也不饿。就像蒙了雨布,迟钝,懵懂。

我和母亲在医院门口找了家小旅馆。母亲在房子里走,抱怨为什么不给她陪护。老头子这几年一天都没离过,交给护士,不放心,真不放心。老头子睡在床上解不出大小便,有没有人扶他起来,他后半夜胸口喜欢出汗,有没有人给他擦。家里人才会尽心尽力,依靠别人怎么行呀。

我害怕听她唠叨,心都有些颤。

晚上,吃了两条黄瓜,睡意全无。想到已经48小时没睡觉了,就服了些睡眠的药。迷迷糊糊中,梦来了。梦到年轻时候的老头子,骑着带大梁的自行车送考。他告诉我,考不上大学还可以当兵,总会有口饭吃。然后老头子一下子就变老了,依然骑着车带我,像骆驼祥子。

忽然醒了。想到老头子在里面吃苦,怎么就睡不着了。又觉得危险,心揪了起来,毛孔张开,异常寒冷。再冷静一想,其实老头子在里面才是最安全的,复又躺下。一弯冷月挂在窗头,可惜没有心情去赏。又看了看星星,怕有一颗掉下来,老头子是教授,怎么也能算个文曲星吧。

瞌睡虫都飞到哪里去了,怎么再等不来。以前和文睡,总是喜欢伸手摸她的胸。手放在她胸上,觉得温暖,也觉得踏实。现在四周一片暗黑,也不知道文在干什么,有没有操心。文什么都好,就是性子淡,不知道主动关心人。家里发生这么大的事,也想不起来打个电话问一下,心里有点说不出的难受。但又一想,也许她在忙孩子吧,她那么单薄,照顾好自己,照顾好孩子就不错了。我想她,非常想她。

夜这么长，但却经不住胡思乱想。

四

我捧一本书，装模作样。这是老头子传下来的习惯，坐下来就得拿本书。书写得其实都差不多，无外乎人生的大痛苦和小快乐。最喜欢张爱玲，可现在怎么也读不进去，她写的都是闲愁，不解生死。忽然想到老爷子的名言："文学没啥用，我却用它来对抗生活之猥琐。"我和他观点不同，经常争执，既然生活是猥琐的，文学创作也就离不开一地鸡毛。

一上午坐下来，毫无消息，ICU 门口稀疏几人，都面带难色。我和母亲轮换着去吃饭。

门口有一乞丐，衣衫褴褛，手持一棍，鸣钵而过，口中颂道："你证我证，心证意证，是无有证，斯可云证，无可云证，是立足境，无立足境，是方干净。"我在疑问，哪里来的神仙。旁边保安说："可惜了，这老教授，原来是研究红学的，后来疯了，我说他疯，他说我疯。"我心一颤，仿佛记起什么。

老头子平素最喜欢解庄周。他让我知道庄周梦蝶，让我知道鲲鹏之志，让我知道与人相忘江湖。后来他常病，反反复复给我讲这节：

"庄子妻死，惠子吊之，庄子则方箕踞鼓盆而歌。惠子曰：'与人居长子老身，死不哭亦足矣，又鼓盆而歌，不亦甚乎！'庄子曰：'不然。是其始死也，我独何能无概然！察其始而本无生；非徒无生也，而本无形；非徒无形也，而本无气。杂乎芒芴之间，变而有气，气变而有形，形变而有生。今又变而之死。是相与为春秋冬夏四时行也。人且偃然寝于巨室，而我嗷嗷然随而哭之，自以为不通乎命，故止也。'"

这篇叫《鼓盆而歌》。老头子还是希望能够超越生死。而我总是质疑，庄周纵是狂狷，也还是性情中人，死了老婆，断无此境界。心中猜测，只怕是夫妻感情不和，生了厌恶，又或是看中邻家美貌女子，想纳续弦。圣贤都他妈有神经病，你叫我回来，我还叫你回来呢。

书还没放下，阿大、阿二来了，喜形于色，说他家老头醒了，还写了纸条："我要出来。"阿二买了半只鸽子煮熟打碎，送给老头喝。母亲也想起要给老头加些营养，老头子平时食量大，又有糖尿病，怕护士没打胰岛素，又怕饿狠了血糖低，嘟嘟囔囔说了好长一番，又叫我和管床医生说。

探视时间又到了。

我见到了老头子。须发花白，头歪在一边，似乎比昨天还差，眼泪就下来了，半天哽了一句："我来了。"老头子眼皮跳了一下，我以为看错了，又和他说："我是老大呀"。老头子的眼皮又动了，确实不是我眼花。我忙去喊管床医生，说老头子眼睛眨了，医生笑，说："爷爷还在昏迷呢，眨眼是听到熟悉声音的自然反应。"本被点起的希望又被一盆冷水浇灭，我挠挠头，幸好还有头发挠。

看到我失魂落魄，管床医生让我进她办公室冷静一下。她递给我一杯水，我才注意到，管床医生换了。这姑娘30岁上下的年纪，圆脸，爱笑，态度亲和。胸牌上写着名字：王笑笑。

王笑笑说："看到你们一家人，就觉得可爱。说实话，我运气不好，碰到病人家属都是感情重的。你们一家，5床一家，还有13床一家。5床已经3个月了，植物人，其他人都想放弃，老太太不同意，说只要有口气就舍不得拔管子。13床和你家很像，两个儿子，也是想尽办法。天天从北京、上海请专家会诊，一次都好几万。"

我知道她说的是阿大、阿二。就问："他家老头是不是病得轻些。"王笑笑说："间肺，就是间质性肺炎。"我说："好治吗？"王笑笑说："难。只怕一次发作比一次重。"我又想起自己，心情沮丧，说："我母亲心急，经常扰你，别觉得烦。"王笑笑说："理解，老头子就是她的天。去年，我父亲也在这儿走的，我亲自送的他。"然后，她拍了拍我的肩膀，说："放心吧，我们会尽力的，没有哪个医生希望自己的病人不好的。"

王笑笑进去了，我也笑笑。在这之前，我恨所有的医生。

五

第三天，特别紧张，老头子生命体征一直在下降。门开第一次，插管，签字。门开第二次，上呼吸机，又是签字。门开第三次，做CT，还是签字。

母亲签一次，哭一次。老头子被推到 CT 室的时候，应激反映比较大，脖子涨成红色，出了一身汗。他说不出话，甚至做不出表情，但我能感觉到他的紧张。医生说他还在昏迷，但直觉告诉我，他肯定还有意识，至少还能听见。

心里似乎有点欣慰，但转瞬又变成了忧伤。心想老头子要是没有知觉也就算了，若还有意识，那是多么的痛苦和绝望。又求了神佛，盼他睡去，醒来病就好了。也不知道健康归那个菩萨管，许下愿望，老头子若是过了此劫，一定面向东南西北各烧一炷香。

想想老头子，再想想自己，忽然感悟："能自由的呼吸，能自由的行走，是多么幸福的事情。"以前天天加班，不外乎想讨个一官半职，现在觉得，已经不重要了。低头望脚，已被肚皮遮住。是该减肥了。

吃了 3 天黄瓜，成果还不明显，就是觉得饿。门口的面馆天天喷香，每次经过时都要捂上鼻子。想起饭，想起美食，又身不由己地想起了刚子。

刚子是我的发小，亲如兄弟。他做得一手好菜。没结婚前，我们就窝在他的小家里彻夜打魂斗罗，然后吃他烧的小鸡炒毛豆。那时候，我以为我们会永远在一起。有一阵子，他不让我去他家吃饭打游戏，我生气了好一段，后来才知道，他恋爱了。

和文刚结婚的时候，刚子两口子约我们去市府广场的红棚子撸串。三更半夜，羊油烤得滋滋直叫，再弄瓶啤酒，简直是神仙日子。可我的肚子也像吹气球一样鼓起来。

三年前的一天，同学在一块吃饭。喝多了一点，我和刚子吵了起来。刚子把我面前的肉扔了，说这么胖还吃。我把刚子面前的酒泼了，说喝成这样还喝。酒醒之后，我以为会回到从前，但从那后，刚子一直不怎么和我来往，甚至连母亲病逝都没有通知我。

从那以后，我再也没有称兄道弟的朋友。友情就像是聚沙成塔，甚至经不住一片叶子。人到中年了，愈发感到亲人才是最重要的，只有他们才不会抛弃自己。

想到刚子，刚子却真的来了。他拎着一箱奶，左右张望。我好迟疑，不知道他是来看我，还是纯粹偶遇。刚子朝我走过来，抹一下脸上的汗，说刚一听说就过来了。我突然想哭，声音都哽，招呼他坐。刚子沉默了一会，拍我肩说："这是一关，每个人都必须过，都必须面对。我们就是这样长大的。"

刚子告诉我，那年吵架，是因为他妈查出有肝硬化。前后有半年时间，他都无法接受，天天陪她住院、吊水，几乎和外界断了联系，只想多陪陪她，再多陪陪她。后来她走了，再也留不住了。临走之前，刚子妈告诉他："你其实不是我亲生的。"刚子抱着头，哭。

刚子离开的时候，我抱了他一下，拍拍他的背，心中都是悔恨。人生太短暂了，我却用三年时间恨一个对自己好的人。

老头子还在睡着，偶尔眨下眼睛，不知道是有意还是无意。我拿出手机，给他放最喜欢的邓丽君的歌："甜蜜蜜，你笑得甜蜜蜜，好像花儿开在春风里。"空气里满是回忆。朦胧间觉得老头子笑了一下，等擦眼再看，笑容又不见了。

六

王笑笑天天都笑。

老头子脑水肿，她笑。老头子肺部感染，还笑。老头子又心梗了，她才把笑容收了起来。我也明白，医生终究见惯生死，总不能要求她陪我们哭。

母亲完全沉浸在老头子的病里，一天至少要敲三遍门询问病情。有没有醒？体温多少？心率多快？血压高低？有没有褥疮？多长时间洗澡？几小时翻一次身？饭够不够？要不要加米粉？不厌其烦。王笑笑很耐心，一一回答问题，然后反复说："爷爷的病，很重，这样的病人我们也碰到过很多，家属要做好最坏的打算，当然我们肯定会尽全力的。"然后再笑。

我每天给王笑笑带个苹果，她笑嘻嘻接过，说："放心。"

母亲其实喜欢王笑笑，说她温柔，又想让我打听她芳龄几许，有无婚配，说你弟弟现在还单着呢。我说："老二配不上她。"

回想起来，我和老二一直也没给老头子省过心。

老头子年轻时喜欢骑自行车。小时候送我们去学画，弟弟坐在前面大梁上，我在后座，拎个双卡录音机，放着老头子最喜欢的邓丽君的歌，"甜蜜蜜，你笑得甜蜜蜜，就像花儿开在春风里。"自行车的龙头随着旋律一歪一扭，那便是我们的幸福。

我和弟弟天分不算低，本来都是老头子的骄傲。高考前，我得一场大病。考试时候父亲骑车陪考，但我发挥极差，远远低于父亲的预期。那年夏天，我天天睡在床上，望着头顶的日光灯发呆，丝毫感觉不到刺眼。老头子在床旁陪我，说话，抚摸我头，让我入睡。就是那个夏天，老头子的头发白了。

也是那一年，弟弟因为和高中班主任闹翻了，辍学。后来他失踪了，老头子和母亲疯了一样去寻，最后在学校门口的游戏厅里寻到了。弟弟打游戏已经三天三夜，眼睛都是血丝还不愿意离开，游戏厅老板觉得过意不去，机器断了电，撵弟弟回来。一直到现在，弟弟还沉浸在虚拟世界里，无法自拔。他对老头子说，他最大的心愿，就是开个游戏厅。老头子很爽快地掏给他2000块钱，说你去完成心愿吧。弟弟租了房子，买了机器，开了游戏厅。可后来家家都买了电脑，游戏厅很快倒闭了。不过这样也好，弟弟终于找了个工作，有个正经班上。

我在大学的时候，也不务正业，天天和一帮不念书的兄弟搞乐队，学交谊舞，给姑娘写情书，给自己写，也帮别人写。要不是那时候没有姑娘看上我，真不知还要整出什么幺蛾子。老头子说我，我就顶嘴，我喜欢文艺也是你教的。

毕业的时候，老头子忙着给我找工作。我说我不想工作，我要去唱歌，要不我就写小说，写尽这世态的炎凉。老头子差点晕过去，把头往墙上撞，说："冤孽呀，你们都是我的冤孽呀。前生欠你们的，这辈子被你们讨债了。"

终于拗不过父亲，我在一家国企上了班。我仍然喜欢音乐，每年的单位年会，我都会去唱歌，民族的、通俗的，唱翻全场。我还参加过各种演出，在大大的舞台上一度疯狂。我坚持写作，写小情感、小情绪、小桥流水。读的人越来越多，让我十分陶醉。就在前几年，我还经常在想，如果我当时坚持了梦想，现在也许会是一个知名的歌手，或是一个伟大的作家。但现在，我终于理解了我的父亲，"反者道之动"，我当时要真去唱歌写作，也许早就放弃了文艺。某天姐姐和我说，她不想上学，要搞文艺，我也急得想拿脑袋撞墙。我对她说："先吃饭，才有力气坚持文艺。"

老头子50多岁心脑血管就出了问题。和文结婚的时候，老头子偷偷从医院跑了出来。他穿了一套皱巴巴的西装，打着一个蹩脚的红领带，被人一瘸一拐地架过来。我责怪他："不要命了。"他说："我来送你。你有自己的家了，我再也不能把你捧在手心里了。"我忽然过去抱着他哭，旁边人笑，说你家是娶媳妇，又不是嫁女儿。从那刻起，我和老头子的心真的就连在了一起。

弟弟一直不结婚。他心里却很明白，对我说："哪个女人能受得了我。"他很自卑，却表现得非常狂傲，有一点不顺心就对父母发脾气。老头子对他迁就，天天喊他出来吃饭，想多给他一点温暖。弟弟却端着饭碗走进自己屋打游戏，过年也是如此。我埋怨父亲，把老二惯成这样。父亲说，他总有一天会懂事的。再说下去，他就会落泪。

老头子病重。老二这次表现不错，像忽然变了一个人。他皱着眉头在ICU门口踱步，但仍然不善言辞，不会和别人沟通。抬老头子去检查的时候，弟弟非常细心，护着老头子的头颈，就像给婴儿洗澡。每逢探视，他嘀嘀咕咕说好多话。我进去的时候，好奇地问护士，老二到底和老头子说了些什么。护士说，他就说"对不起"。然后不停地说，一直说，握老头子的手。

弟弟骑车带母亲回家。太阳好晒，但母亲似乎很幸福，她坐在后座上，一直在微笑。

七

文打电话，说要带妞妞过来，看看爷爷，也看看我。

接过电话，我真的哭了。

妞妞也到了情窦初开的年龄了。其实有些愧疚，这么多年没有好好陪她。单位里加班已是他妈的常态了，夜里回去只能看到她的睡相，学习基本上没问过。不过这丫头还是自觉，功课没有拉下。今年大年初一，我拉开她的抽屉，发现一张纸条，上面写着："今年我不能再喜欢韩露了。"

韩露我认识，不声不响的小子，留起头发就是姑娘。

我无法形容看到这个纸条的感觉。我只是在3天后，若无其事地对妞妞说："男人，最重要的是人品，次之才华，再次才是相貌。"说完之后觉得这话以前似乎有人说过，就是想不起来。妞妞翻翻眼睛看看我，仿佛参观博物馆，然后认真地说："爸爸，你真的不帅呀。"我的自信灰飞烟灭。平时在单位看多了美女的笑脸，还真没考虑自己帅不帅，我帅吗？我帅过吗？我曾经帅过吗？这是个问题。好半天才回过神来。

后来我陪妞妞看了部老电影，我选的，《阿甘正传》。真的希望她能嫁个品行端庄能靠得住又真正疼她的人。我想这是所有父亲的心愿。现在的丫头，恋爱都讲感觉，喜欢就在一起，该到结婚了，却有那么多的条条框框。我们那个年代正好反过来，恋爱时小心翼翼，结婚却是水到渠成。

忽然又想起文。文和我是同学介绍认识的。初见文的时候，她戴一副眼镜，安静、瘦弱、单薄，我就担心一阵风把她吹走，但又情不自禁地愿意为她担心。文和我在一起，是因为我会大篇地背《红楼梦》。结婚这十几年，我们的话题渐渐从琴棋书画变成柴米油盐。每天被生活的狗血折磨得心力交瘁，那还有什么风雅和情趣。细想文真也不容易，我在单位一天到晚笑容满面，回家却没给她好脸色。她终日不出门，闷声不响地做家务，再有时间就捧本书看。她给我做饭，无论多晚都等到我回去才吃。孩子基本靠她管，接接送送，年复一年，也是桩不小的功劳。我一回家，文就和我有一搭没一搭地说话，聊学校里的荒唐故事，聊几个闺蜜的家长里短，而我压根就当和尚念经。这么多年我没给她买过一件值钱的东西，却偷偷给母亲买了条金项链。有一阵子，我以为爱情早被时光打磨完了，但偶遇闲暇，视线里没有她的时候，心中总揣着一个东西，让你茶饭不香。会是牵挂吗？说不清楚。

文的父亲患上抑郁症，去年过年的时候，跳楼自杀了，就在文的眼前。那种惨状，文到现在都不愿意提起。岳父一直对我不怎么好，所以我也谈不上非常难过，回去3天，草草办完丧事就回来了。现在想想，心又揪了起来。我终于体会到了文的感受。人生有很多事情是必须经历才能明白的。在她最需要我的时候，没能多陪她几天，多少有些悔恨，但我把悔恨悄悄藏了起来。我想对她好一点，我要对她好一点，我也必须对她好一点。

文带着妞妞来了。母亲带妞妞吃雪糕。我和文牵着手回小旅馆。

好久没和文牵手了。文老是说，旅馆条件这么差，床单脏，厕所连排气扇都没有，要不要换换，别舍不得花钱。然后帮我整理一下床铺，又把袜子洗了。我让文坐，摸摸她的耳朵，亲亲她的鼻子，她的额头，再摸摸她的胸，非常幸福，但心里又明白，这短暂的幸福是偷来的。

我和文说："母亲这几天瘦得厉害。"文说："爱了一辈子了，谁都受不了。但很多东西，不是想留就留得住的。"我张着嘴听，不知道她是说母亲还是自己。这时母亲和妞妞回来了。母亲在笑，只有和妞妞在一起的时候，她脸上才会有笑容。

我送文和妞妞走。文把我的衣领翻正，说要注意身体，一定要休息好。我说："我有点怕。"文拉紧我，说她已经经历过一次了，会很痛，痛很长时间，但都会过去的。我在马路边抱紧文，文泪流满面，摆动双手，说："现在你就是天，是我的天，是家里的天，我现在所有的事业，就是等着你回来。"

文带着妞妞打车走了。孤独铺天盖地地来。我站在马路边望了很久，几乎忘了是要干啥。车来车往，人来人往，这就是人生。喜相聚，憎别离。

随口吃了几口饭，老觉得没味道。开了一瓶胡玉美酱，就着酱吃完了饭。母亲几乎魔怔了，用毛巾擦了嘴，又到 ICU 门口坐定，笔直、倔强，就像看一部电影，人生这一部电影。阿大、阿二在门口值班，抱个毯子睡在长椅上。母亲问他家老头怎样。阿大说："又严重了，上了呼吸机还喘。"然后聊了开来，说他们在外地做生意的辛苦，要想比别人好一些，就要付出几倍的努力。

我靠在窗边，想点一支烟，却记起自己不会抽烟。

月光又来了，李白、杜甫全靠它吃饭，贝多芬也靠它出的名。可月光只是月光，冷冰冰的，毫无情感，我写不出诗，也谱不了曲，只是挂念老头子，盼他也能看到这无边的月色。

八

老头子昏迷的第 10 天。王笑笑笑眯眯地说要做气管切开。母亲哭，死去活来，说老头子十八般刑具都遭遍了。我苦口婆心地劝，只有先顾眼下了，才有老头子的将来。好不容易签了字，又陪母亲哭了一会，心情糟到极点。

母亲下去给老头子用榨汁机打饭。

静来了。她还是那么漂亮，上学时候就喜欢她，让老头子操了很多心。现在还喜欢不喜欢，也搞不清楚。反正心中七分恋着文，三分挂着静。有那么一刹那，想抱着她哭，但又很快回到了现实。静说："我走得急，没带钱来，我也知道，所有的安慰都是无力的，但我想陪你坐坐，只想陪你坐坐。"

静坐下来，我却不知道说什么。沉默一会，静说："你可记得高三那年，我们一起坐公交车回家。"我说："当然记得。那时候你扎个马尾辫，胸口挂着书包，和我一起讨论席慕蓉，不过也巧，天天能和你坐同一班车。"静笑，说："是我故意和你坐同一班车，车来了，你没来，我就等。"我情不自禁地微笑了一下，自己都觉得灿烂。静突然问："我记得你家住在稻香楼，为什么和我一样在三孝口下车。"我说："我到马路对面，再坐两站路回家。"

好安静，又好温暖。沉浸在回忆中，都不想回来。

我又问静："为什么突然有一天，坐车再也碰不到你。"

静沉默了好一会，咬着嘴唇说："是因为你爸爸。你爸爸找过我，说读过你的日记，他跟我说如果我真喜欢你，就暂时离开你，等高考后，他再把我接回你的身边。"

我说："那高考后你为什么不回来找我，是我爸不许吗？"

静说："不是。大一的时候，你爸爸给我来了一封信，说你非常喜欢我，让我给你写封信。可我自己迟疑了。一开始是因为不好意思，想等时间冲淡了怨恨，再和你联系。后来功课忙，也没抽出时间。再后来——"

静的声音变得很小，终于说出来："我又有了新的男朋友。"

我心中有点怨恨老头子，他让我错过了绚烂的初恋。

静又说："有句话，我觉得你爸爸说得对，那时候，我们都不懂什么才是爱。文比我更适合你。"

静起身告辞。我送她，送到电梯口，想想还是送到医院门口。送到医院门口，想想又送到公共汽车站。我细细忧伤地走，仿佛在送别自己的过往。静要上车了，我扬起手对她说："谢谢你出现在我的青春里。"静的眼睛像含了冰块，先是握我的手，然后又搂了我一下，拍拍我的肩膀，上车走了。她没有回头看我，我想一定是怕我难过。

怎么回到医院的，都不记得。脑子里只有一个问题，爱是什么。想起老头子，想起母亲，想起文、妞妞，想起静，脑袋里蹦出两个字："陪伴。"

母亲已然在ICU门口端坐，依然孤单，依然倔强。她怎么也不愿回家，说她其实挺喜欢这里。外面看到的都是人心的阴暗，这里才有真情。

我陪她坐，忍不住问她："老头子是你的初恋吗？一生只爱一个人，你们这代人是怎么做到的。"母亲忽然花一般地笑了一下，摘下眼镜放在包里，轻声说："我们那时候，一切都很慢，日子很慢，车子很慢，人们走路很慢，吃饭慢，喝茶慢，看报纸也慢，写信慢，寄信慢，读信也慢，所以我的青春只够爱一个人。"

我细细体会母亲的话，像石上的清泉，又像一首诗，从前读过。不禁又羡慕起来，人生最幸福的事莫过于，得一人，厮守终生。

九

这几日来的都是老头子的得意门生。政府官员、企业老板、律师学究。老头子极其古板，学生到我家来，一切礼物均都谢绝，待客也只是一杯清茶，茶是君子的象征。这几年家境稍好些，才偶尔留人吃饭。

从ICU出来的时候，父亲的学生们大多泪眼婆娑。我很羡慕老头子，师生关系是这么的纯洁美好，还有这么多人挂念他。然后失落，像葬花的黛玉，将来有一天，我要化灰的时候，不知道会有几人来怜惜我，又有几人为我哭泣。

电话铃响，是陌生号码，又是外地，八成是商家卖楼的广告，本不愿接，想想还是接了。电话那端自称是老头子的学生，想过来探视。我来车站接他，却是旧时相识。他背着一硕大双肩包，头发比上学时稀疏许多。我还记得他的外号"书生"。

书生和我握手，很有力量。我们坐在走廊上闲聊。我问他现在在干嘛，他说在大学里教哲学，主攻六朝佛学。听闻他研究佛学，我问他哪个佛管用，能保佑父亲渡过这一难。他带着书生腔说："佛是什么？就是善，就是缘法，就是无常，就是心无挂碍。你父亲就是佛，如果有一天真的留不住了，就让他回去吧。"我有些不快，此生罗刹。书生看了出来，说："生老病死都是挡不住的规律，但其实我对你父亲的感情不比你少。"

书生从书包里拿出一个集币的册子，打开给我看，里面是 20 张旧版的十元钞票。他说："这是当年我去外地读研的时候，你父亲给我的。"书生小心地放回册子，娓娓道来："我是一个农村考上来的孩子。你可能不知道农村孩子的悲哀，你们拼爹，我们拼自己。大学里学到什么，都没记住，但我始终都记得，你父亲对我们好。我进校的时候，你父亲就说，我也是从农村上来的。农村的孩子要想在都市有一席之地，就要比别人更优秀。大学毕业那年，同学大多进了政府机关或者企事业单位。你父亲却找我谈话，说我不够圆滑，不适合走仕途，让我坚持搞学术，保我上了研。"

书生皱着眉，双手交叉在胸前，似乎有些纠结，不过很快雨后天晴，露出一脸轻松。他说："我一开始很自卑，青春年少，谁不想出人头地呢。陈胜吴广都说过，王侯将相，宁有种乎？这种自卑持续了好长时间。后来，你父亲给我说了一个故事，也是出自《庄子》。庄子在濮水边钓鱼，楚威王派人请他做官，庄子拿着鱼竿没有回头看他们，说：'我听说楚国有一只神龟，死的时候已经三千岁了，大王用锦缎将它包好放在竹匣中珍藏在宗庙的殿堂上。这只神龟，宁愿死去留下骨骸显示尊贵呢？还是活着拖着尾巴在泥土中爬行？'官员说：'宁愿活着拖着尾巴在泥土中爬行。'庄子说：'走吧！我也愿意像普通的乌龟一样在烂泥里摇尾巴，安安稳稳、自由自在地活着。'"

书生真的很能说，怪不得在大学哲学系任教。他看着我，仿佛是面对迷途的众生，他喝了一口水，水杯里茶叶很深，几乎占满杯壁。过一会又说："人生最可怕的不是不辨是非，而是明知道是错的路，依然去行走。昨天才和一堆文人坐而论道，今天还是按照最庸俗的来，该怎样还是怎样，这就是大多数走仕途人的生活状态。我们班曾经最显赫的两个同学，后来都倒了霉，甚至失去自由。而我躲在我的小屋里，做我自己喜欢的事情，看我喜欢看的书，写我自己喜欢的文章，烂泥里的乌龟，真的很快乐。搞学术，其实不丢人。我现在教授也评上了，工资也够花了，我一直感谢你父亲给我指了最适合的路。现在我们这些学生条件都好了，如果经济上有什么困难，我们共同想办法。"

我摊开手，想说些感激的话，书生却阻止我，说："他不仅是你的父亲，也是我们的父亲。"

我送走了书生，心中似乎有所失，又有所得。始终觉得，这是冥冥中父亲借书生的口来点拨我。

这个世界上，最贫穷的是教师，最富有的恐怕也是教师。我终于明白父亲所说的传不了我的财产是什么。

十

13 床的老头快不行了，医生出来说血氧低得吓人。两个儿子急得像陀螺。阿大要求转院，阿二却不同意，说老头经不住折腾了。阿大坚持己见，说与其坐而待毙，不如放手一搏。我们走的时候，转院的 120 已经停在门口。我给阿大发了微信，祝他家老头早日康复。阿大却一直没有回我。

天变了，漫天风雨，不是什么好兆头。雨是老天的眼泪，气势磅礴，一泻千里。人们顶着雨伞跑，像躲避灾难，但前面都是雨，又如何能跑脱。

下午再到 ICU 门口，没见到阿大、阿二，以为转院走了。护士长出来，才知道他家老头子还没有抬上救护车就走了，两个儿子哭得晕了过去。

我的心猛地一抽。

有一种痛，叫兔死狐悲。

晚上，走廊上静得能听到心跳。没有阿大、阿二的夜晚如此难熬，再无人一起唏嘘谈笑。我尝试着和母亲聊起来，但总是有上句，没下句。心中有些恐惧，早早从医院出来，洗洗睡了。

安定似乎不怎么管用了，脑子里都是悲哀。悄悄带起耳机，听收音机里的佛教故事。

"佛陀本是古印度迦毗罗卫国的太子，在他 19 岁时，在城门看到人家办丧事，悲天怜地。感叹人世间生老病死等诸多苦恼，舍弃王族生活，在菩提树下悟道出家修行，开启佛教，度化众生。"

忽然悟了，这世间若没有苦难，就没有佛。但超乎想象的是，生老病死原来是这么痛苦，我的心已是血淋淋的一片。老头子在儿时教我，一份努力，一份收获。而眼下，一切都如此无助，所有的努力似乎只是徒劳，这种体验在我的人生当中还是第一次。

夜色昏沉，连月亮也不出来了。蚊子在耳边哼，仿佛在安魂，却让人烦躁。隔壁的抽水马桶不停地响，想必是租客吃坏了肚子。又想到老头子要是真过去了，如何操办后事。我和母亲都没经验，还是要请人帮忙。心中忧郁，坐了起来，把母亲也弄醒了。母亲也在焦虑，和我说："不知道老头子什么样的结局，何时又是结局。"想想当下，又想想未来，似乎怎样都是凶多吉少，难逃厄运，长叹一声，潸然落泪。聊到伤心处，天已微亮。母亲忽然说，她想去拜佛，多烧些香。念到佛，似乎心里能清静一些。

父亲仍然昏迷。探视期间，我们和他说很多话。我确信他能听见，但似乎又是似懂非懂。气管切开后，放了管子，老头子发不出声音，更不知道他是什么状况。医生让我们多喊喊，对大脑多点刺激。我们就反复喊，还录了音，喊他的魂。母亲说，现在见到老头子不知道说啥，只是聊个家常，说老大好，老二也变好了，媳妇好，孙女也好，再就没话了。帮他擦擦身子，按摩一会。后来又和他说，妞妞被评上区"三好学生"了，还在学校公众号作了宣传，题目就叫《榜样的力量》。老头子眼睛动了，显然听到了。但始终感觉，老头子走糊涂了，越走越远了，越来越陌生了。

十一

临泉女人也走了。

她放弃了，包车把老人送回家。住了这么长时间ICU，精神上、经济上确实都承受不了。

我们也都非常同情她。做出这样的选择，其实太不容易了。

她走的时候，母亲送了她一袋苹果。我想她们之间的感情，可能不止是同病相怜吧。

我和母亲寂寞下来。以前老觉得临泉女人话多，人又不机灵，平日只是为应付搭理她。但现在她走了，通道里就是鸦雀无声，让人觉得愈发冷清。

雨季到了，下个不停，雨打梧桐，点点滴滴，想到母亲还在寻寻觅觅之间，内心怎不凄苦。母亲还是天天坐在 ICU 门口，从早到晚，比上班还要准时。我买了盒饭给她吃，尚未说话，泪先流下来。我说："老妈，你可千万别累坏了身子，你要再有什么，这个家就完了。"她说："没觉得辛苦，就是放不下。"

5 号床老太太也经常过来，但不爱说话，就在长凳上歪着，歪到下午送完果汁才走。母亲说："一个人不爱说话，是因为心里面装的东西太多了。"

王笑笑出来和 5 号床老太太谈话，她还是先笑一下，然后说："作为医生，我很惭愧，5 号已经救不了了，迟一天早一天的事。如果继续这么耗下去，可能也是人财两空。"老太太哭，周围亲属七嘴八舌，都在劝，到了这个地步，坚持已经没有意义了，病人自己也受罪，也只不过是在等死。

老太太似乎受了很大刺激，睁大眼睛歇斯底里地说："都是活生生的人，又有谁不是在等死呢？我不放弃，就不放弃，舍不得。"然后颤抖着走到病床前，俯下身子，用额头贴着老伴的额头，半天不松开，无比绝望地哭泣，泪珠落在老伴的鼻子上，悄无声息。几分钟后，她又直起身子，决绝地说："我不放弃，就不放弃。有口气在，就有念想。人不就活在念想里吗？"

嘴里应该是自己的眼泪吧，有点咸，有点酸，内心又觉得有点欣慰，有点温暖。有一种东西恐怕还是存在的，那就是传说中生死不渝的爱情。人生已多悲苦，若没有一个人想留住自己，又是多么的遗憾。

母亲绝望了。她说这重症室还真是鬼门关，进来这么多家，竟然没有一个能好端端地出来的。又替王笑笑担心，一个姑娘家，怎么能适应这样的工作环境。

老头子还是闭着眼睛，张着嘴似乎想说话，说了两个字，却猜不出来，然后又反反复复张嘴，仿佛我还有什么没有明白。我去问王笑笑："老头子张嘴了，是不是就醒了。"王笑笑仍然说："还不算恢复意识。眼睛没有睁开，我们给他的指令也不能全部完成。"我又问："老头子究竟还能不能醒过来？"王笑笑面有难色，说："我也希望他能够早点醒过来。"

刚子又来看我，暗示我要做好准备，问我有没有老头子的照片。我也记不清楚，回到家中去寻。厅里居然落了一只白鸽，我打开窗伸出手去赶，镜子落在地下，碎了满地。我的心一沉，立马念叨："碎碎平安，岁岁平安"。

收拾碎镜的时候，我找到了老头子的遗书，在镜子背后，上面只有一句话："我走了，汝当鼓盆而歌。"我豁然开朗，他传我庄子的精神，不是为了自己看破生死，而是让我们忘记生命。

一个生死达观的人，还有什么是不能面对的吗？

我以为我不会哭，因为眼泪已经流干了，但我还在张着嘴哭，无法停歇。

十二

第 30 日，再没有人来探视。

人病久了，终会被人遗忘。记忆很奇怪，教人忆起，也教人遗忘。

院子里的芍药开了，娇艳欲滴。

ICU 的门打开了。

王笑笑走了出来，穿着白色大褂，像个天使。

她一脸严肃地告诉我："你要挺住，我要告诉你一个好消息和一个坏消息。"

我说："我要听好消息。"

王笑笑沉吟了一下，说："老爷子眼睛睁开了。"

我一头就扎进了 ICU。居然没有一个人拦我。

老头子的眼睛真的睁开了，萌萌地转着，像初生的婴儿。

我喊他："爸爸。"

没有反应。

我在他眼前挥挥手，问："老头子，你还认得我吗？"

他好像看不见我。

我又说："老头子，你到底怎么了，你还记得我吗，我是你儿子呀。"

老头子眼睛扫了我一下，依然毫无光彩。

我继续叫："爸爸，我是你前世的冤孽呀，我来讨债的，我的债还没有讨完呀。"言毕，泣不成声。

老头子忽然把眼睛睁得很大，有些空洞而又有些好奇，仿佛我是他的父亲。

王笑笑拍拍我，用细若蚊子的声音对我说："对不起，你的父亲恐怕已经没有记忆了，他的魂怕是回不过来了。"然后看着我落泪，一滴，两滴。

半晌，我伸出手，颤巍巍地抚老头子的头，对他说："你好，有根，今天是3号，星期六，离你昏迷已经30天了。重新认识一下，我是你的儿子，大伟。我想给你唱首歌。"

我忍住哽咽，好半天憋出一句，却是一首流行歌，"突然好想你，突然锋利的回忆。"然后再也承受不住，嚎啕大哭。真的好想时光倒流，回到那个骑着自行车甜蜜蜜的年代，回到老头子自行车的后座上，听着清脆的铃声，随歌摇摆。可心中的痛告诉我，再也回不去了，老头子已经太累了，再也拉不动我了。

夕阳落下去了，火烧云霞，绮丽、雄壮，转瞬又终归暗去，让人悲怆，又似乎唤人超脱。

孤独，真的好孤独。人心孤独，天地也孤独。

日光灯一闪一灭，飘忽不定。

怎么物业的人如此偷懒，也不来修一下。

通道外异常冰冷，已无他人。墙面光亮如镜，映出长凳上坐着的两个人，一个白发苍苍，另一个是自己吗？有些瘦，有些憔悴。

（原载《安徽文学》2018年第1期）

作者简介

王巍，笔名七夕，著有中篇小说集《普通爱情》，散文集《最美的文辞》（合著）。现供职于中国农业银行安徽省分行。

命送《断魂枪》

■ 樊建平

"生命是闹着玩,事事显出如此;从前我这么想过,现在我懂得了。"

——摘自老舍小说《断魂枪》

引子

世霖孩提时,就喜欢枪。

他喜欢的枪,起先只是在他奉若至宝的连环画里。别人家的孩子跟着大人们上街,都喜欢嚷嚷着买吃的东西和玩具,世霖却喜欢买连环画看。连环画里说到的抗日战争中有个少儿抗日组织叫儿童团,儿童团里的孩子们站岗、放哨时手中都有一杆红樱枪,这红樱枪便是世霖最早知道的枪了。

初中快毕业的时候,世霖从一部叫《少林寺》的电影里看到:儿时连环画里的那杆红樱枪不仅可以玩出很多的花样来,而且能除暴安良,保家卫国。

进工作单位以后,世霖业余参加了高等教育自学考试,在自考教材《大学语文》里他读到了老舍的小说《断魂枪》。《断魂枪》里"神枪沙子龙"的"五虎断魂枪"让世霖的眼前一亮!"不传"二字却又让世霖的心里暗了下来!好像只要"神枪沙子龙"说一声"传",这枪法便能辗转着传给他似的。及至世霖醒悟过来《断魂枪》是小说,是故事时,他依旧认真且于故纸堆里寻得一段关于这杆枪的文字：五虎断魂枪，中国古代十大名枪之一，镔铁打造，枪长丈二，为隋唐英雄中第七条好汉、越国公罗成的祖传宝枪。枪法变幻莫测，神化无穷。其看家绝招"回马枪"，不知挑落多少猛将。

　　世霖，自然是没有这样的机缘巧合学到这套枪法，始料未及的是后来的他却真真切切地尝到了这套枪法的厉害，这杆枪扎扎实实地在他的左胸上捅开了一个窟窿。

遇燕

　　早晨，天一直阴而未雨。

　　阳台上，世霖斜靠在藤椅里，悠然地抽着烟。

　　"阿依喂，一家人上街吃早茶啊？"

　　"晏，难得休息一天，正好我爸妈过来！"

　　循着说话的声音，世霖向楼下看过去。

　　小区的门口处：一家四口带着一个七八岁模样的小男孩正要出小区去，一个身穿太极服装的老大妈正欲进小区来。发话的是老大妈，她身后斜背着一柄带鞘的宝剑，右手抓着剑鞘朝下的末端，左手上提着的应该是一大把粽箬。搭腔的是个小媳妇，头发拢成一个马尾巴活泼在脑后，看上去很是波俏。

　　"锻炼家来啦，忙得快呢蛮，买粽箬这是要准备裹粽子了？"

　　"晏，小孙子嚷着要吃哦！"

　　两下行着，说着，这便错了肩去。

　　世霖这才恍然：日子近了端午了！

　　烟近了蒂，世霖灭了烟起身进屋去。

　　原来，他这是要到电脑上去看看。当真是时近端午了！网络上的文字大多都在这般那样地惦记着屈原。世霖有个新浪的博客，平日里，他也喜欢于博客里与往来的博友们凑个热闹，写点什么，但他根本是个倔犟的主：你写的，他就不写！当他看到一篇题为《此刻我想到了屈原》的文章时，他竟生出些烦躁来：难道这一刻就不能想起点别的人和事么？

说想，世霖还真的就想到了！他想到了死在太平湖里的老舍，他禁不住有了作文的心思。也就费了个把小时吧，一篇题为《此刻我想到了老舍》的文字便潇潇洒洒地做成了。世霖对于自己近乎一气呵成的文字，总是有几分得意在。这一回，世霖更是得意！因为文字发了博客之后，他有了意外的收获。QQ邮箱里，有个叫"燕"的陌生人给他寄来了端午贺卡，并有附言："你的文章写得真不赖！我本就喜欢老舍先生，看了你的这篇文章，我更是买了一大堆老舍的书回来读，包括你提到的小说《断魂枪》。读读老舍的，再看看你的，竟发现你和老舍有很多相像的地方！"

应该是位女性！出于礼貌，世霖回了一张贺卡过去。这一来二去，两人成了QQ好友。燕，祖籍山东，现居北京，与世霖一样的年纪：肖猴，42岁。聊天中，燕发过来一张照片：一个女孩，依花而立，面带俏皮。女孩二十多岁的样子，自然是燕年轻的时候，虽然算不得十分漂亮，却也清新可人。世霖看着喜欢，后来便用做了电脑的屏保。一边和燕聊天，一边瞅着照片，世霖觉着很养眼。

"我百度了，老舍还真像你说的，会武功哦！你也会的吧？要不，做一回师傅，教教我？"

看到贺卡附言时，世霖便觉着：这说话的语气和腔调，有似曾相识般的亲切！及至此刻，世霖终于想起来了！是佳所！燕说话的口吻像极了佳所！世霖的脑子里立马如录像播放快进时一般，过着往昔的事……世霖不信道也不信佛，他只信自己！然而世事却用这样的轮回在刺激着他……

"你还在吗？咋不说话？"

聊天框晃了一下，又晃了一下，世霖这才回过神来："在！我会一点功夫！"世霖一边应着，一边下意识地伸手摸了摸左胸近肩胛的所在。那里有个伤疤，曾经是个窟窿，逢着阴雨的天，会隐隐地作痛。此刻这伤疤好像就在隐隐地作痛着，天，怕是快要下雨了！

"因为功夫，我送了一个人的性命！自己也差点送了命！"

"啊……能说来听听么？"

"说来话长！这样吧，我试着写在博客里！"

习武

夏日炎炎，骄阳似火。经过了大半天的肆虐，太阳终于疲惫了下来，少了些嚣张的气焰，然而阳光依旧火辣。

东陵小镇的街上渐渐多了些散漫的行人。说其散漫，一是因为行人对暑热依旧畏惧，二是因为大多的人忙碌了一天，应该已到了下班的时间，这会儿可以不紧不慢地去做些事。

最热闹的地方，当数丁字路口。朝南拐的路东，有个熏烧摊，这里有小镇上最好口味的下酒菜：熏烧鹅、猪头肉。路的西侧有个卖西瓜的地摊。人们在路东买些下酒的菜后，大多会顺便到路西买个西瓜回家去，这样大人高兴，小孩子也开心，何况西瓜这东西既可以消解暑气，也可以下酒。

世霖打着赤膊，在单位二层楼顶的露天阳台上向这热闹处已经看上了一小会儿。他由着依旧火辣的阳光尽情地晒在他光着的后背上，好像唯有如此，才能忘却那份下班后想回家的欲望。

世霖高中毕业后没几天，通过招工考试进了龙川县城的信用社，然后被分配到这东陵镇上来，这是他来东陵镇的第二个年头了。

世霖光着膀子上阳台，不是为了瞧热闹来，他这是要练武术！

世霖练武术，是电影院放《少林寺》之前的事，那会儿世霖转学到县城不是很久。对于世霖这样从乡下转学来的插班生，城里的孩子们总有些不屑，为了捍卫自己的尊严，从那会儿起世霖便练起了武术。

刚到小镇工作，世霖就听人家说：镇上米厂里有位刘支书，会拳脚功夫，且颇有点名气！碰巧单位总账何会计的老公就在米厂财务科工作，因为这层关系，一直好武术、想寻师的世霖很快便见着了刘支书。

刘支书，姓刘，名久其，给人的感觉是个直率的人，交谈中，刘支书时不时地发出一阵爽朗的笑声。世霖道明原委，说清来意后，刘支书当即答应："好！正好我退居二线了，有了闲时，你明天就来，一起练。"

刘支书退居二线了，他周边的人依旧不改口，称呼他"刘支书"，世霖便也这样叫。

米厂里有个宿舍楼，楼前是一块很大的水泥地，空无一物。每日里晨起，世霖便在这儿跟刘支书学个一招半式，然后自己一边练去。练了几日后，刘支书跟世霖说："没有事的时候，自己再找个地方多练练。"世霖左看右看，最后选中了单位二层楼顶的这个露天阳台。

此刻，经过了近一天的烈日曝晒，露天阳台上的温度自然很高，世霖便用凉水浇一回，防止习武中暑。好在过了夏天，便没有了这道"工序"。

世霖习武有大致的程序：先顺着阳台边缘的一圈栏杆绕圈慢跑，慢跑几圈后再习惯性地活动活动手脚的关节，舒展开手脚后，便卖力地操练起来。对于世霖这样的练法，同事们有一句戏谑："拳打空气，脚踢清风。"世霖可不管这些，他是个好武术而又爱惜身体的人，像打沙包之类的蠢事他绝对不做。他心里有话：弄粗了手脚，以后和马马（按：对象）牵手怎么办——像个锉刀或砂子一样的手，人家会不喜欢的，所以世霖总是这么练着！他坚信：拳打千遍，其义自见。

其时，世霖跟着刘支书练武已经有了大半年的光景，学会了十二路潭腿和少林龙拳。这两套拳练下来，世霖自觉气息有些不匀，便顺着阳台边的栏杆开始散步。只是一味地散步，世霖觉着自己有点像个呆子，便一边走一边看，一边看一边胡思乱想。

单位主体建筑是一幢假三层的楼房。第三层左起是一间大的会议室和一个楼梯过道，余下的便是世霖脚下的这个露天阳台了。

东面紧挨着楼梯过道的是水泥墙，没有啥看头，到它近前，便当它是个假想的敌人，冲三拳，踢两脚。西边不靠实，唯有齐胯的栏杆护着。再过来便没有了遮挡，楼下是单位的一个侧门，有过道。这一面，世霖绝不敢使出什么腾空飞脚，或旋风腿之类，万一有个闪失，冲出去，落到楼下过道上，那可不好玩。世霖可是个极小心的人！

北面，可以看看楼下。

楼下是个不大不小的四方院落，院落中的南面空处，很规矩地并排着两个大花台。说是大花台，其实每个花台里面也只是栽了一棵很大的宝塔松。若细看松下，却有些不知名的野花儿在，怕是因为缺少阳光的关照，都显得有些病态。院落还有三面，北面是职工们的住家，东面是住家们的厨房，西面是单位的厨房，这一溜全是白墙小瓦的平房。

北面，举目还可以看得更远一些，最远处能一直看到新通扬运河的大堤。说起这运河，那可是：东至海陵，西至广陵，在古时候，是一条运盐的河。运河大堤上挤挤挨挨的满是树，在这盛夏的傍晚，看到这一大片的绿色倒是能给人一丝丝清凉的感觉。成语所讲的"望梅止渴"，大致便是这样的道理吧。

南面，直看过去，仅隔着一条不宽的街道，是一溜二层楼的房子。那是小镇上的供销社：一层是商店，二层是旅社。一层的商店因为没有什么生意，已早早地关上了门，这倒给了私人小店一点点生存的空间。二层的旅社因为直对着，能清晰地看到一个个客房的门，门前不用说，自然是过道，过道上，来来往往的人很多，一看模样就知道是学生们。噢！中考了，应该是中考的学生们。

看到这，世霖的心里莫名地生出些失落来，离开学校一年有余了，世霖不禁想到了佳所。自打离开校门，只听父亲说起过：佳所也没有考上大学。佳所与世霖是同学，也是发小，虽然没有像旧时的戏文里一般指腹为婚，但两家的父母都有点这个意思。之所以没有点破道明，是因为世霖的户口随母亲在农村，而佳所一家，都是城里人，那会儿农村户口和城里户口有着天壤之别。后来，有了一个唯一的解决办法，就是世霖争取考上大学，也做上城里人。现如今，世霖大学的梦碎了，这一切也就无从说起。世霖不怪谁，世霖只恨自己，然而世霖的心里总有佳所在。

再看看此时练得混身是汗的自己，世霖不禁扪心自问：如此疯狂的苦练，是想成为第二个李连杰，还是怎么着？想到这，世霖不由得泄下气来，浑身也没有了劲儿。

回首看西北的天空，太阳也收敛了它最后的光芒，天，真的要晚了。

来信

QQ里有消息提醒，世霖点开，是燕的："青梅竹马啊！还真有点小说的味道哦，很好！继续！近来我工作有些忙，得空聊。"

"樊世霖——"

世霖循声走到阳台的北侧向下看，原来是何会计在院子里叫他。

"老总，什么事？"老总，就是总账会计的意思，平时同事们都这么称呼何会计。

"有封写着'樊世冷'收的信，我收下放在了营业间，是你的吧？"

"噢！是的，是的！谢谢老总！"

小镇上的邮递员就是这样，每日晚上先投递出镇上的信件、书报、杂志等，次日便可一门心思地下乡去邮递。知道邮递员的这个习惯，是因为世霖时常与邮递员们打些交道。那会儿，工作之余的世霖很无聊，他便时不时地和高中时要好的同学通通信，说说话，好打发下班以后的寂寞时光。

世霖心下想：不会是因为参加《龙川晚报》副刊的端午征文，报社寄来稿费了吧。工作之余，世霖除了习武外，还喜欢写点豆腐块文章，文章发表时多用自己起的笔名：樊世冷。

习武后，世霖的生活更是有规律。

就像此刻，世霖一下班就拎着准备好的两瓶洗澡水上了三楼。习武个把小时后，便就着楼道上的自来水池洗个热水澡，然后趁手洗好衣服，再去单位厨房吃晚饭，顺带也就在院子里晾好刚洗的衣服。

厨房通常只有世霖这个单身汉吃晚饭，至于饭菜，烧饭的老大妈一般是中午带下来。夏天的世霖更好打发，因为可以吃冷的，有时烧饭的老大妈都可以懒得不来。这不，世霖一阵囫囵吞就吃过了。

因为有信至，世霖的这一切便加速完成。

营业间，正常放报纸的桌上有封信，世霖一看，正是寄给自己的，落款却是县城的建设银行。怪了！没有熟识的同学朋友在那儿啊。

咦？！里面好像有硬的东西！世霖寻来剪刀，小心翼翼地在信封略空的一端剪开一道口子，手还没有触及内囊，信封里便有一样东西滑落到桌子上。是照片！拣起来一瞧，世霖不由地愣住了——竟是佳所！

世霖的卧室，实际上就是一间不大的值班守库室，在营业间西侧的钱库南边，有窗临街。此时的世霖，木然地坐在桌前的椅子上，右手里拿着那张照片，已经不知道过去了多久。天不知何时也黑了下来，桌子上平铺着读过的信，黑暗中那信纸还泛着微微的白光。

窗外，月亮已经悄悄地挂在了天上，不知怎地，这月儿，却浸在了满天的愁云惨雾之中。

不知又过去了多久，月儿不知何时不见了踪影，窗外一片漆黑，桌子上的信纸泛出的些许白光也变得似有若无了。世霖这才放下右手里的照片，两只手摸索着去开了桌子上的台灯，室内，煞时充满了光亮。黑暗中久了，世霖的眼睛一下子有些睁不开，过了好一阵子，才渐渐地适应过来。桌子上照片中的佳所望着世霖微微地笑着，轻启的朱唇，好像欲言又止的样子。世霖小心地将照片放在一边，再次看起了信来——

樊世冷，你好！

冒昧给你写信，打扰了！

我是看了《龙川晚报》知道你的，你写的《端午忆老舍》真的不错！我很喜欢！上学时，我们也学过老舍先生的文章，只是没有你知道得多，你真是见多识广。老舍会功夫？你也会？是不是像电影《少林寺》里的和尚们一样，功夫了得啊。呵呵！果真是这样，你做一回师傅，也教教我。

看了你的这篇文章后，我买了好多老舍的书回来看。你写文章的口吻和老舍好像哦！

从你文中所述猜测，你我应该是差不多大的年龄吧？很想认识你，做个朋友，不知道意下如何？来信附上照片一张，以示诚意，绝非轻浮之举！我想你也不会这样看待我的，对吧？

若有意回信，地址详见信封。

你的读者：高佳所
即日

读着这封信，世霖的心理五味杂陈。真的就这么巧，那熟悉的面庞也只是在梦中见过几回。如今看着这信和照片，世霖恍若置身于梦里。世霖竟然如是想：是不是因为我写了纪念老舍的文字，老舍先生心存感谢，在天显灵，才让我这无名小卒能重拾旧缘。果真如此，老舍先生也就俗了。

世霖放下信纸，双手做一回扩胸的姿势，同时深深地吸了口气。本想振作一下精神，不料，竟生出了一声悠悠的长叹来。世霖又叉开双手的手指，将头发狠狠地向后梳了几回，好像试图把什么东西梳到脑后去，然而，一切都很徒然：思想的野马，不禁去向那遥远的几乎忘却的过去……

QQ 里，世霖与燕都在线。

"你写的细节，有画面感！我很喜欢。"

"哦！"

"嘻嘻，你不会沉浸在回忆里，还没有出来吧？"

"哦！"

"咋啦？平常你话很多的啊？"

"怕是写得累了。"

"你不是喜欢写嵌名的打油诗么？今天我来考考你，看看你是真行，还是假行。不过，这回是嵌句子。"

世霖连"哦"字也没有了。燕急了，便晃了聊天框。好半天，世霖回了："好吧。"

燕回了个"生气"的小表情，又发了个带着"乖，就给你糖吃"字样的"递糖宝宝"动态图。

"考试过关，有奖励的哦！我会把我买的老舍的书全寄给你。你看着，是两句诗'心如工画师，当无闲事挂心头'。你用这两句诗想个打油诗。立刻！马上！"

世霖拗不过燕子，斟酌再三，终于有了。

"一首《咏娥》：心如工画师，人似浪漫仙。静若处子坐，起舞惊飞燕。一首《运太极》：红尘百般闹哄哄，抱月一个意浓浓。当无闲事挂心头，应有真意在其中。"

"哇！天才啊！还不到十分钟嗳！"调皮的燕发了个拥抱的图过来，图是真人的动态图，很是温馨，世霖不禁生些遐想……世霖又想到了几句关于"燕"的打油诗："王侯将相谁为先，燕雀鸿鹄怎分辨。无聊闲客道东西，有情缘份实可怜。"

"不好，惨兮兮的！"燕发了个"生气"的小表情，世霖不置可否地笑了笑。

同行

最早见到佳所，缘于儿时的一次同行。

世霖不记得车行的起点，好像是由家乡的专樵小镇出发。小镇在世霖家东面约一公里，佳所的家便在这镇子上。

车行的终点是龙川县城。县城在世霖家的西边，离世霖的家有五公里。这是世霖头一回去到自己父亲在县城上班的地方，也是佳所父亲上班的地方。两个人的父亲是同事。

世霖完整而清晰的记忆是从路上开始的。

其时，世霖的父亲骑着一辆重磅的自行车，世霖的母亲坐在后面的书报架上，前面的大杠便是世霖的专座。同行的大大（按："伯伯"的意思）的自行车上，后面坐着大大的妻子，前面坐着大大的女儿。大大的女儿，便是佳所。那会儿世霖能感觉到：与邻家的女孩子们比起来，佳所有种别样的味道，但那会儿的世霖说不清，也道不明。

通往县城的国道，不像现在的公路上人来车往，川流不息，那会儿老远望过去也不见一辆机动车子，甚至连行人都不见。两辆自行车不紧不慢，并排前行，大人们为了打发这空寂的行程，便开始逗两个小孩子唱歌。佳所好像很出趟（按："大方"的意思），顺着大人们的心意领头便唱。世霖本来是有点害羞的，见佳所唱了，也不甘示弱，跟着就唱了一首。佳所忸怩着不想再唱了，世霖反成了关不住的闸门，哗啦啦地倒出一首又一首歌来。佳所终是拗不过大人们的劝，间或也唱一回。这一路行去，两个小孩子渐渐地熟络了起来，当两辆车的龙头偶尔靠近时，两个小孩子便相互逗一下，乐一回。这一刻，世霖看到了佳所的笑，佳所笑起来很好看，不像邻家女孩子那样傻咧咧地笑。

终于到了，佳所主动过来捞起世霖的手牵着，而世霖，可是第一次和女孩子手拉手，有点不自在。

在孩提时的世霖眼里，这地方是一个很大的院落。里面有办公室，有宿舍，还有食堂。这些新名词都是佳所告诉世霖的，她很熟悉这里，想必是来过。

午饭两家人一起在食堂吃。饭后，各归各家（按：两位父亲的单身宿舍）睡午觉。刚躺下一小会儿，世霖想尿尿了。听到室外佳所在哼着歌儿，世霖的妈妈便说："让佳所带你去！"世霖只好乖乖地一个人下了床，出了门。

"佳所，厕所在哪儿？"

"我带你去！"

说着，佳所便伸手过来拉世霖，世霖好像习惯了，便任由她牵着。

竟是早半天和佳所一块玩过的地方。一看见墙上的"男"字，世霖便挣脱了佳所的手直奔过去。那会儿世霖虽然还没有上学，却识得这"男""女"二字。谁知道世霖刚尿尿，佳所也跟了进来，在一边褪下裤子蹲下，她这是要小便。世霖这回真的羞了。世霖虽然羞，出于礼貌，只好等着她尿完。世霖可是个从小就很懂礼貌的孩子。

世霖别了佳所，回屋一躺下就急急地告诉迷糊着的母亲："妈妈，妈妈，佳所不要脸暧，去男厕所小便。""去！你这孩子，这有什么？"一声呵斥，世霖不吱声了，很快地也进入了梦乡……

午后，很好的太阳，两家人一起出了大院子，走走逛逛。大院子附近，满眼的田，这地方应该近了农村，风景和世霖家那边几乎没有二样，世霖便觉着没有什么好看。太阳又不架事（按："帮忙"的意思），世霖便和母亲要过了备着的小洋伞，打开来遮阳。世霖自小就怕晒太阳，太阳一晒，他的大眼睛就会眯成一条线，所以出门时家人总给他备着这把小洋伞。放在当时，小洋伞可是个宝贝一样的物件，现如今这小伞虽然早已不在了，但世霖还清楚地记得是黑布红柄的。

"世霖，和佳所一起打。"

世霖听到母亲叫，忸怩在那儿不动身。

佳所的妈妈见状笑了："哎哟，世霖还知道害羞呢！"

佳所倒是很出趟地走到世霖的伞下来。一下子这么近，还闻到一点点说不出来的香味儿，世霖的心跳得扑通扑通的……后来的事世霖真的迷糊了，好像是佳所打着伞，世霖跟着走。佳所比世霖大一岁，个头比世霖蹿一点。

"呵呵，鬼大点的东西，就知道了男女有别，你早熟哦！"

世霖没反应，燕急了，抖动着聊天的框。

"你不是猴急么，我在想后面咋写？"

"好好好，你想好了去写，我边看书边等着。"经常QQ里说说话儿，燕知道这世霖有时跟小孩子一样有点小性子，"你把地址给我，我得空把老舍的书给你寄过去。"

回信

世霖工作的东陵镇距离龙川县城，是很近的，坐中巴车西行约半小时就到了，但在那时，便显着远。一是那时没有频繁过往东陵镇的中巴；二是世霖星期一至星期六要雷打不动地在单位值班守库，不得擅离职守。

此刻的世霖好想即刻飞到佳所的身边去！但在这万籁俱寂的深夜，他唯有拿出信纸，拧开钢笔，用文字诉说这隐藏了好久好久的思念。

思绪万千，住笔良久，世霖真的不知从何处说起。平日里的所谓文思，此时此刻竟是荡然无存。终于世霖的笔落在了信纸上，尘封已久的记忆之门亦随之慢慢打开——

佳所，你好！

信照收悉！你可能没有想到吧，樊世冷竟是你儿时的玩伴，上学时的同学樊世霖。世冷，只是我偶尔发表一回文字时用的名字。

世事真是有太多的巧合，没有想到因为我的一篇豆腐块文章，又能与你说上话。看着你的照片，给你写这封回信，真的有万语千言要和你说！一时却不知从何说起！或许在你我同学的四年多时间里，我没有能给你留下太好的印象，但是那过去的点点滴滴一直深深地印刻在我的记忆深处……

转学到县城，去到佳所你所在的那所学校，那个班级！我当时欣喜若狂！还记得儿时你我父母说过的话吗？我可是一直没有忘却：好好学习！

长大了就把佳所嫁给你！当时我有点羞了，当时你开心地笑了！好像我一伸手，你便会和我回家去。我想你的爸妈、我的父母真的是这么想，不然哪有这么巧的事。

当我走进教室用目光觅到你的那一刻，我的感觉就像回到了儿时：你走到我的伞下来，我的心跳得扑通扑通的……

共同的初中岁月，并没有什么美好的回忆。或许是我自以为窥视到做父母的心事，或许是我们都进入了青春的懵懂期，我们似乎总是在刻意地保持着距离。一年半的同学过程中，相互间说过的话不超过十句，即便如此，还发生过一次不愉快。

那是临近中考时的一次英语测试，我因为考得很差，便没有告诉父亲，但是他却知道了。我马上联想到是你告的密！一时的恼羞成怒，让我失去了理智，当着班上好多同学的面，我大声地责问你。当时，没有想到你的尴尬，也没有想到即便是你说的，也是你在关心我。唉！真是又蠢又笨！现在想来，悔恨不已！

佳所，还记得中考语文结束时的那天近午时分吗？很好的天气，阳光明亮而不显得刺眼，你的母亲来接你，我的父亲来接我。因为他们站在一处说着话，刚考完试的你我也很自然地走到了一处，我问你考得如何，你问我考得咋样。望着你微笑着看着我的眼睛，一定是宽容了我不久前的无礼，我很是开心。要是多些这样的机会该是多好啊！

佳所，你不记得我们谈话的内容了吧，我可是至今还记得！那一次中考语文的卷子上有一题是默写高尔基《海燕》中的一段话。问你，你说，写出来了，问我，我说，写出来了，我们都写出来了，我们好开心！——这是初中时最好的结尾。

结果，我们被录取到同一所学校，被分在了同一个班级。能和你在一起比录取更让我兴奋！我当时下定决心：三年高中，从零开始，好好努力，考上大学！到那一刻，我便可以堂堂正正地告诉佳所：我一直喜欢你！在很小的时候，在那同行的路上，从你牵着我手的那一刻。

真不知是哪个骗子说了：良好的开端，是成功的一半，我却没有感受到这句话的正确性。还记得开学后不久的那次，你带给我的糖和裹糖的纸条吗？快上课了，你经过我的桌前迅速地扔给我一个纸团，当时我懵了，同学们一阵哄笑，我没有弄明白你这突如其来的举动，到底是怎么回事？好像听你说了句："你爸叫我带给你的。"打开纸团一看，里面有几块糖！我想我爸真是好玩，我猜测那天他可能在你家吃饭了，但让你带几块糖给我做什么，当我是小孩子呀。后来上课了，我便将它裹好了放在口袋里，后来竟然忘了。直到放学，与我一路的几个男生中，有人见你和一个女同学在我们前面不远处走走停停，便与我开玩笑说：樊世霖，高佳所好像在等你！这时我才想起那糖来，于是拿出来分给同行的同学吃。没了糖，想顺手扔掉那裹糖的纸时，我才看到了上面有字，是我父亲的笔迹，大意是说：天近晚可能要有雨，要是下雨，你和佳所借一下伞，等我再寻你，你已经和那个女同学走远了。天虽然有星星点点的雨，不算大，我便没有喊你。这以后，我想过和你解释，却终究没有开口。这以后，你和我便一直没有怎么说过话。

　　近高中毕业时有过一回，你我的父亲、我父亲的徒弟、还有我，四个人在一起吃饭。我父亲的徒弟酒醺了："小樊，你好好用功，争取考上大学。那样就可以娶佳所了。"当时你父亲直直地看着我，当时我的心里好苦，因为大学好像不是很有希望考上，考不上便意味着我连追求佳所的可能都没有。我是乡下的孩子，农村的户口……

　　唉！尽和你说些什么呢！不说了……

　　祝好！

樊世霖
即日

　　搁笔抬头，世霖不禁悠悠地长叹了一声。台灯也不显得那么明亮了，窗外，天已渐露晨光。早上，信就寄了出去——世霖急急地赶至邮局，赶上了早班由龙川县城开过来的邮车。

　　然而，一天天过去了，音讯却全无。世霖不由得着急起来，世霖开始回想复信中所写的内容，开始觉着这儿写得不好，那儿也写得不行，最后竟后悔将一气呵成写好的信没有再多看看，就那样急急地寄了出去。写时是觉着了一吐为快，此刻细想起来，实在是有很多的不妥。毕竟同学这么多年，没有和佳所有过多少交流，还有离开校门这一年多来，因着闭塞，对佳所的情况几乎是一无所知，真是一时糊涂哦！这么多年埋藏在心底都没有说的话，竟然在一个晚上和盘托出。

佳所啊佳所，不回就不回吧，就当是痴人说了一回梦呓，一笑了之吧。世霖的心在隐隐作痛，似在挤压，又似在撕扯，似在揉捏，又似在掐扭，这个中滋味，实在无法言说。世霖在痛苦中等待着，在绝望中期盼着！然而，信，如石沉大海。

"乖乖，情书高手啊！"

"去！"

"好了！书寄给你了，你注意查收哦！"

"来而不往非礼也，得寄个啥东西给你才好！"

"不要，你好好写吧，弄不好，还真可以当小说发表一回。"

"得了吧，也就你看着。"

"你没看你博客发文以后，有好多人在后面跟了评？"

"那是博客圈里的友们出于礼貌的往来，没啥的！"

"不要小看自己，我看着就像小说，写得很好的。"

世霖无语，燕又说："你去写吧！早点休息，也不急于一日。我也有事，先下了！"

等待

柜台里，世霖在发着呆。

"樊世霖，倪主任叫你上楼去！"胖而憨直的何会计一走进营业间就直冲着世霖说。

世霖应声站起来："老总，啥事啊？"

"快去！好事儿。"何会计笑着说，"去了就知道了！"

有什么好事啊？进了这个单位，世霖压根就没有遇到过好事儿。

比如守库值班，世霖中途有事想请个假，那是千难万难。不是同事们不帮忙，实在是一把手储大主任威风八面，不经他的同意，谁也不敢替世霖代班。

再比方，世霖刚进单位时的一次旅游。储大主任又发话了：工作不满一整年的，此次旅游不好去，不好去也就罢了，储大主任的三姨娘、六舅母却可以去。

这些也就罢了，却有一件丁点大的小事情，让世霖不再沉默，大发雷霆。

事情的原委是这样：世霖平时喜欢写几个毛笔字，于是单位要写个宣传标语什么的，也就成了世霖的事。世霖又是个极懒散的人，每次写过后，这笔满是墨汁，洗也不洗，信手一扔了事。偏偏有一回这储大主任要毛笔用，世霖回没有，他光火了，偏要世霖找出来，还说找不出来的话就是世霖带回家了，世霖从不贪小，当时直觉得血奔脑门，怒发冲冠！"哐当"一声，世霖用力地推开自己宿舍兼值班室的门：你要找你自己来找！好家伙，只见储大主任的脸霎时气成了猪肝色，同事们也吓得脸上发了白。事后同事们怪世霖：亏你还是个写文章的人，亏你还叫啥樊世冷（凡事忍），居然敢这样和储大主任顶嘴。

世霖三步两大跨，就到了二楼的主任办公室。世霖单位共有三个主任，储大主任负责全面，是一把手，倪主任和一位何主任，各有分管。三张办公桌依东墙由北往南依次排开，三位老人家都在。说他们老，是因他们都近了退休的年龄。

储大主任在最北面近门处面南背北坐着，两手抱着一个茶杯正在喝茶，见世霖进来，瞥了一眼。世霖赶紧叫了一声"储主任！"他答应没答应，世霖没有听得清。中间坐着的倪主任，左手上夹着根烟，闻声便侧过身来："坐！""倪主任！何主任！"何主任坐在最南边，正看着报纸，也转过了身："呵呵，小樊啊，坐坐坐！你家倪主任有好事挑你呢。"靠西墙有个三人沙发，世霖依言在对着倪主任的位置上坐了下来，世霖望着何主任笑了笑，然后转向了倪主任。倪主任猛吸一口烟，振了振臂膀抖去烟灰，这才俯过身来说："小樊啊，有个学习的机会，我们决定让你去……"

"好好学！遵守纪律！"储主任陡然插言。世霖将视线转向他，做出一副唯唯诺诺的样子。倪主任又猛吸一口烟，又振了振臂膀去抖烟灰，但这回烟灰不是很长，没有抖落，他自己也没有发觉。何主任拢了拢报纸笑眯眯地接着说："是啊，机会难得，好好学！好好学！"倪主任这才咳嗽一声，清了清嗓子，告诉世霖时间地点，再嘱咐几句好好学之类的话，最后叫世霖赶紧下楼去，交接手头的工作。烟都快燃近手指了，倪主任好像不怕烫，世霖发现他夹烟的中指食指，特别特别得黄。"快下去吧！"储主任声音挺大。倪主任顺着说一句："下去吧！"何主任合拢了报纸："就这样，好好去学吧。"

还真是好事儿！世霖开心地下楼去。

工作的东陵镇、家乡的专樵镇、龙川县城因着一条国道，由东向西依次连成一线。世霖工作后，老家里正常住着祖母、母亲和弟。得着休息的日子，世霖由工作的东陵镇骑车西行，父亲由工作的龙川县城骑车东往，一家人才得以团聚一回。

这回世霖要去学习培训一个半月之久，去的地方叫肖记镇，在东陵的东北方向，很远，也很偏僻。世霖从没有离家这么久，也从没有出过这么远的门，世霖的祖母和母亲很不放心。临行前，祖母和母亲是左叮咛、右嘱咐，那样子，恨不得径直把世霖送到学习的地方去才好。结果祖母和母亲把世霖送到了专樵镇上的车站，一直等到开往肖记镇的客车来。

世霖的心情是欢快的，祖母和母亲的话，他一一应承着，却没有听进去几句。及至上车回头，看到祖母和母亲依旧向着车行的方向站立着，世霖的鼻子才陡然发了酸，这样的感觉随着车行渐远，渐渐地淡了下来。

在一个半月紧张的学习培训中，世霖一心挂两肠，时不时地抽空寻个电话打回单位，问有没有自己的信。信倒是有几封，却是没有佳所的。回到单位，依旧没有佳所的回音，日子，那还得一天一天按部就班地过：晨起，去刘支书处习武，然后回来洗澡、洗衣服、吃早饭、上班。吃午饭、午休、上班、习武、洗澡、吃晚饭、值班睡觉……

终于，世霖的父亲和世霖说起了佳所：佳所进了建行，工作后学会了电脑，现在成了电脑师傅，到处去教人家，去了哪里哪里。世霖父亲那说话的口气，分明是在说世霖不争气，世霖可不管这些，世霖的心下却有点释然了：佳所可能一直没有看到信吧。或者，看到了信，却因为忙着一直没有得空回复。

这样等待的日子，一直到了次年的八月，单位再次派世霖出去学习半个月，到省城南京卖电脑的厂家去。等到学习结束，已经时近中秋了。

此时的世霖已从等待中走向了无望。

回到家里，世霖听到了父母一段若不经意的谈话，大意是：佳所处了对象，要结婚了，婚期就在春节。对象是一个当兵转业的军人，分在公安局，而且还是个小干部。世霖默默地走开去，其时世霖只觉得父母的眼睛在背后看着自己……

世霖上线，有燕的信息："我家姑娘都说你写得跑题了，呵呵！"

"燕，在么？我请人刻了一方你名字的印，给你寄过去了。"

"在么？"世霖晃了晃聊天框。

有时燕会隐身在线的，但这次好像真的不在。

世霖又一次上钱。

"印章收到！我好喜欢！谢谢！"

"近来工作单位进住新大楼，有好多资料要搬家、整理。暂时没空聊了。你坚持写下去哦！"

世霖看到这，下意识地晃了晃聊天框，燕依旧不在。

接触

春节临近，一日午后，天降大雪，近晚愈烈。

下班后的营业间寂静空旷，只有世霖一个人。这样的情形不唯今日，不同的只是今日的外面下着鹅毛一般的雪，外面连鬼也没有一个，雪似要将这世界覆灭了去。

喝点酒吧！想到这，世霖便冒着风雪去单位厨房收拾了些小菜来。世霖的宿舍里，正常备着碗筷酒杯之类，一个五斤的塑料壶里从来不缺酒。

独酌中世霖不觉已经微醺。没有人陪着喝酒，打个电话寻个人聊聊天也不错！想到这，世霖进营业间，和在父亲单位总机上的高中同学饶石接通了电话，神侃起来。

饶石看上去是个老实的人，其实还是有点坏水的。聊了一会儿后，他问世霖："想不想和佳所通个电话？"那时，大的单位有自己的总机，分机的电话要靠总机转，佳所家的电话便在这总机的范围内。

"行！"世霖话刚出口，电话就通了。

"樊世霖啊，你好……"

饶石这坏小子！定是告诉了佳所是世霖打来的电话，世霖听到佳所的声音，机械地应了一句："你好，佳所……"

时间久了，过去了许多年，只觉着当时通话的时间很长，说了些什么世霖也大多忘却了。世霖只记得佳所说：收到信时很迟了……后来两人很礼貌地结束了谈话。

这是世霖今生记得的和佳所说话最多的一次。

后来饶石笑世霖："你酒多了，说了好多话，人家对象就在旁边呢！你真死不自觉！"世霖心下生些歉疚：没有给佳所造成什么不便吧。唉！真是酒多了！

电话以后没有几天，世霖和佳所竟见了一面。

有个朋友找到世霖，说手上有一张建行签发的汇票，因汇票上有点字迹不清，人家不予受理，回复需要县城的建行验证一下。问世霖有没有熟人可以通融一下？

世霖去了，透过银行封闭柜台的玻璃，世霖见着了佳所，佳所的脸上带着浅浅的笑。世霖说明来意，佳所要过汇票去寻办理人。当时世霖虽然听不到佳所和人家说话的声音，但是从佳所的神情看得出来，她是在央求人家，那一刻，世霖很是后悔，那一刻，世霖的朋友可能也看出来了很为难。办好事情后，朋友十分感激，也有点疑惑："她好像不是你一般的同学朋友吧？今天要不是你来，恐怕还真搞不定呢！"

"不是，高中同学而已。"世霖淡然道。

"我正好做化妆品生意，改天你送盒化妆品给她，表示一下感谢之意！"

没几天，朋友给了世霖化妆品，朋友还说："这个女孩子真不错，只要她不结婚，你就可以追人家呀。"世霖听了凄然一笑，终究，还是依言送去了。

去的那日，天下着凉凉的冬雨，佳所不在柜台内，同事说她有点事出去了。世霖便打把伞站在雨中等，不知道过了多久，终于看到一把黑布的雨伞入了眼帘，看那身段，当是佳所。

真是佳所！佳所也看到了世霖。

"世霖，好大的雨，你咋不在营业间里等呢？"说着，佳所到了近前。

"没事！顺路带盒化妆品给你，上次来的我那朋友是跑化妆品销售的。"世霖这才注意到，佳所的黑布雨伞，居然是红的柄子，"你这雨伞真好看！"

佳所握着雨伞两手伸过来接化妆品，世霖碰到佳所的手，不禁略略缩了缩，佳所竟一把抓住了世霖的手，化妆品就横在了两人之间，伞遮不住佳所，雨水湿了佳所的脸。

"世霖……"佳所的指甲好像嵌进了世霖手背的肉里，世霖浑然不觉，"你这个呆子……"

"听我爸妈说，你要结婚了，真为你高兴！"

佳所无语，泪水和着那雨水扑簌簌地往下流。

"我写的那信，都是梦话呢！……"世霖想让脸上生些笑意，脸上肌肉却不听使唤，想再说些什么，却是如鲠在喉，发不出声来……

从此，世霖、佳所，天各一方。

世霖时不时地上一回 QQ，却一直不见燕的 QQ 闪烁，世霖有些怅然，像丢掉了什么东西一般，提不起精神来。

醉生

十年后，初秋的一个傍晚。

单位一位同事的孩子过十岁生日，大家照例都是要去的，樊世霖自然也不例外。这回方便的是吃酒的地方就在龙川县城，离世霖的家不是很远。

佳所婚后不是很久吧，世霖也娶了妻，成了家。成了家的世霖婚后没有多久，在县城的老街上寻了一套二手的房子，安了家，因为世霖的妻是县城里的人。

办酒的饭店门口，有几个小女孩在嬉戏，旁边不远处有几位女性似在闲聊着，不必说这定是孩子们的妈妈了。一个小女孩子欢快地跑来跑去，长长的小辫子一甩一甩的，吸引了世霖的视线！她活脱脱地就是儿时的佳所呀！似比儿时的佳所更调皮一点。世霖的心跳不由地加快了，世霖是个聪明的人，当即转过目光，向妈妈们的所在地看过去，一个背朝着他的玲珑身影应是佳所无疑。

世霖略略收神镇静了一下自己，然后不紧不慢地走了过去，还没有等他走近，那玲珑身影竟然微笑着转过了身来，正是佳所！也没等世霖开口，佳所拉过身边的一个女人来："樊世霖啊，你好！你还认识她吗？"佳所这突如其来的转身、拉人、问话，把樊世霖原本想好的几句话，给硬生生地打回到了肚子里。"噢，认识。这不是我们初中的同学赵冬梅吗。"佳所没有接世霖的话，而是转对身边这个女人说："你看，这么多年，人家樊世霖还记得你哟！"说话间，佳所的眼神一直看着世霖，脸上露出的笑显出几分狡黠。世霖恍然了——因有同学在，佳所是怕他失态呢！事已至此，樊世霖只好将打回到肚子里的话完全消化掉，和她们寒暄起来。

原来，她俩是送孩子过来吃生日酒的。她俩的孩子和世霖同事的孩子是同班同学，刚才那孩子正是佳所的女儿，世霖说了句："长得真像你嗳！"佳所笑笑，脸上微微泛起一丝丝不易察觉的红晕。世霖若不经意地又顺带问了一句："你老公在哪儿？"叫冬梅的同学不无羡慕地插了个嘴："龙川县公安局的刑警队队长啊！名副其实的英雄配美人哦……"

那天的酒宴上，世霖好像显得有点兴奋，于是酒多了些。截至酒宴结束时，他也没有见到佳所来接孩子。这时，同事们起哄说去歌房玩，世霖不假思索地寻到了小佳所："你好，小朋友，你妈来，和她说一声，我先走了。告诉你妈，我是她同学，她就会知道。"

人常说"病从口入，祸从口出"。世霖的这句可有可无的话便是"祸从口出"了，这是后话，暂且不表。

世霖与同事们到了舞厅，进了歌房。歌房里比起室外来，自然温暖许多，于是酒精便伴着那血液欢快起来，于是这欢快便由着它的主人世霖发泄出去，于是唱歌的话筒自然是在世霖的手上，于是这所有的欢快最终便化成了一首歌，那便是齐秦的《狼》。只听得世霖声嘶力竭的一声吼：不为别的……那为什么呢？天晓得！

鬼哭狼嚎了一气，世霖觉着有些累，也觉着嗓子有点燥，正好有同事喊他喝啤酒，于是几杯啤酒又爽快地下了肚。那本就欢快的夹杂着酒精的血液，碰到这啤酒的滋味越发地左冲右突起来，世霖的眼前不禁有点模糊。

佳所？！佳所咋也来了？来，跳一曲，世霖伸手过来搂着佳所就下了舞池。舞步自然是凌乱的，佳所略略地挣扎，手被世霖握得很紧。于是两个人就这样东拉西扯地跳着。看着世霖的醉态，同事们笑得前仰后合。

世霖的耳畔响起一个柔柔的声音："我们还是去唱个歌吧！"

世霖觉着声音不对，定了定神这才看清同舞的不是佳所，而是同事叶云。

"唱什么？"世霖的酒气径直地喷在对方的脸上，没好气地说，"再来一回《心雨》？"

叶云一向很温柔："那我们不要跳了吧。"叶云大大的水汪汪的眼睛看着世霖。

世霖此刻才觉着有些失态，便依言与叶云移至了舞池的旁边。

音乐响起，两人开始了《心雨》。

叶云，是个漂亮温柔的女子。好多年前，世霖托人说媒，叶云知道是世霖后拒绝了。此后的某一年，世霖调到了叶云所在的单位。那会儿，世霖已经有了女儿，而叶云还待字闺中。

一个晚上，单位值班守库，正好轮着叶云和世霖。

世霖问："那时你为何告诉人家说媒的，你谈了对象？"

"我听说有人弃了你，人家不要的，我也不要！"

"呵呵！这是什么逻辑！"

"不过现在看来，你人还是不错的，呵呵！"

这话过后没有多久，同事们有过一次宴后的舞厅之行，叶云和世霖都去了。世霖那回酒少，酒少时去舞厅，世霖多静静坐着，静静看着，不唱歌也不跳舞，偶有同事喝啤酒他便跟着喝一回，更多的时候是一个人一个劲地抽着烟。

叶云悄悄地坐过来，低声说："我和你唱首歌吧？"

"唱什么？"

"《心雨》"

"我不会，你唱我听！"

说话间，音乐已响起来，一个同事跟过去伴她唱。

看到大屏幕上的歌词，世霖恍然了：明天她要做别人的新娘了！世霖的心里好像让什么东西堵了一下，顺手斟一杯啤酒喝下肚也没有觉着顺畅起来。

真的像歌里唱的：没有几天，叶云成了别人的新娘。世霖是同事，当然得赴宴，只是那晚世霖却数着自己喝了几杯，一直很清醒，没有失态。

两人唱完《心雨》，叶云默默地坐在世霖的近处，世霖复去喝啤酒。叶云好静，坐着看别人，也看世霖。

终于，曲终，兴尽，人散去。

叶云和世霖正好同路，世霖便叫了辆三轮车。其时，见世霖的醉态，叶云也不忍拂了他的好意。一路霓虹，二人无语。世霖先送了叶云回，及至自己到了家，躺在床上，因着叶云而拂去的佳所的影子又上了心头。世霖只觉着一阵反胃，欲起身时已经迟了，头一侧，呼啦啦，乌七八糟地全吐在了床边上。好不容易觉着吐空了，却觉着浑身冷得发抖，手足乏力。世霖无奈，摇醒身旁熟睡的妻。妻醒，世霖却睡着了，嘴角边拖拉些腌臜的东西在，呼噜已震天地响……

"乖乖，十年生死两茫茫，好不容易又接上！"燕开着玩笑说。

"口气不小！姑奶奶！"

"某人好像生气了，别生气哦！不过，你好像是个花心大萝卜嗳！呵呵！"

世霖依旧无语。

"不说话就成啦！老实说，现在除了老婆，还恋着谁？"

"恋着你！"

"得了吧，我早就成了黄脸婆了。"

"我就喜欢黄脸婆！"世霖发一回燕发过的那张动态的拥抱图。

"少来哦，别吓着我。"

梦死

这个世霖，这么多年过去，也就四个字好说：一事无成！

世霖是个心比天高、命如纸薄的家伙！跟着刘支书练了两三年的武功，后因工作调动，也不常练了，高兴起来就耍一回。那会儿习武之余，他还时常看点文学方面的书，写点豆腐块文字，这也没能长久坚持。工作上，更是提不起来，或因能力的缘故，或因脾气的使然，调到哪里，跟人家吵到哪里，领导对他也没有好印象，结果也就可想而知：二十多年来，世霖一直在乡镇转悠，一直没有能够调回到县城，回到妻女的身边。

世霖的工作一直不太如意。

这一回，世霖在一个叫境兮的小镇，已经是第六个年头了。

境兮镇离县城不算太远。说不算太远，骑自行车回县城的家，世霖也得花上整整一个小时，懒的世霖便经常不回家。

单位的主体建筑和世霖最初工作的地方一个样，也有个很大的露天阳台。因了这阳台，无聊的世霖便拾起了年轻时的习武爱好。

世霖由家里带来一把单刀，刀虽算不得宝刀，却是精钢打造。这把单刀是师傅刘支书给的，当年给时，刀就开了口。刘支书曾提醒："单刀易练，左手难藏，你小心着点！"世霖听了不以为意，后来世霖的左臂上多了几道刀痕，才悟出了其中的道理：想刀快，左手得藏得更快，要不然这右手的刀，会废了左边的臂膀。《水浒》里的武松"滚龙刀法"使得好，怕就是因着武松独臂，没了"左手难藏"的顾忌吧。

世霖这小子就是聪明，平日里学啥，总喜欢多想，也正是这聪明害了他，凡事便少了"用功"二字。唯独这刀，因为喜欢，世霖日常就多用了些功夫在上面。一晃十多年过去，虽不至于所向披靡，也能刀臂合一，挥之随心了。他耍起来时，你听那"霍霍"的刀刃破风之声，便能觉着世霖这刀真的有了点份量。

这一刻，坐在柜台里的世霖终于忙得有些闲了，在收拢来的散杂香烟里寻一根好一点的叼在嘴上，正要点燃，只见单位主任陪着一个高大魁梧的汉子进了营业大厅。

世霖点着了烟，深深地吸了一口，然后向着他们走过来的方向吐出一个转转悠悠的烟圈儿。主任似乎在向来人介绍着什么，来人看似听着。近柜台时那人略略向柜台里看了一眼，这边世霖正好又一个烟圈吐了过去，两下目光碰个正着，对视了一回。来人与主任告别，向大门外一招手，过来一车，副驾驶位置的车门已经开了。来人上了车、关了门，车子绝尘而去！

主任这才进了营业柜台里。

"真是热闹多！女儿的同学过生日，同学的父亲居然过来请我去！"

"你是主任，人家巴结你！"一口快的女同事接过话头。

"人家更是个领导哦！公安局的刑警队长！"主任顿了顿，"可能人家喜欢热闹吧，他说得挺近乎——我家属在建行，信用社也是银行，算是一家人。"

听到这，世霖不禁停住了正往嘴上递的香烟，刚才那人居然是佳所的丈夫！世霖似乎明白了些什么……

久在单位，自然想家。

这一日，下了班，世霖骑上自行车就往县城赶，正骑着，世霖口袋里的手机响了。世霖一看号码，是高中时的老同学穆旭。

"呵呵，穆兄好，咋想起我来了？"

"在回家的路上吧？何时到家？"

"走了大半，快了，不会又是喊我吃饭吧？"

"正有此意，在'老地方'等你，还有我的三个同事，你都认识。"

这位穆兄和世霖应该算是不错的朋友，高中毕业后一直没有间断过来往。世霖被发配到这个离县城说远又不是很远的地方以后，他总是在有饭局的时候叫上世霖，他和世霖说过：你酒量虽然不是很大，喝酒的气势却能镇住人，再加上你能说会道，饭局上也会多些热闹在。这样，一来老同学好聚聚新，叙叙旧，二来在酒桌上也好相互间有个照应。

有酒喝！世霖这脚下立马生了风。

　　饭店里，穆兄和他的三位同事已各就各位，杯中酒正满着。世霖稍作寒暄，大家便举杯投箸。酒过三巡不免小歇海聊一番，这聊着喝着，不觉第三瓶已见了底。穆旭平日里在喝酒上相对有些低调，今日却好像还有些兴致在，竟要再开一瓶，世霖正好也有些时日未饮，两下一拍即合。不容他人分说，第四瓶开了，没费多少劲，两同学便放倒了穆旭的三同事。不过，这"倒"也分几等的，此刻说的这"倒"便是要倒不倒之倒。对了，换一个字便是"醺"。

　　穆旭的同事中有人开口说要去做足底，穆旭爽快地答应请客，世霖却不喜欢这个，欲回家，穆旭不允，便只好同去。

　　离足艺室还有几步远时，世霖的手机响了，一看是一昔日同事。

　　"什么事？"

　　"来舞厅！我们在'岁月如歌'等你！"

　　"好，我等等就来"挂了电话，世霖再看身边已没有了人影子。

　　世霖一脚踏进足艺室，靠近大门口的房间门正敞着，穆旭他们几个已在里面躺下小歇。见状，世霖悄悄地退了出来。

　　出了门，打个的士，世霖直奔"岁月如歌"歌舞厅。

　　歌舞厅里，音乐声震耳欲聋。大厅里人真多，今天不会是个什么节日吧。

　　同事只带了位陌生的女性朋友来，世霖立马有上当的感觉：叫我来做你的电灯泡子啊！经了这一路急行，世霖有点晕了，便坐下来抽根烟。这一坐下来，世霖越发觉着晕，唇也焦了，舌也燥了，服务员咋还没有上茶来？

　　歌声忽然停了，世霖看过去，唱歌的人将话筒弃在了地上，人走了开去。

　　"嘿嘿，你们不唱，我来！"世霖心下想着便径直走过去，拾起了话筒。

　　才唱了没两句，过来两小子和世霖抢话筒，世霖哪肯就范？世霖虽然有点晕，但手上的劲还是有的。两下争执中，世霖蒙了——后脑挨了重重的一击。世霖的脸上不自然地笑着，人站不稳，觉着手脚有些发软。

　　"笑什么笑！打！"一小子话音刚落，舞池旁的一角，跳出来七八个半大小子，全无章法，向扑球一般一齐扑向世霖。世霖眼里见着，心下着急，手脚却不听了使唤，那一刻只得这样想着：打就打吧，等他们扑下来，任由他们压着，这样也好少受些拳脚。

闷久了也觉着透不过气来，世霖一发劲，掀开压在身上的几个小子，跑了开去。世霖只觉着眼鼻处有些模糊，不过还是拨通了穆旭的电话。然而穆旭却不信世霖被人打了，因为世霖哄他去舞厅玩时常用这伎俩，这真是让世霖哭笑不得！

世霖的同事，一下子给这阵势吓着了。好在，这帮小子，泄了气愤，立即散了。舞厅老板本是和世霖相识的，闻讯这才赶到，世霖以为是打架的小子，看也不看便出拳过去。

"是我！"

世霖闻声，略略看清来人。眼鼻处似乎有些异样，世霖用手一抹，一看，却是满手的血："你这舞厅怕是不想开了……"说着，世霖便软软地坐了下去……

出事后，舞厅老板有些后怕，主动摸了动手小子们的底，把他们告到了派出所。世霖自然是进了医院，可能不算太老的缘故，世霖恢复得也快，一周后便出了院，只是出院时眼睛里还有点淤血在。

医院的费用舞厅老板主动结了。

派出所通知：打架的这几个小子缴了赔偿。出了医院，世霖就直奔派出所去。

派出所里，世霖收了钱，没多言语。所长说：这事最多也只能是罚点款。然而世霖觉着事情有些蹊跷：自己平日里没有和人动过手，应无仇家。为了一只话筒也不至于如此大打出手吧？打就打了，我又没出手，为何要一哄而上？那肯定是有人知道我会些拳脚，他想寻个究竟。

通过舞厅老板，世霖找到了打架领头的小子：这小子姓张，立着像根杆子，走两步时一腿有些跛。原来那日动手，他的脚也受了伤。世霖想到自己的尾闾处还有些疼，说不准正是这小子踢的，恨不得治他一回。

"过去的事不提，问你几句话，必须直说！"世霖直盯盯地看着这小子说，"你们怎么知道我会拳脚？"

"你会拳脚，那天没见你动手啊？"张姓小子现惊讶状。

"你不说？"世霖冷冷一笑，转身对舞厅老板道："我们走吧！"

舞厅老板一边急道："小张，快告诉樊老板，告诉他就没你的事了。"

"告诉你们？告诉你们，你们也治不了人家。"这杆子横着。

"你说出来，我治给你看！"世霖斩钉截铁道。

这杆子依旧横着："是刑警队的人让我们做的！你治得了吗？"

"刑警队的人让你们做，不一样也赔了钱吗？"舞厅老板更急了。

"你出去！"世霖喝道，舞厅老板诺诺而出。

世霖转而笑对着杆子："你认为他说得有道理吗？"

杆子不吱声。

"那日你们是不是一直跟着我？"

杆子依旧不吱声。

"我知道不关你们的事，是了解我的人所为。"世霖趋近杆子，"告诉我便没你们的事，不告诉我，那就走着瞧！"世霖作欲走状。

杆子有些按捺不住。

"是姓裘的吧！"世霖紧逼。

杆子一愣，像折了一般，点了下头。

"看你写喝酒，写酒徒，总是很传神，想必你有实际的经验吧，身体要紧，少喝点，还有烟，少抽点，听到啊？"

"又不吱声了？你乖，我真的会在开春的时候来扬州哦！"

燕不在线，世霖上了 QQ，只见着这几句话。

约会

佳所居然拨通了世霖的手机，原来是从穆旭那里得来的世霖号码。佳所要约着见个面，电话里世霖问啥事，佳所就是不说。

黄昏时分，一个依水的所在，世霖远远地看到佳所脸向着河面，伏在河边的栏杆上。近着佳所的地方有一棵老柳，那依旧茂密翠绿的枝条和着佳所的长发，在微微的风中轻轻地舞动着。已近中秋了，这近着城市的柳竟与乡间的有些不同。

应该知道世霖就在身后，佳所却一动未动。

"佳所！"世霖轻轻地唤了一声。

看到佳所略略耸动着的肩，世霖这才明白过来，佳所在抽泣。

世霖不禁伸手略略地按在了佳所的肩上："佳所，咋啦？"

佳所侧过了身来，泪眼对着世霖："伤得重么？我知道他找人打你了！"

世霖愣住了，佳所竟然知道了。

"哦，没事！没事！"世霖连忙说，"就为这事啊？"

"请你原谅他这一回！"佳所的眼睛红红的。

"真的没事！事后我是知道了，可能他误会了什么？"世霖想岔开话题，"这么多年，你还好么？那天碰到，本想等你来接孩子时和你说说话的。"

那天晚上，佳所接孩子之所以姗姗来迟，是因为佳所的老公裴志远执意要一起来接，而那一刻裴志远正在外面应酬着一个饭局。佳所拗不过他，只好在家里等着。好在龙川县城不是很大，好在裴志远有辆归自己使用的公家车子，饭局一结束，裴志远就急着往家赶。估摸着孩子要吃完饭了，佳所心下正着急，耳听得楼下兀然响起一声很长的轿车喇叭声，便急急地下楼去。因为不用看，佳所就知道这是她老公回来了。

这个裴志远，这十年来对佳所应该是不错的，对孩子也好。但人无完人，金无足赤。他特别好喝酒，酒一多，回来时就这样——在楼下长按一回车喇叭，等于是通知佳所：我回来了。好在声音虽长，通常也只有一声，不然整幢楼的人就别想安稳了。这事起初，佳所也说过他几回，但他就是不改，佳所便不再说。

佳所上了车，车子直奔孩子吃饭的地方去。平日里佳所很少坐裴志远的车，他开起车来特快，让他慢，他只当耳旁风。

佳所的孩子识得这车子，远远地看到，很是开心，急急地和同学告了别，就向车子奔过来。车子到了孩子跟前，"嘎"的一声停下，裴志远坐在车上没有动弹，佳所下得车来，和跟过来的女主人说了几句客气话，便道别上车。孩子早就坐到了副驾驶的座位上。

车子的喇叭发出个短促而响亮的声儿，车子的身子转了个迅速而漂亮的弯儿，便驶入了正常的车道。后面一辆红色的夏利出租车，因此而发出了一声刺耳的刹车声。"喝了酒，你不能慢点啊，孩子还在车上。"佳所见此情境，忍不住说了一句。"没事的，我有数！"裘志远得意地转向副驾驶位置上的女儿，"我们家妞妞就喜欢爸爸这样开车的，对吧？"

"嗯，嗯，就是！妈妈胆小！"孩子很开心，好像很习惯这样子，一点也不害怕。车子前行，孩子调转身子伏在副驾驶的座椅背上，和坐在后面的妈妈说起了酒宴上愉快的事。

"妈妈，还有两个月我过生日了，我也要请同学一起来！"

佳所还没有开口，志远说话了："请！让你全班的同学一起来！"

"有你这样的吗？"佳所不悦，转而对孩子道，"妞妞听话，这样不是很好……"

"不听！不听！爸爸都答应了！"孩子扭身坐正了去，给了佳所一个后脑勺。

车子继续前行，一路的霓虹一闪即过，这是个黑夜如昼的城市。佳所漫无目的地望着窗外，孩子也不时地望着窗外，但那定是两个不同的世界。

"妈妈，妈妈！"孩子又扭过头来，"我差点忘了，晚饭前和你说话的那个叔叔和我说话了，他让我告诉你一声他先走了。"

"他是谁？"裘志远插话。

"他说他是妈妈的同学！"孩子抢口道。

"是我同学。"佳所淡淡地回答。

"嘿嘿！他好像喝多酒了！走路都在晃嗳！"孩子笑道，"和爸爸一样，是个酒鬼！不过没有爸爸帅，叔叔的头发都白了。"

县城实在很小，车速实在太快，说着话不觉就到了佳所家的楼下。

"嘀——"裘志远停好车，习惯性地按响了喇叭。

佳所动了动嘴唇，想说什么又没有说，伸手打开车门下了车。

孩子和裘志远开心地笑着、闹着，在前面走，佳所在后面跟。不经意间，佳所抬头看了一下天色。因为小区内的灯光不如街道上的多而明亮，所以可以看到一方夜空。夜空如一方黑幕，没有星星的点缀，怕是要下雨了……

孩子就是孩子，上楼时嚷嚷着让妈妈抱。等到开门进了家，已经迷迷糊糊地睁不开眼了。佳所赶紧地给孩子洗了脸脚，想让她刷了牙再睡，孩子不依，佳所只得作罢。

真个是瞌睡如山倒，别说小孩子，大人也常常是这样的。这不，等这头忙完孩子，回头再看那裘志远，好家伙！鞋子也不脱，四仰八叉地躺在床上已经打起了呼噜来。佳所只得帮他脱了鞋子，再将他悬空着的腿挪到床上去放实，又拢了他的双臂，以便空出些地方，让自己睡。任谁看到佳所这一整套娴熟的动作，定然会想到，一定是经过了多少次的反复才得以如此快捷。

人啊，怪得很，有时觉着自己困乏了便去睡，但是真的躺下时却难以入眠。此刻的佳所就是这样，熄了灯，躺在床上，却睁大了眼睛。平日里觉着楼下的路灯不是很明亮，现在却怪它的光亮耀眼，让自己看得清也能明白，此刻的自己在家中的房里，房里的床上，床上的老公的旁边。只是思绪有时却由不得人自己控制，佳所想到了多少年前，多少年前关于世霖的记忆：同学少年……她后悔自己那年看了报纸副刊上那篇关于老舍文字，更后悔自己一时冲动竟写了那封信。要不是这样的话，世霖也不会将心中的话儿竹筒子倒豆一般地说出来，这么多年世霖心里一定有个结，怨我没有给他回信，可是……唉，想到这些，佳所不由得幽幽地叹了一口气。

睡不着，佳所也只能是在床上有限的地方上直卧着，绝不会辗转反侧，一是空间有限不可能，二是怕弄醒裘志远。不知道是不是佳所这幽幽的一叹惊动了他，他向佳所的这一侧翻过身来，一只手搂住佳所的腰际，一只脚钩在了佳所的大腿上。佳所由着他扳了自己的身子过去……

楼下的路灯终于熄了，屋子里的物件不再清楚，外面的天越发得黑。睁着眼和闭着眼成了一回事……

天怕是快要亮了。

见佳所恍惚，世霖按着佳所的手略略推了推："你家老公是醋坛子啊！就因着老同学见个面，就揍我一顿！"

"怪我不好！那年的那期《龙川晚报》，还有你写给我的信我一直小心翼翼地收着。"

"留着那些做什么呢……"世霖说了半句，止住了。

"平日里他从不动我的东西，无意中知道他找人打你后，我才发现我的东西好像有人动过了。"

世霖无语。风，动着入水的柳枝，柳枝在水里搅和着。天光渐暗，风有些冷，佳所似下意识地靠向世霖伸过来的臂膀，世霖也略略地拢近了佳所。

"我不想你们之间再发生什么，你也切莫寻他打架去！"佳所抬起了头。

世霖笑道："你是关心我，还是关心他啊！"

"世霖，看到你的信时已经晚了。那会儿我跟他经人介绍已经相处了一段时间，关键是我爸妈看着他顺眼顺心，我也只好从了父母的心愿。"佳所顿了顿，"他在部队时结识了一位沧州的战友，跟人家拜了把子，学了功夫。后来他随这战友回乡，战友的父亲见他的身子骨是块练武的好材料，便将家传的五虎断魂枪法传给了他，临别时还给了他一杆铁枪，到现在，他都一直在练着。"

"懂了！佳所这是在关心我，怕我再挨揍呢！"世霖的手滑落到佳所的腰际，拉近了佳所。

"算我求你！"看着世霖玩笑的样子，佳所觉着揪心地痛，"世霖，若有来世，我一定嫁给你！"

世霖似乎隐约觉着了佳所的心痛，把佳所紧紧地箍在了怀里……月亮不知何时已挂在了天空，似乎快圆了。

"嗳！居然连我的老公对你的小说也有了兴趣，你说你人气旺吧！"

"他做啥的？"

"他跟你小说里的裴志远有点像呢！也在刑警队工作，也是一天到晚只顾死喝酒，工作不当工作做，至今也没有个一官半职，一直是个小卒子。我不高兴说他，由他去！"

"这么巧？！"

"还有更巧的，我老公的家也是沧州的。"

"世霖，你好好写，保不准会成个好小说！"

"明年春暖花开，我或者会来个烟花三月下扬州，你欢迎不欢迎啊？"

"欢迎，好想你！"世霖发了个拥抱的动态图，这回的动态图更生动，更逼真，尽显缠绵。

"切！"燕忍不住回了个"羞"的小表情。

送命

其实世霖知道真相后，便由单位拿回了单刀。只要在县城的家里晨起，世霖必去晨练，人家说君子报仇，十年不晚，由此可见得世霖不是个君子。是的，与佳所的约会，也没能动摇他的决心，他在盘算着如何了结这次"窝囊"。世霖的妻全然不知道这些，以为他又在发神经，想狂练出什么绝世的功夫来。这许多年来，妻总是由着他去。

这一日，东方微曦，世霖又早早地起了床。娇小的妻总喜欢搂着他的脖子睡，所以受些惊动。没有了脖子搂，妻翻过身去继续睡。世霖整理好衣裤，提刀出门。刀有鞘，鞘外另有布裹着，别人不注意看不出刀的形状来。

离世霖家不远的西边，有条南北向的大河。河北上，据说是奔了京津之地而去，河向南，便直奔了长江。白水滔滔，似蟒之行，所以这河有个好听的名字：蟒导河。

河之东侧的堤外，依着堤是一溜开阔的平坦之地，花草树木点缀其间，空气清新，风光旖旎，是个晨练的好去处。

世霖来的这会儿，还没有人晨练。他行至一宝塔松下，将手中刀依着松树的干放好，便绕着这松树，活动活动筋骨，耍几式拳脚。

这边世霖才觉着身手活泛开来，那边，隔着一排齐腰似墙的黄芽不远，来了个略显高大的汉子。这汉子手上提着的是一杆枪，看那枪长约有丈二，再看那枪身似镔铁打造。对！这枪便是：五虎断魂枪！这人便是裘志远。

社会真的是个很能改变人的地方。转业这许多年，志远虽然练枪不断，却因频繁的饭局，酒水的历练，还有少规律的工作，枪法不见精进，反而退步了许多。好在师傅远在沧州，不然定会有些痛心。

来到日日定点的晨练处，志远活动了一下筋骨，便取过放在一旁的枪，去了枪头的锦套儿，理了理枪的红樱子。

耳听得一声咳嗽，志远转过身来一看，愣住了，是世霖！！

"你是——？"

"你不知道我是谁？"世霖冷笑。

"好像有些面熟，一下子想不起来了。"

"呵呵！真是贵人多忘事！"说话间，世霖抖落了裹刀的布，露出带鞘的刀来。

"呵呵，朋友也是习武的？玩刀啊？"志远打着哈哈道。

"你也是个习武之人，明人当不做暗事，有些不愉快尽可当面来，为何背后下绊子。"世霖抽刀在手，鞘弃于一边。晨光中，可见刀是崭新的口。

"不错！是我做的！没想到的是你还有两下子！我看刀枪有险，我们就拳脚上见回高低如何？"

"这杆枪想必是你的擅长吧，难得有这样的机会，来吧。"话音未落，世霖一声"请！"刀便递了过去！志远侧身用枪一拨，划开来势，抖一朵枪花，直奔世霖面门刺来！武术上的器械，实在是人肢体的延伸，这日常所谓的练，便是为了一个得心应手。眼前这两人虽然算不得一等一的高手，也当得"枪似游龙，刀如猛虎"了。这一来一去，可见得是互不相让！

世霖更是性急，迎着枪挥刀过去略略格开，便任枪身由肩脖处穿过，同时进右步，右手翻腕，刀朝正前，用臂腕之力向前挥劈而去。这完全是一种拼命的打法。一般情况下，该是一"缠头裹脑"的刀法！但是那样使来，刀行路线长，也给了对方反应的时间。志远见势不妙，抽枪回身便跑。世霖得理不让人，一个垫步赶上前去，双手握刀当空劈下……

虽然抽枪回走时，志远确实也有些慌了，然而步子却未乱，步子不乱，就不会乱了章法。在世霖的刀全力劈下时，志远顺势抖枪在握，枪尖直指世霖的心窝处去，此时的世霖已收不住劲，刀自然是劈空了，身子却依旧向前直冲而出。这下子，等于奔了枪尖而来，只听得一声闷响，一镔铁的杆子没入了世霖的左胸……

世霖又住院了，这一回一住可是大半年！好在那一枪让开了心脏，只弄了一个窟窿眼，要不然可真应了那句：打死会拳的，淹死会水的。

赢了的志远却死了！原来，事后志远主动投了案，在异地关押候审的途中，车出了祸，人没了命，一起赴了黄泉的还有志远几个要好的刑警哥儿们。

佳所受此打击，人一下子蔫了。没几日就是佳所孩子的生日，自然是没做成。世霖因为有了些后遗的毛病，单位这才照顾他，把他调回了县城。

"在不在啊？有事跟你说！快说话啊！"

"单位搬家，我把你的电话号码也不知道弄哪去了！真急人！"

"樊世霖——真要命！上线尽快给我回话，或者给我打电话！"

燕上了QQ，却不见世霖。

尾声

又几年过去……

一日世霖在友处小酌，遇一年逾古稀的先生。世霖觉着这先生似有些灵光在，便略略将与佳所的过往说与先生听。

先生思索良久，作如下解：

父母予子女姓名，便蕴藏着一些天机在。

比如你叫樊世霖，原本是可以做得些事，或者可以让周围的人跟着你受些恩惠。而你自谓樊世冷，本就觉着这世间冷的人，何来的热予人呢？"冷""忍"谐音，你却从未忍过，这就注定你一事无成！再说你的姓，重新分合一回，便是"一、人"两字和两个"杀"字，可见你是一人独大，暗含杀气。双"杀"便暗示着你不仅杀了那小子，也杀了你曾经深爱着的人。

再说这高佳所。在家从父母，出门从夫君，婚后相夫教子，理当善终。高中毕业后给你写信一事，却是早早地便埋下了祸根。

还有这裘志远，"裘"字，本就暗含有"好的生活"的意思，却舍本而求志远，得不偿失！后来的车之祸应为人之灾，你只是个引子罢了，实与你干系不大。

先生一番阔论，世霖的朋友听得一愣一愣的！

世霖举杯过来，朋友才回过神："来！来！来！喝！"

世霖略饮，放下杯子，冷不丁地转对先生："敢问先生高姓大名？"

先生一愣。

"哈！哈！哈！喝！"

终于写完了，世霖舒了口气，点了根烟，这才上了QQ。一见到燕的留言，立即拨通了燕的电话。

"燕，啥事这么急？"

"我这说话不方便，你那上 QQ 方便吗？"

世霖依言又上了 QQ。

"你这小说真的要命了！我那死鬼老公想寻你算账！"

"为啥？不会你梦里搂着他发欢，叫着我的名字吧？"

"不是跟你开玩笑，是真的，保不准他会要了你的命！"

"就算他看到我们在 QQ 里开点玩笑，也不至于这样吧？"

"你真是个笨蛋！既然说是写小说，不会将人名字什么的改一下啊？我老公就是裘志远的那个战友！只是他家里祖传五虎断魂枪，我现在才知道！"

"啊！"世霖愣住了！

"呼——"

世霖低头，左胸近肩胛的衣服上炸开了一个不小的洞。

世霖身后，一支枪握在一个魁梧的北方汉子手上，正冒着青烟。

键盘边，放着一册合着的老舍先生的《断魂枪集》，封皮上白色的"老舍"二字因溅上了血，显出几分殷红来。

电脑屏保上，年轻的燕依花而立、面带俏皮地微微笑着。

窗外，月黑风高。

（原载《巴中文学》2016 年第 2 期）

作者简介

樊建平，笔名樊丰，江苏金融作家协会会员，著有文集《南国秋华》。现供职于江都农村商业银行。

那一年，我们还年轻

■ 李宝旭

一

　　春天的脚步悄然而至。门前的山坡上那块发芽葱首先感受到它的气息，承受着丝丝的冷风，绽放着浓浓的绿意。小河已经敞开喉咙欢快地歌唱，只是岸崖上的冰丘像一块大补丁还顽强地坚守，那色彩由青亮变得暗黄，融成的涓流淌入小河。此时，辽东半岛的黄土地就像冻梨浸在凉水里，表面一层冻得冰硬，内里却凝成从里到外的苏醒。正是冻人不冻地时节，眼看着离谷雨种大田的日子不远了。

　　日头刚刚爬上东山尖。秦月和母亲桂珍把一块大塑料布铺在地上，老秦负责从铁仓里倒腾苞米。掐在长凳子边缘上的手摇脱粒机不停地换人。轮到女儿秦月摇，老秦心疼女儿，把她推到一边。但秦月硬是不放手，好像和父亲憋着一口气。终究体力不够，摇了一阵以后，瘦弱的半边身子压着手臂转动，几乎贴在摇把上，头上的汗珠子直往下掉……

　　"先歇着吧，我去磨米房打点小馇子。"

　　老秦于心不忍，找个借口让桂珍与女儿歇着，起身去套毛驴车。小毛驴不听话，好不容易捯到辕子里。一家三口七手八脚地将米袋子装上车。秦月要父亲手里的鞭子。老秦握着皮鞭不放，睁大着眼睛望着姑娘。秦月冲着父亲笑了笑，意思是说：我能行，不用担心。随手扯下头上灰色的纱巾，拍拍身上的灰尘，由于身量小用了两次才坐到辕板上，喊了一声"驾"就出了大门。

在农村，哪有女人赶车的，况且拿100多斤的袋子就不是女人干的活，也就是老秦家才能姑娘当小子使用。老秦养育七个姑娘，秦月排行老七。自从老大秦芳嫁到南方一个县城后，其他的四个姑娘都跟着嫁到那边去了，剩下的老六秦雪、老七秦月两个不顶一个。地里的活靠着老两口有天没日地干。同是庄稼人，还是同样的庄稼地，收成总比别人家少，让干了一辈子庄稼活的老秦很不受用。本以为老六高考落榜后找个好小伙儿能够帮衬一把，还有个养老指望。老六却找个菜民，嫁到城边子去。那菜民和农民都种地，有什么两样？老秦想不开。眼下，老六正猫月子，家里的活儿帮不上。轮到老七秦月，这些日子使着性子要复课，老秦心里很不痛快，因此经常长吁短叹没有生个挑大梁的儿子。

这段时间，秦月很少主动和父亲老秦说话，吃得又少，那麻杆似的身材仿佛风能够吹倒。有时桂珍做一盘鸡蛋，给女儿夹一大块。虽然生着父亲的气，但女儿还是把鸡蛋夹到父亲碗里。这是女孩儿的细心和孝心，懂得心疼干体力活的父亲，老秦心再硬也体察到了孩子的温情。农村没有洗澡的地方。有时，闷热天气一身汗，秦月烧水蘸毛巾擦身子。老秦总是悄没声地抱来柴禾放在灶门口，看着秦月端着脸盆和毛巾走进西屋，摇着头，心里叹谓："小姐的身子丫鬟的命。"没有考上大学安心在农村生活，别的人不都是这样活着吗？农村的孩子都是土里刨食的命，不认也得认。土埋多半截的人还能够活多长？若不是疼着秦月是个女孩儿，把家早交给秦月了！看着女儿像一个男孩子一样抢着鞭子，老秦喜欢七姑娘这股不服输的劲儿，但还是担心她驾驭不了毛驴车，站在东墙边向下望去⋯⋯

没吃着死羊肉还没有看过活羊走。从小生活在农村，耳濡目染，秦月早就掌握了赶车的要领，而且运用自如。她不用鞭子，仅凭手中缰绳就把小毛驴使唤得顺顺溜溜，一点毛病也没有。小女孩赶车在当地可是一道稀奇的风景，老远儿，在园田地里抢早——收拾院子的街坊二婶隔着院墙喊：

"'七仙女'赶驴车，不怕找不到董永啊！"

"二婶，我的董永还在他娘肚子里转筋哩⋯⋯"

"那董永是天上七仙女的郎君，你还是赶紧找个地上的小伙儿嫁了吧！"

"哈哈——"

周围干活的乡邻都跟着起哄。

"腾——"地脸发烧，秦月正在恼火。突然，小毛驴车一个趔趄，秦月的技术也不好使了。她把驴头拽成直角形，毛驴的屁股还是偏到一旁，右车轮拐到沟帮上。秦月这才看清有一老一少歪倒在驴车的前面，驴继续往前走就从他们身上压过去。她紧紧拉住缰绳，不让驴车偏下道，右手一鞭子，毛驴一用劲儿，车辖辘顺着沟边楞子往前走，就是上不去道，眼看就要偏到沟里去了。倒在地上的小伙子一看不好一骨碌爬起来，抓住轮上的后箱板一较劲儿，毛驴车顺上道来。

好险！秦月吓出一身冷汗，向那剪着平头、足有一米八大个子的红脸小伙儿露出感激的笑。忽然觉得在哪见过，又想不起来。这时，那老头从地上站起来，急速地拍打屁股上的泥土，一身破旧的黑中山装斜挎着一个布袋。那布袋上面印有两个穿绿色军装的人举着红宝书，"将革命进行到底"的字迹勉强辨认得清楚，显然那是"文化大革命"时期的红卫兵用包。秦月从小熟悉它。它是能掐会算的二姨夫用来装什么罗盘、周易等算命工具用的，常年携带不离身。二姨夫惊慌失措，拉磨似的转着圈寻找布袋，发现在身上，露出尴尬的表情……

秦月被二姨夫滑稽的表情逗笑了。小毛驴以为主人下达行走的指示，弓腰前拉，没给秦月说话的机会。想想二姨夫那份样子，秦月的心情像打开了一扇窗，落榜后那锁在眉梢的忧伤跑得无影无踪了。

但是，这份好心情并没有持续多久。等她回来卸下车，把毛驴拴在西边的院子里，看见二姨夫坐在炕沿上，那个帮着拉车的大个子小伙儿站在地上，眼睛不住地打量着她。

"二姨夫，刚才没轧着您吧？"秦月笑着问。

"你这丫头，怎么像个假小子！"二姨夫抱怨着，但话锋一转，说："这一跤差一点摔断腰了，但为了外甥女的终身大事不算什么……"他指着屋地上站着的小伙儿说："他是我们雅河乡雅河村书记的儿子，名字叫孟繁同。

你们的事若成可得好好感谢我哦！"说着，伸手摸那布袋，从里面掏出一本飞边发黄的竖排版老书，蘸着唾沫翻着。老秦立即围上来，两个脑袋凑到一起，嘀嘀咕咕说着什么。

秦月有点懵。她拿着洗脸盆在水缸里舀了一瓢水，放到洗脸架上，用毛巾擦脸。怎么被二姨夫莫名其妙地介绍对象了？哦，一定是父母按照他们的思维安排我的人生。不能把命运捆在这块土地上。怎么办？她飞速地开动脑筋寻找对策。

屋子里，母亲桂珍和孟繁同一答一语聊得近乎。知道孟繁同的父亲是村书记，家境不错。看着母亲的笑脸想必对这个年轻人很满意。

二姨夫敲着书，兴奋地说：

"命相和，八字符，是一桩好姻缘！"

"我还小，不想找对象。"

秦月迅速地表达自己的意见。

老秦把两只眼瞪得像牛铃似的，脸憋得通红说不出话。

"你看这孩子长得多壮实，一定是庄稼地里的好把式；况且，他家哥兄弟多，愿意到咱家'倒插门'。"

桂珍趴在七姑娘的耳边劝说，生怕她说出伤人的话来。秦月纵有百口也没有她说话的余地，一切都是老人算计好的。二姨夫掂着手里的书在秦月面前得意地乱晃，得意地说："这卦给多少人算没有不准的。"晃得秦月心直发毛，她正往炕沿上方的绳上晾毛巾，手一抬碰掉二姨夫手里的算命书。只听二姨夫"咦"的一声，连同父母在内所有人的脸都变色了。闯祸了！秦月瞥了一眼孟繁同，感觉他的表情很奇怪。按理说他没有笑的理由，但他分明咧开了嘴角……

秦月六神无主地顺着东院墙边的小路上到后山。此刻，她知道自己的反应是强烈的。山下的地里，有三三两两的男女挥着镢头在刨苞米栅子（辽东方言：苞米割完留下的根部），人就像一部机械鸡啄米似的一下一个重复往返，带起泥与苞米栅子。有的根系发达的需要刨二次，但还是一个动作。在秦月的眼里就如同农民的一生，日复一日，年复一年，在这种循环往复当中如灯熬着青春与精力，燃尽生命中的最后一滴油——这就是农民的"苞米栅子"命运。如果说这些还能让秦月忍受，毕竟一辈子不能总刨苞米栅子，那越来越多的不堪忍受的干不尽的农活如同一张大网罩在头上摆也摆不脱。去年秋天是她落榜的第一年，秋高气燥，父亲栽在地垄沟里的土豆已经成熟。苞米挂着沉甸甸的穗儿，长长的叶边毛毛的硬刺儿划着秦月的脸，汗水流过火烧一样炙热，晚间患处又麻又痒又涨。秦月不顾身子单薄，毫不犹豫地钻进苞米地里，或用纱巾裹住头，或戴一顶草帽，如同黄牛耕田般在地垄沟穿梭，抠完土豆然后倒着走把土豆筐拖出苞米地。苞米地里，又潮又热，不时有"瞎眼蜢"猛地咬一口，酒盅一样的大包久久不消。如同炼狱一般的感受，让这个19岁的女孩儿不寒而栗。可是最害怕的还是前些日子，邻居张嫂难产大流血，没等送到医院母子双双命赴黄泉。那一声声凄厉的惨叫在秦月心头久久回荡不愿散去。可怜张嫂腹中的胎儿，没呼吸一缕空气就随母而去！如果在县城早就送到了中心医院，还会母子不保吗？

没有对比就不知道距离。读书时年龄小懵懂无知，落榜后回到农村猛然醒悟。命运才不管你读多少书，学习多么优秀，考不上注定没了自由的选择。一道农业与非农业户口的界限像一座大山横亘在城乡之间，堵死多少农村有志青年的路。读书成为他们改变命运的唯一途径，也是生存的奢侈品。现实冷冰冰地摆在面前，秦月多么的不甘心啊！去年，她以0.5分之差与高校擦身而过。前几天，高中同寝室闺蜜、考上武汉大学的同学夏冰莹给她来信鼓励她复课。她也有这样的想法。一次，瞅着母亲桂珍高兴，秦月说出了自己的想法。桂珍用她爬满皱纹的老眼望着秦月半天，语重心长地说：

"老姑娘，你也老大不小了，凡事要替家想一想。我和你爸岁数大了，还有多少活头？我们就是有一点能力也支持你复课。再说，你复课也不一定考得上啊！农民不好，不都是这样活着吗？"

"活着和活着能一样吗？"

她想这样反问母亲，但和母亲说得通吗？1988年全国计划招生66万人，报考人数272万人，平均录取率不到25%，况且优势教育都集中在一、二线城市，轮到山区小县——大宁县重点高中录取的比例更低的可怜。秦月如果没有记错的话，大宁县重点高中高考录取率仅为1.9%，620名考生仅录取12人，而且大部分都是考入大中专院校，只有她的同学夏冰莹考上武汉大学。虽这些情况对她来说有压力，但有足够的准备。秦月说：

"再给我一年时间，如果考不上就安心当农民。六姐说复课的费用她出……"

"你就死了这份心吧，你爸还指望你养老呢！"

如今，她高中生的身份还没来得及转身，家里连对象都给介绍了。一个女孩儿连梦都做不成恐怕只有绝望了！这一刻她想到了死。顺着山梁，在山尖那悬崖纵身一跳就什么都无所谓了。可是，她才 19 岁啊，还有大好青春年华，还有那么多的姐姐看着自己，即使父母 "算计" 自己，也不是想害自己啊！怎么办？她像一只小鸟儿被困在笼子里，仰望着蓝天不能自由翱翔。

一只布谷鸟从山沟里飞出，在天空中留下嘹亮的 "布谷" 声。树丛中，野鸡也不甘寂寞发出粗壮的 "咯咯" 叫声。不远处，在一块岩崖上，一片映山红含苞待放。微风刮过，花香怡人，有蜜蜂落在上面扇动薄薄的羽翼。脚下，苦菜、草拔子、包谷花（桔梗）等不知学名的花草偷偷地绽放着绿色，只是那一点、这一点，没有连成一片。她记得宋人王令写过一首《送春》的诗：三月残花落更开，小檐日日燕飞来。子规夜半犹啼血，不信东风唤不回。说得正是这个时候。一年里最好的春天就要来了。她环眼四顾，不知什么时候，映山红那一簇或一片已经粉染山坡，俏然争春。极目远眺，两乡之间间隔着的雅河水如同一条白练横在沟口，对面那连绵起伏的山峦里就是二姨夫和那个叫孟繁同的人的家……

她下意识地摸了裤兜，本子还在。这个本子她是用图画纸钉的。从小学五年级开始，她就用这样的本子练习画画，没事的时候或者遇到感兴趣的人物、景物她都会把它们画下来。开始慢慢地画，后来只要瞄上几眼，她几笔就勾勒出人和景的神韵。数年来，她用这样的本子画了 48 本画册，厚厚地装在自己的一个帆布包里，还有一些古典名著和几本世界名著。其实秦月并不知道她的画画就是美术专业的素描，是学习美术的一项基本功。"沙沙" 的笔走画纸的声音，换得一时的宁静。她忘记了烦恼，忘记不愉快，完全沉浸在对眼前景物的素描之中，努力用自己稚嫩的笔画出早春映山红的韵彩。

忽然，山下有声音传来，听起来像娘的声音，那么焦急和慌乱。

"七姑娘——！"

那声音绵长、嘶哑和苍老。门前，那棵大梨树下，桂珍正向后山张望……

让母亲上火了！秦月响亮地答应一声，站起身。回家的时候，二姨夫和孟繁同已经走了。看见女儿进院，老秦并没有责怪女儿，默默地扛着镢头刨苞米栅子去了。

二

三月下旬，左邻右舍的土豆都栽到地里，只有老秦家的园田地还摞着慌。园田地小，用小毛驴拉犁没等掉头已到地头，因此只得用人力拉。老秦从去年开始已经拉不动犁杖，即使今年算上女儿秦月帮衬也拉不动一副犁。

夜里，秦月听见父母嘀咕一大阵，也没有听清什么。早晨头遍鸡叫，父亲出门了，回来的时候正好吃早饭。她听父亲和母亲说："小孟一会儿就过来……"

秦月的脑袋"嗡"地炸开了，放到嘴里的饭吃不下去了。她看父母的脸色都不放开，显然有一致的意见。这是唱的哪出戏啊？这么大的决定不问我愿不愿意就把孟繁同请来，这是霸王硬上弓啊！问过女儿的意见吗？如果孟繁同大摇大摆地在自家园田地里干活，不是等于向全沟里人宣布承认了这桩姻缘吗？她无心吃饭，放下筷子，心神不宁地向大门口走去。

只听得一阵链条响，孟繁同骑着自行车翩翩而来。他穿着一件套头衫，外面罩着一件褐色皮马甲。由于是上坡路，用力蹬着自行车满头都是汗，也顾不得擦。他来得好快啊！

听见老秦的电话，孟繁同自然高兴得不得了。他和父亲说一声，风驰电掣般地向秦月家赶来。一个小时的路程他四十五分钟就赶到了。满心的欢喜化作喜不自禁，满脸都是难以抑制的笑。小伙子觉得，秦月父亲求他帮栽土豆，这桩姻缘十有八九成功了。

走到秦月家院门口，正看见秦月用钉耙在柴禾垛边上刨柴禾，他站住了。虽然只有一面之缘，但小伙子被秦月身上那种说不出的韵味和气质吸引。她虽然瘦弱，举手投足间却有读书人神定气闲的气息；看你的眼神虽轻轻一掠，但那长长睫毛下一双大眼睛透出清潭一般的幽静。这个女孩儿早已远离了身边的凡尘俗女的境界，就像电影《天仙配》中的七仙女。能够娶到这样的女人，是孟繁同几辈子修来的福气！

"你来了？"

"七姑娘"看着面前比自己高出一头的小伙儿，和蔼地说。孟繁同有些紧张，一张本就激动的脸涨得通红，大滴的汗珠淌下来，嘴里不知道说什么好。

"和你商量点事行吗？"

秦月轻声地说。孟繁同求之不得，点头应是，心里说："别说一件事，你就是要天上的月亮我也会帮你摘下来！"可是他错了，秦月的话像一盆冷水兜头浇下。

"我们家的活儿有我，你回去吧！"

这怎么可能呢？是你爸打电话让我来的。你们家姑娘虽然多但嫁得远，回来一趟路费抵得过种地钱；老六秦雪正在月子里，哪来的人手？就凭你？瘦得像麻杆似的，拉得动犁挎得动粪？看来高兴得太早，老秦在请我之前并没有经过七姑娘的许可。我这不是自找没趣吗？往回走。但这重要吗？既然来了，我就帮一次吧，也算给她二姨夫的面子，姻缘成与不成都无所谓。于是，他走进院子看着那找出的犁杖和工具，心里有数了。

秦月妈满脸笑迎出来，腆着脸和"未来的姑爷"说："小孟，什么时候从家里走的？"

"6点半……"

"吃饭了吗？"

"吃过了。"

"坐下歇会吧。"

"不用了……"

孟繁同一边回答秦月妈的话，一边从随车带来的包里拿出衣服。这套帆布做的衣服，精密而工整，胸前有两个口袋。虽然有些陈旧，但穿在身上像个干体力活的人。小伙儿有点藏不住情绪，强露笑颜，看上去有些像哭。桂珍以女性的第六感敏锐地觉察到不对劲儿，哪里出了问题？整个上午，孟繁同没说几句话。挎粪、打垄、拉犁……都是有板有眼。干到要紧处，脱掉外衣，只穿一件灰色背心。他偶尔扬起脸，那黝黑的脸庞透着健康和憨厚，尤其是他拉犁翻地的时候，背如弓，像一头拉满缰绳的黄牛，深深地勒入背心里，背部的肌肉张扬有力，双脚稳稳地抓着地。

老秦有说不出的高兴和欢喜。快近中午的时候，土豆已经栽完。新翻的土壤散发着发面馒头一样的醇香，地垄整齐划一，农具散放在一旁，还粘着土。微风从门前杨树膛子里吹来，有些微清新。有人从门前的路上走过，和站在院子里的老秦说话；有的甚至迈进大门，分明是想看看"新姑爷"的模样。在他们的心里，秦月也逃脱不了和他们一样的命运束缚，种田、找对象、做农妇，读的书喂猫了！看秦家的笑话抑或幸灾乐祸的感觉使他们的脸色喜气洋洋，小农意识自由释放。老秦在这些邻居进院的时候，真是心里五味杂陈。但得笑脸相迎，像做错事一样小心。

中午要吃饭的时候，桂珍把秦月拉到一旁，问：

"死丫头，你做什么了？"

"没有啊……"秦月笑着和母亲说。

"那小孟怎么没有话？"

"嘴长在他身上，说不说话是他的事。"

桂珍摇摇头，感叹女大不饶人。俗话说：母女连心。个中奥妙母女是相通的。女儿啊，你就是有千万个不愿意的理由，也不能慢待孟繁同！这是老太太做人的底线。虽然老头子昨晚和她商议请孟繁同，她没有提出不同意见，但心里总觉得不太好受。牛不喝水强按头。这一请，就等于认可这个姑爷了！

吃饭的时候，桂珍把那盘炒咸腊肉放在孟繁同面前，看他没有动筷，就要夹给他。孟繁同挡住老人。他怎能不知道，炒咸腊肉都是腊月里杀年猪时选用上等的腿肉和肥肉一起腌到坛子里，用来招待贵客的！我算什么，只是一个帮你家干活儿的傻小子。孟繁同把那盘炒咸腊肉推到老秦面前，胡乱地扒拉两口饭，撂下碗筷，走了出去。先是把犁地用的家什收拾妥当，然后用扫帚把院子从里到外打扫干净，又给快要干涸的水缸挑满了水，脑门上沁出汗珠。尽管有献殷勤的嫌疑，但那踏实、勤快、准诚的品格显露无遗。让老秦夫妇喜欢得不得了。真要找这样的七姑爷，后辈子就等着享福吧！

桂珍心疼地拿着毛巾递给孟繁同。孟繁同擦着汗，说：

"下午没有什么活儿，我先回去了。"

"哦……"

秦月妈还要说什么，被老秦打断了，说："小孟，过几天帮着把大田种上。"孟繁同怔了半晌，眉梢掩饰不住地惊喜，望着秦月不放声。显然，他已拿到老秦夫妇的入场券，但得秦月首肯。当着众人的面只要秦月同意老秦的提议，秦月这关不过也算过了，虽然带有胁迫性。多么狡猾的孟繁同啊！秦月何曾不知道后果的严重，苦笑，迎着孟繁同的目光透着凌厉的寒气，紧抿着的嘴角带有一丝轻蔑。孟繁同胆怯了，嗫嚅了半天，脸红红地问秦月，说：

"能给我画张像吗？"

秦月睁大眼睛，吃惊地看着孟繁同，不知所云，心里虽然生气但还是回头寻求父母的帮助。

"画那玩意还能当饭吃？"老秦说。

"死老头子，孩子要画，就让老七给画一张。"

桂珍顺着自己的兴奋点说。院墙不高，孟繁同坐在边上刚刚齐腰。远处，大片杨树正绽放着嫩芽，灰色中透出春的生机。孟繁同穿着那件帆布工作服，一脸严肃地看着他心爱的女孩儿给自己画肖像，心情就像身边飞着的麻雀一样快乐。

很快，画画好了，递到孟繁同手里的画却是孟繁同拉犁的场景。孟繁同弓着背，肌肉凸显，一条缰绳与头成为一条直线，头如同牛头一样执着地前行，满脸凝聚着力量，浑身充满张力……

"这是我吗？"

他拿着画，呆在那里。两位老人也凑过来。他们也惊奇了，这是女儿画的画吗？就是他们这样不懂得画画的人，也知道这幅画画得神形兼备，精妙无比！

孟繁同脸上露出满意的笑容，对秦月父母说："叔婶，种地时，用得到我就给我打电话。"

怀揣着画，孟繁同甭提多高兴了。他想，即便姻缘不成，有画足矣！听见后面有"沙沙"的脚步声，一回头，看见秦月跟在后面。他笑着说：

“你回去吧。”

“今天你受累了，我送送你。”

乡间的路不宽，两个人并排走并不富裕。秦月长这么大，头一次和除父亲以外的成年男人一起走路。男性身上散发出的浑厚的气息，让她第一次感到不那么讨厌。她觉得，这个男人除了有一个健壮的体魄之外，身上还有着什么让她迷茫。这是她跟上来的主要原因。

她小心地问：“你怎么知道我会画画？”

孟繁同停下车看着秦月，满脸都是小得意。

“其实，上次来我就认出了你。你是重点高中八八届一班毕业的吧？”

“哦……”

这回轮到秦月错愕了。她瞪着大眼睛望着这个高高的汉子，只听孟繁同说：“我学习不好连年蹲级（辽东方言：留级的意思），也没有考上大学。等我第三年蹲级的时候，就在你们那一届四班。那年，学校举办‘五四’青年节艺术比赛，你获得全校美术一等奖。我认识了你，只不过我是站在台下远远地看着领奖台上的你。”

秦月冷不丁地想起来同届是有这个人，但印象不深，怨不得有熟悉的影子。所有的疑惑没有了，世界真小，缘分真妙！很多的事是不是命中注定。他们之间的距离缩短好多，在秦月眼前，孟繁同变得那么有血有肉、活灵活现。他们聊高考、聊学校、聊老师、聊食堂、聊操场，还有同学之间给老师起的外号……秦月仿佛回到从前，这一切对她来说都是快乐的！这是她多么留恋的生活啊！

秦月以轻松的口气，半揶揄地说：“还说呢，复了三年课，你都没有考上。学习真不怎么样。”

亲昵中带有顽皮。

孟繁同回过头看着秦月不言语，那眯眯的眼神充满了善意。

秦月知道他的意思，连忙说：“我不是不想复课，是我爸不让我复课。”说着，不由自主地低下了头，陷入了沉思。那份楚楚可怜的样子，让孟繁同有了保护的冲动。

“你爸是不是认为女孩儿读书无用？我看他们年岁也大了，收入也不多，供你读书很困难。"

"……"

"你学习这么好，不考大学太可惜了！"

"也许这就是命！"

"你还想读书吗？"

"想有什么用？索性不去想了。"

"其实，你完全可以走艺考，考美术专业。这条路并不拥挤，以你的才智参加艺考能够充分显示出优势。好的学校有中央美院、浙江美院，本省的还有鲁迅美术学院。你若相信我，就把你的家交给我！"

这怎么可能呢？你是我什么人。别说秦月不同意，姐姐们也不会答应。把家交给你不等于与你签订卖身契吗？这是万万不可能的！

秦月试探地问："你不考了吗？"

"我还考什么？考三年都考不上，出窑的砖——定型了。"孟繁同继续说："现在农村高中毕业生很少，重点高中毕业生就更是凤毛麟角。在农村除了种地还能干什么？咱们那些非农业户口的同学恐怕早就分配工作了。同样的同学，为什么这样不平等的待遇？但这就是现实，不以人的意识为转移。改变不了它，那就改变我们自己……"

孟繁同陷入沉思，目光里似乎有更加坚定的东西在闪烁。思考的时候，抿着嘴角，阳光照在这个大男孩身上显得那么刚毅和镇定。秦月从他身上看到了不一样的东西……

说话间，他们已经来到河边。只见清清的雅河水由南向北流去，正是三月回春的季节，比较阴凉的河边上，还有没有化掉的坚冰，但柳树却绽放一片葱茏。如果你走近细看，春天已经爬上枝条，枝条润上绿色，绽放着毛茸茸的叶蕾。虽然还是灰色，但已经葱茏一片。河里，水从卵石上漫流过，有沙咕噜子、穿丁子鱼欢快地游弋。抑或翻开河卵石，有一只喇蛄惊慌失措地跑出来，惊得周围细沙泛起。有小鸟儿，正在柳树间高声唱着春天的歌。

河道上没有像样的桥。汛期的时候，人们都要通过大宁县城边上的大桥过河；大多季节，人们都是通过石桥过河。河并不宽，有十二三块石头卧在河床上，像一串省略号。孟繁同扛起自行车，平稳地走在石桥上。过河以后，回头看见秦月还站在河对岸，就向秦月招招手，然后顺着小路渐渐骑远了，消逝在一片民房当中……

秦月心里边竟有些留恋之感。她说不出为什么会留恋，不知道这留恋出自内心，还是从孟繁同回首的一瞬间看出来的。落榜半年有余，还没有人和秦月入心入肺地交谈过。看着那片隐约在灰色天际中的村落，秦月竟有不舍的情绪在心田里涌动。

有云涌起，随后从南边刮来一阵风，风湿湿的有点厚重，或者带着地皮上的负担，随风看到数片残叶飘起。秦月转身往回走，还没有到家，前山云头已经压了过来，带来一片细雨。之后，雨似渔网一般从南边的山头撒下。秦月暗暗称好，口里说道："好雨知时节，当春乃发生。"幸亏土豆栽上了。可是，以后的雨就没有那么好时节了。

春天下这样的雨是很少见的。1989 年，辽东半岛春天的雨特别淫威，细细的，像数道扯不断的丝线，一连数天也睁不开眼帘。天昏沉沉的，好像蒙着一块细密的纱布，不住地漏着水。农村的房檐自来就低，屋内昏黑着，白天还开着灯。

秦月倚在被褥垛上看一会儿书，不知不觉地睡着了。梦里的天是那么的湛蓝，透明的微风吹拂着杨柳。那柳正绽放嫩嫩的绿叶，绿叶一串一串的，随着柳枝的风动，像春天的仙女穿着绿裙降落凡尘。惹得小鸟在枝头欢快地歌唱，同学们在操场上尽情地玩耍……突然，响起上课铃声，一切都不见了。秦月拼命地寻找、拼命地喊："等等我……"使出全身力气，怎么也喊不出声……

醒来时，一身冷汗。悲观、孤独与失望的情绪顿时袭来，犹如百蛇缠身，无法挣脱。想想这些日子，父母步步紧逼，自己竟然没有一点办法应对。看父母的架势复课是不可能了，让孟繁同供上大学？这是万万不能做的事！那么只有嫁给孟繁同了，那可是一条脸朝黄土背朝天的路啊！千万个农村女人都是这样走来。她觉得不寒而栗，眼前一片黑。无数的委屈涌上心头，泪水夺眶而出。

这时，听见坐在凳子上的父亲抱怨说：

"这倒头的天也不睁开眼。眼看就要到谷雨，大田种不上，今年就喝西北风了。"

"墙上的喇叭说，今天就能晴。"好像是母亲的附和。

"天一晴，咱们就种。"

"老胳膊老腿，你还种得了啊？"

"给小孟打个电话吧。"

"和七姑娘吱一声……"

显然桂珍吸取了前一次教训，接着听见母亲喊她。

"我去打电话吧！"

没等父母应允，秦月拿起伞，睁着发红的眼走进雨中。

过很长时间，老秦觉得不对劲儿，村里的电话不是什么人都能够打。七姑娘会不会碰钉子？他放下手里的活计走出沟口，远远地看见七姑娘从前路上回来，一脸凝重。不用问，老秦也知道村干部们的德性。他有心找他们辩辩理。女儿告诉他：电话被雷打坏了。

老秦一脸沮丧，眉头锁着一个愁字。

无数的蜻蜓在院子的上空盘舞。老秦偏看东边，见雨水收敛，小山沟处于雨后的静谧中。偶尔有谁家的公鹅抻着脖子高声嘹叫，那么清脆辽远。

"养这么些姑娘有什么用？"老秦一边抱怨，一边对秦月说："去城里找你六姐回家种地。"

"爸，六姐还在月子里。能回来吗？"

"她生孩子，刘闯还生孩子吗？"

见父意已决，秦月换了件衣服，到了院子里才发现穿的是在重点高中读书的校服。管它呢，谁说我不是学生呢？就把我当作学生吧！虽然满天阴云，但那心情就像东边山头上的天空，露出一块湛蓝。有一道彩虹斜挂在雅河的上方。

上了大坝，河里涨了些许的水，刚刚漫过石头桥。坝路顺着河道蜿蜒伸向小城……

三

六姐的家在大宁县城边红旗村部旁。一条小路通往那一排水泥瓦房，第一栋就是六姐的家。六姐也是重点高中毕业，没有考上大学。因为长得清秀可人，嫁给菜民刘闯，图的是有一天菜民能够翻身做市民。所谓的菜民，就是大宁镇边为城里种菜的人，也算半个市民。菜民也吃商品粮，因为有地种比市民份额少。幸运的是，碰到征地，菜民也能征为市民并安排工作——这就是六姐秦雪朴素的心里期望。刘闯看见六姐的第一眼就不顾什么农民菜民，非六姐不娶，尽管菜民与农民还隔着一道坎；六姐也乐得嫁刘闯，成就一对好姻缘。去年初结的婚，生了一个大胖小子，取名刘城。提到这个名字，秦月就想笑，因为刘城名字的谐音"留城"，和六姐的心思多么吻合。

秦月和六姐说了家里的事，就走出六姐家门。

那时的大宁县城除农行办公楼之外，数农行六层家属楼最高，与办公楼隔道相望。其余都为老式民房——明清时修建的加工玉器的作坊，后改造成民房。黑瓦低矮，阡陌交织。县供销社的百货大楼立在街区的正中央，三层的小楼里顾客盈门，熙来攘往。趴着窗户能够看到马路对面的县国营新华书店。那里虽然人影稀疏，但一直是人们敬重的地方。万般皆下品，唯有读书高。人们还是遵从老祖宗的教诲，对读书人高看一眼。

两楼之间是一条南北走向宽敞的柏油马路。顺着窄陡的楼梯上到二楼，从窗口往外望，能看到街上南来北往的人流，她应当属于这个世界里的人。读书的时候，每有课余她都愿到这个并不繁华，甚至有些寂寥的新华书店读书。此刻，那有着纸张和印刷油墨味道的书籍按类别正有序地放在木制的书架上。规格不等，整齐排列。有几个人站在书架前翻阅着手里的书籍，好听的书页翻动声像深林里的小溪，仿佛一股清新的气息，让秦月心旷神怡，流连忘返。这个姑娘离开书籍真是不知道还能怎么活！

她的目光在美术类的书架上梭巡。一本《拉斐尔素描》映入她的眼帘。书放在书架的顶层，有点高。她踮着脚尖取，指尖刚刚碰到书脊下端。一个白净面孔，大眼睛，瘦削脸，穿着一套灰色西服的小伙子伸手取下那本书，递给秦月。

"谢谢。"

秦月说了一声,脸一红,垂下了眼帘。年轻人也就二十二三岁的样子,1.75米以上的个子,留着时尚青年头,黑色的头发从左侧向一边分开,不长也不短,显得精明强干而又富有朝气。灰西服剪裁得体,没有一丝冗赘,干净立整,脚上一双黑色的皮鞋擦得黑亮,浑身透着书卷气。他手里拿着一本柳青的《创业史》,神情专注地看着,仿佛能够听到他的呼吸。秦月虽然没有读过《创业史》,但有一句名言让秦月难忘。"人生的道路虽然漫长,但紧要处常常只有几步,特别是当人年青的时候。"当初,同学们把柳青的这句话当作名言崇尚,秦月觉得无所谓。如今的落榜,她才觉得这句话说到心坎上。路在哪里?她想起了好友夏冰莹的鼓励,或许那是人生的光明……

那穿灰西服的年轻人侧过头望秦月一眼,正遇到秦月的目光。两人都盯着彼此手中的书,互相笑了笑。新华书店周围都是国营和集体单位。也许这个他是影剧院的员工,或者是县农行的职工?管他呢!秦月把心神放到《拉斐尔素描》上。虽然她很难懂拉斐尔那秀美的画风、祥和的场景和清秀的人物,但姑娘分明像夏日里喝了一杯凉茶似得痛快而舒服,也像久旱的绿草享受春雨的滋润。这时,她被一幅《五官和手部练习》的素描作品吸引住了,那年轻人和老人宛如立在她的面前。拉斐尔用那老道笔触,把人物神韵和细腻传感给秦月,让秦月爱不释手。她第一次感到素描的传奇与神妙,接下来的作品如《褶皱》《三名火炬手》《三美神》,更让姑娘流恋忘返,心驰神往。

"这里是新华书店。不是看闲书的地方!"

这声音发自门口的收银台,是在给像秦月和那年轻人一样的读者下逐客令。秦月侧头看见那收银台里站着一位女士,烫着大波浪头发,涂着血红的嘴唇,穿着一件红色的套裙,手里掂着一串钥匙,横眉怒目地对着屋里的人喊着。书店里一阵小骚动,有的人放下手里的书走出书店。

秦月虽然进屋不长,但经那红衣女人一说,脸有些发烧。她拿起书走到收银台,把书递给那红衣女人。红衣女人"啪"地把书翻转过来,瞅了一眼定价,没好声地说:

"七块五。"

秦月从衣兜里翻出 3 个一元，5 个 5 角人民币，总计 5 元 5 角，再也没有了。这是她上学时从伙食费里攒下的钱啊！

"这是铜版纸印刷的。你以为这是什么书？下一位……"

那红衣女没好气地嘟囔着。

秦月臊得满脸通红。

"差多少钱我给。"

背后有男人伸手把 5 元钱递给柜台上。那红衣女抓过钱，眼睛在秦月和那年轻人的身上来回看，最后坏坏地笑了。

秦月经她一看，心头不由地一阵乱跳，撂下书跑出屋。那年轻人很尴尬。

"拍马屁拍到'脖了盖'（辽东方言：膝盖）了吧！"

那女人一句话，说得后面的人哄堂大笑。

他付款，拿着《创业史》从楼梯上下来，还没有走出新华书店就听得马路上一阵噪乱。一楼卖音像、文具等商品的服务员都趴着门框向外张望，有的甚至离开柜台，站到门口的台阶上向大街上望。

马路上那个看拉斐尔书的小姑娘坐在地上，两只手抱着右腿，汗湿透校服。一辆顶棚挂着出租车标识的面包车——那个年代特有的天津"大发"车停在马路边上，一个嘴上没有长毛的小伙子站车边瑟瑟发抖。

穿灰西服的年轻人只觉得脑子里"轰"的一声，急喊："打 120 了吗？"

人们都看他，谁也没有搭话。那时还没有移动电话，打一次电话要 0.5 元。那也是钱啊！和自己不相干的事谁管？穿灰西服的年轻人快速地跑到街边的公用电话亭，急速地拨通 120 电话。

救护车带着风笛声赶到跟前，医护人员把秦月抬到救护车上。那个开"大发"车的司机要溜，被穿西服的年轻人一把薅住，说：

"撞了人你还想跑……"

那司机也就十八九岁的年纪，还没有脱离少年的稚气，被抓后已经浑身发抖。他被穿灰西服的年轻人逼着上了救护车，来到县中心医院骨科门诊部。一个两鬓霜白、长削脸的老大夫在秦月受伤的腿上小心捏着。秦月眉头紧锁，牙关紧咬，小腿已经肿得小碗口粗，眼里噙着泪花，却没叫一声。灰西服的年轻人很不好意思，或许是因为自己垫钱引起她的慌张被出租车撞了？真是罪过！

正在思忖间，就听那老医生说："家属把押金交了，小姑娘得住院。"

听这话，小姑娘急了，推开众人就要起身。

"你这条腿不想要了，年纪轻轻的还要拄拐吗？"

医生的一句话把小姑娘吓住了，两行泪水从清秀的面颊潸然而下。她抓住穿灰西服的年轻人的手，仰着脸求道：

"我叫秦月，姐姐叫秦雪。她家在红旗村部西第一家。大哥哥能帮我送个信吗？"

说着这些，秦月已经疼得没有多少力气，脸色更加苍白。年轻人的心像有什么被拨动了一下，竟然"嗡嗡"作响。生活真是奇妙！上银行学校三年了，高中的同学秦雪……真的是她吗？他顾不得多想，一把拉住那司机，来到医院的交款处，对着窗口说："交钱。"

那司机本来岁数就小，加上遇到这样的事早就懵了。穿着一件脏了吧唧的 T 恤衫，翻遍裤兜，掏出 35 元钱，可怜巴巴地说："这是我一上午的跑车款……"

"这点钱够干什么的。"

算了。年轻人扛不了他磨叨，把出租车司机的身份证和"大发"车行驶证要下来，然后从腰包里掏出 200 元交了押金，看见秦月挂上滴流就走出医院，跳上一辆三轮"板的"车，沿着坑包不平的柏油路向城南的红旗村部奔来。红旗村部就在马路旁，里面有铁匠铺"叮叮当当"的打铁声，一群人围着一辆新的拖拉机前后端详，品头评足。

年轻人让"板的"师傅在村部门口等他。他顺着村部西墙边的小路向后面的那片起脊房走去。雨后的小路有些软，有刚出头的小草钻出土层露出嫩嫩的牙儿，一点一点地染满路旁。他趴在院墙上向那低矮的窗口张望，黑色窗框糊着白色窗纸，下面两扇玻璃却干净透明，但无一点声息。于是，他大声喊：

"屋里有人吗？"

门一响，出来一位系着围裙的男人，平头，长脸大鼻子，厚嘴唇，肤色黑红，像一位刚从砖窑里钻出来的工人，手里拿着一个奶瓶。

"你找谁？"他问。

"这是秦雪家吗？"

"你找她有事？"

那男人警觉地打量着年轻人，小心地问。

"她妹妹秦月被'大发'撞了，在县中心医院骨科病房。"

只听屋里有女人惊叫一声，接着，有孩子"哇——"地哭起来。女人那一声，年轻人觉得既熟悉又陌生。他带着疑惑离开小院，看见"板的"正站在红旗村部前的马路上焦急地向这边张望……

这个季节也许是医院的淡季，看病的人并不多，冷冷清清的。从走廊的这一头一眼能够望到另一头。年轻人坐在长椅上，心情有些懊恼。给这个叫秦月的姑娘垫付200元不说，连回家看父母的机会都没了。

正在懊恼之际，走廊的那一头风风火火地过来一群人。一个头围着灰色毛巾，露出一双大眼睛，上身穿着黄色风衣的女人在护士的引导下进入秦月的病房。那个在红旗村部旁见到的黑脸男人怀里抱着婴儿跟在后面。那女人走到病床前，拽下围巾，焦急地问秦月："碰哪了？"说着眼泪流出来了，那长长的黑黑的眼毛像两张大蒲扇，漆黑的眸子像透明的深潭……当年就是这双眼睛迷倒了全班23个男生，其中有12个同学因为拳脚相加差一点让学校记入高考档案。年轻人就是其中的一位，那时秦雪是他们的班长。

那年轻人从走廊里那双眼睛就知道在红旗村部西房子听到的熟悉又陌生的声音来自谁？他露出了然的笑容。她嫁人了。时间是最好的消磨器，虽然班长风采依旧，但那说话的声音里多了一份女人的磁性，年轻人所有的寻觅和期盼，还有疑惑都烟消云散。

此刻，他决定逃离医院。别说垫付200元押金，就是搭上他几个月的工资他也毫无怨言。恰好，那个黑脸的男人在门口张望。他把"大发"司机的身份证、行驶证一同交给他。这个男人的脸黑红，再看脖子底下露出的皮肤也好不到哪儿去，像一个黑蛋。真是一朵花插在牛粪上！

回到农行，在门口遇到农行副行长、县联社主任洪流。洪主任问：

"高翔，没回乡下啊？"

"有点事耽搁不回去了。"

"哦，到我家找洪叶玩去。"

"……"

洪叶是洪流主任的女儿，和高翔一般的岁数，有人正在撮合。见高翔微笑着，洪流主任转身上了奥迪车。高翔摸了一下后脑勺，做了一个鬼脸……

四

转眼一月有余，高翔随着系统内"教育、清理、整顿"小组下到偏远的基层营业所、信用社检查。等他回到机关，办公桌上那磨得圆润的算盘下压着一封信。拆开后，里面有 200 元钱，看信的字迹娟秀、漂亮、骨架丰满，落款竟是秦雪。高翔急速地展开信：

高翔：

你好！时光从指缝间溜走，转眼三年过去了。你回到了小城，而我已为人妻和人母。

三年了，我依稀记得你清瘦的身材，还有那件几近发黄的白衬衫。作为学习委员的你总是默默地坐在班级中排座位上，每一次回答老师提问都是那么正确。如今的你，不知是胖了、瘦了，还是益发英俊了？

你到我家送信，我从窗口听声音像你，但判断不准；心想世界上哪有这么巧的事啊！那天，老公刘闯跟在你的身后，在守卫室打听到你的名字。当清晰无误的消息传递给我之后，要见你的心情比任何时候都强烈。我三次去农行找你，都被门卫挡住说你下乡没回来。再去，害怕给你带来不必要的麻烦；无奈，写了这封信，把你垫付的医疗费 200 元留下。

有必要介绍下我的家庭，若不这样，你连救了谁都不知道。我们家有七姐妹，你救的是老七，名字叫秦月，我是她六姐。老七 19 岁，和咱们一样都是县重点高中毕业，也和我一样高考落榜了。她从小就有美术天赋，随便画什么像什么。平日手不离本，看着日月星河、日晴雨虹，还有赶集的老农、背着蚕筐的蚕妇、拿着皮鞭放猪的小孩儿……她几笔就能勾出神态，那真叫惟妙惟肖。

我选择嫁给菜民刘闯，期望改变脸朝黄土背朝天的身份。妹妹却没有这样幸运。提出复课一年家里不同意。她的出路在哪里呢？她陷入苦恼之中。父母巴不得招一个养老女婿给他们养老送终！

我没能力为妹妹谋划未来，只能尽力保住她的腿。如果不是你救了她并垫付了医药费，我有何颜面见人？

一个人对陌生人做出无私高尚的行为，说明这个人情操高尚、品质优良。在如今商品经济的大潮里，人人逐利，人情稀薄，这份精神显得多么珍贵和难得！

谢谢你！

秦雪

1989 年 4 月 19 日谷雨前

看完这封信，高翔坐在椅子上半天没有移动。平心而论，他没有秦雪想象得那么好。不是看着秦月读那样的书，给她垫书款那是不可能的。至于垫付医药费也是情非所愿，况且送信还指望垫付的医药费有个着落。这些行为既不无私也不高尚，想起都让高翔脸红。尤其当他在医院里瞅到秦雪和她的黑红脸的男人抱着孩子从走廊的另一头走来的时候，高翔心中好像珍爱的东西被偷走似的，心头似堵了一团乱麻。时光的流失，谁也没有耗不尽的青春；谁也没有给谁承诺，用不着为谁空守；花落谁家，总是有使然的缘由，逃不脱命运的左右。想起当年同班 12 个哥们为博得秦雪青睐的那场"火拼"不由地让高翔感到幼稚可笑，但心里却是暖暖的，像一块芳草地。既不允许他人践踏，又不许自己触碰，他愿意永远守护着。究竟想干什么能够做什么，高翔也不知道。

这一个多月，除了窜山沟、走农户，与借款户广泛接触，了解"三农"需求，排查"一逾两呆"贷款形成原因之外，就是把那本《创业史》读了一遍，那个叫梁生宝的年轻农民朴素的创业精神深深感动了他。偶尔想起那个买《拉斐尔素描》的小姑娘，也随着忙碌的检查深入而淡化了。读了秦雪的文字，他再也平静不了了。

那个叫秦月的小姑娘伤势怎么样了，出租车赔付了吗？一连串疑问萦绕在脑海里。

星期天，和他一同回来的同事都匆匆地离开机关大楼。走廊里静悄悄的。忽然，他发现墙壁上贴着一张还没有撕净、模模糊糊地好像是招工的告示。那告示有"信用社"三个字样，笔迹十分娟秀，一看就是农行人事科分管农村信用社的副科长那运洁的笔迹。难道信用社招工了？这可是大姑娘上轿头一次。

在机关这些年，高翔和大家都熟悉透了，甚至从走廊传来的脚步声就知道是谁。平日里他与那运洁来往比较密切，那运洁也把他当作小弟弟看，也很关心高翔的终身大事。

"当当——"

他敲响人事科的门。里面竟意外地传来那运洁那还算清亮的声音。屋子里只有那运洁伏在桌子上干活，一看是高翔，那运洁高兴得上下打量着高翔，发现高翔晒黑了，但人却多出一份老练和沉稳。那运洁有三十一二的样子，梳着齐肩的短发，戴着一副黑边的眼镜，面庞白皙而透亮，浑身透着一股书卷气。一看就是城市里有教养、懂分寸、很知性的女性。

"那姐，走廊里那招工启事怎么回事？"

"最近咱们农行要面向社会招一批员工，体制是集体，也就是为信用社招工。原则上解决家属就业问题，但是按政策要求要向社会公开招聘，通过考试择优录取。"

"都什么条件？"

"你要有弟弟妹妹等直系亲属初中以上学历，未婚、年龄不超过26周岁就可以报考。不过只剩最后一天了，星期一在机关六楼考试。"

这是一次改变命运的机会，他想到秦月。一急，汗从额头上沁出来了。

"怎么了？"那运洁不解地问。

"那姐，求你帮个忙。我有个同学的妹妹去年重点高中毕业没考上大学，现在在家闲着。她姐说妹妹都要抑郁了！"

"这个我说得不算，老弟我真的帮不了你。"

高翔一屁股坐在椅子上，好半天没有言语。屋子里静悄悄的，走廊里没有一丝声息。那姐是在为明天招录员工考试加班。办公桌子上有一摞报名登记表，每个登记表上都贴着照片。有了这张表就意味着可以参加考试了！而一旁的那姐正在准考证上压钢印。一切都已经定型，还有回旋的余地吗？他环顾办公室，发现放在窗台上的一盆吊兰耷拉着叶片，显然好长时间没有浇水了。他拿起放在一旁的水壶，走出人事科。等他从卫生间打满水再次回来，那姐手里拿着一张空表，说：

"老弟说实话，你这个同学和你什么关系？"

"我同学已经结婚了。"

"她妹妹你看到了吗？"

那姐说这话时，镜片后面的眼睛盯着高翔不放。意思是说，这个女孩儿如果和你有特殊的关系，我就把这张表给你。高翔哪有不明白的道理，于是连忙说：

"她叫秦月，非常漂亮，重点高中毕业。那姐如果能够帮我这个忙，我会感激你一辈子！"

"既然这样说我就把这个名额给你。本来要给我外甥女，但她嫌弃这个地方小不愿来。如果秦月大家看着不入眼。她考试也白考！"

"姐放心！"

那姐告诉他，今天必须把所有手续办完。要三张免冠照片、身份证原件，还有 10 元报名费。高翔掏出钱垫上，还要帮那运洁盖钢印，但被那运洁赶走了。

有事的人顾不得体面，他跨上机关守卫老田头的自行车向秦雪家奔来。破自行车也不争气，越骑越响，最后连链子也掉了。

一个月的时间，种子已经穿破土层，长出十公分左右的苗儿，田野里一片欣欣向荣的绿。土地还没有来得及变色，依然保持着刚翻过的深褐色，一些婆婆丁（学名：蒲公英）、大脑蹦（学名：薤白）散见于地里，用不了多久就会被菜民锄掉；远处，有桃花、梨花、樱桃花争相开放，黄的、白的、粉的交相辉映，织成了一幅炫美的图画；更有两只黑白相间的喜鹊掠过秦雪家的房脊，停留在院子里树杈上，那"喳喳"的叫声像在向房主人报喜一样快乐。

铁大门下面的轮子发出与地面摩擦的声音，从屋里传出一个女孩儿清亮的声音。

"谁啊？"

"我，高翔。"

幸亏有人，高翔松了一口气。开门的人竟然是秦月，他吃了一惊。秦月穿着一身红花棉服，脸由于一个月以来没有风吹日晒，白净而细腻。那一弯眉毛，小巧的鼻子，还有那薄薄的红唇，俨如一株水中绽放的荷花清甜而淡雅。虽然还拄着拐杖，但那瘦弱的身躯依然透着顽强和不屈，就如同雨打荷花后的那份清新脱俗，高翔不由得怦然心动。

高翔扫视屋内，虽然家具、摆设不多，但条理分明，干净有致。靠近立柜旁有一个书桌，上面除了几摞书籍外，还有一个用图画纸制作的小本子。倒扣的本子一边厚一边薄，厚的面压着薄的面，几乎压成平角，那多的一面有很重的手印。旁边放着一支铅笔，显然秦月在画画。

"在画什么呢？"

"没事闲玩。"

秦月有些不好意思，抓起画本抚平，转身想给高翔倒水，但手脚还不是很利落。

"我可以看看你的画吗？"

秦月点头。高翔一页页翻着，那上面就是一个绚烂的世界，有花草鱼木、牛羊野狗、高山溪水、晨钟夕阳，更多的是种田的农民、吃草的牲口，还有袅袅的炊烟，温暖的田园……一花一草一世界，一景一物一追寻。高翔看呆了，不知什么时候，他抬起头，看见秦月倚在炕沿上正在默默地注视着他，那份沉静而自信，灵慧而镇定的气息扑面而来。此刻，高翔才明白为什么秦月要买那本《拉斐尔素描》，那不仅仅是大师的作品而且是她学习的教材。他告诉自己，一定要买下这本书送给秦月。

"大哥哥，您有事吗？"

"我们单位招工，不知道你愿不愿意参加考试？"

秦月瞪大眼睛望着高翔，好事真的会从天而降吗？

"我给你争取了一个名额，其余的手续我都办好了。现在需要你的身份证、高中毕业证书原件、三张一寸免冠照片。"

高翔说着从衣服兜里取出报名表，放在桌上。那上面清晰地写着"大宁县农村信用社招工信息表"，秦月确认好事真的来临了。这一切来得太突然，恍如幻境。毕竟她才十九岁啊，一个刚出校门的年轻女孩儿。能够成为银行的职工，这是多少年轻人的梦想啊！何况，那些非农业户口子弟排队等着，怎么能轮到我这样一个农村落榜的女孩儿呢？复杂而把握不定的心理让秦月看高翔的目光有些茫然，举棋不定。高翔有多聪明，一看姑娘的犹豫，就什么都明白了。

"是不是和你姐商量商量？"

秦雪两口子在半月前抱着孩子回家帮老秦种地去了。对于秦雪来说，如其让妹妹回去也干不了什么活，还不如让她在家里看家养伤。正在这时，忽听门响，秦雪一家三口推门而入。原来播种前，孟繁同没等老秦打电话就带着一伙人帮着把地种上了。父母不住地夸奖孟繁同，让她们回去劝劝秦月。秦雪两口子嘴上应承却没有放在心上。他们帮着父母干些零碎八五的活计，后来刘城哭闹，就搭便车回城了。

"姐——"

秦月惊喜地叫了一声。老同学见面，秦雪喜出望外。一家人张罗着要请高翔吃饭，高翔说等秦月考上再请我也不迟，就顺着那小道离开了。看着高翔远去的背影秦月的目光久久不愿意离开，这个生命中屡次帮助她的男人悄悄走进了少女的心。

星期一的早晨，依然是个好天气。招收新员工的事吸引了楼里所有人，大家早早地聚集在办公楼里看热闹。有的人站在走廊里透过窗户向院里张望，喊喊喳喳指着院子里的考生说这个是农行农业科长的孩子，那个是信用社财务科长的亲戚，高翔始终盯着门口，不见秦月的身影。

那运洁站在大门口，对着进来的考生发准考证。看着手里准考证所剩不多，她寻思马上就要开考了，剩下的人怎么不着急。

突然，听见有人喊："那姐，我来了！"

那运洁抬头一看，是县联社洪流主任的女儿——洪叶。只见洪叶穿着一件红色的风衣，骑着一辆红色"重庆80"摩托，戴着一副墨色眼镜，风吹着那黑色头发，显得异常飘逸，让人感觉现代、时尚气息扑面而来。这时，从大门的南侧走过来两个女人，一个 23 岁左右，面如满月，浑身透着成熟女人的气息；小一点岁数的穿着重点高中的校服，沉静而娴淑，只是从两个人的身材和脸庞上才能看出这是一对姊妹花。她们正是高翔等待的秦月和秦雪。姐姐扶着妹妹，因为秦月的腿还有点瘸。

洪叶扫了一眼她们，看见秦月身上那身洗得脱色的校服，很不屑一顾，一仰脖进了楼。

那运洁早就看到了这对姊妹花，感觉她们嫩得就像春天的花朵，一掐一包浆。两个人身材都一般高，足有 1.65 米，只是姐姐略微有些胖，但摇曳的风姿就如同秋风里那一束芍药花；而妹妹一张还未脱离稚气的脸，纤黑的眉毛下一双明眸透着机警和灵智。这是什么样的人家啊，养出这样一对女孩儿。容不得那运洁多想，她连忙走过去把准考证递给年纪小的，她知道那是秦月。第一眼她就喜欢上了这个姑娘。不由得暗夸高翔：有眼力！

"快走，马上就要考试了。"

说着，上前扶着秦月的胳膊，秦雪吃惊地望着那运洁。其实，这都是高翔向那运洁交代过的。秦雪向楼上寻找，发现高翔在二楼的楼梯窗口正向她招手呢！

她放心了！

六楼的会议室临时改为考场，在学校借的课桌。每张桌上贴着考号，18 个考生按号坐好，有几个工作人员帮助发考卷。秦月往旁边的座位一看，那个穿着红风衣的女子对着考卷发呆。还没有开卷，就已经东张西望。等到那运洁宣布完考场纪律，说"开始"的时候，红风衣女子已经坐不住了。

其实，考题并不难，都是初中知识。对于秦月来说就是小菜一碟，前两科她都是最先答完，答题时卷子就伸到桌边。红风衣的女子就差凑到卷子前，看一眼写一阵子。秦月悄没声息地抽回卷。红风衣女子焦急地看着秦月，满眼都是央求。那不可一世的影子早已不见了，仿佛在秦月面前矮了半截。秦月看监考对红风衣女子的行为也视而不见，知道这人背景肯定很复杂，索性就不去理她。等到最后一科考数学，红风衣女子开始摆弄手里那只钢笔。秦月答到一半，就听见那女子对她小声说："把卷儿给我看看……。"秦月装作没听见，只是把卷压在胳膊底下，没让卷子伸到桌边。红风衣女子急得就差站起身，脖子伸得老长，往秦月的卷子上瞅。那一刻，秦月觉得红风衣女子很可怜，有点不忍……

答毕，秦月把文具收拾到随手带来的文具盒里，将卷子反扣在桌上，站起身看了一眼邻桌放在桌角的准考证，知道这个女子叫洪叶。但是她并不知道这个女子就是她要报考的单位一把手的女儿，而这个红风衣女子是她生命中最重要的人物之一。参加过高考的人对高考纪律的敬重无异于对神灵一样不容玷污。再说让你抄两科就不错了，还想三科全抄门都没有。她为自己把卷扣在桌面上而得意，不由地回头看那女子的表情，她惊呆了。那个扶着她上楼的那运洁正将她的卷子递给洪叶。秦月怒火上攻，一扭身想喊："放下！"只觉得腿钻心地痛，"哎呦"一声，就痛苦地坐到地上。原来她的腿并没有痊愈，只是害怕给高翔带来麻烦，勉强丢掉拐杖支撑着身子。

那运洁急速地跑过来扶起秦月，向站在门外的高翔简单地交代几句就返回考场。这时，秦月疼得满身是汗，再没有独自行走的力气。她发现扶着自己的是高翔，刚才喧嚣的心顿时安静下来，仿佛疼痛也减轻不少。他们一步步从六楼一层层往下挪，如其说是扶着，还不如说是高翔用半边身子抱着秦月，从人们的目光中走出农行大门……

"怎么了？"

站在大门外守候的秦雪急忙上来，两个人扶着秦月上了"大发"车。在中心医院骨科急诊部里，那个老大夫摁着秦月的腿，秦月浑身痉挛一动，随后豆大的汗珠从脸上淌下来，但没有吭一声，只是拼命咬着嘴唇。

"大夫，有没有事？"

秦雪焦急地问。老大夫在旁边的洗手池洗了洗手，回到座位上，和蔼地问："不严重，要静养。不要再扭伤了。"

三个人拿了药，出了医院大门。看见秦月靠在姐姐的身上，纤瘦的身子仿佛承受不了腿上带来的痛，眉头紧蹙，好看的瓜子脸上没了血色，但还是一声不吭地坚持着。这副楚楚可怜的样子，让高翔心疼不已……

五

其实，县农行大楼里早就炸窝了，好多人看见高翔几乎抱着一个漂亮的女孩儿走出大门。有的人到人事科探风，打听秦月的身份，然后颠颠地跑到洪流办公室汇报情况。

这天，高翔和那运洁在楼梯口相遇。高翔脚步很迟滞。

"是不是着急了？从考场里的考生看，秦月的成绩应当首屈一指。如果分数不差，别人就是想动手脚也很困难。"

本想提醒高翔注意和秦月交往的方式，以免引起不必要的麻烦，但一出口竟是对高翔关心的话。

"什么时候公布成绩？"

"等市行信合处的消息。据说，这次考试得到人民银行、省行的高度重视。他们派出督查组专门负责审查、审批事项。"说到这，那运洁停顿一下，然后自我嘲地继续说："虽然考试时有些手脚，但监督机制还是公平客观和公正的。有什么消息我第一时间告诉你。"

那运洁东北财经学院毕业，在"文革"期间随父亲下放到大宁县城。父亲落实政策回沈阳时她已经结婚，就留在小城。平日里她寡言少语，以干好工作为原则。也从来不向什么人许诺，只要想做的事绝不轻言放弃，因此，有了那运洁的话高翔心里分外踏实。但是随着时间的推移，各种小道消息在县农行机关里疯传，越来越多消息证实洪叶考了第一名。那运洁和高翔都不相信。抄卷子的人能够考过答卷子的人？但又一想，反觉得把握更大了一些，抄卷子的人都能够考第一，被抄的人还能考不上吗？社会再黑暗，也不能黑到这一步。

那运洁看不惯洪叶的张扬个性，每次来机关全楼人都知道，脸化得和溜街逛商场的小姑娘一样浓。依仗着父亲是农行副行长、联社一把主任，到各办公室像进自己家，也不敲门，见到长辈也不知道叫什么。她为高翔感到抱屈。高翔银行学校毕业，一表人才，有着美好的前途。不娶洪叶当媳妇，也不妨碍他的美好前程，他毕竟年轻。常言说，铁打的衙门流水的官，谁敢说洪流江山永坐！万里长城今犹在，不见当年秦始皇。那可是高翔一辈子的幸福啊！因此，她在情感上同情高翔的同时，有些小瞧洪流父女，甚至有点鄙视，但面对洪家父女不敢有一点疏忽。

下班后她买了牛肉，专挑筋头巴脑，用高压锅压了半小时，就等着丈夫和女儿回来吃饭。眼看天就要黑了，他们还没有回来，她趴在窗口向外望，远远地看着粗壮、剪着平头的丈夫拉着女儿的手进院，那运洁返回厨房。

这时电话铃像一串马蹄声急骤地响起。那运洁拿起话筒，听见市行信合处分管人事的曲玉芬副处长的声音。

"你们招工考试成绩出来了。"

"曲大姐，成绩怎么样？"

"成绩不太理想，但洪副行长、联社主任的女儿洪叶成绩非常优秀。三科平均 96 分。"

"这么厉害！那秦月的成绩呢？"

电话里停顿好半天没有声音。那运洁以为那头掉线了，连忙喊："大姐大姐……"这时，话筒里传来曲大姐叮嘱的声音："小那啊，要学会顺应潮流。秦月的成绩虽然考得不是太好，以后还会有机会的。"

"这叫什么事呢？"

那运洁捂着话筒，说了一句。这些年在人事科，她见过不少龌龊之事，但从来没有见过这样是非曲直颠倒的事。抄卷子的人考过答卷子的人，讲出去岂非贻笑大方！

电话里出现"嘟嘟"的忙音，曲大姐显然把电话撂了，她还攥着话筒不放。

"妈妈——"

门开了，女儿跑过来抱住她的腿。那运洁放下电话，把女儿放到椅子上，用湿毛巾给孩子擦擦脸和手，就开锅盛牛肉。忙手忙脚地把牛肉汤溢出钵边，撒在地上。丈夫说："你怎么了？心神不安的。"她一边擦地，一边把前前后后的事和丈夫说了。听了妻子的话，丈夫劝她，说："你就是清高，看不惯这些。这不是明显的嘛，你们说秦月是高翔的表妹，但社会上结表亲的人还少吗？我要是洪流也不会把秦月招进信用社。你也不用内疚，又不是你批卷，也没有生杀大权。你为高翔也尽到力了！"

经丈夫这样一劝，那运洁才觉得松了一口气。但心里还是纠结，怎么和高翔交代呢?

入夜，繁星点点。吃过晚饭的人们三三两两地在街上溜达。从那家后厨房看见五楼高翔信贷科办公室的灯还亮着。那运洁为什么喜欢高翔，不是因为这小子长得帅，主要是他作风踏实，要求严谨，干工作有股拼劲儿，没事的时候不像其他年轻人玩些乱七八糟的事情，比如舞厅、喝酒、赌牌等等。当黑夜来临仰望农行办公楼，那灯就像一盏指路的明灯，让那运洁看到勤奋的影子，加之高翔为人谦逊和蔼，没有读书人的清高，像邻家的大男孩儿。

"丁零零——"

电话铃急促地响起来，高翔吓一跳。拿起电话发现是那姐给他打的，他笑了。但那运洁的话仿佛迎头一击，他最担心的事还是发生了!

"怎么办?"

他自言自语地问自己。当初凭着一颗热心帮助秦月走出困境，本是一番好意；落榜又落考，双重的打击啊! 就是一个男人也受不了，何况还是一个女孩儿。强烈的自责困扰着这个年轻人。

"明天早上就要公布成绩。刚才你姐夫说，洪流对你和秦月的关系有误解。今天晚上你必须找到洪流卸下他的负担，否则一切都晚了! "说着，那边没有动响了，显然那姐撂了电话。

怎么找? 以什么名义找? 工作这几年洪流家一次都没有去过。主动上门是不是等于承认与洪叶的恋爱关系? 从五楼望下去，那一片片民房都淹没在夜色当中，从窗户里映出的黄色灯光像炉子里的火苗燎烤着高翔纷乱的心。放弃吧，实在对不起秦月；不放弃吧，让高翔走入洪主任的家真比登天还难。

六

洪流膝下就一个姑娘，自然娇生惯养，洪叶要什么给什么，因此在同龄人堆里多出一份优越感，加之洪叶时尚、潮流，长得又漂亮，没把一般人看在眼里也属于正常。虽然初中毕业没有工作，但街面上的人都认为她爸爸是农行的副行长、农村信用联社的主任，洪叶的工作不愁找。用那时流行的话说："这一切都不是个问题！"因此，提亲的几乎踏破门槛，什么粮食车队队长的儿子、县委写材料的笔杆子，还有辽大毕业在县重点高中的教师等等，洪流都没理这个茬儿。

女儿小的时候，成天嘻嘻哈哈地围在身边，洪叶的婚事父母根本不当回事；一晃儿，姑娘欢蹦乱跳地围在身边，个子长高了，衣服穿在身上显得那么漂亮了，嘴里哼着《上海滩》的主题曲。每次洪叶唱这支歌的时候，洪流都会想到电视剧里那个忧郁、帅气、温柔甚至叛逆的许文强。他知道给姑娘找一个好对象是当务之急，过去那种有工作再找对象的想法未免落伍。好小伙儿等女儿有了工作，恐怕早被姑娘们抢走了。

他系统内外看一遭，都没有合适对象。那一年，正是高校毕业分配季节，他去了一趟县人事局科技股，专门查阅金融类专业毕业的学生。一份档案让他眼前一亮：高翔，男，1967年9月18日出生，辽宁银行学校毕业，学生会干部，国家奖学金获得者，在校有两篇论文在全国核心刊物上发表。再看照片：小伙儿帅气，两道黑眉毛下一双大眼睛特别有神，圆头的鼻子下人中棱角分明，显得忠诚、厚道而不拘泥，正直、敞亮而不呆板。就要他了，是不是缘分就看洪叶的命运了。

这一切高翔当时并不清楚，他隐隐感觉洪流对他就是器重，以为自己是正规学校毕业，整个机关没有几个，爱戴也属正常，也就没有在意，只是工作上非常卖力。凡是经过高翔处理的工作，都比其他的机关干部处理得干净立整，因此在机关赢得了良好的口碑。一次，和机关里几个哥们吃饭，有个哥们喝多了，不经意说出真相。他才晓得，他是洪流钦点的女婿，顿时有一种被绑架的感觉，滋生出一份反感，成为他与洪叶之间的一道无法跨越的鸿沟。因此，有意无意地拒绝和洪叶接触。那个哥们多次找他赔礼道歉，高翔都一摆手，大声说："这是我个人的事！与你无关。"

洪流的家在新华书店的后院。农行分房的时候，洪流提出要求按享受面积给他现金补助单独购房。那时正赶上新华书店后面的大片棚户区动迁，洪主任就买了一座独楼。

这是大宁县的富人区，那时有这样的独楼可谓富甲一方。尽管独楼还不是像现在这样豪华，但拥有它足以显示其地位和财富。那是两排灰色二层小楼，每排六座，共计十二座。各自独门独院，院墙由青石累就围成一个封闭的世界。门楼由铸铁浇铸，镂空嵌字浑然一体，有一副金色对联："发福生财地，堆金积玉门"。东侧门柱上有一按钮与屋内相连，上面有一个眼睛一样的镜头。有外人摁门铃，屋内就可以看到映像。这是当时最高级的成像门铃，一般的平民使用不起，也是大宁街富贵的象征。

高翔站在门口许久，那摁着按钮的二拇指有些无力，甚至有些颤抖，没有反应。顺着一楼落地大玻璃望进去，灯雪亮，屋子里清清楚楚。高翔看到洪主任和老伴坐在沙发上，并没有洪叶的影子，于是他鼓足信心，再一次向门铃摁去。

只听得楼里传来一声惊叫，高翔在外面都听得见。只见洪叶跑到父母面前说着什么。老两口同时站起来向门口望去。只见洪叶一边整理衣服，一边快步跑向大门。夜色中，洪叶有些急呼吸，脸上抑制不住地笑，心里早就乐开了花。初春的夜晚，从西边的山吹下的风带有些许凉意，但透着香气，就如同绿草丛中那树丁香花。那是洪叶洗漱后留着少女不带脂粉的清新气息。

小院石板铺就，沿着大门一直铺到小楼的门前。看见高翔进门，洪流老两口向高翔笑。之后老太太闪进客厅的道闸（按：辽东一带在客厅里设置的小屋）。不一会儿，洪夫人端出一个水果盘放到茶几上，里面有糖、瓜子、水果，五彩斑斓，极其珍贵。一盒"中华"牌香烟也放在案几上。洪流熟练地撕开环封，从里面抽出一支递给高翔。高翔连连摆手，说自己不会抽烟。

洪叶趴在母亲的肩头瞅着高翔，目光里都是柔情。母亲拽了一下洪叶的衣角，母女俩转身回到卧室。看样子，高翔给洪叶母亲留下了很不错的印象。

客厅里留下一老一少。两个人从1951年农村信用社的诞生到"文化大革命"期间交由农民管理，一直聊到农行接手。都说信用社几经颠簸起伏，命运多舛，像一个后娘养的孩子。如今走向正轨，为改革与发展带来了机遇。各项工作按照农总行的要求，大批农行储备的高素质人才进入农信社，经营发生根本变化，资产质量逐步提高，效益明显好转，焕发无限的生机。

他们都认为，农村信用社根本的出路在于产权制度改革，实现农行领导下的股份制改造，真正成为支持农村经济发展的主力军才是正道。

两人交谈甚欢。洪流一边喝着茶，一边说着就忘了时间。洪叶推开门，趴在父亲的肩头，眼睛看着高翔，说：

"爸，你看看几点了？哥不睡觉了？"

洪流抬眼一瞅墙上的钟，时针指向11点。此刻，高翔心急如焚，始终找不到话题，但面上还不能过分唐突。正在他低头凝神的时候，听见洪流说：

"没什么事就回去休息吧！"

高翔站起来嗫嚅一阵。

"有什么事吗？"

"我想请您帮个忙……"

"你说……"

"我有个姨妹妹叫秦月，她也参加了这次招工考试。给您找麻烦看能不能照顾照顾……"

洪流听了这话，表情严肃起来，随后又笑了，连忙问："是你送到楼下那位姑娘吗？"

连这个都知道，高翔心里不托底。

"是的。"高翔老实地说。

"大家以为你处对象了。"

洪流轻描淡写地说，似乎在责备高翔。虽然女儿与高翔没有确定恋爱关系，但洪流早把高翔当作女婿来看，怎么能够允许高翔心有旁骛呢？高翔瞥了洪流阴沉着的脸，他感觉洪流似乎在说："你的命运在我手里掐着呢！"高翔怎能不知道严重的后果，脸涨得通红，有些窘迫，连连摆手说：

"不、不……"高翔连忙否定说："秦月是我表妹。两姨亲是近亲，不能结婚。"

看着高翔的窘态，站在一旁的洪叶"噗嗤"笑了。她觉得父亲逼高翔有些过分，看着心疼，于是拉了父亲的衣角，洪流当然明白女儿的意思。他瞥了一眼洪叶，心说平日里看着盛气凌人的女儿怎么像一只温顺柔和、善解人意的小绵羊，好像换了一个人。哦，洪流恍然大悟，这都是爱情的力量。俗话说得好：卤水点豆腐，一物降一物。但愿高翔能体察女儿的心思，不负洪叶一片情。

"招工不是我一个人说得算，最后得行里拍板。但主要要看她考得怎么样。"

高翔一听有门，连忙说："秦月是重点高中毕业生，大学漏。我相信她的成绩在整个考场除了洪叶以外，没有人考得过她。"

提到这个话茬的，高翔应当是第一人——这也是洪流的软肋。女儿的成绩是怎么来的，洪流比谁都清楚。毕竟不是什么光彩的事，如果真把这件事捅出去，真要被人笑掉大牙！这小子威胁我。这威胁对我有用吗？但是做我家的女婿就得有这种锋芒，他不愿意招一个老实吧唧的女婿。那是女儿的终身大事啊！男人要勇于担当，有挽狂澜于既倒，泰山压顶不弯腰的英雄气概。洪流露出慈祥的笑容，嘴上却依然说：

"你要相信招工的公平、公正性，否则，怎么向社会交代。"

洪叶有点看不下去了，看见父亲继续打官腔，就央求说："爸，考不考得上还不是你一句话。你就帮帮高翔哥呗！"

"去一边去，小孩子懂什么，大人说话不许插嘴！"

"我才比高翔哥小一岁，他可以说话为什么不让我说……"

"高翔正规学校毕业，你初中毕业。没有可比性。"

洪流不无埋怨地说，但女儿丝毫没有体察出来，或许没有在乎父亲在想什么。于是，她说：

"我不管。高翔哥的事就是我的事。他表妹的事你一定要办！"

"好了，爸听你的。只要秦月的分数够，我同意招录她。"

洪叶在父亲的脸上亲了一口，把老头子乐得差一点没从沙发上站起来。

"你这姑娘就这么没大没小，就不怕高翔笑话？"

高翔向洪流告辞。临出门，洪叶的母亲对高翔说：

"明早来我家吃早饭吧！"

高翔心里"咯噔"一下，预想的事终于发生了。洪叶的母亲分明是把高翔当作准女婿来看待了。

"谢谢姨！我在外面吃一口就行了。"

"天长地久，那要花多少钱啊？你不要把我们家当作外人。过来吧！"

高翔再拒绝，实在是不识抬举，但又不好答应，正在犹豫之间，只听见洪叶说："明天早上我去请高翔哥！"

"你能起来？那可是太阳从西边出来了。"

"妈——"

洪叶在母亲身边撒娇，搂着母亲害怕她再说出什么难为情的话，让她没面子。

从新华书店的胡同出来，街面上没有几个行人，只有空寂的路灯在夜色里发出昏黄的光。那时，没有娱乐场所，电影院里没有几部电影可放，影剧院也没有几部戏可演，只有街边的录像厅放着港台暴力片吸引着年轻人，所以一般人都猫在家里看那18英寸北京牌的电视。电视里就一个中央一台，经济不好的人家还买不起电视机。大部分人在18点以前就睡觉了。街道、行人，还有属于白天的阳光在这个时间里都收敛进了无边的黑夜，望望路两边楼群已经没有几家亮着灯。他那皮鞋掌叩击路面发出"当当"的声响，是那么孤独和无力。

在别人的眼里，高翔就是一个农民的儿子，被洪流看中做女婿都算祖坟冒青烟了。洪家要权有权，洪叶要貌有貌，攀上洪家等于攀上富贵，至少要少奋斗二十年。人生有几个二十年？有这样的机遇是前世修来的福——其实，这些对高翔来说并不重要。一个人连自己的婚姻都主宰不了，还有什么幸福可言。

清晨，透过窗口已显的亮光，听到街上小贩叫卖豆腐脑、油条的声音，洪流被一脬尿憋醒，风风火火地出去（辽东方言：上厕所）一趟，见钟针才指向五点，看见女儿的房间从门缝透出灯光。这孩子发什么神经？再说从来也没有这个时间起来啊。每次都是她妈妈掀着被、提着耳朵才能把她拎起来。哦——，洪流恍然大悟。昨天晚上，老婆子让高翔来家吃饭，这死丫头要去找高翔啊！洪叶对高翔真是一往情深啊！但是也用不着这样巴结人家啊！

他站在门外对女儿说：

"丫头起这么早，要干什么？"

"我去找高翔吃饭。"

"你没有必要这么巴结他。他在爸手下跑不了。"

洪流意思是说凭咱家的条件，根本用不着这样倒着追。高翔若识相，应当上赶着追你。你这样大清早找高翔吃饭，让行里人怎么看咱们家。我们家至于那么低贱吗？女儿啊，替爸爸留点情面吧！可是，洪叶好像没有听懂父亲的话，拉开门出去了。

天大亮。阳光照在门斗上。有几只麻雀落在上面"喊喊喳喳"地说着话。洪叶穿着一套灰色的运动服。运动服在设计时为了改变其单调的色彩，从肩部到裤腿留有一道红线。这红线随着女儿轻盈的步伐，还有那上下乱跳的马尾辫，一张毫无瑕疵的瓜子脸，显得那么青春、阳光和活力。这才是涤尽铅华、褪尽奢侈的女儿！作为男人谁又能拒绝源于本色、质朴纯净的诱惑呢？如果能够保持这样的状态也许正是高翔喜欢的。洪流想，适当的机会一定要提醒女儿注意个性修养。女儿听与不听他都要说，这是父亲的责任。

洪叶的母亲披着衣服不知什么时候站在洪流的身后，看见女儿出了大门，说："我得赶紧做饭去。"

洪流挖了她一眼，心说："都是你干得好事！"

墙上的钟"滴滴答答"地响着，时间不知不觉地到了六点三十分。有孩子背着书包被大人牵着手从门前走过，小嘴不停地说着话，更有外面晨练的邻居提着刚买的菜在门前过往。但始终没有看见女儿和高翔的身影，有一种焦虑在洪流的心头萦绕而且越来越强烈："女儿请不到高翔。"他抱着臂膀在客厅里转一圈，心里说："倘若这样，高翔这小子可就玩大了！"

想到这，他拐进洗漱间索性不去看外面。突然，听见女儿进门声，他探出头，急切地问：

"高翔呢？"

"没在宿舍。"

果然不出所料。"咔嚓"一声，他扭断了手里的牙刷。莫非高翔吃错药了。凭我家这条件，我姑娘还上赶着追你；我不计较你农民身世，算你优秀。说你行你就行，说你不行你就是虫。这叫王二小放牛——不往好草上赶，那咱们就骑毛驴看唱本——走着瞧！此刻，如果有人站在旁边看到梳妆镜前的洪流，他铁青着脸，仿佛能够拧出水。他真的动怒了！

这时，只听女儿说："老田头说，他早早地就出去了。"随后，细心的女儿又跟了一句："爸，你不要怪高翔。他也许真有事。"说着，就拐进自己的屋。这个傻孩子，莫非搭错神经，还这样护着高翔！

突然，门铃大做。洪叶叫了一声迎出去，只见高翔拎着一兜水果和女儿一起走进院里。高翔穿着蓝色的运动服，身材依然那么挺拔，和女儿带红条的灰色的运动服交相辉映，简直就是天造地设的一对，那么青春和谐。洪流第一次感到女儿的眼光不一般！这样的年轻人不做女婿谁来做？洪流的脸上露出宽慰的笑容。

听见老伴热情地招呼高翔，洪流另外找了个牙刷挤上牙膏，身后的高翔和他打招呼，他答应一声。出来的时候，看见高翔很拘谨地坐在沙发上，女儿靠在他身边，显得很亲昵。

他说了声："吃饭吧。"

这顿饭吃得很拘谨，高翔只是吃了一碗大米粥、一个包子，就撂下碗筷。洪叶还要去盛，被高翔拦住了。饭后，洪叶要和洪流一起去行里看成绩，洪流没让去。

还没有到 10 点，农行办公楼下已经人声鼎沸。好多基层所、社职工都站在公示板前指指点点。那是在墙壁上用水泥和墨水抹成的一块公示板。平日里用粉笔写上通知、告示什么。今天和其他的事项不同，一张大红纸贴在上面，清晰地列出 18 人的招工考试成绩：第一名，洪叶；第二名，秦月；第三名……

那运洁昨夜懊恼了一宿，现在看到成绩不由得眼睛一亮，知道高翔下了工夫。同时，又为高翔捏了一把汗。自己配药自己吃，会不会把高翔逼上绝路？又一想，秦月能够得到这份农村信用社工岂不是有了光明的一生！还有什么比这个更重要吗？走一步看一步，谁也不能跑到事情的前面去。想到这，那运洁宽慰许多。心想，也不枉我帮高翔一次，终于成功了！

她环顾四周。院子里哪还有高翔的影子呢？

七

老秦家的七姑娘考上农行信用社了！

好消息像风一样传进山沟里。这消息是老秦的六姑爷刘闯送来的。这还能有假。在村民的概念里，农行、信用社的人都吃公家饭，不用脸朝黄土背朝天。这是几辈子修来的德啊！村民们奔走相告。在村民的眼里这个职业比考上什么大学都来得实惠。

地里的庄稼有筷子高了。门前的杨树膛子和山上的槐树在春天里已经初成长的新叶绿意葱茏，远远地有槐花散发着初始的香气弥漫整个山沟。那条前些日子雨水浸润的小沟岔里流淌的溪流融入小河，如果侧耳细听则能听到咕咕的声响。这是辽东半岛解冻后真正的春天的声音，大地正以它最具活力的生机迎接欣欣向荣的季节的到来！

左邻右舍的大人小孩都聚在老秦家道贺，屋里屋外站着人。

小院子沸腾了。

"孩子们都得向七姑娘学习。只有读书才可光耀门庭啊！"

"孩子得是那块料。满脑子犁杖、苞米馇子，打死他，他也是种地的把式。"

"哈哈——"

乡邻们纵声大笑。突然，有人话锋一转，说到关键点上。他提议把秦月找到面前问问，以后借贷款她能不能帮上忙。

"当然喽。"

老秦满口应承，但他不能给七姑娘未来工作添麻烦，那不是老爸干的事。他连忙说："放贷款的又不是俺家老七。到时候领着大伙儿找到信用社的人没问题。"

大家都说老秦说得对。老秦说的话也从来没有得到过这么多人的应承附和，活了多半辈子才感觉这么有尊严。虽然脸绷着，但眉梢、嘴角尽带笑，脖子腰杆也挺直了。

很多村民嚷嚷着要老秦庆祝一番。一辈子没有吃过"探头食"，七姑娘离成功还有一步之遥，没到喝酒庆功的时候。他拒绝邻居们的份子钱，把一沓钱塞到七姑娘的手里，说："不用心疼钱，用着就花！"七姑娘不要，看父亲的脸阴沉得好像能够拧出水。她知道父亲动怒了，于是乖乖地揣起钱。秦月抱定心思，这钱不到万不得已不能够动，因为那是家里卖苞米的钱。

秦月坐在六姐夫刘闯后车座上出了门。幸福来得虽然有准备，但真正来到还是难以平静。离小城越近，心跳得越严重，仿佛不用手捂就要从胸口跳出来。正是豆蔻年华之季，高中时虽然同班同学对她有过求爱的行为，送纸条、写信，有的甚至在去食堂打饭的路上堵她，都没有打动秦月的心。人与人没有无缘无故的相遇，也许那是前世的缘。高翔取书、垫付医疗费，又费尽周折帮助应试，除了六姐不计得失帮她之外，谁能够做到这些呢？幸福与前程并驾来临，而且近在咫尺，秦月怎能不激动？此刻，她想见高翔的心比任何时候都强烈。世界上还有什么比少女的梦更值得向往的吗？

秦月的思绪在飞翔，不知不觉地到了六姐家。偏西望望，那里正有一轮红日落在山岔口，放射出最后的绚烂。夜如同黑蝙蝠的翅膀覆盖小城。六姐说：高翔告诉她明天入围人数就是录取人数，因为考试前都经过严格的资格认证。秦月可以放松的心态从容面试，准备上班吧！六姐还告诉她晚上请高翔吃顿饭，谢谢人家。这正合秦月的意。就要见到高翔了，心"砰砰"地跳。秦月坐在梳妆台前十分仔细地端详自己，一头黑墨般的头发根根闪着亮光，如同瀑布似地披在肩上；鹅蛋型的脸上肤色白里透红，有着少女特有的紧致细腻，仿佛吹弹得破；细黑的眉毛下那双灵动的眼睛像两粒黑葡萄一样，顺着那笔直细腻的鼻梁弧度，鼻尖犹如一粒水滴有一层细细的汗珠；薄厚均匀的小嘴在那尖下颌上，显得那么乖巧和灵润。秦月从来没有这样端详过自己，不由地有些害臊。

六姐走过来，趴在秦月的肩头。镜子里出现两张粉嫩的脸。

"一切都有可能，但要自己去争取！"

"争取什么？"

秦月不承认心思被六姐看穿，辩解说。

秦雪笑了，推了秦月一把，说：

"鬼丫头，六姐都是过来人。你还能瞒得住我？"

"六姐……"

秦月撒着娇。两个人闹了一会儿，看看天色已晚，一家四口人离开小院，顺着西边的大马路走进当时大宁县最好的饭店——西山饭店。

西山饭店位于西山脚下，二层小楼，加上院落足有 300 平方米。它是政府机关、企业招待客人的聚集地，个人一般很少有人光临。看样子，秦雪笃定要请高翔，是下了血本的，一顿饭不能够表达千恩万谢之情。三个人进一个包间，刘闯到展厅点菜。秦月给六姐倒一杯水就坐在身边，还没等六姐反应过来就握住她的手，久久不愿放下……

"六姐……"

没有六姐哪有今天的秦月。落榜以后，六姐为秦月操碎了心，七姑娘一直感激着。嫁给刘闯，六姐有多少委屈和烦恼都自己扛着。刘闯虽木讷、语迟，用老百姓的话说——一扁担勒不出个屁来，但是对秦雪好，天底下打着灯笼找不到。有时秦雪也不满意，但是这些也足够了。眼看着妹妹有了美好的未来，她有说不出的高兴；也触动了她的脆弱处，泪水涌出眼眶……

"你考上农行，爸一定很高兴！"秦雪说。

"左邻右舍要随礼，爸没收。临走时爸给我 800 元钱。"

"当初你我落榜弄得好像欠全村人似的。到现在才明白：人生从来没有平坦的路，不管遇到烦恼还是不快都不要走入死胡同。'沉舟侧畔千帆过，病树前头万木春。'"六姐说，"再苦再难都会过去；反之，倒下的是自己，垮塌的是人生。机会永远给予有准备的人。"

秦月只听姐姐说，总是笑。过了一阵子，秦雪好像想起什么，想把刘城放下又不放心，抱着刘城推门出去。餐厅外面迎来送往走了好几拨人，迟迟不见高翔进门。她拉开门，看见六姐抱着孩子与六姐夫刘闯站在门口向马路上张望。

"明明说得好好的……"

"眼瞅着 7 点多了。怎么还不来？"

两口子有一搭没一搭地对话，话里透着焦急。秦雪一回头，看见秦月像一只小猫站在门旁。

"回屋去吧！"

六姐嘱咐妹妹说，她永远那样体贴老七秦月。似乎在说一切有我呢！

这时，一辆紫色的"大发"面包车停在门前。车上下来一个女人。秦月定睛一看，是考试那天扶她上楼又帮助洪叶递考卷的姐姐那运洁。她迎上去，那运洁握住她的手。几个人在餐厅里坐下。

"我是农行人事科分管信用社招工的那运洁。都着急了吧？今晚高翔有特殊事，让我来代表他。有事你们尽管和我说……"

"谢谢那姐对秦月的照顾，没有你哪有秦月的今天。好在来日方长，让我们慢慢报答吧！"

"不用客套。没有高翔我也不可能认识你们姊妹。这都是缘分！"

那运洁一边回答秦雪，一边转过头，亲切地问秦月："明天面试都准备好了吗？"

秦月点头。

这时，门开了，陆续摆了满满一桌子菜。那运洁没有吃几口，简单介绍明天面试要注意的事项，最后叮嘱秦月放松情绪，稳定心态，不要背负负担。其实面试只是一个过程，况且秦月考试成绩又那么好，人长得又漂亮，录用应该手拿把掐。看见秦月眉头舒展，笑容里似有一些失落。那运洁笑了，说：

"是不是想见高翔了？"

秦月脸一红，摇了摇头。秦雪也笑了。

刘闯堵了一辆"大发"面包车。临上车前，那运洁靠在门边，影影绰绰地听她说，高翔陪联社主任的姑娘洪叶去百货大楼买衣服了。这个时候断然拒绝洪叶的请求，恐怕会给秦月明天的面试带来麻烦。无奈，请求那运洁来救驾。希望秦雪姐妹多包涵！那运洁停顿一会儿，脸露忧郁，语气沉重地说：

"其实高翔也够可怜的！为了秦月，委曲求全地上门央求洪流网开一面；谁想就像狗咬乱丝头扯也扯不开，绑架的婚姻不会幸福！"

这时只听姐姐长叹一声，接着传来秦雪哽咽的声音，说："他为我们牺牲一辈子幸福，让我用什么报答他呀？！"

秦月的头"嗡"地大起来，仿佛希望之塔轰然坍塌，带着滚石泥沙，夹杂着暴雨雷电翩然而至。为她让高翔承受不属于自己的爱情，打死秦月也无法接受。爱情如同玉龙雪山上那块纳西人的芳草地，还有那上方碧蓝的天空一般圣洁，容不得一丝玷污和亵渎。

此刻，犹如百针穿心，秦月痛楚难耐。如果没有墙边依靠，她就会倒在地上。大洋河的风带着晚春的凉意吹来，她不由得打了个寒噤。有东西在脸上流，她用手一摸……

流泪了！

八

端午节刚过，节气虽未入夏，但天已经热起来。小城里，吃过晚饭的人们三三两两或者三五成群到百货大楼里闲逛。偌大的百货大楼灯火通明。高翔和洪叶转了一楼转二楼，拐到三楼，又什么东西也没买。不住地有人和洪叶打招呼，洪叶都响亮的应答。洪叶抱着高翔的胳膊，脸贴在上面，高翔很不舒服。正在犹豫间，有人喊洪叶。洪叶答应一声就向那群人跑去，好像是她的闺蜜。那些女孩子一边喊喊喳喳地说着话，一边把目光投向高翔。高翔向他们点点头，瞅着女孩儿们不注意，从楼梯走出百货大楼。听见后面有紧跑慢跟的声音，晓得洪叶追上来了。洪叶本想怪罪高翔，但害怕高翔生气就把话憋回去了，依然像一只小鸟一样跟在后面。高翔哪有心思管这些，西山饭店——那里有他牵挂的人。但天色已晚，估计那边早就散了。

翌日，农行院子里像办喜事一样热闹，诺大的机关人们也没有心思上班了。机关干部都站着院子里，甚至连基层乡镇营业所、信用社都有职工来瞅热闹。市农行信合处的曲副科长在洪流主任陪同下，领着省农行、市人民银行的领导走进大楼。有这些人监督，让大家对面试的公平、公正有了信心，于是话题纷纷转到面试考题难易度上。总之，众说纷纭，莫衷一是。人们的目光都盯着六楼，因为招工面试就在会议室内举行。

选手们陆陆续续地集中在会议室门前。原先的 18 名考生有 8 人进入面试；有面试不合格者，按分数采取由高往低，在其他考生中录用。洪叶还骑着那辆红色的重庆 80 摩托车，还有那件红色的风衣，在人们的一片祝福声中向楼上走去。

将近一个小时，忽然听得走廊里有人连续高喊：

"秦月——"

"那姐，怎么了？"

高翔夺门而出，对着从六楼下来的那运洁问。

"不是说得好好的吗？领导喊了三次，不见秦月的影子……"

那运洁急得嗓子冒烟，且有失音。眼看大功告成却又横生枝节，怎能让她不痛心！高翔楼里楼外跑了一圈也没有找到秦月，汗沁出脑门子，嗓子眼发干，接连几个呃逆，眼泪都流出来，心像被什么掏空了。门口，老田头站在小门旁。这个重要的节点，老田头忠于职守不会让任何外人有机会进入到院子里。门外秦雪神态慌张，头发散乱，大眼睛像蒙上一层灰尘，好像一宿没有睡觉，焦急地向院内张望。看见高翔像见到救星一样，隔着门焦急地说：

"我妹妹不见了。"

"什么时候的事？"

"今天早晨就没看见她，也不知道什么时候走了。留了一封信……"

此刻，高翔有些懵圈。他不敢相信自己的耳朵。一个高中毕业生在改变命运的关键时刻放下所有，除了拿命运开玩笑之外，还有什么让她做出不可思议的选择。

他打开信——

六姐：

非常抱歉我不能去面试了。你们看到这封信时，我已经坐上去武汉的汽车了。

回首往事历历在目。高翔哥给了我战胜困难的力量。他如同黑夜里一把火炬燃烧自己，照亮我的前程，点亮我生命的希望。还有什么能够和这样比天高、似海深的恩情相比呢？没有。但是，这种恩情一旦成为心灵上的负担、道义上的负累，还不如放飞各自的自由。

行到水穷处，坐看云起时。与其任由时光蹉跎，还不如把自我找回来！高考之冠虽非易摘，但艺考绝非不可能。艺考考生素质参差有别，处于一个相对弱势区域，正是我冲刺的关口。文化课是我的强项，美术专业需要强补。我的同学夏冰莹说，武汉大学艺术学院教授有一个高考美术培训班，升学率 98% 以上。我会做一个自食其力的人，为了理想坚强地走下去。六姐说过："人生从来没有平坦的路，不管遇到烦恼还是不快都不要走入死胡同。机会永远给予有准备的人。"

我是一只关不住的鸟，每片羽毛都沾满了自由的光辉！我是一滴水，即便面临百丈悬崖，也要勇敢地跳下去！哪怕粉身碎骨、遍体鳞伤，我都会不改初衷，一如既往地奔向大海。

感谢父母对我的养育之恩，以后就请六姐多回家看看。爸给我 800 元钱，我拿走 300，剩下的请六姐还给爸爸。告诉爸爸，女儿不孝，不能在膝下尽孝。请二老及姐姐们放心！感谢六姐对妹妹的付出，没有你就没有我的明天；更要感谢高翔哥一直像亲哥哥一样帮助我、爱护我。请转告高翔哥，我一定不会辜负他的期望。

祝他幸福！

秦月

1989 年 5 月 29 日

是谁泄露高翔与洪叶之间的秘密？就像不愿接受洪流的"绑架"一样，秦月怎能接受别人的馈赠？高翔摇着头。这个傻姑娘！其实，高翔何曾不是一只自由飞翔的鸟？权势、地位和金钱怎能阻止他追求蓝天的梦想。

每每为此纠结的时候，高翔就想起那本《拉斐尔素描》。他去了一趟新华书店，那个擦着红唇的女售货员还坐在收款的位置，那本《拉斐尔素描》孤独地躺在书架上。一切和原来一样，但喜欢书的女孩儿走了。他想，如果哪一天再遇到秦月，一定把书送给她……

多年以后，北京。走在熙熙攘攘的人流中，高翔作为参加全国农村金融会议的代表，按照会务组的安排到中央美术馆参观"三农"美术作品展。在庄严、淡雅的展厅里，他被一幅叫作《深耕》的素描作品吸引，久久驻足，不愿离去。那作品采用新的表现手法，从运动的角度描摹拉犁者的身姿与力量。整体画面稳定、和谐，颇有素描大师拉斐尔的风范，给人美的享受。只是拉犁者，高翔觉得好像在哪儿见过，细一端详才发现，这人是他高中同学孟繁同。再看作者简介竟然是秦月，祖籍辽东。

秦月的作品能够走上中国美术最高的殿堂，意味着她成功了！高翔困扰许多年的羁挂终于尘埃落定。或许留着那本《拉斐尔素描》只是一个念想，但新华书店里那个小姑娘的身影永远融入了他生命的河流中，成为他人生的一部分……

（《金融文坛》2017 年第 10 期，2018 年第 10、11 期连载）

作者简介

李宝旭，满族，辽宁省鞍山人，辽宁省鞍山市作家协会会员，辽宁省金融作家协会会员。先后有多篇小说散文见诸报刊，散文《红窗帘》《春雨》《慎读岁月》被收录于吉林出版社《美文之光》一书。现供职于辽宁省农村信用联社。

灯火阑珊

■李丽丽

引 子

王致中，中等身材，相貌英俊，炯炯有神的眼睛，亮如朗星，鼻挺如锋，唇角微翘，棱角分明的脸庞带着一股熟男的神采。他60岁，皮肤白皙，看上去像50岁，抬眼投足中，透露着一种儒雅内敛的气度。微微发福的身材，少许白发的鬓角，昭示着岁月的印痕。

天色渐暗，"笃笃"地传来一阵轻轻的敲门声。"进"，话音刚落，怯生生地进来一位年轻女子，高挑身材，眉清目秀，端庄可人。"王行长，要我给你煮杯咖啡吗？还是让四楼餐厅做碗面条？"她叫张晨，是行长室机要秘书，见下班时间已过，行长还没走，又没客人，心想王行长要退休了，会有很多工作要准备交接给新任的李行长，这段时间会晚点下班。

"小张，不用了，我马上下楼，你回去吧。""好的。"小张应声退出，轻轻地关上了门，又回到办公室，只要有一位行长没走，她就不会走的。

王致中要退休的文件已经下达，他没按常理出牌，拒绝了N总行给予的三年省分行级巡视员的职务，拒绝了省政协财经委员会副主任和省金融学会常务理事的虚职，不屑大客户、大企业的邀约，决定裸退。因为是中江省分行党委书记、行长，退休后，企业年金和省社保，加上平时积蓄，足够他体面地生活。

对他的决定，夫人陈玫不干了，说他太傻，傻了一辈子，要不是当年她父亲陈国富，前中江省人行副行长的关照，他这个又穷又没背景的孤儿是很难达到现在的高度。可惜她老革命的父亲、体弱多病的母亲过世太早。本来在这个世上，丈夫、儿子是她最亲近和最能依靠的人了，王致中却自废武功。

陈玫是独生女，57岁，退休2年，退休前是平州银行的公司部老总，年收入比王致中要高，退休后收入只是以前的零头，所以还是希望自己的丈夫发挥点余热，维持人脉，多赚点钱。他们有个30岁的儿子王川，美国哈佛商学院硕士毕业后去了华尔街的一家投行，最近谈了个女朋友，和家里联系少了。

今天，王致中本来想在办公室多待一会，毕竟离开这间宽敞熟悉的省N行行长办公室，意味着38年银行职业生涯即将结束，不免有点留恋和酸楚。

对他裸退的决定，陈玫已经和他冷战几天了，她弄不懂王致中为什么要做这个愚蠢的决定，现在的世道，人走茶凉，儿子虽然在美国按着父母设计的轨道完成了学业找到了工作，但儿子终究要回来的啊，还有他那个未曾谋面的女朋友，到底是个怎样的人呢？虽然夫妻俩已在本市高档小区——燕晨花园，给儿子买好了精装修的婚房，付了全款。如果儿子和女朋友一起回，同时安排两个人的工作，倘若留任正厅级巡视员或退休后仍然在政协干，应该不是问题，现在全退了，办起事情来就没那么顺畅了，以前是人求你，现在是你求人了。

尤其可笑的是，王致中说他累了，应该为年轻人让道，退居二线能碍什么事？他说当行长纯粹是为数字活着，而银行业务数据的变化，既要符合宏观调控的要求，又要控制经营风险，保持较高的盈利水平，所以当行长像走钢丝，不知什么时候会踩空，尤其害怕半夜三更的电话，接到大案要案的报告，那就有灭顶之灾的可能，银行执行的是行长负责制，吃不了兜着走。

王致中说，当行长，从大了说是为国家作贡献，为总行领导负责，为股东创造价值，为员工谋福祉；从小了说是为家庭、为妻子、为儿子而活。

60 岁后该为自已活，他想到处走走，看看想看的人，过普通人的生活。在陈玫看来，他是孤儿，朋友不多，看谁去呢，周游世界，去美国看儿子？

为了让秘书张晨、司机赵刚早点回家，王致中还是下了楼。黑色铮亮的奥迪已停在门口，见王行长出来了，赵刚赶紧打开车门，手护着王行长的头顶，让他慢慢入座。"去哪里？"赵刚轻声问道。"回家。"王致中说道。"好。"赵刚一踩油门急驰而去，消失在夜幕中。

冷战

王致中夫妇有三套住房，除了郊区的别墅、儿子的婚房外，平时就住在市中心的单位宿舍，莱园小区，一套 7 层住宅的二楼。

120 平方米的房子虽然是 1998 年最后分的单位房改房，但格局不错，三室两厅，闹中取静。房的南面是个城市公园游步道，再前面是条小河，西边是平州市最繁华的商圈，离省分行不足 5 公里，有时上班可以走着去。

赵刚把王行长送到家，问，明天几点来接，王致中说不用了，明天走着去行里上班。

赵刚跟着王行长有 5 年了，48 岁，王行长退休后他也不想干司机了，想换个岗位。王致中因为分管人事处和办公室，所以把他平调到工会办公室，当个主任科员，对此，赵刚还是满意的。"王行长，晚上没安排的话，那，我走了。""走吧。"

王致中拎着公文包机械地上了楼，推开家门，陈玫已经做好了饭菜，见王致中进来，没好气地说："怎么才回来啊，快洗手吃饭。"

王致中不吭声，换上拖鞋，径直进入卧室，把蓝色毛料西服换下，挂到衣橱里。穿着白衬衣、灰色羊绒衫和蓝隐条休闲裤出来，洗了手，吃饭。

清蒸鱼、炒青菜、咸肉春笋煲三个菜，比平时少了个菜。话说回来，冷战归冷战，陈玫家务活还是勉强干的，只是对王致中的退休，闷闷不乐。两人对坐吃饭，没有交流，食而无味。

陈玫相貌一般，身材娇小，突出的大脑门下，一双细长的眼睛仿佛能把人看穿，此时目光幽暗，鼻子直挺，嘴稍大，短发，不经意看，比实际年龄要年轻些。上班时衣着考究，退休后，穿着随便，毕竟正式场合少了，家里有客人，或行里来找王行长谈工作时，也会穿着得体。

陈玫是个懂得进退的女人，在外人面前，像个行长夫人、平州银行的中层领导，知书达理，有时还小鸟依人。但关起门来，在家里还是比较强势的，有时甚至蛮不讲理，自带光环，谁让她是官二代呢？好在两家，都人丁不旺，鲜有传嘴，外人很难察觉这些。

退休后，陈玫上省老年大学，学山水画，偶尔和一些官太太及同事朋友喝茶、吃饭、聊天，日子过得还算清闲。平时定点去超市购物，请了个钟点工搞日常卫生，所以屋子收拾得整洁大气，虽然装修有些年头，但实木用料和大牌设计，处处显示着低调雅致的风格。

客厅很宽敞，南端是会客厅，西边电视墙两边是龙凤图案红木花格，对着电视墙，是张花梨木罗汉床，罗汉床上面是有点名头的云雾山水画，两边各一组淡米色牛皮沙发，中间是张花梨木大茶几，茶几上是酸枝木茶盘，上面摆着龙泉青瓷茶具。

客厅的北端是餐厅，红木圆桌，桌面玻璃台面下是浅灰色织锦百子图，六把官帽椅围成一圈，符合中国天圆地方的传统格局。

书房里，沙孟海手书的"欲穷千里目，更上一层楼"的书法镜框挂在两个大书柜中间和太师椅的上方，书桌上铺着白色画毯，笔墨纸砚等文房四宝占了一角，画毯上是陈玫未完成的画，桌子对面是明式红木圈椅，中间的茶几上，摆着包浆漂亮的紫檀茶盘，茶盘上有六个不同年代、历史久远的小茶盏，古朴厚重，仿佛承载着主人尘封多年的故事。

茶几上方的墙上挂着一幅潘素的扇面小山水，一般的客人是进不了这个书房的。

其实来登门拜访的客人并不多，王致中的处事风格，泾渭分明，银行的事在银行解决。对突发的大事要第一时间向他汇报，其他均走程序，不能越级。全行的工作部署以条线即北京 N 总行为主，需要向省里汇报或需要省里支持的再另当别论。

省 N 行是四大国有银行之一，全省 N 行系统近 2 万人，分支机构 800 多个，存款近 8000 亿元，贷款近 6000 亿元，拨备后的经营利润约 150 亿元。

总行领导对中江省分行和王致中的工作评价很高，近年来各项经营指标都居全国 N 行系统前三名，所以破例给王致中延后退休，任正厅级巡视员三年的安排，没想到在北京接受 N 总行领导谈话的时候，他婉言拒绝了，也没有一个说得过去的理由，让总行领导有点尴尬。为了保持中江省分行的工作优势，总行权衡再三，任命相对年轻的 70 后，资产管理部老总李建鸿，接任王致中的职位，交接期限两周。

前天，总行人事部老总受总行党委委托在省 N 行干部大会上，非常满意王致中所作的班子述职报告，对中江行分行五年来的工作给予了充分的肯定，对王致中本人也给予很高的评价。

总行人事部老总在主席台上讲得铿锵有力，台下小声议论不息。大家猜测王致中的全退，他会去什么地方高就，或者去美国定居？王行长作最后回应时说，感谢班子，感谢属下和各级行行长的通力配合和全行员工的不懈努力，使他圆满完成任期工作任务。

李建鸿的讲话简明扼要，感谢总行党委的信任，感谢王致中行长带领中江分行干部、员工创造良好的工作基础，化压力为动力，带领全行上下，再创辉煌。

对王致中退休后的去向，不但银行内部开了锅，而且省里领导也有不解。

今天上午，当王致中陪同李建鸿去见主管金融的庞副省长时，庞副省长听说此事，有点惊讶，注视王致中的眼睛片刻，想找出答案。

按省内正厅级行长退休惯例，一般会安抚一下，任一届省政协财经委副主任。这老王是怎么了，不屑当这个副主任，换别人早来探口风，提前走程序了。

他沉思一会儿，很快自我圆了场："老王啊，革命工作一辈子，对中江的经济发展作出了很大的贡献，到了退休年龄想休息休息也正常啊，不过，我们要失去一位得力的行长喽。"

庞副省长 50 岁左右，由外省调来中江时间不长，因为分管金融，对四大行的工作都比较倚重，听说李建鸿是总行一个部门的老总，接替王致中，也很满意。他们简要汇报工作后，便退了出来。

中午是在行里的食堂包间吃的饭，王致中及四个副行长、办公室主任和人事处处长参加，总行人事部老总有事回京了。

四位副行长中排序第一的庄成副行长将去南方的富平省分行任一把手，办公室主任陈林曦升任省分行行长助理，目前在内网公示中。

大家落座，李建鸿见场面有点冷清，拿起茶杯以茶代酒先敬了王致中一杯，又敬了在座的每一位。他心存感激，老王为自己创造了这么棒的经营基础，应收未收利息40多亿元，不良资产不到2%，与省里的关系也不错。他嘴上没说，心里是这个意思。

他说，王行长虽然退休了，是自由之身了，有时间可以来行里指导指导，看看我们。

王致中连忙摆手说，李行长，客气，你是总行来的，也是总行行长后备人才库干部，从总行的角度看，这次下到基层行来当行长，真是屈才了，在座的这帮弟兄，一定会好好跟你干的。说完也以茶代酒，敬了李建鸿一杯，又敬了大家一杯。

庄成见两位主角都敬过了，这才起身恭敬地敬了王致中和李建鸿一杯，说没有王行长的栽培和向总行的推荐，就没有他的今天，所以要谢谢王行长。接着又敬各位一杯。虽然他没说出来的本义是想接王致中的班，但总行的安排他还是勉强接受的，毕竟升了一级。中江省分行经营业绩好，行长年薪高，他可以不动劳资关系在富平省分行干，在中江省分行按照该行行长年薪取酬。

敬完酒，庄成还热情邀请王行长及在座的各位，一起去他那里看看。王致中见庄成一脸真诚，忙说庄行长能有今天都是他个人努力的结果，他代表班子向总行推荐他，只是做了该做的事。去富平省，虽然离家远了些，家里有啥事，弟兄们肯定会帮忙的，所以放心去吧。听王行长这么一说，人事处处长忙应声，是啊，庄行长家里有什么事，跟我说，我会落实好的。

庄成满意地笑了笑，转身又敬了李建鸿，让李行长多多关照，以后都是兄弟行，可以相互多走动走动，交流取经。李建鸿说等他情况熟悉了就去看他。其他在座的也先后如此这般敬了酒。吃完饭，大家便散去。

下午，王致中在办公室继续和李建鸿交接工作，直到下班。

以往两口子冷战，都是因对儿子王川的培养而起。王致中认为，孩子应该走自己的路，特别是男孩，除了学习外还要有见识、有担当，有独立思考，不能什么事都靠大人安排。

儿子本来喜欢画画，课余一直在奥林匹克美术学校上学，也参加过全国青少年绘画比赛并获二等奖，长大梦想当一名建筑师。

儿子的梦想在高考时被阻止了，陈玫说成功的建筑师很少，不希望儿子报考建筑专业。她还讥讽王致中是个孤儿，没父母管，所以才会想着独立，那叫没办法。父母双全的家庭，哪有不管不顾孩子的道理，尤其在中国。

像王川这样父母都是干银行的，人脉在银行，第一选择当然是金融了，画画最好当业余爱好。再说陈玫也有当行长的潜力，要不是王致中工作太忙，年轻时下派基层挂职，中年时异地工作，不着家，陈玫才把重点放在家庭、儿子身上。

要不怎么办，放儿子羊，变成有父母没人管的孤儿？

陈玫的数落，王致中并不吭声。他想起英年早逝的父母，想起小时候没爹没娘受人欺凌的场景，想起跟着爷爷奶奶的酸楚生活，心里不是滋味。

他从小就很懂事，暗暗发誓，要通过自身努力，来报答爷爷奶奶的养育之恩，但老天没让他如愿。

陈玫的挖苦，让他内心难受，但有时他觉得工作忙没有时间照顾家庭和孩子，也有点内疚。再说陈玫为了多增加收入，跳槽到平州银行，一边上班一边带孩子，碰到的问题比他想象得要具体和尖锐，她没有怨言，也不告诉他，都一人扛了。

这样一来，在管教儿子方面，王致中基本上随着她的思路走，儿子呢，也与母亲更亲近。

小学到大学，儿子一路名校走来，陈玫操了不少的心，费了不少的劲，对此王致中还是心存感激的。

当下在教育产业化的大势下，一个优等生，还真不是自然成长能搞定的，大多是名校加名家教的结果。另外，孩子还要有书性，不爱读书的孩子也是不成的。好在儿子还算不错，书读完了，工作也稳定了，不知道现在交的女朋友是什么家庭。

见陈玫在书房埋头画画，头也不抬，不想理他的样子，他便出了门。

童年

出了小区，他远眺西边灯火闪烁、高楼林立的商业区上空，不由自主地走进南边的城市公园，沿着一条小河边上的游步道慢慢走着。

春风习习吹来，带来夜里特有的泥土的气息和花草的香味。仰望天空，上弦月和北斗星清晰明亮地挂在苍穹，他深深吸了口气。

他在这个世上已有 60 年了，有时也纠结，为什么裸退？难道陈玫说的是对的，再干三年为儿子铺好后路，或接受大企业邀请，当高级顾问赚钱？

他想，我们要那么多钱干什么呢，陈玫名下不是还有二百多万股平州银行的职工股股票，明年就可以解禁了，按目前的股价，至少可以套现 3000 多万元，不出大的意外，过日子应该没问题。

他想，干一些虚职也没意思，做一些不痛不痒的调查，提一些可有可无的意见，请别人采纳，这好像不是他一把手的风格。

他想，他是孤儿，先休息一段时间再说，有精力和兴趣的话，可借助各方的力量，搞个基金会之类的平台做公益，帮助平州市失去父母的孤儿，走出人生困境，这才是他想做的事。

儿子的人生应该由儿子自己选择，我们作为父母已经包办的够多的了。

想当初，他的父母呢，一想到自己父母的遭遇，王致中的内心便有刀绞似的痛，一种孤独凄凉的心境，油然而生。那是爷爷奶奶在世时告诉他的往事，也有他在北京上学时走访调查知道的。

他出生在 20 世纪 50 年代末的北京，本来有一个幸福的三口之家，父母都是年轻有为的 BS 大学老师。

一年秋天，父亲王征，为了响应系领导"大鸣大放"的号召，给系党总支提意见。

他白天给学生上课，晚上开夜车写意见，洋洋洒洒写了万把字，交了上去，谁知道上了"引蛇出洞"的当，他提的意见书成了恶毒攻击党的黑材料，被学校内定为"右派"。

面对组织的决定，父亲再三解释，写意见书没有恶意，他是爱党的，是系领导在会上号召他们写的，他是入党积极分子，为了正面表现一下该有的态度，才写的。

按反右运动的势头，划为右派的都要送去劳动改造，眼看没有挽回的余地了，他又再三请求领导，他的妻子身体不好，有产后忧郁症，儿子王致中只有八个月大，能否在北京附近的农场，接受劳动改造。

没想到，父亲这一说又罪加一等，变成态度不端正，被遣送到甘肃酒泉夹边沟农场劳动改造。

面对突如其来的变故，他努力了，挣扎了，都无济于事。工资停发了，每月只有 15 元生活津贴。他艰难地给自己留下 3 元钱，其余都寄回家了。

父亲每月给母亲写信，以表思念之苦。对自己写意见书带上"右派"帽子深感悔意，他说真是蠢透了，是他害了他们母子二人。如果她一个人带不了儿子，请交给平州的父母。

读着父亲王征的来信，母亲总是泪流满面，她回信说要不是儿子太小，她应该早早去夹边沟看他。说请他放心，儿子白天放托儿所，晚上她自己带，大多数的日子吃食堂，暂时不用他母亲来带孩子，他母亲也要上班。一岁多的儿子很乖，会讲话了。让他保重身体，等天气暖和了，就向学校请假，去看他。

其实，父亲的情况并不好，身体羸弱，以前没干过体力活，突然让他担石，刨地垦荒，一天干十几个小时，真有点吃不消。

由于年轻，一开始还能坚持，但熬过一段时间，父亲白天干重活，晚上又睡不着觉，又冷又饿，很快就得了急性肝炎。因为传染，被隔离后，也没什么人照顾他，在那个缺医少药、环境恶劣的穷山沟，一个"右派"得了重病，又碰到大饥荒，就没活路了。一天清晨，父亲带着对活下去的渴望，丢下孤儿寡母，离开人世。

噩耗传来，母亲郑怀玉精神垮了。本来父母亲感情很好，大学同学，同是南方人，毕业后双双留校，在同一所大学教书。父亲是历史系，母亲是中文系。结婚两年后有了儿子王致中。儿子的出生给他俩带来无限的欢乐。

谁知道，在那个年代，欢乐总是稀少的。托尔斯泰说过，幸福的家庭都是相似的，不幸的家庭各有各的不幸。父亲过世后，母亲将儿子放在学校托儿所，低三下四地恳求所长好好照顾她的小孩，她刚死了丈夫，去兰州处理下事情就回。

所长可怜这美丽的女人，答应了她的要求。母亲魂不守舍地坐了一夜的火车，赶到兰州殡仪馆，想见父亲最后一面，但因为得的是传染病，不宜久留，遗体已经被提前火化了。

一年前，父亲离京时，好端端一个人，转眼就变成了一盒灰烬，谁受得了啊。母亲哭得晕了过去，如果没有儿子，她真的不想活了。

骨灰盒取回后，她一直放在家里的大衣橱里，用一块红布包着，舍不得安葬。也没有告诉爷爷奶奶，知道爷爷奶奶身体不好，有高血压、心脏病，会受不了的。外婆当然更不能说了，外公死得早，她单亲家庭长大，知道外婆带大她和舅舅是多么的不容易。只有等瞒不下去了，再说。

王致中的妈妈郑怀玉，白天上班，晚上带孩子。内心很苦，整夜睡不着觉，抑郁症更严重了。她想不通，好好的一个人怎么说没就没了呢？

那时王致中还不到二周岁，白天上托儿所，晚上回家便乖乖地坐在小凳上看书，有时像模像样地学妈妈摘菜。吃过饭后，就让妈妈教他认卡片上的小猫小狗，花花草草。听妈妈讲岳母刺字、孔融让梨的故事。似懂非懂，但他爱听。

母子连心，王致中虽然小，但聪慧灵敏，有时会察觉母亲一闪而过的忧郁眼神，便会冷不防地问妈妈，爸爸出差去哪儿了，怎么过年都不回家。显然爸爸去夹边沟时，他才八个多月，没有记忆，是从父亲离开时照的全家福里认识的父亲。

父亲很帅，眉峰突出，眼睛深邃，颇具阳刚之气。母亲鹅蛋脸，眼睛大而柔美。他遗传了他们的优点，是个回头率很高的小男孩。

他每当问起父亲时，母亲总是说，你爸爸是个好人，工作很忙，他会回来看你的。"好吧"。听母亲这么一说，他马上会打住，不想为难妈妈。

妈妈的病越来越严重了，上课老走神，书是教不了了，系里考虑了她的实际情况，安排她到学校图书馆上班。

学文学的人本来就多愁善感，像她这样靠助学金完成学业，成绩必然拔尖，高考更是以全省文科第 35 名，考入北京 BS 大学中文系的人，心思细腻敏感。她想不通王征为什么要提那些意见，她为什么不阻止。

久而久之，她神情恍惚，夜里时睡时醒，睡着时又进入夜游病态。

终于有一天凌晨，伸手不见五指，郑怀玉犯病夜游，走出家门，她好像看到了王征的影子，呢喃地说"你来接我了，好啊"。走着走着，神不知鬼不觉地掉入校园里的深水湖——南湖里了。

触到水的一刹那，她神志清醒了，第一念头是"儿子，我夜游症了"，她不会游泳，身子一个劲地往下沉。她拼命挣扎着，呼喊着"救命"，双手乱划着，想浮在水面，但她的声音在空旷的湖面上，被乱风吹散了，没人听见。慢慢终于体力不支，沉了下去。

天亮，郑怀玉被环湖跑晨练的学生发现，送到医院，早已没了呼吸。

当学校保卫处和校图书馆的同事走进郑怀玉家时，门是敞开的，王致中还在睡梦里。

他隐隐约约听见有人说话，慢慢地睁开眼睛，"妈妈"他下意识地转身一看，身边的被窝是空的，于是惊恐地哭了起来，"我妈妈呢，你们是谁？"他睡眼惺忪，充满恐惧。

"哦，我们是你妈妈的同事。"

"别害怕，你妈妈生病了，在医院啊。"

"我要妈妈。"

"现在不行，妈妈不能来送你去托儿所了，我们让你熟悉的托儿所的小周阿姨来接你去，好不好？"

"嗯。"

保卫处的小孙和校图书馆的张琳交换了下眼神，小孙急匆匆地走了。张琳温柔地对王致中说，"我帮你穿衣服，你起来吧"。

王致中轻轻地拭去眼泪，非常配合。穿好了衣服，坐上痰盆尿尿，然后刷牙洗脸。

看着王致中懂事的样子，张琳心里有说不出的难过，虽然郑怀玉来校图书馆不久，同事之间的关系还是不错的，和张琳也谈得来。

有阵子张琳还想给郑怀玉介绍对象，但她婉拒了。说儿子还小，不知道他爸爸已不在人世了，她不想让他过早伤心，留下丧父的阴影。

张琳的父亲也在她很小的时候过世了。同病相怜，她明白父亲对一个孩子来说，是天。没有父亲，天会塌的，所以等他长大一点，再告诉他。

妈妈多爱他啊，儿子是她活下去的唯一理由和希望。可眼下，王致中连妈妈也没有了。孤身一人，只能和爷爷奶奶生活了。

张琳心存疑虑，郑怀玉半夜三更去湖边干什么，警察也勘验了现场，初步结论是溺水而亡。

王致中跟了小周阿姨去校托儿所了。校领导、图书馆馆长、保卫处的小孙和两个警察来到郑怀玉家，又进行了勘察。他们在柜子里发现王征的骨灰盒，在写字台的抽屉里找到了她的病历。

她不但有严重的忧郁症，还患有夜游症，佐证了半夜去湖边是犯病的事实。而人在夜游时，是没有行为意识的。

大家知晓了郑怀玉去湖边的原因后，深深为她的不幸感到婉惜。

学校最后是这样定的，王征是"右派"，作为家属和同校员工，郑怀玉因病不幸去世，不方便，由校组织开追悼会，改为由校图书馆出面在殡仪馆，搞个告别仪式。一次性发给100元抚慰金，通知家属，妥善处理后事。对她的儿子王致中，按国家规定每月发给抚恤金。

白发人送黑发人是人间最悲催的事情，泣血的是短短两年时间，发生的这些事，双方家人均不知情。他们只知道王征犯了政治错误，去了西北。不晓得他已经不在人世了，也不知道郑怀玉会有这么严重的忧郁症和夜游症，以致意外身亡。最可怜的是他们的孙子王致中了，小小年纪丧父失母，多可怜啊！

接到BS大学要他们火速来京的电话，爷爷奶奶、外婆、舅舅一行四人立刻托人买了火车票，连夜进京。

第二天，到北京BS大学人事处已是下午。张志龙处长在会议室接待了他们。张处长态度和气，给他们一一让坐泡茶，并仔细询问三位老人的身体状况。

王致中的爷爷王正平和奶奶王子欣都是中学老师，平时很为儿子王征能考上北京著名大学、毕业留校当老师而骄傲，没想到会在政治上出事。儿媳也很优秀，对儿子不离不弃，还有宝贝孙子。本来是多么好的一家人，眼下学校突然让他们来京，一定出大事了。

　　王致中的外婆史继兰以前娘家开杂货店，公私合营后干了几年，被精简回家了。王致中外公郑士宏是平州市商业局局长，在国家困难时期，干部家属要带头，为了响应号召，推动工作，把他外婆先精简了。

　　过了半年，郑士宏在下基层检查工作时，突发脑溢血病故了。

　　史继兰、儿子郑军、女儿郑怀玉由商业局每月发给抚恤金，虽然一开始每人每月只有 15 元，后来提高到每人每月 20 元，因为当时平州市一个本科毕业的大学生，工资也只有 56 元。由于物价低，孩子读书有助学金，房租便宜，所以生活勉强过得去。

　　郑军没考上大学，商业局给安排在一家国营百货商店上班。有女朋友，还没结婚。眼下他看张处长这么问，一定出状况了。

　　张处长看了看四人急切而疑问的目光，断断续续，艰难地把王征和郑怀玉的事情说了出来。

　　"哇"两位母亲一听自己的孩子已不在人世了，撕心裂肺地嚎啕大哭，"老天爷啊，这是为什么啊！"

　　两个男人也痛苦地流泪。

　　"这怎么可能呢？"

　　"怎么会得夜游症？"

　　"我们还以为他俩工作忙，没时间回家。"

　　"王征过世，这么大的事，怀玉怎么不告诉我们，一个人扛。"

　　"她不想让我们担心啊，我们可怜的孩子啊！"母亲们自言自语，完全忽略了王致中的存在。

　　"我们的小孙子呢？"王致中的爷爷王正平突然问道。

　　"他在托儿所，我们派人专门看管，不用担心。我们对他说，妈妈生病住院了，不能带他回家，要在托儿所住几天。他自己说爸爸一直在出差，可能也不知道父亲的事。他很乖的。"张处长说。

　　"哦，可怜的孩子，没有爸爸妈妈该怎么活啊。"奶奶、外婆想到失去父母的小致中，瘫倒在地，不停地抽泣。

　　等四人情绪缓和了，张处长代表校领导对郑怀玉的去世表示哀悼和惋惜，并陈述了学校的处理意见。说完，见四人反应并不激烈，就说你们还有什么要求可以提出来。

家人的最大愿望是摘除王征"右派"帽子，因为这会影响他们今后的生活，特别是会影响他儿子的成长。

张处长做了个无可奈何的手势，说学校已经极大地考虑了方方面面的问题，有些事情，无法改变。

他劝老人家要注意身体，事情已经这样了，还是要多多考虑以后的生活。

张处长让他们再坐会儿，喝点水，然后陪他们到郑怀玉的家里看一下，商定下小孩的事情。学校已定好房间，晚上住在校招待所。郑怀玉的告别仪式后天在殡仪馆举行。

两家合计，王征是独子，过世后双亲会很孤独，所以王致中以后就跟爷爷奶奶生活。为了使他幼小的心灵不受打击，他们决定统一口径，说他妈妈得了传染病，父亲去了国外工作，所以要带他回平州奶奶家。

他父母的事情，瞒是瞒不住的，等他上学后，明事理了，再告诉他。

"丁零零"手机响了，清脆的铃声将王致中从往事的思绪中拉回来了。陈玫来电话催他回家，说晚上九点钟和儿子视频的时间快到了。

儿子

回到家里，陈玫已在书房打开了苹果笔记本电脑，起劲地和儿子聊上了。

"妈妈，我下个月来上海出差，帮助一个中国公司在美国纳斯达克上市做方案，到时会来平州看你们。我的女朋友小宋和她母亲会一起来，她老家也是平州的。"

"好啊，你们交往也快半年了，是该让我们见见面了。"

王致中和陈玫本来想让儿子去美国留学，读个研究生，开阔视野，然后回国发展，现在看来不可能了。

视频很清晰，王致中的儿子王川浓眉大眼，像年轻时的爷爷王征，也和日本电视剧《姿三四郎》的男主角竹胁无我很像，本来白皙的皮肤，被女朋友宋诗岚调侃有点娘后，暴晒两月，脱胎换骨，变成古铜色，看上去很 man，笑起来嘴角上翘，很迷人。

王川干投行，挣得多，也忙得很，有半个月没和家里联系了。今天一早，他和小宋还在睡梦里，闹钟响了，才赶快起来和父母视频。

"川川，你女朋友和未来丈母娘要来啊，太好了，她们老家也是平州的？"王致中赶紧凑到视频前和儿子说道。

"是的，爸爸。"儿子看爸爸的身影稍纵即逝，有点落寂的神情，马上调节气氛，"爸爸，你要退休了，好啊，别干了，为了我们这个家，你和妈妈都很拼，该休息了。"

"是啊，儿子，还是你懂老爸。你妈对我的决定不高兴，我们已经冷战几天了。"说完瞄了眼陈玫，见她仍然爱理不理，气还没消。

"爸爸、妈妈你们放心，我和小宋目前收入都算高的，我税前年薪 28 万美元。她也是搞投行的，年薪也有 25 万美元，如果项目完成，还有提成。我们在华尔街一个街区的 CBD 上班，但不在同一个公司。以后你们周游世界的费用，我们赞助。"

"每年旅游一二次，爸爸还是负担得起的，你们管好自己的事。纽约的房子很贵，还是先存点钱，以备买房用吧。"

"嗯。他们家在纽约有个两居室公寓，现在她住着。我在附近买了个一居室旧房子，等几年再换个大的，你们来好住。她父母的家在新泽西，离得不远。"

陈玫一听，儿子不错啊，没向家里要钱，已买了房。

"多大啊？"

"使用面积 50 平方米，38 万美元，贷了 20 万美元。"

"要给你汇钱吗？"

"不用。还款压力不大。"

"那姑娘人怎么样？漂亮吗？"陈玫忍不住地问道。

只见王川转过身，用英语与一个人说了些什么，一会儿视频里出现一个漂亮姑娘的面孔，睡眼惺忪，但掩盖不住青春美貌："哈喽，叔叔阿姨，早上好！我叫宋诗岚，很高兴认识你们。"王川凑到视频前面说："她是我女朋友，小宋，漂亮吧。"

王致中和陈玫赶紧说："你好！早上好！"王致中一见到姑娘，顿时愣住了，她像一个人，好像在哪里见过。

宋诗岚见有点尴尬，不好意思地说："阿姨叔叔我要上班去了，以后再聊，再见。"

"好的，小宋，再见。"

姑娘和王川亲了亲脸，小声说："我走了。"

"好的，再见！"王川目送姑娘出去，关了门。

"这姑娘看上去不错啊，父母怎么样，做什么的？"陈玫赶紧问道。

"她父母都是很好的人，虽没见过面，但感觉不错。爸爸是脑外科医生，妈妈也是银行的，好像是美国国富银行的部门副总裁，现在她的父母都在上班，要过几年才能退休。"

"是美籍华人？"王致中问道。

"嗯。她父亲生在美国，祖辈是北美修铁路时去的华工，母亲的亲戚也在美国，她妈好像是 20 世纪 80 年代初期移民美国的。"

"小宋有兄弟姐妹吗？"陈玫问。

"没有，她是独女。"王川看了看钟，8 点半了，虽然 9 点半上班，离公司很近，但早上 10 点有个会，所以他要早点去公司。

"爸爸妈妈再聊吧，我要上班了。"

"好，你去吧，到时再聊。"

关掉电脑，陈玫和王致中有点激动，儿子总算不用他们操心了，买了房子，还找了这么好的女朋友。

陈玫高兴之余，突然想到要交画，明天星期三，下午要去省老年大学上课，要交作业，让老师点评，所以要赶画。

王致中来到客厅，在罗汉床上坐下，看了会儿微信。起身泡了杯龙井，只放了一点茶叶，当开水冲下，嫩绿的清明前茶叶，跌宕起伏又沉下杯底后，他风雅地慢慢端起茶杯喝了一口，随着茶水在喉咙口润下，回甘泛起，情绪变得轻松起来。

儿子的女朋友还不错，比他低几届，是哈佛大学商学院的学妹，两人因为在大学运动馆打乒乓球认识的，儿子说小宋是美籍华人，如果结婚，儿子不是要在美国定居了。这样一来，我们为美国生了个儿子，这是哪门子的事啊。想到这里，王致中心里有点堵。

以前儿子没说清楚，以为他说女朋友是中国人，就觉得儿子和儿媳在美国工作几年会回来的。这下可好，在平州婚房也买了，陈玫为了我退休后没给他们回来工作铺路而不开心，现在看来都是多余。还好，我没听她的。

现在时过境迁，儿子根本不会回来，因为女方的根基在美国。王川这小子也不会有入籍的打算吧。

刚才陈玫什么表情，听说女朋友家里条件不错，就乐开了花？真不明白，她是怎么想的。

如果让儿子回来发展，他能听我们的吗？女方家庭，可能也不会同意。棒打鸳鸯的事，按现在的发展趋势，恐怕效果也不会好，如果真是儿子心仪的女孩，拆散他们，会让双方很痛苦，这种事我不是没经历过。

退后一步讲，儿子有儿子的想法和自己的生活，他们这一代人有思想有能力有事业，我们不能用 50 后的固有思维去判断和要求他们，退后一步，假如他在国外待得不如意，自然会回来。如果待得好，我们也可以过去啊。

他又喝了口茶，完全没了睡意。回想着和儿子的视频，小宋姑娘的面孔，很像一个人，他一辈子唯一刻骨铭心、放心不下的女人——辛蔚，不会有这么巧的事情吧，可能是我多虑了。

虽然 30 多年没有联系，但时常会挂念她，特别是在陈玫数落他出身的时候，特别是一些女人为了利益投怀送抱的时候，特别是一些女人被作为商品送给他的时候，一想起辛蔚，他就有免疫力，雄性荷尔蒙会突然停止分泌，不会让他做出冲动、出格的事来。他几十年洁身自好的动力，来自辛蔚。

初遇

1979 年的秋天，百废待兴，平州市十年以来第一次统一组织考试，大批录用年轻人。

王致中 22 岁，高中毕业，下乡 4 年。父亲王征错划的"右派"是 1979年初被平反的，所以他 1977、1978 年两次高考，虽成绩过关，但均未被录取。

这次社会招工，他以第一名的成绩考入省人行，开始了金融职业生涯。

中华民国时期进银行，需要有人举荐、担保。中华人民共和国成立后，中江省人行职员主要由旧社会银行留用人员、大学毕业生和部队转业军人组成，也是 10 年未招新人了。

为了检验这次社会录用人员的素质，业务培训两月后，在省人行老大楼国库，集中点钞。

省人行是全省银行的管理机构，并不对外办理业务。坐落在平州市最繁华的地段，是一座 1935 年造的老楼，金库即人行的国库由德国人设计，时称中江建业银行。

老楼占地 600 多平方米，高三层，进口钢骨水泥，大楼外立面的下方为高达 3 米的花岗岩，每块 20 公分宽 40 公分长，立体厚重，线条流畅。

正立面门楣镶嵌宽 12 米，长 0.4 米黄金装饰条。门外是一对 2 米高的石狮。该楼每层皆铜饰大窗，进口拼花落地彩玻。

一楼大厅地面铺设拼花地砖，楼梯设计气派，黄铜扶栏，卫生间和厅房都配有纯铜暖气片，宋美龄曾在这里二楼的一个厢房住过。

大楼四周一片空地，有矮墙和铁栅栏与人行道隔离，气质突兀，在平州算是一个标志性建筑。

大楼后面还有很多洋房、篮球、灯光球场和独栋会堂及葡萄园，这是省财政厅和银行信贷处等交错办公的地方。"文革"时银行和财政厅曾经合署办公，称为中江财政金融局。

由于全省的国库在这里，所以当时解放军警备区一个班驻扎在这里，头寸由军车押运，大门口有军人站岗。定时定点将国库里全省收来的破币和旧币，清点、捆扎、敲印、打洞后装入麻袋。再由军人押送造纸厂，粉碎打浆。为防清点时有人作弊，会临时抽查。

王致中的家住在城南，离上班的银行有七八公里远。孙子好不容易以农村知青身份考进银行工作了，奶奶很高兴。可惜爷爷已经不在了，他没有等到儿子王征的平反和孙子回城，便过世了。

奶奶说，有个稳定的工作，来之不易，要他好好珍惜，上班不要迟到。奶奶很早就起来给王致中弄早饭，让他吃了，早点坐电车，去银行上班。

8点上班，王致中早上6点多就出门。第一天国库点钞，他到得很早，一看腕上父亲的遗物——欧米茄手表才7点40分。

他走进明亮的银行老大楼一楼办公大厅，整个面积有600多平方。这次由省人行出面统一组织考试，百里挑一，共招了30人。培训后，再根据外语考试及个人特长，分配到具体的银行处室。

当时国有四大行有的银行已经从人民银行分设出来了，有些还没有，分出来的行还没来得及刻章、分家办公，但这次以工代干录用人员的去向，需要明确。

老大楼一楼大厅被划成3个区域，中国银行、人行会计处、出纳处。出纳处过道对面有个电梯，通地下国库，出纳处管全省的货币投放、发行和国库现金调配等。清点旧币、破币是他们的一项工作，忙时全行人员周六晚上还要加班点钞，没有报酬，食堂免费夜宵。因王致中他们的到来，就暂时不用加班了。

7点50分，上班的人多了起来，省人行人事处分管这次招录的宋红兵副处长见到王致中在拖地，便由衷地说："小王，真勤快啊，你一会儿帮忙到国库，把钱提上来分给大家清点。"

"好的，宋处长。"王致中轻快地拖着地，老式的西洋彩色地砖，被他拖得亮堂而雅致。

国库的一部老式提篮式电梯，位于老楼地下室的中央，下乘6米深处，是一扇紧闭的厚重金属门，由出纳处、存汇处、行政处三位处长同持三把钥匙开启。金库有100多平方，排列成墙的铁柜和很多装满钱的麻袋，散发着阵阵纸币发霉的特殊味道，有点熏人。

王致中和一名小伙子按出纳处秦处长的要求，将4个麻袋的钱一次性放到推车上，三位处长用钥匙锁好门，5个人一起坐电梯到一楼大厅。

出纳处的办公区已整齐摆好桌椅，出纳处处长讲了工作要领，诸如此类长短款要报告、复核。100张一刀，点完，数对的，用专用纸条封好，敲上各自的名章，放在桌上码齐，集中后用机器冲个3厘米直径的洞，装入麻袋贴上纸条，统一放回原库。

王致中帮着刚分完钱，正准备坐下开点钞票，"咦"，突然一位年轻漂亮的姑娘飘然走来。他惊呆了，她太美了，只见她鹅蛋脸、大眼睛、高鼻子、樱桃嘴。

王致中傻傻地看着，一动不动，看得年轻姑娘的脸上泛起了红晕。她害羞地移开视线，径直冲他而来，走到他身旁停住了，轻声道："对不起，我要拿点材料。"

"哦，好的。"

姑娘名叫辛蔚，是首届中江银行学校的毕业生，上班一个多月，刚才在处长室开会，要在王致中座位旁边的橱柜里拿月报表给处长。

王致中目不转睛地看着辛蔚背影，高耸的马尾辫，白皙的脖子和精致的耳朵，颀长的身材，咖啡色灯芯绒外套，灰色毛料西裤，黑色半高跟牛皮鞋。只见她步态高雅，气度非凡，像是富贵人家出来的女孩。

她打开橱门，麻溜地找到9月份报表。仿佛知道他在看她，于是回过身子，冲王致中笑了笑，步子轻盈地从他身边擦肩而过，飘逸的空气中，留下一股好闻的、淡淡的体香。

"这姑娘，真美。"王致中花了很长时间，才集中了思绪，点起钞票来。

那时候最大币值是10元，王致中以工代干的月工资是42元，与工厂、企事业单位差不多。半年试用期后建奖，那时候不管领导还是员工，每月奖金统统10元。他们这次点的也是当时最大面值的10元人民币。

上午，西式明亮的一楼大厅，有几十人一起办公，够壮观的，洁白的光线，透过落地玻璃斜照在这片空域，像有一股向上的气势，增添了生气和活力。

那时候点钞，没有监控设备，全凭个人素养。

午饭时间到了，没有出现长短款情况。王致中他们把点完和没点完的钱分开，做好记号，装好麻袋，入库。

老楼后面，有个两层楼的西式洋房，一楼是食堂，二楼是会堂。

用餐时，王致中环顾餐厅四周，想再目睹那位姑娘的芳容，可惜没有看到辛蔚，她去哪里了？

辛蔚

辛蔚与王致中同岁，祖上是平州市最大的绸庄老板，也是中江建业银行的大股东。

海外关系复杂，由于曾捐款给地下党，中华人民共和国成立后，爷爷在市里挂个工商联副主席的虚职。公私合营后，父母进了平州市物资局。哥哥初中毕业，去了内蒙古支边，高考恢复后，考入人大经济系，目前，研究生在读。

辛蔚高中毕业，下乡两年，1977年考入中江银行学校，毕业后分配在省人行出纳处。

她的家在省人行老大楼后面不远，一条僻静的小路上，一座灰色洋房的二楼。两间朝南，一间朝北，木地板，格调周正，一尘不染。

以前这里半条小路的房子都是辛家的，社会主义改造后，只留下一座洋房。爷爷死后，变成三间房，这在当时也算很宽敞了，有些人家三代，五六个人只住一间房。

辛家有个远房亲戚叫梅姨，是50多岁的老姑娘，一直在他们家做事。厨艺不错，当年她爷爷在的时候，梅姨就来了，辛蔚和哥哥都是她带大的，也算是他们的奶娘。

爷爷说，梅姨无儿无女，以后辛家要对她负责，给她养老送终。所以梅姨在，辛蔚一般都回家吃饭。

辛蔚的爷爷是民主党党派人士，"文革"前夕，得脑溢血过世了。辛蔚的父母都是和蔼可亲、情商较高的人，虽然是资本家，有海外关系，也被斗争过，但很快过去了。所以他们家在"文革"中，冲击不大。

高中毕业后，辛蔚在平州市附近的农村下乡，由于她自学能力强，家里书多，文化水平比当时的高中生要高。再由于她父亲、母亲在平州市物资局工作，在物资匮乏，凭指标、凭票计划供应年代，他父亲经常帮助辛蔚下乡的公社批点钢筋、水泥、玻璃等建材，造乡镇企业厂房，所以辛蔚下乡两年，一直在公社的中学教书。

高考恢复后，考生录取比率很低，辛蔚和哥哥的文化底子不错，考上的概率很大。

父母征求儿女意见后表态，儿子可以到远一点的地方去读书，女儿最好在本市读书，离家近些，好有个照应。

她家在省人行老大楼后面不远，虽然父母没说这所老大楼与他们家的关系，但父亲还是开玩笑地说，小蔚，你考中江银行学校，以后在这所老大楼上班，不是很好嘛。

好啊，地标性建筑，有军人站岗，层次很高啊。辛蔚勉强答应了父亲，但心里有点羡慕哥哥，能去北京念书。

高考结果如父母所愿，儿子去了北京读书，辛蔚考上了中专——中江银行学校，在平州读书，离家8公里，周末可以回家陪父母。

今天中午只有辛蔚和梅姨两人吃饭，吃的是菜肉混饨，晚上会吃的丰富点。那时候过日子都是凭票供应，人们的生活还是比较节俭的。

吃完饭，辛蔚便从家里拿了乒乓球拍，想到行里打会儿球。

省人行老大楼的三楼中厅有张乒乓球台，旁边是图书室，所以休息时分，这里很是热闹。

辛蔚上了三楼，已经有六七个人在打球，都是男的。一见辛蔚，美女来了，很是兴奋。一盘六分球，谁先输六球就下台，赢的继续打。

乒乓球是辛蔚强项，打小学起就是校队主力，受过比较正规的训练，启蒙老师是省乒乓球队退役球员。

辛蔚拿过区小学比赛的第二名，右手直握球拍，擅长近台弧圈结合快攻打法。要不是家庭出身问题，平州市体工队早收她了，当时乒乓球是国球，政审严格，培养的是工农子弟，像她这样有打球天分的，出身资本家的小姐，不会被招入。

轮到辛蔚上场了，对手是中国银行的老李，横板握拍，防守反击打法。一开始，辛蔚礼貌地让了2分球，故意示弱，打到球台外，0比2。"咦，什么水平。"旁人不看好辛蔚，觉得她0比6或1比6，很快就会败下阵来。

出乎意料的是，只见辛蔚不慌不忙，朝老李摆了下手，"对不起。"弯下纤细的腰，系了下鞋带。轮到她发球了，只见她像换了个人，高抛、下蹲发了个下侧转短球，对方回球下网。看他靠近球台，又发了个侧上转中路长球，老李措手不及，回球击飞，2 比 2。

两个漂亮的发球，边上的人看呆了，起哄着，"老李，加油！"大家来了兴致，每打一球，集体发声，报着比分。

本来在图书室聚精会神看书的王致中，被外面嘈杂声吸引了，抬眼一看，"啊，她在打球。"

真是"众人寻他千百度，蓦然回首，那人却在灯火阑珊处。"于是，王致中急忙把书放回书架，出来看球。

她好像专业教练教过，老李一边寻思一边有点乱套，回合中，辛蔚的腰部发力，弧圈拉得又转又重，扣球线路刁钻，打法先进，老李好像不会打了，很快 2 比 6 败下阵来。

"这小姑娘有点厉害，你是哪个处的？"老李一边问，一边擦着汗，脸涨得通红。

"不好意思，我叫辛蔚，刚来，是人行出纳处的。"她坦然笑道。

"你是专业队下来的？"

"不是。"

接下来，辛蔚三下五除二，噼里啪啦，赢了所有的人。最后，大家把目光投向没上过场的王致中。

"她叫辛蔚，字怎么写"，王致中正愣神，发现大家朝他看，指望着他去报仇。辛蔚也发现了早上拿资料时，碰到过的帅气小伙。

"对不起，我今天打不了，没带球拍和球鞋，明天吧。"王致中朝辛蔚点了下头，表示歉意。

"没关系。"辛蔚大方地说道。低头一看腕上的上海牌手表，"快上班了，下次打吧。"大家意犹未尽，只好散去。

下楼时，王致中和辛蔚的路径一致，他们并排一起下。楼梯很宽，他让辛蔚走内道。

"你好，我叫王致中，三横王，致敬的致，中国的中。"

"辛蔚，辛苦的辛，蔚然成风的蔚。你是新招的这批人？"

"是的，我们刚集训完，在你们处的地盘点钞，影响你们工作了。"

"我们处对面还有个大办公室，点钞时会在大厅。"辛蔚穿着深蓝色滑雪衫、白衬衣，很精神，这件外套像是进口货。

由于刚打完球，辛蔚的脸，像熟透了的红苹果，呼吸有点急促。美丽的大眼睛，像清澈的湖水，波光粼粼，闪亮动人。

辛蔚见王致中眉宇间英气逼人，又发愣似的盯着她看，有点难为情。

她寻思到："这是个有点色的家伙，但穿着得体，像是有良好教养的人。毛料黑中山装，浅灰裤子，硬底黑皮鞋，活脱脱像穿制服的日本中学生。"

还是离他远点，过分热情的男人，都不怀好意，母亲说过。她躲开他热辣的眼神，加快步子，蹦跳着下楼。

"再见！"，她打了声招呼，消失在楼道口。

我吓着她了，王致中平时碰到年轻的姑娘不是这样的，但进了这座老大楼，从第一次见到她，心脏就像一头小鹿，扑通扑通地跳个不停。

"我，这是怎么啦？"

她不但长得漂亮，清新脱俗，而且球技这么好，居然把六个男人都打趴下了。虽然王致中也喜欢打乒乓球，但从她一招一式的功力判断，王致中肯定不是她的对手，所以为避免太过难堪，施了个缓兵之计。

下午，王致中机械地点着钞票，效率明显比上午低，好在也没量的要求。

快下班了，也没见辛蔚的身影，他有点扫兴。

第二天午饭后，他早早地换好球鞋，拿了乒乓球拍子，直奔三楼。三楼中厅，灯火辉煌，好不热闹。

六分球争霸赛已经开打，一面打，一面大家议论纷纷，都说行里有个乒乓球女王叫辛蔚，球好人美，孤独求败。

于是全行各路乒乓球好手，纷至沓来，跃跃欲试。

打着打着，快到上班时间了，她还没出现，辛蔚去哪儿了？

一连几天，不见辛蔚踪影。王致中去他们处门口张望过，想问又不好意思，内心纠结着。

随后一想，一名新员工，又没转正，就惦记人家姑娘，也不知道她是否名花有主，万一有呢，不是太莽撞了。

我还是安心点钞吧。于是，他白天上班，晚上练乒乓球。

点钞点了两个月，有两个人被辞退了，原来有一天，这些打孔报废的钞票，送到造纸厂，开袋抽查时，有几刀钱，每刀缺一二张。

当时出纳处秦处长他们并没声张，而是将不对数的钞票运回，根据敲的印章，找到了怀疑对象，悄悄地监视，几天下来，人赃并获。

两个自作聪明的人，一个点钞时，先将钱偷偷抽出，塞进办公桌的裂缝里，下班后取走。另一个直接将钱放到自己的口袋里。他们说从来没见过这么多钱，以为不会被发现。

点钞阶段结束后，又进行了外语考试。根据成绩，分配到各行处室。

王致中外语考得不错，被分到中国银行工作。和辛蔚同在一楼大厅，只不过王致中在西头，辛蔚所在的人行出纳处在东头，中间地带是人行会计处。

王致中被分配到中行存汇处。和打乒乓球时输给辛蔚球的老李，李晨东在一起。主要工作是分管平州市中国银行发行的外币兑换券的头寸调拨、进出库。除了本部日常工作外，每天上午9点半、下午四点出车，到涉外宾馆、免税商店等投放、回收兑换券和人民币。

一天早上9点多，他刚接了个电话，便兴冲冲地去出车，冷不防地在走廊与大厅的转弯处，与一个人撞了个满怀。

"对不起，是你？很长时间没见啦！"王致中尴尬地看着辛蔚，大口喘着气。

辛蔚睁大眼睛，一脸惊愕，"咦，这么急，干吗去？"

"我有事，快到点了，一会儿中午去打球啊。"

"好啊。"

王致中的乒乓球水平在辛蔚面前，也甘拜下风，就像业余碰到专业，没法打。

像上次那样，一轮打下来，七八个人竟然都输给辛蔚。王致中赢了她一个球，1比6惨败。

再打下去没意思了，也有点累。辛蔚主动下台，想去洗把脸，好上班。

王致中急忙从裤子口袋里摸出洁白的手绢，递给她。

"谢谢！"她接过手绢，莞尔一笑，擦着汗说："你真是个民国绅士啊！现在年轻人很少用手绢了，好像还是丝绸的。"

"哪里，两个月没见，去哪儿了。"

"去北京，总行干部管理学院培训了。"

"哦，你那天没说啊，害得我到处找你。"

"找我干什么？" 她狡猾地笑了，还他手绢。

"当然是打球啊？还会是什么。"他话里有话，微笑着接过手绢，放到口袋里。

"点钞工作结束了，有两个家伙被辞退了。我被分到省中行工作。"

"辞退？为什么？"

"明知故问。"

"哦，点钞时，拿钱了。这一招屡试不爽，总有一些人会被拿下。去中行，说明你外语水平很好。"

"哪里？下乡四年，闲来无聊，多看了一些书罢了。" 王致中轻描淡写地说。

其实辛蔚外语也很好，要不是有海外关系，她也很有可能被分配去中行。

王致中看着她的眼睛说 "你是怎么进省人行的？"

她眼帘低垂，睫毛很长，顽皮地笑道："你是省委调查部来的啊！"

"不是，随便问问。"

"不告诉你，我要上班啦！"辛蔚调皮地闪了。

受伤

终于可以看见辛蔚了。每天一早，王致中就早早来到行里，擦桌子，拖地，打好开水。李晨东时常开玩笑地说，小王来了，我们办公区域干净了不少。

王致中的办公桌刚好是向东的，于是坐下身来，一面翻看文件和工作笔记，一面抬头瞄上一眼大厅的东面，看看辛蔚来了没有？只要那熟悉的身影一出现，他便目不转睛地盯着她看，直到她回应，还他一笑。

他情绪饱满，认真地干活，急切地盼望午休，好去三楼打乒乓球。

辛蔚的球技还是无人能敌。

周末，王致中开玩笑地说："你和我们打还是没劲，不如免费教教我吧。"

"怎么教你？"

"一周两次，每次一小时，作为回报我请你看电影。"

"晚上？"

"白天那么多人打球，怎么教啊。"

"每周一次，试试。至于看电影再说吧。"

"那下班我们先去食堂吃饭。再去打球。"

"好吧。"辛蔚矜持地答应了。本来她想拒绝，但碍于情面，就教他一下，低头不见抬头见的。再说，他长得太帅了，对年轻姑娘还是有吸引力的。

辛蔚教得认真，王致中学得也不赖，几周下来，王致中的球技大有长进，六分球他只输她三个了。

"快过年了，你们家很热闹吧。"

"是，今年过年，有个叔叔要从美国回来看我们。哥哥也回来，加上父母和梅姨共六人，你们家呢？"

"我们家还和往常一样，只有我和奶奶两个人。当然会去外婆、舅舅家拜年。"

看着她疑惑的眼神，王致中向她讲起了家史，讲到了父母，讲到了童年，讲了很长时间。

她一动不动地听着，泪眼婆娑，好像讲的是她的事情，"你肯定吃了不少苦。"

"是，欺负弱者，有时好像是人类的天性。小学的时候，高年级的一帮人，听同学说我没父母，就常常欺负我，问我要钱，没钱就让我从他们胯下过。不从，就拳脚相加。爷爷奶奶知道以后很难过，不停地给我转学。"

王致中平时最忌讳的，就是谈论家和父母，在辛蔚面前，他好像变了个人，滔滔不绝，不怕丢人。

辛蔚也告诉他一些家里的事，他们谈得很投缘。

"原来你是资本家的小姐啊，下过乡，当老师，也没吃什么苦。"

"你是'右派'的儿子，也好不到哪里去。"

"谁说的，再乱说，当心我罚你。"

"罚什么，你敢。"说着说着，两人球也不打了，围着台子，嘻嘻哈哈地追逐起来。追着闹着，王致中冷不防一个跨步，上前把她揽在怀里，想亲她，她挣脱了，脸涨得绯红。

"我要回家了。"

"对不起，我送你。"

"不用。"说着辛蔚飞快下楼。

王致中知道她家离行里不远，但还是关掉球台上的灯，追下楼去，暗暗地护送到她进了家门，这才回家。

一天中午，王致中并没有来打球？辛蔚打了一圈，有点扫兴。心想王致中怎么还没来三楼打球？早晨看见他的呀，难道临时出差啦，还是忙昏了头？

辛蔚正纳闷，一起打球的人说，好像不好了，中国银行的送汇车被抢了，经常和我们一起打球的老李和小王受伤了。

"有生命危险吗？"

"不清楚，好像伤得有点重，在省广治医院住院治疗。"

辛蔚一听，脸都煞白了。等赢完一盘球后，赶紧说了句"对不起，我有事，要先走"便匆匆地收拍下楼。

走进一楼大厅中行的办公区域，大家都在议论这件事。听驾驶员小时说，王致中和老李刚下车，朝平州友谊商店大门走去，没走几步，突然从一棵大树背后蹿出两个人来，一高一矮，矮的很壮实，像是吃了豹子胆，要抢王致中手上装满钱、外币兑换券的黑包。

说时迟，那时快，只听王致中大喊一声，"老李、小时，把包管好，赶快报警，我来对付他们。"说着说着，一边迎前，一边迅速地将包转移给他俩，然后摆好马步，卯足劲，敏捷地抱住冲上来的矮个劫匪。一番较量、搏击，王致中双手拉住劫匪双臂往下蹲，同时一只脚猛地将他绊住，然后用肩膀使劲顶住他的胯部，把他拉倒在地，还没等矮个劫匪反应过来，已经死死地被王致中摁在地上，被擒获了。

这时高个的劫匪也和老李、小时扭打在一起，高个劫匪一看情况不妙，没想到王致中会擒拿术，这是他没料到的，为了救他的表哥，急忙松开抓黑包的手，一拳击中老李头部，从裤子口袋拿出一把水果刀，从王致中背后猛地一刺，"刀。"老李下意识地喊了声，王致中一闪，正中他手臂，"哇……"王致中冷不防地被刺了一刀，钻心地痛。在王致中感应痛时的一刹那，两个劫匪下意识地异口同声道："快跑。"两人分头逃窜。

"抓贼，"在一片呐喊声中，矮个劫匪很快被路人堵住了，拿刀的高个劫匪还在逃，没跑出多远，也被迅速赶来的巡警给抓住了。

银行的财产保住了，劫匪抓住了。王致中的小手臂伤口很深，还好天冷穿得厚，拍片检查，没伤到主动脉，但也留了不少血，在医院缝合、观察，看会不会得破伤风。老李初步检查，是轻微脑震荡，也要留院观察。

辛蔚听后，有点担心，恨不得马上就到医院去，但冷静一想，下午她还要上班，中行的领导、同事可能会去。于是她决定下班后去看他，中江广治医院离省人行老大楼不远。

当辛蔚走进病房时，王致中先是吃惊，然后内心高兴得像个孩子，"你怎么来了。"

"来看看英雄啊。伤得怎么样？"

"还好。缝了几针，可能要住一个礼拜。"

"你奶奶知道这事吗？"

"没告诉她，怕她担心。"

"老李呢？"

"他回去了。轻微脑震荡，晚上没状况的话就平安了，过几天还要检查。"

"哦。单位领导、同事来看过了？"

"嗯，刚走。"

"大家说，多亏你勇敢，功夫好，保住了国家的财产和同事的生命安全。你怎么会去学擒拿术啊？"

"说来话长。小时候一直被人欺负。所以爷爷让我跟人学一些武术来防身，至少可以震住对方。今天算是用上了。不过还是吃亏了，没想到他们有刀。"

"那是，现在快过年了，流窜犯很多，抢一把回家过年。"

"嗯，你坐吧。"

辛蔚看见床头柜上有饭菜，"你还没吃吧？"

"是，刚要吃，你来了。"

"你伤的是右手，吃起来不方便，我帮你吧。"于是辛蔚坐到床边，像个阿姨，一勺一勺地将饭菜喂到他口里。王致中像个孩子，笑眯眯、乖乖地张口，慢慢嚼着。王致中忘记了饭菜的味道，想不到辛蔚会来医院看他。除了奶奶和外婆外，他还没享受过女性的关怀。

当她把最后一口饭送到他那里的时候，他鼓起勇气，用左手，捉住她白皙纤巧的手，轻轻地吻了一下，"谢谢你。"她抽回手，微微地笑了，"你真坏。"笑得很甜很美。

辛蔚避开他火辣辣的眼神，帮他洗了脸，刷了碗。说，你好好休息吧，我回家了，明天再来看你。

第二天下班后，辛蔚在家里吃完晚饭，对父母和梅姨说，有个同事住院了，要一张点心票，买些点心去探视。父母没有多问，让梅姨拿票给她，并嘱咐，早去早回。

她买了饼干去看王致中。刚进病房，有个老太太坐在床边，看辛蔚进来，笑眯眯地打招呼："你好，这姑娘是你同事？长得真漂亮。"

王致中见辛蔚脸红了，连忙介绍："辛蔚，你来了，这是我奶奶。"

"奶奶，你好，你怎么来了？"

"昨天他没回家，好像没出差啊，不知出什么事了。所以一早去附近杂货店，用公用电话打到他办公室问，才知道这事。多危险啊，这银行工作，这么不安全，差点要了我孙子的命。等伤好了，出院了，跟你们领导说说去，换个工作吧。"

"奶奶，别找领导，这事算我碰上了，很少有的。"

辛蔚在旁边不知道说什么好，站了会儿，正想离去。老太太连忙知趣地说，"姑娘你再坐会儿吧，我回了。"

她走到王致中的床边给他压了压被角说，"注意休息啊！我走了。"

"奶奶，慢走。"两人异口同声地说道。辛蔚礼貌地起身，送奶奶到门口。

"你奶奶多大？气质很好，像是知书达理的人。"

"奶奶73了，中学老师，退休十几年了。是她一手把我带大的。爷爷去世后，我和奶奶相依为命。有时感觉，奶奶不是奶奶，像是我的妈妈。"

旁边床上的病人也是本地的，晚上回家了。病房里只剩下他们俩。空气被一种温情包裹着，王致中含情脉脉地看着辛蔚，轻声说，你过来。辛蔚矜持地来到他床边坐下，腼腆地看着王致中英俊的脸和嘴上青隐的胡子茬。

闻到她身上淡淡的香气，他的呼吸变得急促起来。

"你真美。"他靠近她，修长的手指划过她的脸，停留在唇间。她的唇很漂亮，淡淡的颜色很迷人。

两个人的心，都跳得厉害，她正想挣脱，王致中情不自禁，伸出左手，一把将辛蔚揽在怀里，俯下身，轻轻吻过她的唇，心颤了下。

她被吻得晕晕乎乎，正愣着忘记挣扎的时候，他迅疾地又吻上她的唇，渐渐深入，直至缠绵，柔声说："辛蔚好乖喔。"

辛蔚是他心中的女神，从遇到她起，就不曾打算放走她，这是一种执念。

她在王致中给的深吻中悄悄睁眼，看到他温柔的侧脸，刚毅的线条，顿时全身又是一阵颤栗，不自觉地将唇贴上他的唇，仿佛要把冬天的寒意吻散。

看到她的眼里雾茫茫水润润的，脸上泛着红潮，鼻间渗出细小的汗珠，嘴唇微微张着，露出鲜嫩水润的舌尖，清纯夹杂着妩媚，那惹人怜爱的样子，他冲动地再次含住她的唇瓣，温柔地绕住她的舌尖，她轻颤着承受他的爱意，睫毛已不自觉地潮湿。

他们相爱了，爱的纯真和甜蜜。

王致中出院不久，过年了。过年期间，辛蔚家里有客人，所以两人没有见面。

过完年，上班的第一天就下起了大雪，为了能早点见到辛蔚，王致中没休完病假就上班了。

受伤的伤口虽然愈合得不错，线也拆了，但留下了一道不太明显的疤痕。拿重东西或用劲时，右臂还会隐隐酸痛。医生说要再过一二个月症状才会完全消失。好在当时是冬天，衣服穿多了，看不到那个疤痕。

当辛蔚收拢雨伞，掸去身上的雪花，走进一楼大厅时，无意中朝西面一看，"咦，王致中来上班了。"目光触及，心里顿时暖和起来。

为了表彰王致中见义勇为，保护国家财产的英勇之举，省中行党组决定，三月初,派王致中去北京 BS 大学,带薪深造两年,并举荐他为中共预备党员。

老李和小时用全行每年 3% 的工资晋升指标,各涨了一级工资。

对行里的决定,王致中既高兴又担忧,不知如何是好。高兴的是他可以圆大学梦,去北京读书,还是去父母待过的大学;担忧的是自己不能和辛蔚朝朝夕夕,怕别人把她抢走,因为她太漂亮了。

受伤后第一天上班,行里照顾他,没要他去接送汇,而是让他做些业务综合等内务工作。

上午十点钟,喇叭里传出做广播体操的音乐时,大厅突然活跃起来,有做操的,交谈的,走动的,上午一次、下午一次的工间操开始了,休息时间到了。

在大厅走廊里,王致中和辛蔚不期而遇,他悄然地对她说,下班一起去看电影,中午他去买票,她迟疑了一下,愉快地答应了。

下班了,他俩先去后面的食堂吃饭,然后去看电影。电影院离银行不远,一场大雪过后,整个城市银装素裹,路上积雪很厚,在微弱的街灯下,泛着暖光。他俩偎依在一起走着,深一脚,浅一脚,说着话,不一会儿就到了电影院。

王致中故意要的靠后靠边的位置,放的电影是《甜蜜的事业》,但他们无暇顾及,灯一黑,王致中就将辛蔚抱在怀里,热切地亲吻起来,抱着吻着,弄得边上的人很不好意思。

不能影响别人看电影,辛蔚下意识地轻轻从他怀里挣脱出来,要他好好看电影,免得打扰邻座的人。王致中无可奈何,换了种姿势,只好一边握着她的手,一边盯着银幕,直到散场。

溜达了一会儿,在送她回家的路上,王致中正想说上学的事,辛蔚却脱口而出:"听说你要去北京 BS 大学读书了。"

"嗯,你怎么知道的?"

"好事啊!而且是你父母学习和工作过的大学。"

"嗯,是委培生,大专。我们可能要分开一段时间了。寒暑假我还是会回来看你的。"

"上大学一直是你的梦想。好好珍惜这个机会吧。"

"上大学和你比起来，你更重要。我一刻也不想离开你。"

"我到家了。"

"我们再逛一会吧"

"时间不早了，早点休息吧。"

王致中依依不舍地松开辛蔚的手，整了整她米色羽绒衣上浅灰色的羊毛围巾，温情脉脉地说："好的，明天见。"

离别

在接下来一个多月的时间里，下班后，他们三日两头约会，约完会，王致中每次都要把辛蔚送到家门口，并不避人耳目地吻别。这么一来，被辛蔚的父母发觉了。

一天晚上，辛蔚回家，父母给开的门，直截了当地问起王致中的情况，辛蔚如实说了。

显然王致中的家境在辛蔚父母的眼里，还是差了点，虽然工作单位还算过得去，但收入和一个工人差不多，还要去北京读两年书，会有变数。如果两人感情稳定，几年后结婚，他们家也就两间破旧的平房，奶奶都70多岁了，需要照顾。婚后还要有孩子，一老一小都要管，难道要他们的掌上明珠辛蔚，从未吃过苦的小姑娘，要去过这样的生活，当父母的好像于心不忍。同时他们片面地认为，王致中是个孤儿，可能有些性格缺陷，行为上可能容易走极端，怕女儿将来吃亏。

怎么办呢，对两人的交往，辛蔚的父母嘴上没说反对，但行动上还是立场坚定。

过年的时候，辛蔚在美国的叔叔来看望他们，给他们带了些家电和美金，并愿意把辛蔚和她哥办理去美国留学或移民。叔叔是大学教授，婶婶是美国白人，民事诉讼律师，两年前一场车祸，夺去了他们唯一女儿19岁的生命。经过艰难的长期的心理治疗，他们终于走出了困境，回到了正轨的日常生活。现在中国改革开放了，叔叔总想给哥哥家做点什么，特别是侄子、侄女。

当父母征求兄妹俩意见时，辛蔚想去美国读书但心里又放不下王致中，父母也有点舍不得她走，所以她没急着要去。当时哥哥明确表态，研究生毕业后想回平州工作，高中同学、市机械局副局长的女儿，等着和他完婚，所以不想去美国。

父母看出了女儿犹豫不决的心事，第二天吃早饭时，父亲突然对她说，"小蔚，我和你妈妈想通了，应该让你去美国读书。"

辛蔚听父母这么说，有点意外，急忙放下筷子说："太好了，这是我最大的人生梦想，能去美国读书。不过，你们不会是让我和王致中分开想的计策吧。"

"小蔚，你怎么这样想呢，你叔叔过年在的时候，你哥的事还没定，所以不好让你走，现在你哥定下来，毕业后回平州，我们考虑再三，应该让你去美国念书。再说，王致中去北京读书，你为什么不能去美国念书呢？"

"是啊，说得也对。"辛蔚有点无可奈何，她总觉得是父母要她离开王致中，才这么定的。

父亲见女儿有点动心，趁热打铁地说："去美国读大学也是要考试的，托福、ACT 和 SAT。"

"是的。这个最起码要一年准备时间，过了，才能申请大学。"

"我们已经和你叔叔商量过了，让你先去美国备考，再办大学申请。"

"护照你去年就办好了，等叔叔将邀请函等手续寄到了，就去办签证。"

看父亲胸有成竹的样子，她不知道是该高兴还是悲伤，她是个乖乖女，没有理由，没有勇气，向父母说不。再说，是王致中先要离她而去，先要去北京读书的。

当王致中听辛蔚说要去美国留学的事情，顿时被吓蒙了，心想，难道她的父母没看上我？与她家比，我们家是太穷了，奶奶的两间破平房确实容纳不下她，谁不想自己的女儿找个好人家，尤其是她家生活一贯比较优渥，况且她又那么漂亮。

王致中在纠结中，唯一想到的是不去北京，先登记结婚，打扫一下两间平房，安顿下来，然后再向单位申请，排队等分房。

至于结婚的钱还是有的，父亲平反后补发的工资和爷爷在世时给的钱，大概不到 2000 元，用来办喜酒和旅行结婚应该够了。

于是，他像个无助的孩子，泪眼汪汪地捧着她的脸，喃喃地说道："辛蔚，我一刻也不想离开你！我不去北京了，你也别去美国了，我们哪儿也不去，就在平州，我们结婚吧！"

"我们才 23 岁，结婚太早了吧。"

"要么，你别去美国，就在平州待着，等我两年，毕业了，我们就结婚。"当王致中脱口而出这句话时，他觉得自己太自私了，辛蔚再善良再爱他，也不会同意。

辛蔚并没生气，而是真诚地看着他的眼睛："不如我们分开二三年，各自完成学业，到时候再回平州，去找对方。"

"好吧，只能这样了，我应该比你早毕业，在平州等你，到时，别把我忘了。"王致中虽然口上这么说，心里还是放心不下。

"怎么会呢？"辛蔚轻声应着，对自己和王致中的将来也充满了希望和疑惑。她一方面期望王致中能在事业上顺遂，将来好说服父母接受他。另一方面如果她在美国读书很顺利，工作也好找，而王致中以后还只是个小职员，他能撇下年迈的奶奶跟他去美国发展吗？对此，她也找不到答案。

离别的日子越来越近。两人心里不但没有要去念大学的洒脱，而且多了许多愁绪。本以为可以释然，然而，真的去面对的时候，心里却无比的难过与不舍。

这一天终于在凝结的时空中到来了，夜幕时分，天上飘着零星小雨，踏上月台，平州到北京的绿皮列车已静卧眼前，他们深情地凝视对方，王致中最后一次紧紧地把她搂在怀里，在她耳畔悄悄说："我走了，等着我。"

辛蔚强忍着泪水，默默地点头，示意他走，并且一动不动地目送着他登上火车。

王致中在车厢的阶梯上，拉着车厢把手，回过身来，寻找辛蔚的身影，灯火阑珊处，她微笑着向他招手。

后面的人推拥着，王致中无奈地被推进车厢，列车徐徐开动，慢慢消失在远方。

有的时候人与人之间的相遇就像是流星，瞬间迸发出令人羡慕的火花，却注定只是匆匆而过。

陈玖

两年的时间匆匆而过，王致中给辛蔚写的信，石沉大海。问省人行的人，说他去北京不久，辛蔚也去美国留学了，是她叔叔通过领养的手续办去美国的，地址不详。

其间，过年回平州的时候，他曾经多次徘徊在他们家楼下，梦想看到辛蔚的身影，但是她没有出现。想去问问她的父母，打探她的消息，但他还是没有足够的勇气这么做，有次看着她父母衣着光鲜地出门了，他躲在僻静处想冲上去，问辛蔚的消息，但他犹豫了。

一天晚上，等他终于大学毕业，鼓起勇气，买了水果、糕点，去他们家找辛蔚的父母谈的时候，他们家的灯一直是黑的，她父母晚上出去了？连梅姨也不在，这么巧？别家的灯光是亮的呀。

等他出了几次差回来，发现他们家的那块区域被围起来拆了，成了平地。据说发了安置补贴，拆迁户要自己租房，过二三年才能回迁。他到处打听她家的下落，还是没打听到。

从北京回来后，王致中被安排到省中行信贷处，那时候，省分行机关并没设科，设科是几年后的事了。信贷处是银行的核心部门，看材料、审项目、出差调查的忙碌，暂时冲淡了他对辛蔚的思念。

转眼一年又过去了，随着业务的发展，人员的增加，省中行将搬去平州市另一条街区的新大楼办公。

在老大楼办公的日子不多了，他每天上班的第一眼，就是向东看，辛蔚的办公桌早已换人，但他还是不由自主地看她以前坐过的地方，梦想着她能出现，徜徉在她的笑容里、球技上，以及冬天那些温柔的吻和缠绵的日子里。

他依依不舍地到老大楼的三楼去看别人打乒乓球，去后面的食堂用餐，去电影院找他们坐过的椅子看电影，寻找他俩在一起的足迹，他内心不停地呼唤她，辛蔚，三年了，你忘记了我们的约定，你该大学毕业了吧，我没有你丁点消息，看来你是把我忘了，你在美国什么地方，我真想去找你。

去美国找她没那么容易，不但签证签不出来，也不知道往哪找啊。在努力工作和情感煎熬下，王致中消瘦了不少。

王致中的闷闷不乐，都被一个姑娘看在眼里。她便是王致中的同事陈玫，比王致中小几岁，是省人行副行长陈国富的千金，刚从省供销社调来省中行半年多。

追求陈玫的小伙子能排成一个班，她谁都没看上，读书回来的王致中却入了她的法眼。通过一段时间的工作交集和观察，她觉得王致中的人品和能力都不错。于是动用父亲的人脉，查看了他的人事档案，感觉他虽然是个孤儿，没什么背景，但社会关系简单，稍作扶持，还是很有前途的。身高、学历、样貌、工作等，符合她的择偶标准，是她喜欢的那类人。

不久，王致中的奶奶生病住院了，王致中碰巧要去调查一个100万元人民币的出口企业打包贷款项目，前期工作付出了很多，转交同事又不太合适，万一调查不彻底，会有风险，那就责任重大了。

他正在左右为难时，陈玫温柔地示弱到："小王，你奶奶住院的事就交给我吧，你放心去出差，有事电话找你。大家都是同事，遇到困难，理应帮忙吧。"

这让王致中很吃惊，太阳从西边出来了，干部子弟，平时骄傲得不行的陈公主，怎么会帮我？于是他客气地拒绝到："谢谢啊，容我再想想。"

"有什么好想的，我向董处长已汇报过了，不信，董处肯定会找你说这件事。"正说着，董处长真的让他过去一下。

"小王，这件事就这么定了。你继续做100万元项目的调查和后续工作，派陈玫出公差，替你去医院照顾你奶奶，你还有什么想法，说来听听。"董处的口气，好像不容置疑。

王致中连忙表态："谢谢董处，我下午就去企业调查，拿出放款意见，我奶奶的事，就听您安排。"

王致中的奶奶没什么大碍，老年人常见的心血管毛病，等血压、心跳正常，便出院了。其间，她对陈玫的照顾很是感激。

陈玫的父亲陈国富是省人行副行长，当年是南下干部，19岁就腰间插着驳壳枪当县支行行长了，如今对陈玫倒追王致中，心里很恼火，他理想中的女婿最好也是干部家庭，但是女儿偏偏喜欢上什么也没有的穷小子，真拿她没办法。陈玫的妈妈是个药罐子，自顾无暇，也只好认了。

辛蔚一直联系不上，工作之余，王致中对陈玫的态度变化不大，但抵触情绪降低了不少，毕竟她照顾了奶奶。但要爱上她，还不太可能，因为王致中对她不来电。

李晨东看出了端倪，有次在食堂吃饭，半开玩笑、半劝他道："小王，你艳福不浅啊，辛蔚漂亮聪明，神一样的存在，但她在哪，几年过去了，她要是对你真心，找你不难，你单位没变。陈玫呢，没辛蔚漂亮，但对你挺认真的，人家是干部子弟，没有坏意，除了相貌外，她哪儿都配得上你，你自己掂量掂量吧，别让花样年华虚度了。"

王致中默默地看着李晨东把饭一口一口地送到嘴里，没应什么，但内心还是有所抵触，一是不舍辛蔚，二是对陈玫的主动出击，有点不适应，特别是她与生俱来的气场，有点压人。

见王致中不吭声，李晨东压低嗓门，小声说道："听说没，在省中行新大楼附近，行里买了块地，准备造员工宿舍，你也老大不小了，还不抓紧时间找对象，过了这个村就没这个庙喽。"

见他还是无动于衷，李晨东只好唉声叹气地走了。

下班后，王致中为了避免陈玫的纠缠，早早地就回家了。奶奶见孙子闷闷不乐的样子，就悄悄地说："下午，你上班的时候，陈玫姑娘，你那个同事来看过我了，还买了不少营养品。说是在平州市分行有事路过，顺便过来看的我。"

"她怎么知道我们家地址？"王致中环顾破旧的家，和桌子上的一堆麦乳精、奶粉之类的营养品，吃惊地问道。

"住院时，她问起，我告诉她的。"

"哦，奶奶，你以后离她远点，这些营养品，明天我给她送回去。"

"为什么，给我的东西你没权利碰，不许你送还给她。陈玫是多明事理的姑娘啊，你还不珍惜。"

"我不喜欢她。"

"你心里还惦记那个辛蔚姑娘，都过去这么多年了，杳无音信。说不定人家早在美国结婚生子了，你还傻等着干什么。"

"傻等，我也愿意。"他倔强地轻语道。

"这话我不爱听，我受苦受累把你养大，现在你工作不错，表现也好，就等你结婚抱重孙子了，你却不干。我是黄土埋脖子的人了，连抱重孙子的愿望也实现不了，你真是个不孝子孙啊！"奶奶说着说着，想起以前的诸多的不容易，触景生情，眼睛泛红，哭了起来。

"奶奶，别啊。"看奶奶只管伤心，不理自己，王致中心里也难受，于是将心比心地说："奶奶，你和爷爷结婚，也是自由恋爱的吗？"

"干嘛问这个？"

"我想知道你们的过去。"

"我们是别人介绍认识的，大家都是老师，一开始也没什么感情，结婚后慢慢就有了。"

"你幸福吗？"

"谈不上什么幸福，大家都这么过。"奶奶明白了王致中问的含意，说："人不要一棵树上吊死。婚姻是靠缘分的，有缘无分，就没有婚姻。你好好想想吧，奶奶说得对不对。"

王致中若有所思，茫然地发呆，他感觉当年给辛蔚写的信，一开始她一定读到过一二封，以后辛蔚去美国了，他写的信可能都被送到她父母那儿了，那么辛蔚既然读到过他写的信，为什么一封也不回呢？是她父母到单位劫走了信，还是辛蔚真的变心了？

想到这里，他慢慢回过神来："奶奶，你早点休息吧！"说完，倒了盆热水，让奶奶洗完了脚，上床睡了。

他没有睡意，轻轻地出了门，在空旷人稀的街道上溜达起来。

一轮明月，冉冉升起，圆圆地挂在碧蓝碧蓝的天上，银辉万里。那月光清得如水，洒在大地上，洒在寂静的街道上，积起厚厚的一层银液。人们走在月光中，就好像在水中游泳。大地让月光一洗，时间只剩下一片空灵。

王致中站在一棵行道树旁，惆怅而孤独，他想起辛蔚，想起火车站最后一别时辛蔚那令人心疼的眼神。

她不和我联系，不回我的信，一定有难言之隐。王致中突然想起了什么，默默地从口袋里拿出给辛蔚擦过汗的那块白色手绢，仔细端详着。手绢有点泛黄，几年来他舍不得洗，舍不得用，上面留有辛蔚淡淡的汗味和雪花膏交杂的味道。本来想在新婚之夜给她的礼物，现在看来遥遥无期。

他低头轻轻地吻了下手绢，又抬头看着月亮，内心呼唤着辛蔚的名字，鼻子一酸，一行眼泪掉了下来，滴在了洁白的手绢上。

男儿有泪不轻弹，落泪只到伤心处。

第二天午休，他又来到辛蔚家以前住过的那块空地上。几年过去，房子没有造，听周围的居民说，开发商资金链断了，正在打官司，地被银行扣了。

他看了一下腕上父亲留下的那块表，时间不早了，该上班了。王致中无精打采，刚进一楼大厅过道，见陈玫从董处长办公室出来，与他撞了个正面，只好礼貌地说："谢谢啊，你去看了我奶奶，还带了那么多营养品。"

"不客气，你奶奶好些了吧，岁数大了，身边离不开人了。"陈玫受宠若惊，她送给他奶奶的东西，本来觉得他会退回，现在王致中主动和她打招呼，搞得她也有点不自在，她那双细长的眼睛，不敢触碰他的视线。

快下班时，董处把王致中和陈玫叫到办公室，让他们明天去下面中州市调查出口创汇企业的授信、用信情况，回来后要形成调查报告，上报省政府。中州市行的车子，明天八点会来老大楼门口接他们。

第二天早上，来接他们的是一辆老式罗马吉普车，中州离省会平州有200多公里，那时的路坑坑洼洼不太平整，车子一路颠簸，看着看着，快到的时候，陈玫吐了，王致中见状，马上让司机停车，在路旁歇了会儿，有点自责地说："不知道，你会晕车。"

"是，随我妈，这条路有点颠，没关系的，快到了。"

他们休息了几分钟，陈玫不吐了，王致中不知如何是好。陈玫看出了端倪，她坚持坐上了车，让司机接着开。

不一会儿，到了中州市中行，市行的李行长和信贷科宋科长已在门口迎接。

中午在行里的食堂吃饭，陈玫因为晕车，吃得很少，李行长和宋科长的意思，让她在宾馆休息，下午的调研座谈会就别参加了。可是陈玫不同意，说晕车是经常的，习惯了，没什么大碍，开会她必须参加。陈玫是新调入中行的，因此全省中行系统对她的家庭背景也不太清楚，王致中见她缓过劲来，也没反对。

调研会在行长会议室召开，会议由分管信贷的钟副行长主持，李行长做了中心发言，宋科长做简单的补充，办公室主任和主管企业的信贷员也相继谈了具体的情况，王致中就调查提纲进行了提问，陈玫也提了些问题。由于事先进行了布置，行里已初步有个二三千字的书面材料，王致中和陈玫一合计，王致中提了最后要求。明天走访两家"三来一补"出口创汇骨干企业，看看生产经营情况，请企业负责人提提要求，最后形成一个整体的中州中行积极授信，支持外向型企业发展的调查报告，报告要有数据、有事例、有问题、有分析、有措施，字数在六千至八千字左右。

李行长见王致中年纪轻轻，言简意赅很佩服，说，行，明天钟行长、宋科长和办公室主任陪你们去，他要去市府开会，明天晚上再聚。

陈玫没怎么作声，对王致中的能力和水平还是很佩服的，也没亮她干部子弟的身份，晕车后不舒服，也坚持工作，所以在王致中眼里增加了不少印象分。

第二天，王致中、陈玫在钟行长、宋科长等陪同下，分别去两家已经授信各500万元贷款的出口创汇企业调研，一家是丝绸制品公司，产品出口欧洲。另一家是节日灯制造公司，产品出口美国。两家企业授信、用信情况良好，存在的主要问题是汇率波动带来的结售汇风险，希望中行能推出相关短期外汇掉期业务，降低风险。另外也希望政府提高出口退税额度，增强企业经营效益。

调研结束后，王致中和陈玫在宾馆连夜赶写调研报告，主要是王致中写，陈玫做些誊抄和服务工作，陈玫的字写得很漂亮，小时候练过钢笔字帖，王致中很满意。

经过两天两夜，报告终于写好了，有八千多字。给李行长和钟副行长看后，他们也挑不出什么毛病，毕竟写的和肯定的是他们行的工作，最后要报告给省政府领导看，中州行的领导当然十分重视和满意。

回到平州后，王致中和陈玫并没休息，第二天一早就向省中行信贷处董处进行了情况汇报，董处看了报告后也表示满意，只是要给分管行长审阅，以中江中行的行文发省政府办公厅，同时也抄报中行总行信贷部。

一个多月后《中州市出口创汇企业的授信、用信情况调查报告》大获成功，获得中江省姜鸿海省长的批示，由省政府办公厅加按语下发各地市和厅局。

在奶奶的不断催促下，王致中和陈玫经过一段时间的交往，拜见了陈玫的父母，定下领证、结婚的日子。不久，王致中被破格提拔为中行中江省分行信贷处副处长，那年他27周岁，是当时金融界最年轻的副处长之一。

刚结婚时，省中行给了一间20多平方米的筒子楼房子临时居住。婚后不久，银行有规定，直系亲属不能在一个单位任职。

王致中被调往N行中江省分行企业信贷处任副处长，而N行中江省分行行长的儿子被调往中行中江省分行。

两年后，王致中和陈玫的儿子王川出生，他们也搬去省中行新造的员工宿舍住了。

孙子不但事业有成，还住进了新的楼房，抱上了重孙，这下把王致中的奶奶高兴坏了，她虽然喜欢一个人住在那老旧的两间平房里，但隔三差五会坐公交去看重孙子，看着王川胖嘟嘟的小脸，不停地说："真是个胖小子，王家有后了。"

王致中和陈玫不止一次地劝奶奶搬来和他们住，但她说一个人住自由惯了。王致中要请保姆照顾她，她不肯，说那是浪费钱，等她以后生活不能自理了，再请也不迟。

一天上午，王致中的奶奶心血来潮，翻出一张儿子结婚时拍的，有王致中爷爷、爸爸、妈妈和她的全家福照片的底片，想去照相馆放大冲印一张。

她小心地拿纸包好底片，放到小包里。走着走着，再过一个巷口，照相馆就到了，她要把这张照片冲放的大一点，清楚一点，好挂在王致中新家的厅里，让他的爷爷和父母能看到王致中一家幸福的生活，特别是看着他们的重孙子、孙子王川一天天长大，这是多好的一件事。想到这里，她脚步轻快，沉浸在美好的憧憬中。

穿过那个巷口，便可以到那家照相馆了，这时，一辆摩托车冲了出来，冷不防将王致中的奶奶撞倒在地，不幸的是奶奶的后脑勺不偏不倚正好磕在路边的石坎上，鲜血直流，昏了过去，救护车送到医院时已没生命体征。

王致中赶到医院，奶奶刚去逝。他签字确认后，像个孩子放声大哭，他不明白奶奶会用这种方式与他告别。

"是谁撞了我奶奶？"他很想揍那个骑摩托车的肇事者。

一直在抢救室沉默不语的蓝衣小伙子，诚惶诚恐地看着王致中，压低声音说："对不起，我太快了，没看清楚，等看到，刹车已经晚了。"

"你？"王致中火冒三丈，像一头被激怒的狮子，左手一把抓住小伙子的领口，右手抡起拳头正要揍他，"住手！"他一看是陈玫。

"别这样！"她拉住王致中的手臂，"你冷静点，你们素不相识，无冤无仇，他不可能是故意要撞奶奶的。"她见王致中放下拳头，见小伙子吓傻了，没准备还击的样子，接着说："我们走法律程序，为奶奶讨回公道。"

王致中想想也是，互不认识，撞人也无利可图，再说谁吃了空会随便撞人，问题是小伙子要酷也好，不小心也罢，奶奶她好端端地被撞，人没了，奶奶真是太冤了，他为此生气。

奶奶是他最亲近的人，奶奶从小把他养大，一天也没享过他的福，没住过新房子，这让他很自责，他为什么不坚持早点把奶奶接到家里来住，奶奶的突然离世，让王致中心里十分难受。

赶来的交警根据现场查勘判定，骑摩托车撞人致死的蓝衣小伙子负全责，被当场带走了。

法院判了小伙子三年有期徒刑，赔偿原告两万元。王致中没有再诉。

奶奶与爷爷、父母合葬在平州市青岗公墓，每年清明时分，王致中一家都会去扫墓，看望他们。

悠然

王致中和李建鸿办完了交接，和旧僚吃完最后的晚餐，放下像挑了一辈子的行长担子，轻松而悠然。

退休了，他平生第一次睡了个自然醒，睁开眼睛，伸了个懒腰，看床头柜上的表，已经早上八点多了，于是他懒散地躬身起床，拉开窗帘，一缕光线照进房来，明亮而充满生机。

陈玫已经起来，这两天沉浸在与未来的儿媳小宋姑娘和她的母亲见面的情绪中。时间冲淡了对王致中退休的懊恼和不满，她想通了，退了就退了，不再就这件事纠缠。刚才儿子来电话，已到上海，等工作一完就回平州。

见王致中睡眼惺忪，穿着淡灰麻质面料低领套头衫和米色棉质宽松长裤，拖着一双褐色皮拖鞋出来，赶紧招呼道："你起来了，赶快吃饭吧，我去煮咖啡。"

"好，简单点。"王致中觉得外国人都是吃完早饭再刷牙，于是他也学着先用漱口水漱口，饭后刷牙。

不一会儿，陈玫端着用浓缩酸奶拌的鸡蛋水果沙拉、切片面包、果酱、巧克力酱的托盘出来，王致中麻利地接过来放到餐桌上，等陈玫又端着两杯牛奶咖啡放到桌上，一股诱人的巧克力粉在牛奶咖啡中慢慢融化沉淀而激发的香气弥漫在空中，陈玫坐下来，王致中递给她一块涂了巧克力酱的面包，看陈玫和颜悦色的表情，慢条斯理地说道："有什么喜事，儿子要回来了？"

"王川来电话，他到上海了，等干完工作就回平州。"

"他女朋友小宋和母亲也一起来了？"

"是啊，他们现在已经到平州了，等王川到了，再和我们见面。"

"哦，真的是平州人啊，那就不用订宾馆了。"王致中一面吃着，一面若有所思。

王致中看着陈玫说："儿子来电话，为什么不叫我。"

陈玫等口里的咖啡慢慢咽下后说："我看你睡得像个婴儿，没忍心叫你。"

"是吗，退休后真是无官一身轻啊。"

"没事的话，一会儿陪我去买菜。"

"今天别做了，中午出去吃顿好的，晚上再简单地吃点小吃。今天是我退休后的第一天，好好轻松一下吧。"

"好啊，去哪家店？中餐还是西餐？"

"你不是喜欢黄油焗龙虾、海胆、金枪鱼刺身，鲍鱼粥嘛。"随着王致中报着菜名，陈玫心里乐开了花，她知道去哪家餐厅了。

"我在网上先订两座，扫码点菜，一会儿去吃就行了。"

"好，再点些蔬菜。"

王致中佩服陈玫接受新事物的能力和嗅觉，儿子在美留学，陈玫很早就掌握了SKYPE，微信视频等聊天工具，现在又一机在手，用手机玩股票，点餐，网购，网上支付等，开车就更不用说了，技术比他好多了。

收拾完餐具，陈玫将新沏好的茶西湖龙井放到王致中面前的茶几上，自己泡了壶铁观音慢慢喝着，暖胃消食。

王致中翻着报纸，抿了口茶，这时他手机响了，"哦，陈林曦啊，"耳边传来省N行办公室主任陈林曦柔和的声音,他提行长助理的公示结束了，总行的任命通知还没下发，所以还是办公室主任，"王行长，早！"停顿片刻，像是走出办公室以方便说话："王行长，有位叫辛蔚的女士在我办公室，你要和她通话吗？"

辛蔚！王致中一听这个耳熟能详的名字，立刻有一种莫名的激动，两眼放光，但很快恢复了理智，"好，让她接吧。"

"致中，你好！我是辛蔚。好久不见，我从美国来，现在在平州。"

"哦，你好，来出差？"

"不是，有点私事要处理。你有时间吗？"

"有时间，我退休了，我们见见面。"

"好啊，我住在老银行大楼后面的清风小区。"

"知道了，明天早上十点我去接你。告诉我电话号码，哦好，发短信给我。"王致中挂了电话，一看辛蔚短信发来的是国内手机号码，难道她来了有些天了？还是双卡手机。

陈玫感觉王致中有点异样，什么人会让他这么柔声说话，难道是一个年轻的女人？据她几十年的夫妻之道，应该不会。

"谁啊？"

"陈林曦来的电话，过去的同事，从美国回来，找到行里去了。哦，你不认识，她在行里的时候，你还在省供销社呢。"

陈玫想和王致中一起去见他这个以前的同事，但眼神交错，王致中并没这个意思，陈玫只好示弱，默不作声，喝着茶。

接下来两人没什么交流，各想着心事。饭点到了，陈玫招呼王致中，一起换上出门的衣服，去吃饭。

陈玫驾驶着一辆黑色奔驰两厢轿车，穿过繁华的市区，来到平州市西边国家级风景区。在林间七转八拐后，在湖边的"至尊鲍轩"停下，"到了。"夫妻两人松开安全带下车。

环境很幽静，屋前是湖光山色，风景迷人，屋后是浓密的树林，间或吹来阵阵凉风。独栋建筑，别致坚固，欧式风格，汉白玉门框，黑门灰墙，让人想起了唐宁街10号。菜馆的门很小，门楣上嵌着"至尊鲍轩"四个宋体金字。

推门进去，一股淡淡的沉香不易察觉地悠然飘来，沁脑醒胃。"两位，请。"老板是个五十多岁的台湾人，笑眯眯地把他们引进一个包间。

"至尊鲍轩"做的是高端客户，10个包间，中午和晚上，一天接待20桌客人，只做预定，不做临客，因为食材新鲜，米其林厨师掌勺，味道地道，是平州市上等食客最爱的餐馆之一。

"八项规定"后，为了解馋，王致中和陈玫偶尔会来几次。

上完茶水，老板与他们核实了菜品。王致中点了瓶有VQA认证标志的加拿大冰酒，陈玫要开车，不能沾酒，点了杯鲜榨芒果汁。因为是预定，菜上得很快，蓝鳍金枪鱼肚腩、绿黄的海胆刺身，都非常新鲜，入口即化，蔬菜沙拉都是有机的当天鲜货。

酒菜半巡，又上了黄油焗澳洲龙虾和五头鲍鱼粥。王致中喝得很开心，陈玫欣然说道："在银行38年，最委屈和最得意的是什么事？"

王致中感慨地说"我这一生啊，别人看你当行长风光，但谁知道其中的苦衷呢。你记不记得，那次被关的事？"

"当然记得，要不是我老爸，你可能都要出不来。"

"那倒不至于，我没错，错的是那位贾市长。"

原来二十世纪九十年代初期，王致中在中江下面的一个支行挂职锻炼。在那个社会转型时期，企业逃废银行债情况严重，政府干涉、点贷银行情况也时有发生。有一次，为了保护支行的同仁不被秋后算账，王致中出面阻止了当地贾市长的关系人，没批不符要求的200万元贷款。空麻袋背米躲了，银行资金保住了，王致中却被抓了。

那时候通胀率很高，为了稳住物价，国家出台了贴息国债和贴息储蓄的政策，当时最热的是将储蓄利息作为奖金，当场开奖。譬如50万元一年期储蓄，有一等奖一个，其他奖若干，存了钱，拿了存单领奖票现刮，得奖者要登记领奖。有些人就蹲点数奖，大奖没刮出，剩下金额不是很多，就全包了。当时一个大户认为在支行营业部的有奖储蓄一等奖没刮出来，于是包圆，刮了奖票没见一等奖，便叫来一帮人包围了银行，说银行作弊，要求解释。

正是下班时间，银行关不了门，到处是人，眼看要大乱，一把手去省行开会去了，王致中正好分管资金组织，于是赶快出面疏导，让大家散了，承诺会调查此事。闹事的人群不肯散去，继续瞎胡闹，人越聚越多，银行是重要的部门，银行乱，社会就会乱，贾市长知道后，吩咐公安以银行有欺诈嫌疑为由，签发逮捕令，将王致中关进拘留所。

事情闹大后，不可收拾，省人行、省N行派出联合调查组迅速赶到当地，配合公检法进行协调处理。

经过调查取证，原来这是贾市长的关系人没贷到款导演的一出闹剧，目的是为了报复王致中，搞坏N行名声。

事情水落石出，王致中被无罪释放，几个当事人被刑事拘留，因为没证据指证贾市长事先知情，不了了之。

"你被抓的事我当然记得，为此，我妈还着急中风了。"

"是的，我对不起他们，尽添堵了。"

"别说了，爸妈都过世二十年了。老说过去的事，说明我们真老了。"陈玫端起饮料抿了一口，把一大块龙虾肉送到嘴里，自从在上海一家海鲜馆吃了黄油焗龙虾，她便好上了这一口，一年总要吃它几回。"那得意的事呢？"她歪着脑袋说道。

"好像没什么得意的，当行长，整天提心吊胆，生怕出事，因为业务扩张太快了。哦，容我想想，那个平州湾跨海大桥后续50亿元贷款，应该算是一件可以说的事。"

"咦，我怎么不知道？"

"现在可以和你讲了。那时候我在中江下面的加瑞分行当行长，为了营销这个优质资产，几个大行铆足劲，都想得到这个大客户，竞争白热化。

当时情况紧急，走程序，逐级上报，至少半年一年才能批下来，黄花菜都凉了。我只好带着项目可行性报告和两个处长去北京冲 N 总行贷审会。现在想来，我真是吃了豹子胆了。当时想过，最坏打算，事情搞砸了，大不了这个市分行行长不当，跳槽去其他小银行。没想到，总行吴行长听了我的情况介绍，当场拍板，说行。急事急办，签下了这个 50 亿元项目贷款，当时属全省最大一笔贷款，也为加瑞市分行进入一类行打下了基础。"

"你这么干，跨过省分行，他们没意见？"

"意见肯定会有，不过来不及了。"

"中江分行没给你穿小鞋？"

"好像没有吧，拿下这个项目，对中江分行也是有利的。"

"这么说，对你后来升任省分行副行长也有关系。"

"不完全是，但至少有些影响吧。毕竟我在副处、处级岗位上，十几年了。唉，我说了我的事，你呢？"

"我有什么好说的，男女有别，除了干好部门老总外，最得意的当然是儿子了，儿子是我最好的作品。"

"也是，我们的儿子很优秀，你付出了不少精力，为我们这个家，做出了很大的牺牲，敬你一杯。"

"干杯！"

吃完饭，结了账，回家睡了会午觉。下午三点钟，陈玫要王致中陪她去商场，买几件衣服，毕竟未来的儿媳、亲家母要见面，穿得体面些，不能给儿子丢脸。

王致中最讨厌陪人逛街、购物。陈玫想去，他退休后又没什么要紧事，再说明天要见辛蔚，穿得好点，也不丢分啊。他满脑子在想，三十多年没见了，他心中的女神会变成什么样子呢？

"想什么呐，快擦把脸。"陈玫把毛巾拧干了递给王致中。王致中接过毛巾擦了擦脸和手，还给她说道：

"没想什么，逛完商场，就在商场楼上的餐饮区吃点小吃，省得做晚饭了。"

陈玫马上说："好的呀，这样就轻松了。"

两人换上衣服，出了院门，往西没走几步，就是平州市市中心的商务区，气派的大商场都集中在这里。

逛了几层，王致中买了套米灰色毛料 Burberry 男装，陈玫买了件 Prada 紫青色调的套裙。虽然比起在欧美购买要贵些，但临时要穿，还是必须要花这个钱的。

买好衣服，他们便上了商城顶楼餐饮区，吃了可口的简餐，回家了。

重逢

第二天，陈玫早早就起床了，去面包店买回了刚出炉的牛角面包，煮好了咖啡，拌好水果沙拉，准备了一碟王致中爱吃的酸黄瓜。叫他起床，吃饭。

王致中睡眼惺忪，嗅了嗅飘进房来的咖啡香气，笑着说："真香啊，我饿了。" 陈玫拉开窗帘，一缕阳光照了进来，说："快起吧，买了你爱吃的黄油牛角面包。""好。"王致中敏捷地坐起，穿好衣裤下了床，穿好拖鞋，随着陈玫出来吃饭。

吃完早餐，看了会报纸，见陈玫洗好了餐盘，端上了沏好的茶。王致中说："儿子来电话没有，什么时候来平州？"

"没有，等他忙完了，会来电话的。"

"是啊，突然空闲下来，有点不习惯。"

"你不是上午要去会朋友吗，我给你准备衣服去。"

"哦，好啊。"

王致中虽然不像从前了，一听见辛蔚的名字，看见辛蔚，贵为天人，心里都会激动半天。如今时过境迁，王致中只想看看她现在是什么样子，过得好不好。

离约定的时间差不多了，于是先打了个电话："辛蔚，哦，你好，我是王致中，我马上过来，你在小区北门等我吧。"

"好的，致中，你慢点开。"电话里传来辛蔚那熟悉而富有磁性的声音。

王致中换好行头，丝毛鸡心领蓝色长袖衫和新买的米灰色毛料 Burberry

休闲西服，软底意大利休闲鞋，便拿着车钥匙出门去。

"远吗？"陈玫见王致中紧张兮兮的样子。

"不远，以前省分行老大楼后面。中午不回来吃饭了。"

"知道了。平时你不怎么开车，小心点。"

王致中"嗯"了声，开车走了。不一会儿来到清风小区北门，一个风姿绰约，像四十多岁的女人映入眼帘，仔细一看正是辛蔚，王致中在她边上停下，打开副驾驶车门，热情地招呼说："辛蔚，你好，上车吧。"

辛蔚定睛一看，端详了片刻，连忙说："你好，致中！"

王致中握了握她的手，怜惜地让辛蔚系好安全带，目不转睛地看着辛蔚，她还是那么漂亮，只是笑起来，眼角多了细细的鱼尾纹，他一时心血来潮，有想去吻她的冲动，但还是忍住了，便故作镇静地说："三十多年过去了，你没什么变化啊。"

"你也是。"

"想去哪里？"

"客随主便啊。"

"好，带你去个安静的地方。"

"什么时候来的？"

"前天。"

"你父母好吗？"

"父亲已经去世了，妈还在，和哥哥住在一起。"

"你奶奶？"

"奶奶不在了。在的话，要一百多岁了。"

"是啊，那时她好像73岁。"

"没错，你记性真好。"

他们亲切地交谈着，仿佛找回了原来的感觉。开着开着，不一会儿穿过城市喧闹的街道，来到闹中取静的平州国宾馆。王致中下车，为辛蔚打开车门，一边搀着她下车，一边柔声说："你慢点。"等她站稳了，锁上了车门。

他又上下打量了一下辛蔚，由衷地说："你还是那么漂亮。"辛蔚不好意思地应了一句："哪里，我都快奔花甲的人了。"

"我们先去湖边的紫光轩坐下喝茶，然后再去宴会厅吃饭。"

"行啊。"

客人不多，他俩找了个靠窗的桌子坐下，一个年轻的服务生笑着过来问喝什么茶，王致中说："两杯西湖龙井。"服务生应着去泡茶。见年轻人走远了，王致中亲昵地看了看辛蔚，柔声说道："我突然觉得有种回到从前约会的感觉。"

辛蔚笑而不答，王致中又说道："你好狠心哦，丢下我，三十几年杳无音信，我给你写了那么多信，你一封也不回，你忘记了火车站站台分别时说的话了吗？"想起分手后，苦苦寻找她的下落，王致中有些委屈。

"对不起，致中。你写给我的信，是在父亲的遗物中发现的，一封也没被拆看过，直到我几年后才读到。长话短说，到了美国后，突然发现以前学的英语完全不行，我听不懂他们说什么，他们也不知道我在说什么。所以叔叔很着急，给我报了半年的语言班，突击英语。后来又读预科，再本硕连读。在美国上学，老师讲得很快，经济学有很多高等数学，以前没学过，学得很辛苦，我像一个轱辘，根本停不下来，根本没时间所以也没联系你。"

"你父亲去世了？"

"脑溢血。"

"你没回平州参加父亲的葬礼？"

"回了，等忙完事，我去老大楼找过你，你们省中行搬走了，听省人行出纳处秦处长说，你快要和你的同事，副行长的女儿结婚了。"

"辛蔚，你好狠啊！你走后，我到处找你，写信不回，你们家又拆迁，不知搬去哪里了。那时候，我一直在那儿等，你一直都没有出现，我一直在那儿等是因为我知道如果等不到你，我全都完了，我不知道以后该怎么办。我受不了了！等你，变成我唯一的希望。一年、二年，N年过去了，你就这样像空气一样消失了。"

"对不起，我不敢找你。"辛蔚避开了王致中的眼神，停顿片刻，"退后一步说，就是真找到你，又能怎样呢。倘若找一个像我这样什么背景都没的人，还不如找一个对你仕途有帮助的行长千金。我真的是这么想，虽然当时心里很难过，但我忍着，没去找你，那是为了你好。你结婚这一天，正是我要走的那天，我还是远远地去看了你一下。"

"真的？在哪里看到我。"

"你是我去美国后的第四个5月1日在平州酒家办的婚宴。那天，你穿黑礼服白衬衫白领结，新娘穿的是白色婚纱站在门口迎接宾客，那天来了不少人。我化了妆，在马路对面看的你，然后就去机场，赶晚上8点的班机，飞美国了。"

"辛蔚，你真是冷静得可怕。要知道，除了你以外，我从来没爱过别人。我记得第一次看见你就被电到了，那时候，真奇怪，就希望每天都看到你，一天没看到心里就很失落。"

"难怪在省行老大楼，你都在偷看我。"

"我记得第一次牵你的手，也是在省行老大楼打乒乓球，你技惊一方，教我打球。"

"可惜，那么好的地标性建筑都被拆了。"

"是啊。我记得在我受伤住院，你来看我的那个冬夜。我记得第一次，我们一起去看电影，仍历历在目。当然更揪心的是第一次我们在车站的离别，以致我以后的岁月里，最讨厌、最不愿意去的地方，就是火车站的站台，因为我在那里失去了你。没想到这么多年后，才再牵到你的手，只不过地点不一样，时间不一样，年纪也不一样了。"

"在我看来，你一点都没变，你还是那时候的你。"辛蔚想起三十几年前，王致中给的深吻，他温柔的侧脸，刚毅的线条，泪水在她眼里打转。

"如今我们只能牵手，不能拥抱了。三十多年过去，你过得好吗？"

"还行吧。你结婚的第二年，我硕士毕业去了投资银行，后来经人介绍和一个华人医生结婚了，我们生了个女儿，现在住在新泽西。你呢？"

"我们有个儿子，现在也在美国。"

"我怎么一看到你，就觉得跟从前一样。对不起，我不能跟以前一样。要不然，我会后悔一辈子，对吗？"

"对不起什么，难道说还有人比我更了解你吗？怎么可能有人比我更了解你？"

447

"你知道吗，我每天都会想到你。"

"我也是，你记得这个吗？"王致中拿出一个红木雕花盒子，打开盖子，腥黄的内盒软装里，嵌有一块白色手绢。

"当然记得，是你第一次看我打球，一起下楼时，递给我擦汗用的手绢，上面好像有我的汗渍。"

"是的，我想你时，就拿出它来看看，睹物思人。本来要在洞房花烛夜给你的礼物。几年过去，当我意识到，再也等不到你的时候，只好把它装入盒内作永久纪念。退休后，甚至幻想，拿着它去美国找你。现在好了，我把它送给你。"

"谢谢你，我会把它带在身边，看见它就像看见你。"辛蔚接过盒子，泪如雨下。

"不管我们感到失去了多少东西。我们却共同拥有那无法用语言表达的宝贵的往事。"王致中看着远处的湖景，好像是在与过去告别。

回家的时候，陈玫帮王致中换好拖鞋，脱去衣服，说："见到老同事了？"

"嗯。"

"是个女同事？"

"是啊，你别多心。这么跟你说吧，退休以后，我曾想去过一段年轻时候憧憬的日子，只是突然觉得，活回过去，好像真的没那个必要了。"

"哦，老夫老妻了，我多什么心。年轻时什么日子啊，听不懂。儿子来电话了，明天晚上七点二十到平州东站，他坐的是高铁。"

王致中一看表，还不到三点，"那好，把他房间收拾一下，明天晚上六点二十，我们开车去接吧。"

"刚才钟点工来过了，房间已整理好了。"

"我去看看。"王致中到另一个朝南房间转了一下，虽然王川一直在外上学，很少住在家里，但小时候喜欢的变形金刚、航模、汽模等都保留着，还有一些他喜欢的科幻小说、经典名著等，儿子再大，在父亲眼里还是儿子。

尾声

儿子要回来了，把王致中和陈玫高兴坏了，他们一早就去农贸市场买菜，准备了一桌丰盛的晚餐。在客厅，还摆放了些鲜花，家里顿时增添了情趣。陈玫还偷偷准备了一张10万元的银行卡，以备儿子在平州的开销用。

天色渐暗，王致中和陈玫开车来到平州火车东站。还有十分钟，火车就要到站了。他们随着嘈杂的人流，涌到了出口处，不久，车站广播上海到平州的G518已经进站，显示屏也同步了这条信息。

就要见到日思夜想的儿子了，夫妻俩伸直脖子，像高速运转的CPU，迅速识别客流，寻找儿子的身影。

"王川！"陈玫高兴地喊了起来。王致中也看到了儿子，向他招手。

帅气高大的王川拉着银色拉杆箱，背着斜挎包，微笑着高喊着："老爸，老妈！"一路疾走，过了检票口，一面和父母来了个大熊抱，一面在左顾右盼说："小宋和她妈也来接我了，咦，怎么没看到她们？"

"啊？她们也来了，你怎么没告诉我们？"

"小宋一时兴起，临时决定的，她妈不放心，只好陪着来了。"

"你没告诉她们，我们来接你？"

"美国人才不管礼节不礼节，想来就来啦！"王川正要打电话。

王致中突然发现远处有两个女人一面和旁人打招呼"借过"，一面快步走来，越走越近，王致中的心都要跳出来了："辛蔚！小宋？"

王川一转身："阿姨，小宋！爸爸，你和阿姨认识？"

没等父亲反应过来，小宋高兴地和王致中和陈玫打招呼："叔叔、阿姨好！"

"我和你辛蔚阿姨岂止是认识，我们以前是同事。"王致中有点发虚，说得语无伦次。

陈玫一脸茫然，她被眼前的事情怔住了，被母女俩的相像、美貌和气质震住了，但很快反应过来，跨步上前，主动和辛蔚、小宋握手言欢："你好！你好！"

辛蔚激动得热泪盈眶，不知说什么好。

这时车站外的天空皓月当空，城市街区，灯火通明。

（原载《中国金融文学》2018年第1期）

450

作者简介

　　李丽丽，女，浙江杭州人，中国金融作家协会会员，先后发表小说《一朵玫瑰》《诊》等。现供职于中国农业银行浙江省分行。

我在高原

■ 郝俊文

一

去拉萨是我小时候的梦想，那时候上地理课，老师讲中国的四大高原，说青藏高原是世界屋脊，我记忆非常深刻。爸爸在家里的墙上贴了一张中国地图，我和弟弟做完家庭作业后，就看地图。那让我们增长了不少知识。我问爸爸怎么才能去西藏呢，爸爸说有青藏公路和川藏公路，工程兵正在修。我工作后，由于工作忙，后来有了孩子就更没时间了。那时一个星期只休息一天，一家人两辆自行车，哪儿也去不了。现在好了，十一连放七天假，我有了自己的汽车，又勾起了我少年想去西藏的想法。年初定了个去拉萨的计划，现在十一到了，连放七天假。这之前我做了去拉萨的功课，在网上查西藏的资料，在书店买了一些有关西藏的地理、人文、宗教和历史的书籍。买了一些吃的，还带上羽绒服和棉衣，一个人自驾游。当然，不会像过去，驴驮马担。进藏主要有四条路线，有新藏线、青藏线、川藏线和滇藏线等。我首选青藏线，因为过去这条线就是一条进出西藏的主要路线，现在依然是。格尔木到拉萨铁路早已开通，公路就更不用说。有一首歌唱道："这是一条天路……"还有一个原因，过去黄教的大活佛去北京朝见皇帝，来回都走这条道。

七天时间，从石河子到拉萨，经过柳园至格尔木线（国道215），直线距离2800多千米的里程，我一人自驾，一来一回就是5700多千米。千里之行，始于足下。

第一天从石河子到哈密，在首府耽搁了两个半小时，那是晚上十一点半左右到达的。我从车上拿下几个包，就进了某一宾馆，吧台的女服务员长得眉清目秀，穿着紫红色的制服，短发头，戴着胸牌。她和吧台里另一位坐在电脑前的穿着同样紫红色服装的瘦瘦的女服务员相互对视了一下，说客满了，接着她一脸严肃地教训了我几句，大意是十一小长假，为什么不早定房间呢。我一脸茫然，无语，我退了出来。认栽！哪儿也不去了，一不做二不休，就住在车里。我就不信那要比红军爬雪山过草地，风餐露宿还难吗？我把东西又放回车里，放倒座椅，试了试不是很舒服，也就将就吧，谁让咱皮糙肉厚的。我吃了点牛肉，喝了点水后，就去打开后备箱，抽纯净水洗脸、刷牙、洗脚。那一夜，打开天窗说亮话，基本就没有睡着，天快亮时，睡着了。外面的嘈杂声把我吵醒了，睁开眼一看，日上三竿。下车一看，天呐，像虱子一样的小虫子爬满了车顶，我起了一身鸡皮疙瘩。纳闷，从哪儿来的呢？抬头一看，车旁边的法国梧桐树是它们的根据地，树叶上爬得满满的，都是从那棵树上掉下来的。我望着它们骂了一句："上帝要让你灭亡，先让你疯狂。"

第二天，从哈密到格尔木整整走了一天，按道路的标志，不超速。走上三四个小时，就休息上半小时。从哈密到格尔木一路上太荒凉了，来往见到的车辆也不是很多。柳园到敦煌一路上几乎没有见到像样的树，见不到树的主要原因是缺水。沿路的沙漠里几乎见不到红柳和梭梭。我把车停在道边，下车攥一把黄沙，仔细一看，里面除了黄沙还有很多黑沙子，黄黑分明，而且黄沙占相当的份额。你说黄沙有啥用呢？全国每年都有人成为中科院院士和工程院院士，咋就没有一个研究黄沙的呢？这些地方再荒凉，也比月球适合人类开发和居住吧。开发沙漠大有学问，沿海人能让游人观潮。我们能不能把游人搞来夜晚点上一堆篝火，顶着月亮，围着篝火……还有治理沙漠的问题，内蒙古的沙子刮沙尘暴飞到北京，难道敦煌的沙子刮沙尘暴飞不到兰州？现在的科学家撒泡尿就能画出个太平洋来……一路上我就这样胡思乱想着。晚上十一点到的格尔木。我一到格尔木就找住的地方，去了一家宾馆，但挂出了客满。有点让人遗憾，不过宾馆总是常有理的。我想那就再将就一下，住在自己的车里吧！到拉萨就好了，咱也不住什么五星级宾馆，咱就住布达拉了。肚子咕噜噜响，有点饿了，在哪家宾馆路的南面找到一家夜间营业的餐馆，老板大约四十岁，甘肃临夏人，撒拉族，留着山羊小胡子，头戴白帽子。我买了一碗汤饭，味道不错，趁热吃下。我吃完饭跟老板商量，车停在餐馆门口，明天在那里吃早餐。老板想了想，用手捋了捋他的山羊胡子，点点头。在睡前，我又安慰自己："天将降大任于斯人也，必先苦其心志，劳其筋骨，饿其体肤……"我打开微信看到我的一位朋友说他在阿勒泰，我告诉他，我已到达格尔木。

二

清晨，格尔木天气很好，阳光明媚，白云朵朵飘在蓝天，我又出发了。其实前两天天气也不错。从格尔木到拉萨，我打算1100千米的里程用一天跑完。我在昆仑山口把车驶离公路，拐到昆仑山山口前的两块碑前下了车，支起照相机支架自拍，我刚给自己拍了几张，就看见一个人戴着一副宽边眼镜，身穿蓝衬衫，外套一件摄影服，手里拿着照相机朝我走来。我想他准是让我帮他照一张和昆仑山石碑的合影，因为他手中没有相机支架。他见了我先是不语，接着笑了笑，低下头看了我的车牌照后又抬起头来对我问道，你是新疆维吾尔自治区的，我心想那还用说吗，车牌照上谁都认识那个"新"字，但是，我还是很有礼貌地点了点头。当他看到我点了点头后，他又盯着我的脸问："你是不是叫黄江？"他那样看我让我多少有点不自在，我又点了点头。他说出了我的名字，让我大吃了一惊，忙问："你怎么认识我？"他笑着答道："我是上海金融界的，是文学爱好者，看过你的小说，在网上搜索过你。"我说："谢谢！"接着我又问："十一放七天假，你们到拉萨去？"他答道："我们七八个人从上海坐飞机到西宁，从西宁包车到拉萨。"就在这时，他的一位同事对他喊道："快回来吧，车要开了。"他朝喊声的方向看了一眼，转过头来对我说："到上海来玩，到时我陪你。"我说："好的，你快走吧，他们喊你呢。"他朝停车的地方一溜烟小跑。

望着他离去的背影，笑自己连人家的姓名都忘记问了。

　　过了昆仑山口，有一个检查站，有一位警察要求我下车登记。我到检查室，里面有两位女警察，要求我出示身份证、驾照和行车证。登记完后，又给我开了一张从检查站到西藏安多县的限速单，嘱咐我最高速度每小时不能超过70千米。还告诉我，山里已经下雪了。我手拿限速单，有一种感觉，觉得有点像过去的通行证，只是叫法不同。更有点像《西游记》中唐僧去西天取经，每到一地都要换通关文牒。对于限速我有点愕然，当初计划一天跑完1100公里到拉萨，现在是不可能的，计划赶不上变化，必须改成两天了，只好先跑到藏北高原进藏第一门户安多县。那一天，上半天还可以，蓝天、白云和坑坑洼洼的路，路上一些修路的藏族女工，把沙石料铺在要修的路面上，我看到后，开车经过时帮她们压一压，她们很高兴，她们都带着防紫外线的黑黑的脸罩。其中一位姑娘对另外一位姑娘耳语后，并用手把对方的防紫外线脸罩往下拉了一下，于是，被拉的姑娘自己干脆把脸罩拉了下来，我透过车窗看见那位姑娘的眉毛细细的、弯弯的，眼睫毛长长的，白皙的皮肤，高高的鼻子，是个藏族姑娘，很是漂亮。我对她笑一笑，伸出大拇哥。我判断她应该是这个道班里最漂亮的班花吧。她像一只孔雀开着屏，向我展示她的美丽，像是对我绅士行为的一种奖赏。

　　有时看云卷云舒，有一种追着白云跑的感觉。有时也能看到藏羚羊，在蓝天下、草原上羚羊妈妈领着小羚羊悠闲自得地吃着草。因为在路边，它们时常防范着不速之客的侵入，它们常常是一边低着头吃草，一边时不时抬起头来张望那些从路基上下来的陌生人，它们总是和陌生人保持一定的距离。一旦发现有威胁或者说受到惊吓，就会奋不顾身地保护它们的孩子，或者逃跑。它们不是很多，三五成群。在青藏高原能看到羚羊，可能是因为羚羊、穴熊和兔子是鬼王的东西，藏民一般不猎杀这三种动物，因为鬼王会报复的，一旦鬼王报复的话他们就会遭厄运。在和藏民交谈时，了解到以前也有偷猎者，他们开着越野车，猎杀藏羚羊，猎取羚羊绒，卖给地下收购的贩子，他们收购后经过南亚一些国家，再卖给欧美的羊绒加工厂，做成羊绒衫、围巾和披肩。羚羊绒衫、围巾和披肩在欧美是很贵的，又轻又薄又保暖。披上它们那是贵妇人和名媛的象征。一条羚羊绒披肩能从一枚马钱孔中穿过。这些年来当地政府在保护藏羚羊和国家保护动物等方面的工作上也收到了一些好的效果。

当夜幕降临时，我穿过了鹰石坪，继续向西前进，路不好又是夜间行车，车速在50多码。没过多久就看到车灯前飘着雪花，我知道正在穿越唐古拉山，海拔5990多米，唐古拉山里一年四季经常下雪。有几次会车，我觉得很危险，就主动停车，让大货车先过去。下了一路雪，一直熬了四个多小时后才到了西藏安多县。到了安多雪也停了。现在想想，有点后怕。这几个小时的车程我是怎么熬过来的？那使我终身难忘。其间，我双手紧紧地握着方向盘，脖子和双肩疼痛难忍，不停地会车，天又下着雪，路又滑，说真的我有点沉不住气。好像安多十分遥远，遥不可及，也不知道什么时候才能到安多。我再也不想开车了，但是，我又马上镇静下来，我问自己我是一位优秀的驾驶员吗？遇到一点困难就不行了。我告诫自己要做一位优秀的驾驶员。一位优秀的驾驶员应该是全天候的，不管刮风下雪，要随时应对意外情况的发生，一定要有良好的素质。安多很快就会到的，到了安多开上一个标准间，洗个热水澡，美美地睡一觉。最终我坚持下来了。

三

我把车开进安多一家宾馆的院子里，我到吧台要求开一间标准间，女服务员爱搭不理地告诉我没有房间。我又问她食堂有没有饭，她回答说没有。我非常地失望，就想吃些热火的，洗个热水澡，驱驱寒气，美美地睡上一觉，第二天去拉萨。现在事与愿违，好像老天爷专和我过不去。我感觉头有点晕，用手一摸有点发烫，浑身发冷，有点打摆子。我告诉女服务员我有点发烧，问她哪里有卖药的地方。她摇了摇头，看着我说这么晚了都关门了。我很无奈地又回到了车上，一坐在车座上泪水就情不自禁地夺眶而出。难道老天爷不让我去拉萨，我病了，我想远方的亲人和朋友们了。就在这时办公室的一位朋友打电话问我现在在哪儿，我立刻擦干眼泪，告诉他我在西藏，他吃了一惊。我告诉他别跟别人透露我的行踪。我问他去哪儿了，他告诉我他一家人刚从木垒旅游回来。他问我有住的地方吗，我说有，宾馆满了就住车上。我刚挂断电话，又一位朋友发来短信问到哪儿了，我回短信说到安多了，住在宾馆，刚吃过饭。我可不想让他们担心，又有谁会在困难的时候，把困难告诉他的同事和朋友呢，于是就有了善意的谎言。在我去西藏的意志即将瓦解时，正是他们打来的电话或者发来的短信，顿时让我又充满了信心，又有了力量。我回完短信，打开一袋牛奶喝了后，我穿上棉衣，有点不甘心，我把车开出了那家宾馆的院子，在安多的街上继续找旅馆，都住满了。我还看见几辆车也在找旅馆，他们在大街上转来转去。我的大灯照在他们的车牌上，清楚地看见都是外地的牌照，我绝望了。我把车停在一家商店的门前，放平座椅，我躺在椅子上，盖上羽绒大衣睡了，我觉得身上有点发冷。我好像有点适应睡在车上了，尽管有点低烧，没有用多久就睡着了。我不知道我的低烧是不是高原反应，也没有去看医生。没有带氧气瓶，也没有在格尔木适应几天，就这样日夜兼程进入了西藏的第一个门户安多。总之那一夜再没有吃东西，没有洗漱。

听见狗叫，我醒了，看看车的前窗，什么也看不清，原来前窗结霜了。倒是两边侧窗，还是能看清楚一些，天上既没有月亮也看不见星星，而且又下起了小雪。刚才狗叫，说明肯定有情况。又看见右侧窗，不远处站着一个人，朦朦胧胧看不清，但从轮廓上看应该是个女人。她在每辆车的旁边转来转去的，手里拿着一个包。这让我有所警惕和准备，我想这个地方不能再待了。我发动车并除霜，真恨不得马上开走。那个女人听见车的发动机响，立刻朝我停车的地方走来，我紧张极了，心都要蹦到嗓子眼了。她走到我的车前，敲我的车窗玻璃。听见她敲窗子的声音后我反而冷静了下来，我为什么要害怕一个女人呢，我又没有做什么见不得人的事。于是我降下了车窗的玻璃，车窗外站着的是一位女人，她的眉心有一颗痣，脸上似笑非笑，她穿着一件鸡嘴领的米黄色内衣，外套一件蓝色羽绒服，弯下腰细声细气地问我：

"先生，可以拼车吗？"我立刻意识到这个女人就是在自驾游中人们常说的拼车女人。不等我开口，她又低声说着："我陪你一路聊天，你提供吃住，每天给我一百元。"她说完后用目光直视着我，在期待着我的决定。那目光真让我有点不知所措，我沉默了片刻，有点尴尬，说："我的家人在宾馆里，我马上要去接他们。"

"其实前两天我们一路同行，只不过你没有注意我们，你的车不是在我们的前面，就是后面。你一个人开车，没有一个人讲话，你怎么熬过来呢？如果有我和你一起的话，那么你也不会寂寞了。再说了，我一点也不喜欢前面的车主，他的手老是乱动。"我彻底地穿帮了，她在努力地试图说服我。

"既然你都知道了，那么一边开车一边听着音乐岂不美哉。另外我还有很多问题需要思考。谢谢你的关注！祝你假日快乐！我要走了，前面有朋友在等我呢。"我婉转地拒绝了她，就在我要升起车窗的玻璃时，她说："谁，执我之手，敛我半世癫狂；谁，吻我之眸，遮我半世流离；谁，抚我之面，慰我半世哀伤；谁，携我之心，融我半世冰霜；谁，扶我之肩，驱我一世沉寂。谁，唤我之心，掩我一生凌轹。谁，弃我而去，留我一世独殇……"我知道她低声朗诵的是六世达赖仓央嘉措的诗，我有点吃惊，并且有点不相信自己的耳朵，但是那声音回响在我耳畔。我面前的这个女人刚才在我心中还是一个风尘女子的形象，现在让我刮目相看。我把车熄了火后，说："愿与您一路同行去拉萨。请上车吧。"她上了车，坐在副驾驶座上，转过头边笑边说："很有绅士风度呀，刚才还你，现在称您。"她那一串笑声像银铃声，然后她问："你的鼻子像拉风箱，是不是感冒呢？"我说："有点。"

"什么叫有点呢，让我摸摸你的头。"她一边说，一边把手背贴在我的额头上试着，稍停片刻后说："你发烧了。"

"哦，我身上发冷，不知是不是高原反应？"

"有可能，现在喝点热水吃点药就没有问题了。我就知道你们这些男人会忘记带的，我带的有药。"

"不用了，明天早上去药店买一些。"

"等明天干什么，我这儿带的有。能把灯打开吗？"

我把车内顶灯打开了。她把药从包里找出来后，又问："水在哪儿？"

我从后座拿出了军用水壶，拧开壶盖，确认她手中的药是治感冒的，才用水一起服下。她看着我手中的水壶笑了，说："还是一个军用老古董呢。"我说："是当兵时发的。"她有点好奇地看了我一眼后，问："你还当过兵？"

我回答："陆军。"她说："我爸也当过兵，是进藏的部队。"我问："是在18军吗？"她点了点头后，回答："张国华是军长。我也姓张，叫军芳。"我问："出生在西藏吗？"她回答："是生在拉萨西藏军区总院的一朵格桑花。"我说："那按出生地原则你是西藏人了。"她说："我就是藏人，难道不像吗？"我说："我有点冷，想睡一会儿。"她说："好吧。服了药，多喝水，睡一觉出点汗就好了。"我抱起水壶"咕咚，咕咚"又喝了几口，拧紧壶盖后，又放回后座。我放平座椅，躺下，盖上羽绒服睡了。睡前，我说："你把座椅放平，也休息一下，天亮再走。"她点点头，顺手关了车顶灯。

458

我醒了，睁开眼睛看见车里亮堂堂的，阳光无声无息地钻进车里，我感觉周身暖洋洋的。我身上除了盖着我的羽绒服以外，又多了一件蓝色的羽绒服，那是张军芳的，是她怕我冷给我盖上的。我转过头来怀着感激之心看着躺在副驾驶座上的张军芳，她蜷缩在那里，像一条冻僵的美人鱼。尽管她蜷缩着，那件米黄色的内衣依旧关不住她身上透出的春色和勾画出她轮廓来的流畅线条。我不知道张军芳怎么看我，我也不想知道。我告诫自己世界再好，花儿再美，那些都不属于我，我就想陶醉在罪恶的书中去编织我心中的歌。我摸了摸自己的额头，头不再昏沉了，一点也不烫了，经过一夜休息和药的作用，浑身轻松了许多。我坐了起来，把那件羽绒服轻轻地给她盖上。她似乎醒了，就在我把羽绒服轻轻地盖在她身上时，她的眼睛睁开了一下，又立刻闭上了。我知道她醒了，并不想打搅她。我下了车，轻轻关好车门。红日出山，照亮了雪域高原，我略感到一丝寒意。我打开后备箱，取出水和洗漱用具进行洗漱。当我梳洗好了后，我回到车里，发现张军芳早已经起来了，她把车里收拾得井井有条。她正在对着镜子在嘴唇上涂摸着口红，她停了下来，看着我问，你头还热不热，我摇了摇头说全好了。我告诉她下车去洗洗，我们再找一家饭店吃早点，然后去拉萨，她点了点头。

吃完早点后我们出发了，在途中张军芳说她母亲是18军中一千一百名进藏女兵中的一员，父亲是军官。在西藏一家人其乐融融。后来长大了，七七年恢复高考，考入西北一所财经学院。毕业后结婚，丈夫是大学同学，被分配在新疆维吾尔自治区一家金融单位，她也分配在新疆同一家金融单位工作。张军芳问："我说过我是一朵格桑花吗？"我回答："说过。"我意识到格桑花的含义了，于是我试探地问："那您是藏族？"她看着我天真地笑了，说："对，我前面告诉过你我是藏族。"我开始有点不相信自己的耳朵，我还以为前面她是说着玩的。张军芳也看出了我的疑惑，她解释说："在一次山体滑坡中，我的亲生父母被淹埋了，我家的房子也被冲毁了，我的养母是一名军医，在救灾时她听到了一个婴儿的哭声，冒着生命危险把我从废墟中扒了出来，太险了，差一点就完了，我成了孤儿。其实我也是她在军区总院接生的呢。"我说："养母堪比生母呢。"她瞥了我一眼，说："那是，养母和养父结婚后他们一直未生育，他们把我当成掌上明珠，把人间所有的爱都给了我。"她说完后，又说："能说说你自己吗？黄江老师。"张军芳叫我黄江老师，着实让我大吃了一惊，我问："格桑花，您是克格勃，连我叫黄江你都知道？"她回答："前两天我在昆仑山口石碑前拍照时，听几个上海人说您的。以前我光听说过你和读过你的散文，未见过面。"我笑了起来，说："原来是早有准备。怪不得一会儿要陪我聊天，一会儿又朗诵仓央嘉措的诗来呢。"她笑了，看着我问："我们为什么不享受一下雪域高原的太阳呢？"

我没有立刻回答她，而是将车拐到路基下的草地，停了下来，我们下了车。我们走到不远处流淌的河边，倾听它在太阳下发出的欢快的声音。我指着滚滚向东流淌的河水问："古希腊有一位哲人说'人不能两次踏进同一条河流是什么意思？'"张军芳反问道："子在川上曰'逝者如斯夫'是什么意思？"我们都笑了起来。张军芳指着河上的大桥说："我一看见桥就想起了小时候我家门前也有一条河，河上也有一座木桥。有一年开春我和几个孩子在桥上玩耍，我披着小棉衣，嘴里哼着歌。一会儿跑过来，一会跑过去，结果棉衣被风吹落，掉到桥下。"我戏言道："二八女渡娇，风吹落小桥。"

她看着我说："那时我才四五岁。一看到棉衣掉下去了就哭了起来，这时一个叔叔从桥上过，走了过来见我咧着嘴哭呢，就问旁边的孩子我为什么哭呢？孩子们告诉他，我的棉衣掉到河里了。那个叔叔听了后，从桥上往河里看，发现我的小棉衣飘在水上，就叫我别哭了，他说他帮我捞。

他脱了鞋子放在河岸，挽起裤腿，下水帮我捞。河水不深但是很凉，他一下水腿就抽筋了。把棉衣捞上来了后，又把我送回了家。”

“回家挨打了？”

“没有。叔叔走后，妈妈说我了，让我以后小心点，人不要掉到河里了。”

“棉衣呢？”

“妈妈挂在火墙上给我烤干了。你给我盖羽绒服时，我正在做梦，好像羽绒服掉进河里，浑身冷得不得了。”她一边说，一边盯着我，那目光中透出了火辣。

我有点不好意思，赶快转移了话题，说：“我家门前有条河，河上也有座桥。小的时候掉进了离桥不远的河里。”

“我是棉衣掉到河里，你多大？”

“五岁。”

“我和一群孩子到河里摸鸭蛋，掉进了漩涡，结果孩子们全跑了。”

“掉进漩涡，能活着出来，那你命大。”

“那要感谢两个在河边洗衣服的老太太，她俩是亲家。其中一个姓崔，叫崔谢氏。一个姓张，叫张王氏。崔谢氏发现远处水里有一个东西围着漩涡转一圈又一圈，从远处看加上阳光反射影影绰绰地看不清，有点像只鸭子在水里。崔谢氏告诉张王氏说漩坑中有一只鸭子，要把水里的鸭子捞上来，一人一半改善一下家里的伙食，那年头是‘三年困难时期’。张王氏表示同意，不愿错过天赐良机。于是俩人放下手中的衣服，走到漩坑捞‘鸭子’。等走到漩坑边时，才看清漩坑中不是什么鸭子，而是一个小孩。崔谢氏看着张王氏说刚才好像还有一群孩子在这里玩水，怎么现在一个都没有了，都跑到哪里去了。两个老太太大眼瞪小眼，你看我来我看你。张王氏问那是谁家的孩子呢。崔谢氏说不管是谁家的孩子，救人一命胜造七级浮屠。两个老太太都是小脚，崔谢氏顺边下到齐腰深水中，水流湍急，张王氏赶紧拉着她的一只手，否则水会把也她冲走了。等水把我冲过来时，她的另一只手试图抓住我的腿，几次都没有成功。她又往深水里走，水一下满过了她的胸脯到脖子，水再次把我冲过来时她一把抓住我的腿，张王氏拉她，她拉着我，就那样把我救上来了。”

张军芳在河边的一块石头上坐了下来，指着另一块石头示意我也坐下，我坐了下来。她的眉头皱在一起，然后看着我问道："大难不死必有后福，后来呢？"

　　我望着滚滚的河水，然后转过头说："河滩上围了一群人，两个老太太瘫倒在河岸上，我躺在那里，嘴唇发紫，浑身湿漉漉的，头发上滴着水，肚子喝得圆咕隆咚……"

　　"难道没有人救你吗？"

　　"人是救上岸了，好像奄奄一息，很多人在这方面没有经验。人群中一个南方人走到我跟前，南方河流多，在这方面有点经验。他在我面前跪了下来，用手摸摸我的胸口，感觉不到心脏跳动，然后用手掐我的人中，还是没有反应，最后给我做人工呼吸，从我嘴里吸出一口浓痰来，吐在地上。我开始喘气了。他又让人从牛圈牵来一头牛，让我趴在牛背上，头朝下，把水吐出来。"

　　"没有人通知家里人呢？"

　　"有，就在那个南方人救我的时候，有人已经认出我是谁的孩子，去我家通风报信。家里锁着门，没有人。他又跑到八连连部，报告八连长于吉普，于吉普听了后感觉事情重大，又往营部打电话告诉黄营长。"

　　"黄营长是谁？"

　　"是我父亲。"

　　"哦，代本先生怎么讲？"

　　"代本先生说有好几千人要管，家里的归老婆管。人活过来了就不要打电话了。救不过来的话，挖个深一点的坑埋了，不要让狼和野狗扒出来吃了。嘱咐于吉普一定要打个电话告诉他一下，将来到那边也好有个交代，毕竟父子一场。"

　　"代本先生知道水火无情啊。"

　　"代本先生就坐在电话机旁边守着，实际上中午他都未上床午睡，吃完午饭后他一刻也未离开过办公桌。他预感电话铃会响的。就是上茅房，也让通信员守在电话机旁。"

　　"电话一直没有响，对吧？"

"响了。"

"响了，响了你还能坐在这跟我讲话吗？"

"你听我讲嘛，就在他趴在桌子上打盹时，电话铃声突然响起来了，他立刻抓起听筒，听筒里传来了总机接线员的声音，接线员说是八连长于吉普的电话，有急事找你。他让接线员接过来，于吉普向他报告说中午周仲兴和大车班几个战士去到河里洗澡，他一跳到河里人就没有了，一起去洗澡的大车班的战士在河里摸了一个多小时也没有摸到。他责问于吉普团里营里早就命令不准战士去河里洗澡，在会上给战士要求了没有，于吉普说给战士们三番五次地要求不准战士私自去河里洗澡，天热，还是有战士偷偷去河里洗澡。他问人在什么方位失踪的，于吉普回答在离大桥几百米的地方。他又问找不到有多长时间了，于吉普说有近两个小时了，不过他也是刚接到大车班班长张大海的报告。他命令于吉普带着八连会水的战士把手里的活暂时先停下来，全部下河里找，他才 16 岁，活要见人死要见尸。人找不到，撤于吉普的职。"我说："他就那样，六亲不认。"

张军芳笑着指着河水，说："一根筋，一直流到东。"她回过头，看着我又问："他打不打你？"

我回答："从我记事起，他几乎没有打过我，在家他有一种威严。"

张军芳说："棍棒下面出孝子，父亲不打儿子，不可思议。"

我看了一眼坐在石头上的张军芳问："坐在石头上凉不凉？"

张军芳笑着回答："不凉。"我说："如果凉的话，我去车上拿个垫子。"她说："不用了，谢谢你的关心。"我说："高原不一样，白天有些凉了，一到晚上就下雪。"张军芳抬起头，用手指着天上的云说："你看天上的白云多美啊！还有蓝天，高原上的牦牛、藏羚羊和野驴。不过我还是想洗耳恭听你讲代本先生打捞人的事。"

我笑了，说："当黄代本先生和通信员丁小丁骑着马来到了八连连部，碰见八连司务长孟庆明，孟庆明一米八左右的个子，浓眉大眼的，说一口四川话，正牵着一头毛驴子往拉水车上套呢，准备去河里拉水。本来毛驴遇见了马，是驴唇不对马嘴，那小毛驴却一反常态，要和马亲嘴，孟庆明拉都拉不住，从地上捡起了根红柳条抽了它几下，它不但生气了，'呜哇呜哇'

地叫了起来而且还尥起蹶子。"我看着张军芳说："动物跟人一样,喜欢了,谁也拦不住。"

张军芳笑了起来,说："梁山伯与祝英台就是那样。"

孟庆明套了几次那头毛驴就不上套。看到这种情景,黄代本先生和丁小丁从马上下来了,把缰绳递给丁小丁,他的马让丁小丁牵着。更可笑的是,丁小丁根本就牵不住他手中的两匹马,那两匹马也想和那头小毛驴亲热,嘴里流着口水,直往小毛驴跟前冲。丁小丁费了很大劲才把那两匹马牵走。黄代本走过去边帮孟庆明套毛驴,边问孟庆明是第一次套毛驴车吧,孟庆明点点头。他又说毛驴认生,接着又问于连长和指导员在不在连部,孟庆明回答去河坝里打捞周仲兴了,他们带了全连十几个水性最好的一起去的,这不连炊事班拉水的都去了,拉水没有人了只好他亲自去,拉完水后还要到菜地拉菜,要不然,到时候晚饭就不能按时开了。他问打捞进展得怎样了,孟庆明说刚才于连长让人来炊事班拿酒给下水的人喝,虽然那么热的天,但是水下却刺骨凉,喝点酒身子骨暖和,估计还没有打捞到周仲兴,要是找到了也就不会来炊事班拿酒了。他嘴上哼了一声,心里明白过去了那么长的时间,连个周仲兴的影子都没有找着,估计凶多吉少。只听孟庆明又说黄营长,你说奇怪不奇怪,上午你儿子黄江掉进去的地方,下午把周仲兴掉进去了。黄江救活了,周仲兴那个龟儿子是活不见人死不见尸。孟庆明看见他没有吭声,于是又神秘地问黄营长信不信迷信,他摇了摇头。孟庆明说中午炊事班开饭,改善伙食,给战士们做的面条,周仲兴一人吃了三份,又排队打第四份时,炊事班班长马正远不给他打了,周仲兴不愿意了就和马正远吵起来了。老马说现在粮食定量了,战士一月42斤粮食,他的饭票不到月底就吃完了,咋办?周仲兴说不用老马管,没有就不吃了。孟庆明听了后,觉得老马说的也没错,最后孟庆明还是让老马还是给周仲兴卖了。黄代本说一个16岁的娃娃,还是让他吃饱,即使他不干活,关禁闭也要让他吃饱,真不够吃,也要帮他解决的,对路边乞讨要饭的,还要给他一个馒头,何况是自己营里的战士呢。孟庆明说黄营长那个"没有就不吃了"当时就觉得听起来特别扭,是不是人死之前一些征兆呢。毛驴车套好了,孟庆明赶着毛驴往北走出几十米后,回过头看到他和丁小丁骑着马往河坝走去时，于是又喊道，黄营长回去看看黄江吧，他说他去看过黄江了，黄江坐在门槛上等他爸呢，不吃也不喝，也不说话，像只受伤的小鹿呢。就在孟庆明回头喊话时，那小毛驴也转过头对那两匹马"呜哇呜哇"地叫着，它向那两匹马说再见呢。

张军芳打断了我的话后，说："你那时候像一头受伤的小鹿，可昨天晚上有点凶，像只老虎。不过，现在挺像一个绅士的。"

我看了她一眼后，说。"格桑花，哦，应该叫你卓玛。你看看太阳，已经快到中午了，该吃午饭了。"张军芳说："我喜欢军芳这个名字，你以后就叫我军芳吧。我不想吃午饭了，听你讲故事。"我说："一边做饭，一边讲故事，两不耽误。我带着锅碗瓢勺，带点野炊色彩。"她说："这里水的80多度就开了，喝不成。"我说："我带着高压锅，液化气罐呢，没有什么烧不熟的。我还带着家乡的纯净水。军芳女士，想吃胡萝卜羊肉抓饭呢还是米饭土豆烧牛肉呢。"

张军芳说："羊肉抓饭是我的拿手饭菜，我来烧。"我点了点头。

我们又回到了车旁，拿出来做饭的家什，不一会儿，一锅香喷喷的羊肉抓饭做好了。我们把床单铺在草地上，坐着吃了起来。张军芳问："香不香？"我回答："也不看看谁掌勺。"她笑着说："在光天化日之下吃饭，有雪山当背景，真是一种享受呢。"我说："野炊是一种享受，但是喜马拉雅山挡住了印度洋吹来的季风。如果我们把喜马拉雅山锯开一个50公里宽的口子，印度洋的季风会带来丰沛的降雨。"张军芳一脸严肃地说："你不怕把四川盆地淹了，让它变成中国第一大湖。一会儿把地球这里打个洞，一会儿把那里锯个口子，搞得地球千疮百孔的，地球会报复人类的。"

我们又向拉萨方向行驶了，在途中张军芳问我："你在兵团待过吗？"我点了点头说："那是二三十年前的事了。"她说："兵团在新疆维吾尔自治区起着稳疆、固疆的作用。"我一边开车，一边说："兵团在新疆维吾尔自治区的作用是众所周知的。他们起着兵的作用。劳武结合。"她问："屯垦团场的农场主都很富吗？"我回答："整体生活水平提高了，现在搞团场小城镇化建设，住宅楼建了不少。"她问："他们能买得起楼房吗？"我回答："能，兵团鼓励职工买楼房，兵团补助一部分，师里团里贴一部分，职工自己拿一部分。连队职工很多都在团部买楼房，过去是地窝子、土坯房，现在是楼上楼下电灯电话。"她问："连队那些居民点还有人吗？"我回答："有，但是不多。农业机具放在连队。农闲时住在团部，农忙时回连队。"

张军芳说："我对兵团的记忆犹新，那时我在西藏，来了一些新疆生产建设兵团援藏的人，他们特别能吃苦。"

"兵团还支援过越南。"我如是说。

"黄江老师，知道尼克·李森吗？"

"你说的是搞倒巴林银行的那小子吗？"

"是的。"

"我知道。"

"此话怎讲。"

"1995 年英国巴林银行新加坡办事处的首席交易员尼克·李森，由于操作风险，最终以亏损 10 亿英镑使有 230 多年历史的巴林银行破产。"

"那个案例我知道。当时他只有 28 岁，他写的那本书《我是如何搞垮巴林银行的》，曾被拍成电影《魔鬼交易员》我都看过。"

"如果刚开始期货交易出现 300 英镑亏空时，能按操作规程办，就不会出现倒闭的问题。"

"没有审查部门？"

"形同虚设。"

"听说伊丽莎白女王的钱也存在巴林银行。"

"是的，她在巴林银行做理财。"

当我们行驶到纳木错时，张军芳提出要下车回家去看看父母和同学。我停下车，下车道别。我们交换了电话号码和微信。当我看着她离我而去时，有一种依依不舍的感觉。我给她发了短信："格桑花开了，开在对岸，看上去很美，看得见却够不着，够不着一样美。"过了一会儿我收到了张军芳回复的短信："我忍住了看你，忍不住想你。我必须下车，否则我不敢面对未来。"

四

　　我终于到拉萨了，它位于念青唐古拉山和冈底斯山之间。拉萨河翻着浪花朝西南流向雅鲁藏布江进入印度的恒河。拉萨不大，但是它是藏传佛教格鲁派的圣城。布达拉宫依山而建且雄伟壮观。看见拉萨城让我想起了吐蕃王朝的赞普松赞干布，他是一位有远见卓识的吐蕃王。他在1300多年前用武力统一了青藏高原上的吐蕃人。在选择王城方面煞费苦心，王城选在山谷里，山谷里又流淌着拉萨河，在进入拉萨的关口布防重兵，在这种依山傍水的王城，再储备上足够的粮食。松赞干布和尼婆罗（尼泊尔）联姻，松赞干布娶了尼泊尔的尺尊公主。又和李唐王朝联姻，娶了文成公主，还为她修建了布达拉宫。敌国是很难攻入拉萨的。关于文成公主下嫁给松赞干布，那是一个事实。第一次松赞干布遣藏使禄东赞来长安求婚，唐太宗没有恩准将文成公主下嫁松赞干布。松赞干布十分精明，率兵攻打了大唐帝国的藩国吐谷浑，大败吐谷浑后，接着又攻打了大唐帝国。李世民调集五万兵马由侯君集统领攻打松赞干布，松赞干布被打败后，又派遣禄东赞作为吐蕃使者去长安表示臣服，还要求李世民将文成公主下嫁给他。最近看到一些有关松赞干布在逻些（拉萨）为尺尊公主修建了大昭寺，为文成公主修建了小昭寺的……，其实现在布达拉宫里就供奉着松赞干布和文成公主。大昭寺里也供奉着文成公主和她从大唐请往吐蕃的佛祖释迦牟尼12岁的等身像。

　　我在进藏的路上，在雪域高原有时可以看见磕等身长头的藏人，有男也有女，他们胸前挂一块布，双手带着木制的护手，一步一磕，整个身子平平伏地，是去拉萨大昭寺祈福去的。他们想通过这样的方式修来福分，或者祈祷来世能有一个好结果，追求幸福的精神可嘉，勇气可赞。至少，他们是在追求幸福的路上不停地向前，也许他们没有到达大昭寺就倒下了，临死之前，回头看看自己走过的脚印，没有徘徊，心中也是一种欣慰。那就像人生通往成功的道路，成功者都是少数，他们在通往成功的道路上又迈上了一个新的台阶。

　　我到拉萨是非要去布达拉的，我马不停蹄地直奔布达拉宫，那是因为奶奶在世时祈求菩萨保佑在外当兵的父亲一家平安，向菩萨许愿并献给菩萨一只羊。还有一个原因是我的一位朋友受了很多的磨难，还有他的家庭也遭遇了不幸，但是最终也成了一名很有影响力的诗人，他曾经在菩萨面前为我祈福，我要把愿望带去，祈求他全家平安。当然有些东西是要还的。

在拉萨的时光虽说不长，但是我对拉萨印象挺好，感觉爱上了这座城市。老城区保留了藏传佛教文化的精华和特色，给世人永远留下了一种神秘感。我记得乾隆皇帝因大活佛转世时害怕有人借机舞弊，采用了金瓶掣签的规定，专门制作了两个金瓶，用于大活佛转世。一把放在大昭寺，专管藏区大活佛转世。另一个放在北京雍和宫，管青海、内外蒙古、新疆维吾尔自治区和甘肃活佛转世。新城区透着现代生活的气息，一些高楼大厦、四五星级的饭店和超市让这座城焕发着青春和活力，这是文明的传承无声无息散发着的光芒穿透这座城市的每一个角落。一些传统的东西还是保留下来了，拉萨街上的茶馆都是藏民开的，主要还是酥油茶，糌粑。我进了几家茶馆，几乎都是清一色食品，很单调，很少有炒菜之类的。藏民不种菜，也不吃菜，他们认为蔬菜都是草，是牦牛和其他牲口吃的。也不吃鱼，认为那些都是不能吃的。他们种青稞，磨成面，放在锅里用牛油或者酥油炒。用青稞酿酒招待来客。但是他们多少年来从来离不开茶叶，吃了饭就喝茶。茶里有一种碱，有助于清洗肠道里的油腻，它起着清道夫的作用。过去的茶马古道，是马帮赶着驮茶叶和物资的马队从云南和湘西翻山越岭运送茶叶经过昌都运往藏区的驿道。山谷里回荡着马铃的响声。

五

我要返回新疆维吾尔自治区了，尽管我对拉萨有点依依不舍。出拉萨几十公里不远的一地方叫某乡，那里有一个检查站，检查完后，我把车停在离检查站不远的商业街，说是商业街，实际上就是沿街两栋二三十间商业用房，有四川饭馆，也有藏族人开的茶馆。我下了车，两栋房子的中间被两扇大门连接着，大门两边的墙上相互对称竖着两块牌子，大门右边的牌子上面写着汉藏两种文字"西藏自治区某县某乡人民政府"。大门左边的牌子上写着汉藏两种文字"西藏自治区某县某乡人民武装部"，进入大门就是乡政府大院。大门右边的第一间商店引起了我的注意，为什么呢？因为该商店门脸上方的牌匾上写着"某某商店"的汉藏两种文字，但是在进店的两扇玻璃门上贴着 A4 纸打印的汉字"厕所"两个字。那着实让我有点吃惊，到底是商店呢还是厕所呢？我决定进去看个究竟。于是我推门进去了，我看见靠后墙的地方有一张桌子，有两个藏族女人在聊天，她们并没有因为我的到来而抬起头来看我一眼。我也并不介意，其实我本来也不是进来买东西的。我环顾四周，东西并不多，主要是一些瓶装水、饮料和一些日常用的小商品等。我问她们有厕所吗？当她俩听到我的问话后，同时抬起头，其中一位三十多岁的站了起来，她眼睛大大的，颧骨高高的，脸蛋红红的，她身穿藏服，头发很长，披在肩上，一看就知道她是藏族妇女。她指着侧面墙上的一扇门，意思是那里面就是厕所。我并没有进去。我抬头时发现后墙上贴着一张年轻喇嘛的像，像的下方整齐地排列着几张 100、50 元人民币。我猜想相片上的人一定就像我们的关公，或者财神吧。不过我们小商店供奉的镀金铜关公或者是镀金铜财神，下面放上香炉，点燃香，烟雾缭绕的。那张喇嘛像下面写着藏文，我不认识。松赞干布派人去印度学习，用印度文字中的三十个字母组成藏文，结束了西藏无文字，结珠记事的历史。我指着那张喇嘛像问他是谁？她用藏语回答噶玛巴活佛。我不太能听懂藏语，可是人名地名还是能听懂的。藏语属于汉藏语系，尽管有些发音和汉语分别不大，但是我认为她说的就是噶玛巴活佛。那是西藏第一个转世的活佛。早在十三世纪，活佛转世诞生于噶举派的直系传承噶玛派。噶玛派的创始人都松钦巴的得意门生噶玛拔希，他佛法高深，神通非凡。他圆寂时看到弟子悲痛，产生了怜悯之心，决定自己转世，继续教化众生。他将自己的灵魂伏在在一个刚死去的十三岁农村孩子身上，孩子的父母发现孩子眼睛发光，又开始眨巴眼，认为诈尸了，就从锅灶里抓了一把灰撒在孩子的眼里，又用针扎破他的眼。噶玛拔希没有办法，只好扔下那具尸体，再次潜入后藏地区一妇女的胎宫内。孩子出生后被命名为让炯多杰，这就是第三世噶玛巴活佛。后来此系被明代皇帝赐以"大宝法王"之衔。当我在思考一些问题时，她突然打断我的思绪，用汉语说："西藏没有喇嘛了，达赖喇嘛在印度。"我指着噶玛巴活佛的像反问她："他是不是活佛？他在不在西藏呢？"她抬头看了看噶玛巴活佛的像答道："是，他在西藏。"

那曲的天空飘着白云，念青唐古拉山在白云之上，白云就像一顶白色的桂冠，戴在她的顶上，像一个羞涩的少女。时光这把神工鬼斧把山峦雕琢得千奇百怪。牦牛像一艘艘草原之舟，它们身上的毛长的像裙摆，在山坡上悠闲自得地一边吃草，一边沐浴着阳光。当它们在受到情敌挑战时，为了捍卫它们的爱情，双方会有一场恶战，在草原上奔跑着，也会像西班牙的斗牛一样发狂，它们头上的角像把利刃倾斜着，对准情敌，猛扑过去，得胜的一方会昂起头趾高气扬地一边走着，一边把尾巴来回不停地甩着。而失败的一方却会伤心地夹着尾巴离开。看到那些吃草的牦牛，我想起了自己还没有用午餐。我把车停在路基下，去的时候带了十个手工馒头，吃了五个馒头，剩下五个馒头长了霉点，有三个西红柿也烂了。我想浪费就是犯罪，不如给牦牛吃了，民以食为天，牦牛也以食为天。我下了车，一看牦牛哪是在吃草，纯粹就是在啃土。我大发慈悲，从车上拿下了霉馒头和烂西红柿，我举着，一边唤牦牛，一边朝它们走去。它们好像并不领情，开始有组织地撤退，老弱病残在中间，周围是一些雄壮公牦牛守护者，有几头公牦牛公然向我示威，它们护卫撤退的队伍疯狂地来回奔跑着，它们扬起四蹄奔跑，奔跑时身体的流线型和飘逸牛毛有一种洒脱和美感。我明白了它们在警告我，我侵犯了它们的领地或者打乱了它们在草原上建立的秩序。我停了下来，把霉馒头和烂西红柿放在地上打算离开。就在我直起腰的时候，我发现不远处有一头瘦牦牛，皮包骨头，能看到它的条条肋巴骨凸出，即使再厚的牛皮也掩盖不了根根肋巴骨。一股怜悯之心油然而生，我又拾起了地上的馒头朝它走去。它一见我就往边上闪了两步，见我没有敌意就停了下来。不过它并没有解除防范。我看见它的两眼流着泪水，好像是在祈求我帮助他。我把馒头又放在地上，我回到我的车旁。它见我离开了，很小心地走到馒头跟前，用鼻子闻闻，舌头舔舔，然后开始吃了起来。

当我看着那头瘦牦牛享受我给它的馒头时，我发现其他的牦牛开始接近它，一场弱肉强食战争就要开始了。就在我担心之际，突然我的身后传来了"我是刑警"的声音。我立刻意识到，可能是那几个馒头惹的祸。你说邪不邪，西藏120万平方公里，平均一平方公里两三个人。警察可能几十平方公里一个，至于刑警嘛，就少得可怜了。刚把馒头喂牦牛，就招来一个刑警。再说了我一不偷二不抢，还没有做一件让刑警出面来调查的事来。当我转过头去时，发现一个严肃的、精干的、高个子穿便服的人在我身后，在离我的车三四米的路基下赫然停着一辆白车。于是我脱口而出："我曾经也是刑警。"那高个子穿便服的人说："我是内蒙古的刑警。"我一想不对呀，内蒙古和西藏都是平行的省级行政机构，互不隶属。我看了看那辆白色的车，的的确确挂的蒙A的牌照，按常规内蒙古的警察不过问西藏的刑事案件的。我说："我曾是新疆维吾尔自治区的刑警。"我看了他一眼后，说："刚才喂给牦牛的馒头长毛了，不算浪费。"他笑着说："我叫贾和平，我为什么说我是刑警，因为一下车就发现你像……"他突然停下了，脸上的笑容消失了，用眼睛盯着我。我有点吃惊，我想贾和平自报家门，他是警察，是职业养成的。不过，他是不是刑警还两说呢。张大可抢劫、杀人案就是冒充甘肃兰州缉毒队的刑警，在半路上拦了一辆未挂牌照的新奥迪，杀了银监局的局长和司机，我一想到这些就出了一身冷汗。我表面应酬着："哦，哦……"开始做格斗的准备，如果他再向前走一步的话……出乎我的意料之外，他说："你像我喜欢的文学家黄江，他写的散文《草原上响起了琴声》，是写内蒙古希拉穆仁草原的，在电台播了，我喜欢。"现在我的心脏又恢复正常了，说："我也喜欢。"他问："你认识他吗？"我说："我和他重名，认识。"他问："你知道我为什么一见到你就说'我是刑警'吗？"我答道："职业……"没等我说完，他打断我的话说："我一眼就认出你就是黄江。"我有点诧异，不过还是点点头默认了。他挽起我的胳膊像捉犯罪嫌疑人一样，说："咱俩合个影吧。"我说："我去车里拿照相机支架。"他看了我一眼后，说："不用了，我车里还有一个人，帮我们拍。"我有点吃惊，看着他，他打开车门，头伸进车里，至于说了些什么，我不知道，他关好车门，又走回到我跟前，依旧挽着我并肩站着。副驾驶座的车门开了，从车上下来一位美女，大约20多岁，1.65米左右，身穿一件灰色风衣，她走了过来，贾和平把我向她做了介绍，他介绍她时，犹豫了一下。我试探地问："是你的女朋友吗？"他立刻摇了摇头。我明白了，他俩是一组，很可能在执行任务。我和她握了手，她接过贾和平的手机给我们拍了照。我抬起头看看天空，那曲的天空在太阳的照耀下飘着白云，白云下面一群牦牛在抢着那几个长了毛的馒头。我问："希拉穆仁草原有这儿美吗？"贾和平笑着说："内蒙古也很美的！"

分别的时候到了，贾和平从车里拿出一盒内蒙古产的奶酪，金属盒子制作得很精美，作为礼物送给我。我说："谢谢你送给我这么贵重的礼物！欢迎您去我们那儿旅游。"作为回赠，我拿了四包纯净奶，让他们在旅途中享用。

六

又要过藏北高原了，再往前几百米就是安多检查站了。我记住了安多，让我喜欢，也给我带来忧愁的地方。路边停了一溜车，有二三十辆。那是因为车主在那曲往安多行进时超速，在那儿等待罚款，时间一分一秒地从他们身后溜走。我把车也停了下来，我想在安多的土地上留下一点纪念。我在河边走着，捡到一块黑石头，它有一个杏核般大小，很重，周身有气泡等陨石特征，我不知道它是不是陨石，至少也是一块顽石。我不用像那些车主一样，在那里耗费我的宝贵时间，我是用这些宝贵时间来丈量青藏高原的，我又往唐古拉山走去。过了安多几十公里，天渐渐黑了下来，又下起了小雪。

晚上11点到了钮钴禄兵站，我决定当晚就住在兵站。因为天太晚了，离雁石坪还有60多公里。兵站在5990多米高的海拔上，它位于青海境内。兵站周围没有下雪，在车灯的照耀下，我看见有几只狗在兵站的大门口蹿来蹿去，沿门口的围墙边堆放着兵站装修拆下来旧暖气片。看到这些，我知道兵站至少在近期装修了。我把车停在大门口，两扇大门是由钢管和钢筋焊成的，每扇门上都有一颗红星。我下车去，用锁链子敲兵站的大门，没人回声。倒是几条狗围着我，也不叫。一看就是野狗，每只狗的耳朵都耷拉着，一副底气不足的样子，因为没有主人。我对着大门高声喊道："警卫，开门，开门。"我一连喊了好几声，那几只狗也不叫一声。终于院子里传来了脚步声，伴随着越来越近的脚步声音，一个年轻人出现了，他隔着大门问："谁？"我赶快高声回答："我，黄江。"他问："你找谁？"

我回答："我不找谁，想住一晚。"他看了我一眼，说："这是兵站，不对外。"又看看门外的那几只狗，然后用手指着它们训道："来人也不叫。"我问："它们是您养的？"那个士兵答道："野狗。"我听了他的话后，说："野狗哪有看门的责任。"他听了后，抬起头看着我，说："有时有剩饭喂些。"我问："单位再好，不发工资，谁干？您喂它们剩饭，那是打发叫花子呢。叫花子只对自己负责，不会对施主负责。给它们军犬的待遇，每天喂上半斤肉。保准几十里外有声音，它们都会闻风而叫的。"他盯住我的眼，说："你是思想家吧。"我说："您说对了一半，我是作家。"他面露吃惊状，问："作家？"我朝他点了点头。他说："我就喜欢文学，能在这里遇见作家太不容易了，进来吧。"他似乎又想起了什么，盯着我问："哦，刚才你说你叫啥？"我一边回答："黄江。"一边把身份证递了进去。他看了身份证后，又还给了我，说："我叫吕云楠，在这里负责登记。"他把小门打开，我进去了，跟着他走进了他的办公室。

吕云楠指着一把椅子对我说："你随便坐吧。"我点了点头，在椅子上坐下了。在灯光下，我看清他了，年龄二十三四岁，眼睛不大，五官还算端正。他是一名军官，他的肩章是一杠两星，是个中尉。他问："手机能查你的资料吗？"他不等我回答，拿起一个纸杯子，倒了些水递了过来。我点了点头后，说："可以，有网最好。"我喝了一口，放下杯子问："您是军官？"他回答："是军医大毕业的。见习期刚过，中尉副连职。"我打断了他的话，补充道："专业技术十三级。"他有点吃惊地问："你咋知道的？"我故作神秘地指了指天，回答："我是从天上来的。"他笑了起来，又说："一起毕业的，家里有本事的有的去了国外，有的留在大城市了。我家祖祖辈辈都是农民，父母也没有本事，只好到钮钴禄当兵。"我说："当兵好，人这一辈子一定要当一回兵，那样就没有白活一回。至少向左转不会转错方向。"吕云楠笑了起来。我感到有点口渴，于是又问："中尉，有热水吗？跑了一天想喝点热的。"

吕云楠拿出了几瓶纯净水倒进热水壶里，插上了电源。我说："不好意思，给您添麻烦了。"他说："那有啥，再不烧，就该熄灯了，想烧也没电了。"

他拿出手机上网，两三分钟后，抬起头看着我，笑着说："你还是一个大作家，我要是让你走了，领导知道我没有让一个大作家进来，那还不刮我的胡子。"我也笑了，说："那有啥，您也没错，是按制度办事。"他说："不过我给领导打个电话请示一下。"吕云楠给他的领导打了电话，放下电话后说："领导说作家可以住，但不是军车不能停在院子里。"我说："我吃点热饭，喝点热的就行，就不在您这住了。"吕云楠吃惊地问："那你住哪儿呢？"我说："住大门口。"他用命令的语气说："那不行！"我问："为什么？"他回答："有狗熊。你又不是一般人，人必须住到院子里，你的安全我负不起责任。"我问："这事是真的？"他回答："我听老兵说的，今年这一带就有人被从后山下来的狗熊咬了，不过还好，命保住了，嘴唇被咬掉了，做整容已经花了几十万了，还没有治好。"我解释道："我住车里又不是外面。"他瞪大眼睛，问："知道后山的狗熊多重？"我摇了摇头，说："不知道。"他一边看着我，一边用手比划着说："狗熊都几百公斤，把你的车都能掀翻。"我说："外面不是还有狗嘛。"吕云楠立刻反驳道："刚才你还讲野狗、流浪狗哪有看门的责任。"我笑了起来，问："中尉，您知道苏联有个大教育家巴甫洛夫？"吕云楠点点头，答："用狗做实验，证明条件反射的那位。"我说："我有办法让那几只野狗、流浪狗帮助我的。"吕云楠站了起来，用手比划着说："大作家，你以为你是鲁奖入围，就能对付狗熊。别说狗熊了，来一匹狼你那几只狗都对付不了。五道梁今年有两个谈恋爱的大学生，住在帐篷里，被狼吃了。"听完他说的话，我有点恐惧，但同时我觉得也太小看我了，我也是军人的后代，也曾是军人。再说又不是住在帐篷里，住在车里，于是有点坐不住了，站了起来，说："怎么见得，猛虎架不住群狼。"吕云楠一边说，一边从脖子上取下一只狼牙挂件来，递给我，说："这是一颗中山狼的牙，我爷爷给我的，听说我到钮钴禄兵站当兵，让我挂在脖子上，是辟邪的。你把它往地上一扔，野狗一闻味道，拔腿就跑，它跑得比兔子还快呢。不信试试。"我从吕云楠手中接过狼牙，仔细观察了一下，有点发黄，穿狼牙的那根红线绳有点旧了，还有汗渍，但是还结实。我用鼻子闻了闻，上面还有汗味。我笑了，一边把狼牙递给他，一边说："中尉，你家的传家宝还是拿回去吧，都是汗味，哪儿有狼的味道呢，你往地下一扔，野狗还以为给它一块骨头，不用嚼就咽到肚子里了。"

水开了，吕云楠把插头拔了后，给我倒了一杯开水递了过来，他又坐回了原处，我接过杯子后也坐了下来，从包里拿出一些吃的，我给了他一包大连海产鱿鱼丝。他很高兴。我吃饭时，他又说起狼的故事，说："听老兵说钮钴禄这里也有野牦牛，也有羊群，狼经常光顾，每次都得手。以前有猎人打狼，狼被打光了，成了国家保护动物了，枪都收走了，猎人都转行了。结果狼又多起来了，吃牦牛和羊的事时有发生。"

我知道吕云楠给我讲述狼故事的目的，是为了我的安全，那也是好意。我又何尝不知道狼的厉害呢。我吃完饭收拾好碗筷后，说："中尉，我给你讲一个自己在山中遇到贝卡的亲身经历。"吕云楠有点好奇，问："贝卡是谁？"我回答："我在山里遇见的一匹狼，我给它起的名字。"我看着桌子上那只穿着红线的中山狼的牙，继续说："我经常在周六、周日去山里摄影，有一次在山中遇到一只狼。那是一个周末，我停稳车，从车上下来，我就看见在对面不远的一座小山坡上站着一匹狼。当时我还以为是牧羊犬呢？"

"黄江老师，你真会开玩笑，狼狗不辨。"

"我目测了一下距离，有七八十米，我发现贝卡通身是草灰色，它的两只耳朵竖着，尾巴拖着地，两只眼睛露出凶光，嘴巴张开，舌头伸着，身上的一切全是狼的特征。"

"那是狼的特征，中山狼也都具有那些特征。"

"天呐，那是一匹西北狼！"

"你赶快跑吧。"吕云楠为我着急起来，说。

"跑不是给贝卡传递了一个信息：你害怕它。它能在四五秒中向我冲过来，断我的喉，尽我的肉。"

"那你怎么办呢？"

"我用眼睛狠狠地瞪住它，身子慢慢地向后退去，退到车门时，用手在背后扣住车门的拉手，猛地拉开车门。"

"黄江老师，我替你捏了一把汗，不过，你真的有点运气。"

"这时贝卡已经发现了我的目的，它很聪明，它从山坡上开始朝向我狂奔，人说上山狼遇见下山虎，狼上山时快，贝卡是从山丘上冲下来的，就慢了一点，当它冲到车前时，我的身子已经进入车里，但是一条腿还在外面，我用尽全身力气关门，把我的腿夹得很痛，我赶紧把门打开一些，把腿缩了回来，与此同时贝卡趁我开门之际，它的前右爪子已经抓烂了我的腿，并伸进车里。"

"爪子伸进去了？"

"是的，看见那只毛茸茸的爪子，怪吓人的，我双手使劲拉着车门，夹着了它的前爪子，它的另一只前爪不停地在我的车门上抓着，拍打着车门，它的头贴在挡风玻璃上，我清楚地看见它的眼睛流露出凶残的目光。"

"拉紧门。"

"我的腿很痛，流血了，也顾不了那些了。开始发动车，把油门加得很大，我驾驶着车把它拖了好几十米，它开始还跟着车跑，可过了一会儿，玻璃上就看不见它的头了，我听见它哀嚎起来，有一声没一声的。"

"一部人与狼大战的电视片呢。后来呢？"

"我估计贝卡被夹的腿伤了。我松开了车门，它的爪子也滑落了下去。我又往前开了几十米，我从后视镜看见它躺在地下，我想它在装死。我越想越气，差点就被它吃掉，我把车停下，先把腿简单包扎了一下，然后从后座拿出一把工兵铲，我要亲手结果贝卡。"

"弄死它？"

"贝卡躺在那里一动不动，眯缝着眼。当我下车走到贝卡跟前时，它睁开了眼，看着我手里拿着工兵铲，接着就地打了个滚，像犯了错误的狗一样，等待着我的惩罚，趴在地上，低下头，嘴巴几乎埋在土里，三条腿伸直匍匐在地上，被夹的腿受了伤，弯曲着。它的目光充满着恐惧。"

"那是伪装的。"

"不管它是不是伪装的，但是我看见它的肚子鼓鼓的，一定是怀了狼崽子。"

"放下屠刀立地成佛。"吕云楠边说边笑了起来。

"法律还讲人道主义呢，怀孕期的女杀人犯，还不判死刑呢。再说它也是一条生命。我从车上拿了一块卤牛肉，撕下一块放在工兵锹上，推到它的嘴边，它只是用鼻子嗅了嗅，没有吃。"

"贝卡的腿伤得咋样？"

"它的腿只是伤了，肿得很大并没有完全断下来，它不停地用舌头舔着，有可能骨裂。我分析要不它咋不站起来呢。于是我从车上拿出随车带的几瓶云南白药，倒在工兵锨上，用纯净水拌匀，我端到它跟前，它警惕性很高地用眼睛瞪着我，我把药水慢慢地滴在它的受伤处。过了一会儿它用三条腿试了几次终于站起来了，估计云南白药止痛了，它看我的目光也平和了。"

"狼也通人性，那是在感谢你呢。"

"我想它三条腿以后咋生活呢？我去找了一根粗一些的干树枝，用刀削成两块夹板，给它固定在受伤的腿上。"

"黄江老师，它腿不行，别忘了它还有嘴呢？"

"是的，我必须要把它的嘴巴封上，我用绳子做了一个套，把两条后腿捆住，然后再把它的嘴用胶带缠住，把那条伤腿用两块板子夹好，用胶带缠紧。等这一切搞利索后，把卤牛肉放在它的嘴边，再把两条后腿放开，最后再把嘴放开。离开前，它还匍匐在那里。看着它好几分钟，它不时地看着我。"

"没有想到你还是个动物保护主义者呢。黄江老师，天晚了，明天你还要赶路呢，睡吧。"

晚上我还是住在车里，吕云楠说如果有情况就按喇叭。我在睡觉前，给那几只野狗喂卤牛肉。它们围着我，盯着我手中的牛肉，我学狗叫"汪汪"，哪只狗叫，我就给它喂肉，不叫不喂。一会儿全都叫起来了。我用手电照它们，它们都对我摇着尾巴，告诉它们有情况就叫，叫了就喂肉。我把肉包好又放回了车里。它们很聪明，听懂了我的话，惦记着那些肉，围在我的车旁边转来转去。

深夜，我被狗叫声惊醒了，车窗的玻璃上结了一层薄薄的冰，外面什么也看不清。我打开手机看了一下时间，上面显示3点半左右。狗叫的声音越来越大，吕云楠打电话问我有什么情况？我说光听狗叫，还没有搞清楚是怎么回事。他说不行就回来睡吧，安全第一，来了那么久从来就没有听见狗叫过，肯定有情况。我说您就安心睡觉吧，我现在正在履行一个哨兵的职责，有情况我马上打电话告诉您。他哼了一声，不再说什么了，挂了手机。

几条狗都狂吠起来了，我用手指在车窗的玻璃上刮了刮，刮下一些冰渣子来，又用嘴在上面哈了哈热气，受热的薄冰立刻就化了。透过车窗我看见几条狗朝着东面一边跑一边叫，在一百米开外，围墙旁边停着一辆货车，有三个人抬着一个东西正往车上装，还有两个人在放哨。胆也太大了，居然敢偷军用物资。我立刻打电话给吕云楠报告，他听了后说，那些拆卸的暖气片，站长答应给山里小学过冬用的，院子里没地方放，就堆在院子外面的围墙墙根下，过两天给学校送去，可不能让他们偷了。黄江老师，你没有来时，院子外面整天都能见到狗，但它们从来都不叫，今天晚上它们为啥叫的那么凶，你有啥秘密武器吗？我说："我的法宝是搞统一战线，路线正确了没有人可以有人，没有枪可以有枪。"吕云楠问："黄江老师，你刚才说他们有几个人？"我回答："有五个人。"他说："我实话告诉你整个兵站就我一个人，加上你充其量也就两个人。"当我听吕云楠说加上我才两个人，还充其量时，吃惊得嘴巴咧到耳朵根。你想一想兵站在运输线上的重要性呢，都看过《三国演义》，曹操火烧袁绍的乌巢，乌巢是囤积粮草的，就是兵站。美军在印度洋有一个兵站叫迪戈加西亚岛，也叫军事基地。在伊拉克战争中，从太平洋地区调往海湾的美国海军航母编队、空军战斗机联队和陆军部队，都是经过该岛，并在此加油补给后开往海湾的。

　　我问："其他人呢？"他回答："我们刚刚完成裁军指标，装修期间，兵站该探亲的探亲，该回去结婚的结婚，都走了。"他在电话里稍微停顿了一下，然后又反问道："你进兵站时见到其他人了吗？"他这一问我想起来了，在兵站里除了吕云楠一个军人外，还真没有见到其他军人。我立刻又问："枪呢？"他回答："枪，哪有什么枪呢，枪在保险柜里。双人押柜。站长拿着钥匙，我拿着保险柜的密码。和平时期人枪分离，用枪要经过上级批准。"吕云楠的后半句话让我想起了"文革"时期，大军区司令紧急时刻不经中央军委批准能调动一个营的兵力，事后要向军委写明经过。省军区司令可以调动一个连。军分区也只能调动一个排。开枪那是要上级批准的。我想晚上弄不好就有一场大战，吕云楠可能还是个处男，要是牺牲了连个生命延续都没有，岂不白来世上一回，于是我试着问："你在上学期间，谈过女朋友没有？"吕云楠反问道："黄江老师，你问这干啥，这是我的隐私，和今天晚上的事有关吗？"我回答："是的。你是军人，在我这个老军人面前必须说实话。"他有点勉强地说："那好吧，恭敬不如从命。从记事起到我长到二十几岁，没有碰过我喜欢的女人，连她身上一根毫毛都没有碰过，更不要说亲嘴和鱼水交欢了。有时看见自己喜欢的女人的手好看，想摸一下，但有贼心没有贼胆。只好在月光下伸出自己的左手当作她的左手，然后用自己的右手去握左手，来过把瘾。但是话又说回来，在医学院实习时跟法医解剖过女尸，啥都见过。再说了农村孩子上大学，学费大多数是找亲戚借的，哪有钱谈恋爱呢。俺爹要求俺好好学习，不让谈恋爱。他说俺将来有出息了，追俺的女人能排成队。"我听了他的话，心又沉了下来，不过一想到站长，我心中又升起一丝希望，又问："站长呢？"他回答："哪有领导跟下级请假的，军人以服从为天职。"听了吕云楠的话，我顿时无语了，也有点后悔了。千不该万不该就不该住兵站，更不该说"路线正确了，没有人也会有人，没有枪也会有枪"那句话。这不是又一个空城计吗？孔明弹琴退仲达，他还有两个童子伴在左右。我除了一把工兵锹和几只野狗以外，连个像样冷兵器也没有，哪怕有一把杀猪刀也行。要人没有，要枪没有，巧妇难为无米之炊。可我不是诸葛孔明，于是我对吕云楠说："虽然您是搞医的，但您也是一名现役军人，我听您的指挥。"吕云楠说："黄江老师，你就别再谦虚了，还是你指挥吧。"他停顿了一下，不等我开口，他又说："我刚在手机上找到了你的信息，生在军人家庭，长在军营，又当过排长。我吕云楠是个军医，割个瘤子，包扎伤口还行，其实我和白求恩大夫干的工作一样。再说了不就五个蟊贼嘛，怎么好像如临大敌一样。赶走就行了。"他说完后，挂了手机。

我放下手机，准备下车，就在这时我的手机又响起来了，是吕云楠发来的短信，我打开一看，上面写着今天晚上的口令问："牛魔王到哪了？"口令回答："到通天河了。"

我有点紧张，拿着电筒和工兵锹蹑手蹑脚地下了车，一下车几只狗就围了过来，在夜幕的笼罩下虽然我看不清它们是否张着嘴、伸着舌头，但是我知道它们已经把我当成它们的主人了，来向我讨吃的。我朝它们刚才叫的方向挥手一指，它们又朝我指的方向开始狂吠了起来。我的心放松了许多，它们的叫声给我壮了胆。我想要是有酒就好了，喝上几口，也许胆子会更大些。要是有月亮就更好了，我就能看清他们手里拿的是木棒还是枪呢。我可是一打五呢，我会死得很难看的。我一边想一边领着几只狗走着，约摸走了几十米，就听有人问："口令，牛魔王到哪儿了？"我停了下来，问话的人打亮电筒，把我上下照了一下。我愣了一下，我知道是自己人，有点高兴，便立刻回答："到通天河了。"那人听了我回答的口令，关了电筒后，又问："是黄江老师吗？"我回答："是的。"我有点奇怪，他怎么知道我呢。

"我是兵站的站长王亮明。"听他自报家门后，我知道了一定是吕云楠告诉他的。在夜里虽然我不能看清楚他的面孔，但能大致看清他的外形轮廓，一米七不到一米八的个头，穿着军大衣，站在那里。他讲一口甘肃话，他的声音很有磁性，略微带点鼻音。

"王站长您好！"我在离他不远的地方停了下来。

"黄江老师，还是回院子里面休息吧，注意安全！我们正在把暖气片拉到技术监督局测试一下，如果合格，明天来车拉到山里小学。"

"谢谢！不过在外面也很好呢，虽然看不见月亮和星星，但是唐古拉山的夜景还是很美的。钮钻禄兵站给我留下了深刻印象。"我放下工兵锹，打开手电筒望着几只狗，它们在我面前摇着尾巴，围着我转过来转过去。我蹲了下来用手抚摸着它们。

我和几只狗又回到了车前，为了奖赏它们，我从车里拿出卤牛肉，削成片喂它们。喂完后，又照照它们，发现它们对我摇着尾巴，有点"手舞足蹈"的样子，围着我的车转过来转过去的。我又回到车里，打开手机，看到了贾和平发来的短信："我已经到日喀则了，祝黄江老师一路平安。"我做了回复："一路平安，我在钮钻禄兵站。"

睡前我想给吕云楠打个电话通报一下刚才的情况，结果吕云楠先打了进来，他问："黄江老师，你说的那个贝卡会不会来我们钮钻禄兵站呢？"我有点丈二的和尚摸不着头脑，反问道："哪个贝卡？"

"就是你上山时遇见的那个叫贝卡的狼。"

"哦，我还以为您说的是以色列轰炸黎巴嫩的贝卡谷地的'贝卡'呢。怎么了？"

"最近我们附近山里老有狼伤人事件，据老猎人说是一只腿有点瘸的狼，因为留下的脚印有一只浅一些。我联想到你讲的故事里的贝卡，它的腿被夹伤过。会不会是它呢？"

　　"中尉，依你的判断，这种可能会有的，不过概率会非常低呢。"

　　"最近我看到普京总统放生了一只叫乌斯京的老虎。我们这边叫东北虎，俄罗斯叫西伯利亚虎。有可能翻越大兴安岭，到东北。不过它脖子上戴着普京总统亲手戴上的 GPS 卫星定位项圈呢。"

　　"现在这都是怎么了？动物也和人一样有国籍了。东北虎跑到俄罗斯，他们捉住带个 GPS 项圈就成了俄罗斯国籍了。"

　　"贝卡是西北狼，会不会顺着额尔齐斯河跑到俄罗斯呢？再戴个项圈又成俄罗斯国籍了，叫俄罗斯阿尔泰草原狼呢。"

　　"有可能，已有前车之鉴。"

　　"黄江老师，说真的贝卡会不会跑到钮钴禄来呢？"

　　"也许。"

　　"刚才王站长表扬你了，说你有胆量，是个军人……"

　　我开了十几个小时的车，又累又乏，我不知不觉又进入了梦乡并且还打起了呼噜。说了让人都不相信，吕云楠问我你睡了吗？我居然还能回答他我没睡，我听着呢。他说那怎么在电话里能听见你的呼噜声呢？我回答他我没有打呼噜。至于后面吕云楠什么时候挂断手机，又说了些什么我全然不知。睡了大约一个小时不到两个小时的光景，我又被狗的叫声吵醒了，我睁开眼睛看到车窗玻璃上又结了一层薄冰，还是什么也看不清。吕云楠又打电话问有什么情况？我回答等我搞清楚后再说，不过，这次狗叫得比上次更凶，上次是虚惊一场，这次说不定真有情况。我用嘴对着车窗玻璃哈热气，用手抠掉冰渣子，把眼贴着玻璃朝外看去，恨不得把眼珠子瞪出来。我终于看到了，天呐，在黑夜中有一只动物的两只眼睛像两盏灯，它和几只狗撕咬着，只几下，一只狗就倒在地上起不来了，它像三国中的关公，过五关斩六将，一会儿几条狗基本上都倒下了。我还没有反应过来，狗叫声也停止了，我敢断定是一匹狼，它站在那儿等我下车。

　　我愤怒了，立刻发动车，把挡风玻璃上的霜除掉，打开大灯照着它，朝它冲了过去。它开始退却了，它一边往山上跑，一边时不时扭过头来回看。我不能再往前追了，车到山前必有路，都这样说，现在是车到悬崖已经无路了。我不得不在悬崖前停下车并没有熄火，它看我停下，它也停了下来并转过身对着车。这让我有所警觉，因为它的攻击力很强，我操起工兵锹下了车，当我往前走了几米时，它在离我几十米的地方对着我，一副俯首帖耳的样子，四个爪子伸直，趴在地上，那动作我有些熟悉，有点像贝卡。我有点忘乎所以了，被它的假象迷惑了。但是我还是提醒自己我不能再追了，我已经孤军深入了，应该停止追击。狼很狡猾，惯用调虎离山计，使用狼群战术，到那时就糟糕了，人应该止蚀。于是我做出了停止追击的决定。

可是一切都晚了，当我环顾四周，观察到周围像是有很多萤火虫时，我想这个季节不会有萤火虫的，而它们的生命也只有一周的时间，再说它们在空中飞舞都是'群魔乱舞'的。现在看到的是每对发光点都是平行的，该不会是狼眼发出的光吧。我再仔细观察，证明我的判断是正确的，那分明是一群狼眼发出的光，正朝着我的方向快速移动着，我立刻意识到我被狼群包围了。我抢起那把工兵锹一边防卫一边迅速朝车门靠近。可能是汽车发动机的声音太大，它们没有贸然发动进攻，就像黔之驴一样，老虎是第一次靠近毛驴时，驴一鸣，虎大骇，远遁。何况是狼呢？或者它们正在等待狼王发布总攻的命令。值得庆幸的是我安全回到了车里了，却把工兵锹滑落在了车外，但是，我悬着的一颗心也落了地。

我拿起手机，翻开手机一看好几个电话，我都没有接上。都是吕云楠打来的，还有张军芳发来的短信。

张军芳的短信："我在纳木错。花啊，想开就开，想不开就不开了？"我做了回复："你明明是不想开了，可是还是开了，因为不开比开还累。"

吕云楠的电话我回拨过去了，他接到我的电话时，劈头盖脸就问："黄江老师，你把我急死了，打了好几个电话也不接。雁过留声，走也不吭一声，我还等您吃早点呢。"我听了心里很不是滋味，我知道他批评我呢，于是我只好实话实说："我追狼去了，没有来得及告诉您。"吕云楠问："安全吗？"我回答："安全！"吕云楠又说："您要被俘了，狼王不会给您使用日内瓦战俘公约的。"他说完后，又大笑了起来。

　　我被听筒里传来的笑声震得脑袋嗡嗡响，但是此刻我无论如何也笑不出来了，我知道目前的处境。放下电话后，我透过车窗看见它们张牙舞爪，目露凶光，迂回地包围了我的车，就在它们完成合围时，突然听见一声嚎叫，整个狼群发生了动荡，接着很快又恢复了平静。从后面进来一匹狼，它个头高大，雄壮，威严，它用威严的目光注视着坐在车中的我。其他的狼纷纷低下头给它让开一条路，从它居高临下的气质看，应该是狼王出场了。我知道那就是吕云楠说的狼王。我想它发动总攻前，它一定要演唐吉坷德大战风车的场景，但是，出乎意料的是它并没有用它的铜头撞我的玻璃和发动群狼向我的车进攻，而是围着我的车用鼻子嗅着，最后，它对那把在地上的工兵锹发生了兴趣，来回不停地嗅着，这让我感到意外。我想狼王一定闻到了工兵锹上的特别气味。

　　我努力在记忆深处搜索着，我想起来了，这把工兵锹在救贝卡时拌过白药，此后再没有用过，一直放在储藏室。这次上高原，才又带上的。但是，我不敢确定。如果真是那样的话，那眼前的狼王毫无疑问是贝卡，那真是"说曹操，曹操到"。我想我的结局会略微好一点。与此同时我还想如果不是贝卡的话，我被俘了，那就惨了，它不会遵照日内瓦战俘公约，优待战俘的。与狼共舞，和它先跳一场死亡的华尔兹，然后被摁倒在地上，任狼宰割。但是肝脏是要贡献给狼王的，因为它最喜欢吃肝脏，那是狼王的专利和特权。我承担着人类对它们残忍的报应。就在此时狼王叼着工兵锹跑到车前放下，打断了我的思考，然后对着天空云层里忽隐忽现的一轮残月，引颈嚎叫，俗话讲："人有人言，兽有兽语。"它似乎在向上苍祷告着什么，然后对我网开一面，它领着一群狼沿着山脊跑了。等它们跑远了，我又打开车门下车了，把我的心爱的工兵锹捡了回来。

　　我又回到了钮钴禄兵站，吕云楠在大门口打着手电朝在地上躺着的几只狗身上照着，他在履行一个医者的责任。他见我下车就停了下来，转过头看了我一眼，看着我没有事，又转过头去，一会儿在这只狗的鼻子上摸着看有没有喘气，一会儿又在那只的鼻子上摸摸。还不时地翻开狗眼看它的瞳孔有没有扩散，边看还边诙谐地说："狗眼看人低，哪是狗眼呢，像个死鱼泡。"最后，他指着一条狗问我："黄江老师，奇怪了，这只狗身上一点伤都没有，它咋会没有气了呢？"

我想了想后，回答："是吓死的。"

"我想也是。都说狗胆包天，不过如此。"然后他又说："黄江老师，这几只狗可以做床大狗皮褥子，可老美。"

"我就不用了，它们为我而死的。我不能再伤害它们了。"我有些伤感地说。

"那你说咋办？这也是人类的一种资源，浪费了。"吕云楠转过头来又说："你说咋办吧，人还把角膜、肾等器官捐出来呢。"

"那您给您爷爷奶奶做床狗皮褥子，他们年纪大了。再给您做双狗皮袜子吧。"

"黄江老师，狗皮袜子反正没有。可老美。"

七

东方出现了鱼肚白，钮钴禄兵站依然显得庄严。在风中飘扬的军旗和大门上的红五星是那样醒目。

钮钴禄兵站夜里发生的一切事情，到现在又恢复了往日的平静。地上的血渍被一层薄薄白雪掩盖了。望着军旗，我对常年守卫在高原运输站上的官兵们肃然起敬，我对着军旗敬礼。

我又往回返了，走了不远，天空中又下起了雪，小雪花飞舞着。我一边小心翼翼地开着车，一边打开车窗欣赏着纷纷扬扬的雪花，有一些雪花飞进车里，像盛开的朵朵花瓣。更有几朵落在方向盘上，向我展示它们的魅力，瞬间魔幻般地变成几滴晶莹剔透的小水珠，雪花真是随遇而安。远处白雪皑皑的唐古拉山，像一个白发魔女，它背负着白雪，像身穿一件白色的蟒袍，脱了穿，穿了脱。沱沱河作为长江的源头，像一条巨龙向东奔腾而去。

归心似箭，前面堵车了，我只好停车。从车上下来，看个究竟。顺着公路前后一望，车阵神龙见尾不见首。见我下车，一部分司机也纷纷开门从车里出来。十几个司机站在路上，有几个在看山，有几个围在一起，交谈起来。其中一位司机，一口京腔，双眼皮，看起来五六十岁，谢顶，耳朵以下有几根稀稀拉拉的毛发，我不知他叫啥名字，心里叫他"地方支援中央"，他说："老哥，我到西藏来玩，就是躲堵，否则十一在北京过了，谁知又堵在青藏高原上。"我问："老哥，您贵姓？"他回答："我姓王，虎头王，叫王金龙。"我问："王老哥，前面发生什么事了？"他看了我一眼后，回答："前面可能有交通事故。"旁边有一位戴眼镜，穿着蓝色羽绒服的小伙子，说话带点河南口音，凑了过来说："刚听说，小车钻进大车底下了。"我又问："人没有问题吧？"不等他回答，王金龙接过话茬，问戴眼镜小伙："歇菜了？"小伙环顾四周后，见大家没有反应，于是转过头反问道："俺哥，啥叫歇菜了？没听懂？"王金龙回答："'歇菜了'，北京话的意思是'死了'，翻译成河南话是'死球了'。"大家都笑了，戴眼镜的小伙看了他一眼后，明白了"歇菜了"的含义，说："听说四个死球仨，还有一个在抢救。交警没到。"听了他的话后，我心里很不是滋味。大家七嘴八舌纷纷议论，有人问："路堵成那样，交警飞进来？"还有人说："交警空降可以进来。"有一个司机一听，二话不说，开上他的四驱越野车，直接从路面下到路基下，那坡多陡，居然一溜烟在旷野的雪地上留下了两道深深的车辙，飞驰而去。我羡慕。在他的影响下，有几位开四驱越野车的司机，纷纷效仿，开着越野车下了路基在茫茫雪地上飞驰而去。望着他们慢慢变得越来越小的背影，我问身边的一位长着络腮胡子的司机："师傅，您开的啥车？"他看了我一眼，用手指了指他的车说："路虎。"我纳闷，他开路虎车还不走，在这傻等。于是，我问："师傅，您为啥不走？您的车也是四驱，比他们的强。"其实，他也看出了我的意思，他说："老哥，你想想青藏高原一年四季下雪，有些地方水位高，表面上看能走，实际上下面是泥潭、沼泽。弄不好陷下去，开着车去阎王爷那儿去报到了。"我嘴上没说，心里想："那你还买路虎车，不是装样子的嘛。"他接着说："钱没花完，人没了。"王金龙接上了话茬，说："给老婆的后任丈夫打工了。"

雪停了，前面传来了好消息，路通了。大家一听特别高兴，仿佛云开雾散，纷纷上车。我在出发前，深深地看了一眼那白茫茫的群山，似乎要把巍巍群山记在心底。出发了。

当我们向前行驶了几千米后，路基下有几辆越野车陷在白雪覆盖的沼泽里，动弹不得，仿佛点缀着雪原。我仔细观察后，才发现那几辆车就是在等待中不堪忍受堵车之苦而开下路基择路而走的那些车，不幸的是，才逃离'狼窝'又落入'虎口'。看到这些，我眼前又浮现出那个长着络腮胡子的、开着路虎的人。他的话得到了验证，我真有点佩服他，智者千虑必有一失，他连一失都没有。青藏高原的天空瞬息万变，而大地却充满着无限的神秘和生机。

下午六点左右，到了格尔木。夜幕未降临前，我沿着格尔木市平整而宽阔的大道开着。那家撒拉族人开的饭店又出现在我的眼前，我拐了进去。停稳车后，我下了车向饭店走去。我一进饭馆，老板就起身迎接我并且说："你又回来了，财神。"我听了后有点不解地问："什么？财神在哪儿呢？"他指着我，回答："你就是财神。"我问："为什么？"他看着我答道："哎呀，我马正道也不知道哪辈子祖先修的道，自从你在我饭店门前住了一夜，我这几天每天营业额都两万多。以前从来都没有过。"我解释道："这和我黄江没有一毛钱的关系，那都是政府搞得节假日拉动经济的发展。"马老板有点急了，他盯住我说："黄江先生，这里吵吵嚷嚷的，我们进会所说话。"我点了点头，我不相信他开那样小店的人还会有会所。只好硬着头皮跟着走，我和他真的进了会所。我一进去就发现这间会所有光怪陆离、金碧辉煌的大吊灯，硕大的办公桌。桌上放着一个地球仪，桌面铺着练书法的毛毡，还有一个红木龙头笔架，上面挂着几只狼毫毛笔。红木沙发靠背铺着加工过的宁夏羊羔皮。这样豪华的会所，让我始料不及，我怎么也想不通表面上开着一个面馆的人会有一家会所。我们面对面，中间隔着一个茶几坐了下来。茶几上放了一些水果和油炸的馓子，我拿起一个梨子吃了起来。他说："你不要不信，我让我老婆问过喇嘛了，他说的。"我把口中的梨子咽了下去，有点不解地问："你不是穆斯林吗？怎么问喇嘛呢？"马正道笑了，说："这你就有所不知了，我老婆是藏族。我也问阿訇了。"我急切地问："阿訇怎么说的？"他回答："也说你就是财神。有来有回，说你还要回来，回来后在留你在饭馆门前住一夜。"我笑了，看了他一眼后说："上次是我有求于你，现在你有求于我。看来我就是当哨兵的料子。不过也好，扯平了。"他点了点头，表示赞同。不过他好像也听出了我话中有话，于是又说："喇嘛、阿訇说的都灵验了。"我说："那是碰巧了，我要是挣钱了，给喇嘛一说，再捐点功德钱，他也会那么说的。"他解释道："黄江先生，又不是让你站岗。"

我心想我来的时候住不上旅馆，在他饭馆门前当了一夜义务哨兵，还附带了一个条件"第二天在他这儿再买一顿早餐"。他咋不让我住他家呢。我们在无言中对视着，相互揣摩着对方的想法。

我想，现在他把喇嘛、阿訇的话全告诉我了，一点城府也没有，把我当成他的摇钱树了。我要是他的话，会说，晚上就住他饭馆门前吧，第二天必须在他这儿用早餐，停车一夜象征性地交上一元钱吧，不算贵吧。看我怎样拿捏他吧，于是我说："马老板，我也给你开个条件……"

没等我把话说完，马正道打断了我的话，说："什么条件都可以。"当我要开出我的条件时，门开了，一个姑娘端着一盘水果进来了，她白皙的皮肤，头上戴着一朵小黄花格外显眼。有一双会说话的眼睛，穿一件白色纱丽，露着肚脐，光着脚，迈着轻盈的步子朝我走来，我一直盯住她，以至于她来到我跟前，轻声地说"先生，请用"时，我都没有一点反应。直到她站在那里再次轻声提醒我时，才发现她在对我讲话，我立刻说："好的。"她的脸上带着微笑，我却由于刚才的失态，有点不好意思。马正道见此情景忙问："黄江先生，有些不舒服吗？"我看了她一眼，回答："可能开了一天车，有点疲劳的缘故。"她放下水果，朝我微微点了点头转身走了。我望着她的背影问马正道："是印度人吗？"他笑了，说："那是我女儿马莎，在印度学习舞蹈。有一点印度血统，她姥爷是印度教中最高种姓婆罗门。"我望着他，问："她姥姥也是婆罗门吗？"马正道回答："不是，是佛教。"我明白了。他又问："你开的条件呢？"我说："那好吧，这段时间每天都两三万元的收入，就算是我给你带来的好运吧，至少你是这样认为的。那你就让马莎给我跳印度舞吧。"他点了点头后，说："多年前每年都搞十一小长假，我可没有像现在那么多的营业额呢。"他说完后就离开了会所。

一会儿马莎进来了，我起身迎接，说："欢迎马莎女士。"马莎问："可以开始跳印度舞了吗？"我回答："可以，不过现在我只是想再睹你的芳容。"她笑了，用英语说："Glad to meet you.（遇见你很高兴）"我说："Meet you，too.（我也是）"：她看着我，问："Beautiful？（我漂亮吗）"我说："Yes.（是）"马莎脸上露出了微笑，说："Tank you.（谢谢）You are very handsome.（你帅呆了）"我说："Tank you.（谢谢）"马莎问："会讲印地语吗？"我摇了摇头后，反问："官方讲英语，印地语是印度土著居民的语言？"她又问："知道印度大诗人泰戈尔吗？"我回答："他是世界四大诗人之一。世界上最远的距离。是我站在你面前，你却不知道我爱你……"她笑了，说："你来时，一个人开一辆车去拉萨，没有地方住，住在饭馆门口。我都看见了。"我问："能借一步和你说话吗？"她点了点头，说："能。"

我又坐回了沙发，马莎也在对面的沙发上坐下了。马莎看着我问："你一个人到拉萨，开车不觉得累吗？"我看了一眼马莎，回答："箭在弦上，不得不发耳。"马莎听了后有点吃惊地问："为什么？"我笑了，说："当初我组织十一去拉萨，报名的有二三十人，最后一天加上我还剩俩人。结果那个人告诉我，他也不能去西藏了，因为他的老岳父住院了，他要伺候他老人家。其实他岳父害怕他有高原反应，于是就住院让他不能去西藏。所以我只好一个人自驾去西藏了。"马莎站了起来，问："你一个人开车累不累？"我回答："你说累不累呢，进藏的路况不好，好多地方坑坑洼洼的，唐古拉山白天晚上都下雪，好多地方地下水位高，一冷一热，很多地方翻浆。"我看了她一眼后，又说："往安多去的时候，我感觉有点受不了了，我紧握方向盘，一刻也不敢松懈，路又滑，肩膀和脖子都疼，而且是疼痛难忍，路边又没有停车的地方。我想我一辈子都不想开车了。"马莎说："大说，有的人去拉萨，先在格尔木适应几天，买上些氧气袋、高山反应的药。大说你在隔壁小超市买了一箱牛奶就去拉萨了。"

我吃惊地问："你大咋知道的？"她回答："我大从窗户上看到你从小超市里出来，手里提了一箱牛奶，开上车就去拉萨了。"

我盯住她的眼，问："你大为什么对我如此关注呢？"她看了我一眼后，说："我大现在关注两件事，第一，我啥时候出嫁。第二，他现在开始关注你了。"我吃惊地问："关注我，此话怎讲？"马莎回答："自从你在饭馆门前住了一夜后，每天营业额增加了很多，他说遇见财神爷了！"

我说："我根本不是什么财神爷，那是巧合。"我指着会所，说："再说你大的会所，人家一看见这套会所就会认为你大是个大富翁。"马莎说："这个会所是我姥爷给我的陪嫁，和我大没有关系。那间饭馆是他的财产。"

我恍然大悟，说："哦，马莎。我想起来了，在印度女子出嫁要有一大笔陪嫁的。"

马莎点了点头，说："很多女子由于家里出不起一大笔陪嫁，所以只好待在家里。"

我问："你可是有个好姥爷呢。你啥时出嫁？"她回答："除非遇见像你一样勇敢的男人。"我问："可以请您跳舞吗？"

她大大方方地站了起来，打开了音乐，一曲《春江花月夜》悠扬的曲子，营造了跳舞的气氛。我搂着她的腰，她的头轻轻地靠在我的肩膀上，我们随着音乐的节奏起舞。一只舞曲终了，她陶醉在那首舞曲中，我不忍心打搅她。只是走廊里传来一阵咳嗽的声音和脚步声，让她有所警觉。她微微地抬起头来，侧耳倾听，然后对我小声地说："听见了吧，那是我大的声音，他在走廊里呢。"

我们又坐回了沙发，我看了她一眼后，说："我要走了，告诉你大。"马莎说："我大不是让你在饭馆门口住上一夜吗？"我笑了，说："如果说我来在这住上一夜让你大时来运转，那么我回去也在这住上一夜，那还不把来时带来的财运也带走了呀。"

马莎站了起来，走到我跟前伸出了手，说："祝你一路平安！"我站了起来，握住她的手，说："谢谢！早日找到白马王子。"

就在我要出门时，我和一个青年撞了个满怀。我连忙对他说："对不起，黄江给你道歉了。"只见那个青年五大三粗，一脸怒气，眸子里透着不友好的眼神，说："什么黄江黄河的，你叫黄江，那我叫黄河，今天就是来收拾你的。"马莎冲上前，说："金马雕，请你出去，他是我的男人。"我看了马莎一眼，说："马莎，让他把话说清楚。"马莎指着金马雕说："你把话说清楚。"金马雕看着马莎说："自从他上次来，你从窗户上看了一眼他，你就不再理我了。"她说："不对，不要再说了，这和他没有关系。我和你也没有恋爱关系。"他说："你妈让我和你好。"她说："我妈说让你对我好，你就对我好。我看没有必要，我从来没有喜欢过你。"他对我说："都是你来惹的祸。看我咋收拾你。"他说完后，朝我冲了过来，抓住了我的衣领，我立刻用左手抓住了他的手，右手打在他的手腕上，他一下松开了手，脸色涨红。

门开了，马正道走了进来后，喊道："我发财了，马莎你看看你大的手机短信，我的账户上一下多了8千万呢。"马莎接过手机一看，异常兴奋地喊道："我大真得发财了！"我还没有弄明白咋回事，就见马正道冲了过来，抓住我的手说："你是我的财神爷，你来了给我带来的财运。你要啥我给你啥。"我把手抽了回来，解释："马老板，我啥也不要。这是银行的电脑出了问题。"

"你说啥？"他有点吃惊地问，转过头看看马莎，又看看我后，问："你说啥？我没有听懂。"

"这叫不当得利，要吃官司的。"

"这又不是我偷的，你说吃啥官司嘛？"

"要是你偷的，那就叫江洋大盗，那是要判刑的。那8千万不能动，银行会找你的，你还给银行就行了。"

"我就没有事了？"

"是的。"我点了点头说。

"有没有法律规定，捡到东西不还的？"

"有，日本的旧民法规定：捡到东西半年没有认领的归捡遗失物者所有。二十世纪八十年代日本有一个叫大贯久男小货车司机，他开车经过一个垃圾堆，发现一堆东西在垃圾堆旁，他停车，用手扒了一下，以为是废彩票，装上车拉回家后，给两个孩子玩。老婆回来后，发现榻榻米上都是钱，有一亿日元。"

马莎打断了我的话后，问："多少？"

"一亿日元。"

"哇塞，那么多钱。"

"他们报了警，半年后，无人认领。交税三分之一后，其余的归大贯久男。"我看了马莎一眼后，又对马正道说："马老板，我要走了。"

"黄江，吃了饭再走。"

"我已吃饱了。"

"吃的啥？"

"水果。"

马莎和马正道出来给我送行，我和他们握手道别。我发动了车并放下了车窗玻璃，马莎走到我的车前，对我耳语道："我好喜欢你！我可以拥抱一下你吗？"我点了点头，然后下车和马莎拥抱，我能感受到马莎的心脏跳动，看到了她眼睛里闪现着泪花。

我终于平安回来了，我好好睡了三天。有时我觉得还在高原，看云卷云舒，看藏羚羊。有时晚上做梦也会梦见西藏的姑娘，还有美丽的拉萨。

（原载《中国金融文学》2016年第1期）

作者简介

郝俊文（1957—2019），中国金融作家协会副秘书长，新疆维吾尔自治区石河子市作家协会会员。小说诗歌散文作品散见于《人民日报》《金融时报》等，获中国金融文联第二届"德艺双馨"先进工作者。原供职于中国工商银行石河子分行。

天堂在哪里

■ 胡飞扬

依据有关法律条文之规定，楚江市人民法院经济庭反复核查了楚江市外贸发展总公司破产清算案的有关材料，最后经楚江市人民政府、市法院、市司法局、市工商局、市税务局、市国资局，以及市城市银行、市商业银行、市房产局、市国土管理局和市会计事务处等相关单位联合组成的破产清算组郑重地对该公司破产做出议决，拖了一年之久的市外贸发展总公司破产案终于结案。

开庭那天，楚江市外贸发展总公司总经理聂香川心情异常复杂，一阵阵酸涩的凄楚味如阴云般罩在心头。当审判长把企业破产裁定书交给他时，他一言未发，只有一种欲哭无泪的感觉。

直到审判长宣布退庭的时候，聂香川这才醒过神来。参加庭审的人们都冷冷地望着他，露出鄙夷不屑的神情，许多熟人也没有一个愿意和他打招呼，他只好机械地跟着法庭里乱糟糟的人流独自向门外走去。聂香川现在成了一个地地道道的自由人，成了一个下岗待业的平头百姓。往日总经理闪光的头衔和显赫的荣耀已经不复存在。他怅然地抬头看了看楚江的天空，楚江的天空是一片灰蒙蒙的颜色，再也找不到天堂的位置，这令他感到压抑和悲凉。

法庭门外，楚江市主管财贸的常务副市长柳志宏的豪华专车奥迪 A8 早已恭候在那里。"心雨,坐我的车走吧!"柳志宏亲热地跟一个珠光宝气、满身法国香水味的中年女人打招呼。

这个深得柳副市长荣宠,红得发紫的女人名叫刘心雨,眼下担任市城市银行主管信贷计划业务的副行长,是全市为数不多的实力派人物之一。

刘心雨柳眉一挑,媚笑道:"哟,是柳市长呀!真不好意思坐您的专车哩!"刘心雨言罢,便高高地撩起羊毛套裙,躬身钻进轿车。

聂香川目送着远去的奥迪 A8,心头如释重负。往日市外贸发展总公司带给他的无尽烦恼,随着楚江市人民法院一张企业破产裁定书烟消云散。他终于可以轻轻松松地做一点自己的事情,可以开始考虑创办一家私人公司,这个念头已经在他脑海中萦绕好几年了。

私人公司该叫什么名字好呢?旺财公司?不好,这名字太俗。大发公司、通宝公司、隆达公司,统统都不好,这些名字太土气,简直没有一点儿洋味。那么,干脆就叫曼利来公司吧!嘿嘿,这个名字好,好就好在"曼利"正是 MONEY(金钱)的音译,曼利来又隐含"日进斗金"之意,再说这"曼利"正好是往日情人芳名的谐音,她看到了一定会很高兴的。这名字还真他妈的洋气,就用它去登记注册吧!聂香川这样想着,心里头原本很酸很涩的滋味里竟然涌上了一丝丝甜蜜。不知不觉中,聂香川便拐上了繁华的楚江胜利大道。

"TAXI",聂香川做派地打了个响指,一辆出租桑塔纳"嘎吱"一声停在路旁,司机谦卑地打开车门,聂香川很忧郁地钻了进去,出租桑塔纳便向"金蛇狂舞"歌舞厅飞驰而去,如一匹脱缰的野马。

一

聂香川本是个名不见经传的小人物,原在楚江市高级中学教外语。1983 年,一个偶然的机遇奇迹般地降落在他的头上。楚江市外贸局党组率先在全市打破用人制度上的条条框框,在当时的市委组织部部长柳志宏的大力支持下,引入人才竞争机制,在全市公开举行局长招聘,基本条件只有三个:一是大学本科以上学历且年龄在 35 周岁以下,二是要有一定的外语水平和组织领导能力,三是现在从事经济类工作且工龄在八年以上的党员干部。楚江市委、市政府对这一干部体制改革的重大举措高度重视，于是组建宣传班子，发动全市所有舆论机器大肆渲染，弄得楚江市民人尽皆知。可到了发榜公布参加公开招聘人选名单那天，柳志宏部长首先傻了眼，榜上只有三个人参加应聘，并没有预想的那样热闹。他扼腕叹息，不禁感到有些失望。这位组织部长想不到偌大一个楚江市，竟然找不出一个像样的人才！

在楚江市外贸局党组工作会议上，柳部长振振有词地说："我们决不能半途而废。在干部的任用选拔上，要敢于打破常规。我们已经有了一个良好的开端。虽然参加本次公开招聘的三个候选人都不够条件，但这并不意味着全市就没有真正的人才，也许是人们的思想观念还没有真正转变过来。"

柳志宏扫视了一遍肃静的会场，啜了口酽茶，又继续慷慨激昂地说："各位要进一步解放思想，开动脑筋，虽然这次公开招聘没有成功，但还可以进行第二轮公开招聘嘛！总而言之，要不拘一格挑选人才，一定要千方百计找到一匹真正的千里马！"

那时候正是七月，楚江高中放了暑假，聂香川无事可干，天天摇着一柄大蒲扇，一边躺在树荫下纳凉，一边怨天尤人地感慨，寻思自己求官无门发财无望，活得窝窝囊囊，三分像人七分像鬼，心中兀自愤愤不平。

一晃到了八月底，楚江高中又开学了。校长是个责任心、事业心极强的军队转业干部，本学期他打算做一件惊天动地的大实事，即面向社会集资办学，修建一栋新的教学大楼和一幢教工宿舍，这个倡议很快得到全校教职员工的一致赞同。在教职员工大会上，校长说："我校教学大楼建于1953年，已使用三十年了，眼看成了危房，学校曾多次给市政府打报告，但市财政困难，无法拨出专款给我们建房。百年大计，教育为本。我们再不能等、靠、要了。教学大楼有条件要建，没有条件我们要向社会集资创造条件也要建！"一向蔫不拉几的副校长忽然有点感动，带头鼓起掌来，会议厅里便有了稀稀拉拉的掌声。

校长清了清嗓子，接着说："我是部队军人出身，说干就干，学校先搭一个集资班子，由我牵头，聂香川老师专职负责集资经费的管理。"聂香川昨夜里被老婆折磨得筋疲力尽，这时正龟缩在角落里打瞌睡，稀里糊涂地也不知校长说了些什么。当校长吩咐他把所承担的教务工作交给新分配来的大学生张劲的时候，坐在旁边的张劲扯了扯他的衣角，他这才缓过神来，不知所以一迭连声地说："行，行！"

事情就这么简简单单地决定下来，聂香川就这样鬼使神差地与经济沾上了边。事后聂香川问校长为什么要把这副重担交给他，校长说："我校财务总监因贪污问题，市检察院已经立案审查，不可能再让他来管理财务。你忠厚老实，又是共产党员，由你来管理集资经费，我们放心。再说眼下正处在经济工作高于一切的时代，你学点财务管理也是大有好处的。"

楚江市高级中学集资建校的倡议发出后，受到了社会各界的广泛关注，捐助款源源不断地汇入学校专设账户内。这天下午，一个年轻貌美风骚性感的女人挺着胸脯走进集资办，聂香川立时产生头晕目眩的感觉，两眼直愣愣地盯住女人的俏脸蛋儿，也把那个女人弄得脸上飞起一抹红潮。

"请问这里是不是学校集资办？"

"是，是，是的。小姐有何贵干？"

"我要找你们的财务主管。"

"我就是。小姐，您请坐，请喝茶！"

"不客气，不客气！"

"鄙人聂香川。请问小姐怎么称呼？"

那位性感女人在聂香川身旁坐下，嫣然一笑："我叫王曼丽，是市外贸局财务出纳。"她边说边从精致的手提包里掏出一扎用文件纸封好的钞票，交给聂香川。

"我们局半数以上的职工都是楚江市高级中学的毕业生，局领导得知母校集资建校的消息后，当即召开职代会，决定向母校捐资三千元人民币。"王曼丽轻启丹唇，露出一口扇贝般的玉齿。

"我代表母校衷心感谢贵局的大力支持！"聂香川随即拆开封包，点数记账，准备开收据。

王曼丽风情万种地瞄了聂香川一眼，轻声试探道："聂老师，听说你们能给百分之十的回扣，不知有没有这事？"

"这是社会集资，从没有给过回扣。"聂香川颇有些为难地回答。

王曼丽脸上漾出失望的表情，说："聂老师，能不能想想别的办法呢？"

"这……这……这办法还真不好想哩！"聂香川嗫嚅着，不敢正视王曼丽热辣辣勾魂摄魄的目光。

沉默良久，聂香川终于有了主意。

"王小姐，这样吧，你千万别声张，我冒点风险开给你一张三百元的教育集资附加费发票，你自己拿回单位去报销吧！"王曼丽接过发票，脸上泛出了感激的红光。

聂香川与王曼丽第一次接触，便心甘情愿地犯下了一个原则性的错误。

二

鬼使神差，那个丰乳肥臀的性感女人王曼丽却给聂香川带来了一次命运的重大转机，这是聂香川当初始料未及的。

那天王曼丽走后，聂香川下意识地拾起那张封钱的文件纸，意外地发现了楚江市外贸局面向全市开展第二轮公开招聘局长的公告。聂香川抚平皱巴巴的红头文件，仔细研读公告内容，一双死鱼眼渐渐放出光芒。

聂香川窝囊了半辈子，这回却陡然来了精神。他觉得红头文件上的三个招聘条件好像都是冲着他定的，于是便有了一种轻飘飘醉呼呼的升官发达的感觉；同时还产生了一种对于那个美艳而性感的女人，那个市外贸局的财务出纳王曼丽莫名其妙的性冲动。

聂香川紧紧抓住了这个上帝恩赐的机缘。他搜肠刮肚地写了一份自荐书，那上面完整地记载了他的学历、资历、工作业绩等等，然后工工整整地打印了两份，分别寄给外贸局党组负责人和市委组织部部长柳志宏。

聂香川吉星高照，官运来了。

十天之后，聂香川欣喜若狂地收到了楚江市外贸局党组的复函，通知他到局里面试，并让他草拟一份施政方案。

聂香川表现出了过人的精明，他的施政方案得到了市外贸局党组的首肯。局党组刘书记亲切地拍着他的肩头说："聂老师，你的面试基本合格。这样吧，我们先研究一下，再给市委组织部写个专题报告。因为干部审批权限不在我们局里。"刘书记慈祥地微笑着和聂香川握手道别。

"聂老师，听说你参加了我们局里的公开招聘？预祝你取得成功！"聂香川下楼时，正巧碰上王曼丽，聂香川窘迫地说："我想来碰碰运气，试试呗！"

王曼丽扬起俏脸，显出几分诡秘的神情，"聂老师，我看你还是挺有希望的。不过外贸局党组刘书记可是个关键人物，你难道就没有想到去他那里意思意思？他家住东舍二栋四楼 B 座。"

聂香川恍然大悟。谢天谢地，王曼丽一语道破天机。当天晚上，聂香川回到家里，翻箱倒柜，到处找他那双破牛皮鞋，却怎么也没有找到。

"半夜三更，你狗日的搞什么名堂，吵得老娘睡不安稳。"老婆嘟嘟囔囔。

"你看到了我那双旧皮鞋了吗？我拿去补补，将就着还要穿的！"聂香川形如一根被烈日晒干的苦瓜，央求着老婆。

"这几天你鬼头鬼脸，不知玩些什么把戏？那双破鞋早被老娘扔进垃圾堆里去了！"

聂香川趿上拖鞋，急匆匆走到厕所旁的垃圾坑边，随手找了根棍子拨拉了起来。

这夜月华皎洁。聂香川就着惨白的月色，终于把他那双破旧皮鞋拨拉了出来。他麻利地撕开鞋帮，一叠钱币露了出来。聂香川欣喜若狂，赶紧将钱藏在短裤兜里。

这一千块钱是聂香川费尽千辛万苦才积攒下的私房钱。老婆视钱如命，每月只给他 50 元钱零花，家里常常为几块钱吵得不可开交。聂香川爱好音乐，一直想买部手风琴消遣，曾找老婆商量过多少次，她就是不肯花钱买。聂香川无奈，只好打定主意自己攒钱去买。可这回，他决计用这笔钱来轰倒仕途中的第一座碉堡，这比买手风琴的意义要重大一万倍。

次日晚上，聂香川带上一大堆贵重礼品，像一个神秘的夜袭队员，偷偷溜进了市外贸局二栋四楼 B 座刘书记家。

事情出奇的顺利。刘书记愉快地收下礼物，拍着胸脯表态说："聂老师，你的前程包在我刘某人身上。明早我就安排本局人事科胡科长写份专题报告直接呈送给市委组织部柳部长！"在送聂香川出门时，刘书记还特别嘱咐道："聂老师，你这段时间，还要抓紧做好个别谈话和组织部政审考核的准备工作。"

回家的路上，聂香川心情格外轻松，他庆幸没有相信老婆的话，办这样的大事，她只同意拿100元钱送礼。100元钱算什么？还够不上人家一条好烟钱。没有金弹子打不着金凤凰。这女人，真他妈卵毛不懂！幸好自己攒下了这笔私房钱。"我手持鞭儿将你打，骑马要骑千里马……嘿嘿，嘿嘿，这歌词不对头，也唱走调了，唱走调了！"聂香川一步三摇，像喝醉了酒一样晃晃荡荡回到了学校。

国庆前夕，聂香川终于叩开了天堂之门，他如愿以偿地拿到了中共楚江市市委组织部签发的任职通知书，他被正式任命为楚江市外贸局局长。

聂香川走马上任后，才发现市外贸局原来是个烂摊子。局里以前在计划经济的管理体制下，长期吃大锅饭，干多干少一个样，员工没有工作责任心，且工作效率极为低下；前任局长因贪污公款被判刑五年，仍在蹲班房；两个副局长争权夺利互不买账，做一天和尚撞一天钟；十六名科室干部也多是一杯茶、一包烟、一张报纸混一天的懒角色；代理局长、现在当家的刘书记，早已到退休年龄，只求洁身自好保住晚节，单位的事也不大管。市委书记认为，市外贸局的问题，关键在于领导班子，特别是一把手的个人素质问题，所以才原则上同意在全市公开招聘局长。

聂香川果然不负众望。

新官上任三把火。聂香川第一把火就是将市外贸局领导班子进行了调整，明确两个副局长的管理分工，一个管机关和人事政工，另一个管财会工会和业务；将人事科并入办公室；提拔出纳员王曼丽为财务科科长；同时反复对局党组刘书记作耐心细致的思想工作，劝其退休坐享清福，并主动安排刘书记待业在家的二女儿刘莉接班，到局办公室当打字员。

第二把火，聂香川亲自和王曼丽等财务科人员一道，彻底清理账务，严厉查处经济问题，清收职工个人借支和往来企业三角债，把全局财经大权收归自己一人。

第三把火就是制定了严格的机关管理考勤制度，奖勤罚懒，并精减科室人员，充实一线业务部门；同时狠抓外贸出口拳头产品的营销工作，赚取外汇，回笼货款，奠定坚实的利润基础。

聂香川使出的三招杀手锏，很快扭转了楚江市外贸局的瘫痪现状，一年减亏，二年持平，第三年就略微有了盈利。从此，楚江市外贸局的社会地位和政治地位明显改观，格局为之一新。聂香川的眉头也渐渐舒展开来，准备大展宏图，痛痛快快地干一番事业。

三

全国经济体制改革的大潮，又一次给了聂香川显山露水的机会，把他推上了汹涌的潮头。随着计划经济向市场经济的过渡，楚江市外贸局作为全市体制改革的试点，逐渐由政企合一的单位转型为单一的自主经营、自负盈亏、自担风险的企业化单位。聂香川审时度势，果断地打破全局现时的格局，成立楚江市对外经济贸易发展总公司，并自任总经理。总公司下设三个经贸部，两个副局长分别担任第一、第二部经理，第三部经理为财务科科长王曼丽。同时给三个经贸部划分了应承担的债权债务和利润指标。为了充分发挥三个经贸部的作用，实行企业化管理，减少行政干预，允许三个经贸部独立核算，自主经营，三个部门经理都具有独立法人资格。

事态并非像聂香川预想的那样一直向好的方向发展。一年下来，三个经贸部累计亏损竟达到500余万元之巨！这在当时是一个吓人的天文数字。其中王曼丽的第三经贸部倒是经营有方，仅亏损30万元。

聂香川十分恼火，当即主持召开总公司紧急工作会议，追查亏损原因。查来查去，亏损原因却出奇的简单：第一经贸部主要是费用大大超支，其中人事费、招待费和差旅费超支尤为突出，而业务收支却基本持平。第二经贸部亏损的原因则是由于该部经理业务不熟，收购成本过高。第三经贸部经理王曼丽本是财会出身，费用控制较紧，没有出现超支，导致亏损的直接原因却是被深圳一家皮包公司骗走了6吨专供出口的外贸产品——野生薇菜，结果价值36万元的成品只得到6万元定金，白白损失30万元。此事虽已作为诈骗案由楚江市公、检、法等部门立案查处，十多名干警也曾亲赴深圳追索，可那家皮包公司却杳无踪影，至今仍是一桩悬案。

聂香川责令各经贸部负责人写出深刻检讨,拿出扭亏增盈的具体措施,并决定采取利润和费用承包制,实行奖惩结合,工资与效益挂钩,三个经贸部都当场签订了责任人保证书。

在签订责任状的时候,王曼丽犹犹豫豫,一双杏眼满含晶莹的泪珠,对聂香川央求说:"聂总经理,那30万元被诈骗资金是不是可以灵活一点,先摆到公司的总账上,等我们经贸部今年赚了钱就立刻补上去?"

王曼丽凄凄婉婉递过来一个秋波,聂香川骨头缝里便爬出了一丝麻酥酥的感觉。

年关过后,冰雪消融,春回大地,楚江市外贸发展总公司下属的三个经贸部又投入了正常运转。但很快又出现了新的问题,启动资金短缺的矛盾突出地表现了出来,大宗外贸出口创汇产品——蚕茧丝、薇菜、莼菜、天麻、杜仲、党参的收购资金最少也得要600万元!聂香川盘了家底,上年三个经贸部累计亏损500万,而总公司里的提留资金和后备金仅有120来万,这笔钱是公司百多号人全年的衣食饭碗,是万万不能动用的。那么填平亏损和用于收购的1100万元巨额资金从何而来呢?聂香川抓秃了脑袋,也终究想不出解决的办法。

正当聂香川烦躁不安的时候,善解人意的可人儿王曼丽来了。

"曼丽,你来得正好。眼下外贸总公司各部的营运资金和收购资金还没有着落,你这位理财专家快帮我想想办法吧!"

"聂总点子多心眼活,这点区区小事难道就困住了你这英雄好汉不成?"

"曼丽,你又不是不知道,我原来只是个穷教书的,对经济工作其实是个门外汉。虽然在楚江高中集资办打肿脸充胖子混了半年,那也只不过是数数钱记记账而已,哪里会有你这种财贸专业科班出身的人懂行呢?"

王曼丽的虚荣心得到了满足,立时变得千娇百媚,惹得聂香川思绪起伏,浮想联翩,不禁又忆起了当年丰乳肥臀的王曼丽在楚江高中拿着自己违纪开给她的300元教育集资附加费发票时那生动难忘的一幕。

"曼丽,动动脑子吧,你看我都快急死了!"

"真急?"

"真急。小狗骗你！"他的话亲昵起来。

聂香川忽然间小了十岁。"小狗骗你"，多么幼稚的一句话，仿佛一个顽皮的小男孩和年轻漂亮的小阿姨正在天真地打着赌。

"真急？那我俩拉钩！"

"拉钩上吊，一百年不要！"

两朵桃花飞上王曼丽粉嫩的双颊上，她忽然变得羞羞答答，一对美丽的丰乳微微颤动着，两片性感的红唇在无言地期待着什么。

聂香川心中燃起一团炽热的欲火。他起身把办公室的门轻轻关上，然后拧紧螺旋式门栓……

王曼丽给聂香川出了个很好的主意，让他设法去楚江市城市银行申请专项贷款。

聂香川颇有自知之明，他果断地把申请专项贷款的重任交给了王曼丽。

由于长期的业务往来关系，王曼丽相当熟悉银行的办事程序。当天下午，她就找到了银行信贷科黄科长。

黄科长三十出头，颇为精明强干，他手里捧着真空杯，嘴叼一支"老板"大雪茄，派头十足。

"黄科长，我们楚江外贸发展总公司是贵行的主户企业，近期营运及收购资金紧缺，想请你们贷点流动资金作短期周转。黄科长，您就帮帮忙吧！"王曼丽美目流盼，凤眼生波。

"现今银根紧缩，贷款规模控制极严，收息收贷是我行目前工作的重心，因此暂不向企业放款！"黄科长城府很深，端着架子。

"我们外贸公司很少贷款，而且是贵行 AAA 级企业，您就通融通融，帮企业解解燃眉之急吧！我们聂总经理吩咐过，到时他会亲自登门感谢您的！"王曼丽陪着笑脸，早窝了一肚子火，她暗中骂道：好你个狗日的姓黄的，芝麻大点狗屁官儿，在老娘面前端什么臭架子？

"小李，我马上要去开个融资工作会，你接待一下王经理吧！"黄科长跟信贷员小李使了个眼色，便拿起真空杯，提着迈克真皮包向门外走去。

王曼丽不失时机地追上黄科长，甜丝丝地说："黄科长，我们暂不谈贷款的事，今晚我以个人名义邀请您到蒙娜丽莎歌舞厅潇洒走一回，您一定要给个面子赏光啊！"

"到时再说吧！"黄科长咧开大嘴，脸上露出一丝不易察觉的淫笑。

"蒙娜丽莎"是楚江市最豪华的歌舞厅。王曼丽在那里请了黄科长三次，事情才有了转机，黄科长终于答应帮忙贷点款子。但黄科长又委婉地说，他有个弟弟在家待业两年了，想请外贸发展总公司给安排个合适的工作。王曼丽当即给聂香川通了电话，聂香川思索了一下答复说，只要贷款合约一签订，马上就通知他弟弟到公司报到上班。

黄科长把楚江市外贸发展总公司申请专项贷款的报告和有关单证合约填好后，一并呈送给主管信贷计划业务的副行长刘心雨审批。

可拖了整整两个星期，刘副行长却迟迟没有批复。

聂香川急得像热锅上的蚂蚁，连连催促王曼丽去银行问问黄科长，到底是怎么回事。

王曼丽去银行找到了黄科长。黄科长把王曼丽单独叫到一边，神秘兮兮地说："贷款审批明摆着在刘副行长那里卡了壳，你的级别太低，肯定搬不动她。此事你要设法让你们聂总经理亲自出马去打点，女人都贪财，你懂了没有？"

"您真是一语提醒梦中人。我明白该怎么做了！"王曼丽嘴里说着奉承话，心里却在狠狠地骂道：放你娘的臭狗屁，女人贪财，不过只是贪小财，而你们男人则是贪大财；贪不义之财！

聂香川别无选择，只好照着王曼丽的设计，在一个夜深人静的晚上，夹着一个精致的鳄鱼皮坤包，包里装着 10 万元现金，硬着头皮轻轻按响了刘副行长家的门铃。

刘心雨已是徐娘半老，可依然风韵犹存。这个女人可不简单，她早先只是楚江市城市银行的一名普通文员，因为一次偶然的银政联谊活动，她在舞会上伴舞时，以一曲优美的华尔兹，获得了市委组织部部长柳志宏的垂青。刘心雨借此机会攀上了柳志宏这棵大树。日后她又投怀送抱，施以美色诱惑，逐渐征服了柳志宏这个道貌岸然的权贵。于是，刘心雨时来运转，平步青云，没过多久就顺利地登上了楚江市城市银行副行长的宝座。

天下没有不透风的墙。刘心雨和柳志宏的暧昧关系，终于被她老公发现，从此后院起火，天天扯皮吵架，导致感情破裂，最终离了婚。离婚后，刘心雨单独住着一套四室两厅的房子，无拘无束，落得逍遥自在。

聂香川来到刘心雨的家里后，刘心雨很是客气，端茶递烟忙个不停。聂香川打量了一下刘心雨的房子，见她家装修得富丽堂皇，大屏幕等离子液晶彩电、高级音响组合、进口摄录像机、豪华日产冰箱，一应俱全，无不显示出她的富有。

聂香川与刘心雨独处一室，显得有些拘谨不安。其实，他们在市里开会常常碰面，彼此早就认识。论级别，聂香川是正处，而刘心雨是副处，可在这种场合，聂香川却不得不屈辱地巴结刘心雨。

"聂总经理，哪阵风把您给吹来了？"

"无事不登三宝殿。我是求刘行长帮忙来了！"

"想必是为贷款的事吧？我这段时间很忙，到外省出差拆借一笔资金，昨天刚刚回来，你们的贷款申请我还没来得及看哩！"

这女人当面撒谎不脸红，你明明天天都在家里嘛。聂香川胃里头像吞进了一只苍蝇，感到阵阵恶心，直想呕吐。

"刘行长，麻烦您在百忙之中挤出点时间，关照关照我们公司吧。这两年，我们公司效益不好，也没什么能给您表表心意，这只鳄鱼皮包就请您收下吧！"聂香川不敢正视刘心雨的桃花眼，显得有些手足无措。

"聂总，都是熟人嘛，你何必这么客气，真不好意思！"刘心雨虚情假意地推辞了一番，还是窃笑着把皮包收下了。

从刘心雨家里出来，聂香川心中很不是滋味，如今真是邪门了！转念又一想，人家刘副行长总算给了你一个面子，否则不但贷款搞不到手，只怕连自己的脸面也要丢光了！

第三天早上，聂香川的手机响了。刘心雨通知他安排财会人员去市城市银行营业部办理进账手续。

1200万元贷款就这样悄无声息地划到了楚江市外贸发展总公司的账户上。

聂香川总算松了一口气。他首先安排财会科划出500万元冲平了年前的亏损，然后又给三个经贸部各拨付200万元外贸出口产品收购资金，加上跑贷款所用的招待费和送给刘心雨的礼金10万元，1200万元贷款很快就所剩无几了。

接下来，聂香川轮流到三个经贸部督促收购出口创汇产品。经过春夏两季的艰苦奋战，各部都超额完成了产品的收购计划。秋季，他又安排各部狠抓出口产品质量，对大宗出口创汇产品进行精加工。到了冬季，外商纷纷前来看样订货，三个经贸部的营销工作出奇顺利。聂香川美滋滋地想，今年算是稳操胜券了。

眨眼到了年底，财务核算报告表明，当年净赚500万元！创下了楚江市对外经济贸易经营发展史上的奇迹。

四

聂香川像一颗光芒四射的流星，瞬间划破天空，照亮了楚江市广袤的大地。他创造了市外贸发展总公司短暂的辉煌。在鲜花、美酒和浪潮般的掌声中，聂香川飘飘然了。

被胜利冲昏头脑的聂香川犯了个愚蠢的原则性错误。

在资金的调度上，他本应让十分有限的资金进入良性循环的轨道，以进一步扩大出口业务，积累更为雄厚的资本，可是他却没有这样做。他除了给三个经贸部各留足200万元营运资金外，竟下令财务科筹集并调拨资金，建造外贸发展总公司综合办公大楼，还买了一台进口豪华奔驰轿车。

公司里也有不少头脑清醒的干部对聂香川的不合理资金安排提出异议，认为眼下建造办公大楼，以及进行固定资产投资，势必造成旧账刚平又欠新债的恶性循环。可聂香川却完全不予理睬。

当然，银行的贷款是不可能不还的。聂香川胸有成竹，早已打定主意。他十分清楚这时的外贸发展总公司在市政府各位头头脑脑心目中的分量和位置。

而这时的柳志宏已经由市委组织部部长提升为楚江市分管财贸的常务副市长，楚江外贸既是柳副市长的干部体制改革试点，又是他在全市财贸战线上树起来的一面大旗。聂香川上台后对柳副市长自是感激涕零，而柳志宏本人暗中得到的实惠是不言而喻的。

聂香川携着重礼，虔诚地拜会了柳副市长。

聂香川首先把外贸公司的发展情况作了详尽的汇报，然后直奔主题，恳请柳市长给市城市银行打个招呼，将在该行的1200万元贷款再延期一年，以便今年扩大对东南亚地区外贸产品的出口创汇，再打一个翻身仗，进而为楚江市经济建设插上腾飞的翅膀。

"小聂啊，经济工作是一切工作的重心，一定要绷紧这根弦。你们外贸公司这两年干得不错嘛，市政府应该大力支持，要千方百计保住这面大旗永远不倒！"柳副市长呷了口茶，爽快地表态。

"那是，那是。我们一定按照柳市长的指示办，把工作做得更好，争取再立新功！"聂香川像鸡啄米似地频频点头。

"至于贷款延期的问题嘛，我这就和市城市银行的刘心雨同志说说，外贸是国有企业嘛，如果确有必要，市政府甚至可以出面给你们公司担保。小聂，你只管放宽心去抓你的经营吧！"柳副市长愉快地笑着，他觉得自己又给企业办了一件大实事。

1200万元延期贷款很快就审批下来。聂香川马上安排财务科划出132万元偿还了上次贷款欠下的利息。刘心雨闻知此事，热情地对聂香川说："市政府愿意给你们公司提供延期贷款担保，这笔利息你们可以先挪作营运资金，不必急于偿付，等贷款到期后再一并偿清本息不迟！"

这一次聂香川却摆出一副冠冕堂皇的姿态说："楚江外贸发展总公司是贵行AAA级企业，我们一定要讲信誉，利息还是要先偿还的。感谢刘行长对我们公司的扶持和信任！"

"支持企业发展是我们城市银行应尽之责，聂总就大可不必言谢了！"刘心雨谦逊地笑着说。

聂香川原以为1200万元延期贷款审批下来就可以高枕无忧了，可是他的如意算盘却打错了。他不知道这1200万元贷款并非可用资金，实际上只是财务总账上反映出来的一堆阿拉伯数字而已。直至又到了这一年的大宗外贸出口产品收购旺季，三个经贸部都向他索要营运资金时，他这才明白资金账上不但没有现钱，而且仍然悬着那1200多万元的呆滞贷款账目。

怎么办？公司里百多号人要吃饭，行政费用要开支，业务、差旅、接待、工资、奖金、福利哪一样都离不开钱，还有三个经贸部的收购资金，看来少不了 900 万。钱、钱、钱，命相连，真他妈离了钱走不了路！

这恼火的钱，催命的钱，把聂香川逼上了梁山。

找市政府拨款？找市财政要钱？找省公司讨钱？都什么年代了，楚江市外贸发展总公司早已实施企业化管理，现今已不是吃大锅饭的计划经济时代，这几条路完全行不通了。

那么企业自筹资金？发行债券？入股分红？这几条路子前些年就试过，也是全然不起作用，更何况远水不解近渴，难救燃眉之急。

那么动员全体职工集资？这也并非良策。职工刚刚解决温饱问题，且都是工薪阶层，哪里拿得出大笔的钱来，即使充其量集资三五十万元，那也是杯水车薪，无济于事的。

看来唯一的解决办法还是只有去找银行贷款。找市城市银行？找黄科长和刘副行长？这行吗？人家刚刚批给你 1200 万元延期贷款，肯定不行！千万别再去自讨没趣。

天堂在左，地狱在右，有钱你可以春风得意向左走，没钱你只得蔫头耷脑靠右行。钱这害人的东西，把聂香川折磨得心力交瘁，死去活来，弄得他整日里在地狱的门口徘徊。

五

正当聂香川愁肠百结无计可施的时候，全国金融行业体制改革的战幕已经大张旗鼓地拉开，全国各大专业银行纷纷开始行业转轨，于是金融行业之间的激烈竞争不可避免地在各大专业银行中悄然展开并日渐磅礴起来。

聂香川并非不学无术之辈，他认为金融行业之间的竞争必然给企业的生存发展带来良好的契机。后来的事实证明聂香川的推测果然不错。

金融体制改革对于企业最直接的优越性在于银企之间的双向选择，即企业可以选择银行，银行也可以选择企业，银行允许企业多头开户。聂香川敏锐地看到了这一点，于是他决定避开市城市银行去找市商业银行申请贷款。

这一次，聂香川决定向市商业银行申请贷款 2000 万元。

楚江市商业银行行长苏胜峰是个极其油滑的古怪老头。他头天晚上在家里贪婪地收受了聂香川送来的 20 万元礼金，拍着干巴巴的胸脯表态说，贷款没有问题包在他身上。可第二天他却在他的办公室里严厉地对信贷部主任说，在办理外贸发展总公司贷款业务时，一定要谨慎小心，一定要按原则办事，否则就撤掉他的职务。信贷部主任演惯了黑脸小丑的配角，对苏行长的意思自然心领神会。

市外贸发展总公司财务科科长兴冲冲地赶到市商业银行信贷部办理贷款手续。信贷部主任摆出一副公事公办的架势，黑着脸郑重地对财务科长说："楚江外贸能够在市商业银行开户，这是对我行的信任。你们的贷款申请报告，信贷部已研究过了，原则上没有问题！"

"没有问题就好！"财务科长很高兴地说。

"不过，眼下我行正在认真贯彻执行贷款抵押法，对没有抵押的贷款我们是绝不敢发放的。银行也是企业，也要充分考虑自身所承担的资金风险。"信贷部主任头头是道。

"那么我们拿什么作抵押呢？"财务科长轻言细语地问。

"你们楚江外贸发展总公司在市中心不是还有一幢豪华气派的办公大楼吗？如果你们真要搞这笔贷款的话，按照程序，信贷部可以先对贵公司进行资产调查和资信评估。"信贷部主任简洁地说完这番话，就不再理睬僵坐在那里的财务科长了。

贷款抵押，这无疑又给聂香川出了个天大的难题。他想到总公司刚刚建成不久的办公大楼就要无条件地抵押给市商业银行，便一阵阵剜心割肉地痛。倘若今年的出口产品业务做砸了，那么这凝结着自己心血和汗水的办公大楼就将不再归属总公司所有。

聂香川不敢再多想，沉重的精神压力几乎摧垮了他，使他一下子仿佛苍老了十岁。

如果放弃贷款，公司没钱，那么今年职工的工资、奖金、福利统统都将没有保证，外贸发展总公司的各项工作就要受到严重干扰甚至停摆。而更为紧要的是，三个经贸部目前都在急如星火地等米下锅，没有贷款，季节一过，今年的外贸产品收购就算彻底完蛋了。

时下楚江市流传着这样一句顺口溜："银行是爹，财政是娘，税务工商两条狼。"眼前严酷的事实，使聂香川对这句顺口溜有了更为深刻的认识。银行是爹，银行是天王老子，难道我们企业都他妈是龟儿子，是三孙子吗？为今之计，还是只有再去恳求银行贷款，公司才有可能在艰难中挣扎着生存下来。除此之外，别无选择。

聂香川内外交困，骑虎难下。思来想去，左右权衡，最后终于咬紧牙关，痛下决心，用位于楚江市中心黄金地段的外贸发展总公司办公大楼作为抵押，向市商业银行申请贷款2000万元流动资金。

接下来，楚江市商业银行和楚江市外贸发展总公司进行了一场马拉松式的谈判，然后又经过资信评估、贷款可行性分析论证、司法公证等一系列繁琐冗长的手续，等到这笔贷款划到楚江市外贸发展总公司的账户上时，已是深秋九月。

聂香川马上把资金调拨给三个经贸部，各经贸部立即出动人马到市郊乡村收购出口产品。可由于收购旺季已过，几种主要的大宗特产，如薇菜、莼菜、杜仲、天麻、党参等都是物以稀为贵，质次价高。三个经贸部忙活了个把月，总共只零零星星地收购到十来吨残次品。

天有不测风云。由于时令已到暮秋，绵绵细雨下个不停，产品来不及进行精加工，各经贸部好不容易才收上来的十余吨残次货无情地开始霉烂，真把聂香川急傻了眼。

正当聂香川心焦火燎的时候，日本横滨几位曾与楚江市外贸局签订购销合约的商务代表找上门来。几个日商像狼一样在仓库里东嗅嗅，西看看，然后皱起了眉头，残忍地表示这批残次品他们坚决拒收，还声称要上国际法庭去投诉，蛮横地向楚江市外贸发展总公司索要30万元违约金。真是雪上加霜！

"狗日的小日本！牛搞的日本侵略者！"聂香川怒气冲天，在办公室里好一阵痛骂。

聂香川无法承受这一连串沉重的打击，终于大病一场，在医院里整整躺了两个多月。

这时候，公司没有一个人来看望他。整日在病床前陪伴他的只有让他早已厌烦了的胖老婆。现在胖老婆在他的眼里竟然变得那般苗条秀美、那般温柔多情。他忽然发现这辈子从未真正用心地去爱过她，自己真是欠了她一生也还不清的情债。聂香川在深深的自责之中，终于在住院部里捱过了六十多个难熬的日出日落。

聂香川像一条霜打的黄瓜，拖着疲软的身子，蔫头耷脑地重返楚江市外贸发展总公司上班。公司里的情景却让聂香川大吃一惊。往日热闹非凡秩序井然的办公大楼，如今冷冷清清空空荡荡，大部分科室锁门闭户。怎么回事？又不是休假日，怎么会没人上班呢？聂香川百思不得其解。

"聂总，回来上班了！"办公室主任是个忠于职守的小老头，他冷冷地跟聂香川打了声招呼，然后一声不吭地交给他两封信。

聂香川撕开封皮，脸上顿时变得苍白。原来那是两封辞职信。第一、第二两个经贸部经理认为市外贸发展总公司包袱沉重前途无望，在一个月前写出辞呈自谋生路了，干起了个体户。

聂香川有气无力地拨通了财务科科长家的电话，想问问这几个月来公司的财务状况。

财务科长此刻正懒洋洋地躺在床上看着金庸的武侠小说，电话铃响了好几遍，他才不耐烦地按下免提键，没好气地对聂香川说："聂总，账上除了几百万元的红字外，一分钱没有，职工好几个月没领到工资，去年的奖金至今也无法兑现，医疗费报不了，办公费拿不出，大家都跑光了，我这个财务科长眼下是形同虚设，没有鸟用！"

原来是这么回事！聂香川终于明白了住院期间没有人去看望他的真实原因。

这时候，王曼丽姗姗地来了。聂香川无奈地盯着她，沉默无语。他仿佛再已感受不到丰乳肥臀的刺激了。

"聂总，你瘦多了！"王曼丽打破静寂，一脸关切。

"公司搞成这个样子，我能不瘦吗？"聂香川长叹一口气。

"我到医院去看过你。"王曼丽充满了柔情蜜意。

"是吗？"聂香川半疑半信。

"可你那肥老婆凶狠狠的，揪住我的头发把我撵出了病房。"王曼丽十分委屈，有几颗晶莹的泪珠在眼眶里打转。

聂香川一脸愧色，轻轻抚摩着王曼丽潮红的面庞，用纸巾替她擦去眼角的泪花。

"香川，我对不起你！"王曼丽抬起头来，嗫嚅了半天，终于鼓足勇气说。

"你哪里对不起我，是我欠你的情太多，是我聂香川对不起你呀！"

"托你的洪福，这些年我积累了一定的资金，我决计自己出来闯闯。上个月我就自行离开了外贸总公司，请你原谅我的不辞而别！"王曼丽眨着丹凤眼，迟疑地说。

"连你也下海了？这是真的吗？"聂香川简直不敢相信自己的耳朵，瞪圆了一双惊奇的眼睛。

"这是真的。我已在滨河路开了一家'金蛇狂舞'歌舞厅，生意还很兴隆哩！我的大门永远向你敞开，随时欢迎你到歌舞厅来吃喝玩乐！"王曼丽嫣然一笑，脸上漾起了一副春风得意的神色。

聂香川张口结舌，无言以对。

"香川，恕我说句实话：如今楚江外贸发展总公司严重亏损，负债累累，人心涣散，气数已尽。连你这个总经理都成了光杆司令，还能成得了什么大气候？我看你是在劫难逃啊！"王曼丽忧心忡忡，奉劝聂香川早作打算，另谋出路。

"在劫难逃？在劫难逃！"聂香川一脸困惑，麻木地咀嚼着这句佛教用语在此时的另一层涵义。

六

聂香川彻底绝望了。

楚江市外贸发展总公司下属的三个经贸部如今已是人去楼空。更使他恼火的是，原第一、第二两个部经理辞职后带走了三分之二的客户。加之总公司处于萧条的解体状态，聂香川本人又不很熟悉外贸业务，公司员工没有工资不肯干事，一个个懒洋洋的，因此注定今年的亏损将更大。聂香川没有回天之力，无可奈何，只得眼睁睁地看着总公司一天天地垮下去。

这么多年来，柳志宏副市长为楚江市外贸发展总公司操碎了心。眼看该公司经营管理不善，每况愈下，亏损挂账严重，现今已到了资不抵债，濒临倒闭的窘境，柳副市长不禁心如刀绞，痛彻肝肺。楚江外贸毕竟是柳志宏亲手树起来的一块王牌，他怎忍心眼睁睁地看着该公司从此在楚江市辽阔的版图上销声匿迹？

但事情到了这一步，柳副市长不得不想想自己的切身利益了。他十分担心楚江外贸垮台倒闭这件事会由单纯的经济事件发展成复杂的政治斗争，进而影响自己灿烂的前程。所以，在方案没有考虑成熟之前，柳志宏绝不会轻举妄动。

从某种意义上说，聂香川把柳志宏拉上了贼船。柳志宏多次收受贿赂的把柄牢牢地攥在聂香川手中。柳志宏想，上兵伐谋，眼下对付聂香川的办法，就是设法让他钻进自己精心编制的圈套之中。否则，事态的发展将难以预料。

真是成也萧何，败也萧何！

老谋深算的柳志宏决定认真听听债权人市城市银行和市商业银行方面的意见。于是吩咐秘书首先找来了楚江市城市银行行长汪西光。

汪西光怨气冲天地把楚江市外贸发展总公司在城市银行的资金往来情况向柳副市长作了详细汇报，并直截了当地说，分管信贷计划的副行长刘心雨对此事应承担全部责任。听完汪西光的汇报，柳志宏皱紧了眉头。当他得知楚江外贸仅在市城市银行一家欠款本息就高达1376万元之多时，心中顿时如灌了铅块一般异常沉重。他深知这笔贷款本息已绝不可能再收回，楚江市城市银行将蒙受惨重损失，而自己的情人刘心雨深陷其中罪责难逃。

刘心雨的思想斗争也相当激烈。对这笔1376万元的呆滞贷款，她确实负有直接责任。她是贷款审批人，并暗中得过楚江外贸公司不少好处费，受贿总金额已超过40万元。今年以来，上级行加紧了收贷收息工作力度，出台了一系列的具体规定和措施。倘若这笔预期贷款不能限时收回，刘心雨难辞其咎，将受到严厉的查处，轻则乌纱不保，重则判刑坐牢。刘心雨忧心忡忡，天天都在思索着如何摆脱责任保全自己，至于资金损失嘛，反正是国家的，又不会掏她一分一厘，她倒是毫不在乎。

不久，柳志宏又召见了楚江市商业银行行长苏胜峰，这个干巴巴的古怪老头对楚江外贸发展总公司早就窝了一肚子火。2000 万元贷款一延期再延期，至今仍是分文未还，本息已累至 2459 万元，苏胜峰曾打算请求楚江市人民法院依法强制收贷，将其抵押物综合办公大楼公开拍卖后清偿债务，但他因不知市政府的意图如何，又碍于副市长柳志宏的面子，投鼠忌器，进退两难，致使此事一直没有结果。

柳志宏对苏胜峰的一通牢骚感到心烦，始终没有搭腔。他陷入了沉思。他在想他当时的动机是好的，幻想着楚江外贸发展总公司有朝一日能够以辉煌业绩成为他手中的一张王牌。可是，事与愿违，自己亲手树起来的一面大旗，却不得不残酷地在自己手中毁掉。如今事情糟到了这一步，楚江市外贸发展总公司几次三番请求市政府帮助解决资金问题以期渡过难关，可自己却始终未作决断。当断不断，必受其乱。眼前这位丑恶可憎的市商业银行行长苏胜峰也许就是一根已经点燃的导火线。再也不能延迟！倘若不迅速着手处理好这桩事件，弄不好就会让人觉察到自己与楚江市外贸发展总公司千丝万缕的联系和种种不可告人的勾当，从而严重影响自己的政治前途。与其这样，倒不如快刀斩乱麻，顺水推舟，冠冕堂皇地同意楚江市商业银行迅速动用法律手段清收贷款。苏胜峰获得了市政府的尚方宝剑之后，决定立即组织专门班子，开始与司法部门联手处理楚江外贸发展总公司的巨额债务问题。

楚江市城市银行索还贷款的催款通知单如雪片般落满了聂香川的办公桌。后来他们又隔三差五派人到总公司讨债。聂香川开始还温言软语陪着笑脸央求市城市银行宽限，可期限一延再延，仍然无法偿还贷款本息。市城市银行无奈，决定派信贷员进驻公司收款。聂香川情知不好搪塞，干脆装病不来上班，躲在家里闭门不出。

楚江市城市银行行长汪西光十分恼火，责成刘心雨副行长处理此事。刘心雨无奈，只好去请求她的情夫柳志宏出面协调解决。

当一脸焦虑的刘心雨找到柳志宏之后，早已想好对策的柳志宏却故意撩拨她说："心雨呀，这点儿扯皮拉筋的小事，你还是去找楚江外贸自行解决吧。市政府怎么好进行行政干预呢？再说不就是损失千多万块钱儿么？哪里用得着我这堂堂大市长亲自出马？这岂不是高射炮打蚊子——大材小用！"

刘心雨急得抓耳挠腮，她就势扑进柳志宏怀里撒起娇来："我的柳大市长呀，事情可不是你说的那么简单，问题是楚江外贸的贷款手续根本就不合规，加之眼下总行和省行又相继出台了贷款清收问责制，我是这笔巨额贷款的直接责任人，倘若不能按期清收贷款，上级肯定会追究我的渎职罪。我的情哥哥，你可得给我想想办法呀！"

柳志宏得意地拍了拍刘心雨圆润的肩头，安慰她说："心雨呀，车到山前必有路，你不用这么着急嘛！我怎么会看着你倒霉呢！其实，我早就谋划好了。眼下我市体制改革正在如火如荼地开展着，对于资不抵债的国有大中型企业，可以考虑实行破产方案。"

柳志宏俯下身亲了亲刘心雨，话锋一转："但是，为了彻底摆脱你的责任，最好的办法就是督促楚江外贸发展总公司尽快自行进入破产程序！"

刘心雨浪笑着说："我的柳大市长呀，你真是只老狐狸，这个办法太绝了！不过，这样一来，国家和银行将蒙受惨重的经济损失，那我不就成了千古罪人么？"

柳志宏阴险地说："当然，这千古罪人的骂名不能由我的小情人来背着。我们要找一只替罪羊，而且要千方百计地给这只替罪羊施加压力，敦促他尽快自行完成楚江外贸的破产计划！"刘心雨心有灵犀，笑着说："哈哈，想必柳大市长早已物色好了替罪羊。如果我没有猜错的话，那只替罪羊就是聂香川吧！"

柳志宏淫亵地刮了一下刘心雨的鼻头，赞许地说："我的小乖乖，你真聪明！但这事你我都不能直接出面。目前，你们市城市银行和市商业银行要双管齐下，强力索还贷款。同时还要秘密设法向市各家银行和其他金融部门告知楚江外贸负债累累的情况，以防止其他银行资金介入。要逼得聂香川走投无路，只好钻进破产的笼子。"

柳志宏直起身来，奸笑道："当然，我们不能残忍地将聂香川这个难得的人才逼得上吊自杀。心雨，我这里有一份关于某大型企业破产的内参，你用匿名信的方式直接寄给聂香川，给他来个仙人指路！"

刘心雨如释重负，媚笑道："好，好，小女子一切就按柳大市长说地办！"

楚江市商业银行行长苏胜峰本来就不是个吃素的和尚。他在得到柳志宏的暗示后，立即给楚江市外贸发展总公司发出了一连串的逾期贷款催收通知单，此后又相继派人到公司索还贷款。聂香川实在拿不出钱来还债，只得又采用老办法，仍旧躲在家中装病避而不见。苏胜峰一忍再忍，贷款一拖再拖，终于把他搞得肝火升腾，便主持召开了一个行务会，决定正式向楚江市人民法院起诉。市商业银行胜诉后，楚江外贸发展总公司依然没有履行还款责任。市商业银行遂请求法院派法警依法强制执行。

市法院按照惯例先期进行调解，但楚江外贸发展总公司巨额亏损，实在拿不出钱来偿还贷款。法院调解未产生实质性效果，只得给楚江外贸发展总公司发出最后通牒，限令其在三个月之内无条件地偿清市商业银行2459万元的贷款本息，否则即采取强制措施，依法将抵押物——楚江市外贸发展总公司综合办公大楼公开拍卖以抵偿贷款。

聂香川拿着法院的文件，如临万丈深渊。

聂香川四处筹款，可是毫无所获，各家银行见该公司负债累累，名存实亡，都像躲避瘟疫一般，再也不肯伸出救援的手提供任何形式的贷款。

眼看法院规定的期限一天天逼近，聂香川急得如热锅上的蚂蚁，整天团团乱转。

这天上午，聂香川心情沉重地待在办公室里百无聊赖地翻看着报纸函件。忽然间，一封专函特挂寄来的匿名信吸住了他的视线。聂香川觉得十分蹊跷，立即撕开封皮，里面是一份关于某地区施兰县国营毛巾厂破产的内参。读罢这篇内参，他的眼睛放出光彩。

"嘿嘿，真是天无绝人之路，不知是哪位高人在为聂某指点迷津呀？"聂香川自言自语，高兴得手舞足蹈。

聂香川立即找来一大堆有关企业破产方面的资料仔细研读，并通过司法部门的朋友咨询了有关破产案的处理方式和最终结局，甚至还亲临已经破产的施兰县毛巾厂了解情况，渐渐心中有了底。

国营施兰县毛巾厂是一家远比楚江外贸发展总公司更为糟糕的企业，

累计亏损高达 5800 多万元，政府虽采取多种措施试图让该厂起死回生，结果终未能扭转乾坤，只有宣告破产。

从某种意义上说，破产实际上挽救了这个厂。破产后，该厂一千多名下岗待业的职工可以从政府手里按月领取基本生活费，一部分职工自谋生路很快发家致富；而更多的待业职工则由政府出面陆续给他们安排了更好的工作，充分体现出了社会主义制度的优越性。

尤其让聂香川激动的是，破产是一种完美的逃债方式，企业法人也不会因为破产而自身承担任何责任，这意味着所有的债务将一笔勾销。

于是，聂香川便开始紧锣密鼓地筹划楚江市外贸发展总公司的破产方案。

申请破产也不是一件容易的事。首要的难题仍然是一个钱字！

办理破产的各种程序和各个环节需要钱；疏通柳副市长需要钱；宴请工商、税务、银行各单位需要钱；而接待破产清算组、会计事务处、法院、公证处等诸多部门则更需要钱。钱，这害人的鬼东西，真他妈让人恼火！没有钱，想破产你也破不成！

聂香川思来想去，无路可走，看来眼下唯一的出路只有去找王曼丽这位个体老板想想办法了。也不知这个神通广大的女人是否真有这个能耐，先试试看吧！

聂香川硬着头皮找到了王曼丽。他萎靡不振地说："曼丽，我准备申请破产。"

"破产？你真是个鬼精灵。香川，谁帮你想出这么个好点子的？"王曼丽抿嘴笑问。

"我也是被债务逼得走投无路，幸遇仙人指点，才不得已而为之呀。可是，申请破产也照样需要钱。曼丽，你能不能帮忙想点办法，救救我的燃眉之急？"聂香川脸上写满诚恳。

静默良久，王曼丽贼笑着说："香川，我们做一笔交易吧！"

"什么交易？"

"你把公司那辆豪华奔驰轿车折价 30 万元卖给我，行不行？"

"30 万？就把那辆九成新的豪华奔驰轿车卖给你？你真会打如意算

盘。"聂香川讪笑着说。

"肥水不流外人田嘛！公司一旦破了产，你的奔驰轿车还不都是要充公抵债的，卖给我，你才不会吃亏呀！"王曼丽透出不屑的神情，轻描淡写地说。

"曼丽，你哪来的那么多钱？"聂香川觉得不可思议。

"真人面前不烧假香，还不是沾你的光，托你这总经理大人的洪福嘛！"王曼丽诡秘地说。

聂香川心中豁然一亮，似乎明白了这30万元巨款的来路。五年前，王曼丽的第三经营部不是被深圳一家皮包公司骗走了30万元贷款吗？那30万直到现在仍作为亏损长期挂在公司的财务总账上，王曼丽堪称理财专家，精明过人，被人诈骗30万元这真有可能吗？天知道是怎么回事！

聂香川不禁又想起了十年前在楚江市高级中学集资办与王曼丽初次相识时的那精彩一幕。当年自己曾违规偷偷给过她300元教育集资附加费的好处。然而仅仅过了几年，还是眼前这位女人却竟然一次就狡诈贪婪地掠取了30万元巨额公款，真是胆大包天！这纯属一种偶然性的巧合嘛？想到这里，聂香川心头一阵惊悸的颤栗，沁出一身虚汗。

然而，聂香川没有足够的证据，也不可能去检察院或公安局告发眼前这个千娇百媚，让他刻骨铭心深深爱着的女人。

聂香川和王曼丽的肮脏交易最终成为现实。

七

聂香川很快从王曼丽手中拿到了30万元购车款。有了这笔活动资金，他仿佛又有了一个新的起点抑或是支撑点。

聂香川首先安排财务科拿出15万元支付了公司这几年拖欠下的一部分职工工资，以免在他申请破产的紧要关头后院起火员工找他的麻烦。余下的15万元锁进公司财务科保险柜内，任何人不得动用。他计划将这笔来之不易的款子全部用作申报公司破产的经费，打点有关单位和个人。

聂香川夜以继日地起草了一份请求楚江市外贸发展总公司破产的报告，

并亲自将这份报告送呈市人民政府柳志宏副市长。

柳志宏"请君入瓮"的高招果然奏效。于是，他立即将聂香川送来的关于楚江市外贸发展总公司请求依法破产的申请报告提交市长办公会议讨论研究。

在市长办公会议上，柳志宏心情沉重地说：楚江市外贸发展总公司是市委、市政府树起来的全市财贸战线上的一面大旗。如今该公司却在激烈的市场竞争中，在改革的大潮中倒下去了。这反映了一种社会发展的客观规律，是没有什么值得大惊小怪的。这同时又是一件好事，因为楚江外贸的破产，给全市人民提供了一个惨痛的教训，是一个不可多得的反面教材，也给了我们各位领导深刻的警示。

柳志宏带有哲理性的开场白，给了在座各位市领导一个巧妙的暗示。多年以来，楚江市人民政府的几个副市长暗中达成了一个不成文的默契，凡不属于自己分管的范畴，便事不关己，高高挂起，基本上由分管副市长一人说了算。而一把手市长是外地人，不太熟悉本市情况，因此十分"民主"，一般不轻易发表个人意见，凡举手表决赞成票超过半数以上时，这位一把手市长都表示一概赞成。因此，这个领导班子一直十分"团结合作"，曾被上级领导机关誉为精神文明建设的典范。

当常务副市长柳志宏就楚江市外贸发展总公司破产倒闭事件发表完他的个人意见后，一把手市长便很原则很笼统很威严地讲了几句话。然后他就按照惯例，宣布大家举手表决。其结果可想而知，自然是全票通过。

楚江市人民政府市长办公会会议纪要，以及市政府同意楚江外贸发展总公司依法破产的决议案，不久就以红头文件方式发给了有关单位和个人。

当聂香川拿到市人民政府同意楚江外贸总公司依法破产的红头文件之后，心头涌起一股难言的滋味，只感觉憋闷得难受，胸口仿佛压上了一块千斤巨石。

接下来，聂香川便开始着手按照法律程序请求有关部门尽快实施其破产方案。

不久，由常务副市长柳志宏牵头，率先成立了一个楚江市外贸发展总公司破产清算领导小组。又不久，市城市银行、市商业银行、工商局、税务局、会计事务处等部门开始联合行动，冻结其银行账户，并封存了楚江外贸所有的账簿单证和凭据。再不久，市人民法院、公证处、国资局、土管局、房产局等相关单位就着手对楚江外贸发展总公司的所有的楼房、车辆、设备等固定资产进行造册、登记、评估，然后依法查封。

在楚江市这个天高皇帝远的地方，办事效率极为低下。拖了很长时间，破产清算领导小组才宣布了结楚江市商业银行和楚江外贸发展总公司的债务债权纠纷。

执法部门终于将楚江外贸发展总公司那幢坐落在市中心的雄伟漂亮的综合办公大楼作为抵押物，依照司法程序向社会进行公开拍卖。至此，楚江市商业银行2459万元逾期贷款本息总算全部得以清偿。

在这起破产案中，损失最为惨重的是楚江市城市银行，楚江市外贸发展总公司欠下的贷款本息1376万元血本无归。市人民政府破产清算领导小组指示，暂将这笔债务摆在账上，留待日后另案处理。但怎么处理，市政府却没有拿出明确意见。

当聂香川眼睁睁地看着自己耗尽心血营建起来的综合办公大楼被公开拍卖给一位财大气粗的港商之后，他心中灼烧般地刺痛，一股无名怒火冲天而起。这一切都是银行的错。绝不能轻易放过那个姓苏的老狗日的行长！一个恶毒的报复计划在他心中酝酿成熟。

聂香川义愤填膺地写了一封实名检举信，揭发市商业银行行长苏胜峰以权谋私，在审批贷款时公然索贿20万元的犯罪事实，并把付款给苏胜峰时暗中录下的磁带一并封装，然后直接投寄给市反贪局和市公安局。市反贪局请示检察院后，立即对此事进行严肃查处。在铁证如山的犯罪事实面前，苏胜峰无法抵赖，很快被拘传审查。当时正处在打击经济犯罪严惩腐败分子的风口上，因此苏胜峰的经济犯罪案件被从重从严从快处理。市人民法院依法判处苏胜峰无期徒刑，剥夺政治权利终身。

聂香川本来也可以如法炮制，以同样的方法整垮柳志宏和刘心雨两位楚江市风云人物，但"良心"不允许他这样做，他不是个忘恩负义的小人。柳志宏曾经对他有过知遇之恩，而刘心雨也曾在他刚起步时贷款帮助过他。在他申请公司破产的最艰难的日子里，仍然是这两位"大恩人"伸出巨臂暗中鼎力相助。聂香川最终打消了检举告发柳志宏和刘心雨索贿受贿犯罪事实的念头。

这桩旷日持久、震动楚江的外贸企业破产倒闭案，差不多拖了一年时间。当聂香川终于得到结案的确切消息时，已是初冬十月天气渐寒的季节。

这时候楚江市区满街的法国梧桐已失去了往日的生机，宽大的黄叶片片凋零，透出光秃秃的枯枝。灰暗而厚重的阴云笼罩着昔日雄伟壮观的楚江市外贸发展总公司综合办公大楼，给聂香川一种死气沉沉的感觉。

当楚江市人民法院正式通知聂香川开庭审理本案的时候，他缩着脖子麻木地走出早已没有了温馨的家门，独自心情忧郁地上了路。

聂香川抬头看了看楚江十月深邃苍茫的天空，天空没有往日灿烂的阳光，也没有他臆想中的天堂，只有几大片黑不溜秋的阴云在铅灰色的天幕下飘来荡去。

（原载《牡丹》2014年第8期）

作者简介

胡飞扬，笔名啸天野，土家族，中国作家协会会员，中国金融作家协会会员，湖北省恩施土家族苗族自治州作家协会副主席。已出版《丽格海棠》等多部著作，曾获第四届中国优秀章回小说奖、中国金融文学奖等。现供职于中国银行湖北省恩施土家族苗族自治州分行。

后 记

　　接受选编《当代金融文学精选》中篇小说卷的任务，我们既感到荣幸又感到压力，荣幸是因为组织信任，压力是因为平时对金融文学缺乏全面的研究，唯恐有负厚望。

　　《当代金融文学精选》要求先由金融作家本人申报，每位作家原则上限报一篇。这样，有些作家也许更偏爱长篇小说就申报了长篇小说卷，有些偏爱诗歌就申报了诗歌卷，中篇小说卷也就不可能汇编金融作家的所有中篇精品之作，鱼与熊掌不能兼得，殊为遗憾。

　　入卷作品中，有些已经在文学杂志上正式发表，有些还获了奖项，但提供的作品一般都是发表之前的电子文本，未经严格编审。为此，我们特请所有作者对自己的文本作了一次认真的校订，尽可能在此留存一个比较完善的文本。

　　金融作家协会成员是一支年轻的队伍，庶事草创，凡事以鼓励为主，本卷所谓精选也只能是相对而言。所幸的是，努力出精品、出人才的工作机制已经开始建立，也就有理由期望下次更精一些！

冯敏飞、张奎、高建武

2019 年 7 月 31 日

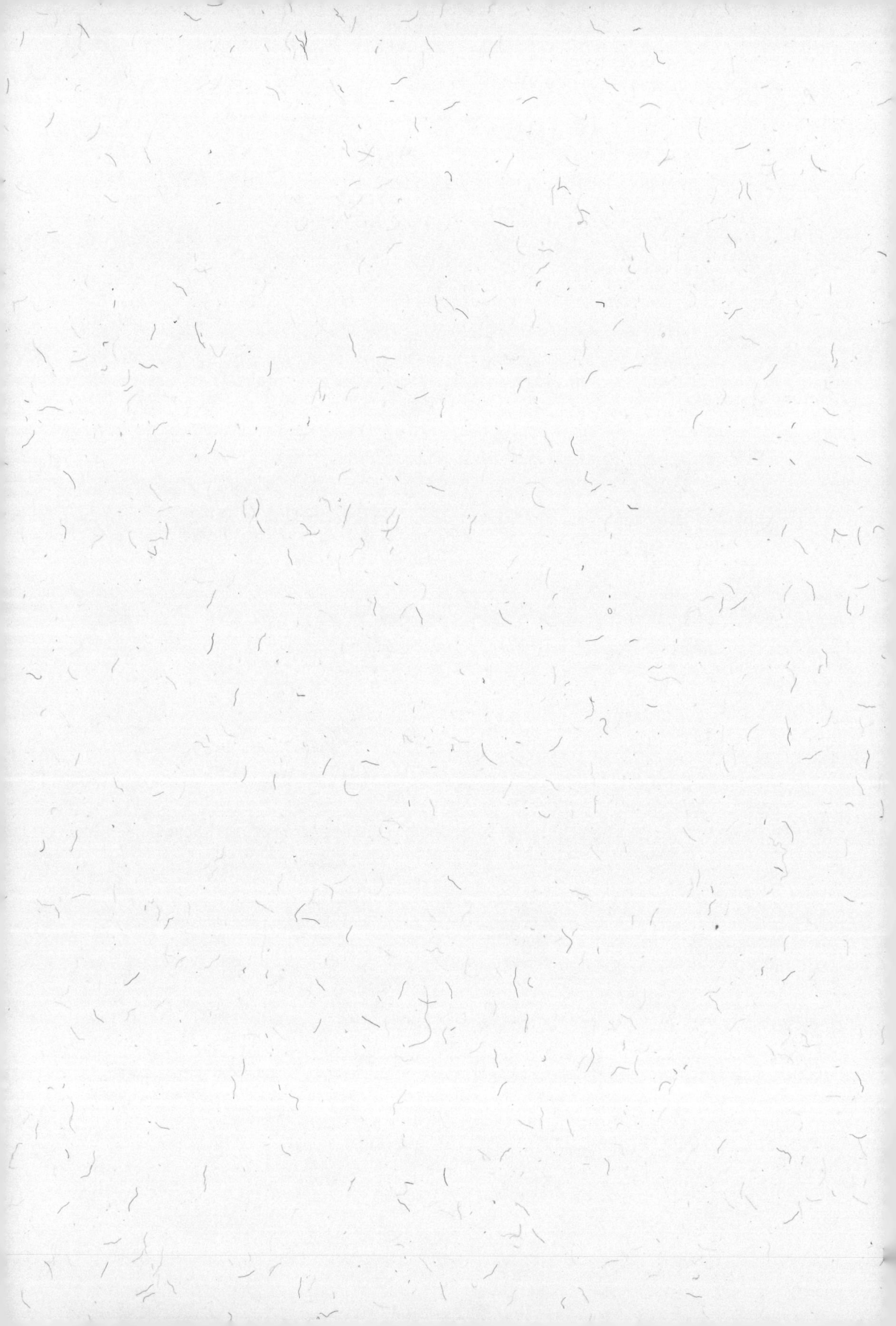